DER AUFSTIEG DER REVOLUTION

DER KODEX DES HELDEN
BUCH 3

A.R. KNIGHT

KAPITEL 1
DIE MÜCKE UND DER ELEFANT

EINE WELT, die zur Übernahme bereit war, und die Gesichter um Wexley herum sorgten sich um Aktien. Vergrößert und auf die feinen Fenster mit Blick auf Chicagos aufblühende Skyline projiziert, vereinten die kollektiven Gesichter ihre gewaltigen industriellen, technologischen und personellen Kräfte, um darüber zu jammern, wie schlecht die Sprengung eines mit Paragons gefüllten Stadions fürs Geschäft war.

»Ihr habt euch dafür entschieden«, unterbrach Wexley eine Tirade, der er gar nicht zugehört hatte. »Jeder von euch wusste, was Zhan-Yo wollte. Jetzt ist es so weit, und ihr schaut auf die Gelegenheit, als würde sie euch umbringen.«

»Offenbar könnte sie das!«, sagte Akash Reddy, weltweiter Versorgungslieferant, dessen Lebensmittelkette die Preisregulierungen der Paragons mehr als lästig fand.

Vor ein paar Wochen noch hatte Akash lauthals nach einer Revolution gerufen. Jetzt stand dem Mann der Schweiß auf der Stirn, und seine Augen zuckten vor der Kamera hin und her, während er von einer Störung seiner kostbaren verderblichen Waren nach der anderen las.

»Stabilität ist keine typische Eigenschaft von Revolutionen, Akash«, sagte sein Gegenpol Adriana, eine Frau voller Feuer und Flamme, irgendeine Modemogulin, die Wexley bis zum heutigen Meeting ignoriert hatte, als sie beschloss, sich auf die richtige Seite zu stellen. »Wir wissen, was am Ende dabei herauskommt.«

»Wissen wir das?«, konterte Akash. »Ich dachte, wir wollten Verhandlungen, eine Chance auf Gleichberechtigung zwischen uns allen. Wie soll das jetzt noch möglich sein?«

»Das war nie möglich«, sagte Wexley und projizierte von seinem Schreibtisch aus. Eine kleine Linie in der Oberfläche nahe seinem Ellbogen erinnerte ihn an die Zeit und daran, wie viel lieber er überall anders wäre. Er stand auf, ein Signal dafür, dass diese langweilige Angelegenheit zu Ende gebracht würde. »Wir haben allerdings die Chance auf etwas Größeres. Warum teilen, was wir für uns selbst haben können?«

Nicht sein bester Abschluss, aber Wexley gab den versammelten Köpfen keine Chance zum Widersprechen. Mit einer Handbewegung schickte Wexley den Anruf in den digitalen Papierkorb und bekam seine Skyline zurück. Die wurde allerdings binnen Sekunden von einem neuen Anruf gestört.

»Durchstellen«, sagte Wexley und bewegte sich zur Raummitte. Das kommende Machtspiel verlangte mehr als einen Schreibtisch und einen Stuhl. »Adriana, wo hast du dich versteckt?«

Die interessanteste Person des Meetings flimmerte wieder herein, auch wenn ihre zusammengepressten Lippen und starren Augen zeigten, dass sie keinerlei Interesse an spielerischem Geplänkel hatte. Na gut. Wexley konnte auch darauf verzichten.

Das hatte er schon sehr lange getan.

»Entschuldige nicht, was in diesem Gespräch passiert ist, mit Geduld«, sagte Adriana. »Ich verteidige dich nicht zum Spaß oder zu deinem Wohl. Das Stadion war eine Katastrophe.«

»Es war nicht meine Idee«, sagte Wexley und verzog dabei das Gesicht.

Anführer sollten nicht kriechen, keine Ausreden machen.

»Und?«

»Ich weiß nicht, wo er ist«, antwortete Wexley. »Falls er noch lebt, hat Zhan-Yo nicht versucht, mich zu kontaktieren. Seine Konten sind eingefroren, seine Karten werden überwacht. Entweder hat er alle seine Verbindungen gekappt, oder der Mann ist ein Opfer seines eigenen Erfolgs.«

»Was eine sehr wichtige Firma ohne Führung lässt.«

Wexley schritt auf Adrianas Kopf zu, die Projektion machte ihr Kopf-bis-Schultern-Bild so groß wie Wexleys Körper. Trotzdem hielt er dem gewaltigen Blick ohne zu zucken stand.

»Hier gibt es kein Vakuum. Unser Plan geht weiter.« Als Adriana nicht unterbrach, erlaubte sich Wexley fortzufahren. Heute keine große Kraftprobe. »Während sich die Paragons neu formieren, werden wir ihnen ein Angebot zur Machtteilung machen.«

»Eine Rückkehr zur Demokratie, wie Zhan-Yo es wollte?«

»Eine Rückkehr zu angemessener Führung, wie wir es alle verdienen. Wenn die Paragons ablehnen, bleibt uns keine andere Wahl, als den Konflikt zu verschärfen.«

Draußen flackerte die schimmernde Frühlingssonne, als ein dunkles Oval an den Fenstern vorbeizog. Größer als eine Kapsel und von summenden Düsen in der Luft gehalten, bemerkte die Maschine Wexleys Stirnrunzeln nicht, spürte nicht seinen Drang, sie aus dem Himmel zu schlagen.

»Wie willst du das machen?«, fragte Adriana. »Noch eine Bombe? Mehr unschuldige Leben für deine Kampagne opfern?«

Wexley folgte der Drohne und ging an seinen Fenstern entlang, während sie vorbeischwebte. »Zhan-Yo setzte auf Bombast. Ich bevorzuge Ergebnisse. Was allerdings ein Problem darstellt, Adriana.«

»Welches?«

»Ergebnisse sind teuer.«

»Als ob du die Verbindungen nicht hättest.«

Wexley nickte der Frau zu. »Zu viel von den Konten einer einzelnen Firma würde auffallen. Die Paragons mögen in Schwierigkeiten sein, aber sie sind nicht tot. Noch nicht.«

Falls Wexleys düstere Worte Adriana störten, zeigte sie es nicht. Stattdessen setzte sie ihren charakteristischen Blick fort, was Wexley sich fragen ließ, wonach sie eigentlich suchte.

»Sag mir, was du brauchst, und du wirst es bekommen«, sagte Adriana. »Ich kann auch an den anderen arbeiten. Aber Wexley, wir haben Zhan-Yo viel Freiraum gelassen, weil wir ihn kannten. Dich kennen wir nicht. Schade uns, und du bekommst keine zweite Chance.«

Wieder entschied sich Wexley für ein demütiges Nicken.

»Wenn das nicht funktioniert, Adriana, werde ich wohl kaum noch am Leben sein, um um Vergebung zu bitten.«

Wexley strich seinen Nachmittag und stürmte nach dem Anruf aus dem Büro. Er stand vorne im Aufzug und sah jeden, der um ihn herumgleiten musste, während der Lift seine Reise nach unten zum Erdgeschoss und darüber hinaus antrat. All diese Menschen, die ihm zunickten, lächelten und glaubten, ihre Mühen würden ihnen ihre Gehälter bringen, würden ihnen Zufriedenheit verschaffen. Sie waren von Wexley abhängig, und auch wenn er nicht von ihnen abhängig war, würde er sie trotzdem retten.

In nicht allzu ferner Zukunft würden diese Menschen, die ihre Akten trugen und ihre Tamas checkten, um zu sehen, welche neue Regulierung die Paragons heute eingeführt hatten, sich von ihren genetischen Ketten befreit sehen. Chancen würden wieder in ihren Bemühungen liegen, nicht im zufälligen Glück der DNA.

Der Aufzug erreichte die unterste Ebene des Parkdecks, tief unter den Straßen und verlassen. Die Architekten hatten die Struktur für eine Gesellschaft gebaut, die es nicht mehr gab, in der Autos die Straßen beherrschten. Jetzt fuhren alle mit Zügen, Bussen und Pods, da die Paragons den Verkehr in der Stadt einschränkten. Die leeren Betonreihen störten, verlorene Effizienz, während surrende Lampen einen geisterhaften Schein auf dem Grau hinterließen.

Ein Platz war jedoch besetzt. In einer Ecke stand rückwärts eingeparkt ein schwarzer Van mit Firmenlogos. Die Reifen waren platt, aber Wexley sorgte dafür, dass der Van trotzdem unbeachtet blieb. Wenn ihn jemand fragte, erklärte Wexley, das Fahrzeug gehöre Zhan-Yo, der es der Garage zur sicheren Aufbewahrung anvertraut habe, während der flüchtige Anführer für seine Träume kämpfte.

Niemand wagte zu fragen, warum Zhan-Yos Van seine Schlösser mit Wexleys Tama verbunden hatte, warum das Ladekabel eingesteckt blieb, wenn es nicht bewegt werden sollte. Nach einem letzten Blick durch die Garage und der Bestätigung ihrer Leere – von oben kamen Geräusche, als die wenigen Fahrer ihren Mittagsexodus machten – wischte und tippte Wexley einen bestimmten Code in ein bestimmtes Programm. Die Kameras in der Garage würden in eine voreingestellte Schleife übergehen, die einen einsamen Van ohne Menschen, ohne Aktivität zeigte.

Jeder, der zusah, jeder, der sich fragte, warum Wexley vom Band verschwunden war, würde es besser wissen, als zu fragen. Wenn nicht, würde Rhimes das Problem dauerhaft lösen.

Nachdem er seine Unsichtbarkeit erreicht hatte, öffnete Wexley die hinteren Türen des Vans. Dort lag, gereinigt und gebügelt, poliert und perfektioniert, eine Ausrüstung, die Wexley seit mehreren Tagen nicht angerührt hatte. Seit diese Trackerin, Kat, ihn auf einigen Dächern nicht weit von hier angegriffen hatte. Wexley hatte eine vorsichtige Haltung eingenommen, hatte abgewartet, ob sein Feind einen Fehler machen würde.

Feind.

Wexley lachte, ein leises Kichern, während er seinen Geschäftsanzug gegen seinen tödlicheren Partner tauschte. Kat Collins, eine berühmte Trackerin in Chicago, aber nirgendwo sonst, hatte mit Wexley etwa so viel zu tun wie eine Mücke mit dem Elefanten, auf dem sie landete. Sie hatte sein Spiel gestört, hatte die Elementals auf ihre wahre Bedrohung aufmerksam gemacht.

Und als er ihr ein Angebot gemacht hatte, das jeder vernünftige Mensch, jeder *normale* Mensch angenommen hätte, hatte Kat das Angebot abgelehnt und dabei ein ganzes Einsatzteam ausgelöscht.

Die Frau war keine Bedrohung für Wexleys Operation. Nein, definitiv nicht. Aber sie ärgerte ihn trotzdem, hatte Wexley auf diesem Dach beinahe sein Ende bereitet, als sich die Paragon-Drohne näherte. Solche Beleidigungen konnte man nicht einfach stehen lassen, oder sie würden sich wie ein Gas ausbreiten und alle Luft in Wexleys Kopf einnehmen, bis nichts mehr übrig blieb als kochende Rache.

Die Schulhofschläger hatten das Gleiche gespürt. Sein erster Manager, der Arbeitsanweisungen wie ein möchtegern Diktator verteilte, hatte das Gleiche gespürt. Unzählige schlechte Dates, frustrierte Geschäftspartner und unglückliche Passanten hatten Wexley auf die falsche Art provoziert und mussten deshalb gereinigt werden.

Nicht immer tot, obwohl die Waffen, die Wexley in den Gürtel und die Oberschenkelholster des Anzugs steckte, zu einem solchen Ergebnis fähig waren, nur vergolten. Unrecht wiedergutgemacht, Konten ausgeglichen, welchen Begriff man auch wählte. Sobald Wexley das getan hatte, sobald er Kat in die gleiche Lage gebracht hatte wie sie ihn, dann würde dieser Druck verschwinden und er könnte sich wieder konzentrieren.

Sich auf Adriana konzentrieren und den Plan, der in seinem Kopf flüsterte.

»Wie ist ihr Status?«, sprach Wexley ins Mikrofon,

während er westwärts durch Chicagos Straßen ging. In einen dicken knöchellangen Mantel gehüllt, den Kopf von einer dunkelblauen Strickmütze bedeckt, sah Wexley aus wie jemand, den man meiden sollte. Wenn Augen einen aufblitzenden Griff bemerkten, den langen Lauf der Waffe, der aus seinem Rückenriemen hervorschaute, wichen die Menschen weit aus. »Ich bin neugierig.«

Die Worte trafen mit vager Präzision, bedeuteten alles für ihr Ziel und nichts für die Zuhörer. Und es gab immer Zuhörer.

»Vom Brett«, antwortete Rhimes sofort, obwohl Wexley keinen Anruf geplant hatte, nichts getan hatte, außer seine Tama auf einen bestimmten Kanal zu schalten und zu sprechen. »Es läuft gerade ein Meeting, irgendetwas hat sie alle von den Straßen geholt.«

»Wir wissen nicht was?«

»Der Feed war in letzter Zeit dunkel.«

Wexley atmete tief ein und spürte, wie die kalte Luft seine Lungen durchdrang. Um ihn herum wartete eine wachsende Menge darauf, dass eine Ampel umsprang und die Möglichkeit bot, auf die andere Seite zu gelangen. Chicagos früher Frühling ließ schwarzen Schnee entlang der Straßen ums Überleben kämpfen, schlammige Pfützen wie genetische Suppe, die in einem Monat neuem Leben weichen würde. Wasser tropfte von den erhöhten Bahnlinien herab und vermischte sich mit dem stetigen Rauschen, als Reifen mit nassem Asphalt verschmolzen.

Blocks entfernt prallte ein bestimmter Klang zwischen den Gebäuden hin und her. Einer, der Wexley zum Lächeln gebracht hätte, wenn es ihn interessiert hätte. Die Proteste vor dem Paragon-Hauptquartier in Chicago gingen weiter, eine Wut gegen die Gewalt in der Stadt, Gewalt, an der Wexley selbst keinen geringen Anteil hatte. Unorganisiert und von Mynx, Nordamerikas letztem verbliebenen Champion, dezimiert, fehlte es Chicagos eigenen Paragons an einer starken Führung, an Organisation.

Ein weiterer Schatten schwebte oben vorbei, die Drohne wusch ihre Scanner über die Menge, als die Ampel umsprang und die Füße ihren zitternden Shuffle begannen. Ohne Helden auf den Straßen füllten die Drohnen den Raum. Anders als ein Paragon mit seinen Kräften und seiner Persönlichkeit operierten die Drohnen auf einer brutalen Ebene. Sie boten wenig Verständnis und harte Resultate, was den Demonstranten mehr Munition für ihre Kämpfe gab.

So eine Tragödie.

»Welche anderen Optionen haben wir?«, fragte Wexley. »Ich bin jetzt in der Nähe der Michigan Avenue.«

»Früh dran für dich, oder?«

»Ich bezahle dich für deine Kompetenz, nicht für deine Meinungen.«

»Wenn du meine Kompetenz willst, solltest du meine Meinungen schätzen.«

Wexley grinste jetzt. Ah, wie neuartig es war, dass sich jemand ihm widersetzte. Rhimes hatte sich dieses Recht verdient. Hatte Wexley von einem Plan zum nächsten getrieben, auch wenn es dem Mann nicht gelungen war, Kat zur Räson zu bringen.

»Was würdest du dann empfehlen?«, sagte Wexley und spürte eine Brise und wandte sich nach Norden.

Während die Michigan Avenue selbst zu überfüllt mit Besuchern war, boten die Straßen neben dem berühmten Weg genügend Betriebsamkeit. Hier fand das Leben statt: Menschen, gewöhnliche Menschen, die sich ohne Ansprüche durchs Leben schlugen. Sie verkauften ihre Gadgets, passten ihre Anzüge an oder kochten die appetitanregenden Gerüche, die jetzt die Luft erfüllten. Keiner brauchte den Schutz eines Paragons, keiner brauchte ein übermächtiges Monster, das ihre Loyalität forderte.

Chicago hatte jahrhundertelang ohne ihre Einmischung floriert, und würde es wieder tun.

»Ich nehme an, *nein* ist keine Option?«, sagte Rhimes und machte keine Anstalten, einen Seufzer zu verbergen.

»Ich bin schon draußen. Kalender ist frei.«

»Dann gibt es einen Einzelgänger. Sieht auch neu aus.«

»Perfekt.«

Rhimes übermittelte die Koordinaten, die Baustelle tauchte auf Wexleys Tama auf und fünfzehn Minuten später zu seinen Füßen. Das Gebäude sah aus wie eine neue Eigentumswohnungsanlage, die eine urbane Farm als zentralen Kern bewarb. Frisches Gemüse jeden Tag, das ganze Jahr über für die Käufer. Wexley machte ein Foto und überlegte, dass er vielleicht einen Umzug in Betracht ziehen würde, wenn das Gebäude sein Versprechen hielt.

Ein Zaun umgab das Gelände mit einem einzigen Eingang, der durch ein Tama-Schloss gesichert war. Rhimes lieferte erneut, sendete die richtigen Codes an Wexleys Gerät und ließ ihn sich einscanen. Er ließ die Tür hinter sich angelehnt und trat in die Hülle. Die mit Schutzfolie verkleideten Außenwände schirmten Wexley von der Straße und neugierigen Blicken ab.

Keine Isolierung würde bedeuten, dass es nichts gab, um Geräusche zu dämpfen. Das müsste eine leise Angelegenheit werden.

Kein Problem.

»Ich habe Alarm geschlagen«, sagte Rhimes. »Willst du Verstärkung?«

»Werde ich sie brauchen?«

»Nein.«

»Dann hast du deine Antwort.«

Wexley beobachtete, wie der Paragon sich seinen Weg ins Gebäude bahnte. Der junge Mann trug die charakteristische blau-weiße Kleidung des Paragons, winterfest verstärkt. Nach der glatten Rasur und dem kurzen Haarschnitt zu urteilen, hatte dieser sich seiner Aufgabe verschrieben. Der Paragon hielt sogar beim Anblick von Wexleys ausladendem Mantel inne, der sich über seinem langen Gewehr zusammenrollte und täuschend echt wie ein schlafender Mensch aussah, und meldete seinen Fund.

»Sieht nach einem Obdachlosen aus«, sagte der Paragon laut. »Das Tor war offen. Die Bauarbeiter haben es vielleicht so gelassen.«

Hoffend, vielleicht, den Vagabunden aufzuwecken. Ein Gespräch anzufangen und die Person von der Baustelle zu bekommen, sie in irgendeinen Plan einzuschreiben, der sie von einem Raufbold in einen Paragon-produzierten Menschen verwandeln würde. Wie nett.

Wexley entspannte sich in den Moment hinein und ließ Adriana und die zahllosen To-dos, die seine Produktivitäts-Apps verstopften, verblassen. Sie würden später auf ihn warten. Jetzt, jetzt ging es um die Natur. Den Raubtier- und Beuteinstinkt, der die ursprünglichen Arten der Erde in den Kampf miteinander trieb.

Der Paragon erhielt seine Marschbefehle und ging auf den Mantel zu. Jegliches Zögern verschwand mit der wahrgenommenen Lösung, der Gewissheit, die mit einem klaren Ziel einherging. Auch Wexley bewegte sich, rollte seine Füße ab, als er hinter seiner gewählten Wand hervortrat.

Er machte kein Geräusch, und der Paragon bemerkte nichts.

»Hey, Sir, hören Sie mich?«, sagte der Paragon zu dem zusammengerollten Mantel, während er sich näherte. »Sind Sie da drunter am Leben?«

Wexley zog den kleinen Schlagstock aus seinem Holster. Drückte mit dem Daumen den Schalter, der einen Knopf am Ende der Waffe aktivierte. Schritt für Schritt kam er näher. Der Paragon kniete sich über den Mantel und streckte die Hand aus, um ihn wegzuziehen. Wexley könnte jetzt nach vorne stürzen, den Paragon von hinten treffen und den Kampf beenden, bevor er überhaupt begann.

Aber warum den Spaß verderben?

Stattdessen beobachtete Wexley, wie der Paragon den Mantel beiseite schob und einen langen Blick auf das darunter liegende Gewehr warf. Der Paragon führte seine Hand ans Kinn und tippte zweimal. Wexley wartete, wollte die Wendung, diesen süßen Moment, wenn der Paragon begriff, dass er in eine Falle getappt war.

Eine Hand landete auf Wexleys Schulter, drehte ihn herum. Der Paragon stand irgendwie hinter ihm und wackelte mit dem Finger.

Verdammte Kräfte. Verwandeln einen guten Kampf in einen Zufallsgenerator.

Wexley schwang den Schlagstock, blinzelte, als die Waffe direkt durch die Gestalt des Paragons hindurchfuhr, als hätte Wexley einen farbigen Nebel attackiert. Als der Schlagstock auf der rechten Seite des Paragons herauskam und Wexley durch den fehlenden Widerstand stolperte, traf ein Tritt sein rechtes Knie.

Wexley fiel nach vorne, ging in eine Rolle über, um etwas Abstand zu gewinnen. Der Zug erlaubte ihm, sein Knie zu prüfen, zu beurteilen, dass keine Sehnen gerissen, keine Kniescheiben ausgerenkt waren. Gesund genug drückte sich Wexley hoch und schwang dabei den Schlagstock hinter sich herum, während er sich erhob.

»Was machst du da, Mann?«, fragte der Paragon, alle beide von ihm, aus sicherer Entfernung von einem Meter.

»Wonach sieht's denn aus?«, Wexley starrte die beiden Kopien an.

Er hatte solche Kräfte schon früher gesehen. Paragons, die sich selbst vervielfältigen oder Bilder erzeugen konnten. Aber die Kopie hatte eine echte Hand auf Wexleys Schulter gelegt, war für einen Moment fest gewesen und im nächsten wie Luft. Was waren also die Regeln für diesen hier?

Die Waffe an seinem Oberschenkel rief nach ihm. Wexley schob den Drang beiseite. Jeder Schuss würde Drohnen anlocken, und während Wexley einen einzelnen Paragon nicht fürchtete, würden diese Metallmonster ihn ohne große Mühe in Stücke reißen.

Nein, dieser Kampf würde nah und leise sein.

»Ich sage es dir jetzt, du solltest das Ding fallen lassen und aufgeben«, sagte der Paragon. »Ich weiß, du bist angezogen wie ein großer Macker, aber die Schlinge zieht sich zu. Meine Freunde kommen, und sie werden es nicht mögen, wenn du nicht auf mich hörst.«

»Fünf Minuten«, sagte Rhimes in Wexleys Ohr, der das Gespräch mithörte. »Der Protest verlangsamt die Paragon-Einsatzkräfte.«

Mehr als genug Zeit also, solange Wexley nicht das Geplänkel-Spiel mitspielte.

Mit zwei schnellen Ausfällen stieß Wexley den Schlagstock auf den rechten Paragon. Wie zuvor drang die Spitze ein und fand nichts, obwohl der Paragon zurückwich. Sein Spiegelbild nutzte die Gelegenheit für einen Schlag, den Wexley mit seinem linken Unterarm blockte. Der Schlag fühlte sich fest an, also peitschte Wexley den Schlagstock nach links, versuchte einen schockierenden Treffer auf der Schulter des Paragons zu landen.

Wieder traf der Schlagstock nichts, und auch der blockierte Schlag auf Wexleys Unterarm verschwand. Wexley fing sein eigenes Stolpern ab, als der Paragon zurückwich, wobei das rechte Abbild sich für einen Schlag in den Magen duckte. Den Schlagstock in seiner rechten Hand drehend, stieß Wexley ihn nach unten, traf die Schulter des rechten Abbilds genau in dem Moment, als der Schlag des Paragons Wexleys Magen traf.

Nichts, keine Erschütterung, kein Schmerz von einer getroffenen Milz. Das rechte Abbild des Paragons verschwand in dem Moment, als Wexley einen Treffer landete. Die beiden Seiten tanzten einen Schritt zurück, der Paragon mit einem Stirnrunzeln, die Hände bei beiden Körpern kampfbereit erhoben. Nicht länger der überhebliche Kämpfer, sondern ein vorsichtiger Gegner.

Wexley nahm den Hinweis auf und ging vor, die ablaufende Uhr tickte in seinem Kopf. Er täuschte mit dem Schlagstock an, stürmte auf das rechte Abbild zu, verschob aber dabei seinen rechten Fuß, bereit nach links auszufallen. Der Paragon verfiel in die gleiche Reaktion, führte mit der linken Form. In der Überzeugung, das Rätsel des Paragons gelöst zu haben, drehte Wexley den Schlagstock und traf den linken Körper.

Diesmal biss der Schlagstock ein, sein Blitz erhellte den schockierten Ausdruck im Gesicht des Paragons. Diese geweiteten Augen vermischten sich mit zuckenden Muskeln, als der Paragon zu Boden ging, das Abbild auf der rechten Seite verschwand, als hätte jemand es ausgeschaltet.

»Ein Trick«, sagte Wexley und schaltete den Schlagstock aus. »Das war alles, was du hattest.« Er kniete sich hin, griff nach dem Hals des Paragons. Ein Griff, eine Drehung, und dieser wäre erledigt. »Wenigstens wird es bei dir schnell gehen.«

»Keine Zeit«, schnitt Rhimes Stimme ein. »Sie werden bei dir sein. Verschwinde.«

Glückspilz.

Wexley sprang schnell auf, stürzte zu seiner Jacke, dem langen Gewehr, und zog sie an, kehrte zu seiner Tarnung zurück. Während er sich die Strickmütze aufsetzte, verließ Wexley das Gebäude, ohne einen Blick oder ein Wort für den Paragon übrig zu haben, der atmend und geschlagen auf dem Betonboden lag.

KAPITEL 2
GIN UND VERFOLGUNG

SHORTS, ein doppelt getragenes T-Shirt gegen die Londoner Kälte und neue Turnschuhe, die bei jedem Schritt durch die herrschaftlichen Grünanlagen des Hyde Parks eine Blase in ihre Fersen gruben. Celice fing beiläufige Blicke auf während sie lief, spätnachmittägliche Stadtmenschen auf dem Weg in den Pub, ins Restaurant oder einfach nach Hause. Bei jedem Auftreten spritzte Wasser, was Celice einen Gefallen tat, indem die Leute ihr aus dem Weg gingen.

Und es dem Mann, der wie jeden Tag um diese Zeit joggte, ermöglichte, in Sichtweite zu bleiben.

Celice hatte Mynx' Besprechungsraum in LA verlassen, sich vom Heulkrampf verabschiedet und war an die Arbeit gegangen. Wenn die Champions das PR-Spiel spielen wollten, während der Mann, der für die Explosion im Stadion verantwortlich war, frei herumlief, war das ihre Entscheidung. Sie traf eine andere.

Ihr Paragon-Zugang erlaubte es Celice, die Aufnahmen des Gefängnisausbruchs zu bekommen, bei dem eine Schlägertruppe Zhan-Yo aus Mynx' vermeintlich sicherer Einrichtung befreit hatte. Dieser schicke stockwerkgroße Aufzug und Mynx' Drohnen hatten gar nichts gebracht, aber zumindest hatte die Champion erstklassige Überwachung. Celice studierte die Aufzeichnung während des Flugs von LA nach New York, dann zog sie in der Bastion die Daten zu jedem Gesicht, das sie auf Mynx' Kameras finden konnte.

Zhan-Yos angenommene Crew bestand nicht aus Kriminellen, zumindest bis zum Einbruch nicht, sondern aus Menschen mit großen Lücken in ihrer Vergangenheit. Paragon-Aufzeichnungen, mit rücksichtsloser Gründlichkeit zusammengestellt, zerlegten ihre Leben in Häppchen, die Celice während des Flugs von New York nach London verschlang.

Sie hatte die europäische Stadt ausgewählt, weil verdammt noch mal jeder aus Zhan-Yos Gruppe in den Wochen seit der Explosion Tickets dorthin gekauft hatte und abgereist war. Die Flüge kamen zu unterschiedlichen Zeiten, von verschiedenen Ausgangspunkten – diese Leute waren keine kompletten Anfänger in Sachen Spionage –, aber das gleiche Ziel machte es einfach, sie zu verfolgen.

Einfach zumindest für eine Gruppe mit Superkräften, die den Planeten mit ihrem allsehenden Unternehmen überwachte.

Der Mann bog wie üblich links ab, in Richtung des östlichen Parkausgangs. Celice folgte ihm, hielt Abstand und nahm gelegentlich Abkürzungen über matschige Umwege, um eventuelle Vermutungen zu zerstreuen. Ihre Zickzackbewegungen brachten sie parallel zum Mann, behielten ihn im Blickfeld. Er war bisher nicht von seiner Route abgewichen, und Celice hatte keinen Grund anzunehmen, dass er es tun würde.

Ein weiterer Arbeitstag, eine weitere Routine.

Am Parkende angekommen, prüfte der Mann zweimal den Verkehr. London spielte das gleiche Spiel wie andere Paragon-kontrollierte Städte – also alle Städte – und hielt Autos zugunsten von Magnetschwebebahnen, Bussen und Transportern zurück. Trotzdem gab es hier im Herzen

Londons noch genug Zufallsverkehr, mit wohlhabenderen Bürgern, die ihre freigegebenen Pods ausführten, oder Speziallieferungen, die ihre Wünsche erfüllten. Genug jedenfalls, dass der Mann mehrere lange Herzschläge warten musste, bis ein Laster vorbeigerollt war, dessen Batterien surrten und nebligen Wasserdunst versprühten.

Celice holte auf, blieb ein paar Meter zurück. Sie trat auf der Stelle, ihre Füße trommelten auf den Boden ohne vorwärts zu kommen, versuchte wie eine ungeduldige Läuferin auszusehen, die nicht anhalten wollte. Ihr Tama, an ihr linkes Handgelenk gebunden, vibrierte. Ein weiterer Anruf, eine weitere Nachricht, eine weitere Anfrage von Mynx' Paragon-Händlern, die versuchten herauszufinden, wohin Celice verschwunden war, was sie vorhatte.

Als ob die Champion nicht Besseres mit ihrer Zeit anzufangen hätte.

Ein älterer Herr zu ihrer Linken verschob seinen Regenschirm, um den inzwischen feinen Nieselregen von Celices bereits verschwitzt kurzem Haar abzuhalten. Unter seiner Stoffmütze nickte der Mann ihr kaum merklich zu. Celice erwiderte mit einem knappen Lächeln, hielt ihre Füße in Bewegung. Der Laster fuhr vorbei und die Gruppe setzte sich in Bewegung.

Wenn irgendein Ort eine Überwachungskapazität hatte, die den Paragons gleichkam, dann war es London. Kameras übersäten die Straßenecken und gaben Personen mit den richtigen Berechtigungen die Möglichkeit, die Stadt vom Schreibtisch aus zu scannen. Celice, verschanzt in einer gemieteten Wohnung, nutzte Gefallen und durchforstete Londons Straßen digital nach einem Treffer.

Und jetzt lief dieser Treffer vor ihr her, vorbei an Geschäften, die für den Abend schlossen, und anderen, die öffneten. Schichten wechselten, Gelächter vermischte sich mit lauten Gesprächen, und die natürlichen Düfte des Hyde Parks wichen den Gerüchen von Küchen, die sich aufs Abendessen vorbereiteten. Die schlichte Klarheit des Parks wich ebenso Werbebannern und helleren Stadtlichtern, eine sensorische Veränderung, die Celice zu ignorieren versuchte, während sie ihrer Zielperson folgte.

Zu nah.

Die Worte ihres Vaters flüsterten in Celices Gedanken. Aegis hatte Recht. Diese Meter, die Celice von ihrem Ziel trennten, waren nicht genug. Wenn der Mann sich die Mühe machte, nach hinten zu schauen, wenn er Celices Blicke spürte, die seinen Rücken absuchten, nach möglichen Waffen in seiner weiten Trainingshose und seiner lockeren Jacke, würde er sie inmitten der schlurfenden, mantelbedeckten Menge entdecken.

Aber ihr Vater wusste nicht alles. Er predigte eine Tarnlektion nach der anderen, nur um im nächsten Moment auf seine Fäuste zurückzugreifen, sobald etwas nicht ganz nach Plan lief. Ein leichter Instinkt, wenn man wie Aegis tausend Schläge einstecken konnte, ohne einen einzigen zu spüren.

Celice jedoch konnte nicht zurückfallen. Nicht hier, wo sich alle paar Sekunden Kreuzungen und Gassen abzweigten. Wenn seine Route durch den Hyde Park auch statisch blieb, nahm er jeden Tag andere Wege von dieser Straße. Celice vermutete, dass er immer zum selben Ziel zurückkehrte, aber sie fand keine Beweise dafür, nicht in den vielen langen Stunden, die sie verschwommene Aufnahmen studiert hatte.

Celice unterdrückte ein Lachen, während sie sich um eine durchnässte Touristengruppe herummanövrierte: Aegis hätte keine Minute mit den Aufzeichnungen verschwendet. Er wäre auf die Straße gegangen, hätte seinen Rang ausgespielt, um zu bekommen, was er wollte, oder genug Wände eingerissen, bis er es gefunden hätte.

Der Mann bog nach rechts ab, eine lässige Wendung in eine schmale Gasse, gesäumt von Müllcontainern und tropfenden Feuerleitern. Celice näherte sich, verlangsamte zu einem Gehen, die Hände in die Hüften gestemmt, als hätten ihre zarten Frauenlungen unter dem Joggen gelitten.

Du bist unbewaffnet.

Die kurze Hose, das T-Shirt, die Schuhe ließen wenig Platz, um eine Waffe zu verstecken. Celice hatte die Wohnung verlassen, ohne einen Kampf zu planen. Wie eine Läuferin aussehen, herausfinden, wohin der Mann ging, wenn er die Straßen für Londons Gassen verließ, und dann nach Hause zurückkehren, um die nächste Phase vorzubereiten. Jetzt, wo sie schon so weit gekommen war, allerdings ...

Als sie um die Ecke bog, entdeckte Celice den Mann auf halber Höhe der Gasse. Er lehnte an einem Abflussrohr, ein Bein zum Dehnen angehoben. Menschen drängten sich hinter ihr, einer stieß Celice vorwärts in den Eingang der Gasse. Der Mann drehte sich bei dem Geräusch nicht um, hatte Celice überhaupt nicht gesehen, aber sie hatte nirgendwo einen Platz zum Verstecken, falls er es täte.

Keine Möglichkeit, natürlich zu wirken.

Aegis würde diesen Teil mögen. Celice könnte sich zurückziehen, könnte wieder in die Menschenmenge eintauchen und nach Hause gehen, sich neu gruppieren und es noch einmal versuchen. Wenn sie das wie all die Paragon-Einsätze gehandhabt hätte, die sie über die Jahre beaufsichtigt hatte, hätte Celice die Aktion abgebrochen. Damals hatte sie Zeit, sie hatte Zeit und Kämpfer mit Superkräften auf ihrer Seite.

Noch eine Nacht ohne Fortschritt in dieser Wohnung, mit ihren kahlen Wänden und spärlichen Möbeln und Ginflaschen, runtergespült mit Limette und wenig anderem ...

Celice nahm den Laufschritt wieder auf, bewegte sich die Gasse hinunter mit einem sich ausbreitenden Lächeln, wie jemand Harmloses, der wusste, dass er gesehen werden würde.

»Entschuldigung«, sagte Celice, als der Mann ihre Schritte hörte und sich zu ihr umdrehte. »Die Straßen sind so überfüllt, ich sah, dass du hier langgegangen bist und dachte, vielleicht ist das eine gute Route.«

»Es geht«, sagte der Mann, hielt seine Dehnung und wartete darauf, dass Celice vorbeigehen würde.

Mach den ersten Zug.

Zu warten würde dem Gegner die Kontrolle überlassen. Celice drückte sich mit der linken Ferse ab, drehte sich in der Gasse und versetzte dem Mann einen scharfen Tritt in den Magen. Der Turnschuh traf, Luft entwich, als die Augen des Mannes hervorquollen und seine Lungen sich leerten. Die Dehnung und sein Einbeinstand hätten bedeuten sollen, dass der Mann zu Boden gehen würde, hätten Celice eine einfache Möglichkeit zum Festhalten und Verhören geben sollen.

Stattdessen behielt der Mann seine Hand am Rohr. Der Halt ermöglichte es ihm, das gedehnte Bein abzusetzen, seine Füße fanden Halt, während Celice zu einem Folgeschlag genau dort ansetzte, wo sie getreten hatte. Eine weitere Welle gegen den Magen des Mannes, und sie könnte ihn zum Übergeben bringen, könnte eine Niere prellen und ihn schnell ausschalten.

Aber Zhan-Yo stellte keine Anfänger ein.

Der Mann wehrte den Angriff ab, hustend, während er versuchte, Luft zu bekommen. Er wich zurück, suchte nach Abstand, um seiner größeren Reichweite eine Chance zu geben. Celice konnte das nicht zulassen, also drängte sie nach vorne, nutzte die Masse des Mannes als großes Ziel. Diesmal variierte sie ihre Schläge, ließ Hände und Ellbogen hoch und tief aufblitzen, suchte nach einer Schwachstelle.

Ihr Gegner nahm die Treffer hin, wenn sie kamen, blockte die, die er konnte, erholte sich immer noch von dem Tritt. Seine Haltung, die mit jeder Sekunde aufrechter und gefestigter wurde, zeigte, dass Celices Treffer an seinen Schultern, seinen Knien und ein guter Kratzer an der Wange nicht genug bewirkten.

Der Schwinger kam nach einer Abwehr, der Mann schlug

seinen linken Ellbogen herunter, um einen Jab abzuwehren, und stieß dann die Faust direkt auf Celices Augen zu. Sie zuckte zur Seite, aber nicht weit genug, der Schlag traf ihre rechte Schläfe und trieb sie zwei Schritte zurück. Dort würde sich sicher ein blauer Fleck bilden.

Und mehr würde folgen, nach der Boxerhaltung des Mannes zu urteilen. Er hatte die Hände hoch, die Füße auf den Zehen und wippte. Schlimmer noch, ein Glänzen spielte auf seinem Gesicht, bereit und begierig auf den Kampf.

»Ich weiß nicht, wer du bist oder woher du kommst, aber du hast dir heute die falsche Gasse ausgesucht«, sagte der Mann, sein Akzent verriet seine Herkunft aus den kanadischen Nordwäldern.

Halte ihn aus dem Gleichgewicht.

»Nein, du bist genau der Mann, den ich suche«, schoss Celice die Worte mit einem lebhaften Lächeln hervor, ein ehrlicher Blick, der den Mann für den Bruchteil einer Sekunde aus der Fassung brachte.

Lang genug.

Mit einem Tritt durch eine Pfütze ließ Celice schmutzige Tropfen auf den Mann regnen, folgte ihnen mit einem Seitenschritt nach rechts. Ihr Rivale drängte durch den Trick, versuchte einen weitreichenden Schlag, der davon abhing, dass Celice am Boden blieb, wie es ein normaler Kämpfer tun würde.

Aber Celice, Tochter des weltweit führenden Paragons, war keine normale Kämpferin.

Sie setzte ihren linken Fuß auf und sprang, bewegte sich in einem steilen Winkel zur Gassenwand. Der Sprung brachte sie so weit nach rechts, dass der Schlag des Mannes ins Leere ging, sein Nachschwung brachte ihn direkt in Celices Gegenstoß. Ihr rechter Fuß berührte die Wand einen halben Meter hoch und Celice stieß sich ab, änderte die Richtung und schlug mit dem zusätzlichen Schwung nach vorne.

Der Mann konnte seinen eigenen Schwung nicht rechtzeitig zurückholen, um zu blocken, und kassierte Celices Schlag direkt am Kinn. Jetzt war er an der Reihe zu taumeln. Celice drängte weiter nach vorne, blieb nach dem Wandsprung auf den Beinen und nutzte das Chaos, um das linke Bein des Mannes zu packen und es zu verdrehen, während er zurückwich. Ein würdeloser Plumps folgte, der Trainingsanzug traf auf den durchnässten Boden. Der Kopf des Mannes folgte, krachte auf das Kopfsteinpflaster.

Celice beugte sich vor, bereit, einen Ellbogen auf den Hals des Mannes zu legen, falls er versuchte aufzustehen. Seine Augen waren jedoch trüb und geschlossen und nahmen die Realität nicht mehr wahr. Stattdessen legte Celice zwei Finger an seinen Hals und beobachtete seine Brust. Ein Puls schlug, die Lungen taten ihre Arbeit. Nicht tot, bewusstlos für wer weiß wie lange.

»Hey!« Eine Frau rief am Eingang der Gasse, und Celice schaute zurück, um ein älteres Paar zu sehen, das die improvisierte Abendunterhaltung beobachtete. »Was geht denn hier vor?«

Wer wusste schon, wie viel sie gesehen hatten, wie viel sie glauben würden, aber eine einfache Ausrede würde für die meisten Menschen funktionieren: Der Durchschnittsmensch wollte nicht, dass sein täglicher Komfort durch Paragon-Geschäfte oder blutige Straßenkämpfe gestört wurde.

»Er ist beim Üben ausgerutscht«, rief Celice zurück. »Ruft einen Krankenwagen!«

Sie wandte sich wieder dem Mann zu, durchsuchte seine Jacke, suchte nach irgendetwas. Ein Tama vom Handgelenk zu bekommen würde Zeit und Werkzeuge erfordern, die sie hier nicht hatte, und die völlige Regungslosigkeit in seinem Gesicht schien zu bedeuten, dass das Bewusstsein nicht so schnell zurückkehren würde.

In der linken Tasche des Mannes fand sie einen zerknitterten Kassenbon. Kaffee, Gebäck. In der rechten Tasche einen Schlüsselbund. Nur ein Paranoider würde auf Schlösser zurückgreifen, die nicht gehackt werden konnten. Celice blieb geduckt und befühlte die zwei kupferfarbenen Schlüssel. Sie könnte sie mitnehmen, aber dann würde der Mann es wissen, Zhan-Yo würde wissen, dass sie gestohlen wurden.

»Wie geht es ihm?«, kam die Stimme der Frau, jetzt näher, aufgeregt darüber, involviert zu sein. Ein Blick bestätigte, dass die beiden die Gasse hinunter auf Celice zukamen. Störenfriede blieben eben Störenfriede. »Wir haben angerufen, Hilfe ist unterwegs!«

Mit ihrem eigenen Tama machte Celice drei Bilder von den Schlüsseln. Als das Paar näher kam, steckte sie die Schlüssel zurück in die Tasche des Mannes und stand auf, wobei sie eine besorgte Miene zur Schau stellte.

»Danke«, sagte Celice, als sie näher kamen. »Ich glaube, er hat sich ziemlich hart den Kopf gestoßen. Ich gehe dem Krankenwagen entgegen, könntet ihr auf ihn aufpassen?«

Das Paar, das seine christliche Pflicht erfüllte, stimmte ohne einen Moment des Misstrauens zu. Celice eilte zum Eingang der Gasse, tauchte in die vorbeiziehende Menschenmenge ein und verschwand, als eine Sirene die abendliche Ruhe Londons durchbrach. Über ihnen zog eine dunkle Drohnenwolke vorbei, die dem Krankenwagen mit ihrem undurchschaubaren Auge vorausging.

Einst hätten diese Maschinen Celice mit Hoffnung erfüllt, mit dem Gefühl echter Macht in einer Welt, die sonst wenig wertschätzte.

Jetzt hielt sie den Kopf gesenkt und spürte, wie der Nieselregen zu richtigem Regen wurde, während die Kälte die ersten Schmerzen an ihrer lädierten Schläfe vertrieb.

Die Dusche wusch den Schmutz weg, und trockene Kleidung beruhigte ihr Zittern. Ihr loses Haar verbarg den hässlichen Kreis an ihrer Stirn, aber Celice konnte der Wohnung sonst nicht viel abgewinnen. Über eine Anzeige gefunden und mit Reps aus Konten bezahlt, die Celice und ihr Vater unterhielten, hatte sie auch die Möbel des Vorbesitzers übernommen. Die Stücke wirkten leblos, zwar ansprechend genug, aber ohne Erinnerungen, die sie vollständig machten.

Bastion, der riesige Turm in New York, der jahrelang ihr Zuhause gewesen war, hatte in seinen stählernen Wänden und den von fortschrittlicher KI überwachten glitzernden Geräten mehr Gefühl als dieses beengte Studio im Westen Londons. Anfangs behandelte Celice den Raum wie ein Hotelzimmer, eine vorübergehende Bleibe zum Schlafen, für Hygiene und wenig mehr.

Dann häuften sich die Stunden. Die Tage vergingen mit Überwachung und dem Ansehen von Aufnahmen auf ihrem Computerbildschirm, während draußen vor dem Fenster nur ein kleiner Innenhof und Mauern zu sehen waren. Pubs und Cafés boten Fluchtmöglichkeiten, aber jeder Ausflug barg das Risiko, dass ein Paragon sie erwischen oder Mynx eine Drohne auf sie ansetzen würde.

Celice spürte jetzt wieder das Summen, den regelmäßigen Anruf vom örtlichen Paragon-Büro. Sie wussten, dass sie in London war, vielleicht wussten sie sogar, wo sie wohnte. Celice starrte auf das weiße Leuchten ihres Tamas, das ihr eine Rückkehr anbot. Sie könnte die Worte sagen, direkt in die hiesigen Einrichtungen ziehen, wieder zum Team stoßen und mit deren Hilfe Zhan-Yo jagen.

Aber das würde Ablenkungen bedeuten. Es würde bedeuten, Mynx' Befehlen zu folgen oder dem Champion, der Europa leitete. Sie würde von der Hauptfigur ihrer eigenen Bemühungen zu einer Nebendarstellerin werden. Und wenn sie Zhan-Yo fänden? Die Paragons würden einen Prozess abhalten, ihn der Welt vorführen und versuchen, ihn als eine schreckliche Gestalt darzustellen.

Zhan-Yo verdiente eine Kugel in den Kopf. Schnell, tödlich und erledigt.

Dann, wenn der Mörder ihres Vaters aus dem Spiel genommen wäre, könnte Celice zur Politik zurückkehren, zu den Spielen, zum Gerangel um die Macht der Paragons.

Sie wischte über ihr Tama und fand ihre Bilder. Schickte sie an ihren Computer. Die Schlüssel selbst trugen nichts außer einem Namen, dem des Schlüsseldienstes, der die Kopien angefertigt hatte. Der nächste Schritt.

Zurückgelehnt auf dem Sofa betrachtete Celice den dunklen Fernseher, umrahmt von schlichten, geblümten Kunstdrucken. In der Küche wartete Tee, zusammen mit Resten eines mittäglichen Curry-Abenteuers. Sie könnte einen Film einschalten, den Erfolg des Tages genießen. Der Mann kannte ihren Namen nicht, wusste nicht, warum sie ihn angegriffen hatte. Sie würde vorerst nicht in Gefahr sein.

Aber ein Sieg verdiente eine Feier. Dies war London, und auch wenn die Welt wegen des Bombenanschlags auf das Stadion in LA in Aufruhr war, wussten die Menschen hier, wie man Spaß hatte.

Und Celice konnte heute Abend etwas Spaß gebrauchen.

KAPITEL 3
TEAMTRÄUME

DER ALARM ZEIGTE jeden Unterschied zwischen Calvins Vergangenheit und seiner Gegenwart. Das Logo auf seinem Tama, das Paragon *P*, strahlte Professionalität aus. Sauber, blau und weiß verschwand das Logo in einem Ruf nach Calvin, um auf einen vermissten Paragon in Chicagos nördlicher Loop zu reagieren. Nicht dass Calvin das tun würde - der Alarm würde an andere Paragons und Drohnen in der Gegend gehen, kaum nur an Calvin - aber das Signal stand dennoch im starken Kontrast zu dem tropfenden Lagerhaus, in dem er stand.

Der fleckenbedeckte Betonboden unter seinen Füßen hallte an den stabilen Wänden wider, während die zusammengewürfelten Anomalien ihre Fähigkeiten testeten. Gerade traten sie zu zweit gegeneinander an und übten Teamwork. Jeder musste sehen, wie er seine Fähigkeiten zum Nutzen des anderen einsetzen konnte und umgekehrt. Es ging um Bindung, darum, die wahre Kraft des Teams zu verstehen.

Aufkleber-Nonsens.

Calvin kratzte sich am Hals, wo seine Jacke, ein Impulskauf mit seinen neuen Paragon-Vertretern, rieb. Das Lagerhaus hatte keine Heizung, und während Chicago langsam aus seinem gefrorenen Winterschlaf erwachte, beherrschte die Kälte noch immer die Luft. Die zerbrochenen Fenster des Lagerhauses, deren Glas wie Zähne in einem verworrenen Schlund stand, ließen reichlich Zugluft herein. Eine Brise, die mehr als nur Kälte mit sich brachte.

»Hey«, sagte Calvin zu Farrah neben ihm, einer hartgesottenen Kämpferin, die ihre eigenen Fähigkeiten geheim hielt, während sie ihren Schützlingen Befehle bellte. »Mussten wir wirklich diesen Ort wählen, oder hilft der brennende Müll irgendwie?«

»Hält dich motiviert«, antwortete die Frau, ohne den Blick von den Kämpfern abzuwenden. »Je schneller du deine Übungen erledigst, desto früher kannst du gehen.« Sie winkte nach vorne. »Wo wir gerade dabei sind ...«

»Ich bin ein Paragon. Ich brauche das nicht.«

»Beth sieht das anders, und was Beth sagt, gilt«, antwortete die Frau und verwies auf die Elemental-Anführerin, die in Chicago das Sagen hatte. »Mach mit.«

»Ich habe keinen Partner.«

»Dafür wirst du keinen brauchen.«

Kopfschüttelnd, aber an das Versprechen des frühen Aufbruchs festhaltend, wenn er ihre Spiele mitspielte, nahm Calvin fünf Meter Abstand. Er stand Farrah gegenüber, die die anderen zu beobachten schien und ihn ignorierte.

»Also, was machen wir jetzt?«, rief Calvin.

»Alle mal her!«, rief Farrah, ihre Stimme hallte durch das Lagerhaus. »Calvin hier glaubt, Paragons brauchen kein Teamwork.«

»Das habe ich nicht gesagt.«

»Erinnert ihr euch, was passierte, als Aegis sein Team im Stich ließ?«, fuhr Farrah fort. »Nicht einmal eine Legende kann alleine bestehen! Wir Elementals sind klüger und stärker, wenn wir zusammenarbeiten. Anthony, Della, zeigt uns, was ich meine.«

Alle anderen im Lagerhaus bildeten einen Kreis und schauten zu, wie die beiden genannten Elementals, beide in schäbiger Frühlingskleidung, sich Calvin gegenüber aufstellten.

»Ich dachte, das wären Teamübungen?«, fragte Calvin.

»Manchmal ist es wichtiger, das Warum zu beweisen, als das Was zu üben«, antwortete Farrah. »Los, Elementals, erteilt ihm eine Lektion.«

Mit all den Augen auf sich gerichtet, tat Calvin das, was er am besten konnte: er zog sich in sich selbst zurück. Baute eine Mauer auf und suchte nach einem Ausweg. Die Menschen, die ihn umgaben, waren nicht seine Freunde, nicht seine Partner in einem Kampf gegen Wexley, die Paragons und eine zerfallende Welt. Sie waren nur weitere Bastarde, die ihn ausnutzen wollten.

Seine Hände spürten, wie immer, den Strom, der in den schwarzen Lederhandschuhen auf seiner Haut eingebettet war. Das glatte Ziehen des Leders lockte Calvin, wartete darauf, angenommen zu werden. Die Handschuhe selbst waren schön, warm. Keine, die er ruinieren wollte.

Als Anthony und Della also ein paar Meter Abstand zwischen sich brachten und mit Calvin als Spitze ein Dreieck bildeten, zog der Paragon seine Handschuhe aus und steckte sie in seine Manteltaschen. Als er das tat, erwachte die Luft um ihn herum zum Leben. Staub, Kälte und andere Chemikalien in der Luft neckten Calvin, deuteten an, dass sie eingefangen und umgeleitet, gedehnt und eingesetzt werden könnten.

Was erwartete Farrah von Calvin? Dass er gegen diese beiden kämpfte? Anthony und Della waren beide älter als Calvin, aber das bedeutete nicht viel, wenn Fähigkeiten ins Spiel kamen. Jeder Anomalie hatte seine eigene Entwicklung, von dem Moment, als ihre Gaben zum ersten Mal auftraten, bis zu dem Zeitpunkt, an dem sie nachließen - falls sie das überhaupt taten. Calvins zeigten sich um seinen zwölften

Geburtstag herum, zusammen mit dem ersten Flaum im Gesicht und dem Stimmbruch.

Damals war er mit den neuen Empfindungen klargekommen, hatte sie als weiteres Werkzeug in einer wachsenden Kiste betrachtet, gefüllt mit einer Flucht aus der Pflegefamilie nach der anderen. In letzter Zeit hatte Calvin gefährlichere Lektionen zu dieser Kiste hinzugefügt, perfekt geeignet für die mutigen Anomalien, die sich jetzt gegen ihn aufstellten.

Anthony machte den Anfang, der langhaarige Türsteher machte einen Schritt, bevor er in die Luft sprang. Della machte ein Gesicht, als würde sie einen unsichtbaren Ballon aufblasen, und Anthonys Sprung ließ ihn hoch genug steigen, um die Lagerhallendecke zu berühren. Calvin beobachtete, wie der Mann sich in der Luft drehte und wie ein Komet mit vorgestreckter Faust auf die Erde zuraste.

Während er fiel, wuchs Anthonys Körper. Jeder Teil vergrößerte sich mit der Geschwindigkeit des Mannes, verdoppelte und verdreifachte sich in den Millisekunden des Falls. Ein Schlag würde mit weit mehr Kilos kommen, als Calvin aushalten konnte.

Also bewegte sich das Ziel.

Ein Sprung nach vorne brachte keinen Fortschritt, Dellas neu ausgerichteter Windtunnel drückte Calvin zurück und ließ seine Zeit verrinnen. Nicht gut, aber deshalb arbeitete Calvin immer mit einem Backup-Plan. Als er zu laufen begann, ließ Calvin seine rechte Hand zu seiner Jeans fallen und hielt sich am Denim fest. Seine linke Hand ging über seinen Kopf, das Gefühl durchströmte ihn elektrisch.

Über ihm entsprang ein dünnes blaues Netzwerk, das sich nach oben und außen ausdehnte und sich mit der Luft zu einem blau-weißen Netz verband. Anthony krachte herunter, rammte Calvin und schleuderte ihn auf den Lagerhallenboden. Das Netz nahm dem stürzenden Mann etwas von seinem Schwung.

Nicht genug.

Farrah stand über ihm, als Calvin die Augen öffnete, ein wissendes Lächeln teilte ihr Gesicht. Um sie herum zeigten die Geräusche eine Rückkehr zu den Übungen, die Calvin unterbrochen hatte.

»Verstehst du jetzt den Punkt, Paragon?«, fragte Farrah.

Calvins Kopfschmerzen verlangten nach der Antwort, die ihn so schnell wie möglich von diesen brutalen Menschen wegbringen würde. Er hatte zugestimmt, sich mit den Elementals einzulassen, weil Kat ihn darum gebeten hatte, weil sie ihr Leben mit diesen Möchtegern-Helden auf eine Weise verflochten hatte, wie Calvin es nie mit jemandem tun würde. Ein weiterer Fehler auf der langen Liste, die Calvin seit seiner Ankunft in Chicago geschrieben hatte.

Alles wegen einer Convention, einer verdammten Comic-Convention, die durch Kats Verfolgungsjagd ruiniert worden war.

»Ja, ich verstehe deinen Punkt«, sagte Calvin, setzte sich auf und schloss für einen langen Atemzug die Augen, um die Übelkeit abzuschütteln.

»Sieht aus, als hätte Anthony dich hart erwischt. Sollen wir dich untersuchen lassen?«

»Anthony hätte mich fast umgebracht«, sagte Calvin und warf Farrah einen eisigen Blick zu. »Was zum Teufel versuchst du diesen Leuten beizubringen?«

»Ein Paragon würde nicht zögern, jeden von uns zu töten. Ich werde ihnen nichts anderes beibringen.«

»Ich bin nicht hier, um irgendjemandem zu schaden!«

»Beth sagt, sie glaubt dir. Das reicht für manche«, sagte Farrah. »Du kommst hierher, weigerst dich, bei dem mitzu-machen, was wir tun? Jetzt muss ich mich fragen, warum du dir überhaupt die Mühe machst.«

Die Andeutungen lagen schwer in ihren Worten, das Lächeln längst verschwunden. Also hatte Farrah die gleichen Maßstäbe wie alle anderen: Jeder außerhalb deiner Gruppe war ein Feind, bis das Gegenteil bewiesen war. Warum sollte Calvin von den Elementals etwas anderes erwarten?

»Die Paragons haben mich aufgenommen«, sagte Calvin. »Sie haben keine Fragen gestellt. Sie haben gesehen, was ich kann, und mir einen Vertrag angeboten. Ihr habt versucht, mich umzubringen. Ich beginne zu verstehen, warum ihr verliert.«

Er stand jetzt ganz auf. Anthonys Schlag hatte Calvin wahrscheinlich eine Gehirnerschütterung verpasst. Was für ein wundervolles Geschenk. Calvin ging mental seine Besitztümer durch, zählte seine Reps auf. Er hatte nie viel besessen, und was er hatte, lag in einem Schließfach im Paragon-Hauptquartier in Chicago. Es würde nicht lange dauern, dorthin zu gehen, es herauszuholen und die Paragons vielleicht zu bitten, ihn woanders hinzuschicken.

Irgendwohin ohne all dieses Drama.

»Dann siehst du, warum wir keine Chancen eingehen können«, machte Farrah weiter. »Jeder hier wird jemanden verlieren. Wahrscheinlich bald. Wir spielen kein kleines Spiel. Wir laufen nicht nachts durch die Straßen und erschrecken Leute. Das ist eine echte Bewegung, und mit allem, was gerade passiert, haben wir eine echte Chance.«

»Nicht eine, bei der ich helfe. Wenn ihr das nächste Mal etwas anfangt? Vielleicht kämpft ihr dann nicht gegen die, die auf eurer Seite sind.«

Diesmal hielt Farrah Calvin nicht vom Gehen ab. Der Mann spürte die Blicke in seinem Rücken, ignorierte sie. Hielt den Kopf hoch und seine Gedanken kreisten, bis er das Lagerhaus verließ und der Wind ohne die Wände auffrischte. Erst da bemerkte er die Kälte an seinen Beinen.

Wo er dicke Jeans getragen hatte, hatte Calvin nur noch Shorts an, die in Fetzen bis zur Mitte seiner Oberschenkel hingen. Einige Anomalien hatten Fähigkeiten, die sich nehmen konnten, was sie brauchten, von überall, von allem. Calvins fraß seine Kleidung.

Was für ein verdammt großartiger Tag.

Seeker machte es besser, wie der Hund es immer tat. Der große, weiße Flauschball fiel über Calvin her, als er Kats Wohnung betrat. Der Ort, notdürftig repariert nach Wexleys Angriffen, diente Calvin als Luftmatratzen-Zuhause, während die Paragons sich durch das Desaster in LA schleppten. Die Weltregierungsgruppe sprang von einer Notstandserklärung zur nächsten, während Mynx, die nominelle lokale Anführerin, im Rampenlicht herumstolperte.

Calvin musste dem Champion-Ingenieur jedoch eines lassen: Mynx blieb wenigstens. Sie steckte jeden Tag Prügel ein, vor den Kameras und abseits davon, während die Paragons weiter neue Prozesse, neue Namen und neue Ideen herausbrachten, als hofften sie, allein mit Memos die Paragons in einen stabilen Zustand zurückzubringen.

Also wich Calvin dem Drama aus, indem er bei seiner Freundin unterkam.

»Stimmt's, Seeker?«, sagte Calvin und kraulte die Ohren des Hundes, während er nach einer neuen Hose suchte. Die Busfahrt hierher war eine Übung im Ignorieren von Blicken gewesen, aber Chicago hatte genug Menschen, dass jemand in zerfetzten Shorts an einem kühlen Märztag nicht das Seltsamste war. »Wir hängen hier einfach rum und lassen die Welt sich selbst sortieren.«

Der Gedanke fühlte sich etwas seltsam an, wenn man bedachte, dass Kat und Calvin vor nicht allzu langer Zeit Mordversuchen von irgendeinem Typen entkommen waren, der laut Kat unendlich viel Macht und Reps hatte. Calvin wollte Wexley packen und ihm etwas Respekt beibringen, klar, aber die Los-lass-uns-ihn-kriegen-Rache verflüchtigte sich, als die Elementals zur Vorsicht mahnten und die Paragons in Verwirrung stürzten.

Calvin nervte Kat Tag für Tag, ihre Ausrüstung zusammenzupacken, damit sie beide auf CEO-Jagd in Wexleys Büro gehen konnten. Zusammen, dachte Calvin, hätte Wexley nicht den Hauch einer Chance zu entkommen, und mit Calvins Paragon-Verbindungen könnte er auch Drohnenunterstützung bekommen. Den Turm mit Waffen und guter Laune eindecken.

»Aber nein«, sagte Calvin zu Seeker, während er seine Zahnbürste, das Tama-Ladegerät und einige Klamotten in einen Rucksack stopfte. »Alle wollten stattdessen eine Pause einlegen, weil sie alle Angst haben.«

Wovor sie Angst hatten, wusste Calvin nicht, aber Beth war sehr bestimmt gewesen. Wenn Kat und Calvin ohne ihre Zustimmung gegen Wexley vorgingen, würden die Elementals sie als Feinde betrachten. Und mit diesem tätowierten Wunderwirker, der Kats Überleben in seiner Tinte trug, würde ein Alleingang einen schnellen Tod für alle bedeuten. Natürlich, wie Calvin Nacht für Nacht betonte, könnten sie den hinterhältigen Bastard treffen und verschwinden, und Beth müsste es gar nicht erfahren.

»Aber Kat ist total scheu geworden«, sagte Calvin, und Seeker bellte. »Sie will ihre neuen Freunde nicht verlieren, Mann. Ich versteh das.«

Calvin verstand es eigentlich nicht, aber so zu tun, als verstünde er, wie Familien funktionierten, war ein lustiges kleines Spiel, das er mit sich selbst spielte. Ließ die Dinge weniger einsam erscheinen.

Seeker legte den Kopf schief, strahlend blaue Augen starrten Calvin an, während die Zunge des Hundes lose und nass aus seinem Maul hing. Ein lächerlicher Anblick, der Calvin zum Lachen brachte, als er sich seinen Rucksack über die Schulter warf. Er würde Kat vermissen, klar. Sogar Gordon, diesen Idioten, der trotzdem versuchte zu helfen. Der Hund allerdings würde das größte Bedauern sein.

Als hätte er Calvins Gedanken gespürt, vibrierte sein Tama. Er warf einen Blick darauf, sah Kats Namen und darüber die Uhrzeit. Jetzt spät genug am Nachmittag, dass ihr Meeting vorbei sein könnte.

»Hey«, nahm Calvin den Anruf an.

»Das ist alles? Hey?«

»Das ist, was ich sage?«

»Was ist mit dem, was Farrah sagt?«, antwortete Kat. »Ich habe nicht alles aus ihren Worten verstanden. Hast du jemanden getötet, oder hat jemand versucht, dich zu töten?«

»Sie haben mich zu zweit angegriffen, und ich habe sie nicht getötet, weil ich ein netter Kerl bin.« Calvin ignorierte Seekers Schnauben. »Farrah wollte etwas beweisen. Das hat sie geschafft, und jetzt bin ich fertig.«

»Noch nicht. Ich brauche einen Drink und die Chance, Dampf abzulassen.«

»Kannst du nicht deinen Gordon anrufen?«

»Der hat seine eigenen Probleme.«

Calvin schnaubte: »Also bin ich dein Notnagel.«

»Tut mir leid, ich dachte, ich rede mit Calvin, dem erwachsenen Mann. Nicht mit einem Kind.«

Der Rucksack rutschte von Calvins Schultern, während er grinste. Kat hatte immer eine Art, ihn mit Beleidigungen in gute Laune zu versetzen.

»Wo willst du hin?«, fragte Calvin. »Und in diesem Laden sollten besser keine Elementals sein, weil ich schwöre ...«

»Du schwörst was?«

»Bring mich nicht dazu, es zu sagen.« Calvin konnte Kats eigenes Grinsen durch das Telefon hören. »Es ist nicht höflich.«

»Dann sag es mir persönlich. Ich steige gerade in eine Pod, was bedeutet, du bist schon spät dran.«

Kats Geschmack bei Bars tendierte zum Abgrund, nicht dass Calvin sich beschweren konnte. Die Getränke in Kats Kneipen waren meist billig, sodass Calvins neues Paragon-Gehalt allen Alkohol deckte, den der Mann trinken wollte. Was, da sein Leben praktisch seit dem Tag seiner Geburt auf dem Spiel stand, stark zwischen einem Glas und einer Gallone schwankte.

Calvin kannte das *Carver's* allerdings. Erinnerte sich an die Stufen hinunter in die Kellerbar, erinnerte sich an die fast leeren Lagerhäuser und Geschäfte, die mit Abständen herumstanden, die vermuten ließen, dass der Planer in diesem Chicagoer Viertel nicht aufgepasst hatte. Der Laden hatte ein paar Büroflüchtlinge, die sich einen frühen Feierabend gönnten, bevor sie nach Hause in ihr Leben gingen, tranken und die frühe Baseball-Saison verfolgten.

Die dunklen Wände trugen Kerben, wo Schlägereien und geworfene Hocker ihre Narben hinterlassen hatten. Auf dem Boden, derzeit von Tischen und Stühlen versperrt, befand sich der lose Umriss, wo sich später ein Ring bilden würde. In genau diesem Ring hatte Kat Calvin damals fast dazu gebracht, seine Kräfte zu offenbaren. Sein *anomales* Ich. Dort auszubrechen, in dieser Menge, hätte sich für die Sekunde der Überraschung, die Calvin Kat abgerungen hätte, so gut angefühlt, gefolgt von einem Hagel aus Fäusten, als die betrunkene, wütende Menge ihren Anomalie-Hass an ihm ausgelassen hätte.

»So schlimm ist es nicht«, sagte Kat, als Calvin sich ihr gegenüber setzte, zwei Amber Ales in den Händen. Er schob eines über den glatten Tisch zur Trackerin. »Sie wissen nicht, wer du bist.«

»Dass du das sagen musst, macht es schlimm, Kat«, sagte Calvin und versuchte, eine bequeme Position auf dem metallenen, kissenlosen Stuhl zu finden.

»Ja, nun, kein Ort ist perfekt.«

»Dieser hier ist weit davon entfernt.« Calvin hob sein Glas. »Aber die Drinks sind *wirklich* billig.«

Kat stieß mit ihm an und sie tranken. Calvin katalogisierte das Gefühl in seiner linken Hand, handschuhlos und das Bier haltend. Das Glas funkelte, eine Kante wartete darauf, aufgesogen und genutzt zu werden. Calvin könnte es in eine Lanze verwandeln, ein Messer, oder es in eine Art Sternbild verdrehen. Seine rechte Hand, die auf dem Tisch ruhte, ertastete die

Farbe und das Plastik darunter. Beides bot Möglichkeiten, beides könnte hochgerissen und aufgespalten werden in …

»Bist du da?«, sagte Kat. »Oder habe ich gerade einer Mauer alles erklärt?«

Calvin zuckte mit den Schultern, »Sie haben mich ziemlich hart getroffen.«

»Klingt, als müsste ich mal mit Farrah reden.«

Kat war nicht besonders gut darin, besorgt zu klingen.

»Bin kein Kind«, erwiderte Calvin. »Ich komm damit klar.«

»Oh, ist das das, was du da gemacht hast, als du in der Wohnung gepackt hast?«

»Du hast das gesehen?«

Kat wedelte mit ihrem Tama, »Hey, weißt du, welches Jahr wir haben? Überall Kameras, Kumpel. Tap hat mir gesagt, dass du drin warst, und ich hab nachgesehen.«

Taps Name killte die Überwachungs-Stimmung, die Kats Worte erzeugten. Die KI der Wohnung bot belanglose Wetter-vorhersagen an, versprach gute und schlechte Strandtage für Chicago, gepaart mit kernigen Sprüchen darüber, das Leben langsam anzugehen, den Sand zu fühlen, die Seeluft einzuat-men. Das Surfer-Bro-Setup machte beim ersten Mal Spaß, beim zwanzigsten verdrehte man nur noch die Augen.

Noch etwas, das Calvin ohne zu zögern aufgeben konnte.

»Ich hab's satt rumzusitzen«, sagte Calvin. »Wenn wir nicht hinter«, Calvin sah sich um, sah niemanden, der aufmerksam war, versteckte Namen trotzdem, »diesem Typen her sind, was machen wir dann hier?«

»Meetings, anscheinend?«

Kats Tonfall und ihre anschließende Rückkehr zum Bier gaben Calvin etwas Hoffnung. Vielleicht wurde es ihr auch zu viel.

»Ich sage, es dauert zu lange«, fuhr Calvin fort und bekräftigte seine Position. »Ich garantiere dir, er wartet nicht darauf, dass wir zu ihm kommen, aber Leute wie er, die vergessen auch nicht. Er wird uns eines Tages finden, und es wird nicht gut ausgehen, wenn wir diejenigen sind, die überrascht werden.«

Kat seufzte, »Ich habe Beth heute wieder danach gefragt. Sie sagt immer noch nein. Ich glaube, sie will, dass die Paragons zuerst eingreifen, warten, bis beide Seiten blutig sind, und dann reinkommen und den Sieg für sich beanspruchen.«

»Welchen Sieg? Eine Stadt in Flammen?«

»Frag sie. Sie sagt es mir nicht.«

Zurück zur selben Sackgasse. Zurück in dieselbe Rille.

»Kat. Ich spiele hier nicht. Ich bin damit durch. Entweder wir gehen hinter diesem Typen her, oder ich nehme den nächsten Paragon-Flug irgendwohin, wo er mir nicht folgen wird. Bist du dabei oder nicht?«

Zum ersten Mal knickte Kat in diesem Moment nicht ein. Bot keine Ausrede an, wie die Elementals irgendwann schon zur Vernunft kommen würden. Stattdessen hob sie ihr Glas wieder und stieß mit Calvin an.

»Scheiß drauf. Ich bin dabei. Lass uns ihn schnappen.«

KAPITEL 4
ENTLASSEN

NOCH NIE WAR sie glücklicher gewesen, ein Tablett auf einen Tisch zu stellen. Cassidy zog ihre zitternden Hände zurück und beobachtete, wie der Fruchtbecher – saftig orange – und der Buttertoast gerade stehen blieben. Nichts fiel auf den Kunststoff oder den steinernen Terrassenboden darunter. Sie warf einen zaghaften Blick nach links, wo Ano mit dem Besen bereitstand. Er nickte und verschwand wieder in der Cafeteria.

Über ihr wiegten sich Palmen in der stetigen Meeresbrise. Bunte Vögel, deren Namen Cassidy nicht kannte, pickten durch das lange, üppige Gras, das die fünf Tische der Terrasse umgab – ein Ableger ihres derzeitigen Zuhauses, der Lüge, die sie ins Leben zurückgebracht hatte.

Das lockere Hemd und die Hose, beides weiß und aus der Kleiderkammer des Zentrums gefischt, bauschten sich um sie herum und ließen überall Luft hindurch. Der Wind strich über ihre von Duschen gereinigte Haut, schlich sich in ihren Mund mit den geputzten Zähnen, spielte in ihrem wachsenden Haar, dem sie im Spiegel Aufmerksamkeit geschenkt hatte. Cassidy hustete nicht mehr wegen eines trockenen

Halses, ihre Bräune hatte einen natürlicheren Bronzeton angenommen als die verbrannte Färbung der letzten Jahre.

Und der Orangensaft? Jeden Tag biss Cassidy in diese Becher und verspürte überschwängliche Freude an den saftigen Zuckern, am knusprigen Toastbrot. Auch die Suppen und Nudeln am Abend führten Cassidy durch die Geschmäcker ihrer Erinnerungen, jeder neue ein alter Freund, den sie mit Begeisterung willkommen hieß.

Die Mahlzeiten halfen, alles andere zu verbergen. Halfen, das *Falsche* zu verstecken.

Die Leere. Das war ihr Name gewesen, und der Grund dafür blieb bestehen, ein mentaler Schorf, der darauf wartete, aufgekratzt zu werden, damit sie erneut das annehmen konnte, was die Natur ihr gegeben hatte. Wenn der Drang aufkam, wie jetzt, setzte Cassidy die einzige Waffe ein, die ihr geblieben war.

Trauer.

Das letzte Mal, als sie ihre Fähigkeit eingesetzt hatte, hatte sie einen Fluchtversuch von Mynx', von der Insel der Paragons, ermöglicht. Als sie ihre schwarzen Löcher erschuf, um Drohnenangriffe zu blockieren, hatte Cassidy sich völlig verausgabt. Irgendwie hatte sie überlebt. Irgendwie war sie hier aufgewacht, anonym und frei.

Ihre Freunde hatten den Preis für diese Freiheit bezahlt. Sie sah sie in Blitzen vor sich, wie sie auf dem zerschundenen Schiff ihrer Flucht niedergeschossen oder über Bord gespült wurden, als der Ozean die Seiten überflutete und alles auseinanderfiel. Wäre Cassidy nicht dort gewesen, wäre sie nicht auf Thanes absurde Idee eingegangen, würden sie noch leben. Sie würden noch immer lange Inseltage damit verbringen, Fische zu fangen und Geschichten am Lagerfeuer am Strand auszutauschen, sich eine Existenz fernab der Welt zusammenzustückeln.

Die Gedanken dämpften den Puls, dämmten das Knistern in ihrem Kopf ein. Eine weitere innere Schlacht gewonnen.

Cassidy schenkte ihrem Toast ein grimmiges Lächeln. Was für ein Sieg, die Toten zu benutzen, um keine weiteren zu schaffen.

»Sie sehen heute gut aus«, sagte Reva, die hauseigene Psychologin des Zentrums, als sie sich ohne Cassidys Einverständnis ihr gegenüber setzte. »Das ist jetzt das dritte Mal, oder?«

»Das dritte Mal?«, fragte Cassidy, die den Fruchtbecher geleert hatte und sich nun dem Toast widmete. Das Brot, vorgeschnitten in ordentliche Dreiecke, war während ihrer Überlegungen kalt geworden, aber das störte Cassidys Appetit nicht. »Das dritte was?«

»Tage, an denen Sie auf den Beinen sind«, sagte Reva mit unendlicher, zärtlicher Geduld. »Sie machen solche Fortschritte.«

Cassidy spürte die unausgesprochene Frage. Ob sie sich schon an etwas erinnerte, wie ihren Namen? Ihre Familie? Die Hirnscans hatten keine schweren Traumata gezeigt, obwohl Reva behauptete, Cassidys Muskeln seien ausgelaugt gewesen, ihre Knochen durch extremen Stress regelrecht ausgedünnt.

»Wirklich?«

In einem Leben, das ihr jetzt wie eine Einbildung erschien, war Cassidy Lehrerin gewesen. Sie hatte kleine Kinder unterrichtet, Wortspiele gespielt, Geschichten erzählt, um ihnen beim Lernen zu helfen. In dieselbe Routine mit Reva zu verfallen war... war einfacher gewesen als Cassidy erwartet hatte. Reva schien Cassidys Antworten *vertrauen* zu wollen, und jetzt beugte sich die Ärztin vor, große Augen hinter noch größeren Brillengläsern.

»Ja, Jane«, antwortete Reva und benutzte den Kosenamen, den das Zentrum Cassidy gegeben hatte. »Wir haben hier so viele Patienten, die, wenn sie wie Sie zu uns kommen, nie wieder zu sich finden. Wir wissen, dass sie bei uns bleiben werden, bis sie ihr letztes Lebewohl sagen. Aber Sie, Sie werden Tag für Tag besser.«

»Schön, dass Sie das so sehen.«

»Sehen Sie das nicht auch so?«

Cassidy fühlte sich tatsächlich besser. Ihr Körper, obwohl noch immer schmerzend, fühlte sich mehr und mehr wie sie selbst an. Sie war von völliger Erschöpfung in jedem wachen Moment dazu übergegangen, nun über den Zaun des Zentrums hinauszublicken. Irgendwo da draußen würde es ein Flugzeug geben, das sie nach Hause zu ihrer Familie bringen könnte.

Und zu den Paragons, die sie direkt wieder auf diese Insel bringen würden.

»Doch«, sagte Cassidy. »Denken Sie, ich könnte bald gehen?«

Reva lehnte sich zurück, verschränkte die Arme in ihrem Schoß und faltete die Hände. »Es gibt bestimmte Meilensteine, die wir berücksichtigen müssen, Jane. Zunächst Ihr Name. Wer Sie sind und woher Sie kommen. Wir können Sie ja schlecht von hier weggehen lassen, ohne zu wissen, wohin Sie eigentlich gehen sollten, oder?«

»Ist das Ihre Entscheidung oder meine?«

Revas Blick wankte nicht bei Cassidys Tonwechsel. »Es ist unsere gemeinsame Entscheidung. Wenn wir alle das Gefühl haben, dass Sie einen Plan haben, sich selbst zu versorgen.«

Stille breitete sich aus, während Cassidy ihren Toast aß. Zu sagen, sie hätte einen Plan, wäre optimistisch. So sehr sie ihre Familie auch wiedersehen wollte, Cassidy hatte keine Reps, keine Transportmöglichkeit, keine Dokumente, die sie in ein Flugzeug, Boot oder irgendetwas anderes bringen würden. Sie hatte nicht einmal eine Tama, das Telefon, das an Revas Handgelenk saß.

Auch das Zentrum würde wissen wollen, wen sie aufgenommen hatten. Mit den Paragons an der Macht müsste sich Cassidy keine Sorgen um die Bezahlung ihrer Zeit hier machen, aber das Zentrum würde irgendetwas einreichen müssen. Cassidy würde ihnen irgendwann einen echten Namen geben müssen.

Oder...

Über ihnen donnerte ein Düsenflugzeug vorbei und hinterließ einen weißen Schnitt am blauen Himmel.

»Reva«, sagte Cassidy. »Wie geht es meinem Freund? Besser?«

Reva schüttelte den Kopf. »Nicht so gut wie du.« Sie hellte auf. »Er hat heute seine Augen geöffnet. Für eine ganze Minute. Ich glaube, er hat zugehört, als ich mit ihm sprach.« Eine weitere Pause, ein weiterer Tonwechsel, als Reva sich auf Cassidy konzentrierte. »Erinnerst du dich, wer *er* ist?«

»Es ist verschwommen. Ich erinnere mich nur an Bruchstücke.«

Sie hatten diesen Tanz schon früher aufgeführt, beginnend als Cassidy zum ersten Mal aufwachte. Reva wollte Informationen und Cassidy hatte keine Lust, sie zu liefern. Sie hatte schon früher darum gebeten, ihren Freund zu sehen, aber Reva hatte immer abgelehnt mit der Begründung, es wäre nicht gut, den Mann zu stören. Die Aussage ließ aber immer Spielraum am Ende, als ob Reva ein Angebot gemacht hätte.

»Bruchstücke wovon?«, fragte Reva.

Mit leerem Tablett erwiderte Cassidy Revas Blick. Der Drang, diese Energie aufzusaugen, eine Leere zu erschaffen, die die Psychologin ganz verschlingen würde, wallte in ihr auf, als Cassidy den starren Blick der Ärztin bemerkte, die leicht nach oben gezogenen, zusammengepressten Lippen. Kein Blinzeln in Sicht.

Reva *wusste* Bescheid.

Cassidy hätte nicht überrascht sein sollen. Auf der Insel, umgeben von Anomalien, die sich entweder gegenseitig zerfetzten oder Banden zum Schutz bildeten, gab es wenig Grund zu lügen. Eine Lehrerin, die Zweitklässler von einem

Märchen überzeugt, war nicht dasselbe wie einen Versorger über die eigene Amnesie zu täuschen.

Aber nur weil beide wussten, dass sie schauspielerten, bedeutete das nicht, dass das Stück nicht weitergehen konnte.

»Wenn ich ihn sehen würde«, sagte Cassidy, »könnte ich mich vielleicht an mehr erinnern. Sie sagten, seine Augen waren offen? Es muss ihm besser gehen.«

»Es ist ein Risiko. Aber ihr seid beide schon seit Tagen hier. Deine Vitalwerte sehen gut aus. Ich denke, wir können einen Besuch wagen. Was meinst du?«

»Ich sage, ich bin fertig mit dem Mittagessen, also lass uns gehen.«

Thane, der große Feind der Paragons, der Tyrann, dessen Name die Nachrichten mit düsteren Verkündungen unbezähmbarer Wut verschmutzte, lag ausgemergelt unter sauberen cremefarbenen Laken. Sein Kopf, eine gefleckte Kugel mit lose darüber gespannter Haut, hatte seine strähnigen grauen Haare wie einen ausgetrockneten Heiligenschein ausgebreitet. Soweit Cassidy erkennen konnte, waren Thanes Augen tatsächlich offen, obwohl ihre schmalen Schlitze sich auf nichts Bestimmtes fokussierten. Stattdessen starrten sie durch das Zimmerfenster in einen blühenden, durchweg angenehmen Blumengarten.

Reva stand in der Türöffnung, ein Pfleger direkt davor, während Cassidy hineinging. Thane sah zwar schrecklich aus, aber bei Anomalien, und besonders bei diesem, sagten Äußerlichkeiten wenig über die wahre Geschichte aus. Cassidy ging um das Bett herum, bis sie Thanes Gesicht direkt ansehen konnte.

»Du scheinst nicht besorgt?«, fragte Reva.

»Sollte ich es sein?«, sagte Cassidy, während sie sich hinkniete und in seinen Augen nach irgendetwas suchte.

»Er ist wach, aber kaum ansprechbar. Wir ernähren ihn über eine Sonde, weil er nicht reagiert, nicht versucht, seine Grundbedürfnisse zu erfüllen.«

Thane blieb regungslos. Seine Augen fokussierten sich nicht auf sie. Flaches Atmen entwich seinen trockenen, rissigen Lippen. Cassidy wusste nicht, wie sie es vom zerbrechenden Floß geschafft hatten, wie sie bis zu dieser Insel, zu diesem Zentrum überlebt hatten, aber die Vergangenheit musste nicht die Zukunft bestimmen.

Sie könnte hier ausbrechen. Entweder ihre Fähigkeiten oder ihren Verstand nutzen, um sich von Reva und dem Zentrum zu befreien. Dann hätte Cassidy keine Ketten mehr, könnte den Weg zurück zu ihrer Familie finden.

Ihre Hand streckte sich fast gedankenverloren aus und berührte Thanes Schulter. Handfläche nach unten, ein sanfter Griff. Sie spürte das leichteste Zittern, als Thanes Herz schlug. Er war in Cassidys Leben geplatzt, buchstäblich von Mynx' Flugzeug gefallen und auf der Insel aufgeschlagen. In einem schnellen, aggressiven Angriff auf die zerbrechliche Gesellschaft, die sich unter den gefangenen Anomalien gebildet hatte, hatte Thane die Verbindungen auseinandergerissen.

Aber er hatte Cassidy mitgenommen. Hatte ihr, wenn nicht die Welt, dann zumindest ein Abenteuer und eine Chance versprochen, ihre Familie wiederzusehen.

Cassidy wusste nicht, wie sie die Flucht überlebt hatte, aber sie konnte es ahnen.

»Und?«, fragte Reva.

»Es kommt zurück zu mir«, sagte Cassidy.

»Was siehst du?«

Was nun tun? Einfach rausgehen? Thane sah so dünn aus, dass Cassidy den Mann wahrscheinlich tragen könnte. Das zu tun, während sie Leeren erschuf, um Pfleger und die Polizei und schließlich die Paragons aufzuhalten?

Nein. Sie würde Hilfe brauchen.

»Wir waren auf einem Boot. Gefangen in einem Sturm«, sagte Cassidy. »Er und ich waren Passagiere.«

»Eure Namen? Kennst du sie?«

Cassidy schaute von Thane auf, gab Reva einen verwirrten Blick und schüttelte den Kopf. »Noch nicht.«

Sie bewegte ihre Hand von Thanes Schulter auf seine Brust. Auf seiner Seite, mit dem Rücken zu Reva, verbargen Thanes Körper und die verhüllenden Laken Cassidys Bewegung vor dem Blick. Oder zumindest hoffte Cassidy das. Denn was sie als nächstes tat, war definitiv nicht nett.

»Dann mach weiter«, sagte Reva. »Ihr seid beide auf einem Schiff?«

Cassidy kniff zu. Drückte fest mit ihren Nägeln gegen Thanes lockere Haut. Kneifen und weiterbewegen, kneifen und weiterbewegen. Versuchte eine Reaktion zu bekommen und sah keine.

»Auf einem Schiff«, sagte Cassidy. »Wir wurden herumgeworfen. Zuerst waren wir an Deck, aber dann mussten wir nach unten. Kapitänsbefehl.«

»Wie war der Name des Schiffs? Der Name des Kapitäns?«

Cassidy schüttelte den Kopf. Kniff wieder zu. Immer noch nichts. Reva würde Cassidy nicht mehr lange so weiterspielen lassen. Die erfundene Erinnerung würde nur so weit reichen, bis Reva sie bei einer weiteren Lüge ertappen würde.

»Seltsam, dass du solche Schwierigkeiten mit den Namen hast«, sagte Reva. »Amnesie wie deine ist normalerweise nicht so spezifisch.«

Der Drang war immer da, immer hungrig. Cassidy gab ihm nach, ließ ihn durch ihre Finger fließen.

»Es tut mir leid«, sagte Cassidy.

»Oh, das ist nicht deine Schuld.«

Die Leere verließ Cassidy wie ein kalter Schock, reiste dorthin, wo Cassidys Finger sie hinschickten: direkt in Thanes Seite. Hitze durchflutete Cassidy, als wäre sie in einen Hochofen getreten, während Thanes Körper zuckte, ein Riss öffnete sich in seiner Seite, wo das Loch eine Stelle aufriss. Die Laken verbargen die Markierung, aber nicht sein Zucken.

Reva sagte etwas zum Pfleger, etwas das Cassidy hätte mitbekommen sollen, aber ihre Aufmerksamkeit war auf eine Sache gerichtet:

Thanes Augen, jetzt völlig geöffnet, fixierten ihre.

»Cassidy«, sagte Thane, das Wort begann als Flüstern und endete als Knurren.

Seine Haut straffte sich, als zuvor atrophierte Muskeln mit neugefundener Kraft anschwollen. Wie ein Hemd, das straff gezogen wird, verschwanden Thanes Falten. Die fleckigen Male verschwanden, obwohl das Haar verstreut blieb, als Thanes Körper wuchs.

Das Bett des Zentrums sackte durch. Ein Alarm gab ein schwaches Quietschen von sich, bevor er verstummte, bevor der Rahmen knackte. Cassidy stand auf und wich zurück, beobachtete Reva, die mit offenem Mund zusah, wie Thane zu dem wurde, der er sein musste.

»Stop«, sagte Cassidy, als Thane seinen Mittelpunkt erreichte, weit über zwei Meter groß und aussehend wie ein Lastwagen. Cassidy hatte ihre Waffe, aber sie brauchte Thane bei klarem Verstand. »Bleib bei mir, Thane.«

»Du hast mir wehgetan«, sagte Thane, während er sich vom zerstörten Bett hochzog und aufrecht hinstellte. Das lose Krankenhaushemd, das seine geschwächte Gestalt verhüllt hatte, klebte jetzt an ihm wie ein schlecht sitzender Badeanzug. »Warum?«

»Wer, wer sind Sie?«, unterbrach Reva und sprach zu Thanes Rücken von der Tür aus. »Anomalien?«

Thane sah die Ärztin an und gab ein tiefes, bedrohliches Grollen von sich.

»Reva«, sagte Cassidy langsam. »Du musst uns jetzt verlassen. Bitte.«

»Verlassen?« Reva blickte hinter sich. »Ich brauche sofort Security. Und Beruhigungsmittel für unseren John Doe hier.«

»Keine Beruhigungsmittel«, sagte Thane und drehte sich nun vollständig um. »Tun Sie, was Cassidy sagt.«

Reva, verdammt noch mal, war nicht der Typ, der sich einschüchtern ließ. Sie blieb in der Tür stehen, während ihr ein Pfleger hinter ihr eine aufgezogene Spritze reichte, bereit zum Einsatz.

Es war nicht Cassidys Aufgabe, Idioten vor sich selbst zu schützen. Ihre Aufgabe war es, von hier wegzukommen, mit Thane.

»Wir verschwinden«, sagte Cassidy und schnippte mit der Hand hinter sich. Der Strom lief ihren Arm hinunter, die Hitze durchfuhr sie erneut, und Thanes Fenster bekam Risse. Das Glas zerbrach und verschwand, ein Stück Wand kam mit. »Thane?«

Revas Vormarsch stoppte, als Cassidy ihr Vakuum erschuf, und er endete endgültig, als Thane das Bettgestell hochriss und es in Richtung der Ärztin rollte. Mit beeindruckenden Reflexen wich Reva durch die Tür zurück, als das Bett dagegen krachte und den Weg versperrte.

»Halt dich fest«, sagte Thane, hob Cassidy hoch und umschloss sie mit seinen Armen in einer festen Umarmung.

Mit der Schulter voran stürmte Thane durch die geschwächte Wand. Er trampelte durch die Blumen, rannte vom Garten zum Rasen zum Zaun. Als Cassidy über seine Schulter blickte, sah sie, wie die Pfleger die Matratze beiseite schoben und in den Raum strömten, um zuzusehen, wie Thane durch die Absperrung des Zentrums brach.

Keiner zog eine Waffe, keiner versuchte sie aufzuhalten. Eine kluge Entscheidung.

»Du hast mich zurückgeholt«, sagte Thane während er lief und auf einen bewaldeten Hügel sprang. »Danke.«

Cassidy spürte, wie Äste ihr Haar verfingen und an ihrer lockeren Kleidung zerrten, aber sie hielt Thane nicht auf. Bald würde Reva verstehen, was sie gesehen hatte, würde die Verbindung herstellen. Thane hatte gesagt, er sei vor nicht allzu langer Zeit auf einem seiner Amokläufe gewesen, also würde selbst wenn Reva ihn nicht erkannte, einer der Pfleger oder der Paragon, der das Überwachungsmaterial prüfte, es tun.

Bis dahin mussten sie Abstand gewinnen. Mussten verschwinden.

»Ich wollte weggehen«, sagte Cassidy, als Thane die andere Seite des Hügels hinunterrannte. »Ich hätte es gekonnt, aber ich musste es wissen. Warum leben wir?«

Halb rennend, halb stolpernd während Thane weiterlief, antwortete der Mann lange Zeit nicht. Cassidy hätte nachgehakt, aber Thane war jemand, der nur in seinem eigenen Tempo sprach. Die Bäume wichen Grasland, dann einem steilen Abhang, den Thane mit einem weiten Sprung überwand. Cassidys Magen rutschte ihr in den Hals, als sie fielen und Thane sie so drehte, dass sein Rücken zuerst aufkam.

Sie schlugen hart auf den grünen Halmen auf, Steine und Erde flogen über sie hinweg, während Thane die Rolle weiterlaufen ließ, bis ihr Schwung erstarb. Cassidy, den Rücken auf warmem, feuchtem Sand, starrte in ein wütendes Gesicht, nach dem weltweit wegen unzähliger Verbrechen gefahndet wurde.

»Warum leben wir, Thane?«, fragte Cassidy erneut.

»Weil ich uns nicht sterben lassen konnte.« Thane starrte auf die brandenden Wellen hinaus. »Ich erinnere mich ans Schwimmen, dich in einem Arm, während meine Beine stundenlang strampelten. Vielleicht sogar tagelang. Ich war so verzweifelt, dich zu retten, so wütend über das, was Mynx und ihre Drohnen getan hatten. Als wir angespült wurden, hatte ich keine Kraft mehr.«

Thane stand von ihr auf und klopfte sich den Sand von den Schultern. Cassidy gesellte sich zu ihm, die Steine kratzten an ihrer Haut. Zum Glück schien der Strand verlassen, aber keiner von ihnen hatte Kleidung, keiner hatte Reps oder Tamas. Die Umstände drängten Thanes Geständnis beiseite, oder vielmehr ließ Cassidy es verblassen. Sie hatte

Thane gerettet, um eine Schuld zu begleichen, und jetzt waren sie quitt.

»Danke«, sagte Cassidy.

Sie standen zusammen da und beobachteten die Wellen. Spürten den Sand zwischen ihren Zehen. Genau wie damals auf Mynx' Insel. Warteten auf eine Chance, auf eine Möglichkeit.

»Ich will meine Familie sehen. Dafür brauche ich deine Hilfe.«

Thane nickte.

»Du wirst sie bekommen«, sagte die Anomalie. »Du wirst meine ganze Hilfe bekommen und mehr. Aber zuerst müssen wir herausfinden, wo wir sind und wie wir verhindern können, dass die Paragons uns wieder schnappen.«

Als Thanes Hand sich ausstreckte, war Cassidys da, um sie zu ergreifen.

EINE KLEINE ABLENKUNG

NACH DEM PARAGON verbrachte Wexley den Nachmittag und Abend im Büro und später in seiner Wohnung. Mit zielstrebiger Effizienz arbeitete er an seinem Tama und den angeschlossenen Monitoren, kämpfte sich durch Berichte, Nachrichten und Anrufe, die nötig waren, um Zhan-Yos Unternehmen Ziran – das in jeder wichtigen Hinsicht nun Wexleys war – am Laufen zu halten. Auch während er durch Tabellen raste und Verkaufspräsentationen absegnete, schwelgte Wexley in der Erinnerung an den Kampf von vor einigen Stunden.

Dass er den finalen Schlag nicht ausgeführt hatte, spielte kaum eine Rolle. Stattdessen ließ Wexley immer wieder die geweiteten Augen Revue passieren, den Schock, der den Paragon durchfuhr, als die ahnungslose Anomalie erkannte, dass Wexley ihn nicht nur durchschaut hatte, sondern dass ihm seine Kräfte auch nicht helfen würden. Wexley maß seinen Sieg daran, wie sein Gegner *wusste*, dass die Niederlage unausweichlich war.

Der Cabernet auf seiner Theke konnte da nicht mithalten. Genauso wenig wie die düsteren Nachrichtenmeldungen, die durch Wexleys freie Momente krochen, mit Moderatoren, die gehetzt Statistiken über Proteste, Paragon-Todesfälle und die Erschütterungen der Weltmärkte durchgingen. Dazwischen immer wieder Mynx' Stimme, eingeblendet von ihren Pressekonferenzen, in denen sie Stabilität und Schutz versprach.

Und ihre Drohnen versprach.

Denn was könnte eine bessere Lösung für sterbende Paragons auf den Straßen sein als gnadenlose Roboter, die Unterwerfung durchsetzen?

Zhan-Yo hatte die genauen Schritte für seine Revolution nicht erwähnt, hatte Wexley keine Karte zum Folgen gegeben, aber der Mann, gehüllt in einen smaragdgrünen Morgenmantel weicher als Seide, war sich sicher, dass er auf dem richtigen Weg war. Während Zhan-Yo alle wichtigen Züge machte, würde Wexley weiter Macht konsolidieren und Unternehmen mit finanziellen und physischen Methoden zur Unterwerfung bringen. Bisher ein Erfolg.

Aber mit Zhan-Yos Verschwinden und den taumelnden Paragons würde Wexley einen Schritt nach vorne machen und den Platz seines Chefs einnehmen müssen.

»Sie gibt uns Deckung«, sagte Wexley in sein Tama. »Die Gelegenheit ist da.«

»Eine Gladiatorendrohne ist kein einzeln arbeitender Paragon, Wexley«, antwortete Rhimes. Hintergrundgeräusche drangen durch, wann immer der Mann sprach, das Gemurmel eines Restaurants. »Du kannst nicht einfach zu einer hingehen und erwarten, dass sie sich ergibt.«

»Oh, ich will gar nicht, dass sie sich ergibt. Ich will, dass sie wütend wird.«

»Wütend?«

Auf seinem Fernseher – verchromt wie fast alles in der Wohnung – der in die Wand eingelassen war, wechselte das Bild zu Mynx' riesiger Anlage an der Westküste. Die Champion nannte es ihre Fabrik, der Ort, an dem all ihre Drohnen geboren wurden.

»Ich möchte das mit dir durchspielen, Rhimes, weil ich

denke, es ist wichtig, dass meine Leute das Warum verstehen.« Wexley hatte das kürzlich irgendwo gelesen; die Motivation unter den Mitarbeitern verbesserte sich, wenn sie Teil der Mission waren. »Was passiert, wenn eine Gladiatorendrohne glaubt, sie wird angegriffen?«

»Sie schlägt zurück?«

»Und was passiert mit den Leuten, die sie angreifen?«

Rhimes kicherte: »Glaube nicht, dass Sie das wissen wollen, Sir. Es ist nicht hübsch.«

Wexley schlug auf den großen Glasesstisch, der das Zentrum der Wohnung dominierte. Er hörte den dumpfen Klang, aber Rhimes, dessen körniges Gesicht auf dem Tama zu sehen war, offensichtlich nicht. Dieses Fehlen stoppte Wexleys triumphalen Abschluss, bevor er beginnen konnte. Veranlasste Wexley zu einem weiteren blendenden Blick durch seine schicke, vollkommen leere Wohnung.

»Wo bist du, Rhimes? Jetzt gerade?«

Sie schmiedeten den Plan über Mitternacht hinaus, tauschten frühe Cocktails gegen Wasser und Kaffee, als das Datum um eine Ziffer vorrückte. Als das Restaurant schloss, wechselten sie in eine nahegelegene Bar, die nahtlos zum Frühstück übergehen würde, wenn die Zeit gekommen war.

Wexley und Rhimes, nebeneinander auf Barhockern sitzend, hatten ihre Tamas auf der kirschholzfarbenen Theke liegen. Rhimes zog irgendwoher einen Notizblock hervor und skizzierte die Schritte mit einem blauen Kugelschreiber, den er von einem Barkeeper übernommen hatte, der nur zu glücklich über das zusätzliche Trinkgeld war. Alle paar Minuten berührte Rhimes sein Tama und sendete Befehle an ein rund um die Uhr einsatzbereites Team, das für die Repräsentanten arbeitete.

Es gab keine Fernseher hier, und während die Jazzband längst aufgehört hatte zu spielen und das Nachtheater-Publikum nach Hause gegangen war, hingen genug Nachzügler und dezente Loungemusik herum, um dem Ort

Charakter zu verleihen. Ein perfekter Ort zum Pläneschmieden.

»Drei Stunden«, sagte Rhimes, als der Notizblock voll war und die Gläser ihre neueste Auffüllung bekommen hatten. »Bist du bereit dafür?«

Wexley nickte und fuhr mit den Fingern am kühlen Glas auf und ab. Das Eis darin schwappte und reflektierte die goldenen Lichter von oben. Er würde zum Van zurück müssen, die hastig zusammengestellte Ausgehgarderobe gegen die Körperpanzerung tauschen. Die Waffen einsammeln und Position beziehen. Die Vorfreude vertrieb den Nebel der Müdigkeit.

»Und du, mein Freund?«, sagte Wexley. »Bist du bereit?«

Wenn Wexley seine Ausrüstung in einem unmarkierten Van ließ, trug Rhimes sie nachlässig am Körper. Der Mann ging an jede Aktivität heran, als wäre sie ein potenzieller Hinterhalt, das war schon so, seit Wexley ihn kennengelernt hatte. Rhimes ließ nicht viel Nachbohren in seiner Geschichte zu und ließ stattdessen seine Loyalität für sich sprechen, und darin war Rhimes nie ins Wanken geraten.

Sicher, Wexley könnte seinem Leutnant Dinge vorhalten, wie dass er diesen verdammten Fährtenleser lebend hatte entkommen lassen, aber ein Fehler bedeutete nicht, allen Fortschritt wegzuwerfen, den sie gemacht hatten. Rhimes führte Wexleys eigene externe Gruppe, sammelte und trainierte Söldner und verlorene Seelen, um das zu tun, was getan werden musste, um die Macht, wie Zhan-Yo es ausdrückte, zum Volk zurückzubringen.

Wexley würde nicht einmal wissen, wo er einen Ersatz finden sollte.

»Du hast mich Zhan-Yo bewachen lassen«, sagte Rhimes. »Dabei habe ich versagt, und er ist entkommen. Du hast mich den Tracker holen lassen. Auch dabei habe ich versagt. Die meisten Leute in meiner Branche bekommen keine dritte Chance. Ich werde dich nicht enttäuschen.«

Wexley legte seine Hand auf Rhimes' Schulter, als er aufstand. »Ich weiß, dass du das nicht wirst.« Wexley drückte zu. »Das kannst du nicht. Wenn das hier schiefgeht, wird die Drohne dich, mich und alle anderen töten.«

Die Morgendämmerung kroch über eine graue Skyline. Wexley zerdrückte die letzten Schneereste auf seinem ausgewählten Dach und blickte über Apartmentgebäude, die an Wohnviertel grenzten, die wiederum an Autobahnen grenzten. Der Lake Michigan sah an diesem Morgen im Osten frostig aus, sichtbar als Chicagos allgegenwärtiger Horizont. Verteilt auf den Dächern um ihn herum und auf den Gehwegen darunter ging Rhimes' Team seiner Arbeit nach.

Wexley hörte dem Geplänkel des Trupps zu und versuchte, den Jargon zu verstehen. Alleine zu arbeiten hatte seine Vorteile: Wexley musste sich nie um jemand anderen sorgen, und seine fehlende formelle Ausbildung fiel nie auf. Rhimes hatte sich in der Bar angeboten, die Operation zu leiten, und Wexley hatte ihm den Staffelstab übergeben.

Aber Wexley musste diese Show selbst sehen, musste bereit sein einzugreifen und sicherzustellen, dass dieses besondere Rennen die Ziellinie erreichte. Alles andere wäre eine Katastrophe. Alles andere riskierte, Adriana und ihre Vertreter zu verlieren.

Mit dem Rücken zur Dachkante holte Wexley sein Gewehr aus dem Koffer. Die Munition, die er heute einlegte, würde bei einem Menschen einen großen blauen Fleck hinterlassen, aber wenn Wexley etwas Leitendes traf? Dann würde die echte Show beginnen.

Die Frage war nicht, ob Wexley oder die anderen drei mit der gleichen Munition die Drohne treffen würden, sondern ob Mynx eine Verteidigung eingebaut hatte. Ob die Drohne die Schützen erwischen würde, bevor sie sie ausschalten konnten. Rhimes hatte Zeit für Aufklärungsarbeit gewollt, um zu sehen, ob jemand die Spezifikationen eines Gladiators beschaffen könnte, um genau zu wissen, was funktionieren würde.

Wexley hatte keine Zeit mehr zu geben.

»Ziel nähert sich von Westen«, sagte Rhimes, die Worte unterbrachen alle anderen Gespräche. »Bei Kontakt, Funkstille.«

Noch eine Komplikation. Die Drohnen würden scannen und versuchen, alle Worte abzufangen, die über Funkfrequenzen gesendet wurden, wenn der Angriff begann, ein nützlicher Trick, um koordinierte Aktionen zu verfolgen. Zumindest behaupteten die Paragons, dass das Werkzeug dafür da sei. Wexley vermutete, die Drohnen nutzten es, um zu bestimmen, wen sie töten sollten.

Der Gladiator wirkte heute Morgen größer als in den vergangenen Tagen. Von der Größe eines Pickup-Trucks schwebte die blau-weiß lackierte Maschine wie ein harmloser Zeppelin über den Häusern, die Düsen entlang ihrer Arme und Beine glühten. Anders als diese schwankenden Transporter hatte der Gladiator scharfe Kanten, bereit Waffen und Schlimmeres einzusetzen.

Auf der Straße unten näherte sich eine Frau einem Zebrastreifen. Sie verlangsamte ihren Lauf, um sich der Annäherung des Gladiators anzupassen, und ließ die Maschine über sich schweben, als sie die Straßenmitte erreichte. Wexley holte tief Luft und ließ beim Ausatmen seine Nervosität verfliegen.

Der Knall startete das Spiel.

Wexley drehte sich, hielt sein Gewehr hinter der erhöhten Dachkante verborgen und beobachtete. Der Knall kam von der gehenden Frau, ein gerader Schuss aus einer kleinen Waffe, die sie in der Sekunde nach dem Abdrücken in ihrer Hüfttasche verschwinden ließ. Die Gladiator-Drohne reagierte genau wie programmiert, sank von ihrer Höhe herab, nachdem der harmlose Schuss gefallen war, um die Frau in ihren Schatten zu hüllen.

Eine tiefe, befehlende Stimme donnerte Anweisungen an

die Frau, forderte sie auf, sich hinzulegen, sich zu ergeben. Stattdessen protestierte die Frau, schrie Verneinungen und wich zurück. Wexley nickte, während er die Vorstellung beobachtete: hier eine Zivilistin bei ihrem entspannten Morgenlauf, die von genau den Dingen schikaniert wurde, die die Öffentlichkeit beschützen sollten.

Jeder, der später das Videomaterial überprüfte, würde die Wahrheit erfahren, aber das würde Stunden, Tage dauern, oder, wenn Wexley und seine Crew Erfolg hätten beim Ausschalten der Drohne, nie.

Der Gladiator interpretierte den Protest der Frau als Widerstand und seine verschiedenen Platten, Gelenke und Gliedmaßen rotierten, schnappten in eine stehende Pose. Sechs Arme, zwei Beine und verschiedene Waffen konfrontierten eine Läuferin in Jacke und Shorts mitten auf der ruhigen Straße. Ihr Geschrei wurde lauter, der Gladiator gab einen weiteren lauten Befehl zur Kapitulation.

Lichter gingen an in den Häusern, in den Apartments. Menschen erwachten zu der Katastrophe in ihrer eigenen Nachbarschaft. Die Frau, die die Reaktion bemerkte, ergab sich, kauerte sich auf den Boden mit den Händen über dem Kopf. Der Gladiator näherte sich, seine Schritte ließen die Straße erzittern. Er verkündete, dass die örtlichen Behörden benachrichtigt worden seien, dass die Frau sich für ihre Taten verantworten müsse.

»Aber ich habe nichts getan!« kam die Antwort der Frau.

»Sie hat nichts getan!« echote Rhimes, der aus seinem geparkten Auto auf der Hälfte des Blocks auftauchte. Arme und Rüstung unter einer dicken, weißen Jacke verborgen, ging Rhimes auf die Drohne zu. »Ich saß die ganze Zeit hier.«

Der Gladiator befahl Rhimes zurückzubleiben, dass dies nicht seine Angelegenheit sei. Wexley musste der Drohne zugestehen, dass sie versuchte zu verhandeln, aber Rhimes war noch nicht fertig. Sie brauchten die Drohne, damit sie zuerst zuschlug, sodass alle Tamas, die jetzt filmten, die eindeutige Schuld sehen würden.

»Nein, ich bleibe nicht zurück, während du ihr wehtust«, sagte Rhimes, näherte sich der Frau und legte seine Hand auf ihre Schulter. »Lass uns gehen. Wir können nicht zulassen, dass der Roboter dich grundlos mitnimmt.«

Die Gladiator-Drohne hob einen Arm, das offene Loch in ihrer Handfläche war eindeutig ein Lauf, der zu irgendeinem Magazin führte, einer Kugel, die Rhimes und die Frau zu Asche verwandeln könnte. Diesmal ließ die Warnung der Drohne keine Zweideutigkeit zu: Alles außer sofortiger Kapitulation würde zu Schaden führen.

Rhimes hörte nicht auf.

Er half der Frau hoch, und sie spielte ihre Rolle, bewegte sich hinter Rhimes, brachte seinen Rücken und die große Jacke zwischen sich und die Drohne. Eine Drohne, die endlich ihre Grenze erreicht hatte.

Der Schuss kam schnell, laut. Er traf Rhimes' Rücken und knisterte mit einem blauen Ausbruch, ein Zeichen, dass die Drohne eher betäuben als töten wollte. Rhimes brach zusammen und begrub die Frau unter seiner verbrannten Jacke.

»Jetzt«, murmelte Wexley, sein Mikrofon ausgeschaltet.

Jeder kannte das Signal, und die anderen acht Personen mit Rollen in diesem Stück begannen ihre Szene. Von anderen Dächern, von anderen Straßen, kamen sie angerannt. Die unten kamen mit Haushaltswaffen, alten Gewehren und Schrotflinten aus Kellern, solche, die als Familienerbstücke durchgehen konnten, geschützt vor den routinemäßigen Waffensäuberungen der Paragons. Sie würden auf Video festgehalten werden, die furchtlosen Bürger, die kamen, um ihre eigenen Leute zu retten.

Wexley visierte die Drohne durch sein Zielfernrohr an und löste den ersten Schuss aus. Die Kugel sauste heran, schlug in den Hals des Gladiators ein und knackte wie ein Blitz, der einen Baum spaltet. Andere folgten, krachten von den umliegenden Dächern in die Drohne. Am Boden griffen die fünf Bürgerkämpfer zu konventionelleren Mitteln und feuerten wirkungslose Kugeln in die dicke Panzerung der Drohne.

Die erste Salve traf die Drohne selbst, die stehen blieb, obwohl ihre Waffenarme schlaff zur Seite fielen. Funken sprühten aus einem Auge, als die Drohne taumelte, ihre linken Arme zu drei der herannahenden Kämpfer schwenkte und ein gelbes Feuer versprühte. Die ätzende Säure traf Wexleys Team direkt und trieb sie zurück, was weitere, diesmal nicht gespielte, Schreie auslöste.

»Das ist ein neuer Trick«, sagte Wexley und zielte für einen weiteren Schuss.

Mynx ließ ihre Drohnen ständig durch Varianten wechseln, stets darauf bedacht, ihre Feinde in Bewegung zu halten. Vor Zhan-Yo waren diese Feinde hauptsächlich die Elementals und andere abtrünnige Anomalien gewesen, die ihrer Frustration über das Paragon-Programm Luft machten oder einer Fähigkeit erlagen, die ihren Verstand zersetzte. Diesmal hatte die Drohne es mit einem kleinen Schwarm zu tun, koordiniert und gnadenlos.

Wexley koordinierte seine Angriffe mit den anderen Schützen auf den Dächern und traf die Drohne an verschiedenen Stellen, wobei sie die Komponenten nacheinander außer Gefecht setzten. Als Nächstes fielen das linke und rechte Bein aus, wodurch die Drohne auf die Straße stürzte. Rhimes, dessen Jacke und die Rüstung darunter ihre Arbeit taten, zog die Frau weg, als die Drohne mit dem Gesicht auf den Beton aufschlug.

Rhimes wirbelte von seiner Geisel weg und zog einen kleinen Schläger aus seinem Mantel. Er hob ihn mit beiden Händen und rannte auf die Drohne zu, wie ein seltsamer moderner Wikinger. Der Gladiator war noch nicht ganz erledigt, und Wexley sah die kleinen Stacheln, die sich entlang des Rückens der Drohne aufrichteten. Er wusste nicht, was diese Stacheln bewirken könnten, aber Wexley jagte trotzdem eine weitere Kugel hinein und war zufrieden, als blaue Blitze sprühten.

Rhimes schlug mit dem Schläger zu, ein donnernder Treffer, gefolgt von einem weiteren und noch einem. Für Wexley sah von oben jeder Schlag wie das wütende Dreschen eines Mannes aus. Dem Plan entsprechend schlug Rhimes auf den Kommunikationsapparat des Gladiators ein und zerstörte die Fähigkeit der Drohne, Verstärkung anzufordern. Hoffentlich würden die Treffer auch jede Chance zunichtemachen, dass diese Verstärkung nachverfolgen könnte, was als Nächstes passieren würde.

Reifen quietschten, als ein mattgrauer Anhänger ins Blickfeld fuhr, auf die Straße einbog und rückwärts zur toten Drohne rangierte. Wexley, sein Gewehr versteckt, aber griffbereit, falls die Drohne ein zweites Leben finden sollte, hielt Ausschau nach offenen Türen und neugierigen Beobachtern. Wenn der erste Teil ein leichter Schlag für die öffentliche Unterstützung gewesen war, würde dies die Sache zweifelhafter machen.

Wie viele zufällige Passanten würden einen Lastwagen zur Hand haben, um eine Drohne zu schnappen? Welche unschuldige Person würde so etwas versuchen?

Aber das waren kleinere Unstimmigkeiten. Vorerst arbeiteten die Leute am Boden, die sich von dem Säureangriff reinigten, mit zwei weiteren vom Lastwagen zusammen, um eine Winde an der Drohne zu befestigen. Ein Knopfdruck später quietschte die große Maschine, als das Kabel die Drohne in den Anhänger zog. Die Tür knallte zu, ein Schloss rastete ein, und die Reifen setzten sich wieder in Bewegung, als der Truck mit seinem mit signalblockenden Metallen ausgekleideten Anhänger davonraste.

Wexley ließ seinen Blick über den Horizont schweifen und bemerkte mehrere andere schwarze Formen, die heranrasten. Drohnenverstärkung.

Zeit zu verschwinden.

»Verluste?«, fragte Wexley Rhimes eine Stunde später, zurück im Anzug und in seinem Büro, wo er einen Kaffee und einen Bagel genoss, umgeben von Wolkenkratzern.

»Leichte Verletzungen«, antwortete Rhimes. »Nichts weiter. Hatte mehr von der Maschine erwartet.«

»Du hast ein gutes Team zusammengestellt.« Wexley warf einen Blick auf seinen Kalender. Völlig ausgebucht, und schon zu spät für das nächste Meeting. »Ist es sicher?«

»Niemand wird es finden. Wir fangen sofort an, wie angeordnet. Ich halte dich über den Fortschritt auf dem Laufenden.«

»Denk dran, was wichtig ist. Wir müssen wissen, wie sie gesteuert werden. Alles hängt davon ab.«

»Bin dran.«

»Und ich will es sehen«, sagte Wexley. »Aus der Nähe. Heute Abend?«

»Heute Abend. Sag mir einfach Bescheid, Chef.«

Wexley ließ Rhimes gehen und lehnte sich in seinem Stuhl zurück. Die Dusche hatte sein Haar etwas feucht hinterlassen, aber ansonsten zeigte nichts darauf hin, dass er den Tag damit begonnen hatte, elektrische Geschosse auf eine mörderische Maschine abzufeuern. Niemand würde erfahren, was er getan hatte.

Er wischte zurück zu seinem Kalender und fand eine langweilige Sitzung am frühen Nachmittag, bei der er nicht gebraucht wurde. Die könnte Wexley sausen lassen. Könnte Adriana anrufen.

Er hatte eine Geschichte zu erzählen.

KAPITEL 6
SPIONAGE BEIM ABENDESSEN

DAS RESTAURANT ERHOB sich vor ihr wie ein Wasserfall, der sich von der Bar im Erdgeschoss über mehrere beeindruckende Etagen erstreckte, gefüllt mit elegant gekleideten Gästen. Celice, die an dem knabberte, was möglicherweise die erste von mehreren Vorspeisen sein würde, warf beiläufige Blicke auf ein Paar im ersten Stock, das seinen Rotwein mit Begeisterung genoss. Für die beiden war es ein freier Abend, für Celice ein Arbeitstag.

Wie üblich.

Die verspiegelte Bartheke machte die Observation einfacher, die Oberfläche wurde von zwanghaften Barkeepern blitzblank gehalten, die gleichzeitig Cocktails mixten und Gläser putzten. Zu ihrer Linken sah Celice, wie ein Gast aufstand, nur um zu erleben, wie sein Teller, seine Getränke und alle Spuren seiner Anwesenheit in Sekundenschnelle verschwanden. Ein anderer Gast schnappte sich seinen Hocker, und das Spiel begann von vorn.

Das war Central London in seiner effizientesten Form. Celice entspannte die Atmosphäre mit einem kleinen Schluck ihres Tageszeitbiers, das auf ihrer Zunge prickelte und ohne Widerstand hinunterglitt. Sie hatte nicht vor, heute viel

Alkohol zu trinken, aber an einer solchen Bar zu sitzen, ohne etwas zu bestellen, während sie auf ihre Zielpersonen wartete, könnte unerwünschte Aufmerksamkeit erregen.

Nicht dass ihr die langsame Überwachung etwas ausmachte. Celice hatte den Tag damit verbracht, die Schlüssel und ihren Hersteller aufzuspüren, einen grimmig dreinblickenden Mann mit kaum verständlichem Akzent, der aber bereitwillig auf die Fotos zeigte, die Celice ihm von Zhan-Yos Gang vorlegte. Zum Dank kaufte sie einige Bonbons, die der Mann auf der Theke hatte, und lutschte sie, während sie die Sicherheitsaufnahmen vor dem Laden des Schlüsselmachers durchging.

Sie hatte die identifizierten Ziele schnell gefunden: zwei Männer, die mit Aufträgen hineingingen und mit Schlüsseln herauskamen. Von Kamera zu Kamera folgte Celice ihnen, bis sie in Gassen verschwanden. Als sie die Aufnahmen dieser Gasse über Stunden im Schnelldurchlauf verfolgte, tauchten die beiden Ziele wieder auf.

Von da an verfolgte Celice, wie bei dem Jogger im Park, ihre Route, fand heraus, wo sie sich aufhielten, und folgte den beiden zu diesem noblen Etablissement. Dass sie missbilligende Blicke für ihre Straßenkleidung erntete - Celice ging nicht in Kleidern zu taktischen, möglicherweise gewalttätigen Einsätzen - war ihr egal. Sie ließen sie sichtlich erleichtert ein, als Celice zur Bar deutete, wo sie sich mit einigen anderen Außenseitern niederließ, um den Abend mit einer ordentlichen Mahlzeit zu beginnen.

Aegis hätte dieses ganze Spiel gehasst. Celice spielte mit einem dekonstruierten Salat, einer Tomate in der Mitte, umgeben von spärlichem Grün, einem Spritzer Dressing und einem Würfel Käse. Ihr Vater wäre die Treppe hochgestürmt, hätte sich ohne Rücksicht durch erstaunte Gäste gedrängt und beide Verbrecher von ihren Stühlen gehoben, bevor er sie zu einem rauen Verhör nach draußen geschleppt hätte.

»Du bist neu hier«, sagte die Gestalt, die sich den Platz

neben Celice geschnappt hatte. Eine fleckige Jacke, ein Bowlerhut und eine Vorliebe für Flanell kennzeichneten ihn als ähnlichen Außenseiter. »Wie gefällt es dir?«

Celice musterte das Gesicht des Mannes. Stoppelig, rötlich und mit faltigen Augen, eines davon mit einer Kerbe an der Seite, die auf eine frühere Begegnung mit einem Messer oder vielleicht einer Glasflasche hindeutete. Kein Gesicht, das zu Zhan-Yos Leuten passte.

»Du kannst deine Hand da ruhen lassen«, sagte der Mann und drehte sich zur Bar zurück. Er hob einen Finger, und in der Zeit, die Celice brauchte, um ihre Hand vom Griff der Pistole in ihrer Jacke zu nehmen, erschien ein Highball-Glas mit irgendetwas darin. »Ich bin nicht hier, um dir Angst zu machen.«

Fragen über Fragen. Welcher zufällige Londoner würde wissen, dass eine Hand in einer leichten Jacke die Anwesenheit einer Waffe bedeutete? Wer würde sich neben die einzige Frau an der Bar setzen, die aussah, als gehöre sie nicht hierher, und gezielt Smalltalk beginnen?

»Kannst du auch sprechen?«, fuhr der Mann fort. »Oder wird das ein Monolog?«

»Ich kann reden«, sagte Celice und fühlte sich dabei dumm, als die Worte ihren Mund verließen.

»Ah, gut. War schon besorgt, mein Aussehen hätte dich sprachlos gemacht, verstehst du.«

Er zwinkerte.

Celice schüttelte den Kopf und blickte zurück auf ihren Salat, um sich zu sammeln. In der Spiegelung der Bartheke sah sie, dass ihre Ziele noch saßen, ihre Weinflasche zur Neige ging und ihre Mahlzeiten serviert wurden. Sie könnten bald fertig sein, oder eine weitere Flasche könnte eine weitere Stunde bedeuten. Sie musste aufmerksam bleiben.

»Was willst du?«, fragte Celice den Mann.

»Deine Gesellschaft für einen Drink, vielleicht einen zweiten«, sagte der Mann. »Nichts weiter.«

»Bezweifle ich.«

»Welchen Teil?«

»Den zweiten.«

Der Mann nahm einen Schluck von seinem Getränk, leerte die Hälfte und leckte sich schmatzend die Lippen. Er lehnte sich in seinem Barstuhl zurück und legte einen Arm über die Rückenlehne, als säße er in einem alten Saloon und nicht in Londons feiner Gesellschaft.

»Ich verstehe, dass du so denkst, wo ich hier einfach reinkomme und tue, als wär ich dein bester Freund«, sagte der Mann. »Wie wär's, wenn wir von vorne anfangen? Fangen wir mit Namen an. Ich bin Benny, Londoner durch und durch.«

Ein Dutzend falscher Namen schoss Celice durch den Kopf. Sie hätte Sarah, Leslie oder Monica sein können. Hätte durch eine Geschichte tänzeln können, die Celice nie erlebt hatte, als wäre es ihre eigene, aber Bennys faltige Augen verrieten, dass er mehr sah, als er zugab. Sie hatte schon genug zu entwirren, ohne eine völlig neue Identität ins Spiel zu bringen.

»Celice«, antwortete sie und ignorierte Bennys Hand mit einem Nicken. »Nicht mein ganzes Leben in London.«

»Oh, der Akzent verrät dich«, sagte Benny mit einem kurzen Lachen.

»Tatsächlich?«

»Es ist neutral, hat keine Geschichte«, antwortete Benny. »Als wärst du gerade frisch gemacht hier reinspaziert. Aber du läufst wie ein Ami, und das nehme ich auch an, dass du einer bist.«

Er leerte sein Glas und gab ein Zeichen für ein weiteres, während Celice die Tomate in der Mitte aß und überlegte, wie sie mit dieser Begegnung umgehen sollte.

»Was vermutest du noch über mich?«, fragte Celice.

»Dass du nicht zufällig hier bist, so gern ich das auch glauben würde.« Benny tippte zum Dank an seinen Hut, als der Barkeeper seinen Whisky erneuerte. »Und dass du nicht annähernd so selbstsicher bist, wie du vorgibst.«

»Das ist viel für jemanden, der mich erst seit fünf Minuten kennt.«

»Ich lerne schnell, und du isst deinen Salat verdächtig langsam.«

»Ich habe keinen Hunger.«

Benny nickte, als ob es völlig logisch wäre, dass Celice einen viel zu teuren Salat bestellt hatte, obwohl sie keinen Hunger hatte. Celice überprüfte erneut die Spiegelung. Keine zweite Flasche. Einer schien zu bezahlen, aber durch die Unschärfe war es schwer zu erkennen. Sie wagte einen Blick nach oben, fand den Tisch und bestätigte ihre Vermutung.

»Warst du schon mal in dieser Stadt?«, fragte Benny.

»Oft«, sagte Celice und hob die Hand, um ihre eigene Rechnung zu bekommen. »Aber schon länger nicht mehr.«

»Sie verändert sich schnell, diese Stadt«, sagte Benny. »Man sollte meinen, die alte Dame würde mal kurz innehalten, Luft holen, aber das tut sie nie.«

»Bestimmt.«

Die beiden Zielpersonen oben standen auf und warfen sich ihre Jacken über die Schultern. Ein Barkeeper legte die Rechnung neben Celice, und sie zahlte, ohne hinzusehen. Stattdessen wandte sie sich Benny zu und behielt mit einem Auge den Ausgang des Restaurants im Blick.

Wenn Benny jetzt einen Nutzen hatte, dann als Deckung. Ihre Zielpersonen würden vielleicht jemanden bemerken, der sie beobachtete, aber zwei Menschen, die sich an der Bar unterhielten? Ausgeschlossen.

»Was machst du beruflich, Benny?«, fragte Celice und versuchte sich zu erinnern, wann sie das letzte Mal Small Talk geführt hatte.

Sie war ausgegangen, hatte sich mit Freunden getroffen, aber als Tochter des führenden Paragons belastete das jede Beziehung. Celice hatte eine Beziehung, als Aegis starb, sogar eine gute, aber die zerbrach sofort. Sie hatte keine Zeit für Wochenenden in der Hütte oder Ausgehen in der Stadt, solange Aegis' Mörder frei herumlief. Das ganze Spiel erschien so sinnlos.

»Ich helfe hauptsächlich Leuten«, antwortete Benny. »Man könnte sagen, ich bin sowas wie ein Allrounder, erledige, was eben getan werden muss.«

»Als vage Beschreibung ist das wirklich unschlagbar.«

Die zwei waren noch nicht heruntergekommen. Wahrscheinlich ein Toilettengang, bevor sie sich in die Londoner Kälte wagten.

»Na, werd jetzt nicht frech.« Benny nahm einen weiteren Schluck. »Eine Stadt wie diese braucht Leute wie mich, das Öl zwischen den Zahnrädern.«

»Klar.«

Benny setzte sich auf und warf Celice einen wissenden Blick zu. Seine Augen hatten diesen besonderen Glanz, als lägen Celices Herz und Verstand offen vor ihm zum Lesen bereit.

»Könnte sein, dass du etwas Hilfe gebrauchen könntest?«, fragte Benny, wobei sein fröhlicher Tonfall plötzlich ernst wurde.

»Ich brauche nichts.«

»Das sagen die meisten Leute, bis sie ihr Leben mal genauer betrachten und es anders sehen.«

Da waren sie, marschierten hinaus. Nicht ein Blick in ihre Richtung. Perfekt.

»Gut, dass ich nicht wie die meisten Leute bin.« Celice stand auf. »Benny, danke für die Worte.«

»Davon hab ich noch jede Menge«, erwiderte Benny und tippte wieder an seinen Hut in ihre Richtung.

Benny sah aus, als hätte er noch einen Spruch auf Lager, aber das Paar hatte das Restaurant bereits verlassen. Sie hier zu verlieren würde Celices Fortschritt zunichtemachen und sie zwingen, einen anderen Ort zu finden, den sie regelmäßig besuchten. Sie beeilte sich nicht direkt, aber Celice erreichte den Gehweg nur Sekunden nach ihren Zielpersonen.

London empfing sie heute Abend mit demselben rauen Wetter wie gestern: kalt, regnerisch. Die Straßen schimmerten schwarz, während sich die Lichter im Wasser verschmierten. Gespräche und Musik vermischten sich mit dem Geräusch von Reifen in sumpfigen Rinnsteinen, aber die Luft trug bei jedem Atemzug angenehmen Tau mit sich. Celice schaute sich betont lässig um, langsam genug, um den Eindruck zu erwecken, sie überprüfe nur ihre beabsichtigte Richtung.

Ihre Zielpersonen gingen in Richtung eines nahen Platzes, wo Statuen über einen geschäftigen Kreisverkehr ragten. Celice folgte ihnen leise und bemerkte eine Gladiator-Drohne, die über ihnen schwebte. Die Menschen um sie herum sahen die Maschine ebenfalls, einige begannen ein Gespräch über eine Geschichte aus Chicago. Eine Drohne wie diese hatte einen Fußgänger angegriffen, bevor einige lokale Helden sie ausschalteten.

Dieser Teil verwirrte Celice ein wenig. Unmöglich, dass ein paar mutige Nachbarn einen Gladiator ausschalten konnten, besonders einen, der so fehlerhaft war, dass er einen zufälligen Läufer angriff. Fast tat ihr Mynx leid, die sich zweifellos auch um dieses Problem kümmern musste. Immerhin hatte Mynx, soweit Celice gesehen hatte, Mila zur Unterstützung.

Die südamerikanische Champions hatte immer einen quirligen, optimistischen Blick auf die Dinge, den Aegis genoss und Celice nervig fand. Vielleicht weil Mila eine tödliche Wunde in einen winzigen Kratzer verwandeln konnte, aber die Champion spielte Gefahren immer herunter. Betonte die Vorteile. Aegis winkte bei Milas Zustimmung, als ob ihre Unterstützung allein die Paragons von einer gefährlichen Operation überzeugen sollte.

Ganz zu schweigen von den vielen Anomalien, die direkt

vor Ort sterben könnten, ohne Mila in der Nähe, die sie heilen könnte.

Die Zielpersonen eilten über die Straße auf den Platz, Celice folgte mit Menschen zwischen ihnen. Der Regen wurde hier im Freien stärker, die Tropfen fielen hart. Menschen drängten sich unter Schirme, und Celice zögerte, ihren aufzuspannen: ein Schirm brauchte eine Hand zum Halten, eine Hand, die vielleicht besser frei wäre zur Verteidigung.

Aber ihre Beute machte den ersten Zug, spannte schwarze Schirme über ihren Köpfen auf, was Celice erlaubte, dasselbe zu tun. Sie blickte nach unten, zog den Schirm aus ihrer Jackentasche und öffnete seine mattrote Abdeckung. Mit dem blockierten Regen schaute Celice auf, um ihre Zielpersonen wieder zu finden. Um sie herum teilte sich die Menge zur U-Bahn oder anderen Übergängen, ließ breite Gassen auf dem rutschigen, nassen Stein frei.

Und ihre Zielpersonen waren in keiner davon.

Zwei Sekunden zum Öffnen ihres Schirms. Das war's. Unmöglich, dass sie so schnell verschwinden konnten, nicht ohne zu rennen und alle Aufmerksamkeit auf sich zu ziehen. Celice drehte sich um ihre eigene Achse, machte einen schnellen Rundumblick und-

Da. Direkt auf sie zu. Schirm weggeworfen und Hände in der Jacke, genau wie Celices es gewesen waren, als Benny sich hinsetzte. Der Mann sah nicht gelassen aus, das war kein zufälliges Zusammentreffen.

Sie war aufgeflogen.

Zwei Möglichkeiten, drei Sekunden für eine Entscheidung: kämpfen oder wegrennen. Kämpfen, und vielleicht gewinnt Celice, vielleicht wird Celice verhaftet, vielleicht stirbt Celice. Weglaufen und sie wird verfolgt, verliert ihre Spuren, und jetzt weiß Zhan-Yo, dass sie Angst hat.

Du weißt, was zu tun ist.

Ja, sie wusste es. Celice schwang ihren Regenschirm nach unten, als der Mann die Distanz schloss, und verlagerte den Griff des Schirms in ihre linke Hand. Sie trat vor und holte mit dem linken Arm aus, während sie den Einziehknopf am Schirmgriff drückte. Der rote Regenschutz schrumpfte zurück und machte den Weg frei für Celices Schlag gegen die Brust des Mannes.

Celice traf auf Pullovergewebe, aber anstatt weicher Haut darunter, traf ihre Hand auf harte Kunstfaser einer Weste. Sie hatte genug kugelsichere Westen getragen, um zu wissen, wie sich diese Dinge anfühlten, und um zu wissen, dass diese beiden nicht für einen gemütlichen Abend ins Restaurant gekommen waren.

Celice war nicht nur aufgeflogen, sie war in eine Falle getappt.

Der Schlag prallte ab und sandte einen stechenden Schmerz durch Celices gestauchten Finger. Der Mann fegte den eingezogenen Schirm beiseite. Celice rechnete mit einem Schuss, einem schnellen Finale für die Show des Abends.

»Versuch das nicht noch einmal«, sagte der Mann. Aus der Nähe sah er aus wie jemand, der lange Zeit in sonnigen Ländern gesurft hatte, gebräunt und glatt rasiert. Ein sachlicher Typ, den Celice ignoriert hätte, den ihr Vater aber vielleicht verehrt hätte. »Das wird nicht gut ausgehen.«

»Wie viele seid ihr?«, fragte Celice, während sie ihren Schirm unten hielt und versuchte, die Schritte zur U-Bahn-Station am Rand des Platzes zu zählen.

»Genug«, antwortete der Mann. »Wir wissen, wer du bist und warum du hier bist.«

»Wo ist dann Zhan-Yo?«

»Du triffst den Chef erst, wenn er sicher ist, dass du brav mitspielst.«

»Er hat meinen Vater getötet.«

Der Söldner zeigte, völlig typisch, keine einzige Regung. Als ob der Mann jeden Tag vaterlosen Töchtern begegnete, die nach Rache suchten. Celice wollte wissen, ob es irgendwo eine Schule für solche Leute gab, wo sie eine obskure Diät bekamen und lernten, Leid zu ignorieren, damit ihre Anführer profitieren konnten.

»Er bietet dir eine Wahl«, sagte der Mann. »Entweder du verlässt London und vergisst uns, oder du hörst dir an, was er zu sagen hat. Friedlich.«

»Wie wäre es mit Option drei, wo ich euch alle einen nach dem anderen auseinandernehme?«

Der Söldner neigte seinen Kopf, als würde er mit einem kleinen Mädchen sprechen: »Du weißt, wie das ausgeht. Du bist nicht dein Vater, Celice.«

»Hab nicht gesagt, dass du meinen Namen benutzen darfst.«

Der Söldner antwortete nicht, stand einfach nur da und ließ den Regen auf sich niederprasseln. Celice wischte sich das Wasser aus den Augen. Spürte die Kälte, die überall eindrang. Vor dreißig Minuten schien die ganze Sache noch so vielversprechend. Auf sich allein gestellt, ihre Fähigkeiten nutzend ohne die Hilfe der Paragons, auf der Jagd nach dem Mörder ihres Vaters.

So liefen diese Geschichten doch, oder? Die Tochter gewinnt am Ende, sorgt für Gerechtigkeit?

»Ich will ihn sehen«, sagte Celice. »Zhan-Yo.«

»Dann stimmst du zu? Keine Waffen. Wir schicken einen Wagen.«

Details. Celice konnte ihre Hände und Füße benutzen. Auch ohne Pistole in der Hand oder Messer im Holster könnte sie Zhan-Yo erledigen, bevor seine Wachen eingreifen würden.

»Einverstanden«, sagte Celice.

»Gute Wahl.« Der Mann zog seinen Schirm mit der versteckten Hand hervor und öffnete ihn. »Wir holen dich ab.« Er ging los, an ihr vorbei. »Wenn es dir etwas bedeutet, ich bewunderte deinen Vater. Er war ein guter Mann.«

Celice starrte dem Söldner nach, während er davonging,

seine Schuhe quatschten auf dem Stein. Ein guter Mann? Ihr Vater war so viel mehr als *ein guter Mann*. Aegis hatte-

Du hast nicht gekämpft. Du hättest kämpfen sollen.

Sie hätten sie getötet. Celice hatte die Gewehre in der Dunkelheit nicht gesehen, aber zweifellos waren sie da. Zhan-Yos Crew war ein Dutzend Mann stark. Sie hatte nicht Aegis' Kräfte, sie hatte keine Paragon-Unterstützung.

Du suchst nach Ausreden.

Celice schwankte. Der Regen fiel weiter und sie wollte ein paar Tränen hinzufügen. Hätte sie auch, wenn nicht eine Hand sanft ihre Schulter berührt hätte. Eine andere drückte den Knopf an ihrem Schirm und öffnete ihn wieder.

»Weißt du«, sagte Benny, sein Bowler fing das Wasser auf und ließ es wie Entenfedern abperlen, »es macht zwar Spaß, im Regen zu duschen, aber ich schätze, du wärst in deiner eigenen Wohnung glücklicher, wo das Wasser warm ist.«

Celice blinzelte ihn an: »Was?«

»Da steht eine Kapsel.« Benny zeigte auf eine wartende Kugel am Bordstein. »Wollte sie eigentlich selbst nehmen, aber du siehst aus, als könntest du die Fahrt gebrauchen.«

Und trotz der enttäuschten Stimme ihres Vaters in ihrem Kopf nahm Celice das Angebot an.

KAPITEL 7

AUFNAHMEPRÜFUNG

DIE KATASTROPHE RETTETE Calvin vor einer weiteren Trainingseinheit. Nach dem gestrigen Tumult im Lagerhaus hatten die Elementals tatsächlich den Mumm, Calvin um eine Rückkehr zu bitten - eine Anfrage, die er ignorierte, bis die Paragons das Problem für ihn lösten.

»Ich habe noch nie jemanden so breit grinsen sehen«, sagte Kat, während sie mit der Bahn Richtung Chicagos nördliche Vororte fuhren. »Du wolltest wirklich nicht hingehen, oder?«

Anders als gestern trugen Kat und Calvin ihre Einsatzanzüge. Kats silberner Umhang bedeckte ihren mit Gadgets vollgestopften Anzug und ihre Hose, während Calvin die blau-weiße Uniform der Paragons trug. Die beiden sahen offiziell genug aus, dass sich die Mitreisenden in der Bahn von ihnen entfernten und ihnen ihre eigene Ecke im Abteil überließen, von wo aus sie die vorbeiziehenden Gebäude an diesem grauen Märztag beobachten konnten.

Die beiden hatten ihre lange Nacht in einen gemütlichen Morgen übergehen lassen, spielten mit Seeker im Park und tankten Koffein. Kat beantwortete eine Nachricht von Gordon - der Tracker war wegen einer Notfallkonferenz mit Mynx nach LA verschwunden - während Calvin den Alkohol vom

Vorabend mit einem Lauf entlang eines nahegelegenen Baches aus seinem System spülte.

Alles in allem war es, angesichts des Chaos, das sie im letzten Monat geplagt hatte, ein vergesslicher, wunderbarer Start in den Tag gewesen. Keine Schüsse, keine Anomalien, die tödliche Kräfte auf ihn schleuderten... daran könnte sich Calvin gewöhnen.

»Schau«, sagte Calvin, »ich will sie nicht vorführen, weißt du? Gestern hat Farrah einen Trick angewandt, aber heute müsste ich mit meinem wahren Ich gegen sie antreten. Ich würde mir Feinde machen.«

»Klar.«

Calvin ließ seinen Kopf gegen das Glasfenster hinter ihm fallen, während das ständige Kribbeln in seinen Händen ihn dazu verführte, seine Lederhandschuhe in eine Lederdecke zu verwandeln. Die Verwandlung würde die Handschuhe allerdings ruinieren, und trotz seiner neuen Anstellung als Weltenretter für die allmächtigen Paragons war Calvins Konto noch immer dünn besetzt.

»Du klingst, als wolltest du nicht hier sein«, sagte Calvin. »Vielleicht erinnere ich mich falsch, aber vor einer Stunde warst du noch total aufgeregt mitzumachen.«

»Die Elementals wollen nur reden«, erwiderte Kat. »Es ist so: Hey, können wir eine Gruppe richtig starker, richtig cooler Leute in einen Raum stecken und den ganzen Tag über Timing murmeln?«

»Timing?«

»Beth hat sich in den Kopf gesetzt, dass die Elementals ihren Zug machen und ihre eigene kleine Welt erschaffen können. Die Paragons werden es zulassen, verstehst du, wenn die Elementals ihren Anspruch geltend machen, wenn die Paragons nicht die Macht haben, sich zu widersetzen.«

»Als ob das passieren würde.«

Kat antwortete nicht, und Calvin öffnete ein Auge und sah

zu ihr hinüber. Anders als die Anomalie hatte Kat ihr Tama aktiviert und wischte durch einige Nachrichten.

»Kat?«, fragte Calvin. »Reden wir noch miteinander?«

»Mhm.«

»Was habe ich gerade gesagt?«

»Du hast gefragt, ob wir noch reden.« Kat wandte sich nicht vom Tama ab, also setzte sich Calvin auf und warf einen genaueren Blick darauf.

Brennende Schlagzeilen zeigten Mynx, die einzige verbliebene Championin in Nordamerika, wie sie versuchte, der Region und der Welt Vertrauen einzuflößen. Der Artikel deutete an, dass die endlosen Stunden zwischen Pressekonferenzen und Treffen mit anderen Paragon-Führern Mynx völlig erschöpft hatten. Sie stolperte über Zeilen und Namen und hatte gerade den restlichen Tagesplan abgesagt. Außerdem spekulierte der Artikel, dass Südamerikas Championin Mila nur noch in der Fabrik blieb, um Mynx über Wasser zu halten.

Allerdings merkte der Reporter an, dass Mila in LA blieb, wann immer Mynx weg war, und oft tagelang verschwunden blieb. Eine neue Drohne in Entwicklung? Half sie einigen Paragons wieder auf die Beine? Der Artikel bot Spekulationen, wenige Antworten und ein brutales Foto, das Mynx zeigte, wie sie mit gesenktem Kopf von einem Podium flüchtete.

»Sieht übel aus«, sagte Calvin und lehnte sich wieder ans Fenster.

»Das ist alles?«, sagte Kat. »Sieht übel aus?«

»Was?«

»Bist du nicht ein Paragon? Sollte dich der Umstand, dass deine ganze Organisation im Chaos versinkt, nicht beunruhigen?«

Calvin schnaubte: »Ich bin ein Paragon, weil sie gut bezahlen. Wenn sie verschwinden, mache ich wieder das, was ich immer gemacht habe.«

»Nichts von Bedeutung?«

»Sagt die Trackerin, die im Zug sitzt. Ich sehe nicht, dass du irgendwelche gefährlichen Anomalien jagst.«

Kat legte das Tama weg und ballte ihre Hände zu Fäusten. »Das ist jetzt nicht wichtig.«

Dem konnte Calvin zustimmen. Seit Wexley und seine Schläger es sich zur Priorität gemacht hatten, Calvin und Kat mit Kugeln zu durchlöchern, hatten die beiden Abstand zwischen ihre Karrieren und ihr Überleben gebracht. Beide spielten mit den Elementals, weil die abtrünnigen Anomalien ihnen eine gemeinsame Sache gegen den mörderischen CEO und seine Killerbande boten. Kat nutzte außerdem jede freie Stunde, die sie nicht damit verbrachte, Meetings in Bourbon zu ertränken, um Wexleys Spuren zu finden und einen Weg zu entwickeln, wie sie und Calvin den Mann aufspüren und Rache nehmen könnten.

Die beiden hatten jetzt eine Akte, eine wachsende. Kat hatte Hintergrundinformationen über Wexley, kannte sein Büro und seine normalen Arbeitszeiten. Der nächste Schritt wäre, das Bürogebäude des Mannes zu untersuchen und herauszufinden, wie schwer es wäre, einen Termin in Wexleys Kalender zu bekommen. Kat, angesichts ihres Rufs und der Tatsache, dass Wexley verdammt noch mal wusste, wer sie war, hatte Calvin auf die Aufgabe vorbereitet.

Calvin würde einfach hineinspazieren, Wexleys Sekretärin anlächeln und dann das Büro betreten. Er würde eine Hand an einer Metallmanschette haben, die andere ausgestreckt, um Wexleys Hand zu schütteln. Dann, genau wenn Wexley nah genug wäre, würde Calvin die Manschette in eine rasiermesserscharfe Nadel verwandeln und einen tödlichen Stoß in den Hals des Mannes ausführen. Bei Bedarf nachsetzen, bevor er die Flucht ergreifen würde, während Kat unten wartete.

Es klang alles einfach, aber Calvin war nicht gerade ein Auftragskiller.

Diese Welt jedoch hatte die Angewohnheit, Menschen in etwas zu verwandeln, was sie nie erwartet hätten.

Der Zug setzte sie in einer ruhigen Nachbarschaft ab. Die geschäftige Gegend am Bahnhof ging allmählich in eine Wohngegend über, ein beschaulicher Ort, der Calvin nervös machte. Die Hundebesitzer waren zur Mittagszeit fleißig unterwegs, ihre pelzigen Schützlinge zerrten an der Leine und stürzten sich auf andere Hunde und gelegentliche Jogger, die sich auf die überfüllten Gehwege wagten. Kaffeeduft lag in der Luft.

Mit Kat an seiner Seite folgte Calvin seinem Tama mehrere Blocks zu einigen neu errichteten Apartmentgebäuden, während die älteren aus rotem Backstein sich wie eine Festung gegen die umliegenden Häuser behaupteten. Paragon-Schilder tauchten früh auf, mit Kapseln, die das Paragon-Logo trugen und in den Straßenmitten hockten. Die örtliche Polizei gesellte sich dazu, die meisten schienen mit verwirrten Zivilisten über die früheren Ereignisse zu sprechen.

Calvins Auftrag beschränkte sich auf den Außendienst. Herumlaufen, nach übersehenen Hinweisen suchen und die Öffentlichkeit beruhigen, dass ihre Anomalie-Wächter an dem Fall dran waren. Immerhin brachte der Tag trotz der sich hinter Wolken versteckenden Sonne etwas Wärme. Nach einer kurzen Meldung beim zuständigen Paragon, dessen Namen und Fähigkeit sich Calvin gar nicht erst merkte, machten er und Kat sich auf ihren Rundgang.

»Sieht aus, als wäre da jemand ein Star«, sagte Calvin zu Kat, als sie den Gehweg nahe der Absturzstelle der Drohne entlanggingen.

»Ich habe hier viele Anomalien für die Paragons einge-bracht«, erwiderte Kat. »Sei nicht eifersüchtig.«

»Eifersüchtig? Der Typ wollte dein Autogramm. Nein danke.«

»Auf mein Autogramm oder auf meine Fans?«

»Tut es dir weh, wenn ich beides sage?«

Kat verdrehte die Augen. Die Bewegung lenkte die Aufmerksamkeit auf die Funktionen ihres Anzugs, das vollständige Visier und die Gesichtsmaske waren bisher nicht aktiviert, ruhten aber an ihren Schläfen für den Notfall. Wenn Calvin auf etwas eifersüchtig sein wollte, dann auf diesen Anzug, nicht auf die Schwärmerei irgendeines Paragon-Zeitstemplers.

Die Absturzstelle der Drohne war mit gelben Markierungen übersät. Paragons und Polizei hatten die Fähnchen platziert, die, wie Kat erklärte, Beweise markierten. Calvin beobachtete, wie die Spurensucherin von einer zur nächsten ging und jede behandelte, als könnte sie der Schlüssel zu allem sein. Die meisten Markierungen schienen Patronenhülsen zu kennzeichnen, einige hoben zerbrochene Metallteile hervor. Eine leuchtete neben einem kleinen Blutfleck.

»Siehst du was?«, fragte Calvin und machte eine dramatische Drehung um die Straße, die Häuser und die Apartments. Abgesehen von den versammelten Offiziellen fiel nichts auf. »Ich nämlich nicht.«

»Das liegt daran, dass du nach großen Dingen suchst, nicht nach dem Wichtigen.«

»Hey.«

»Diese hier zum Beispiel«, sagte Kat und zeigte auf eine Markierung nahe ihres Fußes. Calvin kam näher und betrachtete, was wie eine weitere stumpfe dunkle Hülse aussah. »Der Schütze hat damit verfehlt.«

»Cool?«

»Für uns schon.« Kat kniete sich hin und bewegte ihre Hände um die Hülse herum wie eine Moderatorin, die einen Preis präsentiert. »Siehst du, wie hier kein Schaden am Pflaster ist? Siehst du die Muster auf der Hülse?«

»Ich höre zu.«

»Das ist keine Kugel, die von irgendeiner verzweifelten Person zur Selbstverteidigung abgefeuert wurde. Diese Munition verursacht einen Schock. Sie würde dein Tama in Schrott verwandeln.«

Calvin würde sich nicht als Detektiv bezeichnen, aber er konnte diese Verbindungen ziehen: »Du willst also sagen, dass die Drohne nicht von irgendwelchen Fußballmüttern gestohlen wurde. Wirklich bahnbrechend, Kat.«

»Immer noch sauer wegen gestern?«, stichelte Kat, und als Calvin beschloss, darauf nicht zu antworten, fuhr sie fort: »Was ich sage ist, dass es nicht viele Gruppen gibt, die solche Munition verwenden würden. Die Polizei vielleicht, aber die würden nicht auf eine Drohne schießen. Die Paragons haben ihre Kräfte, und die Drohnen sind auf ihrer Seite.«

Calvin legte seine sarkastische Haltung ab und hockte sich neben Kat: »Und die Elementals hätten uns gesagt, wenn sie einen Angriff auf eine Gladiator-Drohne planen würden.«

»Mir zumindest«, sagte Kat.

Dagegen ließ sich nichts einwenden.

»Was uns wenige Optionen lässt, und einen Gewinner«, sagte Kat. »Die Gruppe, die das Stadion in L.A. in die Luft gejagt hat, die, die Aegis getötet hat? Zhan-Yo? Ich würde auf ihn tippen, aber da er sich selbst in die Luft gesprengt hat …«

»Also jemand, der seine Sache weiterführt? Ein weiterer Anomalie-Hasser?«

»Wie Wexley?«

Calvin zuckte mit den Schultern: »Scheint ein weiter Sprung von Schüssen auf Elementals zu Angriffen auf einen Gladiator.«

Kat stand auf und Calvin mit ihr. Sie setzte ihren Rundgang um den Tatort fort, hielt wieder bei schwarzen Spuren auf der Straße an, Reifenspuren, die Beweise hinterlassen hatten. Dicke Reifen außerdem, die man eher selten in einer Wohngegend sah.

»Rhimes hat zuerst versucht, mich zu rekrutieren, erinnerst du dich?«, sagte Kat. »Wexley auch. Sie hatten größere Pläne.«

»Okay, lass uns mal deinen Gedankengang durchgehen«, erwiderte Calvin. »Wir haben den großen Bösen und seine Gangster-Freunde. Sie kommen den ganzen Weg hierher, kämpfen gegen eine Maschine und stehlen sie dann? Warum?«

Kat, die über die Reifenspuren hinwegblickte, hatte keine Antwort.

Während Calvin seinen Dienst versah, verschwand Kat, um einige Nachforschungen anzustellen, und ließ den Anomalie-Träger mit den lästigen Leuten allein. Einen offiziellen Ton anzuschlagen und Eindringlinge wegzuschicken kam ihm unnatürlich vor, jedes Gespräch war ein unbeholfener Tanz zwischen dem Durchsetzen der Paragon-Autorität und dem Bewahren von Respekt.

Kurz gesagt, Calvin bekam eine Menge sarkastischen Gegenwind ab. Die Hundebesitzer fragten sich, warum sie nicht ihre gewohnte Route entlang der Straße nehmen konnten. Kinder kamen mit unsinnigen Fragen über Calvins Kräfte, warum er nicht einfach losfliegen und die Drohne finden könnte. Und schlimmer noch, die Reporter, die den Tatort belagerten, bemerkten schnell Calvins eigenes Zögern und stürzten sich darauf.

»Ich weiß es nicht, Mann«, sagte Calvin zu einer weiteren zugerufenen Frage von einem halben Dutzend Tama-tippender Skandaljäger um ihn herum. Er warf einen verzweifelten Blick zu den anderen herumlungernden Paragons, aber die Anomalien grinsten ihn nur an, offenbar bereit, einen der ihren den Wölfen zum Fraß vorzuwerfen. »Ich bin hier, um zu verhindern, dass jemand verletzt wird, das ist alles.«

»Verletzt wird? Sie sagen also, es besteht hier noch Gefahr?«, sagte eine andere, ihre Hand schwebte über einem Tama, das zweifellos Panik unter Chicagos Bürgern auslösen würde.

Andererseits würde das Calvin vielleicht eine Sekunde

zum Durchatmen verschaffen. Eine späte Mittagspause einlegen.

»Was denken Sie denn?«, sagte Calvin. »Wir haben eine vermisste Gladiator-Drohne, wir wissen nicht, was zur Hölle damit passiert ist oder wer sie gestohlen hat. Denken Sie, das ist gefährlich?«

Gesichter starrten ihn an, warteten auf die Worte. Calvin hatte diesen Blick schon früher gesehen, meist von seinen ehemaligen Pflegeeltern, den Lehrern, die auf Entschuldigungen warteten. Damals war er weggelaufen. Jetzt …

Mit einem Blick auf sein Tama hob er sein Handgelenk: »Tut mir leid, Leute, ich muss hier etwas überprüfen. Bleiben Sie zurück, ja?«

Die Rufe der Reporter ignorierend, was genau Calvin überprüfen müsse, drehte sich die Anomalie um und überließ die Reporter ihren Geschichten. Er ging direkt auf die vier anderen Paragons zu, die sich im Zentrum des Tatorts aufhielten, was dazu führte, dass die ganze Gruppe gemeinsam den Neuling anstarrte.

»Genug gehabt?«, fragte der leitende Paragon vor Ort, ein dürrer, schmieriger Typ namens Weed. So wenig inspirierend sein Name auch war, Weeds Ruf als jemand, der Probleme effizient löste, war ungebrochen. Calvin spürte, wie seine eigenen Fähigkeiten unter Weeds prüfendem Blick bewertet und eingeordnet wurden. »Du hast dich gut geschlagen für einen Anfänger. Lob, du bist als Nächster dran. Halt sie bei Laune.«

»Alles klar.« Ein grobschlächtiger Kerl, dessen Uniform aussah, als wäre sie einige Burger zu klein geworden, marschierte zu den Reportern.

»Calvin?«, fragte Weed und stellte sich der Anomalie gegenüber. »Du bist neu, oder?«

»Bin gekommen, als alles den Bach runterging.«

»Wo kommst du her?«

Eine schwierige Frage, und nicht nur, weil Calvin nichts

hatte, was man als Zuhause bezeichnen könnte. Anomalien waren gesetzlich verpflichtet, sich bei den Paragons zu registrieren, sobald ihre Fähigkeiten vom genetischen Code zu echter Magie wurden, und Calvin hatte das, nun ja, nicht getan. Er hatte andere Prioritäten gehabt, wie Essen zu finden und einen Platz zum Schlafen.

Und Autoritätspersonen behandelten Calvin ohnehin meist wie Dreck, also schien es keine gute Idee, sich der größten von allen anzuschließen.

»Von überall her«, sagte Calvin.

Weed nahm die Worte mit einem weiteren prüfenden Blick auf und kalkulierte Calvins Position in seinem Team neu: »Na gut, Calvin von überall her, danke, dass du heute aufgetaucht bist.«

Weeds Worte und sein Tonfall passten nicht zusammen. Das Kribbeln in Calvins Händen verstärkte sich, die Lederhandschuhe juckten danach, in etwas Nützlicheres verwandelt zu werden, wie eine Peitsche um Weeds Hals.

»Gern geschehen?«, sagte Calvin und bemerkte erneut, dass Weeds drei Kumpel ihn nicht aus den Augen ließen.

»Ich habe mir deine Akte angesehen, da ich noch nie mit dir gearbeitet habe«, fuhr Weed fort. »Scheint, als wärst du ein paar Tage vom Radar verschwunden. Seit Wochen nicht einmal im Turm gewesen, nur bei Tama?«

»Der Turm sieht momentan ziemlich übel aus, falls dir das nicht aufgefallen ist.«

»Die Paragons brauchen jede Hilfe, die sie kriegen können, und du bist nirgends zu sehen. Wo hast du dich versteckt, Calvin?«

»Ich bin gekommen, als man mich rief.«

Weed warf seinen Kollegen einen Blick zu und schüttelte den Kopf. »Sag mal, Calvin, klingt das für dich nach etwas, das Aegis sagen würde? Kommen, wenn man gerufen wird? Hier geht es darum, Initiative zu zeigen.«

Wenn man mit genug Menschen spricht, genug sieht,

erkennt man die Wege, wenn sie sich wiederholen. Calvin trat einen Schritt zurück und seufzte tief. Kat drängte ihn ständig, einen Stamm zu finden, sich mit denen zu verbinden, die ihn akzeptieren würden, und hier war seine Gruppe, die ihn ansah wie all diese verdammten Berater, all diese Beamten.

Nicht nur ein Versager, sondern ein Problem.

Vielleicht hätte Calvin an einem anderen Tag, an dem er nicht stundenlang gequält worden wäre, nach einer Trainingseinheit mit unreifen Elementals, die ihn zu Boden geschleudert hatten, die Ruhe gefunden, Weeds Köder zu widerstehen.

»Aegis ist tot, Weed«, erwiderte Calvin. »Er sagt gar nichts mehr.«

»Smoke?«, sagte Weed zu der Frau zu seiner Linken. »Wärst du so freundlich?«

»Schon erledigt«, antwortete Smoke.

Calvin sah sie an, sie lächelte messerscharf zurück. Irgendetwas war passiert, und bei Anomalien …

»Also gut, Calvin«, sagte Weed. »Ich habe eine Regel, bevor ich neue Paragons in mein Team aufnehme.«

»Lass mich raten. Du musst ihnen erst vertrauen, oder so ein Schwachsinn?«

»Zumindest bist du nicht dumm. Vorlaut, aber damit kann ich arbeiten. Ich brauche Gehorsam, ich brauche dein Verständnis dafür, wer hier die Entscheidungen trifft.«

»Ich bin kein Kind. Sag mir, was ich tun soll, und wenn es Sinn ergibt, mache ich es.«

Weed machte einen großen Schritt nach vorne, direkt vor Calvins Gesicht. »Dann schlag mich. Jetzt sofort.«

Calvin neigte den Kopf. »Was?«

»Ich habe dir einen Befehl gegeben, oder?«

Na gut. Wenn dieser Spinner umgehauen werden wollte, konnte Calvin das einrichten. Während Weed wartete, streifte Calvin die Lederhandschuhe ab, das Kribbeln wechselte vom engen Zug des Leders zur Luft und all dem darin schwebenden Staub. Weed würde den Schlag sicher nicht einfach so einstecken - dieser ganze Tanz musste ein Machtspiel sein, irgendein Gehabe aus dem Tierreich, damit Weeds Freunde wussten, wer das Rudel anführte.

Calvin konnte ein Teamplayer sein, aber er würde verdammt sicher nicht als Exempel dienen.

Der rechte Haken kam schnell, aber während Calvin ausholte, zog seine linke Hand die Luft an sich, und seine Rechte schleuderte sie nach vorne, eine lokalisierte Windböe, die schneller als die Faust flog. Weeds Kopf schnappte zurück, seine Augen schlossen sich, als der Wind traf. Calvins Schlag folgte und traf Weeds Schulter, wodurch der kleinere Mann sich drehte.

Weed taumelte zurück, blinzelte und schüttelte den Kopf. Calvin hätte nachlegen können, einen weiteren Angriff starten, aber der Punkt schien gemacht. Selbst die anderen zuschauenden Paragons nickten mit verschränkten Armen. Zumindest ein wenig beeindruckt.

»Reicht das?«, fragte Calvin. »Oder brauchst du mehr?«

Weed richtete sich auf und bewegte seinen Kopf in einem knackenden Hin und Her. »Sie bringen jedem Paragon die Grundlagen bei, Calvin. Aber wenn du gegen eine Anomalie kämpfst, ist es besser, sie beim ersten Mal auszuschalten.«

»Das hätte ich gekonnt«, begann Calvin, hielt dann aber inne. Er spürte etwas an seiner Hand, einen kalten Schleim. Nein, kein Schleim: Körper, kleine, sich bewegende Körper. »Was zum Teufel ist das?«

»Wir bekommen unsere Namen alle aus gutem Grund«, sagte Weed, ohne sich zu nähern.

Die winzigen Kreaturen auf Calvins Hand krabbelten seinen Arm hoch, kratzten und gruben sich durch seine Kleidung. Sie schmerzten nicht direkt, aber sie wuchsen. Mit jeder verstreichenden Sekunde entwickelte sich die Ansammlung von Stecknadelköpfen zu Kieselsteinen, zog Calvins Arm und bald auch ihn selbst nach unten. Jedes einzelne dieser Dinge sah aus wie eine Kopie von Weed, nur mit Unvollkommenheiten, einigen Anpassungen, wie ein einzelner Arm oder eine andere Haarfarbe, und ohne jegliche Kleidung.

Gruselig, bizarr und überhaupt nicht angemessen.

Calvin drückte seine linke Hand auf die Straße, fand den Zement und saugte ihn auf. Von seiner rechten Hand fegte der Stein über seine Haut, bedeckte seine Uniform und schleuderte die kleinen Weeds ab. Die immer noch wachsenden Klone trafen rings um Calvin auf die Straße. Mit seiner nun gepanzerten Faust machte sich Calvin an die Arbeit und schlug die herankommende Masse beiseite.

Anfangs waren die Schläge effektiv, aber bald bemerkte Calvin, dass sein Zementarm neue kleine Auswüchse hatte, eine neue Weed-Generation, die sich direkt an ihm entwickelte. Diese Dinger zu zerschlagen würde nicht funktionieren. Calvin musste die Spielregeln ändern.

Kräftige Hände packten den Anomalen, bevor Calvin eine neue Strategie finden konnte. Die ersten Weeds, die jetzt halb so groß wie Calvin waren, arbeiteten zusammen, um den Mann hochzuheben. Anders als der Paragon, aus dem sie entsprangen, hatten Weeds Klone leere Augen und einen nichtssagenden Gesichtsausdruck. Sie zeigten keinerlei Emotionen, weder Angst noch Wut.

»Wie gehst du mit Widrigkeiten um, Calvin?«, rief Weed. »Gibst du auf oder kämpfst du bis zum bitteren Ende?«

Oh, Calvin würde diesem Kerl ordentlich wehtun. Er ließ den Zement von seinem Arm abfallen, während die Weeds ihn hochhoben – für einen Aufprall auf den Boden? Calvin war sich nicht sicher –, und packte die Klone mit beiden Händen.

Jeder Anomale musste seine eigenen Grenzen ziehen, musste verstehen, womit er leben konnte. Calvin hatte seine, aber jetzt, jetzt würde er eine Ausnahme machen. Unter seinen Händen spürte er die kühle Haut, eine Beschaffenheit, die ganz und gar nicht menschlich war, und Calvin griff zu.

Der Weed zu seiner Linken zerfiel schnell, seine gesamte Essenz löste sich auf, als würde sie wie eine Filmszene verblassen. Calvin leitete diese Energie in seine rechte Hand und umschloss den anderen Weed mit einem Käfig aus der Materie seines Klons.

Der Zug brachte Calvin zu Boden, wo er mit der Brust aufschlug. Er hielt seine Hände bereit und erwartete weitere Weeds, die nach ihm greifen würden, doch stattdessen verwelkten die Körper. Als wären sie mit einer schrecklichen Chemikalie besprüht worden, zitterten alle Gestalten gleichzeitig, wurden braun, dann schwarz und schmolzen schließlich zu weniger als Staub.

Weed trat vor und streckte eine Hand aus. Calvin starrte sie an, sah Weeds ernsten Blick und ein ernstes Nicken, dann nahm er das Angebot an.

»Beeindruckende Arbeit, Calvin«, sagte Weed und half dem Anomalen auf die Füße. »Die Paragons könnten doch der richtige Platz für dich sein.«

Calvin wollte ihm diese Worte ins Gesicht schleudern, wollte irgendwohin davonstürmen, aber sein surrendes Tama unterbrach seine Wut. Kat rief an.

Sie hatte etwas gefunden.

KAPITEL 8
VERGANGENHEIT TRIFFT GEGENWART

DIE NACHT am Strand fühlte sich wie eine Rückkehr in eine verschwundene Vergangenheit an, und Cassidy verbrachte viel zu viele Minuten damit, die Wellen und den strahlenden Mond über ihnen zu beobachten. Thane, dessen Wut und die damit verbundene Energie verbraucht waren, brach mit kaum mehr als einem Seufzer im Sand zusammen. Allein wanderte Cassidy durch die Jahre, die sie an ähnlichen Stränden verbracht hatte, den Blick auf einen Horizont gerichtet, der von schwebenden Überwachungsdrohnen übersät war.

Hier gab es allerdings keine Drohnen. Vögel, Wolken, das Sternenlicht oben, gelegentlich unterbrochen von einem vorbeifliegenden Flugzeug. Ein friedlicher Meeresblick, kein Gefängnis.

Irgendwann wurden aus den Erinnerungen Träume, und Cassidy wachte auf, als das Wasser bei steigender Flut ihre Füße berührte. Gemeinsam rappelten sich die beiden Ausreißer auf und sammelten ihre zerfetzte Kleidung ein, während sie zur Dschungellinie wanderten.

»Zwei Flüchtlinge«, sagte Thane, sein Körper irgendwo

zwischen hager und kräftig, »ohne Geld, ohne Kleidung, ohne Zuhause.«

»Mit Leben«, fügte Cassidy hinzu.

»Mit Leben. Zeit, denke ich, etwas daraus zu machen.«

»Lass uns die großen Ziele verschieben, bis wir geduscht haben und etwas zum Anziehen und Essen haben.«

Thane zuckte mit den Schultern und zeigte auf eine Kokosnuss in einer Palme. »Ich kann da hochklettern.«

»Ich bin nicht von einer Insel geflohen, um noch mehr Kokosnüsse zu essen«, sagte Cassidy. »Und wenn dich jemand auf diesen Baum klettern sieht und wir wegen einer verdammten Kokosnuss geschnappt werden, werde ich sehr sauer sein.«

»Was schlägst du dann vor?«

Cassidys Idee führte sie zurück ins Gebüsch, in Richtung des nächsten nicht-natürlichen Geräuschs: Musik. Die leichten Melodien, nur Trommeln und Flöten, hallten durch die Bäume. Sie schoben Pflanzen beiseite und stiegen über Wurzeln, durchbrachen Spinnennetze und wehrten Fliegen ab, während das Paar der Musik bis zu einem gedrungenen Haus am Rand des Dschungels folgte.

Ein blaugrauer Einstöcker, dem Haus fehlte der Luxus, aber es sprühte vor Leben. Kinderspielzeug bevölkerte einen kleinen Hof, der von freundlichem Unkraut überwuchert war, während die offenen Fenster an der Rückseite des Hauses die Musik entweichen ließen. Eine kleine Terrasse hatte zwei Stühle und eine einladende Tür nach innen.

Thane hielt nicht an, als sie sich näherten, marschierte voraus, als plane er eine Ein-Mann-Invasion. Was vielleicht auch der Fall war. Cassidy hätte Thane vielleicht einfach weiterlaufen lassen, wäre da nicht dieses Spielzeug gewesen.

Eines, ein gelb-rotes Auto, hatte Cassidy vor einer Ewigkeit ihren eigenen Kindern geschenkt.

»Warte«, sagte Cassidy und packte Thanes Arm. »Gib ihnen etwas Zeit. Vielleicht gehen sie weg.«

»Sie sind nicht wichtig«, erwiderte Thane. »Die Zeit ist es.«

»Eine Stunde. Danach machen wir es auf deine Art.«

Thane, sein Gesicht frisch mit Meerwasser gewaschen, glitzerte, als die Sonne durch den frühmorgendlichen Nebel brach. Er neigte seinen Kopf zu Cassidy und musterte sie. Cassidy erwiderte den Blick und spürte, wie der Drang in ihrem Kopf erwachte.

Möglicher Konflikt, mögliche Leere.

»Du bist weich geworden«, sagte Thane.

»Nicht weich«, schoss Cassidy zurück. »Strategisch. Wenn wir da reinstürmen und diese Leute verletzen, wird das jemand herausfinden. Vielleicht schnell. Dann gerät die Insel in Panik. Im Moment sind wir seltsame Ausreißer, Anomalien, die niemand kennt oder die niemanden interessieren. Das ändert sich, wenn wir Menschen töten.«

Thane überlegte, lehnte sich an einen nahen Baum und blickte zum Haus hinüber. Cassidy tat es ihm gleich und nutzte die Blätter und einen großen Farn als Deckung.

»Hast du in so einem Haus gelebt?«, fragte Thane.

»Wir lebten an der Küste. Oregon. Zwei Stockwerke, direkt am Wald«, sagte Cassidy. »Meine Kinder liebten es.«

»Wussten sie, wer du warst?«

»Niemand wusste es. Weder mein Mann noch meine Freunde.«

Damals war es leicht gewesen, die Balance zu halten. Das Leben, das die Bücher, die Shows, ihre Eltern ihr vorschrieben, wartete, und alles würde verschwinden, wenn Cassidy den Drang nachgab. Wenn sie die Anomalie akzeptierte, zu der ihr Blut sie machte.

Die Leeren tauchten in der Mittelschule auf. Anfangs dachte Cassidy, sie hätte sich erkältet. Dann dachte sie an Wahnsinn, eine Geisteskrankheit. Bis sie eines Tages, allein im Garten ihrer Eltern, nachgab. Das Baumhaus, das ihr Vater Jahre zuvor gebaut hatte, verschwand und nahm die Hälfte der starken Eiche mit. Ihre Eltern vertuschten es, weigerten sich, beim Abendessen, im Auto oder überhaupt darüber zu sprechen.

»Aber du hast nicht aufgehört«, sagte Thane, und es war keine Frage.

Denn welche Anomalie würde das tun? Wenn die Natur dich einzigartig macht, wie kannst du das wegwerfen? Cassidy spielte mit den Leeren, schlich sich während der Mittagspausen davon oder später zwischen den Unterrichtsstunden an ruhige Orte, wo sie sich konzentrieren konnte.

»Die Paragons veränderten alles«, erwiderte Cassidy. »Anomalien wurden nicht mehr beschämt, nicht mehr als Bedrohung behandelt. Aber was sollte ich tun, das Leben aufgeben, das ich mir aufgebaut hatte, und davonlaufen, um Superheldin zu spielen?«

»Eine Lüge leben und lügen, um zu leben. So viele tun das. Jetzt musst du das nicht mehr.«

Cassidy erwähnte nicht, dass sie genau das getan hatten und es wieder tun würden, nachdem sie sich aus dem Haus geholt hatten, was sie brauchten.

Mit noch etwas Zeit – so schätzte Cassidy, keiner von beiden hatte eine Uhr – verstummte die Musik, ersetzt durch das elektrische Surren eines Autos und das Knirschen von Reifen auf Kies. Cassidy hielt ihre Finger hoch und zählte bis zwanzig, während das Motorengeräusch verklang. Thane übernahm die Führung, pirschte so nah wie möglich an das Haus heran, bevor er den Hof durchquerte und sich dem nächsten Fenster näherte.

»Leer«, sagte Thane zu Cassidy, die dicht hinter ihm war. »Los geht's.«

Eine verschlossene Terrassentür zeigte einen weiteren Unterschied zwischen den beiden Anomalien: Thane wollte sie einfach zerschmettern und fertig, aber Cassidy entschied sich für Diskretion, berührte den Griff und erschuf eine kleine Leere, um das Schloss zu durchtrennen. Ein einfacher Zug öffnete die Tür, und Cassidy verbarg ihr Grinsen nicht, als Thane vorbeiging.

Drinnen teilten sie sich auf. Thane plünderte den Kühlschrank, während Cassidy Schlafzimmer und Badezimmer durchsuchte, eine Dusche fand und ihrem Glück dankte, dass die Hausbesitzerin zufällig eine Frau und nicht allzu weit von ihrer Größe entfernt war. Sie tauschten danach, wobei Thane die Kleidung eines Ehemanns oder Freundes im Schrank fand.

Gesättigt und sich mehr wie echte Menschen fühlend, und Thane in einem blumengemusterten Hemd gekleidet, verließen die beiden das Haus und gingen die Straße hinunter. Vereinzelte Häuser wichen einer richtigen Stadt. Menschen gesellten sich zu ihnen auf den Gehwegen, während Autos vorbeifuhren – keine Pods hier, anscheinend. Ohne Geld zum Ausgeben steuerten die beiden den einen Ort an, der ihnen helfen könnte: die kleine Stadtbibliothek.

Thane navigierte durch die Stadt ohne zu zögern, wie eine Drohne, die direkt auf ihr Ziel zusteuert. Cassidy schleppte sich dahin. Die Klinik, das Pflegeheim, oder wie auch immer man es nennen wollte, war eine langsame Erinnerung daran gewesen, wie das echte Leben war. Technologie, verarbeitetes Essen, elektrisches Licht ... all das fühlte sich nach Jahren der Trennung neu an. Jetzt, außerhalb der Grenzen und Kontrollen der Klinik, wirbelten sie die Geräusche und die schnellen Reize umher.

Sie betrachtete alles, sah Schilder für Fast-Food-Restaurants, die Cassidy früher mochte, warf einen Blick auf das Kinoprogramm, das eine zweite Fortsetzung eines der letzten Filme anzeigte, den sie je gesehen hatte. Kleine Läden warben für Biere, die Cassidy früher trank, Limonaden, die einst Kühlschrankstapel waren und jetzt wie verlorene Schätze erschienen.

Cassidy könnte in jeden dieser Läden gehen, alles erleben. Sie hatte keine Paragon-Ketten mehr an sich, keine Drohne, die über ihrer Schulter schwebte und bereit war zu schießen, wenn sie vom Weg abwich.

»Hier«, sagte Thane und nickte über die Straße zur Bibliothek. »Bevor wir einen Plan machen können, muss ich wissen, was los ist.«

Bevor sie die Gefängnisinsel verlassen hatten, hatte Thane von einer großartigen Zukunft geschwärmt. Ein Kampf mit den Paragons, den er mit Cassidys Hilfe gewinnen würde. Die Welt würde neu gestaltet werden und so weiter und so fort. Cassidy konnte die Vision des Mannes bewundern, hatte auf der Insel sogar daran geglaubt, aber jetzt, als sie über eine Straße gingen – eine Straße! –, führte Cassidy ihre Hände zusammen und rieb über die Stelle, wo ihr Ehering gewesen war.

Alles, was Thane gesagt hatte, kam vor diesem Gefühl, dieser Öffnung. Warum sollte sie sich wieder in einen Kampf gegen Kräfte stürzen, die Cassidy beim letzten Mal so deutlich besiegt hatten? Die Thane geschnappt und ohne große Mühe auf eine Gefängnisinsel geworfen hatten?

»Cassidy?«, sagte Thane, und Cassidy wurde klar, dass sie seine Hand losgelassen hatte und wie besessen auf dem sechs Plätze großen Parkplatz der Bibliothek stand. »Was ist los?«

»Es ist überwältigend«, sagte Cassidy, irgendwo zwischen Wahrheit und Lüge. »All das. Ich hatte das nicht erwartet.«

»Ich fühlte dasselbe, als ich den Griff der Paragons verließ«, sagte Thane. Verließ war eine interessante Wortwahl. Cassidy erinnerte sich, dass Thane einen subtilen Ausbruchsversuch erwähnt hatte, dem Zerstörung folgte. »Die Welt wartete nicht auf mich, aber ich holte sie trotzdem ein.«

»Ist das was passiert ist?«

»Die Paragons dachten, wir wären eingesperrt, Cassidy, und jetzt sind wir frei. Wir haben den ersten Schritt getan, und nun wartet der zweite.«

Zurück auf der Insel war Thanes großspurige Sprache fast liebenswert rübergekommen: große Träume und Ambitionen an einem Ort, der keine zuließ. Hier, predigend neben Schildern über Mahngebühren und Wochenendöffnungszeiten, musste Cassidy ein Lachen unterdrücken.

Als Thane sich wieder der Bibliothek zuwandte, gab die Void sich selbst ein kleines Versprechen: wenn Thane sich für einen gefährlichen Weg entscheiden würde, würde sie ihn verlassen. Dies war jetzt schon zu viel, um es zu verlieren.

Mit den Computern kamen sie schnell zurecht. Die kleine Bibliothek hatte vier, drei waren noch frei, der letzte besetzt von einem benommen wirkenden Mann, der anscheinend Sport-Seiten durchsah. Thane und Cassidy setzten sich Schulter an Schulter und klickten sich durch Hinweise, die das Duo vor illegalen, unerlaubten oder unmoralischen Aktivitäten warnten.

Das Internet und all seine Herrlichkeit lag vor Cassidy und lockte sie, zu erfahren, was sie verpasst hatte. Thane, zu ihrer Rechten, zögerte nicht. In Sekunden hatte er unzählige Tabs geöffnet, sein Körper schien zu schrumpfen und zu schwinden, während Thane Informationen aufsog und sie zu etwas Schrecklichem und Wunderbarem zusammenfügte.

Cassidy tippte einen Nachrichtensender ein. Überflog die Schlagzeilen. Riss die Augen auf bei den Artikeln über die Explosion in LA, Aegis' Tod, Paragons in Aufruhr. Warum keine Verstärkung gekommen war, um ihre Flucht von der Insel zu stoppen, wurde sehr klar: wen interessierten schon ein paar Gefangene, wenn Terroristen die Existenz der Paragons bedrohten?

»Ich habe viel verpasst«, murmelte Cassidy.

»Wir beide haben das«, sagte Thane. »Wie du siehst, ist die Welt in Schwierigkeiten. Wir können das in Ordnung bringen.«

»Kannst du damit aufhören?«

»Womit?«

»So zu reden, als wärst du buchstäblich ein Gott, der herabgestiegen ist, um uns zu retten. Ich meine, hier sitze ich und mache mir Sorgen, wie wir zu Mittag essen werden, und dein Kopf ist so weit in den Wolken, dass ich nicht mal ...« Cassidy ließ die Worte versickern. Thanes Blick wurde immer finsterer, während sie sprach, und das Letzte, was Cassidy jetzt brauchte, war eine Auseinandersetzung mit ihrem einzigen Verbündeten. »Tut mir leid, es ist gerade einfach viel.«

Vielleicht traf ihr Blick den richtigen Winkel, vielleicht traf die Lehrerin in ihr den richtigen Ton, um Thane von der Klippe der Aggression zu holen, aber der Mann nickte und wandte sich wieder seinem Bildschirm zu. Cassidy tat es ihm gleich, die Pause schnitt die Weltnachrichten und deren Einfluss auf sie weg, auch wenn die Ereignisse Cassidy sagten, dass sie jemanden zum Reden brauchte, der nicht, nun ja, eine auf Weltherrschaft ausgerichtete Anomalie war.

Ein Chat mit dem anderen Mann ihnen gegenüber, der so vertieft in seinen Bildschirm war, dass ihm der Schweiß herunterzulaufen schien, kam nicht in Frage. Cassidy könnte aufstehen und versuchen, mit der einzigen Bibliotheksangestellten zu sprechen, aber die Frau schien in ein Buch vertieft. Als sie zum Bildschirm zurückkehrte, um nach Ideen zu suchen, fiel ihr ein Button in der Favoritenleiste auf.

Als sie zu ihrer alten E-Mail-Adresse klickte, tippte Cassidy ihre Adresse ein und lachte darüber, wie leicht ihr das Passwort wieder einfiel. Sie hatte es jedes Jahr geändert, der Name ihres Ältesten und sein wachsendes Alter. Cassidy erwartete irgendeine Willkommensnachricht, irgendein Zeichen, dass der E-Mail-Anbieter ihr jahrelanges Verschwinden bemerkt hatte.

Nichts. Nichts außer einer Million wartender Nachrichten. Cassidy machte sich nicht die Mühe, sie zu lesen – was konnte dort schon Wichtiges drin sein für jemanden ohne Zuhause, ohne Besitz, ohne Existenz? – stattdessen klickte sie direkt auf 'Neue E-Mail'. Ihre Ziele wurden schnell eingefügt, vom Anbieter vorgeschlagen, als könnten die fernen Server Cassidys Herz lesen.

Cassidys Kinder, ihre E-Mail-Adressen, die vor so langer Zeit für die Schule erstellt worden waren. Ihr Mann auch. Nein, sie löschte seinen Namen. Während Cassidy ihm nicht völlig vorwerfen konnte, was er getan hatte – den Alarm ausgelöst, sie als Gefahr gemeldet –, wollte sie ihre ersten freien Worte nicht an ihn richten.

Die Void tippte. Sätze flogen vorbei und der Bildschirm verschwamm, als sie in das verfiel, was sie sagen musste, was sie erzählen wollte. Die Insel, ihre Bewohner, der Überlebenskampf. Und schließlich, dass sie entkommen war. Cassidy zögerte bei dieser letzten Zeile.

»Tu es«, sagte Thane und Cassidy warf ihm einen schnellen Blick zu. Hatte er mitgelesen? »Sag ihnen, dass du sie bald sehen wirst. Sag ihnen, dass du sie vermisst, sie liebst, und alles andere. Was kann es schaden?«

Was es schaden kann. Thane könnte Recht haben, obwohl Cassidy bezweifelte, dass sie in Zukunft irgendwo in die Nähe ihrer Familie kommen würden. Aber vielleicht würden ihre Kinder, wahrscheinlich schon im College oder darüber hinaus, etwas Hoffnung schöpfen, ihre Mutter wiederzusehen.

Auf Senden zu klicken brachte ein Lächeln hervor, ließ Cassidy sich in ihren Stuhl zurücklehnen. Sie spürte eine Hand auf ihrer, blickte zu Thane und sah, dass er ihren Blick erwiderte. Cassidy wollte ihn gerade fragen, ob er dasselbe getan hatte, als sie sich erinnerte.

»Es gibt niemanden?«

»Ich habe viele Bekannte, die interessiert sein werden zu erfahren, dass ich am Leben und frei bin«, antwortete Thane. »Ich habe aber niemanden, der so glücklich über die Nachricht sein wird wie deine Kinder.«

»Es tut mir leid.« Cassidy fiel nichts anderes ein.

»Da gibt es nichts, wofür du dich entschuldigen müsstest.« Thane ließ ihre Hand los, schob sich vom Arbeitsplatz weg und stand auf. »Lass uns gehen. Ich weiß, wohin wir als Nächstes müssen.«

»Und das wäre?«

»Der Flughafen.«

Thane nannte den Ort mit solcher Überzeugung, dass Cassidy sich gar nicht erst die Mühe machte zu fragen, was zur Hölle sie dort tun würden. Keine Reps, keine Ausweise, kein Tamas bedeutete, dass die Paragon-Gesetze ihnen nicht erlauben würden, ein Flugzeug zu besteigen. Entweder dachte Thane, sie könnten sich gewaltsam Zutritt verschaffen, oder er hatte einen besseren Plan.

Das Paar hatte gerade mal drei Schritte auf dem Parkplatz gemacht, als zwei Polizei-Pods heranrollten und sich vor dem Eingang der Bibliothek positionierten. Die Pods in Blau und Gold öffneten ihre Türen nicht vollständig, sondern nur zur Hälfte, um den Beamten drinnen Deckung zu bieten. Betäubungswaffen kamen zum Vorschein, ihre schwarzen Mündungen auf die beiden Anomalien gerichtet. Keiner bot eine Erklärung an.

»Ich schätze, sie haben uns gefunden«, sagte Cassidy in die Stille hinein.

»Ja.«

Cassidy warf einen Blick auf Thane, dessen Körper anschwoll. Einsilbige Antworten waren typischerweise ein Anzeichen dafür, dass Thane kurz davor stand, in den Wutmodus zu verfallen, wo sein Gehirn nur noch in einzelnen Silben funktionierte, während seine Muskeln das Problem lösten.

»Ihr solltet uns besser in Ruhe lassen«, rief Cassidy den Beamten zu. »Er wird nicht aufhören, wenn ihr anfangt, und ihr werdet nicht gewinnen.«

Die Beamten blieben regungslos und still. Thane wuchs weiter. Cassidy sah sich nach einem Startsignal um, während sie sich auf ihren Instinkt besann und die Leeren an ihre

Fingerspitzen rief. Gemeinsam könnten sie die Beamten und ihre Pods in Sekunden erledigen und dann direkt zum Flughafen durch die Stadt wüten. Klar, die Paragons würden sie irgendwann einholen, aber welche andere Wahl hatten sie?

Ein Klingeln durchbrach die windige Stille, eine fröhliche Melodie, die vom Gehweg heraufkam, als ein junger Mann in Paragon-Uniform, die sich dehnte, um ihren Träger zu fassen, auf einem Fahrrad näher kam. Mit einem Rucksack, der bis zum Rand gefüllt schien, ging der Mann an den Beamten vorbei, strich sich lange dunkle Locken aus den Augen und musterte die beiden Anomalien.

»Thane?«, fragte der Paragon.

»Ja«, antwortete Thane und ballte die Fäuste.

»Cool. Und du? Dich kenne ich nicht?« Er sah Cassidy an. »Ein Sidekick?«

»Eine Partnerin«, erwiderte Cassidy. »Nenn mich die Leere.«

»Cooler Name. Ich bin Bits, und ich bin mal ganz ehrlich. Hier gibt's nichts, was einen von euch beiden aufhalten könnte. Ich kann's ganz sicher nicht, und die Jungs und Mädels da unten werden's zwar hart versuchen, aber das wird nicht klappen.«

»Korrekt«, sagte Thane.

»Wie wär's also, wenn wir den ganzen Mord und das Chaos überspringen und gleich zu dem kommen, was ihr wollt«, sagte Bits. »Denn ich vermute mal, wir wollen alle dasselbe.«

»Dass wir verschwinden?«, sagte Cassidy, die kaum glauben konnte, was hier passierte.

»Und die Leere gewinnt den Preis!«, rief Bits, und während er das sagte, öffnete sich sein Rucksack und schoss kleine Feuerwerke in den Himmel über seinem Kopf. Bei jedem Knall fielen Metallmuttern, Unterlegscheiben und Schrauben um ihn herum zu Boden.

Bits schien das nicht zu bemerken.

»Also hier ist der Deal«, sagte Bits. »Meine Freunde hier werden euch zum Flughafen eskortieren, dann springt ihr in einen Flieger wohin auch immer. Ich sage den Paragons, wohin ihr fliegt, und ihr könnt euch alle verprügeln, wenn ihr landet, alles klar?«

Cassidy hörte ein leises Knurren von Thane und beschloss, den großen Mann zu unterbrechen, bevor er etwas Dummes tat, wie eine Stadt grundlos zu zerstören.

»Abgemacht«, sagte Cassidy und zeigte dann auf Thane. »Aber er passt nicht in diese Pods.«

Bits schnippte mit den Fingern, und all die Unterlegscheiben und Muttern von seinem Feuerwerk flogen auf sein Fahrrad zu, zusammen mit Stützstangen, Ketten und mehr aus seinem Rucksack. Gemeinsam fügten sie sich entlang des Fahrradrahmens zusammen und verstärkten es zu beachtlicher Größe. Als das neue Fahrrad fertig dastand, warf Bits Thane einen neugierigen Blick zu.

»Kann er fahren?«

KAPITEL 9

EINE VERGOLDETE FALLE

BEGINNE DEN TAG MIT SCHÜSSEN, die abgefeuert werden, und beende ihn mit Schüssen, die getrunken werden.

Wexley setzte seine beste Miene auf, ein leichtes Zucken seiner rechten Oberlippe, die Augenbrauen kaum merklich gehoben. Die Aufzugtüren öffneten sich und Wexley schenkte sein belustigtes, ich-freue-mich-hier-zu-sein Lächeln einem wartenden Kellnerpaar. Einer reichte ihm ein Champagnerglas, Wexley erwiderte die Geste mit einem Nicken, als er eintrat.

Der Ballsaal des Hotels, ein glitzernder Raum mit Blick auf den Millennium Park und seine beweglichen Statuen, war in den Paragon-Farben Blau und Weiß dekoriert. Auf Bildschirmen, die von den Wänden hingen, flimmerten Aufnahmen von Anomalies im Einsatz, unterbrochen von einer In-Memoriam-Sequenz für die Paragons, die bei der Explosion im Stadion von LA ums Leben gekommen waren. Falls jemandem auffiel, dass diese düstere Erinnerung im krassen Gegensatz zur beschwingte Musik stand, die ein in einer marmorverkleideten Ecke verstecktes Jazz-Quartett spielte, bemerkte Wexley es nicht.

Die Tische dienten als Ablagefläche für Getränke, Handtaschen und vereinzelte Servietten, während die Gäste das Sitzen zugunsten der wirtschaftlich vorteilhafteren Bewegung mieden. Stilvolle Menschen trieben umher, bildeten Grüppchen und lösten sich wieder auf wie in einer chemischen Reaktion, die Wexley lange beobachtete. Sein Tama, verborgen unter dem Anzugsärmel, rief nach ihm.

Rhimes, die gesicherte Gladiatoren-Drohne - das alles war nur eine Pod-Fahrt entfernt und weitaus interessanter.

»Für jemanden, der schon so viele dieser Veranstaltungen besucht hat, wirkst du nervös«, sagte Adriana, die neben ihm auftauchte und ihr Glas gegen seines klingen ließ.

Wenn Wexleys Smoking die traditionelle Rolle für eine Gala spielte, hielt Adrianas eigenes Outfit die Dinge dezent. Schlicht und schwarz und perfekt für eine Gastgeberin. Ihr Gesichtsausdruck passte zur Rolle, höfliches Lächeln und große Augen. Der rücksichtslose Ehrgeiz vom gestrigen Anruf war von gesellschaftlichen Anforderungen erstickt.

»Es war ein aufregender Tag«, sagte Wexley. »Ich bin nicht in Gala-Stimmung.«

»Lass die Geschäfte beiseite«, erwiderte Adriana. »Es wird auch ohne dich ein paar Stunden weitergehen.«

»Wird es das?«

Eine ehrliche Frage. Rhimes und sein Team waren kompetent genug, aber Wexley wusste, dass die Paragons nicht einfach mit den Schultern zucken würden wegen einer verschwundenen Drohne. Die Anomalies würden überall suchen, und einer könnte eine Fähigkeit haben, die die signalblockierende Abschirmung durchdringen könnte, die Rhimes um die gefangene Maschine gelegt hatte. Rhimes wusste, dass er die Drohne beim ersten Anzeichen einer Entdeckung fallenlassen musste, aber wenn das passierte, bevor Wexley seine Zeit mit dem Gladiator hatte ...

»Komm«, sagte Adriana. »Lass mich dich jemandem Interessanten vorstellen. Sie wollte dich schon lange kennenlernen, und ich denke, ihr beide hättet viel zu besprechen.«

»Und was ist mit uns, wann können wir reden?«, fragte Wexley, während er Adriana am Rand des Ballsaals folgte.

»Nicht hier, aber vielleicht woanders. Später.«

Ah, also vermutete Adriana, dass Leute mithörten. Eine Paragon-Benefizveranstaltung, zusammengestellt von Chicagos Elite, um Solidarität mit den bedrängten Anomalies zu zeigen, schien nicht der Ort zu sein, um nach denen zu suchen, die versuchten, die Gesellschaft im Großen zu untergraben, aber Wexley konnte seinen Mund halten.

Harmlosen Smalltalk zu führen war, wie alles andere auch, eine Fertigkeit. Das hatte Zhan-Yo Wexley beigebracht.

Adriana führte Wexley zu einer größeren, älteren Frau und tippte ihr auf die Schulter. Sie drehte sich um und Wexleys eigene Abwehr fuhr auf Maximum. Er war unbewaffnet, aber Wexley lockerte seine Knie, seine Muskeln spannten sich an, und wenn er müsste, könnte er sein Champagnerglas mit einem schnellen Schlag in eine Mordwaffe verwandeln.

»Wexley, das ist Beth. Sie denkt darüber nach, in Ihr Unternehmen zu investieren und wollte Sie kennenlernen«, sagte Adriana, bevor sie Wexleys Arm kurz drückte und wieder im Ballsaal verschwand.

Beth schenkte Wexley ein warmes Hailächeln. Sie wiegte ihr Highballglas, als wäre es eine Kristallkugel, erwiderte aber ansonsten Wexleys Blick mit einem sanften Ausdruck. Während sie das tat, spürte Wexley, wie seine eigenen Nerven sich beruhigten, wie Sorgen davontrieben und starben. Worüber sollte man sich auch Sorgen machen? Dies war ein Ball, gut geschützt von Paragons und Polizeisicherheit.

Die Elementals würden sicher nicht versuchen, sich hier zu rächen.

»Ich habe lange darauf gewartet, Sie kennenzulernen«, sagte Beth, und Wexley bemerkte, wie ihre vorherigen Gesprächspartner sich um ihn herum verteilten und ihn in einen sauberen Körperkreis einschlossen. »Ich habe das Gefühl, wir haben uns schon so oft aus der Ferne gesehen.«

Zumindest durch Wexleys Gewehrvisier.

Wexley hätte die Worte fast ausgesprochen, bevor er sich fing. Sein Verstand war vernebelt, schwankte zwischen Entscheidungen. Er hatte nichts gegessen - hatten die Schlucke Champagner ihn so hart getroffen?

»Da bin ich mir sicher«, fand Wexley eine Zeile, die er benutzen konnte. »Chicago ist ja schließlich so eine kleine Stadt.«

Er lachte über seinen eigenen Witz, während Beth ein weiteres freundliches Lächeln zeigte, das nicht zu ihren eisigen Augen passte.

»Aber jetzt können wir diesen Fehler korrigieren«, sagte Beth. »Die Dinge richtigstellen, wenn Sie so wollen.«

Wie konnte Adriana Wexley allein in diese Falle geschickt haben? Wusste sie nicht, wer Beth war? Eine Möglichkeit, und eine, die Wexley loslassen musste. Er musste diese Mattigkeit abschütteln, musste eine Ausrede finden, um wegzukommen, bevor dies grimmig wurde.

»Adriana erwähnte, Sie wollten über Investitionen sprechen?«, bot Wexley an.

»Ich denke, darüber sind wir hinaus. Kennen Sie eine Trackerin namens Kat Collins?«

»Von ihr gehört.«

»Sie hat mir eine interessante Information weitergegeben. Du weißt vielleicht oder auch nicht, dass einige meiner Freunde in letzter Zeit ins Visier genommen wurden. Auf eine sehr brutale Art und Weise.«

»Wie bitte?«, fragte Wexley. Er wich zurück und spürte einen Tisch hinter sich. Beth folgte seinem Rückzug, während ihre Freunde, zwei stämmige Männer ohne jegliche Emotion, seine Seiten flankierten. »Ich verstehe nicht ganz.«

»Das liegt daran, dass du derjenige bist, der schießt«, sagte Beth.

Jetzt. Wexley hätte in diesem Moment handeln müssen, Beths triumphierende Erklärung ausnutzen sollen. Stattdessen konnte er seinen Arm nicht finden, schien sich nicht daran erinnern zu können, wie er ihn bewegen sollte. Er sah in Beths Augen und spürte darin einen tödlichen Frieden.

»Ich habe versagt«, sagte Wexley, ohne die Wahrheit länger zu verbergen. »Ich wollte Chaos, und ich habe versagt.«

Beth, die das Glas in eine Hand genommen hatte, während die andere zu ihrer Hüfte wanderte, wartete. Hinter ihr wechselte das Jazz-Quartett zu einer beschwingterer, schnelleren Melodie. Jemand rief nach mehr Krabbenkuchen.

»Die Schießereien hätten einen Krieg auslösen sollen«, fuhr Wexley fort. »Ihr hättet die Paragons um Hilfe bitten sollen, und sie hätten euch für das Folgende die Schuld gegeben. Stattdessen hat Kat mich zuerst gefunden. Und Zhan-Yo hat meine Arbeit erledigt.«

»Du wolltest die Stadionexplosion?«

»Zhan-Yo denkt, die Welt kann ausgeglichen werden. Ich weiß es besser.« Wexley schüttelte den Kopf. »Die Beweise sind überall. Wenn eine bessere Form entsteht, stirbt die alte Art aus.«

»Eine gefährliche Sichtweise.«

Wexley konnte dem nur zustimmen, aber seine Zunge war taub geworden. Sein ganzer Körper fühlte sich statisch an, ein unbegreifliches Labyrinth, durch das Wexley sich nicht navigieren konnte. Er lehnte sich gegen den Tisch, weil Stehen nicht mehr möglich schien. Seine Hände fielen, seine Finger entspannten sich.

Das Champagnerglas fiel zu Boden und zerschellte.

Beth trat einen Schritt zurück, und in die Lücke strömten Kellner, die so darauf bedacht waren, die Scherben zu beseitigen, dass sie ihre Umgebung nicht wahrnahmen. Wexley konnte durch die Kellner hindurch Beths Augen nicht mehr finden, und wie ein Fluss, der durch ein trockenes Tal strömt, kehrte sein Selbst zurück. Er taumelte nach rechts und drückte sich vom Tisch ab, um sich Platz zu verschaffen.

Beths Freund auf dieser Seite, ein kräftiger Mann voller Tattoos, packte Wexleys Arm. Wexley trat ihm auf den Fuß und drehte seine Ferse. Sein Angreifer löste den Griff mit einem geflüsterten Fluch, und Wexley bewegte sich weiter. Er suchte einen Moment lang in der Menge nach Adriana und sah sie in einer anderen Gruppe verschmolzen.

Sie fing jedoch Wexleys Blick auf und zögerte, als sie seinen zornigen Blick bemerkte.

Dann floh der reichste und mächtigste Mann im Raum.

Wexley hatte die Koordinaten von Rhimes, bevor er die Kapsel erreichte, und eine halbe Stunde später durchschritt er eine verstärkte Lagertür. Noch im Smoking, zog er die Blicke eines Trupps auf sich, der zusammengestellt worden war, um die gefangene Drohne zu zerlegen und zu schützen. In einen bleigefütterten Schiffscontainer gezwängt, passte die Drohne perfekt hinein, während Schweißlichter und fliegende Funken die Bemühungen zeigten, die Maschine auseinanderzunehmen.

»Mynx hat sie stabil gebaut«, sagte Rhimes, als Wexley hereinkam. »Aber wir werden es schaffen.«

»Wie lange noch?«

Egal was Rhimes antworten würde, Wexley würde ihm die Zeit geben. Schon jetzt, beim Anblick der verworrenen Kreation vor ihm, spürte Wexley den süßen Kuss der Macht. Ein warmes Glühen. Niemand hatte bisher eine von diesen außer Gefecht gesetzt, und hier war Wexley, der einzige Sieger. Ein weiterer Schlag gegen die Paragons und ihren Unbesiegbarkeitskomplex.

»Höchstens noch einen Tag«, sagte Rhimes. »Danach wird das Ding zu heiß zum Behalten.«

»Was auch immer du brauchst. Nimm dir so viel Zeit wie nötig.«

»Sir«, sagte Rhimes, seine Stimme wurde leiser, obwohl

bei dem Zischen und Knacken des Schweißens Lauschen nicht einfach sein würde. »Ich schätze das Vertrauen, aber die Paragons werden das Ding finden. Wenn sie das tun, werden sie keine Anfänger-Anomalien schicken.«

»Darauf zähle ich.«

»Wie bitte?«

Wexley blickte zu Rhimes, »Die Drohne ist eine Falle. Sie wird die Paragons dorthin locken, wo wir sie platzieren. Wenn die Richtigen auftauchen, können wir diesen Kampf beenden, bevor er richtig beginnt.«

»Wozu zerlegen wir sie dann?«

»Die Spitze zu erobern bedeutet, sie auch halten zu müssen«, sagte Wexley, erhob seine Stimme und trat näher an die lastwagengroße Drohne heran. Er streckte die Hand aus und fuhr mit einem behandschuhten Finger über das feine schwarze Metall. »Du hast Recht. Genügend Anomalien könnten uns überwältigen. Wenn wir aber lernen, diese zu benutzen?«

Rhimes machte sein charakteristisches langsames dreifaches Nicken. Immer die gleiche Geste, wenn der Mann etwas Ernstem zustimmte.

Die beiden entkamen dem Schweißlärm und gingen nach draußen zu den nächtlichen Docks und ihrem leiseren, wenn auch nicht zu leisen Getöse.

»Die Elementals kamen heute Abend hinter mir her«, sagte Wexley, als sie allein dastanden und auf die dunklen Gewässer des Lake Michigan blickten. »Auf der Gala.«

»Ich hatte mich schon gewundert, warum du so früh gegangen bist.«

»Beth, ihre Anführerin, war da. Ich weiß nicht, wie sie an eine Einladung gekommen ist, aber sie hatte auch Hilfe. Wenn ich nicht mein verdammtes Glas fallen gelassen hätte, hätten sie mich gehabt.«

»Ich sage dir immer wieder, du sollst deine Sicherheit

verstärken«, sagte Rhimes, ohne im Geringsten überrascht zu klingen.

Wexley hatte diesen Rat abgelehnt. Er genoss seine Läufe zum Van, das geheime Versteck und seine eigene Unabhängigkeit zu sehr, um eine Eskorte um sich zu haben. Egal wie diskret, Sicherheitsleute fielen auf, was wiederum Wexley als wichtige Person kennzeichnen würde. Seine Anonymität würde verschwinden und damit auch seine Lieblingsbeschäftigungen.

»Ich mag es nicht, in der Defensive zu spielen«, sagte Wexley. »Wie können wir angreifen?«

»Die Elementals? Das haben wir schon versucht. Du hast sie nur wütend gemacht.«

Wexley lachte, »Ich habe ein paar Treffer gelandet.«

»Für jemanden, der so entschlossen ist, einen Krieg zu gewinnen, werden ein paar Treffer nicht reichen.«

Ein fairer Punkt. Vielleicht musste Wexley aufhören, die Elementals als Nebenschauplatz zur Hauptbedrohung der Paragons zu sehen. Vielleicht musste er sie gleichzeitig oder sogar vorher ausschalten. Andererseits waren die Elementals gefährlich. Die Überlegung, seine eigenen Leute in einem Frontalangriff zu opfern, ließ Wexley die Stirn runzeln, während er auf die Mondspiegelung starrte und auf Antworten wartete.

Ein schwarzer Fleck verunstaltete die Spiegelung. Wexley schaute auf und sah eine Drohne, die ausschwärmte, um ein einlaufendes Schiff zu inspizieren, ein glitzerndes Ding, über das sich das Mondlicht ergoss. Ein Feind und eine Idee in einem.

»Rhimes, ich weiß, wie wir unseren Krieg beginnen können.« Wexley packte den Mann an der Schulter und begann, den Plan darzulegen.

Nachdem er Rhimes mit der Ausführung betraut hatte, nahm Wexley eine andere Kapsel und fuhr damit nordwärts, über Chicagos Zentrum und die nächstgelegenen Vororte hinaus. Die Kapsel hielt an einem ruhigen, stillen Anwesen mit einem so gewöhnlichen Namen, dass Wexley sich nie die Mühe gemacht hatte, ihn sich zu merken. Trotz der späten Stunde wartete das Personal bereits auf ihn.

Zwei Mitarbeiter in Pflegekleidung standen aufmerksam am Eingang, als Wexley die Kapsel verließ. Sie begrüßten ihn mit einem Namen, der nicht seiner war, was Wexley kommentarlos hinnahm. Das Schauspiel setzte sich durch die Lobby fort, eine oberflächliche Anmeldung. Wexley ging durch den Metalldetektor, und als dieser piepte, ignorierte er die Signale, genau wie alle anderen. Die Schilder zeigten, dass die Besuchszeit längst vorbei war, aber niemand sagte ein Wort.

Das sollten sie auch nicht, bei dem, was Wexley ihnen zahlte.

Ein großes, kräftiges Paar begleitete Wexley durch den hinteren Teil der Einrichtung. Er kam an einem Fitnessraum vorbei, einem schönen Pool unter riesigen Oberlichtern und einer Cafeteria, die einigen Nachtschwärmern Snacks servierte. Kaum jemand suchte seinen Blick, als Wexley vorüberging, und er schenkte niemandem Beachtung.

Seine Begleiter ließen ihn vor einer bestimmten Tür zurück, beige und schlicht, mit dem Namen *Regina Smith* auf der Vorderseite. Wexley drehte den Knauf und betrat den geräumigen Raum. Angenehme Möbel mit geblümten Stoffen standen im Raum verteilt, nur beleuchtet von drei Stehlampen in den Ecken.

Wexleys Zielperson stand in der Mitte, vor großen Glasfenstern mit Blick auf ein bewaldetes Grundstück.

»Die Rehe kommen häufiger im Winter«, sagte Regina, als Wexley sich neben sie stellte. »Ich mag es, ihre Spuren sehen zu können.«

»Der Matsch würde genauso gut funktionieren.«

Regina zuckte mit den Schultern. »Der Schnee ist schöner.«

Dagegen ließ sich schwer argumentieren.

»Warum bist du gekommen?«, fragte Regina nach einigen langen Sekunden, in denen sie die sich im Dunkeln bewegenden Bäume beobachteten. »Bist du fertig?«

»Noch nicht, aber wir kommen näher.«

»Wie nah?« Regina blickte ihn bei ihrer Frage an, ein Funke flackerte in ihren grünen Augen auf.

»Sie werden sich gegenseitig zerfleischen und uns die Welt zurückgeben.«

»Dir.«

»Ja, mir«, leugnete Wexley nicht. »Aber du weißt, dass dies das Richtige ist. Keine Familien mehr wie unsere. Keine Tragödien mehr.« Wexley nahm ihre Hand. »Du bleibst bei den Behandlungen?«

»Als hätte ich eine Wahl«, sagte Regina, aber sie legte keine Schärfe in die Worte. »Es ist schön hier, Wexley. Es ist sicher.«

»Das ist das Wichtigste.«

»Ich weiß. Ich weiß.« Regina streichelte seine Hand. »Ich wünschte, ich könnte dort draußen sein. Dir helfen.«

»Zu gefährlich. Du kannst nicht.«

Wenn seine Antwort Regina verletzte, zeigte sie es nicht. Wexley schaute genau hin, das tat er immer. Regina musste ihren Zustand akzeptieren. Jedes Anzeichen des Gegenteils würde eine Erhöhung ihrer Medikamente bedeuten, eine strengere Überwachung.

»Du hast natürlich recht. Ich bin glücklich hier, Wexley. Wirklich.«

»Gut.« Wexley seufzte. »Manchmal wünschte ich, wir könnten die Plätze tauschen, du und ich. Der Pool da draußen sieht schön aus.«

Regina lächelte. »Aber dann wärst du das Monster.«

Adriana bombardierte Wexleys Tama mit Nachrichten, die er weit nach Mitternacht durchlas, während die Kapsel ihn zurück zu seiner Wohnung brachte. Sie begann damit sich zu fragen, wo Wexley hingegangen war - zur Toilette? - und steigerte sich zu Verwirrung und sogar leichter Panik, als er nicht antwortete. Wexley lehnte sich gegen das dünne Polster der Kapsel und durchforstete die Worte nach einem Zeichen.

Hatte Adriana gewusst, dass die Elementals dort sein würden? Sie hatte Wexley direkt zu Beth geführt, direkt in die Falle. Der Zug war entweder ein kalkulierter Angriff oder ein unschuldiger Fehler gewesen.

Wenn Wexley es als Mordversuch behandelte, in den Adriana eingeweiht war, müsste er die Verbindung zu der Frau und ihrer Organisation kappen. Ihre Vertreter wären für ihn verloren, ihre Unterstützung all der anderen schwankenden Unternehmen, die ihre so nahe Rettung nicht sehen konnten. Ohne sie wäre Wexley verwundbar, seine Ambitionen durch seine Verbündeten eingeschränkt.

Nein. Inakzeptabel. Jetzt einen Rückzieher zu machen würde den Paragons erlauben, sich zu erholen, würde der Welt erlauben, in ihren normalen Zustand zurückzufallen. Zhan-Yos katastrophale Züge wären umsonst gewesen.

Nein, Wexley musste hoffen, dass Adriana sich nicht gegen ihn wandte. Er brauchte sie auf seiner Seite.

Er tippte eine Antwort auf seinem Tama, eine Entschuldigung wegen einer plötzlichen Krankheit. Einfach, standard, und ein leichter Ausweg. Adriana antwortete Minuten später, als Wexleys Kapsel an seiner Wohnung ankam.

Lügner.

Wexley starrte auf seinen Tama, der kleine Bildschirm stellte eine Frage. Wexley brauchte Adriana, also war es vielleicht an der Zeit, sie in den wahren inneren Kreis aufzunehmen. Sie wie ihn einzubinden, sodass sie keine Alternative hatte. Die Welt verändern oder bei dem Versuch sterben.

Du willst die Wahrheit? Komm und lerne.

Die Ereignisse beschleunigten sich, rasten auf einen Moment zu, den Wexley nie wieder rückgängig machen konnte.

Gut.

KAPITEL 10
SPRITZTOUR

DIE NACHRICHT KAM eine Stunde nachdem die Kapsel Celice abgesetzt hatte. Sie enthielt eine Adresse und eine Uhrzeit. Morgen Abend, spät.

Der Schlaf spielte in dieser Nacht Katz und Maus mit ihr, tanzte an ihren Rändern entlang, während Celice versuchte, ihn in einem kargen Bett zu fangen. Londons Lichter teilten ihr Fenster, warfen Schatten, die immer bedrohliche Formen anzunehmen schienen. Celice hatte sich nicht mehr vor der Dunkelheit gefürchtet, seit Aegis ihr beigebracht hatte, wie man einen Schlag ausführt, wie man ein Messer und eine Pistole unter dem Kopfkissen versteckt und beides in Sekundenbruchteilen hervorziehen kann.

Zhan-Yo wusste, wo sie wohnte. Wusste, dass Celice in London war und hatte die Macht, sie ohne großen Aufwand zu töten. Ein Scharfschütze hätte sie in diesem Innenhof erledigen können. Wie leicht könnten sie sie jetzt in dieser Wohnung angreifen, Celice mit überwältigender Übermacht überrumpeln?

Die Träume kamen mit der Morgendämmerung, und Celice holte sich ein paar Stunden Schlaf, bevor sie sich, verschwitzt und gleichzeitig fröstelnd, aus dem Bett zwang.

Das Wohnzimmer der Wohnung diente als Basis für eine Yoga-Session, bei der sie sich Position für Position wach dehnte. Eine kalte Dusche, gefolgt von hastig übergeworfener Kleidung, brachte Celice nach draußen in einen kühlen und nebligen Morgen, der hier und da von Londons Laternen durchbrochen wurde.

Mit einer kleinen Pistole im Schulterholster und ihrem Messer am Oberschenkel befestigt, rief Celice den Standort auf, den Zhan-Yos Leute geschickt hatten, und machte sich auf den Weg. Noch zehn Stunden bis zum vereinbarten Treffen, aber jede kluge Mission begann damit, die Situation auszukundschaften. Wo könnte ein Hinterhalt lauern, welche Fluchtwege gab es, wie viele Zivilisten könnten in der Nähe sein?

Geiseln oder Bedenken?

Celice hatte keine Antwort auf die Frage ihres Vaters. Die Paragon-Methode akzeptierte notwendige Verluste, aber dies war keine Paragon-Mission. Celice hatte deren Deckung nicht, also würde jeder, der durch ihre Handlungen verletzt oder gar getötet würde, allein auf ihr Konto gehen. Würden Mynx oder die anderen Champions sie vor den Konsequenzen schützen?

Vielleicht, aber angesichts des Schlamassels, in dem die Paragons sich gerade befanden – Celice hatte sich beim Kaffee holen an einem Straßenstand über die Katastrophen informiert – bezweifelte sie, dass irgendein Champion Zeit oder Reputation für Aegis' Tochter übrig hätte. Nicht nachdem Celice so schnell verschwunden war, in einem Moment, als die Paragons jede nur mögliche Hilfe hätten gebrauchen können.

Weder der Kaffee noch sein Pappbecher boten Rat für diese Entscheidung. Auch nicht das Kopfsteinpflaster oder die gelegentlich vorbeifahrenden Autos. Passanten umklammerten ihre Tamas. Celice hätte es ihnen gleichgetan, nur dass das Armband nichts als Verachtung für sie übrig haben würde.

Mynx und andere Paragons riefen weiterhin an, schickten weiterhin Nachrichten. Jede Botschaft gesellte sich zu einem wachsenden Stapel, der auf Celice wartete. Wartete auf einen Gemütszustand, den sie sich verweigerte, solange Zhan-Yo so nahe war.

Das war die Antwort. Deshalb war sie gegangen.

»So hätte ich niemandem helfen können«, sagte Celice, während sie einen weiteren vornehmen Park durchquerte, der das Ende des Winters mit tropfendem Grün begrüßte.

»Was sagten Sie?«, fragte ein älterer Mann, der vor ihr ging und sich mit neugierigen Falten zu ihr umdrehte.

»Nichts, Entschuldigung«, antwortete Celice und beschleunigte ihre Schritte.

Selbstmitleid dient niemandem.

Ah ja. Eine der Lieblingsweisheiten ihres Vaters aus der Zeit, als Celice jünger war und zu depressiven Phasen neigte, während sie mit wenigen Freunden und noch weniger Möglichkeiten durch die Schule ging. Niemand wollte riskieren, den Paragon-Anführer zu verärgern, was zu endlosen höflichen Absagen oder aufgesetzten Hauptrollen führte, wann immer Celice versuchte, sich zu beteiligen.

Stattdessen schlug Aegis vor, sie solle all diese zusätzliche Zeit in Training, Computerkenntnisse und was auch immer Aegis glaubte, dass die Paragons gebrauchen könnten, investieren. Und jetzt zahlte es sich aus. Wieder einmal hatte ihr Vater Recht gehabt.

Der von Zhan-Yo gewählte Treffpunkt, direkt an der Themse gelegen, abseits der Touristenpfade, schien ein diskretes Restaurant ohne jegliche Straßenpräsenz zu sein. Verblasste goldene Buchstaben über dem Eingang benannten es als *Carlisle*, und die wenigen mit cremefarbenen Tüchern bedeckten Tische im Inneren deuteten einen gewissen Luxusanspruch an. Kein Menü hing in den Fenstern, keine

Öffnungszeiten waren für zufällige Passanten an der Eingangstür angebracht.

Celice ging einmal vorbei, dann machte sie einen zweiten Rundgang, zog ihre Jacke aus und band sie um die Taille, um ihr Erscheinungsbild leicht zu verändern. Nicht dass das einen ernsthaften Beobachter täuschen würde, aber ein flüchtiger Blick von jemandem drinnen könnte darauf hereinfallen. Ob Zhan-Yo das Restaurantpersonal in seinen Diensten hatte oder nicht, wusste Celice nicht, aber Vorsicht war besser.

Nach der letzten Nacht betrachtete sie auch die Dächer. Wohnungen füllten den Raum über dem *Carlisle*, das Restaurant verschmolz eng mit den benachbarten Geschäften und bot wenig Raum für heimliche Hinterhalte oder Verstecke. Vielleicht hatte Zhan-Yo den Ort genau deshalb gewählt: Wo es keine Möglichkeit zum Herumschleichen gab, konnten sich alle sicherer fühlen.

Das *Carlisle* lieferte keine Beweise, keine Hinweise darauf, was kommen würde. Celice ging langsam weg, warf Blicke zurück in der Hoffnung, dass jemand zur Verfolgung heraustreten würde, dass sie den Koffein-Kick und das anhaltende Unbehagen der Nacht mit einem spontanen Verhör abbauen könnte.

Die Gehwege blieben ruhig.

Für genau einen Block.

Eine Kapsel hielt vor Celice, als sie sich der nächsten schmalen Querstraße näherte. Sie stoppte, so abrupt, dass ihr Kaffee über den Rand der Tasse schwappte und den Boden vor ihr bespritzte. Eine blaue Kapsel, äußerlich heiter genug, grimmige Passagiere im Inneren, aber sonst nichts. Bis sich jedenfalls die Türen öffneten und zwei blau-weiß uniformierte Paragons aufstiegen, um sie anzusehen.

»Celice?«, sagte eine von ihnen, eine Frau, deren Hände bereits smaragdgrün leuchteten, während sie am Bordstein stand. »Du musst mit uns kommen.«

»Das ist dein Einstieg?«, sagte Celice. »Ich dachte, die Paragons würden versuchen, über Klischees zu stehen.«

»Sie meint es ernst«, sagte ihr Partner, ein Typ, der dünner als ein Streichholz aussah. »Ich bin Roger, das ist Sydney, und du bist hier draußen in Gefahr.«

»Die Überraschungen nehmen kein Ende«, erwiderte Celice und fiel in ihre gewohnte Gelassenheit zurück. Mit Zhan-Yo und seinen zwielichtigen Schlägern umzugehen war neu, sich Paragon-Befehlen zu widersetzen definitiv nicht. »Wohin wollt ihr mich bringen?«

Sydney blickte über Celices linke Schulter und runzelte die Stirn. Celice folgte ihrem Blick und sah eine Drohne um die Flussbiegung kommen. Verstärkung falls Aegis' Tochter sich widersetzen würde, oder um einen Angriff zu unterdrücken?

»Es ist nicht weit«, sagte Sydney, »und es ist sicher.«

»Du wiederholst das, als würde es mich überzeugen.« Celice trank ihren Kaffee aus und warf den Becher in einen nahen Mülleimer. »Wie wäre es, wenn ihr mir eure Nummer gebt, und falls ich in Schwierigkeiten gerate, rufe ich euch an.«

Celice wollte weggehen, aber es gelang ihr nicht. Als sie ihren Fuß zum Schritt heben wollte, stellte sie fest, dass ihr rechtes Bein wie festgeklebt am Stein haftete. Ihr linkes Bein war genauso fixiert. Sie schloss die Augen, holte tief Luft, öffnete sie wieder und schenkte Sydney ein frostiges Lächeln, während ihre Hände noch heller grün leuchteten als zuvor.

»Es gibt keinen Grund, warum das nicht einfach sein sollte«, sagte Roger. »Nur eine kurze Fahrt, das ist alles.«

Pistole im Schulterholster. Messer am Oberschenkel. Celice könnte beides ziehen, könnte wahrscheinlich einen Angriff starten, bevor die Paragons sie stoppen würden. Paragon-Blut zu vergießen schien jedoch keine gute Idee zu sein. Trotzdem wollte Celice nicht in diese Kapsel einsteigen.

Ihre Füße bewegten sich. Einer nach dem anderen. Celice

fühlte sich wie ein Kind, wenn Aegis sie hochhob und durch die Luft wirbelte, ihre Glieder völlig der Schwerkraft ausgeliefert. Sydney, die Celice manipulierte, führte sie zum Bordstein, und Celice öffnete die Tür der Kapsel, wobei sie einen grauen, flauschigen Sitz für Aegis' Tochter freihielt.

Lass nicht zu, dass sie dich mitnehmen.

Celice griff nach der Pistole, aber ihr Arm hatte den falschen Winkel. Während ihre rechte Hand es in ihre Jacke schaffte, musste sie sich für einen guten Schuss drehen. Als sie sich bewegte, spürte Celice, wie ihr rechter Fuß freikam, was ihren Schritt in einen Sturz verwandelte. Ihre rechte Hand, die sich um die Pistole im Holster schloss, gehorchte ihr nicht mehr. Stattdessen sah Celice, wie ihre Hand die Pistole losließ, ihre Jacke verließ und sie in die Kapsel zog.

»Das ist nicht sehr nett«, sagte Celice und gab den Widerstand auf. »Wenn ihr wolltet, dass ich mitkomme, hättet ihr höflich fragen können.«

»Das haben wir«, sagte Sydney.

Neben ihr tippte Roger ein Ziel in das Bedienfeld der Kapsel ein. Als Celice sich setzte, spürte sie, wie ihr linker Fuß freikam. Spürte, wie ihre linke Hand sich festsetzte. Beide falteten sich in ihrem Schoß übereinander.

»Tolle Fähigkeit«, sagte Celice.

»Danke«, erwiderte Sydney und verstummte dann.

Celice ließ sich in den Sitz sinken und beobachtete die beiden Paragons, während die Kapsel schweigend dahinfuhr. Nervöse Energie knisterte, und Celice bemerkte, wie Rogers Blick alle paar Sekunden zu ihr huschte. Sydney trommelte mit ihren Händen auf ihre Kapseltür, das grüne Leuchten wogte in der Bewegung.

Diese beiden waren nicht cool unter Druck.

Warum waren sie nicht glücklicher? Sie hatten gerade Aegis' Tochter gefangen genommen, sie wie befohlen in die Kapsel gesetzt und kreuzten nun durch London, Mission erfüllt. Wenn die Paragon-Abenteuer ihres Vaters auch nur ansatzweise zutrafen, hätte jetzt geistreicher Schlagabtausch hin und her gehen müssen. Stattdessen sahen diese beiden aus, als stünden sie kurz vor einer Panikattacke.

Anomalies konnten ziemlich gefährlich sein, wenn sie bei klarem Verstand waren. Celice hatte genug Berichte über Paragons gesehen, die die Kontrolle verloren hatten, und die Katastrophen, die folgten. Eine Möglichkeit, jemanden zu beruhigen? Ihnen eine Frage stellen, die sie beantworten können.

»Wer hat euch geschickt?«, fragte Celice und legte so viel Sanftheit in die Worte, wie sie konnte.

»Gatete will nicht, dass du unter seiner Aufsicht stirbst«, antwortete Roger, während die Kapsel auf eine nach Westen führende M-Straße einbog. »Das macht sich nicht gut.«

Der Name leuchtete auf. Einer von Lukas' Leutnants. Der Europäische Champion war bei der Explosion in LA gestorben, was bedeutete, dass es eine große Vakanz an der Spitze geben würde. Eine, um die Gatete konkurrieren könnte, eine, die schwer zu bekommen wäre, wenn Celice tot in seinem Gebiet säße.

Eine, die schwer zu bekommen wäre, wenn sich herausstellen würde, dass Zhan-Yo, Aegis' Mörder, unter Gatetes Nase lebte.

»Wisst ihr, warum ich in der Stadt bin?«, fragte Celice.

»Wir haben so eine Ahnung«, antwortete Sydney.

»Und anstatt zu helfen, entführt ihr mich?«

»Wir beschützen dich«, warf Roger ein.

»Gatete gibt die Befehle«, sagte Sydney und klang dabei genauso wenig begeistert wie Celice davon, in der Kapsel zu sitzen.

»Wird Gatete dort sein, wo wir hinfahren?«

»Das ist seine Entscheidung«, sagte Roger. »Nicht deine.«

»Es ist nicht so einfach, wie du denkst«, fügte Sydney hinzu.

Celice bemerkte Rogers scharfen Blick in Sydneys Richtung. Ein Riss dort, einer der wuchs und bereit war, ausgenutzt zu werden. Roger, der loyale Mitarbeiter. Sydney, die zweifelnde Verbündete.

»Was würdet ihr tun, wenn der Mörder eures Vaters in Reichweite wäre?«, fragte Celice, als die Kapsel Londons urbane Grenzen hinter sich ließ und durch Kleinstädte und an Bahngleisen vorbeifuhr.

»Wir sind alle bestürzt über Aegis«, sagte Roger. »Ich habe ihn einmal getroffen. Ein guter Mann.«

»Ein ermordeter Paragon.«

»Der nicht wollen würde, dass seine Tochter dasselbe Schicksal erleidet«, erwiderte Roger.

Der auch nicht wollen würde, dass seine Tochter aufgibt. Rogers Worte bestätigten den Winkel: Celice in eine Box stecken, wo sie nicht verletzt werden konnte, warten bis Gatete seinen Ruf gesichert hatte, sie dann rauslassen und sich allen Ruhm dafür einheimsen, den Menschen am Leben erhalten zu haben. Celice gab sich selbst gute Noten für ihre Kampf- und Spionagefähigkeiten, aber sie wollte nicht versuchen, aus einer Paragon-Zelle auszubrechen.

Mit festgehaltenen Händen bewegte Celice ihre Füße, bereit ihre Knie anzuziehen, während die Kapsel die Autobahn entlangfuhr. Nachdem sie den Plan ausgearbeitet hatte, wartete Celice viele Minuten lang, bis die Kapsel die Ausfahrt erreichte und langsamer wurde, als sie die Autobahn für eine niedliche Straße durch hügelige, von Schafen bedeckte Landschaft verließ.

Eine Kreuzung voraus verlangte einen Stopp und gab Celice eine Chance. Als die Kapsel langsamer wurde, zog Celice ihre Knie hoch, die Füße gegen das Armaturenbrett der Kapsel. Als die Anomalies fragten, was Celice da tue, trat sie hart zu und zerbrach das Display. Sie trat noch einmal zu, bis Celice spürte, wie Sydneys Fähigkeit sich veränderte. Celices Füße froren ein, ihre Hände wurden frei.

Was Celice ermöglichte, nach der Pistole zu greifen, sie zu ziehen und zu schießen.

Die Kugel traf genau dort, wo Celice gezielt hatte, direkt in das zentrale Panel der Kapsel, wo Roger vor Minuten die Adresse eingegeben hatte. Die Kapsel, die gerade in die Kreuzung einfuhr, aktivierte ihre Notfallsicherungen, öffnete die Türen und rollte zum Stillstand.

Menschen starrten aus ihren eigenen Kapseln, als Celice, die spürte, wie Sydney die Kontrolle auf ihre Hände verlagerte, sich vom Kapselboden abstieß und ihre rechte Schulter gegen Sydneys Kinn rammte. Der Treffer schlug Sydneys Kopf gegen die Kopfstütze der Kapsel, und die Kontrolle der Anomaly verschwand.

Sydneys Fähigkeit brauchte ihre Konzentration. Gut zu wissen.

Roger griff nach Celices linker Hand, ein Zug, den sie mit einem Ellbogenstoß in sein Brustbein konterte. Während Roger nach Luft schnappte, trat sich Celice über Sydney hinweg und rollte sich aus dem Pod.

Sie stand in einer ruhigen Kreuzung, alle Augen auf sie gerichtet, während sie eine Waffe hielt. Grasbewachsene Hügel boten keine Fluchtmöglichkeiten, noch weniger Verstecke. Der Plan hatte Celice aus dem Pod befreit. Weiter hatte sie nicht gedacht.

»Du musstest dich ja unbedingt wie ein Idiot aufführen, oder?«, sagte Roger, der neben seiner Tür aufstand und Celice anfunkelte. »Sydney glaubt, sie hat eine Gehirnerschütterung, und ich zähle mindestens sechs Leute, die uns anstarren.«

»Das passiert eben, wenn man versucht, mich zu entführen«, konterte Celice, während sie die Waffe im Anschlag behielt und Schritt für Schritt die Straße zurückwich. Roger machte keine Anstalten zu folgen. »Ich bin nicht diejenige, die nach euch gesucht hat.«

Roger hob eine Hand und rieb sich die Stirn. Mit der anderen Hand machte der Paragon eine kreisende Bewegung.

Da seltsame Gesten und Anomalien sich gerne zu schlechten Ausgängen verbanden, drehte sich Celice um und begann zu rennen.

Und prallte gegen einen massiven Block, einen Mann, der direkt auf der Straße stand. Ein schwaches violettes Leuchten verblasste um den Körper des Neuankömmlings: Rogers offensichtliche Fähigkeit zeigte sich. Celice taumelte zurück, riss die Waffe hoch, nur um zu spüren, wie die Waffe sich auflöste. Wie Schneeflocken im Wind zerfiel die Waffe in Fragmente, die sich zu einem weichen Haufen zusammenwirbelten. Celice drehte ihre Hand um und ließ die Flocken zu Boden schweben.

»Guten Morgen, Gatete«, sagte Celice. Londons Paragon-Anführer, der fast zweieinhalb Meter groß war, ragte über ihr auf. »Überrascht, Sie hier zu sehen.«

»Wo Aegis war, folgten die Probleme«, sagte Gatete. »Es überrascht mich nicht, dass seine Tochter diese Tradition fortsetzt.«

»Mit Stolz.«

Gatete blickte an Celice vorbei: »Roger, nehmen Sie Sydney und fahren Sie zum Gelände. Wir treffen Sie dort.«

»In Ordnung«, antwortete Roger ohne zu zögern, eine gelassene Akzeptanz, wenn man bedachte, dass er Gatete allein mit Celice zurückließ.

Andererseits hatte Gatete einen starken Ruf.

Gatete hatte sich früh aus den Anomalie-Rängen hervorgehoben, weil er so verdammt engagiert war und obendrein eine Rockstar-Fähigkeit besaß. Auch wenn Lukas nie sagte, dass Gatete seinen Hang zum Dramatischen oder Dummen teilte, schien der ehemalige europäische Leiter Gatete immer die Aufträge zuzuwerfen, besonders die schwierigen.

Diese Kompetenz zeigte sich auch in Gatetes jetziger Haltung, wobei er auf seinen Paragon-Anzug verzichtete und stattdessen einen traditionellen Pullover, Jeans und Turnschuhe trug. Als hätte Roger den Mann bei einem Spaziergang durch eine Bibliothek unterbrochen und nicht bei der Bewältigung der anhaltenden Paragon-Katastrophe.

»Gehen wir?«, Gatete winkte hinter Celice zu einer nun freien Kreuzung, da Roger das beschossene Auto mitnahm und alle Beobachter beschlossen hatten, dass sie keinem Anomalie-Konflikt beiwohnen wollten. »Es ist kein weiter Weg, und ich denke, Sie und ich könnten ein Gespräch gebrauchen.«

»Ich bin nicht in Paragon-Angelegenheiten hier, Gatete, und ich werde Ihnen keine Probleme bereiten.«

»Nein?«, sagte Gatete, und Celice fand sich neben ihm gehend wieder, zwei ihrer Schritte für jeden seiner langen. »Aber Sie greifen Leute auf meinen Straßen an. Spionieren sie in meinen Restaurants aus.«

»Ihre Restaurants? Hat nicht-«

»Halt«, sagte Gatete im festen, sanften Ton eines müden Vaters. Auch wenn ihre Stimmen sich überhaupt nicht ähnelten, erkannte Celice Aegis in Gatetes Verzweiflung. »Eure Generation scheint immer gerne Streit anzufangen.«

»Das ist ja mal ein Klischee.«

»Verwurzelt in der Realität, das versichere ich Ihnen«, erwiderte Gatete. Sie überquerten die Kreuzung in Richtung Stadtmitte. »Sie können sich denken, warum ich Sie nicht auf meinen Straßen haben möchte.«

»Ich bin wegen Zhan-Yo hier. Ich schnapp ihn mir und dann bin ich weg.«

»Oder er schnappt Sie, und dann habe ich ein Problem.«

»Bis jetzt hätten Sie behaupten können, Sie hätten es nicht gewusst.«

Gatete lachte, ein fröhliches Grollen: »Mynx hat es mir gesagt, sobald Sie Ihren Flug gebucht hatten.«

Mynx? Celice hatte ihre Spuren gut verwischt. Sie hatte die Tickets unter falschen Identitäten gekauft, Reps benutzt, die nicht mit ihrem Konto oder dem ihres Vaters verbunden waren. Sie hatte Kameras gemieden, keine Anrufe getätigt.

Sie hatte alles getan, außer ihr Tama wegzuwerfen, die zentrale Verbindung zu allem, was die moderne Welt zu bieten hatte.

Der Seufzer war lang. Vielleicht musste Celice ihre Inkognito-Fähigkeiten neu bewerten.

»Selbst wenn Sie ihr entkommen wären«, sagte Gatete, »hätten wir Sie früh genug gefunden. Ihr Gesicht ist bekannt.«

»Aha.« Celice verschränkte die Arme und studierte die hübschen Kreuzschraffur-Fensterläden der Häuser, an denen sie vorbeigingen. »Und was passiert jetzt, Sie sperren mich irgendwo in einen Schrank?«

»Nicht ganz. Stattdessen glaube ich, dass wir einander helfen können.«

»Inwiefern?«

»Sie wollen den Mörder Ihres Vaters. Ich will Lukas' Platz als Champion. Wenn ich Ihnen helfe, Zhan-Yo zu fangen, dann werden Sie mich unterstützen.«

»Oder?«

»Oder«, sagte Gatete lächelnd, »werde ich Sie, wie Sie sagten, in einen Schrank sperren.«

KAPITEL 11

DETEKTIVARBEIT

DER PLAN ENTSTAND bei chinesischem Essen zum Mitnehmen und Bebop-Musik im Hintergrund, eine musikalische Phase, die Kat aus Gründen, die Calvin nicht nachvollziehen konnte, nach den Attentatsversuchen für sich entdeckt hatte. Zusammen verwandelten die beiden plus Seeker Kats Wohnung in eine Missionskarte: Zufällige Gegenstände wurden zu Hafeneingängen, wobei Calvins geliebter Sneaker als Standort der Drohne auf Kats cremefarbenem Teppich diente.

Der Tracker fand einige ungewöhnliche Videos auf verschiedenen Social-Media-Plattformen, die zeigten, wie die Gladiator-Drohne eine Fußgängerin schikanierte, bevor sie einem scheinbar koordinierten Angriff zum Opfer fiel. Trotz ihrer besten mechanisierten Bemühungen geriet die Drohne ins Straucheln und unterlag einer effektiven Truppe von Außenseitern - Calvin bemerkte, dass die Paragons sich von diesen Leuten etwas abschauen könnten - und dann brachen die meisten Videos ab.

»Warum?«, sagte Kat, während sie vor ihrem großen Monitor standen. »Man sollte meinen, alle würden den Sieg auf Band haben wollen. Die Nachwirkungen, all die Anzeichen, die zeigen, wie gefährlich und rücksichtslos diese Drohnen angeblich sind, aber das ist nicht hier.«

»Sie haben Angst bekommen?«, antwortete Calvin.

»Ja, das macht Sinn. Jemand ist rumgegangen und hat ihnen gesagt, sie sollen mit dem Filmen aufhören, sonst«, grinste Kat. »Rate mal, wer sich nicht einschüchtern ließ?«

»Keine Ahnung, eine Hundekamera oder so?«

»Ein kleines Kind. Postet unter dem Namen BoogerBoy22. Er hat das aus seinem Schlafzimmerfenster aufgenommen«, sagte Kat und klickte auf ein anderes Video.

»War er etwa nicht in der Schule?«

»Das alles passierte vor sechs Uhr, Calvin. Wann, glaubst du, öffnen Schulen?«

»Keine Ahnung.«

Kat verzog das Gesicht. »Warst du etwa nie ein Kind?«

Calvin trat zurück und verschränkte die Arme. »Nicht wie du.«

»Oh, stimmt, tut mir leid«, sagte Kat und ließ das Thema fallen. »Aber du willst mir sagen, du warst nie in der Schule? Niemals?«

»Können wir zum Punkt zurückkommen?« Calvin schüttelte sein linkes Handgelenk mit dem Tama daran. »Ich hab Angst, dass Weed mich wieder zur Patrouille ruft. Der Typ ist verrückt.«

»Er ist ein Paragon, was erwartest du?«

Bei Calvins Augenrollen wandte sich Kat wieder dem Monitor zu, fand BoogerBoy22s Video und spielte es ab. Aus der Perspektive eines Fensters im zweiten Stock aufgenommen, bot der Winkel eine andere Darstellung. Calvin sah Kugeln von oben einschlagen, die gegen die Panzerung der Drohne prallten und blaue Blitze aufleuchten ließen. Die anderen Aufnahmen vom Boden aus hatten nicht die gleiche Klarheit und bewiesen nicht so deutlich, dass der verdammte Angriff ein Hinterhalt war.

»Das ändert die Sache«, sagte Calvin.

»Schau weiter«, erwiderte Kat. »Es wird noch besser.«

BoogerBoy22 bewies sein potentielles Talent als künftiger Filmemacher, indem er den Winkel stabil hielt, obwohl der gemurmelten Kommentare des Kindes, größtenteils wiederholte Ausrufe wie *oh mein Gott* und *heilige Kuh*, noch Verbesserungspotential zeigten. Als der Kampf zu Ende war, als die anderen Videos abbrachen oder aufhörten, blieb BoogerBoy22 dran, bis zum Schluss.

Ein surrender Lastwagen quietschte ins Bild, öffnete seinen Anhänger und eine große Rampe. Die dunkle Gruppe von Bürgern beendete ihren koordinierten Angriff und verwandelte sich in Gepäcklader, befestigte eine Winde an der Drohne und räumte so viel Trümmer wie möglich weg, bevor sie zusammen mit der großen Maschine in den Lastwagen kletterten. BoogerBoy22 filmte alles.

»Und hier kommt das Beste«, sagte Kat.

Als sich der Anhänger des Lastwagens schloss, behielt BoogerBoy22 das Heck des Fahrzeugs im Bild und zeigte das Nummernschild klar und deutlich. Nachdem der Lastwagen weggefahren war, schwenkte BoogerBoy22 die Kamera und zeigte sein Gesicht.

»Und jetzt redet er noch etwa eine Stunde über das, was wir gerade gesehen haben«, sagte Kat und klickte weg. »Ich habe das Nummernschild zurückverfolgt. Der Lastwagen ist auf eine Speditionsfirma zugelassen, die ihre Wurzeln hier in Chicago hat.«

»Okay?«

»Weißt du, was Tracker dürfen?«

»Die Erlaubnis, alles zu tun, was sie wollen, um unschuldige Anomalien wie mich zu verfolgen?«

»Genau«, sagte Kat grinsend. »Noch besser, wir können uns Drohnenaufnahmen ansehen.«

»Wow.« Calvin versuchte, Begeisterung vorzutäuschen, schaffte es aber nur zu einer hochgezogenen Augenbraue. »Cool.«

»Langweile ich dich?«

»Nee, das ist genau das, was ich heute Abend machen wollte.«

Kat bemerkte Calvins Stimmung und beschleunigte die Erklärung, raste durch Aufnahmen einer Drohnenkamera, die den gleichen Lastwagen auf dem Weg zum See zeigte. Kat synchronisierte die Überwachungsaufnahmen anderer Drohnen, um gute Anhaltspunkte dafür zusammenzustellen, wo der Lastwagen gelandet war und wo er sich noch befand.

Das führte zur Essensbestellung, der Kartierung auf dem Teppich und dem allgemeinen Gefühl, dass hier, vor Calvin und Kat, die Chance lag, die ganze Sache aufzudecken.

»Aber warum?«, fragte Calvin, während er mit Stäbchen und Nudeln in einer Hand hantierte. »Also, ich verstehe ja, dass man wissen will, was passiert ist, aber die Paragons kümmern sich darum.«

»Bist du nicht ein Paragon?«, Kat fläzte sich auf ihrer Couch, während Seeker darunter saß und gelegentlich auf herunterfallende Hähnchen-Nuggets in Orangensoße wartete. »Sollte dir dein moralischer Kompass nicht sagen, dass das das Richtige ist?«

»Ähm.«

»Schau mal, Calvin, ich werde dir nicht sagen, wie du dein Ich mit dem Dasein als Paragon vereinbaren sollst«, sagte Kat. »Ich bin eine Trackerin. Eine veredelte Kopfgeldjägerin mit rechtlichen Befugnissen, die mir von einem Haufen allmächtiger Diktatoren zugeworfen wurden. Es ist nicht perfekt, aber weißt du, mit genug Wein und dieser köstlichen Soße kriege ich das schon hin.«

»Worauf willst du hinaus?«

»Rate mal, wie viel Kohle die Paragons für den Standort der Drohne rausrücken?« Kat hatte diese Art, in ein verschlagenes Lächeln zu verfallen, das Calvin beneidete – von süß zu finster in einer Sekunde.

»Jetzt verstehe ich«, sagte Calvin. »Wie viel?«

»Genug, dass ich aus dieser Wohnung ausziehen und du dir deine eigene nehmen könntest.«

Calvin hätte sich von der Andeutung, dass er in Kats Wohnung nicht mehr willkommen sei, beleidigt fühlen können, aber er empfand genauso. Kats Couch war fürs Erste in Ordnung, aber er könnte ein richtiges Bett gebrauchen. Könnte eine Dusche und ein Bad gebrauchen, die nicht von Hundehaaren und Kats Hautpflege-Armada verstopft waren. Klar, er hatte ein Zimmer im Paragon-Turm in Chicago, aber sich durch Demonstranten zu kämpfen und zu riskieren, dort gesehen zu werden, machte die Unterkunft weniger zu einem Zuhause und mehr zu einer Falle.

»Wann geht's los?«, fragte Calvin.

»Wie viele Nudeln hast du noch?«

»Kommt drauf an«, antwortete Calvin und blickte auf den Karton in seiner linken Hand. »Gib mir eine Gabel, dann sind wir in ein paar Minuten fertig. Mit den Stäbchen brauche ich noch eine Stunde.«

Eine Stunde später stiegen die beiden in einen Zug Richtung Innenstadt, der zwischen aufragenden, erleuchteten Gebäuden auf den Magnetschienen durch die hereinbrechende Nacht glitt. Kat hatte ihre Takeout-Schlabberklamotten gegen ihre perlweiße Tracker-Uniform getauscht, während Calvin auf die weiß-blaue Paragon-Uniform verzichtete und stattdessen eine Kombination aus Jacke und Jeans trug. Seine Lederhandschuhe saßen wieder an seinen Händen, ihr Kribbeln ein Flüstern, das er ignorierte.

Sie fuhren mit dem überfüllten Zug, trotz des Drohnen-Vorfalls und der anhaltenden Paranoia, die die Presse über die Paragons und ihre sinkenden Aussichten verbreitete. Mynx war es nicht gelungen, die Menschen zu beruhigen, obwohl sie einen baldigen Besuch in Chicago angekündigt hatte, um sich um die verschwundene Drohne zu kümmern. In den Waggons kursierten Gespräche über den letzten Besuch eines Champions in Chicago.

Das war Aegis gewesen, und er war in den Tiefen der Stadt gestorben. Kein besonders großartiges Vermächtnis.

»Vielleicht übergibt uns Mynx die Belohnung persönlich«, sagte Kat, während sie die Bildschirme im Zug und die darüber laufenden Nachrichtenticker beobachtete. »Wie cool wäre das?«

»Mega cool.«

Kat verdrehte die Augen. »Jemand ist heute Abend aber steif.«

»Das liegt an Weed und all den Paragons, sie machen mich nervös. Es ist, als würde man in einen Club aufgenommen, dem man gar nicht beitreten wollte, verstehst du?«

»Eigentlich nicht.«

»Aha, wie bei den Elementals? Gleiche Geschichte. Wir helfen ihnen und plötzlich wird erwartet, dass wir bei allem mitmachen, was sie vorhaben.«

»Klingt eher, als würdest du wieder zurück wollen, um wegzulaufen und in einem Schrotthaufen zu leben.«

Calvin zuckte mit den Schultern. »Zumindest war ich frei.«

»Ich würde es nicht als 'frei' bezeichnen, vor praktisch allen wegzulaufen und sich im Dunkeln zu verstecken, aber es ist dein Leben, Calvin. Du kannst weglaufen, wenn du willst.«

»Noch nicht«, sagte Calvin. »Ich schulde diesem Kerl, Wexley, noch ein Ticket in sein nächstes Leben. Er hat auf dich geschossen, er hat auf mich geschossen.«

Kat lehnte sich in ihren Sitz zurück. »Gut zu wissen, dass mein Partner von Rache angetrieben wird.«

»Und von der Kohle, Kat. Vergiss die nicht.«

Die Docks dröhnten, als sie sich näherten, ständig rollten Tanks und Tanker von und auf die geparkten Schiffe. Weiter südlich in der Stadt, als Calvin seit langem gewesen war, wich der Paragon-Luxus einem rauheren Geschäftsviertel, genau wie in den westlichen Gegenden, die Calvin noch vor nicht allzu langer Zeit sein Zuhause genannt hatte. Weite Straßen mit hartem Licht, gesäumt von Lagerhäusern und beansprucht von Lastwagen, die in einem endlosen Hin und Her hin- und herfuhren.

Kat wusste, welchen Hof sie suchen mussten, also liefen sie weiter, bis sie auf ein bekanntes Logo stießen: das der Firma, der der Lastwagen gehörte. Ein orangefarbener, springender Tiger. Aggressiv für eine Frachtfirma, aber wer war Calvin, dass er das kritisieren könnte? Er arbeitete für die Paragons, eine Organisation von Superhelden, deren kreatives Marketing aus einem stilisierten 'P' und wenig mehr bestand.

Ein hohes Tor, mit Maschendraht und Stacheldraht gesichert, versperrte ihnen den Eingang. Kat ließ sie nicht verweilen, sondern schob Calvin auf dem Bürgersteig am Eingang vorbei. Dahinter stand eine gedrungene Hütte, in der jemand anscheinend auf seinem Tama herumspielte. Kameras mit roten Lichtern ragten von der Oberseite des Tores. Hinter dem Zaun machte sich Aktivität durch Rufe, grelle Lichter und das Knirschen von Werkzeugen bei der Arbeit bemerkbar.

»Gehen wir nicht rein?«, fragte Calvin, als Kat sie in einen dunklen Fleck zwischen den Straßenlaternen zog.

»Nicht durch die Vordertür«, antwortete Kat. »Wir wollen nicht gegen sie alle kämpfen, nur bestätigen, dass die Drohne hier ist.«

»Was wir definitiv im Dunkeln stehend tun können.«

Kat ging mit Calvin den Plan durch, den sie in ihrer Wohnung ausgearbeitet hatten. Falls das Tor geschlossen sein sollte, was nicht überraschend war, wäre der nächste Schritt, Kat über den Zaun zu bringen. Sobald die Trackerin im Dock wäre, würde Calvin Rückendeckung geben, während Kat die Drohne fände, die erforderlichen Fotos schösse und sich dann aus dem Staub machte. Ein guter Plan, außer dass Calvin hier draußen herumstehen und nichts tun würde.

»Tut mir leid«, sagte Kat und justierte den Handschuh an ihrem rechten Handgelenk. »Vielleicht wenn du eine nützliche Fähigkeit hättest, weißt du...«

Calvin gab ihr einen leichten Schubs. »Halt die Klappe und los geht's. Wir werden ja sehen, wer noch Sprüche klopft, wenn ich deinen Hintern retten muss.«

Kat zwinkerte ihm zu und rannte dann auf den Zaun zu. Während sie lief, streckte Kat ihren rechten Arm aus und feuerte ihren Greifhaken ab. Das Seil schlang sich über die Zaunspitze und Kat aktivierte den Einzug des Greifhakens, als sie sprang, was sie in einen laufenden Aufstieg an der Zaunseite zog. Als Kat sich der Spitze mit all dem fiesen Stacheldraht näherte, sprang sie ab und verließ sich auf ihren Schwung und den Einzug des Greifhakens, um über die Stacheln zu schwingen.

Während sie über den Zaun schwang, löste Kat ihren Greifhaken und fiel auf der anderen Seite des Zauns, während sich der Draht wieder in ihren Handschuh zurückzog. Kat rollte sich beim Aufprall ab, stand auf und zeigte Calvin schnell einen Daumen nach oben, bevor sie im Containerlabyrinth verschwand.

Calvin wich zurück und stellte sich in den Schatten zwischen zwei Straßenlaternen. Jenseits des Hafenlärms und der sanften Brise vom See fühlte sich die Nacht vertraut an, als wäre er in jene frühen Jahre zurückversetzt, als er in den schmutzigen Gegenden ums Überleben kämpfte. Wenn er die Augen schloss, konnte Calvin in sein verzweifeltes Ich zurückfallen, die Fragen spüren: Woher würde seine nächste Mahlzeit kommen, wie stand es um eine Dusche, konnte er dem örtlichen Obdachlosenheim vertrauen, ihn nicht an die Paragons zu verraten?

Freche Zuversicht half Calvin damals sehr, weiterzumachen. Er wurde zwar gejagt, aber jede gelungene Flucht brachte die Gewissheit mit sich, dass die nächste noch reibungsloser verlaufen würde. Calvins Fähigkeit, seine Kraft einzusetzen, wurde raffinierter und klüger, bis er Gänge versperrte, während er sie entlanglief, oder seine Verfolger in eisigen, sandigen, steinigen Gefängnissen einsperrte. Diese Fragen stellte er sich dann ohne Furcht.

Sein Tama vibrierte. Calvin warf einen Blick darauf. Zwei Nachrichten. Eine von Weed, der fragte, ob Calvin heute Abend mit seinem Paragon-Team auf spontane Patrouille gehen wolle. Eine Teambuilding-Veranstaltung. Calvin wischte sie weg und ging zu Kats Nachricht.

Sie hatte ein Bild geschickt. Die Beleuchtung war nicht perfekt, und der große Körper eines Arbeiters störte die rechte Seite, aber das schwarze Metall in der Mitte konnte nur eines sein: die vermisste Drohne.

Du hast das Bild, lass uns gehen.

Calvin schickte die Antwort und blickte zu den Containern, wartete darauf, dass Kat zurückgerannt kam. Nichts zeigte sich.

Nicht so einfach.

Nicht so einfach? Alles, was Kat tun musste, war rennen, springen und sich abseilen. Verdammt, Calvin könnte sogar ein Loch in den Zaun reißen für sie.

Warum?

Calvin überquerte die Straße und trat an den Zaun heran. Versuchte hindurchzuspähen, um Kat zu sehen. Ja, die Aktion könnte jemandem, der die Kameras überwachte, verdächtig vorkommen, aber wen kümmerte das jetzt. Sobald Calvin oder Kat dieses Bild an die Paragons schickten, würde dieser Hafenbereich von Drohnen und Anomalien wimmeln, bereit, jeden und alle Beteiligten zu vernichten.

Sein Tama vibrierte nicht. Noch keine Antwort.

Zumindest nicht auf die erwartete Weise: Das geschäftige Treiben im Hafengelände wurde von Rufen unterbrochen, und nicht den gelegentlichen Hilferufen beim Bewegen von diesem oder jenem, sondern den wütenden, gezielten Befehlen von ausgebildetem Personal, das eine Jagd begann.

Calvin hatte diese Rufe schon früher gehört, meist waren sie ihm gegolten.

Ihr Ziel hier aufzuspüren war nicht schwer.

Calvin zog seine Handschuhe aus und stopfte sie in seine Jackentaschen, berührte das kalte Metall am Zaun mit seiner rechten Hand. Er spürte die Kraft in diesen Fasern, den Molekülen darunter, und Calvin zog sie in sich hinein wie ein Kind einen Smoothie durch einen Strohhalm. Nur dass Calvin den Stoff statt durch seine Kehle durch seine linke Hand ausströmen ließ und den Zaun zu einer Klinge mit nanometerdünner Schneide formte. Mit seinem neugeschaffenen Schwert schnitt Calvin ein sauberes Loch und trat ins Hafengelände.

Die Container, zu denen Kat gegangen war, lagen direkt voraus, aber die Rufe schienen von links zu kommen, aus einem ruhigeren Bereich, der nur mit Schiffscontainern und wenig anderem bestückt war. Calvin lief in diese Richtung, das Metallschwert in seiner Hand klirrte zu Boden und zerfiel. Er hatte es nicht geschmiedet, sondern durch Ziehen aus dem Zaun selbst aufrechterhalten, wie eine Welle, die von ihrer eigenen Bewegungsenergie lebt.

Während er lief, hob Calvin sein Tama und wählte Kats Nummer. Sie hatte vielleicht keine Zeit zum Tippen, aber ein Anruf könnte funktionieren. Das Tama sendete sein Signal, und Calvin senkte seinen Arm rechtzeitig, um zwei Männer mit Gewehren in seinen Weg einbiegen zu sehen. Sie schauten nicht in seine Richtung, und Calvin rannte direkt in den vorderen hinein, riss ihn zu Boden.

Instinktiv drückte Calvin seine rechte Hand auf den Betonboden des Hafens, während seine linke den linken Arm des gefallenen Wachmanns packte. Der Beton bewegte sich dorthin, wo Calvin es wollte, und fesselte den Arm des Wachmanns in einem steinernen Schraubstock. Calvin schwang sich weiter auf seinen Rücken, zog den Beton mit sich und ließ ihn zu einem festen Schild explodieren.

Wenn der zweite Wachmann nicht wusste, was ihn traf, muss ihm der fliegende Betonkreis Klarheit verschafft haben. Das und die verwirrten Flüche seines Partners. Calvin sah, wie der Wachmann sein Gewehr hob, und schleuderte den Betonschild auf den Mann. Sobald der Stein Calvins Griff verließ, begann er sich aufzulösen, aber nicht schnell genug, um zu verhindern, dass der zweite Wachmann Betonkilos ins Gesicht bekam. Der Wachmann kippte wie sein Freund um und stöhnte.

»Tut mir leid, tut mir aber nicht leid«, sagte Calvin und drückte sich aus der Vertiefung, die seine Kräfte im Hafenboden hinterlassen hatten. Er griff nach dem Gewehr des ersten Wachmanns, löste mit seiner rechten Hand die Mechanismen im Inneren auf und hob dann das zweite Gewehr auf, das er auf den Kopf des ersten Wachmanns richtete. »Wie wäre es, wenn du in die andere Richtung läufst?«

Der erste Wachmann starrte Calvin verwirrt an. Calvin richtete das Gewehr auf den Arm des Wachmanns, der nicht mehr gefangen war, da der Zusammenhalt des Betons nachließ. Mit einer Bewegung befreite der Wachmann seinen Arm aus dem bröckelnden Dreck. Der Mann beschloss, kein Held zu sein, folgte Calvins Rat und rannte zurück zu den Containern.

»Calvin?«, kam Kats Stimme über das Tama. »Wo bist du?«

»Hab nur etwas Spaß«, antwortete Calvin und rannte wieder los. »Sag mir, dass du schon weg bist, damit ich diesen Ort verlassen kann.«

»Eher bin ich umzingelt. Hilfe?«

»Wo?«

»Schau einfach zu.«

Calvin riss den Kopf hoch, gerade rechtzeitig um zwei grelle, fast blendende Lichtblitze einige Reihen entfernt aufleuchten zu sehen. Wachleute, Soldaten, was auch immer Calvin und Kat hier gegenüberstanden, schrien wegen des

Lichts auf, aber als Kats Angriff sich auflöste, folgten weitere Befehle. Die Leute, die die Drohne gestohlen hatten, waren koordiniert, kompetent, und sie zeigten hier die gleiche Energie.

Nicht gut.

»Hast du eine Strategie, oder improvisieren wir einfach?«, sagte Calvin, verlangsamte zu einem Schleichen und drückte sich an einen gerippten Container zu seiner Rechten.

»Links abbiegen und raus hier«, sagte Kat. »Das ist alles.«

Sich nähernde Schritte verrieten Calvin, dass er in Sekundenschnelle Gesellschaft haben würde, wenn er am Boden bliebe, also ließ er das Gewehr fallen - als ob er damit überhaupt präzise schießen könnte - und formte mit seinen Händen die Containerwand. Griffe für Hände und Füße ermöglichten einen schnellen Aufstieg auf zwei gestapelte Container. Unten bemerkte ein heraneilendes Trio den verformten Container nicht und lief weiter, direkt auf ...

Calvin nahm alles in sich auf, sein Herz sank und sein Blut pochte gleichzeitig. Kat stand nicht nur, sie rannte durch eine Lichtung zwischen den Containerreihen, rollte und sprang zwischen mindestens zehn Leuten umher, die versuchten, sie auszuschalten. Die leisen Geräusche aus einigen erhobenen Waffen deuteten darauf hin, dass sie noch nicht tödliche Gewalt anwendeten. Calvin versuchte zu erkennen, womit auf Kat geschossen wurde, während sie durch die improvisierte Arena wirbelte, ihr weißer Umhang im Wind flatternd.

Betäubungspfeile? Gummigeschosse?

Kat erwiderte die Angriffe mit ihrem eigenen Arsenal, schaltete jeden aus, der ihr zu nahe kam, mit Tritten und Schlägen. Die zwei grauen Kugeln, die das grelle Licht ausgestrahlt hatten, lagen leblos in der Mitte des Platzes. Von hier oben konnte Calvin jedoch sehen, wie sich der Kreis um sie schloss, wie mehr Leute die Ausgänge verstärkten. Die Soldaten rückten auch nicht vor, zufrieden damit, Kat aus der Distanz zu beschießen, bis sie ermüdete.

»Du musst drüber«, sagte Calvin. »In den Lücken sind zu viele.«

Kat schwenkte bei Calvins Worten ab, brach ihren geplanten Ansturm auf ein Quartett an der linken Seite der Arena ab und wandte sich dem danebenstehenden Containerstapel zu. Ihr Greifhaken kam zum Vorschein, wurde nach oben geschleudert und hakte sich am obersten Container fest. Kat sprang, traf die harte Metallwand und rannte daran hoch, während Projektile um sie herum einschlugen.

Trafen sie. Etwas traf Kat hart im Rücken, gefolgt von einem zweiten Aufprall, der ihre Kapuze verbog und ihren Kopf gegen die Containerwand schlug. Sie hing schlaff am Greifhaken, während weitere Treffer sie trafen.

Calvin erstarrte. Er hätte springen können, sich zum nächsten Stapel katapultieren und ihn vielleicht erklettern können. Von oben in Kats Arena eindringen, sich ins Getümmel stürzen. Er setzte gerade dazu an, als eine neue Stimme dem Beschuss Einhalt gebot. Ruhig, kontrolliert, ein Mann, den Calvin erkannte, durchschritt die Wachen in den freien Bereich und gab dann Zeichen, dass jemand Kat herunterholen sollte.

Rhimes. Der Mann, der Kat beim letzten Mal fast ausgeschaltet hatte.

Calvin warf einen Blick auf sein Tama. Eine Nachricht von Kat war gerade eingegangen.

Lauf.

KAPITEL 12
EIN ANGENEHMER FLUG

DER PARAGON HIELT SEIN WORT. Cassidy und Thane kamen am Flughafen an, gingen durch einen Hintereingang, wobei Bits sie auf Schritt und Tritt begleitete. Dann, mit Bits in der Nähe und verstärkten Sicherheitsmaßnahmen, saßen Cassidy und Thane auf einer Bank unter einem palmenbeschatteten Vordach zwischen anderen Urlaubern. Thane hatte sich zumindest mit den Umständen abgefunden und seine Gestalt während der Fahrt zusammengeschrumpft, sodass er nun eine normalere menschliche Form angenommen hatte, die kaum Aufmerksamkeit erregte.

Die Anonymität erstreckte sich bis zum Boarding des Flugzeugs, dem kurzen Flug nach Honolulu und dem Anschlussflug nach Thailand, den Thane unterwegs von Bits gefordert hatte.

»Das fühlt sich wie der falsche Weg an«, sagte Cassidy, als sie gemeinsam ihren Anschlussflug betraten.

»Es ist der *einzige* Weg«, brummte Thane. »Jetzt nach Nordamerika zurückzukehren würde Aufmerksamkeit und Gefangennahme bedeuten.«

»Und Thailand etwa nicht?«

»Du und ich sind dort nicht so bekannt. Und der Champion der Region erholt sich noch von dem Angriff auf LA. Wir werden nicht bemerkt werden, bis wir es wollen.«

Einige Passagiere um sie herum schauten zu Thane herüber, als er sprach, verwirrte Blicke auf ihren Gesichtern. Cassidy setzte ein Lächeln auf und klopfte Thane auf die Schulter: »Ich weiß, du tust gerne so, als wärst du wichtig.«

Okay, sie war nicht die Beste im Improvisieren. Thane bemerkte zum Glück die Aufmerksamkeit und verstummte, verscheuchte Lauscher mit direkten Blicken. Keiner von beiden sagte ein weiteres Wort, bis sie sicher in ihren luxuriösen First-Class-Sitzen saßen. Ein zusätzlicher Bonus: niemand sonst hatte die Upgrades gebucht, sodass die beiden Anomalien allein in der Luxuskabine waren.

»Bits behandelt uns gut«, sagte Cassidy.

»Sie bringen uns mit weniger Menschen zusammen.« Thane nickte zu den leeren Sitzen um sie herum. »Es könnte Probleme geben.«

»Sie würden es nie riskieren in einem Flugzeug.«

»Geh nicht davon aus, dass die Paragons nicht jeden hier töten würden, um mich zu vernichten. Die Kosten wären trivial im Vergleich zu dem, was sie denken, wozu ich fähig wäre.«

»Ist das ihre Schuld oder deine?«

Thane verengte seine Augen, als er sie ansah, während hinter ihm durch das kleine Fenster Oahu vorbeizog, als das Flugzeug startete.

»Du scheinst zu zögern, was unseren Weg angeht«, sagte Thane. »Wir sind von der Insel entkommen. Wir haben jetzt Hoffnung und Aussichten. Ist das nicht, was du wolltest?«

»Ich hätte nie gedacht, dass wir es schaffen würden.«

Die Worte laut auszusprechen, berührte Cassidy auf eine andere Weise. Sie hatte es nicht geglaubt, oder? Thanes verrückter Plan, sich von der Insel zu befreien, hätte nicht funktionieren dürfen. Tat er auch nicht für alle anderen auf dem Boot außer ihnen beiden. Aber Cassidy hatte trotzdem mitgemacht, wohl in dem Glauben, dass der Tod bei dem Versuch einem verschwendeten Leben in Mynx' Palmengefängnis vorzuziehen wäre.

»Verständlich«, sagte Thane und wandte sich von Cassidy zum Fenster. »Es ist schwer, für das Unglaubliche zu planen.«

»Du hast es getan.«

»Ja. Als wir an diesem Strand angespült wurden, erschöpft und dem Tod nahe, kehrte ich in mich.«

»Du bist in dich zusammengesunken und hast mich tagelang im Stich gelassen.«

»Du bist zurechtgekommen.«

Schwer zu leugnen. Das bedeutete nicht, dass Cassidy *genossen* hatte, was passiert war, in einer Klinik ohne Identität eingesperrt zu sein.

»Was machen wir also jetzt, Mastermind?«, sagte Cassidy. »Was ist dieser großartige Plan, den du dir ausgedacht hast, während du den ganzen Tag im Bett lagst?«

Wie ein Elternteil, der einem Kind eine Geschichte erzählt, verbrachte Thane die nächste Stunde, dann zwei damit, Cassidy die Schritte darzulegen, die sie nach der Landung in Thailand unternehmen würden, die zur eventuellen Übernahme Südostasiens und anschließender globaler Expansion führen sollten. Schneidend, rücksichtslos und so detailliert, dass Cassidy jedes Mal, wenn die Flugbegleiter vorbeikamen, nach mehr Kaffee fragte, schien Thanes geplante Apokalypse meisterhaft.

Und verwundbar.

So benommen sie auch von Thanes Wortschwall war, Cassidy fand eine Schwachstelle in seinen Plänen und klammerte sich daran, bis Thane endlich, gnädigerweise, zum Ende kam. Mit gefalteten Fingern und leuchtenden Augen schloss Thane mit einem schweren, triumphierenden Atemzug.

»Siehst du?«, sagte Thane. »Wir werden siegen.«

Cassidy ließ ihn sich in seinem vermeintlichen Sieg

sonnen. Sie hatte ihren Schützlingen jahrelang genau das beigebracht, was sie jetzt Thane entgegenwerfen würde: die großen Bösewichte der Weltgeschichte, diejenigen, die dachten, sie könnten durch ihre pure Genialität zum Sieg spazieren, machten immer Fehler. Nahmen immer an, dass alles zu gut laufen würde.

»Du wischst die Paragons beiseite, als wären sie nur eine Unannehmlichkeit«, sagte Cassidy. »Du gehst davon aus, dass sie sich nicht organisieren werden, um dich zu stoppen.«

»Das ist, was ich in der Bibliothek gesehen habe, während du den Brief an deine Kinder verschachert hast«, erwiderte Thane. »Die Paragons sind viel zu sehr in Aufruhr, um uns jetzt zu handhaben. Sie haben sogar heute eine Drohne verloren. Bürger haben sie in einer Nachbarschaft abgeschossen. Durchschnittliche Menschen, die sich gegen ihre Unterdrücker erheben!«

»Sie werden dasselbe mit dir tun. Du willst genau diese Drohnen, Thane.«

»Aber ohne die Idioten an der Kontrolle. Unparteiische Gerechtigkeit, Sicherheit und Beständigkeit. Das ist es, was diese Welt braucht, und was ich liefern kann.«

Der Flugkapitän beendete das Gespräch mit der Ankündigung der ersten richtigen Mahlzeit, und Cassidy ließ die Worte verklingen. Wenn Thane nicht auf ihre Befürchtungen hören wollte, dann müsste er sie eben am eigenen Leib erfahren. Bis dahin konnte Cassidy genauso gut den Flug und alles genießen, was die erste Klasse zu bieten hatte.

Als die Flugbegleiterin vorbeikam, wechselte Cassidy von Kaffee zu Champagner.

Thane rüttelte an Cassidys Schulter, um sie zu wecken. Sie blinzelte einen gestaltlosen Traum weg und folgte Thanes Blick aus dem Fenster. Weit unten lag Land, üppig und grün. Sie mussten sich dem Ziel nähern.

»Landen wir bald?«, fragte Cassidy.

»Schon bald. Wir sind im Sinkflug«, antwortete Thane. »Aber es könnte ein Problem geben.«

»Was denn?«

»Lass mich raus, dann erkläre ich es dir.«

Cassidy rutschte zur Seite, damit Thane sich abschnallen und an ihr vorbeigehen konnte. Er stand im Gang und blickte zu den Vorhängen, die ihre einsame First-Class-Kabine vom Rest des Flugzeugs trennten. Vorne hatte eine Flugbegleiterin ihre Augen auf ihr Tama gerichtet, nicht auf Thane. Cassidy spürte den Drang in ihrem Kopf aufsteigen, eine Leere, die an ihren Fingerspitzen wartete.

Als ob sie hier im Flugzeug eine erschaffen würde, wo die kleinste Störung das ganze Flugzeug zum Absturz bringen könnte. Cassidy wusste nicht, ob Thane in seinem wütendsten Zustand einen solchen Sturz überleben würde, aber sie selbst würde es definitiv nicht.

»Warte hier«, sagte Thane und marschierte an ihr vorbei durch die Vorhänge.

Cassidy nippte an ihrem Wasser, um den restlichen Champagner in ihrem Hals wegzuspülen. Die Flüssigkeitskombination, zusammen mit dem Flugessen und dem langen Sitzen, ließ Cassidy das Bedürfnis nach einem Jogginglauf, einer Dusche und einem weiteren Nickerchen verspüren ... in beliebiger Reihenfolge.

Thane kam eine Minute später mit gerunzelter Stirn zurück. »Das Flugzeug ist leer.«

»Was meinst du damit? Im Boarding-Gang waren doch Passagiere bei uns. Es war voll?«

»Wenn dort hinten jetzt mehr als ein Dutzend sitzen, wäre ich überrascht«, erwiderte Thane. »Ich bezweifle auch, dass dieses Flugzeug dorthin fliegt, wo wir es erwarten. Der Kapitän hat keine einzige Durchsage gemacht. Nichts über Zoll, Wetter oder wo wir sind.«

»Die Paragons können unmöglich Zeit gehabt haben, so etwas zu organisieren«, sagte Cassidy. »Nein-«

»Sie hatten stundenlang Zeit«, Thane quetschte sich wieder an Cassidy vorbei. »Vielleicht sind alle Paragons Hawaiis auf diesem Flug und bringen uns direkt in einen Hinterhalt.«

Die Flugbegleiterin stand auf und schwenkte eine Champagnerflasche in Cassidys Richtung. The Void zuckte mit den Schultern und nickte der Flugbegleiterin für mehr zu.

»Was machst du da?«, fragte Thane, als er Cassidys Bewegungen sah.

»Ich stelle Fragen.«

Die Flugbegleiterin kam näher und griff nach Cassidys leerem Glas. Cassidy legte ihre Hand auf das Handgelenk der Frau und umfasste es fest, aber nicht schmerzhaft. Die Flugbegleiterin warf ihr einen neugierigen Blick zu, der verschwand, als sie Cassidys grimmiges Gesicht bemerkte.

»Wissen Sie, wer wir sind?«, fragte Cassidy die Flugbegleiterin.

»Herr und Frau Smith«, antwortete die Flugbegleiterin und schaffte es gut, ihrer Stimme Verwirrung beizumischen. »So steht es auf Ihren Tickets.«

»Das steht da bestimmt. Wissen Sie, wo alle Passagiere hingegangen sind?«

»Alle Passagiere?«

»Wenn Sie sich dumm stellen, kann ich ein so kleines Loch in Ihr Herz machen, dass Sie gar nicht merken, was passiert, bis Sie langsam in Ihrem eigenen Blut ertrinken.« Die Flugbegleiterin wurde angemessen blass. »Beantworten Sie meine Frage.«

Die Flugbegleiterin warf einen Blick zu den Vorhängen. »Es ist zu Ihrer Sicherheit. Wir haben sie durch die hintere Tür aussteigen lassen. Sie wurden auf einen anderen Flug umgebucht. Bei Ihnen beiden konnten wir nicht riskieren …«

Thane brummte. Er hatte Recht gehabt.

»Und die Übriggebliebenen? Wer sind sie?«

Die Flugbegleiterin musste nichts sagen, denn sie musste

es nicht. Cassidy hatte das Handgelenk der Frau in einem Moment in ihrem Griff, und im nächsten spürte sie ein anderes, stärkeres Handgelenk. Dieses gehörte einem neuen Mann in einem türkisfarbenen Hawaii-T-Shirt und Khaki-Shorts, der eher auf einen Golfplatz gehörte als in ein schnell fliegendes Flugzeug mit den gefährlichsten Menschen der Welt.

Dass er die Flugbegleiterin in einem Wimpernschlag ersetzen konnte, verriet ihn als Anomalie. Jetzt musste Cassidy herausfinden, was seine Fähigkeit war, denn es gab viele Möglichkeiten, wie er die Flugbegleiterin hatte verschwinden lassen können: Superschnelles Verschwinden lassen nach hinten im Flugzeug, ein Teleportations-Trick, sie auf winzige Größe schrumpfen, oder vielleicht war er die ganze Zeit die Flugbegleiterin gewesen und zeigte erst jetzt sein wahres Gesicht.

»Wir wollen keinen Ärger«, sagte der Mann, »aber Sie sollten nicht hier sein.«

Thane löste seinen Sicherheitsgurt. Cassidy nahm ihre Hand nicht von dem Handgelenk des Mannes. Die Leeren flüsterten, wollten benutzt werden.

»Dafür ist es jetzt etwas spät, oder?«, sagte Cassidy.

»Wir fliegen über Wildnis. Weit und breit keine Menschenseele. Sie können gehen.«

»Springen?«, lachte Cassidy. »Wie wäre es damit: Sie landen, wir steigen aus, und das war's?«

Der Mann beugte sich vor, befreite sein Handgelenk aus Cassidys Griff und trat zurück in den Gang. »Das ist nicht das Angebot. Wir öffnen die Tür, Sie springen raus. Ob Sie den Fall überleben, liegt bei Ihnen.«

Jetzt löste auch Cassidy ihren Gurt und schaute zu den Vorhängen, die die Kabine teilten. Keine Anzeichen von Verstärkung, obwohl sie sicher warteten.

»Das ist Mord, kein Angebot«, knurrte Thane. »Geh zur Seite, Cassidy. Lass mich ihn erledigen.«

Zurück am Boden, mit Bits und den hilflosen Polizisten,

hatte Cassidy das Gefühl gehabt, sie hätten die Oberhand. Thane und The Void hätten die Stadt ungestraft in Stücke reißen können. Hier hatte Cassidy nicht dasselbe Gefühl. Sie waren direkt in einen Hinterhalt der Paragons gelaufen. Dieselben Leute, die sie ins Gefängnis gesteckt hatten, wollten sie jetzt aus einem Flugzeug werfen.

Sie waren den Anweisungen der Paragons gefolgt und würden trotzdem sterben. Da konnten sie genauso gut kämpfen.

»Er gehört dir.« Cassidy setzte sich zurück in ihren Sitz, während Thane losstürmte.

Aber Thane war nicht mehr am Fenster. Der Mann kauerte in Thanes Sitz, während Thane selbst durch den Gang in die Sitze auf der anderen Seite fiel. Cassidy verstand die Körpertausch-Zusammenhänge und wollte gerade eine kleine Leere auf den Mann werfen, nur um plötzlich ein Fenster und die Außenwand des Flugzeugs vor sich zu haben.

Oh, dieser würde nervig werden.

Thane brüllte und der Boden bebte. Der Anomalie, der mit seinem Kopf bereits die Decke des Flugzeugs streifte, wandte sein speichelndes Gesicht dem Paragon zu. Er holte aus, und in dieser Sekunde wurde Cassidy zurück in ihren Sitz geschleudert, als Thanes Hammerschlag auf sie zukam. Sie duckte sich nach vorne und Thanes Schlag ging über sie hinweg und krachte in den Sitz davor.

»Kontrolle!«, schrie Cassidy, nur um sich im nächsten Moment aus dem knarrenden Sitz gestoßen zu finden, als Thane sich zurück in den Gang drängte.

Der Paragon wich den Gang hinunter zurück, während er ein leichtes, überhebliches Grinsen beibehielt. Als Cassidy sich aufrichtete und dem Paragon in die Augen sah, deutete er auf den Ausgang des Flugzeugs.

»Dort ist dein Ausweg«, sagte der Mann. »Oder wir setzen diesen Tanz fort.«

»Dann lass uns tanzen«, erwiderte Cassidy und streckte

ihre rechte Hand aus, während sich eine Leere an ihren Fingerspitzen bildete.

Der Paragon tauschte erneut die Plätze und brachte Thane genau dorthin, wo Cassidys Leere hätte treffen sollen. Stattdessen würgte der Mann, hustete und starb, als seine Innereien in sich zusammenfielen. Cassidy wackelte mit den Fingern ihrer linken Hand in die Richtung, wo Thane gewesen war. Ein berechenbarer Paragon war ein toter Paragon.

»Fertig?«, brummte Thane und blickte auf die Leiche.

»Ja«, sagte Cassidy und strich sich die Haare zurück, die sich durch das ganze Hin und Her gelöst hatten. »Aber er ist nur einer.«

Cassidy wandte sich um und ging durch den Vorhang in das Hauptabteil des Flugzeugs. Sie warf sich nach vorne, als ein hellblauer Strahl durch den Raum schoss, wo sie gerade noch gestanden hatte. Cassidy spürte die Hitze in ihrem Nacken und roch verbranntes Haar, das nicht schnell genug ausgewichen war. Sie erwartete, dass das Flugzeug durch die Explosion abstürzen würde, hörte stattdessen aber Thanes überraschtes Brüllen.

Er würde es aushalten.

Als Cassidy aufblickte, sah sie die Flugbegleiterin, jetzt mit einem grimmigeren Gesichtsausdruck, die auf sie zurannte. Während die Flugbegleiterin lief, pulsierten ihre Füße bei jedem Schritt und schossen grüne Linien in Cassidys Richtung. Wie wachsende Adern beschleunigten die Linien ihre Annäherung zusammen mit der Flugbegleiterin. Was auch immer sie bewirken mochten, Cassidy wollte es nicht herausfinden, also warf sie eine Leere in die Mitte des Gangs und kroch in die Flugzeugmitte.

Die geworfene Leere zerriss die umliegenden Sitze und zerfetzte den Stoff. Die Flugbegleiterin schrie auf, und Cassidy hörte einen harten Aufprall, aber die grünen Linien erreichten sie nicht. Thane stieß ein weiteres Brüllen aus, und Cassidy hörte, wie der Vorhang wegriss, als der Monstermann in das Abteil taumelte. Cassidy klammerte sich an einen Sitz und warf einen Blick auf Thane, der den Gang hinunterstürmte und sein Timing so wählte, dass er ihre schwindende Leere passierte. Der blaue Strahl hatte eine rauchende Brandwunde auf Thanes Schulter hinterlassen, was ihn aber nicht zu kümmern schien.

Während ihre Aufmerksamkeit abgelenkt war, schaute Cassidy hinüber und machte eine Bestandsaufnahme der Paragons. Thanes Schätzung von einem Dutzend schien zu stimmen, auch wenn sie sich alle so viel bewegten, dass es schwer war, sie genau zu zählen. Lichter und Geräusche blitzten durch das hintere Abteil, während die Paragons ihre Fähigkeiten in ständigen Wellen einsetzten. Die blauen Blitze kamen von einem kleinen Mann, der alles, was er berührte, aufzusaugen schien und in diese knisternde Energie verwandelte. Zunächst dachte Cassidy, der Mann hätte eine unglaubliche Treffsicherheit, bis sie eine Paragon neben ihm bemerkte, die mit ihren Händen diese Strahlen direkt in Thanes Körper lenkte.

Thane selbst schlug und boxte, aber die Flugbegleiterin, die wieder auf den Beinen war, schien jeden Schlag durch sich hindurchgehen zu lassen, als ob diese grünen Adern ihr einen gewissen Schutz boten. Jedenfalls wuchs Thanes Frustration nur noch mehr, und der Paragon-Angriff verstärkte sich: Die anderen acht verteilten sich, einige schossen weitere Geschosse auf Thanes Rücken, während zwei weitere ihre Augen auf Cassidy gerichtet hatten.

Auf offenem Feld hätte Cassidy Thane die Chancen gegeben, alle zu überwältigen und in Stücke zu schlagen. In einem engen Flugzeug, wo Thanes Größe ihn nur zu einem leichten Ziel machte? Selbst Thane könnte sich abgenutzt und weggebrannt finden.

»Gib auf«, sagte eine Frau, die von links kam, ihre Hände

mit einem hellvioletten Leuchten zwischen ihnen in Cassidys Richtung ausgestreckt. »Es gibt keinen Ausweg.«

Gab es den nicht?

Cassidy riss ihre rechte Hand hoch und schleuderte die Leere, spürte wie die Hitze sie zum Schwitzen brachte, während die Leere das Dach des Flugzeugs zerriss. Metall kreischte, Kabel funkelten, und der Druck knallte, malträtierte die Ohren aller an Bord, wenn auch nicht so schlimm wie Cassidy erwartet hatte. Als Thane sie aufgeweckt hatte, hatte er erwähnt, dass das Flugzeug im Sinkflug war.

Vielleicht tief genug zum Fallen.

Der Kampf um sie herum stoppte, alle Paragons versuchten zu entscheiden, wie das aufgerissene Flugzeug ihre Pläne beeinflusste. Eine Person jedoch kümmerte sich nicht darum, die Veränderung zu bedenken: Thane. Während Cassidy eine weitere Leere vorbereitete, schleuderte Thanes verbrannte, geschundene Gestalt einen Paragon quer durch das Flugzeug, der in die Frau krachte, die Cassidy zur Aufgabe aufgefordert hatte. Mit einem weiteren heiseren Brüllen riss Thane Sitze hoch und warf sie auf die anderen Paragons, zwang sie zum Ducken und Ausweichen.

Cassidy nutzte die Ablenkung, zog sich zurück in den rechten Gang und rannte geduckt auf Thane zu. In ihrem Inneren spürte sie die aufsteigende Hitze, den Druck, der an ihren Fingerspitzen saugte, als hätte sie ihre Hände in Lava getaucht.

»Halt mich fest«, schrie Cassidy, als sie Thane erreichte und die Leere hinter sich freisetzte.

Als das Flugzeug in zwei Hälften zerbrach, hoffte Cassidy, dass der Mann, das Monster, noch bei klarem Verstand genug war, um zu gehorchen.

KAPITEL 13

SCHLAGSAHNE UND INTRIGE

AN MANCHEN MORGEN flogen die Meetings nur so dahin. Wexley erledigte sie im Autopilot, gab minimalen Input und genehmigte Mitarbeitervorschläge ohne viel Aufhebens. Nicht gerade vorbildliches CEO-Verhalten, aber es war ja auch nicht jeden Tag, dass Wexley vor dem Mittagessen eine Überraschung erwartete.

Rhimes rief beim Frühstück mit den guten Nachrichten an. Die Trackerin Kat, die sie vor nicht allzu langer Zeit im Schnee auszuschalten versucht hatten, war über die deaktivierte Drohne gestolpert und nicht entkommen. Rhimes tat die Entdeckung als Zufall ab, wobei Kat wahrscheinlich auf der Suche nach einer weiteren Anomalie unterwegs gewesen war. Tatsächlich hatten zwei Wachen in der Nähe eine andere Anomalie gefunden und bekämpft, konnten diesen Eindringling jedoch nicht fangen.

Wexley, der zu diesem Zeitpunkt seinen üblichen Energieriegel zum Frühstück kaute, ließ Rhimes und seine Idee durchgehen, während er mit den Fingern auf seinem gläsernen Küchentisch trommelte. Eine Trackerin mit Kats Ruf schien nicht der Typ zu sein, der einfach zufällig über etwas wie die Drohne stolperte. Und hatte sie nicht schon früher mit Anomalien gearbeitet?

Also ließ Wexley seinen Assistenten seinen Mittagskalender räumen, und jetzt, nach diesem letzten Meeting – irgendwas mit Branding-Möglichkeiten – raste er hinunter, schnappte sich eine Pod und brauste nach Süden.

Rhimes war nicht dumm genug, sowohl die Trackerin als auch die Drohne am selben Ort zu behalten, also war Wexley nur mäßig überrascht, als die Pod vor einem zusammengewürfelten Diner hielt. Mit Chrom verziert und Werbung für laborgezüchtete Burger und Pommes sowie täglich frische Kuchen machend, ließ sich Wexley Zeit beim Aussteigen und genoss die Atmosphäre auf einem Parkplatz mit zu vielen Stellplätzen für die heutige Zeit. Kindheitserinnerungen an ähnliche Ausflüge spielten sich vor seinem inneren Auge ab.

Die Mittagsmenge strömte in voller Stärke um Wexley herum, Pods rasten mit Familien und Arbeitergruppen heran, setzten sie in Scharen ab, um ihre Burger abzuholen, bevor sie wieder davonströmten. Milchshakes flossen, Bratenfett hing in der Luft, und Bestellnummern ertönten über belanglosen Gesprächen.

Wexley stieß die Tür auf – richtig aufgestoßen! –, hielt sie für eine ältere Frau und ihre Tochter, die hinter ihm kamen, und ging dann weiter am Tresen vorbei. Die Sitznischen schmiegten sich an die Seiten des Diners, kissenlose Sitze in bandförmigem Rot, passend zu den weiß gesprenkelten Tischen. Alles hatte einen laminierten Glanz.

Zum ersten Mal hier, umgeben vom lässigen Summen und Treiben, merkte Wexley, dass seine Finger nicht nach einem Abzug juckten. Sein Verstand kreiste nicht um Pläne für dies und das. Aktienkurse und Verkaufsdemos beherrschten nicht Wexleys Peripherie.

Das Diner erreichte genau das, was es sollte: Es transportierte Wexley in eine einfachere, sanftere Zeit.

Zumindest bis Wexley durch die Personaltüren ging,

durch eine summende Küche zu einem Büro im hinteren Bereich. Abgeschirmt durch eine schwarz gestrichene Tür, die Absplitterungen und Fettflecken zeigte, versuchte Wexley den fleckigen silbernen Knauf und fand ihn verschlossen. Er betrachtete das Guckloch, ein weiteres Relikt in dieser kameragesteuerten Welt.

Der Riegel klickte, die Tür schwang auf, und Rhimes stand mit professionellem Aussehen da. Körperpanzerung, sichtbare Handfeuerwaffe im Hüftholster. Wexley vermutete, dass eine Jacke hinter der Tür hing, bereit, Rhimes' Ausrüstung vor den Unschuldigen draußen zu verbergen. Rhimes selbst sah weder müde aus noch aufgeputscht von Koffein: Wie der Mann scheinbar endlos ohne Ruhe arbeiten und die Drogen ignorieren konnte, war Wexley ein Rätsel.

Als Rhimes zurücktrat, sah Wexley einen weiteren Wachmann im Inneren, dieser mit einer schwereren Waffe. Mit dem Rücken zur Bürowand ignorierte der Wachmann Wexleys Eintreten und hielt seinen Blick fest auf die junge Frau gerichtet, die in einem billigen Bürostuhl gefesselt war. Kabelbinder, diese kleinen Plastikfesseln, waren um Kats Handgelenke und Beine gewickelt und sicherten sie zusätzlich.

Ihr Anzug und ihre Gadgets lagen auf dem einzigen Schreibtisch im Büro, was die Trackerin in einem T-Shirt und was wie eine Schlafanzughose aussah, zurückließ, übersät mit Hunden, die Knochen jagten. Das Outfit passte so gar nicht zur Situation, dass Wexley lachte, bevor er sich wieder fing.

Kat funkelte ihn an, ihre eisigen blauen Augen den Ton für das Gespräch setzend.

»Weißt du«, sagte Wexley zu Rhimes, als er eintrat, »ich könnte wirklich einen dieser Milchshakes gebrauchen. Willst du einen?«

»Ich bin versorgt«, antwortete Rhimes.

»Wie sieht's mit dir aus?«, fragte Wexley den Wachmann.

»Alles gut, Sir.«

»Dann liegt es an dir, Kat, mich davor zu bewahren, alleine zu trinken?«

»Erdbeere«, sagte Kat, ohne ihren Blick auch nur ein bisschen zu mildern. »Schlagsahne, wenn sie welche haben.«

»Ich nehme das Gleiche«, sagte Wexley mit einem Blick zu Rhimes. »Medium, bitte.«

Der Mann verschwand ohne ein weiteres Wort, um die Bestellung auszuführen. Wexley nahm Rhimes' Platz neben dem Büroschreibtisch ein. Ein Klappstuhl stand Kat gegenüber, aber Wexley ignorierte ihn. Er hatte den ganzen Morgen schon gesessen, und über seinen Gegnern zu thronen fühlte sich immer besser an als ein Blick auf Augenhöhe.

»Du wirst mich nicht einwickeln«, sagte Kat, »also versuch es gar nicht erst.«

»Muss ich auch nicht. Es gibt nichts, was du mir geben könntest.«

Jetzt wankte Kats Blick. Zu einer anderen Zeit hätte Wexley gegrinst, aber jetzt im Sieg zu schwelgen erschien ihm einfach geschmacklos.

»Ich verstehe nicht?«, fragte Kat. »Warum lebe ich noch?«

»Oh, wir werden dich schon benutzen. Es wird nur nicht deine Hilfe erfordern. Alles, was ich brauche, ist dein Körper, dein Name und dein Ruf.«

»Wofür?«

Die Angelfrage. Ein Zug, der vielleicht einen monologisierenden Bösewicht ködern würde, aber Wexley hatte andere Dinge zu tun, als seine Pläne zu diskutieren.

»Ich nehme an, du hast die Drohne gefunden und jemandem davon erzählt?«

»Und der Idiot kapiert's beim ersten Versuch.«

Der Wachmann trat vor, als wollte er Kat ohrfeigen. Wexley hob seine linke Hand, verhinderte den Angriff. Kat konnte sagen, was sie wollte: Am Ende war sie diejenige, die an den Stuhl gefesselt war, während Wexley ein Billionen-Rep-Unternehmen hinter sich hatte.

»Warum ist die Drohne dann noch in meinem Besitz?«, fragte Wexley. »Die Paragons würden nicht warten mit dem Angriff.«

»Die Paragons sind ein Chaos und das weißt du. Sie werden schon noch kommen.«

Also hatte Kat das Bild, den Standort der Drohne, nicht direkt an die Paragons geschickt. Trotz ihrer Verwirrung hatten die Paragons ein Team zum Angriffsort der gestohlenen Drohne geschickt und ihre anderen Drohnen in der Stadt verteilt, um nach ihrem vermissten Freund zu suchen. Wenn sie ein Ziel hätten, würden die Anomalien ausschwärmen.

»Hast du es deinen anderen Freunden erzählt?«, fragte Wexley. »Ich stelle mir vor, sie würden es gerne wissen. Eine gefangene Drohne könnte ein wertvolles Werkzeug für die Elementals sein.«

»Da muss ich raten.«

Rhimes kam zurück, zwei Milchshakes, beide mit Schlagsahne gekrönt, in seinen Händen. Wexley nahm sie. Er beugte sich vor und hielt den Strohhalm so, dass Kats Mund ihn finden konnte. Sie nahm einen langen Schluck. Wexley tat es ihr gleich. Mehr Zucker als Erdbeere, aber trotzdem köstlich.

»Wann kommt sie an?«, fragte Wexley Rhimes.

»Abends. Beste Schätzung.«

»Wer?«, fragte Kat.

»Dann beweg die Drohne. Beweg sie. Genau dorthin, wo wir besprochen haben. Sobald sie platziert sind, gib den Standort frei«, sagte Wexley, dann wandte er sich an Kat. »Diese Schlagsahne ist großartig, nicht wahr? Eine perfekte Zugabe.«

»Ich bin nicht-«, begann Kat, aber Wexley winkte ab.

»Ich habe dir ein Angebot gemacht. Du hast es ignoriert. Du hast mein Team abgeschlachtet. Du wirst sterben, Kat. Das steht außer Frage. Worauf ich aber gespannt bin, ist, wie sehr du mir vorher noch helfen wirst.«

Adriana traf ihn später am Seeufer, nördlich des Diners. Der Wind heute, gesegnet mit etwas Sonnenschein, küsste warm. Wexley zog sogar seine Jacke aus, der Blazer allein bot genügend Schutz. Adriana tat es ihm nicht gleich, sie hüllte sich in einen Mantel, der für Januars eisige Klauen gedacht war.

»Es tut mir leid«, begann sie, als sie im Schatten des Soldier Field zu ihm trat. »Ich habe es nicht erkannt.«

»Also kennst du sie?«, fragte Wexley. »Beth?«

»Ein Name unter Dutzenden. Wir haben die Leute diesmal nicht überprüft. Es war ein großer Ball für die Paragons. Was ist daran verdächtig?«

Wexley richtete einen Finger auf sie: »Du bist neu in diesem Geschäft, deshalb verzeihe ich dir diesen einen Fehler. Jeder wählt Seiten, Adriana. Jeder sieht einen Krieg kommen und will wissen, wo er sein wird, wenn er beginnt und wenn er endet. Das bedeutet, wir haben Feinde. Schlaue, clevere, Anomalien. Es gibt keine Unschuldigen mehr unter uns.«

»Was für eine düstere Sichtweise.«

»Es ist eine Perspektive, die mich am Leben gehalten hat.«

»Wirklich?«

Adrianas hochgezogene Augenbraue und unbeeindruckter Blick trafen einen Nerv. Wexley verzog das Gesicht und wandte sich den plätschernden saphirblauen Wellen zu.

»Genug, um zu tun, was ich tun muss«, sagte Wexley. »Bist du bereit für dasselbe?«

Adriana trat neben ihn. Wexley spürte, wie ihr Mantel seinen Blazer streifte. Sie war so groß wie er, ihr Haar flog lose im Wind.

»Ich nehme an, du warst es, der die Drohne genommen hat?«, fragte Adriana.

»Keine schlechte Vermutung.«

»Was machst du damit?«

»Das wirst du sehen.«

Adriana nickte. »Bald?«

»Bald.«

»Dann ruf mich an, wenn es vorbei ist, falls du noch lebst.«

Die Zeile hätte das Gespräch beenden können, aber Wexley ging nicht weg. Abgesehen von den Investorenanrufen, diesen druckgeladenen Meetings, in denen er versuchte, eine wohlhabende Gruppe von einer Revolution zu überzeugen, die ihre Industrien untergraben könnte, verbrachte Wexley keine Zeit mit Gleichgestellten. Rhimes und sein Team waren Angestellte, wie alle in der Firma. Zhan-Yo war nah dran gewesen, aber der Mann war zunehmend leichtsinnig geworden und war jetzt verschwunden.

Adriana hatte Ansehen. Sie hatte gesellschaftliche Stellung. Wexley wusste nicht, ob sie einen Mann auf ein Dutzend verschiedene Arten töten konnte wie er, aber wie wichtig war das wirklich?

»Solltest du nicht irgendwo sein?«, fragte Adriana, als die Stille sich verlief.

Wexley winkte in Richtung der Bürotürme im Norden: »Wenn du meinen Kalender fragst, sollte ich in irgendeinem beigefarbenen Stuhl sitzen und einer Strategiediskussion zuhören, die bedeutungslos wird, wenn das alles hier funktioniert.«

»Aber stattdessen bist du hier.«

Wexley nahm die Bemerkung hin, ließ den Wind wehen.

»Als Zhan-Yo seine Bemühungen verstärkte, begann auch er, Meetings zu verpassen. Der Mann wurde zu einem abwesenden Geschäftsführer, kaum anwesend, und selbst wenn er da war, war sein Geist so weit vom Kurs abgekommen, dass wir aufhörten, ihm Fragen zu stellen. Ich habe es damals nicht verstanden, aber jetzt verstehe ich es.«

Adriana wartete darauf, dass Wexley fortfuhr, obwohl sie, wie er an ihrer Geduld erkannte, wohl wusste, was kommen würde.

»Wenn du findest, was am wichtigsten ist, verblasst alles

andere. Ich interessiere mich nicht für die Gewinne, die Expansionen, die neuen Tamas, die wir nächstes Quartal herausbringen«, sagte Wexley. »Vor ein paar Monaten waren das noch die wichtigsten Dinge, und diese ganze Revolution erschien wie ein Nebenprojekt. Ein bösartiges Spiel, das nie wirkliche Auswirkungen haben würde.«

»Zhan-Yo hat ein Stadion in die Luft gejagt.«

»Schlampig, aber es hat funktioniert. Die Paragons sind verloren, und ich bin engagierter denn je.«

»Genau wie ich«, Adriana nahm Wexleys Arm und nickte in Richtung Straße, wo ein Pod vorgefahren war. »Komm mit mir.«

»Wohin?«

»Spielt das eine Rolle?«

Kühn, stark und berauschend. Wexley ging mit.

Adrianas Pod sauste nordwärts, direkt ins Herz der Michigan Avenue und den touristischen Einkaufsrausch, der am späten Nachmittag nur noch stärker wurde. Der Pod quetschte sich in eine Seitenstraße und setzte das Paar bei einem unscheinbaren Schuhladen ab. Wexley blinzelte die Auslagen an und fragte sich, ob Adriana ihn den ganzen Weg hierher gebracht hatte, um seinen Modestil zu kritisieren.

»Komm«, sagte Adriana und ging am Laden vorbei in eine schmale Gasse, die von Mülltonnen und pausierenden Angestellten dominiert wurde.

Die beiden passten offensichtlich nicht zu den Gassenbewohnern, und Augen beobachteten das Paar mit dem misstrauischen Respekt, den man einem potenziellen Manager entgegenbringt oder jemandem, der die Angestellten für eine extra Minute oder zwei Pausenzeit bestrafen könnte. Mindestens ein hörbarer Seufzer hallte, als Wexley vorbeiging.

Adriana hielt vor einer moosgrünen Metalltür an, auf der außen der Markenname ihrer Firma prangte.

»Wir hätten nicht durch den Vordereingang gehen können?«, sagte Wexley.

»Nicht für das, was ich dir zeigen muss«, antwortete Adriana und tippte auf ihrem Tama.

Das Schloss in der Tür klickte, und Wexley, die Rolle des Gentlemans einnehmend, öffnete die Tür und hielt sie auf. Adriana nickte ihm dankend zu und ging voran. Fahles Licht erwartete sie, beleuchtete Reihe um Reihe von Designerkleidung, die auf ihre Chance wartete. Adriana navigierte ohne zu zögern durch das Labyrinth, beeindruckend angesichts der vielen Reihen, wie tief sie gingen und wie völlig gleich alles wirkte.

»Wenn du mir zeigen willst, was du verkaufst, ich verstehe es«, sagte Wexley.

»Nicht ganz«, erwiderte Adriana. »Wir sind fast da.«

Hinter der letzten Reihe wartete eine weitere Tür auf sie, eingelassen in eine Wand, die neuer aussah als der Rest des Gebäudes. Wieder holte Adriana ihren Tama heraus. Wieder tippte sie darauf herum. Und wieder öffnete sich die Tür auf ihren Befehl.

Hier drinnen gab es jedoch keine Kleiderständer. Stattdessen surrte eine einzige große, summende Maschine vor sich hin. Zwei Angestellte, einer an der Maschine arbeitend, der andere ein vertrautes Bündel zu einer Box an der Seite tragend, blickten auf, als Wexley und Adriana eintraten. Als sie ihre Chefin sahen, gingen sie ohne Fragen wieder an die Arbeit.

»Du machst ihre Uniformen«, sagte Wexley.

»Anfangs nur in New York.« Adriana ging zum nächsten Korb. Sie strich mit der Hand über das Silber und Blau. »Jetzt überall. Ich habe jede Firma mit einem Paragon-Vertrag aufgekauft.«

»Gutes Geschäft.«

»Großartiges Geschäft«, sagte Adriana. »Ihre Anomalien verschleißen so viele Anzüge.« Sie blickte zu den beiden Angestellten und schenkte Wexley ein wissendes Lächeln. »Lassen wir sie arbeiten.«

»Warum zeigst du mir das?«, fragte Wexley, als sie wieder zwischen den Kleiderständern waren.

»Aus zwei Gründen«, antwortete Adriana und führte sie zurück zum Ausgang in die Gasse. »Erstens, weil du wissen musst, dass ich genauso viel zu verlieren habe wie alle anderen, wenn die Paragons zusammenbrechen.«

Ein gutes Zeichen. Jemandem zu vertrauen, der nichts zu verlieren hatte, wäre töricht.

»Und zweitens, weil wir es nutzen können. Hast du dich je gefragt, woher die Paragons immer wissen, wo ihre Freunde sind? Wie die Drohnen genau wissen, wohin sie fliegen müssen?«

»Die Uniformen?«

»Genau«, sagte Adriana. »Du hast eine Drohne. Wenn du ihre Systeme von innen nach außen kehrst, könntest du vermutlich jeden Paragon in Uniform auf den Meter genau orten.«

Und wenn er alle Drohnen hätte? Die Paragons würden es schnell herausfinden, aber in den ersten Tagen, den ersten Stunden... könnte Wexley weltweit eine mechanische Armee für einen chirurgischen Schlag einsetzen.

»Du hast so ein süßes Nachdenk-Gesicht«, sagte Adriana, als sie wieder nach draußen gingen. »Das würde ich gerne öfter sehen.«

»Das wird kein Problem sein.« Wexley legte einen Finger an ihre Wange. »Wenn heute Abend alles gut läuft, haben wir Grund zum Feiern.«

»Dann solltest du dich besser auf den Weg machen«, Adriana nickte die Gasse hinunter zur wartenden Kapsel. »Ich nehme die nächste.«

Adrianas Verabschiedung schickte Wexley Richtung Süden, wobei er zuerst bei seinem Lieblingsparkhaus und seinem Lieblingsvan vorbeifuhr. Rhimes hatte Wexley regelmäßig Updates geschickt, und Quellen aus verschiedenen Luftverkehrsüberwachungen und den Paragons selbst - man sollte nie die Motivation eines unzufriedenen Handlangers unterschätzen - bestätigten, dass Mynx nun auf dem Weg nach Chicago war.

Die persönliche Note eines Champions bereicherte die Stadt. Wexley lächelte in sich hinein: Beim letzten Mal, als einer hier gewesen war, war das Ergebnis für ihn recht erfreulich ausgefallen.

Bewaffnet und gepanzert sendete Wexley Rhimes das Startsignal. Die Kapsel brachte Wexley nicht zurück zum überfüllten Werftgelände, sondern zu einer privaten Marina am Seeufer. Hier lag, in seiner Koje, eines der wenigen Zugeständnisse Zhan-Yos an seinen Reichtum. Der Mann neigte zur Sparsamkeit, aber er hatte sich ein Schnellboot zum Surfen auf dem Lake Michigan als einziges Geschenk an sich selbst gegönnt. Etwas über Freiheit und wie das Wasser sie perfekt ausdrückte.

Und dann benutzte Zhan-Yo es fast nie, außer wenn Wexley ihn an dessen Existenz erinnerte. Eine Fahrt hinaus aufs offene Wasser war ein guter Ort für gefährliche Gespräche. Zhan-Yos Revolution hatte dort draußen begonnen, mit nichts als leichtem Wellengang für Kilometer im Umkreis. Jetzt hatte Wexley die Schlüssel und würde dem, was Zhan-Yo begonnen hatte, den letzten Stempel aufdrücken.

Während die Sonne hinter Chicagos Türmen unterging, startete Wexley das Boot und fuhr hinaus auf den See. Vier Sitze, vollgepackt mit Proviant, Wasserflaschen und nun auch Wexleys höchst illegalen Waffen, das Boot durchschnitt das kalte Wasser. Nur wenige andere waren unterwegs - noch vor einer Woche hatte das Eis auf dem See es zu einem gefährlichen Unterfangen gemacht. Ein Bildschirm über dem Steuerrad zeigte die Koordinaten: zehn Kilometer südlich. Eine weitere Marina dort, ein weiterer Dock, und dann eine kurze Kapselfahrt zum Treffpunkt.

Die direkte Fahrt mit der Kapsel wäre schneller gewesen, aber die manuelle Bootsfahrt verwischte die Spur für jeden, der mithörte. Und außerdem war die Brise warm, der Sonnenuntergang wunderschön. Der See schimmerte in Purpur und Grau.

Einen Champion zu bekämpfen bedeutete, sein Leben zu riskieren. Wenn dies seine letzten Momente sein sollten, wollte Wexley sie genießen.

KAPITEL 14
SINGLE MALT SCHLAG

CELICE NÄHERTE sich mit entschlossenen Schritten dem Treffpunkt, einer ruhigen Kneipe zwischen einer U-Bahn-Station und einem Lebensmittelgeschäft, ihre Hände bewusst weit weg von der Waffe in ihrem Schulterholster. Sie musterte den Bürgersteig, die Balkone der Wohnungen über und um die Bar herum und sah nur wenige Menschen zu dieser späten Stunde. Jemand, der eine Zigarette ausdrückte, ein anderes Paar, das bei einem Gespräch mit Weingläsern anstieß. Niemand beobachtete sie jedoch. Niemand verfolgte Celice, soweit sie es erkennen konnte.

Nun ja, abgesehen von ihren Freunden.

Gatete und sein Team – Roger und Sydney eingeschlossen, wenn auch nach einigem Hin und Her mit Entschuldigungen – deckten ihr den Rücken. Sie hatten sich vor einer Stunde in den Blocks um den Treffpunkt herum postiert und Celice ihre Positionen bestätigt, während sie von ihrer Wohnung aufbrach und so Zhan-Yos vermutlichen Spionen etwas zu sehen gab. Celice hatte ihr Tama aktiviert und war bereit, die Crew zu rufen, falls Zhan-Yo auftauchen sollte, was Gatete seine Beute und Celice ihre Chance auf Rache geben würde.

Ob sie Zhan-Yo mit einem Schwert erstechen könnte, so

wie er es bei ihrem Vater getan hatte, war ein Problem, das Celice später lösen konnte.

Shaw's Girl, in goldenen Lettern auf einem schwarzen Schild über dem Eingang, empfing Celice durch eine schwere Tür. Drinnen erstreckte sich ein langer Tresen nach hinten, mit einigen Tischen, die sich an den spärlichen Platz zur Straßenseite schmiegten. Hocker, die eng am Tresen standen, boten einer lauten Gruppe von Einheimischen Platz zum Trinken, die einen Sport im einzigen Fernseher anfeuerten. Rechts standen in Abständen Zweier-Tische unter schäbigen alten Lampen und noch älteren Soho-Theaterplakaten an den Wänden.

Nur ein Tisch war besetzt. Ein einzelner Mann, der an einem frischen Bier nippte. Anders als die Einheimischen in ihrer zusammengewürfelten Kleidung trug dieser seine Lederjacke geschickt, warf Schatten an den richtigen Stellen, sodass es schwierig war, eine Waffe auszumachen. Celice erkannte sein Gesicht als das des Regenschirm-Idioten von gestern Nacht.

Nachdem sie ihren Kontakt identifiziert hatte, ging Celice zum Ende der Bar, hob einen Finger und fand sich mit einem torfigen Achtzehnjährigen in einem Highballglas wieder. Celice setzte sich dem Mann gegenüber, schob ihr Glas über das geflickte Holz und überlegte, welchen Eröffnungszug sie wählen sollte.

Da war der aggressive Ansatz, eine Hand in die Jacke zu stecken und dem Mann zwei schnelle Schüsse in den Schädel anzubieten, wenn er nicht Zhan-Yos Standort preisgab. Das wäre befriedigend, wenn auch unwahrscheinlich erfolgreich. Die klischeehafte Verführungsstrategie ergab keinen Sinn – Celice war dafür nicht gekleidet, und der Mann ihr gegenüber war kein schmieriger Politiker auf der Suche nach einem Machtspiel.

Darauf zu warten, dass Zhan-Yos Mann den Ton angab, war auch nicht gut. Nach ihrer Verwicklung in Gatetes

Hinterhalt früher musste Celice etwas Energie abbauen. In die Offensive gehen.

»Wo ist der Wichtige?«, fragte Celice und beobachtete, wie der Mann regelmäßig über ihre Schulter und aus den Fenstern der Bar blickte. »Draußen?«

»Nicht hier«, sagte der Mann. Ein amerikanischer Akzent. Beschäftigte Zhan-Yo überhaupt Einheimische? »Wird auch nicht kommen.«

»Dann gehe ich.«

»Nein.« Der Mann nickte zu ihrem Scotch. »Ich habe gesehen, was er dir eingeschenkt hat. Das ist guter Whisky. Verschwende ihn nicht.«

Celice griff nach dem Glas und tat so, als würde sie alles in einem einzigen Schluck hinunterkippen. Sie erntete ein Zucken von dem Mann, änderte dann aber die Bewegung zu einem Schlückchen. Die offensichtliche Erleichterung des Mannes zeigte, dass er kein Roboter war.

Das Gespräch öffnete sich.

»Er will dir nicht wehtun«, sagte der Mann. »Zhan-Yo befindet sich in einer komplizierten Lage. Du bist ein Kopfschmerz, den er nicht braucht.«

»Und ich will Zhan-Yos Kopf auf einem Silbertablett. Du siehst das Problem.«

Der Mann nickte: »Mein Job ist es, uns da ohne weitere Leichen durchzubringen, also hier ist, was ich dir anbieten kann.«

»Ist es Zhan-Yos Kopf auf einem Silbertablett?«

»Ist es nicht.«

»Dann-«

Der Mann hob eine Hand: »Hör zu, ich verstehe das. Ich bin schon lange im Geschäft. Lass nicht zu, dass Tunnelblick dich das Wichtige kostet. Hör mir wenigstens zu. Danach, wenn du dich umbringen lassen willst, können wir das arrangieren.«

Celice nahm das Angebot mit einem weiteren Whisky-

Schluck an. Nach der kühlen Londoner Nacht brannte der Stoff ihre Kehle hinunter und erfreute ihren Magen mit einer Lagerfeuer-Supernova.

»Zhan-Yo kam nach dem Stadion hierher. Das weißt du, aber du weißt wahrscheinlich nicht warum.« Der Mann machte eine Pause, und als Celice nichts erwiderte, fuhr er fort. »Wexley, sein rechte Hand, übernahm Zhan-Yos Firma. Man kann keinen Kriminellen ein multinationales Unternehmen führen lassen.«

»Wirklich?«, Celice hob eine Augenbraue, so gut sie konnte. »Das ist mir neu.«

Der Mann lachte. Ein echtes Lachen, begleitet von einem Nicken. »Stimmt. Jedenfalls versucht Zhan-Yo, eine Revolution zu organisieren. Er will, dass die einfachen Menschen ihre Macht zurückbekommen. Anomalien sollten nicht alles haben, nur weil sie durch Zufall Fähigkeiten haben, die ich nicht habe.«

»Mir wird langweilig.«

»Zhan-Yo versuchte mit den Paragonen zu reden, aber sie wollten nicht zuhören. Dein Vater wollte nicht zuhören. Also machte er einen verzweifelten Versuch, und dann noch einen. Jetzt will er, dass die Mächtigen reden, einen Deal machen und die Welt neu ordnen, bevor es zu spät ist.«

»Zu spät wofür?«

»Du hast sicher die Nachrichten gesehen. Findest du, die Welt entwickelt sich in die richtige Richtung?«

Nein, das tat sie nicht. Celice hatte versucht, die aktuellen Ereignisse auszublenden, denn das Chaos der Paragons zu beobachten, zu sehen, wie Mynx versuchte, Nordamerika zusammenzuhalten, während die anderen Champions ihre eigenen Brände löschten, fügte nur weitere Schuldgefühle zu den Emotionen hinzu, mit denen Celice hier draußen in ihrer Einsamkeit täglich kämpfen musste.

Dass die Paragons einen Funken, einen einigenden Moment brauchten, war offensichtlich. Mynx' letzte Pressekonferenz konzentrierte sich auf irgendeine verschwundene Drohne und versuchte, die Menschen um diesen Angriff auf Recht und Ordnung zu vereinen. Allerdings war es schwer, Mitgefühl für eine Maschine zu erzeugen.

»Wenn du versuchst, mich davon zu überzeugen, dass Zhan-Yo die Welt zusammenbringen wird, nachdem er meine Freunde und meinen Vater ermordet hat ...« Celice musste den Satz nicht beenden.

»Er ist nicht der Heiler«, räumte der Mann ein. »Aber wie er mir sagte, kann er demjenigen helfen, der es ist.«

Das Highballglas mit ihrem Whisky war gut verarbeitet. Celice umklammerte es so fest, dass ein minderwertiges Glas zerbrochen wäre. Diese Dreistigkeit, jetzt um Frieden zu bitten. Die Paragons aufzufordern, sich zu unterwerfen und aufzugeben.

»Hat Zhan-Yo gesagt, was er als Teil dieses Deals will?«, fragte Celice. »Was passiert mit ihm in dieser glorreichen Zukunft? Darf der terroristische Mörder einfach frei herumlaufen?«

Der Mann seufzte und lehnte sich in seinem Stuhl zurück. Seine Jacke öffnete sich dabei weit genug, dass Celice sehen konnte, dass er wie sie eine Waffe an der Schulter trug.

»Also ist das ein Nein?«, fragte der Mann.

»Das ist ein verdammtes Nein«, erwiderte Celice. »Wo ist er?«

»Nun«, sagte der Mann und griff mit seiner linken Hand nach seinem Bier.

Die Bewegung erregte Celices Aufmerksamkeit. Bis jetzt hatte der Mann mit rechts getrunken. Sie begann sich zu bewegen, als seine rechte Hand in seine Jacke nach der Waffe griff.

Celice stieß den Tisch gegen ihn. Das Ding hatte Gewicht, ein stabiler Metallfuß, alt und unausgeglichen genug, um einen guten Rammbock abzugeben. Die Tischplatte klemmte den Arm des Mannes in seine Jacke, als sie ihn zu Boden drückte. Celice hatte ihre eigene Waffe gezogen und zielte auf den am Boden liegenden Mann.

Die Stille ließ sie die Lippen zusammenpressen und dabei seufzen.

Die Gruppe, die dem Ereignis am Fernseher zugehört hatte, der Barkeeper, der ihre Bestellung ohne einen weiteren Blick verdoppelt hatte, alle hatten ihre eigenen Waffen gezogen und auf sie gerichtet. Natürlich würde Zhan-Yo nicht nur einen Handlanger hierher schicken. Dies war eine Alles-oder-Nichts-Situation. Entweder stimmte Celice seinen Bedingungen zu, oder sie würde schnell erledigt werden.

»Okay«, sagte Celice und hob ihre Waffe zur Decke. »Lasst uns alle mal durchatmen.«

Das Signal wirkte, während sechs verschiedene Handfeuerwaffen, Schrotflinten und ein böse aussehender Revolver ihre Kugeln in den Läufen behielten. Celice hatte jetzt ein Publikum und ein paar Sekunden Zeit.

Alle Zeit der Welt.

Der Barkeeper runzelte die Stirn, seine Hände drehten die Schrotflinte und schwangen sie wie einen Schläger in den Rücken des nächststehenden Mannes. Das Ziel taumelte in den nächsten Mann, der sich mit einem Schrei umdrehte, nur um die durch die Luft fliegende Schrotflinte ins Gesicht zu bekommen. Zwei andere Schläger schlugen sich hart mit ihren eigenen Handfeuerwaffen bewusstlos.

Nur Revolver behielt einen klaren Kopf, drehte sich von dem Chaos weg und drückte ab. Celice rollte sich nach vorne, der Pistolenschuss ging über ihren Kopf hinweg und hinterließ ein Einschussloch in einem alten Les Miserables Plakat. Celice kam mit einem Magenschlag hoch, während ihre linke Hand den Revolver zur Seite riss.

Der Mann kämpfte, nach Celices Treffer keuchend, und versuchte einen Kniestoß. Celice wehrte ihn mit dem Ellbogen ab, packte dann die Jacke des Mannes und nutzte ihre tiefere Position, um ihn über ihren Rücken zu werfen und auf den Boden der Bar zu schleudern. Dabei entwand sie ihm den Revolver und richtete ihn direkt auf sein Gesicht.

Er hob die Hände, und die Tür der Kneipe schwang klirrend auf.

»Ein weiterer Sieg für die Guten«, verkündete Gatete, der Sydney und Roger hereinführte. »Als ob wir etwas anderes erwartet hätten.«

Zhan-Yos Bande stöhnte um sie herum, aber sie besannen sich schnell genug. Als Gatete Celice erreichte und die geschlagene Gruppe musterte, waren ihre Lippen versiegelt, ihre harten Blicke Masken für das, was darunter lag. Celice trat einen großen Schritt zurück, als Gatete von der Gruppe verlangte, Zhan-Yos Aufenthaltsort preiszugeben.

»Du hast Verstärkung mitgebracht«, sagte Celices ursprüngliches Ziel, der sich vom Tisch befreit hatte und nun an der Wand lehnte, die Hand am Bauch. »Das verstößt gegen die Regeln.«

»Das ist ja wohl ein starkes Stück, von jemandem mit sieben Freunden«, erwiderte Celice.

Gatetes Aufforderungen entlockten der versammelten Menge nichts, und der Paragon warf Celice einen Blick zu.

»Was meinst du, Tochter des Aegis? Sollen wir diese Verräter hier und jetzt abschlachten oder sie zuerst zur Schau stellen?«

»Ich denke, wir überlassen ihnen die Wahl«, antwortete Celice. »Sie bringen uns zu Zhan-Yo und wir lassen sie laufen.«

Gatete zeigte als Antwort ein halbherziges Stirnrunzeln und warf einen weiteren prüfenden Blick auf seine neuen Schützlinge: »Die Tochter des Champions bietet Gnade an. Was sagt ihr dazu?«

»Ich sage, Zhan-Yo zahlt uns nicht genug, um für ihn zu sterben«, sagte der Mann neben Celice. »Ich heiße Mathieu, und wenn ihr den Boss sehen wollt, bring ich euch sofort zu ihm.«

Celice prüfte die Worte und die Haltung des Mannes, als er anbot, seinen Anführer zu verraten, und fand nichts Falsches darin. Gatete winkte in Richtung Ausgang der Kneipe.

»Dann führe uns, Mathieu«, sagte Gatete. »Sydney wird sicherstellen, dass der Rest von euch hier bleibt. Wenn Mathieu uns dorthin bringt, wo wir hin müssen, werdet ihr unverletzt freigelassen.«

Alles in allem keine schlechte Verhandlung für Zhan-Yos Handlanger. Celice hatte den Eindruck, vom Funkeln in Gatetes Augen und dem Feuer, als er vom Abschlachten sprach, dass es dem Paragon nichts ausmachen würde, ein paar Leichen auf die Straße zu werfen. Die Behauptung, der Paragon hätte in Zentral-London Terroristen bekämpft und besiegt, würde sein Ansehen steigern.

Bei ihm war es am besten, jede Aktion mit Politik zu verbinden.

Mathieu nahm seine Verräter-Bürde ohne Zögern auf sich und führte Celice, Gatete und Roger aus der Kneipe. Seine Teamkollegen warfen Mathieu Blicke zu, die von angewidert bis dankbar reichten, ein Spektrum, das Celice bei Söldnern nicht überraschte. In einer Gruppe, die nur nach Reputation ausgewählt wurde, musste Loyalität ein flexibles Konzept sein.

Nicht dass die Paragons sich als viel besser erwiesen hätten. Aegis war von einem Verräter angelockt und im Stich gelassen worden, und Celice vermutete, dass die Angriffe in LA Hilfe von innen gebraucht hätten. Jede Organisation hatte ihre faulen Stellen, aber bei den Paragons konnte die übliche Unzufriedenheit Hunderte oder Tausende das Leben kosten. Aegis hatte früher über Loyalitätstests gemurrt, als Apinya und ein paar andere Gedanken lasen und sie, wenn nötig, neu formten.

Ihr Vater war damals wehmütig gewesen. Celice behielt ihre eigenen Sorgen für sich.

Draußen vor dem *Shaw's Girl* standen weitere fünf Paragons auf dem Gehweg und winkten Passanten weiter. Über ihnen schwebte eine Gladiator-Drohne, deren Scheinwerfer das gemütliche Straßenlaternenlicht überstrahlten.

»Ich glaube, du hast nicht genug Verstärkung mitgebracht«, sagte Mathieu und nahm alles in sich auf.

»Es ist eine Show«, erwiderte Celice, während Gatete den Paragons die Pläne weitergab. »Gatete braucht das für Aufmerksamkeit, damit er die Belohnungen ernten kann.«

»Und du?«

»Ich will nur Zhan-Yo.«

»Weil das all deine Probleme lösen wird«, sagte Mathieu.

»Das sagen mir die Leute ständig, und es wird langsam richtig alt«, sagte Celice. »Gehst du weiter, oder versteckt sich Zhan-Yo in dieser Mülltonne?«

Mit Roger und Gatete im Schlepptau machten sich Celice und Mathieu auf den Weg die Straße hinunter. Nicht bevor Celice natürlich Mathieus verschiedene Waffen - Schulter- und Knöchelholster, ein Messer in seinem rechten Ärmel - entfernen und übergeben ließ. Den Mann harmlos zu machen schien Mathieus Stimmung zu heben, als ob das Ausschalten der Möglichkeit, jemandem zu schaden, sein Gewissen erleichterte: Er zeigte auf Gebäude während sie liefen, nannte ihre Namen und ihre Geschichte.

»Bist du nebenberuflich Historiker?« fragte Celice, nachdem das fünfte solche kleine Wahrzeichen, das Haus irgendeines alten britischen Helden, eine weitere Geschichte hervorbrachte.

»Wir sind schon eine Weile hier«, sagte Mathieu. »Vor dir brauchte Zhan-Yo nicht viel von uns. Haben viel Zeit mit Lesen und Spazierengehen verbracht.«

»Offensichtlich.«

Gatete bot an, einen Pod zu rufen, aber Mathieu betonte die Fußspuren und sagte, es sei nicht mehr weit. Und dass Pods zurückverfolgt werden könnten.

»Wir sind bei dir«, sagte Celice. »Warum ist das Zurück-verfolgen ein Problem?«

»Als ob ihr die Einzigen wärt, um die wir uns Sorgen machen.«

»Sind wir das nicht?«

Mathieu setzte zum Lachen an, seufzte stattdessen, als sie in eine enge Seitenstraße einbogen, die von Backsteinhäusern blockiert wurde, »Du hast so einen eingeschränkten Blickwinkel.«

»Er hat meinen Vater getötet.«

Darauf hatte Mathieu keine Antwort, oder er beschloss, keine zu geben. Celice verfiel in ein finsteres Brüten, das anhielt, bis Mathieu vor einer unscheinbaren blauen Tür stehen blieb. Er tippte einen Code in das Schlosspad an der rechten Seite ein und zog sie dann auf. Der warme und würzige Duft von Chai-Tee wehte heraus, ergänzt durch ein klebrig-süßes Gebäckaroma.

Jemand war die ganze Nacht nicht untätig gewesen.

»Er backt jetzt«, sagte Mathieu mit einem Schulterzucken. »Es ist meditativ.«

Gatete lachte: »Natürlich. Warum nicht? Eine friedliche Welt stürzen und nebenbei einen Kuchen backen.«

Celice schüttelte dieses Bild ab. Sie war nicht hier für Zhan-Yos Hobbys oder seine Selbstreflexion.

»Lass uns gehen«, sagte Celice, und Mathieu führte den Befehl aus.

Drinnen und eine schmale, dunkle Holztreppe hinauf stieg die Gruppe eine Etage hoch und hielt vor einer weiteren Tür, ebenfalls blau und ebenfalls mit einem Zahlenpad gesichert.

»Er wird drinnen sein«, sagte Mathieu und sah Celice direkt an. »Aber er wird reden wollen. Nicht schießen.«

»Das ist nicht der Plan«, sagte Gatete, das Lachen war jetzt verschwunden. Der Paragon-Anführer war zurück in seiner

Position. »Wir sind hier für einen Gefangenen, nicht für eine Leiche.«

Mathieu wartete jedoch auf Celices Zustimmung, bevor er die Zahlen eintippte. Mit einem einfachen, fröhlichen Klingeln klickte das Schloss und die Tür öffnete sich. Zhan-Yos Heiligtum lag vor ihnen.

Eine mittelmäßige Küche, tatsächlich übersät mit Rührschüsseln, Schneebesen und einem Ofen, auf dem diese frisch gebackenen Brötchen lagen, empfing ihren ersten Blick. Celice jedoch übersprang die Häuslichkeit und ging zur Leere dahinter. Ein großes Wohnzimmer mit Holzboden lag kahl da, ein Sofa und mehrere Stühle waren an die Seiten gequetscht. Ein großes Fenster öffnete sich links und zeigte einen Park unten.

Zhan-Yo selbst versteckte sich nicht. Er stand nahe dem Kamin am hinteren Ende der Wohnung, trug Körperpanzerung und, auf seinem Rücken geschnallt, die Zwillingsschwerter, für die er bekannt war. Falls Celice und zwei Paragons, die hereinplatzten, ihn überraschten, zeigte der Mann es nicht.

»Willkommen«, sagte Zhan-Yo, als die Gruppe hereinkam, während Celice ihre Schulterpistole zog und auf Zhan-Yo richtete. Der Mann schien es nicht zu bemerken. »Ich vertraue darauf, dass Mathieu ein fähiger Führer war?«

Zhan-Yo nickte seinem Mitarbeiter zu, bevor er sich wieder der Gruppe zuwandte. Celice hatte es bis zur Küchentheke geschafft, aber näher heranzugehen könnte riskieren, dass Zhan-Yo einen schnellen Schlag landen könnte, während sie schoss, also festigte Celice dort ihre Haltung. Gatete und Roger blieben in der Nähe der Tür und waren zufrieden damit, aus der Ferne zu beobachten.

Dass Zhan-Yo offensichtlich wusste, dass sie kommen würden, irritierte Celice nicht - sie hatte sich in Londons Überwachungsnetzwerk eingeklinkt, und Zhan-Yo hatte wahrscheinlich seine eigene Art, dasselbe zu tun. Oder jemand in der Bar hatte die Nachricht vorausgeschickt. Egal, Celice hatte ihr Ziel direkt im Visier, und ihr Finger ruhte am Abzug. Aus dieser Nähe, mit einem sich nicht bewegenden Zhan-Yo, könnte sie einen einzigen, tödlichen Schuss landen.

Rache würde geübt, die Welt würde sicherer sein.

Aber Gatete wäre nicht glücklich.

»Celice«, sagte Gatete von hinten, als könnte er ihre Gedanken lesen. »Erinnere dich an den Plan. Sein Leben steht dir nicht zu.«

Zhan-Yo hob eine Augenbraue: »Ich wusste nicht, dass mein Leben irgendjemandem außer mir gehört.«

»Sagt der Mann, der so viele ermordet hat«, warf Celice ein. Trotzdem steckte sie die Handfeuerwaffe zurück in ihr Holster. »Du kommst mit uns, und du wirst für das bezahlen, was du getan hast.«

Zhan-Yo griff nach oben, zog mit jeder Hand ein Schwert, ließ sie zum Boden zeigend und weg von sich gerichtet.

»Mit euch kommen?« sagte Zhan-Yo. »Das glaube ich nicht.«

Celice ertappte sich dabei, wie sie über diese Geste grinste: »Ich hoffte, du würdest das sagen.«

KAPITEL 15
FÜR EINEN TRACKER

TROTZ DER JACKE und trotz der Hitze im Waschsalon, wo Calvin in den letzten Stunden Koffein in sich hineingeschüttet hatte, lief es ihm eiskalt den Rücken runter. Draußen vor den plakatbeklebten Fenstern und auf der anderen Straßenseite befand sich ein seltsames Restaurant, das wie eines dieser Diners aus dem Film aussah, ganz verchromt und kitschig. Er hatte sogar gewagt, einen Burger und einen Milchshake von dort zu bestellen, einfach um die Zeit totzuschlagen.

Kat war da drin. Calvin wusste es, weil er beobachtet hatte, wie sie sie mitgenommen hatten. Er war dem Trio gefolgt, das Kat in einen Pod gesteckt hatte, indem er dessen Kennzeichen aufgeschrieben und in der Datenbank des Paragons nachgeschlagen hatte. Jeder Pod und sein Zielort, direkt dort an seinem Handgelenk.

Es wäre unheimlich gewesen, wenn es nicht so nützlich gewesen wäre.

Er tippte mit seinen kribbelnden Fingern aneinander, die Lederhandschuhe wieder angezogen. Ein paar Leute bewegten sich herum, ihre ausgewählten Maschinen liefen. Calvin erntete einige neugierige Blicke, aber dies war keine

Gegend, in der man Fremde einfach so ansprach, und jedes Mal, wenn er wandernden Blicken begegnete, wendeten sie sich ab und kamen nicht wieder.

Am liebsten wäre er in das Diner gestürmt. Hineinrennen, etwas Beton absorbieren und zur Rettung eilen. Nur hatte Calvin keine Ahnung, wo genau Kat in diesem Restaurant war. Wie viele Leute sie bewachten. Es war nicht so sehr die mögliche Gefährdung Unbeteiligter, die den Paragon zurückhielt, sondern wie schnell er dabei draufgehen könnte.

Dann fuhr dieser verdammte Pod vor.

Ein schwerer Transportpod für Fracht hatte keinen Grund, auf dem Parkplatz des Diners zu halten. Der Pod, der zwei Parkplätze einnahm, setzte in der Nähe der Rückseite des Diners auf, weit weg von den am Nachmittag einströmenden Kunden. Calvin beobachtete, wie sich die großen Türen öffneten und vier neue bewaffnete und gepanzerte Mistkerle heraussprangen und zum Hintereingang des Diners gingen.

Calvin stand auf, bevor er wusste, was er tat. Aktion schien Aktion hervorzurufen. Er drängte sich nach draußen, holte einen kühlen Atemzug und überquerte die Straße. Eine Schlange von sechs Personen zog sich vom Diner weg. Calvin könnte sich dort anstellen, beobachten und sehen, was passieren würde.

Aber er hatte schon zu lange zugeschaut.

Stattdessen ging Calvin weiter, durch den Parkplatz und zwischen den dort stehenden Pods hindurch. Er erreichte die letzte Reihe vor der Lücke, dem Asphaltstreifen, der zu dem Platz führte, wo der schwere Pod geparkt hatte. Eine Tür *klackte* auf und Calvin bückte sich, als würde er seinen Schuh binden, während er mit einem Auge beobachtete, wie die Crew des Pods plus Rhimes das Diner verließen.

Mit Kat im Schlepptau.

Sechs gegen einen? Keine guten Chancen, aber wo auch immer sie Kat hinbringen würden, wäre wahrscheinlich noch schlimmer.

Calvin ging in Richtung des Frachtpods, gemächlich am letzten Passagierpod vorbei, der ihm im Weg stand. Er hörte, wie Kat Rhimes und seiner Crew ein paar ordentliche Beleidigungen an den Kopf warf, während sie sie auf den Rücksitz des Pods luden. Kats Feuer munterte ihn auf - wenn die Trackerin noch so viel Energie hatte, könnte Calvin sie zuerst befreien und dann Verstärkung holen.

Sich bückend - der alte Schuhbinde-Trick stirbt nie aus - berührte Calvin mit seiner linken Hand den Asphalt. Mit seiner rechten formte er die steinige Beschaffenheit um und verlängerte die Energie zu einem schwarzen, felsigen Speer.

»Hey!«, kam der erste Ruf vom Pod. Calvin schaute auf und sah einen Söldner auf sich zukommen. »Was machst du da?«

»Fang!«, antwortete Calvin und schleuderte den Asphalt-speer mit seiner rechten Hand.

Einen massiven Stein zu werfen hätte Kraft erfordert, die Calvin nicht hatte, aber er hatte den Asphalt zu einem dünnen Keil geformt, leicht und scharf. Die Steinnadel bohrte sich in die Körperpanzerung des Söldners und ragte wie eine seltsame Fahnenstange heraus. Rhimes' Mann schaute verwirrt darauf hinab und fing sich Calvins zweite, kleinere Nadel im Bein ein.

Jetzt schrie der Mann auf, und Calvin rannte zur Rück-seite des Pods. Ein weiterer Söldner tauchte an der linken Seite des Pods auf und hob ihre Waffe. Rhimes und die rest-liche Crew sprangen in den Pod, dessen elektrische Motoren surrend zum Leben erwachten.

Weglaufen. Feiglinge.

Calvin zog seine linke Hand über den Boden, während er rannte, die rechte nahe am Gesicht haltend, und breitete den Asphalt zu einem fächerförmigen Schild aus. Kugeln pras-selten herein, jede mit einem lauten Knall, und zerstörten den Schutz schneller, als Calvin ihn aufbauen konnte. Splitter prallten an Calvins Mantel ab, zerkratzten sein Gesicht.

Noch eine Sekunde und sein improvisierter Schild würde versagen.

Noch eine Sekunde, und Calvin traf die Schützin mit einem laufenden, fallenden Tackle. Da er seine linke Hand am Asphalt behalten musste, traf Calvins Ansturm den Magen der Söldnerin und warf sie zu Boden. Ihre Beine verhedderten sich mit Calvins und er stürzte mit ihr, landete zuerst auf der Schulter, während der Frachtpod mit Kat darin davonfuhr.

Calvin, dessen Asphaltschild zu Staub zerfiel, kämpfte sich zum Gewehr der Söldnerin vor. Wenn er den Motor des Pods treffen könnte, könnte er ihn stoppen. Die Waffe lag einen Meter entfernt auf dem Boden. Calvin verpasste seiner Gegnerin einen kräftigen Tritt, um sich Freiraum zu verschaffen.

Ein scharfer Knall betäubte Calvins Ohren, als eine Kugel neben seinem Kopf vom Boden abprallte. Ein Blick bestätigte, dass der erste verwundete Söldner sich erholt hatte und auf einem Knie stützte, eine Handfeuerwaffe haltend. Der Mann schien unsicher zu zielen, als er erneut schoss, die Kugel zischte an Calvin vorbei, während der Anomalie sich zurückdrehte.

Calvin hatte keine Deckung, also musste er welche schaffen. Indem er sich wieder auf die zweite Söldnerin warf, benutzte er einen verbündeten Körper als Schutz, Verzweiflung wich Frustration, während der Frachtpod an Geschwindigkeit gewann.

Jetzt würde er das verdammte Ding nie einholen.

Die zweite Söldnerin schlug Calvin ins Gesicht, ein harter Treffer, der sein Gehirn durchschüttelte. Sie stieß Calvin zu Boden und stand auf, schwer atmend.

»Geh zur Seite«, befahl der Verwundete. »Ich kann nicht schießen, wenn du im Weg stehst.«

Calvin streckte sich in dieser Sekunde aus und packte den Fuß der Frau. Er zog, saugte das Leder und den Kunststoff ab und formte daraus einen weiteren Speer. Vielleicht nicht besonders kreativ, aber Calvin brauchte Schlagkraft, und dafür waren spitze Gegenstände meist die beste Wahl. Die Anomalie hatte vom Boden aus nicht viel Hebelkraft, aber Calvin brauchte das auch nicht.

Als die Frau ihren nun fast nackten Fuß aus Calvins Hand riss und zur Seite trat, warf er. Diesmal verfehlte der Schlag nicht sein Ziel. Zwei Meter, perfekt. Der verwundete Söldner, jetzt mit einem hässlichen, schwarz glänzenden Stachel im Hals, brach zusammen.

»Was zum Teufel bist du?«, fragte seine Partnerin und griff nach ihrer Handfeuerwaffe.

»Ich versuche nur, meine Freundin zurückzubekommen«, sagte Calvin und legte seine Hand erneut auf den Asphalt. »Wenn du diese Waffe ziehst, endest du wie er.«

Die Frau zögerte und beobachtete, wie ein weiterer Asphaltspeer in Calvins Hand wuchs. »Oder was?«

»Oder du sagst mir, wohin sie gegangen sind, und dann holst du für deinen Kumpel Hilfe.«

Calvin zuckte mit der rechten Hand, während er sprach, und formte den Asphalt zu bösartigen Widerhaken entlang des Speers. Unpraktisch und wahrscheinlich ineffektiv, sahen sie im späten Nachmittagslicht unheimlich aus, die Asphaltsplitter schimmerten. Die Söldnerin rechnete kurz nach und kam zu dem Ergebnis, das Calvin erwartet hatte.

Sie ließ ihre Handfeuerwaffe stecken.

Der Paragon-Turm in der Innenstadt von Chicago war ausnahmsweise nicht von Menschenmassen belagert. Seit Aegis' Tod und der darauffolgenden Überflutung des Stadthimmels mit einer Drohnenarmee waren Demonstranten gegen die Paragon-Kontrolle in Massen aufgetaucht, während Gegendemonstranten sich wehrten und Statistiken zitierten, die zeigten, dass die Jahre unter Paragon-Kontrolle sicher, gut und generell ruhig gewesen waren.

Calvin schlängelte sich um die verbliebenen Grüppchen herum und hielt seine Jacke fest zusammen, damit die silberblaue Paragon-Uniform nicht durchschimmerte. Nachdem er den Standort von der Söldnerin erfahren hatte, war er zu Kats Wohnung zurückgekehrt, um sich schnell umzuziehen. Jetzt, nach einem Hin-und-her, das zwei Stunden verschlungen hatte, stand er in der Innenstadt und blickte zu dem hohen, leuchtenden Gebäude empor, das den Sonnenuntergang in all seiner Pracht einfing.

Die oberen Fenster waren bereits ersetzt worden, die Schäden von Mynx' Kampf repariert. Calvin hatte die Verräter nicht gekannt, die damals gestorben waren - er vermied es aktiv, weitere Paragons kennenzulernen. Trotzdem kniff er die Augen zusammen angesichts der Aufräumarbeiten, wie schnell jede Spur ausgelöscht worden war.

Wäre er verantwortlich gewesen, hätte Calvin den Preis des Verrats zur Schau gestellt. Klargemacht, dass der falsche Weg kein gutes Ende nimmt.

Egal. Es war sowieso nicht seine Verantwortung.

Die vierfachen Türen, dickes Glas durchzogen von Linien, die Energie von den Fenstern in Wärmesenken am Boden ableiteten, öffneten sich, als Calvin seinen Tama antippte. Ein kleiner Nervenkitzel durchfuhr ihn beim grün leuchtenden Klingeln: Irgendwie erwartete Calvin immer, dass die Paragons ihn fallenlassen würden, ihn zurück auf die Straße schicken würden.

»Der Mann der Stunde«, sagte Weed, als Calvin in die vierstöckige Lobby trat, eine lächerliche Ansammlung von Statuen und Bannern, die Calvin das Gefühl gab, er sei in eine Preisverleihung geraten. Weed und sein Team standen an der Seite, warfen Calvin neugierige Blicke zu, gepaart mit mehr als einem gewinkten Tama, der die Digitalzeit anzeigte. »Mutig, an einem Tag beizutreten und am nächsten ein Notfalltreffen einzuberufen.«

»Nicht das, was ich wollte«, erwiderte Calvin, ging hinüber und hielt den Kopf hoch. Die Autorität an diesen Orten weckte alte Instinkte, ließ ihn nach einem Schatten suchen, in dem er stehen konnte. »Eine Freundin von mir ist in Schwierigkeiten und ich kann sie nicht alleine retten.«

»Hört ihr das, Leute? Calvin braucht unsere Hilfe. Sollen wir sie ihm geben?«

»Wer ist die Freundin?«, fragte Smoke, ihre Augen lugten unter der Cubs-Kappe hervor, die sie ständig trug.

»Eine Trackerin«, sagte Calvin. »Die beste in der Stadt.«

»Name?«, fragte ein anderer, ein blasser Typ mit einem zu langen Bart.

»Kat Collins.«

Smoke pfiff. Weed runzelte die Stirn.

»Mach ich nicht«, antwortete der Bärtige, und als die ganze Gruppe ihn ansah, zuckte er mit den Schultern. »Sie ist diejenige, die mich reingebracht hat.«

»Kat hat die Hälfte der Paragons hier reingebracht«, sagte Weed. »Wir schulden ihr was, Lob.«

Lob? Calvin wollte den Kopf schütteln, beschränkte sich aber stattdessen auf ein innerliches Lachen.

»Du vielleicht«, erwiderte Lob. »Du wurdest nicht am Ende ihres Greifhakens hergeschleift, während sie dir erzählt hat, dass deine Freiheit vorbei ist.«

»Bei mir schon«, sagte Calvin und zog die Blicke wieder auf sich. »Sie hat mich gefangen. Deshalb bin ich hier. Sie hat auch mehrmals mein Leben gerettet, mir geholfen, als ich nirgendwo anders hinkönnte. Vielleicht hat sie bei dir nur ihren Job gemacht, aber für mich war sie eine Freundin.«

Das vierte Gruppenmitglied, Particle, die einzige Person, deren Paragon-Uniform deutlich sichtbar war, schnippte mit den Fingern. Calvin fühlte sich wie von einem Magneten angezogen, als sein Blick auf sie fiel.

»Wollt ihr mal kurz nachdenken?«, sagte Particle. »Die Paragons sind ein Chaos. Mynx selbst kommt heute Abend her, um alle wegen dieser Drohnengeschichte zu beruhigen. Wisst ihr, was helfen würde? Eine gute Rettungsmission. Eine hochrangige Trackerin wie Kat? Sie vor ein paar Schläger-typen retten?«

»Und die Drohne«, unterbrach Calvin und brach Particles Bann.

»Was?«, fragte Weed, und Calvin zuckte unter den Blicken der vier mit den Schultern.

Schneegesprenkelte Maisfelder breiteten sich um sie herum aus, während die Kapsel nach Süden raste, weit weg von der Stadt. Ein Vollmond diente dazu, ihre Umgebung in geisterhaftem Silber zu illustrieren und bot Calvin eine will-kommene Ablenkung, während Weed das Team zum fünften Mal den Plan durchgehen ließ. Einen Plan zu machen, wenn man nicht wusste, was los war, ergab keinen Sinn, aber Calvin entschied sich dafür, seinen Blick nach draußen zu richten und »ja« zu sagen, wann immer Weed seinen Namen erwähnte.

Die Ankündigung der Kapsel, dass sie sich ihrem Ziel näherten, rettete die Gruppe vor einer sechsten Überprüfung, wobei Smoke die Paragon-Überbrückungen nutzte, um die Lichter der Kapsel auszuschalten und einen Ausstieg am Stra-ßenrand einen halben Kilometer von ihrem Ziel entfernt zu erzwingen - den Koordinaten, die Calvin von der Söldnerin erhalten hatte.

»Denkt dran«, sagte Weed, »sie werden wissen, dass wir kommen, oder dass irgendjemand kommt. Seid leise, arbeitet präzise. Wir sind hier für Kat, dann rufen wir die Verstär-kung, wenn sie in Sicherheit ist.«

Calvin wollte die ganze Kavallerie herbeirufen, Drohnen und jeden verfügbaren Paragon, aber Weed redete ihm das aus. Erstens mussten sich Chicagos Paragons auf Mynx vorbereiten, und zweitens waren die Elementals in letzter Zeit immer aktiver geworden, was schwere Patrouillen an der Westseite der Stadt erforderte. Die Verstärkung würde kommen, aber erst nachdem Calvin und Weed bestätigt hatten, dass die Drohne auch hier war.

Ohne die Drohne war Kat nun mal nur eine Trackerin.

Calvin wollte Weed dafür eine reinhauen, aber Weed milderte den Schlag ab, indem er sagte, er verstehe, dass es mies sei, aber Calvin müsse das größere Bild im Auge behalten. Das Letzte, was die Paragons brauchten, war eine hohe Opferzahl, nur weil eine Trackerin sich übernommen hatte.

Also schlich Calvin jetzt durch winterliche Halme, anstatt mit einer Armee im Rücken anzugreifen.

Das Ziel, eine massive Scheune mit ringsum aufgestellten Lichtern, versteckte sich nicht gerade. Als die fünf die Kapsel verließen – die sich selbst auf die Schulter bewegte und sich zum Warten niederließ – tat Smoke ihr Ding und warf eine wellende Hülle um sie, die Calvin mehr spürte als sah. Jeder, der von außen hineinblickte, würde kaum mehr als Dunkelheit und verschwommene Gestalten sehen.

Particle übernahm die Aufklärung, bewegte sich schnell durch die Halme, ihre Uniform jetzt verborgen hinter einem schwarzen taktischen Anzug, den sie sich noch in Chicago übergezogen hatten. Calvin folgte als Zweiter, seine Vergangenheit mit Verfolgungsjagden überall half ihm dabei, dicht an Particles Fersen zu bleiben. Weed, Smoke und Lob bildeten die Nachhut, wobei der Bärtige sein Gemurre einstellte, sobald Weed den Befehl zur Rettung von Kat gab.

Calvin zuckte immer wieder zusammen, während er versuchte, sich an die Geräusche um ihn herum zu gewöhnen. Seine Teamkollegen... das Wort fühlte sich seltsam an, eine Situation, die er nicht kannte. Aber Calvin hatte keine Zeit für Selbstreflektion. Kat war die Mission, und nur das zählte.

Particle schnippte erneut leicht mit den Fingern, und Calvins Blick ging direkt nach vorne und leicht nach rechts. Die Scheune, von einigen spindeldürren Bäumen verdeckt, hatte ihre Tore geöffnet. Die Drohne stand drinnen, klar und funkelnd im Licht.

»Da haben wir's«, flüsterte Weed und holte sein Tama hervor. »Zeit, die Party zu rufen.«

Während Weed die Verbindung herstellte, bewegte sich Particle weiter vorwärts, Calvin direkt auf ihren Fersen. Zunächst warf der heimliche Paragon Calvin einen genervten Blick zu, aber als sie sahen, dass Calvin nicht wie ein völliger Tollpatsch durchs Unterholz stampfte, richteten sie ihre Aufmerksamkeit wieder dorthin, wo sie hingehörte: zur Scheune, zur Drohne und zum Schwarm drumherum.

»Das ist keine Randgruppe«, flüsterte Particle und kauerte sich in eine schlammige Lücke zwischen abgeschnittenen Halmen nahe der Baumgrenze. »Ich sehe keine Erkennungszeichen auf den Uniformen.«

»Das liegt daran, dass sie nicht hier sind, um eine Aussage zu treffen«, sagte Calvin.

»Warum dann die Drohne stehlen?«

»Das weiß ich nicht, aber diese Typen bevorzugen eine hohe Opferzahl.«

Particle nickte, »Sie sind schwer bewaffnet. Ich stimme dafür, auf Verstärkung zu warten.«

»Was passiert dann?«

Particle zeigte ein schmales Lächeln, »Stell dir ein Dutzend Drohnen vor, die oben vorbeirasen, alles in Brand setzen und kampfbereite Paragons abwerfen, dann hast du's ziemlich genau.«

»Also sterben alle?«

»Wir nehmen nicht viele Gefangene«, erwiderte Particle.

»Aber Kat ist direkt da drin in der Mitte. Was passiert mit ihr?«

»Wenn sie Glück hat, überlebt sie?«

Calvin schüttelte den Kopf, als Weed und die anderen aufholten, »Nicht gut genug. Ich bin zu euch gekommen, um Hilfe zu bekommen, nicht um sie zu töten.«

»Wir haben fünfzehn Minuten, bevor der Angriff hier ist«,

sagte Weed und legte eine Hand auf Calvins Schulter. »Lass sie uns nutzen.«

Calvin traf den Blick des Mannes und nickte kaum merklich. Vielleicht verdiente Weed etwas Respekt.

Particle übernahm wieder die Führung, als das Quintett in die Bäume eindrang. Auf der anderen Seite standen im Abstand von wenigen Metern Wachen und späten in die Dunkelheit. Jeder trug schwere Körperpanzerung, die Art, die sowohl Kugeln als auch energiebasierte Anomalie-Fähigkeiten aufhalten sollte. Lange Gewehre hingen in ihren Händen, keine schwächlichen Pistolen. Calvin erinnerte sich an Kats Gang durch Rhimes' Arsenal: sah aus, als wäre es hier gelandet.

Die Scheune stand im Zentrum des Wachenrings, und ein Stuhl, von einem Scheinwerfer markiert, stand davor, näher an den Bäumen und Calvin. Auf diesem Stuhl saß Kat, den Kopf gesenkt und scheinbar schlafend. Calvin sah sich um, konnte aber weder Rhimes noch Wexley entdecken.

»Zwanzig«, flüsterte Particle, so leise, dass es wie raschelnde Blätter klang. »Plan?«

Weed übernahm die Führung und platzierte Calvin und Particle auf der linken Seite, sich selbst, Lob und Smoke auf der rechten. Sie ließen fünf Meter und jede Menge Strategie zwischen sich. Ohne Smokes Deckung schnippte Particle mehrmals mit den Fingern, wobei jedes Schnippen den Blick der nächsten Wache ablenkte. Calvin musste einen Pfiff unterdrücken: Particles Fähigkeit hatte im Paragon-Turm wie ein dummer Trick gewirkt.

Jetzt? Verdammt praktisch.

»Bereit?«, fragte Particle.

»Bin ich immer«, antwortete Calvin.

Particle schnippte erneut mit den Fingern, und Calvins Kopf drehte sich, um die Wache vor und rechts von ihm zu fixieren. Calvin blinzelte – das war wohl eine Möglichkeit, ein Ziel zu markieren.

»Los«, sprach Particle und schoss nach vorne und links, in Richtung ihres eigenen Ziels.

Calvin verfiel in einen Lauf und gab die Deckung zugunsten der Geschwindigkeit auf. Er streifte mit der Hand an Bäumen vorbei, während er rannte, saugte ihre Rinde auf und schleuderte sie mit seiner rechten Hand als hölzerne Geschosse auf sein Ziel. Die Treffer prallten vom Helm der Wache ab und lösten einen Schrei aus, als die Wache ihr Gewehr herumschwang. Calvin wich nach rechts aus, packte einen Baumstamm fest, um sich wieder geradezuziehen, und saugte genug Holz auf, um eine schwere Keule zu formen.

Die Wache fand ihr Ziel und blendete Calvin mit der Gewehrtaschenlampe. Nur wenige Meter trennten die beiden, die dünnen Bäume am Rand des Wäldchens boten kaum Deckung. In einer Sekunde würde Calvin von Kugeln durchsiebt werden, und er konnte absolut nichts dagegen tun.

Außer dass die Wache nicht schoss. Der Mann ruckte mit dem Kopf nach rechts, zitternd im Versuch, sich gegen die Drehung zu wehren. Ein Kampf, den die Wache gewann, gerade rechtzeitig, um zurückzublicken und Calvins Keule direkt an der Schläfe abzubekommen. Die Wache brach zusammen, als die ersten Schüsse fielen und Kugeln durch die Luft pfiffen. Calvin ließ sich neben sein Opfer fallen, eine Hand an der Rüstung des Mannes, die andere spuckte die Essenz wieder aus und über Calvins Jacke.

In fünf Sekunden war aus dem atmungsaktiven Frühlingsaccessoire eine mit kugelsicheren Fasern überzogene blaue Nylonjacke geworden. Ihr Gewicht erschwerte Calvin das Aufstehen, das Gewehr der Wache in seinen Händen, aber als ein Schuss in seine Brust einschlug und Calvin zurück zu Boden warf, konnte er mit dem Ergebnis nicht streiten.

Die Wache, die ihn erwischt hatte, kam näher, das Gewehr für den Todesstoß ausgerichtet. Calvin steckte seine linke Hand in den matschigen Boden, hob seine rechte und ließ einen schmutzigen Geysir los. Der braune Schlamm spritzte auf das Visier der Wache, über ihre Hände und die Waffe und verschaffte Calvin genug Zeit, sich nach vorne zu rollen und den Fuß der Wache unter ihr wegzuziehen. Mit dem Mann am Boden kletterte Calvin hoch, fing den wild um sich schlagenden Schlag der Wache ab, absorbierte den Handschuh der Wache und wickelte das Leder in einem festen Würgegriff um den Hals der Wache.

Die Alarmrufe änderten ihre Melodie, als Calvin die zweite Wache außer Gefecht setzte. Zunächst waren es Rufe gewesen, die Neuankömmlinge anzugreifen. Jetzt änderten sich die Befehle darauf, die Gefangene zu sichern. Calvin blickte in Kats Richtung, sah aber nur eine undeutliche Verschwommenheit, als würde er in einen tiefen, wellenden Pool starren und versuchte, dessen Grund zu erkennen.

Nicht verschwommen allerdings war der Weed-Schwarm, der aus Smokes Schirm hervorbrach. Die Kopien des dünnen Mannes sprinteten auf die Wachen zu, die sie daraufhin mit verheerendem Gewehrfeuer niedermähten. Doch selbst als die Weed-Kopien fielen, sprangen neue hervor, kleiner und schneller als die vorherigen. Die ersten erreichten die Wachen, bissen in ihre Knöchel oder kletterten ihre Beine hoch, um in ihren Augen herumzustochern, Hände von Abzügen wegzuziehen oder Splintnadeln aus Gürtegranaten zu ziehen.

Calvin absorbierte die Explosionen mit der Körperpanzerung des zweiten Wächters, die er in einen rechteckigen Schild verwandelte. Er wartete und fragte sich, wann Weed, Smoke und Lob mit Kat im Schlepptau die Flucht ergreifen würden, aber niemand verließ den Schutzschirm. Weeds manischer Schwarm schien sich aufzulösen, und die Wächter würden ihre Fassung wiederfinden.

Schlimmer noch, die Zeit lief weiter. Der Drohnen-Feuersturm würde keine Unterschiede machen.

Wieder rannte Calvin. Diesmal hielt er den Schild hoch

und fing die Kugeln ab, als er Smokes Barriere erreichte und direkt hindurchging. Drinnen fand Calvin eine düstere Situation vor: Smoke hatte alle Hände voll zu tun, die Metallfesseln zu lösen, die Kat an den Stuhl fesselten. Lob beugte sich über Weed und versuchte, eine anscheinend schwere Schusswunde in dessen Brust zu versorgen. Kat wirkte entweder betäubt oder bewusstlos.

»Hilf Weed«, sagte Calvin zu Smoke und stellte den Schild beiseite, der sich ohne Calvins Fokus schnell in einen blauschwarzen Klumpen zurückverwandelte.

»Kannst du die durchschneiden?«, fragte Smoke.

»Nein«, sagte Calvin und legte seine Hand auf die erste Fessel, eine Stahlmanschette, die Kats Knöchel an den Stuhl band. »Besser.«

Weitere Kugeln flogen vorbei, über Calvins Kopf hinweg, während er an Kats Füßen kauerte. Er absorbierte die Fessel und schleuderte das Ergebnis als lange, schmale Stahlnadel in Richtung der Schüsse zurück. Ein Schmerzensschrei ertönte, was Calvin ein anerkennendes Nicken von Smoke einbrachte.

»Wir müssen ihn hier rausbringen«, sagte Lob.

»Dann wirf ihn«, antwortete Smoke, während Calvin sich an der nächsten Fessel zu schaffen machte.

»Allein?«

»Wenn ich gehe, erschießen sie uns alle, du Idiot«, sagte Smoke.

»Dann komme ich zurück.«

Calvin, der einen weiteren Speer gegen das eintreffende Feuer warf, blickte in Lobs Richtung. Was zum Teufel meinte der Paragon damit?

»Beeil dich«, sagte Smoke. »Wir sollten eigentlich schon tot sein. Particle leistet da draußen verdammt gute Arbeit.«

Lob sagte kein weiteres Wort, sondern hob Weed hoch. Der Boden unter dem bärtigen Paragon vibrierte, ein Beben, das Calvin in seinen Knöcheln spürte. Dann sprang der Mann hoch, aus Smokes Schutzschirm hinaus in den Nachthimmel.

Anomalien. Man wusste nie, was als Nächstes kam.

Während Smoke sich am Stuhl duckte, um Deckung zu suchen, entfernte Calvin Kats restliche Fesseln, zerlegte dann den Stuhl und verwandelte ihn in eine behelfsmäßige Barrikade. Zusammen drängten sich die drei dahinter. Calvin hörte Smokes schweres Atmen und sah, wie sie ihre Augen fest zusammenkniff.

»Was ist los?«, fragte Calvin und setzte Kat zwischen sie.

»Zu müde, um den Schirm noch viel länger aufrechtzuerhalten«, zischte Smoke. »Und ich wurde in die Seite getroffen.«

Calvin sah jetzt das Rot, das auf den Boden sickerte. Erst Weed, dann Smoke. Wie viele Paragons war Kat wert? Er betrachtete die Trackerin, ihr verfilztes Haar hing ihr ins Gesicht, ihre Uniform war zerlegt und weggeworfen worden, bis auf Hemd und Hose. Ihre nackten Füße steckten im Schlamm.

Ein schweres Platschen ertönte, als Lob zwischen der Gruppe landete, leicht schwankend. Er blickte in ihre Richtung, sah Smoke und bewegte sich auf sie zu.

»Bring sie raus«, sagte Calvin. »Ich halte uns.«

»Wird brenzlig«, erwiderte Lob und beugte sich hinunter, um Smoke hochzuheben. »Weiß nicht, wie lange Particle das noch durchhält.«

Lob richtete sich auf, Smoke in seinen Armen, und wieder bebte der Boden. Lob ging in die Hocke, und Smokes Barriere erlosch. In einem Moment saßen die vier noch getarnt im schimmernden Schutzschirm, im nächsten befanden sie sich in einem Kreis, umringt von herannahenden Wächtern mit erhobenen Waffen.

Sie feuerten. Lob sprang, die Kugeln folgten seinem Sprung in den Nachthimmel.

Und Calvin rammte seine Hand in den Schlamm. Mit seiner rechten Hand spie die Anomalie die Erde aus, während er sie absorbierte und den Dreck um sich und Kat herum verteilte. Während Calvins linke Hand den Schlamm und den Kies darunter hochzog, sanken Calvin und Kat tiefer in das Loch, jede Sekunde grub sie tiefer, Calvin begrub sie.

Aber wenigstens begrub er sie lebendig.

KAPITEL 16
SCHWEISS UND MÜHEN

THANE FING sie in der Luft auf. Der Riese umschloss Cassidy, während sie auf die Bäume zustürzten, Trümmer prasselten um sie herum. Die Paragons könnten darunter gewesen sein, oder auch nicht. Cassidy konnte es nicht wissen und es war ihr auch egal. Sie hatte ihrer Familie eine Nachricht geschickt. Das einzige Ziel war jetzt, nicht zu sterben, bevor sie sie wiedersah.

»Bleib wütend«, schrie Cassidy gegen den Wind an, der an ihnen zerrte während sie fielen.

Thane brüllte. Ein gutes Zeichen.

Sie trafen auf einen Baum, Thanes Rücken durchbrach das Blätterdach und den Stamm. Äste peitschten und zerkratzten Cassidys Beine, Gesicht, einfach alles. Dann schlug Thane auf dem Boden auf und schleuderte Erde, Blätter und wer weiß was noch in die Höhe. Cassidy spürte, wie ihr die Luft aus den Lungen gepresst wurde, fühlte, wie ihre rechte Schulter brach, als sie von Thane abprallte und über den Boden rollte. Der Schmerz brannte in ihren Augen, ließ Sterne aufblitzen und sie wäre fast ohnmächtig geworden – nur das Wissen, dass Dunkelheit hier den Tod bedeuten würde, bewahrte sie davor.

Stattdessen blickte Cassidy nach oben. Sah die herabstürzende Katastrophe, als die Überreste des Flugzeugs um sie herum niedergingen. Mit letzter Konzentration erschuf Cassidy über sich und Thane eine Leere, breit genug, um sie wie ein mystischer Schirm zu schützen. Motorenteile, Sitze, Vorräte, alles krachte in die Leere und verschwand, wurde aufgelöst, während Cassidy ihre Kräfte aufzehrte.

Als der Schrottregen aufhörte, atmete Cassidy noch immer. Thane neben ihr stöhnte, während er wieder auf normale Größe schrumpfte. Als sie die Leere auflöste, knallte die heiße Sonne durch die nun offene Stelle im Wald und röstete sie. Die Insekten, nicht gewillt, neue Nahrung ungetestet zu lassen, schwärmten schnell heran.

Und dennoch blieb Cassidy liegen. Spürte ihre pochende Schulter. Sie waren zwar verloren in der Wildnis, aber sie lebten. Das musste reichen.

»Ein kleiner Rückschlag«, sagte Thane, während sie durch den Dschungel wanderten. »Nichts weiter, und nichts Unerwartetes.«

Cassidy ging voran und nutzte kleine Leeren, um alles wegzuschneiden, was zu dicht zum Durchkommen war. Insekten schwärmten um sie herum, aber wenigstens hielt die Bewegung die kriechenden fern. Lianen hingen herab und streiften ihren Kopf. Tiere schrien mit unbekannten Lauten und Geheul, und die Nachmittagshitze zusammen mit der Luftfeuchtigkeit zehrte an ihr. Nur der beunruhigende Gedanke, eine Nacht hier draußen verbringen zu müssen, hielt Cassidy in Bewegung.

»Weil aus einem Flugzeug zu stürzen, in dem wir in einen Hinterhalt geraten sind, ja auch nur ein kleiner Rückschlag ist«, erwiderte Cassidy, ohne sich umzudrehen. Thane schrumpfte noch mehr zusammen und nutzte seinen runzligen Verstand für irgendwelche undurchschaubaren Planungen. »Ich dachte, wir wären auf dem Weg nach Bangkok, und jetzt sind wir in irgendeinem willkürlichen Dschungel.«

»Wie viele Paragons haben versucht, uns zu besiegen und sind gescheitert?«, sagte Thane. »Wir haben ihnen gezeigt, dass man uns nicht auf die leichte Schulter nehmen darf.«

»Sag mir, wie wir diese Moskitos vom Gleichen überzeugen können.«

»Wir werden diese Insekten bald los sein.«

Nicht aus Cassidys Sicht, denn die Bäume erstreckten sich endlos vor ihnen, soweit sie sehen konnte. Der Boden matschte unter ihren Füßen, die Schuhe, die sie aus dem Haus auf der Insel gestohlen hatte, fielen bereits auseinander. Immerhin waren die anderen Klamotten leicht und kühl. Dreckig und zerrissen, aber Cassidy musste nehmen, was sie kriegen konnte.

»Wie kannst du dir da so sicher sein?«, fragte Cassidy.

»Die Geschwindigkeit des Flugzeugs, die Richtung und unsere Flugzeit bringen uns in die Nähe einer größeren Stadt«, sagte Thane, ohne zu erklären, wie er das alles berechnen konnte. »Die Paragons waren im Sinkflug. Hier wird es einen Flughafen geben, oder ein Fahrzeug, das wir uns beschaffen können, und von dort aus können wir unseren Weg nach Bangkok fortsetzen.«

»Wo wir was tun werden, wieder angegriffen werden?«

»Höchstwahrscheinlich.«

Cassidy blieb stehen und funkelte Thane an. »Wir sind kaum lebend von Mynx' Insel entkommen. Jetzt sind wir aus einem Flugzeug gestürzt. Wir sollten beide sehr tot sein, aber du willst weitermachen?«

»Natürlich. Welchen anderen Weg gibt es?«

»Verschwinden. Ich könnte zu meiner Familie zurückkehren. Zur Abwechslung mal glücklich sein.«

»Das Schicksal würde rufen. Du würdest dich unzufrieden fühlen.«

Cassidy lachte und ging weiter. Sich unzufrieden fühlen, klar. Das eine Mal, als sie ihre Fähigkeiten angenommen und einer höheren Bestimmung gefolgt war, hatte Cassidy alles verloren. Wenn die Insel und die endlosen Tage und Nächte am Strand Cassidy eines gelehrt hatten, dann dass es Besseres gab, als einer sogenannten Bestimmung zu folgen.

Zum Beispiel mit ihren Kindern zu frühstücken. Oder eine Wanderung zu machen und auf einem Hügel unter blauem Himmel Wein zu trinken. Oder ins Theater zu gehen und ein Stück anzusehen, selbst eines von der verrückten Theatergruppe ihres Sohnes.

Falls diese Gruppe noch existierte.

Thane behielt Recht. Er hatte Cassidy dirigiert, wo sie gehen und schneiden sollte, und sie trat durch die Bäume auf eine schwammige Sandstraße. Reifenspuren deuteten auf eine kürzliche Durchfahrt hin.

»Woher wusstest du das?«, fragte Cassidy, als Thane sich bückte, um die Spuren zu untersuchen.

»Ich habe das Fahrzeug gehört. Es ist vor einiger Zeit vorbeigekommen.«

»Was? Es war doch viel zu laut-«

»Die Geräusche, die du gehört hast, enthielten auch das des Lastwagens. In diesem Zustand konnte ich sie herausfiltern.« Thane stand auf. »Siehst du diese Spuren, die in diese Richtung führen?« Er zeigte auf eine tiefere Spur, wenn auch eine, die älter aussah. »Der Lastwagen war dort schwerer als hier. Beladen mit Gütern, auf dem Heimweg.«

»Oder sie liefern irgendwo etwas ab und kommen leer zurück.«

Thane richtete sein faltiges Gesicht direkt auf Cassidy. Würde er sie angreifen, sie für dumm erklären? Cassidy spürte das Kribbeln der Leeren an ihren Fingerspitzen und fokussierte sich auf sein Herz. Schwer zu sagen, ob eine Leere Thane ausschalten könnte, aber sie würde es versuchen, würde kämpfen, wenn er-

Thane lachte. Kalt und herzlich.

»Ich mag dich«, sagte Thane, »aus so vielen Gründen, meine Liebe. Du bist clever, du bist tödlich, und deine Nase kräuselt sich auf diese niedliche Art, wann immer du dich konzentrierst.« Er deutete auf die Spuren. »Natürlich gehen wir in beiden Fällen ein Risiko ein. Aber eines ist sicher: Solange wir dieser Straße folgen, werden wir irgendwo landen, wo es besser ist als dort, wo wir waren.«

Cassidy unterdrückte den Drang und holte tief Luft.

»Dann führe uns, Schlaukopf«, sagte Cassidy, »denn jeder Ort klingt besser als dieser schlammige, von Insekten verseuchte Dschungel.«

Das Dorf tauchte nicht allmählich auf, es erschien einfach. Die Bäume lichteten sich von einem Schritt zum nächsten und machten Platz für Häuser, Geschäfte und die Gemeinschaft, die Cassidy an die Insel erinnerte. Mentalität des einundzwanzigsten Jahrhunderts gepaart mit ländlicher Realität: breite Straßenlaternen, Ladestationen und Elektrofahrzeuge auf unbefestigten Straßen, Häuser von vorgefertigt bis zu geschickt gestapeltem Gerümpel. Kochgewürze vermischten sich mit der feuchten Luft und hüllten Cassidy in nasenkribbelnde Gerüche, während Kinder rufend Fußbälle über trockenere Erdflecken kickten. Irgendwo dröhnte eine Sportübertragung aus einem Radio über allem anderen.

Über allem außer dem riesigen, busgroßen Monstrum im Zentrum der Stadt.

In Paragon-Blau und -Silber gestrichen trug der Bus seinen Namen in der lokalen Sprache, an der Seite in einer Schrift, die entweder einen billigen Betrug oder den unmittelbar bevorstehenden Auftritt eines Action-Helden suggerierte. Getönte Scheiben saßen über den Worten, während darunter Düsen von der Seite hingen, wie Cassidy sie von den Feuerwehrautos kannte, die sie ihren Schülern bei Ausflügen zeigte.

»Keine Sorge«, sagte Thane, als Cassidy am Dorfrand zögerte. »Sie sind nicht wegen uns hier.«

»Woher weißt du das?«

»Die Aufschrift auf dem Bus.« Thane sah Cassidy an, als müsste das offensichtlich sein.

»Ich kann das nicht lesen.«

»Ah, manchmal vergesse ich ...« Thane deutete auf das Dorf. »Der Bus ist die erste Salve in Paragons Kampf, alles zu modernisieren. Apinyas Mission, glaube ich. Darauf werden Veränderungen folgen, die dieses Dorf unkenntlich machen und völlig abhängig von Paragons Großzügigkeit.«

Cassidy legte den Kopf schief: »Das alles weißt du von ein paar Worten auf einem Bus?«

»Ich weiß das alles, weil Apinya und ich die Strategie zusammen entwickelt haben, damals, als ich an einen Stuhl gekettet war und tun musste, was die Champions verlangten.«

Darauf gab es nicht viel zu erwidern. Als Thane sich aufmachte, tiefer ins Dorf zu gehen, folgte Cassidy ihm. Immerhin schienen die Insekten hier nicht so zahlreich zu sein, wo der Rauch der Kochfeuer sie fernhielt. Ein paar Gläser Wasser, eine Dusche und vielleicht Kleidung, die nicht schlammverkrustet war, wären nicht schlecht.

Wer sagte denn, dass man nicht nach ein paar Annehmlichkeiten auf dem Weg zur Weltherrschaft fragen durfte?

Thane ignorierte jegliche Hoffnung auf solche Dinge und ging direkt auf den Paragon-Bus zu. Cassidy versuchte vergeblich, einen vernünftigen Grund zu finden, nicht heimlich durchs Dorf zu schleichen und woanders mitzufahren.

»Was tust du da?«, fragte Cassidy schließlich, als sie sich näherten. Die Türen des Busses standen offen, Dorfbewohner gingen hinein und kamen mit Eimern wieder heraus. »War das Beinahe-Sterben im Flugzeug nicht genug?«

»Ich ändere den Plan«, sagte Thane. »Ich habe während unseres Dschungelspaziergangs darüber nachgedacht. Wir können uns nicht vor den Paragons verstecken, aber sie scheinen auch nicht die Ressourcen zu haben, um gegen uns zu kämpfen.«

»Woraus schließt du das?«

Thane zeigte auf sich selbst: »Vor nicht allzu langer Zeit, als ich aus ihrem Gefängnis ausbrach, schickten die Paragons zwei Champions, eine Anomalie-Horde und Drohnen hinter mir her. Jetzt bekommen wir vielleicht zehn, und die wussten nicht einmal, womit sie es zu tun hatten. Warum wohl?«

»Weil wir auf einer Insel aufgetaucht und verschwunden sind, bevor sie sich vorbereiten konnten?«

»Kauai ist kaum isoliert. Drohnen hätten von Honolulu geschickt werden können. Sie hätten uns irgendwo in die Falle locken können, zum Beispiel auf dem offenen Ozean.«

Hinter Thane, einem Dorfbewohner aus dem Bus folgend, kam eine uniformierte Paragon. Sie ging direkt auf Cassidy und Thane zu, mit geradlinigen Schritten, die entweder von suizidalem Mut oder der Gewissheit des Sieges zeugten. Die Leeren sprangen an Cassidys Fingerspitzen, und sie nickte über Thanes Schulter.

»Unsere Antworten nähern sich«, sagte Thane und drehte sich um.

Cassidy verzog das Gesicht beim Anblick des Rückens der Anomalie. Jedes Mal, wenn sie versuchte, Thane einzuschätzen, schien er in eine andere Richtung abzudriften. Anfangs, auf Mynx' Insel, war er auf Flucht fixiert gewesen, gewürzt mit einigen nebulösen, fast kitschigen Plänen für die Zeit danach. Dann, auf Kauai, war er still gewesen, nur darauf bedacht, nach Bangkok zu kommen, ohne ein Wort darüber zu verlieren, was dort wartete.

Warum war sie ihm überhaupt den ganzen Weg hierher gefolgt?

Ach ja, richtig, weil diese Paragons ständig versuchten, sie umzubringen, und es half, ein nahezu unbesiegbares Monster auf seiner Seite zu haben.

»Würden Sie beide bitte mit mir kommen?«, fragte die Paragon und rutschte ins Englische wie Cassidy damals mit dem Bibliothekscomputer: eine gelernte, aber vernachlässigte

Fähigkeit. »Ich bin Achara und leite die Paragons hier. Es würde uns viel bedeuten, wenn Sie für einen Moment an Bord unseres Labors kommen würden.«

»Noch eine Falle?«, fragte Thane.

Achara runzelte die Stirn: »Apinya war mit dieser Vorgehensweise nicht einverstanden, aber Hawaii liegt nicht in seiner Zuständigkeit. Wir sind nicht alle gleich.«

»Sie tragen die gleiche Uniform«, warf Cassidy ein.

»Und Sie tragen den gleichen Schlamm, den meine Brüder jeden Tag an ihrer Kleidung hatten.« Achara lächelte. »Aber ich glaube nicht, dass Sie wegen der Leckereien hier sind.«

Thane sah in Cassidys Richtung, eine Vertrauensabstimmung, die die Leere ein wenig überraschte. Ein Zugeständnis?

»Dann los«, sagte Cassidy. »Wir folgen Ihnen.«

Achara nickte und wandte sich wieder dem Bus zu. Der Schlamm, bemerkte Cassidy, blieb weder an ihren Paragon-Stiefeln noch an der Uniform haften. Mit irgendeiner Chemikalie behandelt oder mit einer Anomalie-Gabe beschichtet. Wie auch immer, es wäre schön, ein Paar davon zu haben.

»Seien Sie gewarnt«, fügte Thane hinzu, »wenn Sie lügen, werden Sie die Erste sein, die stirbt.«

»Dann sollte ich besser nicht lügen.«

Der Bus erschien von innen größer als von außen, da bis auf wenige Sitze alles ausgebaut worden war. Die verbliebenen Stühle, die im Boden verschraubt waren, umgaben mehrere große Becken, die mit einer wasserähnlichen Flüssigkeit gefüllt waren. Das hinterste wirkte trüb und verschmutzt, während das mittlere eine klarere Mischung aufwies und das vorderste eine Klarheit besaß, wie Cassidy sie seit ihrem geliebten oder vielleicht verhassten Strand auf Mynx' Insel nicht mehr gesehen hatte.

Achara wies Cassidy und Thane zu einer Zweierbank am vordersten Behälter, während sie selbst weiter in den Bus zum mittleren, trüben Becken ging.

»Nehmen Sie es nicht persönlich«, sagte Achara, »ich muss weiterarbeiten, sonst haben sie nicht genug sauberes Wasser für den Tag. Wenn Sie möchten, nehmen Sie sich einen Becher und bedienen Sie sich.«

Ohne eine Antwort abzuwarten, tauchte Achara ihre Hand in das mittlere Becken. Die Augen des Paragons schlossen sich kurz. Die Trübung verschob sich, die braunen und schmutzigen Teile glitten zur einen Seite, während sich das klare Wasser zur anderen teilte. Nachdem sich die Hälften getrennt hatten - Cassidy beobachtete dies, während sie Acharas Rat folgte und ihren eigenen Becher am ersten Becken füllte - zog Achara ihre Hand heraus. Das Becken rumpelte, das Wasser floss ab und ließ nur die schlammigen Überreste zurück. Draußen näherten sich Kinder und Erwachsene dem Bus mit weiteren Eimern und Flaschen und füllten ihre Gefäße an den Zapfhähnen.

»Es muss doch einen effizienteren Weg geben, das zu machen«, sagte Cassidy, als Achara sich ihnen gegenüber positionierte.

»Den gibt es, und er kommt«, antwortete Achara. »Auch die Paragons können Infrastruktur nur so schnell aufbauen, und dies ist weit weg von jedem größeren Zentrum.« Wieder zeigte sie ihr höfliches Lächeln. »Deshalb haben wir Sie hierher geflogen.«

»Dann werden Sie uns nach Bangkok bringen«, sagte Thane.

Er ließ den zweiten Teil, die Drohung, in der Stille hängen. Falls sie es bemerkte, ließ Achara es sich nicht anmerken.

»Apinya hat mich vor zwei Stunden angerufen.« Achara ging zum hintersten Becken mit dem schmutzigsten Wasser. Sie beugte sich hinunter und drückte einen Knopf an der Seite des Beckens. Ähnlich wie beim zweiten Becken, dessen klares Wasser nun in das erste leere Becken floss, bewegte sich der verschmutzte Inhalt des letzten Reservoirs. »Er bat mich, in den Himmel zu schauen und ihm zu sagen, was ich sehe. Ich sagte, es sähe aus, als würden wir angegriffen werden, weil der Himmel in Flammen zu stehen schien.«

»Das Flugzeug«, sagte Cassidy, und Thane legte seine Hand auf ihr Handgelenk, drückte es auf eine Weise, die mehr befehlend als liebevoll war.

Eine Warnung, aber wovor? Ein wasserreinigender Paragon schien kaum gefährlich.

»Das Flugzeug«, bestätigte Achara. »Die Paragons haben natürlich überlebt, sonst wäre dies ein ganz anderes Treffen.«

»Aber ich habe einen mit einer Leere gespalten?«, sagte Cassidy. »Das hätte niemand überlebt.«

Achara setzte sich wieder auf den Platz gegenüber von Cassidy und Thane und füllte ihren eigenen Becher mit Wasser. Cassidy musste zugeben, dass die gereinigte Flüssigkeit wie ein reines Elixier schmeckte nach all dem Schweiß, dem Schmutz und den Insekten.

»Sie sollten wissen, dass bei Anomalien das, was Sie sehen, nicht immer die Realität ist«, antwortete Achara. »Wir würden jedoch gerne etwas Wahrheit finden.« Achara lehnte sich gegen die Busfenster und nippte an ihrem Becher. »Warum sind Sie hierhergekommen?«

»Wenn Apinya weiß, wo wir sind, dann kann er sich auch denken, warum«, erwiderte Thane. »Wir brauchen einen Weg nach Bangkok, Paragon.«

»Das können Sie mit Ihrer Ehrlichkeit bezahlen.«

Thane schnaubte: »Dann sagen Sie Ihrem Champion, dass wir hier sind, weil er es ist. Ich beabsichtige, Apinya zu finden, seinen Platz hier einzunehmen und diese Region zu nutzen, um die Veränderung einzuleiten, die die Welt dringend braucht.« Thane lehnte sich vor. »Mit anderen Worten, Apinya ist schwach, und es ist Zeit, dass er seine Macht an jemand Stärkeren abtritt.«

Achara nickte, als hätte Thane gerade seine Gedanken über weißen versus braunen Reis geäußert, und schaute zu Cassidy: »Und Sie?«

»Ich will zu meiner Familie zurück, ohne Angst haben zu müssen, dass irgendeine Maschine oder einer von euch mich nachts entführt oder tagsüber tötet.«

»Thanes Vision wird Ihnen das bringen?«

»Eure hat es verdammt nochmal nicht getan.«

Thane stand auf, nahm einen Becher, füllte und leerte ihn in einer einzigen Bewegung und warf das Plastik beiseite. »Bangkok. Jetzt.«

»In Ordnung«, Achara stellte sich Thane entgegen. »Sie wollen Ihre Fahrt nach Bangkok, die kann ich Ihnen geben. Aber zuvor hat Apinya um einen Gefallen gebeten.«

Cassidy sah, wie sich Thanes Muskeln anspannten, wie seine Arme und Beine sich zu vergrößern begannen. Sie hätte nach einer Leere greifen können, hätte sich auf einen Kampf vorbereiten können, aber nach dem Flugzeug, dem Marsch und der Hitze nahm sie einfach noch einen Schluck von diesem ausgezeichneten Wasser. Wenn Thane Achara in Stücke reißen und den Bus für sich beanspruchen wollte, dann konnte er das gerne alleine tun.

Achara reagierte nicht wie die meisten Menschen, wenn sie mit Thanes monströser Drohung konfrontiert wurden. Stattdessen stupste sie Thane in die Brust. Thanes Atem schoss heraus, sein Kopf runzelte sich, während seine Arme und Beine weiter wuchsen, bis er gegen die Busdecke drückte.

»Halb und halb«, sagte Achara. »Normalerweise ist es nicht so drastisch, aber bei Ihnen bin ich nicht allzu überrascht.«

Thane brach zusammen, taumelte und fiel neben den Becken auf den Busboden. Cassidy verstand erst nicht warum, bis sie seine verkrüppelte Brust sah, winzig und verkümmert, die versuchte, die massiven, sauerstoffzehrenden Muskeln zu versorgen, die sich über seinen Körper ausbreiteten.

»Beruhige dich, Thane, oder du stirbst«, sagte Cassidy

und widerstand dem Drang, dem Mann zu helfen. Wenn Achara beschloss, dies in einen echten Angriff zu verwandeln, wäre es ein guter nächster Schritt, sie anzugreifen, während Cassidys Aufmerksamkeit geteilt war. »Und Sie, machen Sie es rückgängig.«

»Das kann ich«, sagte Achara, »aber wie gesagt, Apinya bittet um einen Gefallen. Das Dorf hat ein Problem, und ich denke, Sie könnten die Lösung sein. Tun Sie es, und Sie bekommen Ihre Fahrt nach Bangkok, und Thane kann wieder das Monster sein, das er sein möchte.«

KAPITEL 17
RAKETEN-GETÜMMEL

DIE NACHT SOLLTE EIGENTLICH NICHT mit einem Paragon-Hinterhalt beginnen. Eigentlich sollte Wexley, der in den umliegenden Feldern rund um die Scheune mit ihrer gefangenen Drohne wartete, derjenige sein, der den Hinterhalt legte. Rhimes hatte seine Haupttruppe im Rampenlicht, bereit für den Angriff, wenn er käme, dann würden Wexley, Rhimes und einige handverlesene andere von hinten kommen und die Überraschung entfesseln.

Jetzt hatte Wexley einige Verletzte und eine Anomalie hielt seine wertvolle Geisel unter einer scheinbar undurchdringlichen Schlammblase gefangen.

»Schlamm«, sagte Wexley noch einmal zu Rhimes, dessen Tama im Dunkelmodus zwischen ihnen schwebte. »Das ist es, was dich aufhält?«

»Der ist verdammt dick«, kam die Antwort zurück, als ob das eine befriedigende Erklärung wäre. Zumindest schien dem Mann die klägliche Ausrede bewusst zu sein, denn er fuhr fort: »Aber sie können auch nicht raus. Sie sitzen fest, und wir haben uns um die anderen gekümmert.«

»Gekümmert?«, fragte Wexley. »Leichen?«

»Sie sind abgehauen«, antwortete der Mann, und Wexley

rollte mit den Augen gen Himmel. »Aber wir haben sie erwischt. Das weiß ich.«

»Und woher weißt du das?«

»Weil das Gras hier rot ist, wenn du verstehst, was ich meine.«

Das ging wenigstens in eine positive Richtung. Die Paragons mussten für diesen verdammten Überfall etwas leiden, sonst würden sie vielleicht direkt zurückkommen, um ihre gefangenen Kameraden zu befreien. Sowas konnte Wexley nicht gebrauchen, besonders da die Berichte aus Chicago besagten, dass Mynx gelandet war. Die Champion würde bald von der Drohne erfahren, und Wexley vermutete, sie würde nur Minuten später hier sein.

Sie würde natürlich von den wartenden Wachen wissen. Diese entkommenen Paragons würden Mynx warnen.

»Geh noch mal die Zahlen durch«, sagte Rhimes. »Wie viele?«

»Fünf. Einer steckt mit der Geisel fest. Mindestens drei haben wir erwischt. Der vierte, das war ein übles Stück Arbeit. Konnten ihn nicht fokussieren, und dann war er weg. Hab nie einen guten Blick bekommen.«

Rhimes warf Wexley einen Blick zu, der eine Frage stellte: Sollen wir Leute losschicken, um die Paragons zu finden? Sie endgültig erledigen?

Wexley schüttelte den Kopf. Die verwundeten Paragons waren wahrscheinlich schon längst weg. Der Schaden war angerichtet. Konzentrier dich auf das Hauptziel.

»Dann geh zurück auf Position«, sagte Rhimes. »Stell zwei am Schlamm ab, die bereit sein müssen, falls die Blase platzt. Ansonsten läuft die Operation wie geplant. Denk dran, wenn das Signal kommt, erwarte keine Kommunikation.«

»Alles klar.«

Der Anruf endete. Wexley nahm sein Gewehr ab, überprüfte noch einmal die Munition. Den Lauf. Alles glänzte im Mondlicht, bereit für seine Arbeit. Er hatte weitere Taschen am Gürtel und, wie beim Drohnenangriff am anderen Morgen, komplette Körperpanzerung an. Diesmal auch einen Helm, der allerdings gerade an seiner Schulter hing.

»Besorgt?«, fragte Rhimes.

»Sollte ich es sein?« Wexley schaute zur Scheune. »Wenn ich richtig rate, hatte diese Gruppe es auf Kat abgesehen. Nicht auf die Drohne. Du sagtest, jemand hat dein Team beim Diner angegriffen?«

»Auf dem Weg raus. Schlechtes Timing.« Rhimes spuckte zur Seite. »Hätte anhalten und mein Team verstärken sollen, aber ich wusste nicht, ob die Anomalie Freunde hatte.«

»Du hast die richtige Entscheidung getroffen. Wir haben immer noch die Geisel und jetzt noch einen extra Paragon.«

»Dann können wir die Nachricht schicken?«

Wexley atmete tief ein, genoss die Nachtluft, die mit den ersten Frühlingsaromen gefüllt war. Die Natur, die ihren Aufstieg aus dem langen Winter begann. Genau wie er, wie seine Freunde, die den Griff der Anomalien auf die freie Welt auftauten.

»Schick sie. Lass uns eine Champion fangen.«

Mynx machte keinen subtilen Auftritt. Rhimes schickte die Nachricht an den Paragon-Turm in Chicago, traf jede bekannte E-Mail-Adresse und überzeugte sogar einige bestochene Leute, spöttische Aufnahmen im Innenhof des Turms abzuspielen. Jede enthielt eine einfache Nachricht, die den Standort der Drohne auflistete und die Champion herausforderte, sie zu holen.

Und drohte mit künftigem Gemetzel, falls Mynx nicht erscheinen würde.

Wexley hatte keinen Plan B für diesen Fall, keine Möglichkeit, die Drohung wahr zu machen, aber mit dem Stadion-Bombenanschlag in so frischer Erinnerung, musste er darauf wetten, dass Mynx kein Risiko eingehen würde.

Das tat sie nicht.

Mit zehn Drohnen an ihrer Seite, einige mit Paragons an

Bord, stürmte Mynx auf die Scheune zu. Wexley und Rhimes erkannten ihre Lichter, die aus Chicago kamen, zunächst wie niedrige Sterne erscheinend, dann wie tieffliegende Flugzeuge und schließlich als das, was sie waren: schwarze Metallmonster, die durch die Nacht glitten.

Als Mynx' Truppe sich dem Ziel näherte, lagen Wexley, Rhimes und die fünf Reserven tief im Feld. Über ihnen verlangsamten Mynx und die Drohnen und verteilten sich dann, bewegten sich von einer Pfeilformation in einen Kreis. Sie umzingelten die Scheune, bewegten sich synchron wie Insekten eines Schwarmverstands. Die Drohnen änderten ihre Positionslichter zu einem zornigen Rot, machten allen klar, dass Frieden keine Rolle in ihrer Vorstellung spielen würde.

»Auf seine Art schön«, murmelte Wexley, während die Formation voranschritt.

»Ich bevorzuge die in der Scheune«, erwiderte Rhimes.

Mynx selbst übernahm die Führung. Sie stürzte hinab, ihr Anzug kleiner als die Drohnen um sie herum, aber immer noch klobig und vollgepackt mit tödlicher Ausrüstung. Wie ein Komet aus nächster Nähe krachte Mynx in die Mitte, genau dort, wo die Schlammblase sein sollte. Rhimes' Truppe eröffnete das Feuer, ihr Kugelhagel hallte über die Felder.

»Was, wenn sie sie töten?«, sagte Rhimes.

»Werden sie nicht.«

»Könnten Glück haben.«

Wexley schüttelte den Kopf, richtete sich in die Hocke auf und zog das Gewehr ans Auge. Das Zielfernrohr vergrößerte sein Sichtfeld, ließ ihn sehen.

Mynx, deren Anzug das Gewehrfeuer wie ein Kinderspielzeug abprallen ließ, schien die Wachen zu ignorieren. Stattdessen stapfte sie direkt an der Schlammblase vorbei und näherte sich der gefangenen Drohne. Wexley runzelte die Stirn und versuchte die Strategie zu verstehen, warum sie alleine vorstürmte, während ihre Verstärkung am Rand wartete.

»Sie baut Maschinen, richtig?«, fragte Wexley. »Das ist ihre Fähigkeit? Maschinen?«

»Das wird nicht groß beworben«, antwortete Rhimes. »Sie ist nicht wie Aegis. Nicht so auffällig.«

Mynx, deren Rüstung offenbar immun gegen das Gewehrfeuer war, erreichte die Scheunentore. Die gefangene Drohne befand sich nur wenige Meter entfernt. Ihre Rüstung dehnte sich aus und breitete Stahlflügel aus, die den Scheuneneingang bedeckten. Scheinwerfer beleuchteten den neuen Schild und versperrten Wexley komplett die Sicht in die Scheune.

»Sag ihnen, sie sollen rangehen«, sagte Wexley und kämpfte gegen aufkommende Panik an. Wenn Mynx irgendwie die gestohlene Drohne reaktivierte und wegflog, wäre alles umsonst gewesen. »Sofort.«

Rhimes gab den Befehl weiter und fünf Wachen rannten auf die Scheunentore zu. Einige zogen Schlagstöcke von ihren Gürteln, während andere die Schultern senkten, als wollten sie Mynx' Rüstung überrennen. Als inspirierender Anblick ließ das zu wünschen übrig.

»Wir verlieren sie vielleicht«, sagte Rhimes. »Sollen wir aktivieren?«

»Sie sind zu weit weg. Wenn wir verfehlen, ist es vorbei.«

»Wenn sie einen Weg findet, es zu deaktivieren-«

»Rhimes«, sagte Wexley. »Sag den anderen, sie sollen feuern. Ich will, dass sie auf die Drohnen schießen, Notfallplan. Wir gehen auch. Jetzt sofort.«

Rhimes nahm den Befehl an wie ein guter Soldat es sollte: Er handelte ohne Fragen zu stellen. Wieder kam das Tama hoch, wieder wurden die Worte ausgesprochen, und die Wachen, die nicht Mynx verfolgten, hoben ihre Gewehre, suchten Deckung und feuerten. Das heiße Knistern hallte erneut über die Felder, Funken stoben, wo die Schüsse die Drohnen trafen.

Blaue Blitze, wo die richtigen Geschosse ihr Ziel fanden.

Wexley hob sein eigenes Gewehr und visierte die nächste

Drohne an, während Rhimes dasselbe neben ihm tat. Seine Finger fanden den Abzug, und Wexley gab den ersten Schuss ab. Das Geschoss jagte in den Nachthimmel und traf den hinteren Antrieb der Drohne, zerbrach in azurblaue Windungen und ließ die große Maschine Richtung Boden rucken.

Als die Maschine sich drehte, als die anderen Drohnen auf die schießenden Wachen zuschossen, hätte Wexley fast gejubelt. Die Gladiatoren und die drei Transportdrohnen konnten ihre eigene Programmierung nicht ignorieren, sie mussten die Bedrohungen neutralisieren.

»Schick es«, sagte Wexley, und Rhimes tat es.

Wexley sah keinen Knall, keine Feuerwerke und hörte keine Schreie. Stattdessen fielen die Drohnen einfach runter. Bereits auf die Wachen zusteuernd, krachten die Maschinen kopfüber in den Boden, in Bäume, in den Schlamm. Sie schlugen auf die Erde auf und überschlugen sich oder zerbrachen, ihre Gelenke nicht für Hochgeschwindigkeitsaufpralle gemacht.

Alle Paragons in den Frachträumen der Transportdrohnen würden herumgeschleudert werden, würden feststellen, dass sich die Ladeluken nicht öffnen ließen.

In weniger Zeit als Wexley brauchte, um einen zweiten Gewehrschuss abzufeuern, waren alle bis auf eine der fliegenden Drohnen am Boden. Wunderschönes Wrackgut. Er würde Rhimes und seinem Team einen Bonus geben müssen.

Aber um das zu tun, musste Wexley überleben, und die eine Drohne, die nicht von der Kurzwellenexplosion erwischt wurde, hatte ihr Visier auf Wexley, Rhimes und ihr kleines Team gerichtet.

»Gebt alles!«, schrie Wexley und zog seinen Helm auf. Rhimes hatte sein eigenes Gewehr erhoben und feuerte Schüsse auf die sich nähernde Drohne ab.

Rhimes' Schüsse prallten von den vorderen Platten der Drohne ab, als würde der Mann mit Erdnüssen werfen.

Wexleys eigener zweiter Schuss schnitt nicht besser ab, die EMP-Granate knisterte wirkungslos über die Schultern der Drohne.

Die Scheinwerfer der großen Maschine leuchteten auf, zentrierten sich auf Wexley, Rhimes und die anderen fünf Teammitglieder, die alle auf die Drohne feuerten.

»Deckung!«, rief Rhimes, und das verdammte Ding legte los.

Kleine Öffnungen erschienen in den Gelenken der Drohne und mit leisen Pfiffen sprühten Mikroraketen in den Himmel, wirbelten in die Luft, bevor sie sich auf das Team einpendelten. Wexley ließ sein Gewehr fallen, riss die Pistole von seiner Hüfte und drückte ab, zielte blitzschnell auf den Stern, der direkt auf ihn zuschoss.

Und verfehlte.

Die Mikrorakete fühlte sich wie ein Stich an, als sie Wexleys Brust traf und ihn rückwärts in den Schlamm warf. Er hob seine Hände, als das Ding explodierte, Hitze versengte seine Rüstung, hüllte seinen Helm und Kopf in einen feurigen Blitz, der so schnell verging, wie er gekommen war.

Der Schlamm saugte an seinen Schultern, seine Kälte ein Gegensatz zu dem brennenden Schock, der durch seinen Anzug von Kopf bis Fuß sickerte. Die Rüstung klebte stellenweise an ihm, nackte und verbrannte Haut spürte zum ersten Mal den Nachtwind. Wexley holte Luft, kämpfte den Schock lange genug nieder, um seine Gliedmaßen zu testen. Fand sie funktionsfähig, fand sie angespannt.

Licht traf ihn. Weiß, hell und fokussiert. Die Drohne visierte eine weitere Salve an.

Wexley hob seine rechte Hand, immer noch die Pistole haltend. Drückte ab. Die Waffe feuerte eine Kugel ab, das Geschoss jagte auf sein Ziel zu, traf und prallte ab.

»Verdammt sollst du sein«, sagte Wexley und wartete auf den Tod.

Er wartete einen Wimpernschlag, dann zwei. Das Licht

der Drohne blieb auf ihn gerichtet, und für einen Moment fragte sich Wexley, ob er tatsächlich schon vorher gestorben war, bei den Raketen. Ob dies irgendein kranker Scherz eines trostlosen Jenseits war. Vielleicht kontrollierten die Anomalien, die Paragons, auch das.

Das Licht erlosch. Die Drohne startete ihre Triebwerke, schoss nach oben und dann, mit einem überschallschnellen Geschwindigkeitsschub, zurück nordwärts Richtung Stadt. Warum? Was war passiert?

Wexley hatte keine Antworten, und sein Körper hatte keine Energie für weitere Fragen. Sein Kopf fiel zurück in den Schlamm, der Helm klatschte mit einem ekligen Geräusch hinein.

»Boss, wach auf«, sprach Rhimes mit einem Rütteln, das Wexley durch den betäubenden Morast spürte, der seinen Verstand vernebelte. Er blinzelte, sah Licht, diesmal aber ein gelbes. Wo? »Wir haben sie, Wexley.«

»Wen?«, dachte Wexley zu sprechen, aber die Frage kam nur als Hauch, ein Keuchen heraus.

»Die Große«, antwortete Rhimes. Wexley wartete auf eine Hand, die ihm beim Aufstehen half, aber Rhimes streckte keine aus, also versuchte Wexley es selbst, nur damit Rhimes ihn mit mütterlichem Druck unten hielt. »Nicht bewegen, noch nicht. Ich hab einen Scan gemacht, aber wir müssen erst sichergehen, dass keine Schäden da sind.«

Um sie herum eilten Wachen umher. Befehle wurden gerufen und beantwortet. Elektrische Motoren surrten. Eine Aufräum- und Bergungsaktion in vollem Gang.

»Wie hast du überlebt?«

»Weil ich nicht versucht habe, die Rakete abzuschießen«, sagte Rhimes mit einem Lachen. »Weiß nicht, wo du die Idee her hattest, aber versuch's nicht nochmal.«

»Das war ziemlich dumm, oder?«

»Besonders wenn du dich erinnerst, dass unsere Westen hinten dicker sind. Meine Rakete ist von mir abgeprallt, als ich mich fallen ließ, explodierte über meinem Kopf.« Rhimes rieb seinen Nacken. »Hab ein paar neue Narben zum Vorzeigen, aber das war's auch.«

»Erinnere mich daran, öfter auf dich zu hören.«

»Werd ich machen, Sir.« Rhimes' Tama blinkte und der Mann nickte. »Du bist okay. Wird aber wohl eine Weile wehtun.«

»Medikamente können das regeln«, sagte Wexley und setzte sich auf.

Lichtpunkte flackerten vor seinen Augen, genau wie die Zielerfassungslichter der Drohnen zuvor. Mit ihnen kam ein Schwindelgefühl und ein trockenes Brennen auf seiner Haut. Rhimes hielt Wexleys Schultern, während dieser an sich heruntersah. Man hatte ihn mit einem Laken bedeckt, Aloe-Cremes kühlten die Haut, wo sie aufgetragen waren.

»Wie schlimm ist es?«, fragte Wexley.

»Du wirst Schmerzen haben. Weiß nicht wie lange. Ein Krankenhaus wäre der beste Ort für dich.«

»Gehe nicht dorthin. Noch nicht. Wo ist sie?«

Es brauchte tiefe Atemzüge und kleine Schritte, wobei Rhimes Wexley den ganzen Weg zur Scheune stützte. Um sie herum beeilten sich alle anderen, den Ort aufzuräumen. Alle Wachen, die nicht dabei waren, in einen Transporter zu steigen, hielten ihre Gewehre auf die abgeschossenen Drohnen gerichtet und warteten darauf, dass sich eventuell versteckte Paragons daraus befreien würden. Der Plan sah die Gefangennahme der Champion und einen schnellen Abzug vor. Verstärkung aus Chicago würde bald kommen, und Wexley hatte nicht genug Söldner für einen offenen Kampf mit den Anomalien.

Mynx' Anzug lag zur Seite, Rhimes' Team durchsuchte ihn bereits nach Schwachstellen und Dingen, die sie stehlen konnten. Zwei Wachen, die vor dem Scheuneneingang Position bezogen hatten, vermieden es, Wexley anzusehen, nickten Rhimes aber zu.

Nicht dass Wexley sich um solche Kleinigkeiten kümmern konnte.

Nicht jetzt.

»Wir haben nicht viel Zeit«, murmelte Rhimes, als sie eintraten. »Unsere Kapsel wartet bereits.«

»Es wird nicht lange dauern«, erwiderte Wexley. »Ich muss nur sichergehen.«

»Sichergehen wobei?«

»Dass sie es ist.«

Rhimes warf ihm einen fragenden Blick zu, Mund und Augen in Verwirrung verzogen. In der Scheune stand Mynx, würdevoll selbst in Gefangenschaft. Gewöhnliche Dummfesseln hielten ihre Hände hinter ihrem Rücken, und jemand war schlau genug gewesen, den Bildschirm ihres Tamas zu zerstören, um ihn unbrauchbar zu machen. Ihr Blick hätte Wexley zusammenzucken lassen, wären da nicht die Drogen und der Schmerz gewesen, die bereits durch seine Nerven pulsierten.

Vor einer Champion zu stehen, war immer ein besonderes Erlebnis.

»Mynx«, sagte Wexley. »Ich bin-«

»Ich weiß, wer Sie sind«, sagte Mynx. »Ich weiß, was Sie vorhaben, und ich weiß, dass Sie zermalmt werden.«

Wexley hustete und hob seine Hand, um seine Lippen abzuwischen. Haut kam mit, bereits Blasen werfend.

»Toll. Ist mir egal. Ich werde das nur einmal fragen, und wenn Sie die falsche Antwort geben, wird er Ihr Leben hier und jetzt beenden.«

Mynx neigte ihren Kopf. »Er kann es versuchen.«

Wexley unterdrückte eine Antwort. Er hatte die Bücher gelesen, die Filme gesehen. Mynx würde das Gespräch in die Länge ziehen, Zeit schinden für ihre Paragons, damit sie aus den Drohnen ausbrechen und mehr aus Chicago kommen könnten.

»Wer ist Denise Jones?«, fragte Wexley. »Und warum haben Sie sie getötet?«

Mynx musste kein Wort sagen, damit Wexley wusste, dass sie die Richtige gefangen hatten. Er nickte Rhimes zu und ließ den Plan um sich herum ablaufen.

Es fühlte sich seltsam an, ein Verhör im Bademantel durchzuführen, aber Wexley konnte nicht zulassen, dass seine eigenen Probleme ihm im Weg standen. Ein diskreter Arzt - eine weitere Person in Rhimes' Diensten, ein weiterer Grund für eine Gehaltserhöhung - traf sie am ländlichen Flughafen südlich von Chicago und versorgte Wexley mit allem, was er brauchte, um wach und gegen die Verbrennungen betäubt zu bleiben. Wexley waren die Grimassen nicht entgangen, das Seufzen des Arztes, als er ein Fläschchen nach dem anderen, einen Infusionsbeutel nach dem anderen aus seinem Wagen holte und sie Rhimes überreichte.

»Krankenhaus«, schloss der Arzt und sagte es Wexley direkt. »Warten Sie nicht. Sie werden Hauttransplantationen brauchen.«

Stattdessen bestieg Wexley das Flugzeug. Ein Jet mit zwanzig Sitzen, bereits besetzt von Rhimes und seinen vertrauenswürdigsten Soldaten. Und in einem separaten, kleinen Raum im hinteren Teil eine gefangene Champion. Wexley gesellte sich zu Mynx in den Raum und schnallte sich in einen Sitz ihr gegenüber an. Er drückte einen Knopf zu seiner Rechten, sagte dem Flugkapitän, er solle starten, dann lehnte er sich zurück und betrachtete seine Gegnerin.

Mynx trug ihre Paragon-Uniform, sah ganz silbern und würdevoll aus, wie sie auf den hellbraunen Lederkissen saß. Das Beige vermischte sich überall im Raum mit Weiß, sodass es sich ein wenig anfühlte, als wäre Wexley in einen Bauernhof getreten. Zwei kleine Fenster zu beiden Seiten zeigten die blinkenden Landebahnlichter des Flughafens, die startenden Triebwerke übertönten alle anderen Geräusche.

Während des holprigen Starts sahen Mynx und Wexley sich an. Er fand Mynx sowohl älter als auch jünger als erwartet, ihre Haut zeigte eine aggressive Pflegeroutine, während ihre Haltung, die grauen Strähnen in ihrem Haar und einfach das *Gefühl*, das Wexley beim Anblick hatte, jemanden vermuten ließen, der den Wendepunkt des Lebens überschritten hatte und sich auf dem absteigenden Ast befand.

Was sah sie in ihm? Einen Wahnsinnigen?

Als er sich selbst betrachtete, hätte Wexley fast gelacht. Für einen Mann, der die letzten zwei Jahrzehnte in Anzügen verbracht hatte, sei es kugelsicher oder dreiteilig, war ein schäbiger Bademantel und ein Aloe-Bad, ganz zu schweigen von der Infusion an einem Ständer neben seiner Hüfte, eine bemerkenswerte Abweichung.

Vielleicht hatte Zhan-Yo dasselbe gefühlt, als seine Revolution ihn von den Konzernhöhen in Chicagos schmutzige Kanalisation geführt hatte.

»Ich habe schon besser ausgesehen«, sagte Wexley, als das Flugzeug sich einpendelte.

»Wohin fliegen wir?«, fragte Mynx, scharf wie eine Rasierklinge.

»Ich denke, Sie werden den Ort wiedererkennen«, sagte Wexley. »Es ist einer, den ich schon lange sehen wollte.« Wexley bewegte seine rechte Hand, tippte mit einem Finger auf seinen Oberschenkel, während Mynx grübelte. Nein, er würde nicht warten, bis sie es herausfand. »Mynx, wo ist Mila? Die Champion, die Sie von ihrer Heimat fernhalten?«

Jetzt hatte er Mynx' Aufmerksamkeit. Sie richtete ihre Augen auf ihn, dieser durchdringende Blick kehrte zurück. Alle Champions schienen ein hitziges Temperament zu haben, alle außer Apinya, diesem Paragon des Friedens und der Philosophie.

»Was wollen Sie von ihr?«, fragte Mynx.

»Ist das nicht offensichtlich?«

»Das ist eine Verbesserung. Meine Maschinen tragen ihren Zweck immer außen. Jetzt tun Sie das auch.«

Wexley nickte ihr zu. »Ihre Maschinen? Ich dachte, sie gehören den Paragons?«

»Nicht alle.«

»Was ist mit der, die wir genommen haben? War das Ihre?«

Mynx verzog die Lippe. »Sie wird Ihnen nichts mehr nützen.«

»Wir können den Schaden reparieren.«

»Nicht diese Art. Ihr kleiner Trick hat nicht ganz funktioniert.«

Wexley hob seinen Tama, sagte Rhimes, er solle eine aktuelle Einschätzung der Drohne einholen. Während ihr Einsatz als Köder für Mynx erfüllt war, könnte der Gladiator immer noch eine mächtige Kampfmaschine sein, und Wexley würde bald jede Waffe brauchen, die er finden konnte.

»Sie verstehen meine Fähigkeiten schon, oder?«, fragte Mynx.

»Sie haben eine besondere Beziehung zu Maschinen.«

»Ganz besonders«, Mynx' Augen glitzerten. »Mutig von Ihnen, mich in ein Flugzeug zu setzen.«

»Das ist nichts im Vergleich zu dem Ort, an den ich Sie bringe.«

Mynx beugte sich vor und rutschte an den Rand der Couch. »Wexley, verstehen Sie das. Jeder Paragon auf diesem Kontinent und sehr bald auf der ganzen Welt wird nach mir suchen. Sie werden herausfinden, dass Sie das getan haben, und dann wird Ihr Unternehmen und jeder darin übernommen werden. Die Unschuldigen werden aussortiert, aber die Mittäter?« Mynx lächelte nicht, triumphierte nicht. »Ich habe auf Gnade verzichtet, als Aegis starb.«

»Ich will Ihre Gnade nicht, Mynx«, sagte Wexley und beugte sich vor, um ihre Bewegung zu imitieren. »Alles, was ich will, ist Ihre Armee.«

KAPITEL 18
KLINGEN

ZWEI GEHEN HINEIN, einer kommt heraus. Standardregeln für ein Duell. Die Genugtuung gehört dem Sieger.

Ein Vater gerächt.

Celice vergaß Gatete, vergaß Mathieu und Roger und all die kleinen Details in der Wohnung, die eine andere Geschichte erzählten als die, die sie glauben wollte. Die Geschichte, die jetzt vor ihr stand.

Zhan-Yo hatte eine einzelne Klinge bereit, die andere in der Scheide auf seinem Rücken. Er stand auf den Zehenspitzen vor dem Kamin und zeigte nichts von der knisternden Revolution, die er damals in Chicago bei ihrem ersten Treffen gezeigt hatte. Damals hatte sie ihn überrascht. Damals hatte sie jeden seiner Züge gegen ihn verwendet und war kurz davor gewesen, den tödlichen Schlag zu führen, bevor Mynx unhöflich dazwischengekommen war.

Der Tod stand diesmal auch nicht zur Debatte, aber Demütigung war ein guter Ersatz.

»Wenn wir dieses sinnlose Spiel spielen müssen«, sagte Zhan-Yo, »dann lass es uns hinter uns bringen.«

Celice antwortete mit ihren Füßen, stürmte durch die

kleine Küche, das Wohnzimmer und seine verteilten Möbel. Zu wenig Platz für große Geschwindigkeit. Genug, um abrupt zu stoppen.

Zhan-Yos Begrüßungshieb ging dorthin, wo Celice hätte sein sollen. Wo sie war, nachdem die Klinge vorbei war. Der Schwertkämpfer versuchte, das Schwert zurückzuziehen, fing sich einen Schlag ins Gesicht und einen Tritt in den Bauch ein, der ihn gegen den Kamin schleuderte. Er machte mit einem trägen Schwung Platz, Celice tanzte weg und stürmte wieder vor.

Diesmal bewegte sich Zhan-Yo, taumelte nach rechts, als Celice von links kam und zum nächsten Schlag ansetzte. Sie traf Zhan-Yo an der Schulter, was dem Schwertkämpfer nur einen wirbelnden Hieb entlockte. Celice duckte sich, spürte die Luftveränderung über sich und hörte, wie die Klinge auf den Stein des Kamins traf. Noch ein schlampiger Schwung.

»Strengst du dich überhaupt an?«, knurrte Celice und griff erneut an, als Zhan-Yo einen vorhersehbaren Hieb nach unten führte.

Sie griff mit ihrer rechten Hand nach vorne und oben, fing Zhan-Yos herabsinkenden Griff ab und zog ihn zu sich, nahm den stumpfen Aufprall des Griffs auf ihrer Schulter hin. Ihre linke Hand führte eine weitere Dreifach-Schlag-Serie in Zhan-Yos Gesicht aus, genug, um den Mann stolpernd zurückweichen zu lassen. Zurück Richtung Küche und dem zuschauenden Trio.

Gatete klatschte. Roger starrte. Mathieu runzelte die Stirn.

Zhan-Yo spuckte hellrotes Blut über den dunklen Holzboden.

»Strengst du dich an?«, fragte Celice erneut.

»Würde es eine Rolle spielen, wenn ich es täte?«

Celice griff an ihr Bein, fand das Oberschenkelmesser und zog es heraus. Spielte es eine Rolle? Wirklich? Ihr Vater verlangte Rache. Es musste nicht fair sein.

»Nein«, antwortete Celice.

Wieder ging sie schnell vor, und wieder hielt sie inne, als Zhan-Yo die Klinge hob, die Küchentheke in seinem Rücken. Zhan-Yo ging diesmal nicht nur zum Scheinangriff über, sondern trat vor, während er zuschlug, bereit, eine stoppende Celice bei ihrem Trick zu erwischen.

Wiederholung würde den überheblichen Kämpfer töten.

Celice nutzte ihren Schwung zur Täuschung, sprang von ihrem linken Fuß zur Wand auf ihrer rechten Seite und der beiseite geschobenen Couch. Mit dem rechten Fuß auf dem Hauptkissen abgestützt, sprang Celice zurück in Richtung Zhan-Yo, kam von der Seite, als sein ausholender Schwung ihn aus der Position brachte.

Zhan-Yo erstarrte. Sie hatte das Messer an seine Seite gepresst, die Spitze ragte durch seine Rüstung. Das Filetieren würde schnell gehen, Zhan-Yos Tod würde langsam sein.

»Aufhören«, verkündete Gatete. »Ich denke, diese Vorstellung ist vorbei, auch wenn ich sie sehr genossen habe.«

Zhan-Yo ließ sein Schwert fallen. Es klirrte ohne Zeremonie, ohne Triumph auf den Boden. »Ich ergebe mich.«

Celice bewegte das Messer nicht. Ihre Hand umklammerte es fest. Ein bisschen weiter, eine weitere Sekunde und sie könnte ihr Versprechen gegenüber ihrem Vater erfüllen. Und was würde Gatete schon tun? Sie angreifen?

»Du darfst dich nicht ergeben«, sagte Celice. »Diesmal nicht.«

Sie bewegte sich, stieß das Messer vor.

Und stellte fest, dass es verschwunden war.

Gatete schnalzte mit der Zunge, während die hohlen Flocken, die einst Celices Messer waren, herunter rieselten. »Nun, nun. Kein weiterer Kampf mehr.«

»Er verdient es nicht, eine weitere Sekunde zu leben«, sagte Celice. »Nicht eine-«

»Er wird so lange leben, wie er muss«, erwiderte Gatete, »denn welch besserer Tod für Zhan-Yo, als uns zu helfen?«

Celice trat nach links, mit Zhan-Yo zwischen Gatete und

Roger. Zhan-Yos Schwert lag zu ihren Füßen, bereit, hochge-worfen und benutzt zu werden. Gatetes Fähigkeit musste Grenzen haben. Vielleicht war Sicht eine davon. Zhan-Yo sah sie an, sein Gesicht eine starre Maske. Ein Gefangener, der sich bereits mit seinem Urteil abgefunden hatte.

Sie schob ihren Fuß unter den Griff, warf das gefallene Schwert hoch, packte den Griff mit ihrer linken Hand und schwang die Klinge während sie zurücktrat, ein Hieb, der Zhan-Yo hätte ausgeweidet am Boden zurücklassen sollen.

Sie traf nie. Ein klirrende Glocke erfüllte die Wohnung, als Zhan-Yos zweite Klinge, aus der Schulterscheide gezogen, Celices Hieb auffing, als ihr Angriff sich seiner Rüstung näherte. Die beiden Waffen blieben erstarrt, Celice drückte nach oben, Zhan-Yo zwang den Schlag nach unten.

Keine Wut, kein Zorn durchfuhr ihn. Als hätte Zhan-Yo sich verteidigt, weil die Logik es verlangte, nicht aus Selbster-haltung.

»Warum willst du nicht sterben?«, knurrte Celice.

»Weil es nicht an dir ist, mich zu töten«, erwiderte Zhan-Yo. »Noch nicht.«

»Der Mann hat Recht«, sagte Gatete, trat zwischen sie und bedachte Celice mit zusammengekniffenen Augen. »Du wirst damit aufhören, Celice, oder ich werde-«

»Du wirst was, Gatete? Den Paragonen erzählen, dass du mich davon abgehalten hast, meinen Vater zu rächen?«

»Ich werde ihnen erzählen, dass du eine Einzelgängerin bist, die in meiner Stadt Gewalt verursacht«, sagte Gatete und legte eine Hand auf beide Griffe, um die Klingen auseinander zu drücken. »Ich werde Mynx kommen lassen, und sie wird dafür sorgen, dass du irgendwo landest, wo du für niemanden mehr eine Gefahr darstellst.« Mit den getrennten Schwertern wechselte Gatete von Disziplin zu Belohnung, zauberte ein strahlendes Grinsen in den Raum. »Aber ich würde es viel lieber sehen, wenn wir unseren Gefangenen nehmen und ihn unterbringen. Es gibt eine Party zu planen!«

Zhan-Yo ließ seine zweite Klinge fallen und folgte Gatete wortlos aus der Wohnung. Celice beobachtete das Geschehen, den gestohlenen Säbel in der Hand. Die Nacht war so falsch und gleichzeitig so richtig verlaufen.

Sie hatte den Mann gefangen, der ihren Vater getötet hatte.

Warum fühlte sich Celice dann verlorener als zuvor?

Draußen warteten Pods mit weiteren Paragons, darunter Sydney, die Celice einen hasserfüllten Blick zuwarf. Mit Gatete an der Spitze ihrer kleinen Gruppe gab Sydney eine kurze Einweisung und erwähnte, dass Zhan-Yos Söldner aus dem Pub geholt und an denselben Ort gebracht wurden, wohin Zhan-Yo in wenigen Sekunden folgen würde.

»Und die Resonanz?«, fragte Gatete.

»Lokal im Trend«, sagte Sydney, ihr Blick wanderte zu Zhan-Yo. »Sobald wir verkünden, dass wir ihn haben, wird die ganze Welt aufmerksam werden.«

»Ich weiß. Wir müssen das maximieren. Bringt sie weg, dann treffen wir uns im Tower. Keine Fehler.«

»Der Tower?«, fragte Celice Roger, und der Paragon verdrehte die Augen.

»Der Tower of London. Das legendäre Gefängnis?«, sagte Roger. »Oder hat Aegis dir keine Geschichte beigebracht?«

»Er war zu beschäftigt damit, mir beizubringen, wie man Arschlöcher erkennt. Scheint, als hätte ich eines gefunden.«

Roger schnaubte und gesellte sich zu Gatete, als der Champion in seinen Pod stieg. Zwei andere Paragons nahmen Zhan-Yo seine Rüstung und Waffen ab, bevor sie ihn in einen anderen Pod steckten und zu ihm einstiegen. Die beiden Fahrzeuge schossen davon und ließen Sydney, Celice und Mathieu auf dem Gehweg zurück.

»Kommst du?«, sagte Sydney zu Celice.

»Was ist mit ihm?«, Celice zeigte auf Mathieu. »Schnappt ihr ihn euch nicht mit den anderen?«

»Hey«, begann Mathieu.

»Narrativ«, zuckte Sydney mit den Schultern. »Wir veröffentlichen sein Bild, sagen, dass Zhan-Yo noch einen Komplizen auf freiem Fuß hat. Die Leute werden dich sehen, Bilder schicken, Angst bekommen. Dann schnappen wir dich mit einer Drohne, als Überraschungsvorspeise bei Zhan-Yos Hinrichtung.«

Celice wurde schlecht, als ob ihr Magen die Paragons genauso abstoßen wollte wie ihr Abendessen.

»Und mich töten?«, fragte Mathieu, offenbar genauso ungläubig wie Celice.

»Das liegt an dir«, sagte Sydney, während ihr ausgewählter Pod am Bordstein hielt. »Es wird besser sein, wenn du dort, vor all den Kameras, widerrufst und dich entschuldigst. Wenn du das tust, lässt er dich garantiert am Leben.« Sydney musste ihre Gesichter gesehen haben, denn ihr eigenes wurde weicher. »Ich weiß, ich klinge wie ein Monster und Gatete wie ein böses Wesen, aber das ist die Realität, oder?«

»Eine ziemlich verdrehte«, sagte Celice, der bewusst wurde, dass sie und Mathieu Seite an Seite standen und Sydney ansahen, durch Zufall ein Team.

Die Anwesenheit der Paragons hatte die Zivilisten in Deckung getrieben, sodass die Straße und die Gehwege fast verlassen waren, bis auf einen Hundebesitzer, der alles tat, um seinen Terrier von dem Trio fernzuhalten. Ein leichter Regen setzte ein, nieselte auf die Straße und tropfte an den Fenstern herab.

Sydney zeigte auf sie: »Glaubst du, dein Vater hätte so viel Erfolg gehabt, wenn die Leute ihm keine Aufmerksamkeit geschenkt hätten? Gatete braucht die öffentliche Wahrnehmung für seine Beförderungen.«

»Und du?«, konterte Mathieu. »Du hilfst bei diesen kranken Spielen?«

»Das ausgerechnet von dem Mann, der beim Bombenanschlag auf ein Stadion geholfen hat?«, lachte Sydney. »Verschone mich. Es ist eine harte Welt. Wenn Gatete aufsteigt, rate mal, wer seinen Platz einnimmt?«

»Roger, wie's aussieht«, sagte Celice.

»Er wird mit Gatete gehen und Europa leiten. Ich bekomme London und eine Chance zum Durchatmen.«

»Was für ein Preis für all deine Prinzipien«, murmelte Mathieu. »Ich kann nicht verteidigen, was Zhan-Yo getan hat, aber wenigstens hatten wir einen guten Grund.«

»Und woher zum Teufel weißt du, was meine Prinzipien sind? Celice, steig in den Pod. Mathieu, du solltest besser loslaufen. Du hast ein paar Tage, dann bist du erledigt.«

Mathieu lachte leise und trat einen Schritt zurück. »Ihr Paragons seid so überrascht, dass der Rest von uns euch hasst, aber ist es wirklich so schwer zu verstehen?«

Celice streckte ihre Hand aus, ergriff Mathieus linken Arm und hielt ihn wie den eines Freundes. Die Bewegung kam schnell, ein Instinkt, der sich in Aktion umsetzte.

»Mein Vater hat die Paragons aufgebaut«, sagte Celice und ließ ihren Blick zwischen Sydney und Mathieu hin und her wandern. »Das ist nicht das, was er erschaffen hat.«

»Zeit-«, Sydney wollte sprechen, aber Celice schnitt ihr mit einem erhobenen Finger das Wort ab.

»Steig in deinen Pod, Sydney«, sagte Celice. »Fahr zurück zu Gatete und Roger und all seinen Freunden. Er hat Zhan-Yo. Er kann uns in Ruhe lassen.«

Sydney mischte Wut und Verwirrung mit Neugier: »Uns? Du und Mathieu?«

Zu Sydneys Ehre sah Mathieu genauso verloren aus. Die Gesichtsausdrücke brachten Celice kurz ins Wanken, ließen sie zweifeln, ob die Entscheidung richtig war. Bis sie sich daran erinnerte, dass Roger und Sydney Celice erst vor kurzem entführt hatten, dass sie Celice und Zhan-Yo manipulierten, um ihre eigenen Ambitionen voranzutreiben.

Es ging nicht um Gerechtigkeit oder darum, die Welt zu einem besseren Ort zu machen. Diese Ideale mochten klischeehaft klingen, aber es waren die, an die Aegis geglaubt hatte.

An denen Celice in seiner Abwesenheit festhalten würde.

»Ist das ein Problem?«, fragte Celice und ließ keinen Zweifel daran, was passieren könnte, wenn Sydney die falsche Wahl träfe.

»Ich werde es Gatete sagen«, sagte Sydney. »Ihr werdet ein paar Stunden Vorsprung haben, für was auch immer es euch nützt.«

Die Paragon wartete nicht auf eine Antwort, gab Celice keine Chance, ihre Meinung zu ändern. Sydney glitt in ihren Pod, Tama startete und fuhr los, ohne auch nur einen warnenden Blick zurückzuwerfen.

»Das habe ich nicht erwartet«, sagte Mathieu und befreite seinen Arm aus Celices Griff. »Ich brauche deine Hilfe auch nicht. Ich bin nicht gerade-«

»Das habe ich nicht für dich getan«, sagte Celice, drehte sich um und ging die Straße hinunter. Sie musste einen Pod rufen, wo die Paragons es nicht sehen würden. »Ich brauchte nur Zeit.«

»Zeit wofür?«, fragte Mathieu und ging neben ihr her.

»Um herauszufinden, was zum Teufel gerade passiert ist.«

Mathieu antwortete darauf nicht. Sie gingen nebeneinander her im Nieselregen, während Celice die kalte Luft einatmete und ihr Leben neu ordnete. Aegis hatte nie viel darüber gesprochen, wie es sich anfühlte, wenn eine Mission zu Ende war, wenn er ein Ziel erreicht hatte. Celice hatte so viele Abenteuer im Hintergrund verbracht, Verstärkung gerufen, Paragons koordiniert, dass jeder Sieg nur am Rande stattfand.

Aegis würde feiern, aber fast jedes Mal brach er früh ab. Er zog sich zurück nach Bastion in Manhattan und verschwand in seinen Terminals, begierig darauf, das nächste Ziel zu finden. Damals verstand Celice nicht, warum ihr Vater nicht feiern konnte, nicht für ein oder drei Tage durchatmen konnte.

Jetzt, während sie durch die Londoner Nacht ging ohne einen Weg nach vorne, zur Seite oder irgendwohin, fand Celice den Grund.

»Wo gehst du hin?«, fragte Mathieu, während sie an Pubs, Geschäften und Clubs vorbeigingen, Londons Nachtleben.

»Solltest du nicht verschwinden?«

»Das ist eine Falle und das weißt du.«

»Nicht, wenn du wirklich abhaust«, Celice zeigte auf die blinkenden Lichter eines vorbeifliegenden Flugzeugs am Himmel. »Gatete wird dir nicht über den Ozean folgen.«

»Das glaubst du selbst nicht.«

Stimmt. Das tat sie nicht. Sobald Gatete Mathieu mit Zhan-Yos Pinsel malte, würde jeder Paragon auf dem Planeten den Mann finden und ausliefern wollen.

»Dann würde ich eine neue Identität empfehlen«, sagte Celice.

»Ist das dein Plan?«

»Nochmal, warum interessiert es dich, was ich vorhabe?«

Mathieu machte einen schnellen Schritt und versperrte Celice den Weg auf dem Bürgersteig. »Weil wir deine Hilfe gebrauchen könnten.«

Das brachte sie zum Stehen.

»Wir?«

Mathieu verschränkte die Arme und nickte zur Seite, unter das Vordach eines geschlossenen Salons. Sie hatten die Paragon-Präsenz hinter sich gelassen, und obwohl der Nieselregen die Straßen ruhiger machte, blieb London eben London. Wenn Mathieu Geheimnisse zu teilen hatte, konnte Celice ihm die Chance geben.

»Zhan-Yo hat sich das schon gedacht«, sagte Mathieu, als sie sich beide an die Wand eines geschlossenen Ladens drängten.

Mathieu zog eine Zigarette heraus, zündete sie an, nahm

aber keinen Zug. Celice verstand: nur eine Tarnung, um dort stehen zu bleiben.

»Er wusste, dass ich Gatete direkt zu ihm führen würde, dass er gefangen und für eine öffentliche Hinrichtung vorbereitet werden würde?«

»Okay, vielleicht nicht das alles.« Mathieu tat so, als würde er einen Zug nehmen. »Niemand denkt, dass er den Paragons für immer davonlaufen kann, besonders nicht nach dem, was wir in LA abgezogen haben.«

»Vielleicht hat Gatete nicht Unrecht.«

»Ich behaupte ja nicht, dass wir Heilige sind, Celice. Verdammt, wir haben wahrscheinlich eine Kugel in den Kopf verdient. Aber wir sind nicht hier, weil Zhan-Yo Reps auf unsere Konten überweist.«

»Kumpels also?«

»Revolutionäre«, sagte Mathieu, und Celice lachte, scharf und kurz.

»Zhan-Yo, das kann ich glauben«, sagte Celice. »Du vielleicht auch. Aber all die Typen im Pub? Die brennen alle darauf, die Gesellschaft zu stürzen?«

Mathieu zuckte mit den Schultern. »Zhan-Yo hat uns alle darauf schwören lassen. Ob sie sich daran halten, weiß ich nicht, aber sie sind bis jetzt bei uns geblieben. Bei ihm geblieben.«

Wie viele Paragons waren beigetreten, blieben bei der Organisation nur um bei Aegis und den anderen Champions zu sein? Die Zahl musste größer als null sein. Könnte sogar höher sein als jeder erwartete.

Andererseits, nach dem, was sie in letzter Zeit gesehen hatte, hatten die Paragons eine Menge Probleme. Die Welt ihres Vaters war vielleicht doch nicht so unbesiegbar, wie sie noch vor ein paar Monaten ausgesehen hatte.

»Bist du noch da?«, fragte Mathieu, während er eine ungerauchte Zigarette fallen ließ und austrat.

»Ich denke nach«, antwortete Celice und schüttelte die

Grübelei ab. Das war etwas für später. »Du meintest, ich könnte helfen. Wobei?«

»Unseren Mann retten.« Mathieu hob dabei schon halb die Hände, als erwarte er, dass Celice ihn schlagen würde. Und das hätte sie auch, hätte sie vielleicht, wäre nicht genau in diesem Moment eine Familie mit zwei Kindern und ihrer Mutter vorbeigegangen. Die Welt schien düster genug, auch ohne vor Kindern einen Streit anzufangen. »Ich weiß, was du denkst. Ich weiß, dass du Zhan-Yo da drin erledigen wolltest.«

»Red weiter, vielleicht gräbst du dich ja noch raus.«

»Ich werde nicht versuchen, dich zu überzeugen, dass Zhan-Yo Rettung verdient, weil er ein guter Mensch ist.« Mathieu blickte auf die Straße, offenbar nicht willens, Celices hartem Blick zu begegnen. »Was ich sage ist, dass er die beste Chance ist, die Welt zu retten, die dein Vater aufgebaut hat.«

Celice verdrehte die Augen. Welche andere Reaktion gab es da schon?

»Lass es mich dir beweisen.« Mathieu hob sein Tama, tippte eine Adresse ein und zeigte sie Celice. »Hier haben wir uns aufgehalten. Es ist nicht weit. Komm mit mir und du wirst verstehen, ich schwöre es.«

»Was genau soll ich verstehen? Einen neuen Plan, um mehr Anomalies zu töten?«

»Das haben wir versucht. Zweimal. Hat nicht funktioniert. Zhan-Yo ist darüber hinweg.«

»Ich bin so froh, dass er zur Vernunft gekommen ist.«

»Er gibt zu, dass er Fehler gemacht hat«, sagte Mathieu. »Kannst du das auch?«

»Klar. Als ich Zhan-Yo aus dieser Wohnung gehen ließ, ohne ihm ein Schwert in den Rücken zu rammen.«

Endlich brach Mathieu zusammen, die stoische Fassade fiel bei ihren Worten in sich zusammen mit einem Seufzer. Er schüttelte den Kopf, fuhr sich mit der Hand übers Kinn und wandte sich dann von ihr ab und ging los.

»Weißt du, was passiert, wenn Rache alles ist, woran du denkst?«, sagte Mathieu während er wegging.

»Kann's kaum erwarten, das zu hören.«

»Du wirst zum Sklaven einer Erinnerung. Komm vorbei, und vielleicht findest du einen Weg, frei zu werden.«

Celice beobachtete, wie Mathieu einen Block weit durch den Nieselregen ging, bevor sie selbst abbog und in Richtung ihrer Wohnung ging. Unterwegs holte sie ihr Tama heraus und gab die Adresse ein, die Mathieu ihr gezeigt hatte.

Nur für alle Fälle.

KAPITEL 19

NACHTREITER

ER HIELT INNE, als die Schüsse aufhörten. Calvin wusste nicht, wie tief sie eingedrungen waren, wie dick die Schlammschicht über ihnen war. Die Erde glitt rau durch seine Finger, strömte von seiner linken Hand und blühte aus seiner rechten, bis sie jetzt im Dunkeln eingehüllt waren. Calvins Tama leuchtete als einzige Lichtquelle in einem unheimlichen Blau.

»Was?« fragte Calvin – Kat hatte etwas gemurmelt, das er nicht verstehen konnte.

Er hatte ihren Körper eng an seinen gepresst, während sie tiefer gruben, um Wexleys Wachen eine möglichst kleine Angriffsfläche zu bieten. Je mehr Calvin den Schlamm ausbreiten musste, desto dünner würde er werden. Desto weniger Kugeln würde er aufhalten.

»Geh von mir runter«, wiederholte Kat.

»Kann nicht«, erwiderte Calvin. »Kein Platz.«

»Was?« Kat wand sich und drehte ihr Gesicht zu Calvin, das Leuchten des Tamas zeigte schwarze, nasse Erde um sie herum. »Wo sind wir?«

»Ja, was das angeht«, flüsterte Calvin, »versuch nicht zu reden. Wir haben hier drin nicht viel Luft.«

Kat begriff die Folgen, während Calvin ihre Optionen durchging. Er könnte diesmal versuchen, nach oben zu graben, aber anders als beim Hochschieben von Schlamm in die Luft müsste Calvin die Erde von oben nach unten verlagern, in einen Raum, der jetzt schon mit Erde gefüllt war.

Kurz gesagt, er hatte keine gute Lösung für diese Situation.

Schlimmer noch, wenn sie zu früh ausbrechen würden, würden Wexleys Schläger sie durchlöchern.

Kat griff nach Calvins Arm und drehte ihn, damit sie sein Tama sehen konnte. Calvin zuckte wegen des engen Winkels zusammen und konnte nicht lesen, was die Trackerin in das Gerät tippte. Er beobachtete Kat und versuchte, nicht zu atmen. Als Kat losließ, lehnte sie sich in die enge Nische um sie herum zurück und schaute zu ihm auf.

Danke.

Ihre Lippen bewegten sich langsam genug, dass Calvin sie lesen konnte.

Kein Problem.

Er übertrieb die Worte und als Kat kurz grinste, wusste er, dass er erfolgreich war.

Nur du? fragte Kat.

Calvin schüttelte den Kopf. *Teamarbeit.*

Wo?

Weiß nicht, Calvin zuckte leicht mit den Schultern. Er wollte nicht tot sagen, wollte nicht erschossen sagen. Weed und seine Crew waren zwar noch keine richtigen Freunde, aber Calvin wollte nicht darüber nachdenken, dass er seine Kollegen in eine tödliche Schießerei hineingezogen hatte.

Calvins Tama piepte. Kurz, schrill. Kats Augen weiteten sich und sie griff wieder nach Calvins Arm. Grinste.

»Man muss die Paragons einfach lieben«, sagte Kat, und bei Calvins Blick verdrehte sie die Augen. »Sie werden hier sein, bevor uns die Luft ausgeht. Glaubst du, Mynx würde sich von ein bisschen Gestein davon abhalten lassen, ihre Anomalien zu verfolgen?«

»Was?«

»Gib ihnen dreißig Sekunden.« Kat schaute über Calvins Schulter nach oben. »Du wirst vielleicht dreckig.«

»Solange ich überlebe, ist mir das egal.«

Die dreißig Sekunden vergingen, während Calvin eine kurze Zusammenfassung des Angriffs durchging. Die ganze Zeit wurde die Luft dünner und dünner. Atmen fühlte sich an, als würde man nach etwas in weiter Ferne greifen, die Lungen arbeiteten immer härter für weniger Ertrag.

Der Boden über ihnen bebte. Calvin spürte, wie seine Schlammkreation nachgab und auf seinen Rücken fiel. Das Gewicht drückte ihn auf Kat, die einen gedämpften Fluch ausstieß. Das Licht seines Tamas verschwand unter Steinen und Erde, das Zeug drückte von allen Seiten auf ihn ein. Sand drang in seine Ohren, irgendeine knorrige Wurzel presste sich gegen Calvins Lippen, während etwas, das er nicht sehen, aber kriechen fühlen konnte, sich in seine Nase drückte.

Welche Rettung Kat auch gefunden hatte, sie würde sie umbringen.

Gerade als Calvin überlegte, wie er lieber sterben würde – jede Art, die nicht den Wurm beinhaltete, der sich auf seinem Gesicht wand, gewann –, verschwand der Druck. Mondlicht strömte herein, als eine metallene Hand nach Calvins Rücken griff und ihn herauszog. Unter ihm nahm Kat einen tiefen Atemzug, bevor sie sich aufsetzte und aus der Grube kletterte.

Kats herbeigerufene Drohne setzte Calvin neben der Scheune ab, an einer Stelle, die mit Patronenhülsen übersät war. Während sich seine Augen an das Licht gewöhnten, erzählten die Geräusche eine andere Geschichte. Ein Paragon-Anführer bellte Befehle, während stampfende Füße und surrende Motoren Drohnen, Pods und Paragons in großer Zahl ankündigten.

Calvin spürte eine Hand auf seiner Schulter und sah Particle neben sich stehen. Ihre Uniform wies Schnitte auf, und sie hatten einen fest gewickelten Verband am rechten Arm, aber das schien nicht der Grund für ihren besorgten Blick zu sein.

»Das macht dann alle von uns«, sagte Particle, ohne auf Calvins Bericht zu warten. »Weed hat's am schlimmsten erwischt. Smoke danach. Sie sind schon weg.«

»Werden sie durchkommen?«

Particle trat gegen eine Patronenhülse. »Sie haben eine Chance. Die Frage ist, ob Mynx eine hat?«

»Mynx?«

»Wo warst du denn, unter einem Felsen?«

Calvin kniff die Augen zusammen und bemerkte das leicht hochgezogene Mundwinkel. »Das ist nicht witzig.«

»Wer ist das?« sagte Kat, während sie sich den Dreck abklopfte und näher kam. »Gehört der zu deinem Team?«

»Particle«, sagten sie. »Dich zu retten hätte uns fast umgebracht.«

»Tut mir leid.«

»Nicht so leid, wie es diesen Punks noch tun wird. Sie haben Mynx geschnappt. Irgendwas mit EMP hat ihren Mechanzug ausgeschaltet und ein paar Drohnen zu Boden gebracht. Hässliche Sache, aber wer in ein Wespennest sticht, muss mit Stichen rechnen.« Particle schnippte mit den Fingern und lenkte Kats und Calvins Blicke auf einen leeren Pod in der Nähe der Straße. »Der ist für euch, wenn ihr wollt. Ich bleibe hier und erzähle ihnen, was sie wissen wollen.«

Calvin konnte zwischen den Zeilen gut genug lesen, um Particles Punkt zu verstehen. Wenn Mynx etwas zugestoßen war, würden die Paragons wissen wollen, warum ein kleines Team früher gekommen war. Würden wissen wollen, warum dieses kleine Team gewartet hatte, die große Feuerkraft zu rufen. Particle schien die Vorstellung, abzulenken, nicht zu stören, was bedeutete, dass Particle entweder mit den Besten lügen konnte oder keine Angst vor irgendwelchen Disziplinarmaßnahmen hatte.

So oder so würde Calvin diese Chance nicht ausschlagen.

Die Kapsel bewegte sich zügig zurück zur Stadt, das klare Dach bot einen herrlichen Blick auf den Nachthimmel. Nachdem Calvin unter dem Schlamm gefangen gewesen war, wanderten seine Augen mehr nach oben als irgendwo anders hin, diese Freiheit genießend. Die Kapsel selbst blieb ruhig, bis auf das sanfte Surren des Motors und gelegentliche Stöße und Klicks auf der Straße.

»Danke, dass du nach mir gesucht hast«, sagte Kat, während sie dahinflitzten. »Als Trackerin ist man oft einsam. Die Leute bemerken es meist gar nicht, wenn ich verschwunden bin.«

»Ich bin es nicht gewohnt, Freunde zu haben«, erwiderte Calvin. »Dachte, ich sollte die, die ich habe, am Leben halten.«

»Auch wenn das bedeutet, dass ein Champion gefangen wird?«

»Woher zum Teufel hätte ich wissen sollen, dass Mynx kommen würde?«

Kat lachte: »Schau nicht so traurig. Es ist okay. Sie haben einen Champion. Jeder Paragon auf dem Planeten wird hinter ihnen her sein. Wexley ist erledigt.«

Kats Haare klebten zusammen, als sie sich im Sitz zurücklehnte. Ihre weiße Uniform sah mehr braun als alles andere aus, der Schmutz hatte sich tief eingegraben. Risse zeigten, wo sie es schwer gehabt hatte, aber Calvin sah weder gebrochene Knochen noch Blutflecken.

»Was haben sie mit dir gemacht?«, fragte er. »In diesem Diner? Und hier?«

»Wexley hat geredet«, antwortete Kat und schloss die Augen. »Mehr zu mir als mit mir. Ich war ein Unfall.«

»Denke, wir sollten in diesen Hafenbereich gehen.«

»Ich meine die Gefangennahme. Wir sind nichts für diese

Typen. Wexley und Rhimes, diese ganze Operation? Das ist viel größer als du und ich.«

»Kat, ich weiß nicht, ob du dich erinnerst, aber ich bin es gewohnt, nichts zu sein. Ziehe es sogar vor.«

»Ich auch.«

Als keine Antwort kam, sah Calvin hinüber und bemerkte, dass Kat tief atmete, die Augen geschlossen. Sie hatte einen langen Tag gehabt, also ließ Calvin ihr den Moment. Er tippte gegen das Fenster zu seiner Linken, während ein dunkles, schmutziges Feld vorbeizog. Bei jeder Berührung spürte er das Glas der Kapsel und was er damit tun könnte. Das Fahrzeug zerstören, ein Messer erschaffen, oder...

Er nahm Spuren auf, während Kat neben ihm döste. Saugte sie von der Oberfläche mit einer Hand ab und formte sie mit der anderen, das Glas nach Gefühl modellierend. Die Flüssigkristalle bildeten sich an seinen Fingerspitzen und flossen hinab, verschmolzen mit ihren Vorgängern, um Stück für Stück eine Überraschung zu schaffen.

»Wir kommen in die Nähe«, sagte Calvin, als Chicago um sie herum aufragte. »Bereit aufzuwachen?«

»Überhaupt nicht«, murmelte Kat, die Augen geschlossen haltend. »Muss ich denn?«

»Weiß nicht, wie lange diese Kapsel dich drin lassen wird«, erwiderte Calvin, »aber ich glaube, da ist jemand, der sehr enttäuscht wäre, wenn du nicht rauskommst.«

Kat setzte sich auf, lächelnd. Seeker hatte diese Wirkung auf Menschen, und Calvin betrachtete sich nicht einmal als Hundefreund. Die meiste Zeit seines Lebens waren die Hunde, die Calvin kannte, hinter ihm her gewesen, hatten seinen Geruch durch Wälder und Felder gejagt. Der flauschige Panzer nahm Kats Freunde auf, als wären sie seine eigenen, und Seeker war auch eine verdammt gute Decke in Chicagos langen Wintern.

»Calvin, hast du das gemacht?«, fragte Kat, als sie das Objekt in Calvins linker Hand bemerkte.

»Könnte sein. Lange Fahrt, und du warst nicht sehr gesprächig.«

»Tut mir leid. Stellt sich heraus, eine Geisel zu sein ist erschöpfend. Darf ich es halten?«

»Sollte in Ordnung sein.«

Calvins Kreationen neigten dazu zu versagen, wenn sie sich selbst überlassen wurden, da das Brechen der strukturellen Integrität, um seine eigenen Formen zu schaffen, sie unweigerlich einholte. Hier hatte er sich jedoch besonders bemüht, das Glas so zu weben, dass es sich selbst trug, damit es nicht zu verbogen oder gedehnt wurde.

»Es ist wunderschön«, sagte Kat, während sie den gläsernen Hund hielt, einen wellenden, funkelnden Seeker. »Wie?«

»Die Fenster der Kapsel sind vielleicht nicht mehr ganz so kugelsicher«, sagte Calvin, und als Kat besorgt dreinschaute, hob er die Hände. »Beruhige dich, ich habe schon eine Überprüfungsanfrage gestellt. Sie werden es herausfinden. Niemand wird in diesem Ding erschossen.«

Kat nickte, anscheinend besänftigt: »Warum hast du das gemacht, Calvin? Ich meine, ich mag es, aber warum?«

Eine Frage, auf die er nicht vorbereitet war, aber jetzt, wo sie gestellt wurde, fand Calvin eine Antwort: »Dachte, es wäre mal schön, zur Abwechslung etwas zu machen, das nicht gewalttätig ist.« Die Kapsel hielt vor Kats Apartmentgebäude. »Das habe ich früher manchmal gemacht, wenn ich die Nacht in irgendeiner Bruchbude oder unter einer Brücke verbracht habe. Kleine Schmuckstücke, die ich am nächsten Tag für ein paar Reps verkaufen konnte.«

Während Kat sich von sowohl dem Schmutz als auch Seekers überschwänglicher Begrüßung mit Lecken säuberte, nahm Calvin sein Tama und bestätigte, dass Weed, Lob und Smoke es lebend herausgeschafft hatten. Lobs Abschüsse hatten sie weit außerhalb des erleuchteten Bodens gebracht, und Smoke hielt sie versteckt, bis die Paragon-Verstärkung bessere Hilfe brachte.

Smoke lieferte eine heftige Beschreibung von Mynx' Angriff und den lähmenden Geschossen von Wexleys Team. Mynx hatte die Feuer-Bombardierung abgebrochen, um den Gladiator zu retten und die Anführer zu verhören, eine Entscheidung, die nach hinten losging, als Wexleys EMP losging. Die Drohnen wurden schnell ausgeschaltet, die Paragons darin gefangen. Sobald Mynx gesichert war, packte die ganze Truppe zusammen und rannte, der eigenen Paragon-Verstärkung nur um Minuten zuvorkommend.

»Sie haben uns ausgetrickst«, sagte Calvin, als Kat sich wieder zusammengerichtet hatte. »Wexley und seine Crew. Von Anfang an, als sie diese Drohne nahmen.«

»Mit dir hat er aber nicht gerechnet«, erwiderte Kat. »Sie dachten auch nicht, dass wir zu den Docks kommen würden. Er ist nicht so clever, wie du denkst.«

»Was ist er dann?«

»Er ist genau wie all die anderen Idioten, die ständig nach Macht greifen«, sagte Kat, während sie auf ihrem Bett saß und Calvin sich die Couch schnappte. Takeout war unterwegs: Pfannengerührtes, verfügbar selbst als die Uhr sich Mitternacht näherte. »Sie verstricken sich so sehr in ihren Ambitionen. Deshalb scheitern sie alle früher oder später.«

Calvin pfiff: »Kat, die Philosophin ist im Haus!«

»Eher Kat, die Müde und Desillusionierte.«

»Also wenn du nicht glaubst, dass er so clever ist, was macht er als Nächstes?«

Kat, die Seeker streichelte, presste ihre Lippen zusammen, ließ ihren Blick zur Decke wandern und zuckte dann mit den Schultern: »Willst du, dass ich eine Wette eingehe?«

»Ich hab gefragt, oder?«

»Okay, du schnappst dir Mynx, richtig? Stellst diesen ganzen Mist mit einer Drohne an, riskierst alles, um diesen

Champion zu kriegen. So einen Würfelwurf machst du nicht, außer es ist der Gewinner.«

»Oder du bist verrückt.« Calvin setzte sich auf, streckte sich. Das Sitzen in der Schlammgrube und der Kapsel hatte seinen Muskeln nicht gut getan. »Wie der Typ, der Aegis erledigt hat. Der war verrückt.«

»Ist verrückt. Zhan-Yo ist nicht tot«, sagte Kat. »Oder falls doch, hat's niemand verkündet. Jedenfalls können wir nicht von verrückt ausgehen, weil uns das nicht weiterhilft.«

»Hilft nicht weiter?«

»Klar. Wenn wir denken, dass Wexley völlig willkürlich handelt, können wir nicht vorhersagen, was er tun könnte, also warum uns überhaupt damit befassen?«

Calvin lachte und sah Kat an: »Woher kommt das plötzlich? Bist du jetzt Psychiaterin?«

»Ich bin Trackerin, du Idiot. Was glaubst du, wie ich Anomalien finde? Wie hab ich dich gefunden?«

»Glück?«

Kat wedelte mit dem Finger: »Calvin, komm schon. Wexley hat einen Plan. Bis jetzt läuft der vermutlich ziemlich gut, selbst mit deiner Aktion. Weißt du, was er noch gemacht hat, als er mich im Diner traf?«

»Was?«

»Einen Milchshake getrunken. Total bescheuert. Jedenfalls war es ihm völlig egal, dass ich da war, außer um anzugeben. Wir sind klein für ihn, Mynx ist groß. Und was hat Mynx, das nur ihr gehört?«

»Ihren Ruf? Sie ist ein Champion. Er wird berühmt.«

Kat stand auf und ging zum riesigen Computerbildschirm, der als ihre Tracker-Basis diente. Seeker trottete mit ihr mit, offenbar nicht gewillt, sie nach Kats Verschwinden aus den Augen zu lassen. Als die Trackerin sich auf ihren Stuhl setzte, ließ sich Seeker auf ihre Füße plumpsen.

»Zeig und erzähl?«, fragte Calvin.

»Ich dachte, du wärst nie zur Schule gegangen?«, schoss

Kat zurück, während sie die Tracker-Datenbank aufrief. Anomalie-Namen und Berichte sprangen hervor und zeigten die Einspeisung in Kats Konten von der Arbeit, die ihre Ziele erledigten. »Mynx hat all das zusammengestellt, eine große Datenbank für Tracker, unterstützt von Drohnen.«

»Richtig.«

»Rate mal, wer die Drohnen kontrolliert?«

»Die örtlichen Paragons?«

»Jetzt spielst du nur mit mir«, sagte Kat. »Ich weiß, dass da irgendwo ein Gehirn ist.«

»Ich bin nicht zur Schule gegangen, schon vergessen?«, grinste Calvin, und Kat verdrehte die Augen.

»Die meisten Drohnen kommen von einem Ort. Deshalb ist Mynx, wer sie ist«, sagte Kat. »Sie hat die Fabrik.«

»Die was?«

Kat antwortete nicht sofort. Stattdessen legte sie ihre Hände auf den Schreibtisch und fluchte, ein langsamer, langer Fluch, der Calvins gute Laune mit jedem Wort schwinden ließ. Die Trackerin sparte ihre kraftvolle Ausdrucksweise für bedeutsame Momente auf, und angesichts des Themas …

»Wir werden das Essen zum Mitnehmen nicht genießen können, oder?«, sagte Calvin.

Sie aßen es in einer anderen Kapsel, während das kleine Auto durch die spärlich befahrenen nächtlichen Straßen glitt, auf der Suche nach einer Adresse, an die sich Calvin lieber nicht erinnern wollte. Wenn sie nie wieder im Hauptquartier der Elementals landen würden, wäre ihm das nur recht. Zu viele Regeln, zu viele selbstgefällige Anomalien, die sich für etwas Besseres hielten, nur weil sie nicht Blau und Weiß trugen.

»Bist du sicher, dass wir sie brauchen?«, fragte Calvin. »Denn wenn das, was du denkst, stimmt, werden die Paragons überall ihre Finger im Spiel haben.«

»Die Paragons haben überall Lecks«, sagte Kat. »Und sie haben gerade von Wexley den Hintern versohlt bekommen.«

»Glaubst du, die Elementals werden es besser machen? Hast du vergessen, dass wir ihnen vor ein paar Wochen gegen Wexley helfen mussten?«

»Willst du wissen, was ich denke, Calvin? Ich vermute, Wexley spielt hier nicht zum Spaß. Ich glaube, er hat einen Plan, viel mehr als nur Chicago zu übernehmen, und viel mehr als nur ein paar Anomalie-Leben zu nehmen. Wir werden die Elementals dabei brauchen, genauso wie die Paragons.«

»Okay ...«

»Sie werden sterben, wenn Wexley Erfolg hat, Calvin. Sie verdienen eine Chance, um ihr Leben zu kämpfen.«

»Viel Glück dabei, sie davon zu überzeugen.«

Das beendete die Unterhaltung, bis sie beim Café ankamen, das als Hauptquartier der Elementals diente. Längst geschlossen für die Nacht, fanden sie den Anomalie-Wächter am Eingang auf einer Bank im Park gegenüber sitzend. Der Mann wirkte verloren und verwirrt, bis Kat Beths Namen etwa ein Dutzend Mal wiederholte. Das, gepaart mit Kats sich ballenden Fäusten, brachte den Wächter zum Handeln.

Minuten verstrichen, bevor sich die Cafétür öffnete und zwei andere Elementals, die sich die Augen rieben, aber ansonsten bereit waren, das Paar in einen nach starkem Kaffee riechenden Raum führten. Eine große Thermoskanne stand auf einem Tisch neben einem Tablett mit Gebäck, das mit dem zweifelhaften Etikett »von gestern« versehen war.

»Wir sind es nicht gewohnt, um diese Uhrzeit Gäste zu empfangen«, sagte Beth, die Anführerin der Elementals, die auf einem Metallklappstuhl neben einem ebenso schäbigen Tisch saß. Wie die anderen hatte sie sich eine legere Aufmachung zusammengeworfen, als käme sie von einer Übernachtungsparty. »Entschuldigt die Umstände.«

»Sei entschuldigt«, sagte Kat stirnrunzelnd, als Calvin sich einen Kaffee und ein paar beerengefüllte Plunderteilchen schnappte.

»Was denn?«, sagte Calvin, als er sich mit Kat an den Tisch setzte und ihr einen eigenen Kaffee holte, nachdem er seine Sachen abgestellt hatte. »Wir sind nett genug, sie vor dem Ende der Welt zu warnen. Das Mindeste, was sie tun können, ist uns einen Donut zu geben.«

»Das Ende der Welt?«, sagte Beth, wobei sich ihre Augenbraue wie üblich hob. »Das klingt übertrieben.«

»Normalerweise würde ich zustimmen«, sagte Kat. »Aber diesmal nicht. Es ist Wexley, Beth. Er hat Mynx.«

Beth beugte sich vor: »Die Championin?«

»Die Championin.« Calvin nahm einen langen Schluck von seinem Kaffee, gefolgt vom Plunderteilchen. Köstlich. »Wie ich sagte, das Ende der Welt.«

Diesmal sah Beth nicht so skeptisch aus.

KAPITEL 20
DIE
UNTERHÄNDLERIN

DAS PROBLEM des Dorfes lebte nicht im Dorf selbst. Achara führte Cassidy und Thane – der nach einigen Minuten wieder sein altes Selbst war – vorbei an den bescheidenen Häusern, den offenen Geschäften und den süßen Essensgerüchen, die aus den Küchen strömten. Als sie die Dorfgrenze erreichten, schloss sich der Dschungel um sie herum, bis auf einen gut ausgetretenen, steinigen Pfad, der einen leichten Hügel hinaufführte.

Als Cassidy Achara im Bus um weitere Details bat, sagte die Frau nur, dass es sich um ein Problem handelte, mit dem die Paragons nicht besonders erfolgreich waren. Anscheinend wollten nicht alle Menschen sich Silber und Blau anschließen. Nicht jeder war bereit, seine Freiheit für das Wohl der Gemeinschaft zu opfern.

»Also ist es eine Anomalie«, sagte Cassidy.

»In gewisser Weise«, antwortete Achara.

»Wenn Sie wollen, dass wir Erfolg haben, werden Überraschungen nicht helfen.«

»Weniger der Wunsch zu überraschen, vielmehr das Fehlen einer guten Erklärung«, Acharas sanfter Gesichtsausdruck veränderte sich nie, verriet nie, dass sie irgendein verheerendes Geheimnis hinter dieser Miene verbarg. »Ich kann Ihnen sagen, dass der Sieg hier nicht bedeutet, Knochen zu brechen und Herzen zu zermalmen.«

Mit dieser Beschreibung ging das Trio den Pfad hinauf, bis Achara sich kurz vor dem Gipfel zurückfallen ließ. Mit der Begründung, ihre Anwesenheit würde Cassidys und Thanes Bemühungen nur schaden, wählte sie einen stabilen Baum, lehnte sich dagegen und schaute auf ihr Tama. Cassidy vermutete, dass die Paragon irgendeine Nachricht an ihre Freunde schickte und darüber lachte, wie sie zwei der berüchtigtsten Schurken der Welt ihre Besorgungen erledigen ließ.

»Glaubst du, es ist eine Falle?«, fragte Cassidy Thane, der sich in seiner mittleren Form befand, mit reichlich Muskeln und Falten.

»Definitiv eine Falle. Die Frage ist nur, welche Art.«

»Welche Art?«

Thane antwortete nicht, stieg weiter den Pfad hinauf und erreichte den Gipfel. Cassidy folgte ihm und fragte sich erneut, warum sie beschlossen hatte, einem undurchschaubaren Verrückten an diesen verdammt heißen, von Insekten verseuchten Ort zu folgen. Das kühle Wasser im Bus war schnell vergessen, als sie wieder ins Freie traten, und der willkommene Schatten des Dschungeldaches kam mit Moskitoschwärmen, deren Belästigung Cassidy das Gefühl gab, sie hätte literweise Blut an die Insekten verloren. Wenigstens gab es auf der Insel Brisen und kaum Insekten, die einen störten.

Die Aussicht vom Hügel tat ihr Bestes, um Cassidys Frust zu vertreiben. In der heißen Sonne stand ein gewaltiges, mehrstöckiges Holz-und-Lehm-Gebäude. Schrott ragte in seltsamen Winkeln aus den Seiten des Gebäudes heraus, was wie alte Autoteile aussah, die als Stützen dienten und das Ganze zusammenhielten. Hühner und mehrere Ziegen streiften über den grasbewachsenen Hof und nahmen keine Notiz von den beiden Neuankömmlingen. Ganz oben auf dem Gebäude hing schlaff in der windstillen Luft eine Flagge mit dem knurrenden Gesicht eines Tigers in Orange und Schwarz.

»Ich würde vermuten, wir sind bei einem Versteck angekommen«, sagte Thane.

»Ein Versteck für was?«

»Für sie.«

Thane zeigte auf die Vordertür des Gebäudes, als sie sich quietschend in den Angeln öffnete und ein Trio offenbarte, das jünger sein musste als Cassidys eigene Kinder. Teenager, und nach ihrem Aussehen zu urteilen, ging es ihnen nicht besonders gut. Schmutz und Kratzer verunzierten ihre eingefallenen Gesichter und dünnen Körper, zerrissene und befleckte Kleidung hing lose an schlaksigen Gliedmaßen. Dennoch kamen die drei, zwei Mädchen und ein Junge, mit verschränkten Armen und loderndem Zorn auf die Veranda.

Eine der jungen Frauen, ihre bodenlangen Haare zu Zöpfen geflochten, sprach sie an. Cassidy verstand kein Wort, aber sie hörte die Auflehnung, sie hörte eine Warnung. Diese Kinder wollten keine Besucher.

»Sie sagen, sie werden nicht kommen«, murmelte Thane.

»Was?«, sagte Cassidy und sah, wie Thane nachdenklich sein Kinn rieb. »Wohin kommen?«

Achara hatte nicht erwähnt, was genau Thane und Cassidy mit dem Haus oder seinen Bewohnern tun sollten. Wollten Apinya und seine Paragons, dass diese Kinder vernichtet werden? Die Vorstellung erschien absurd, und Cassidy würde das ohnehin nicht tun. Verbrecherin hin oder her, willkürlich Kinder zu töten lag außerhalb von Cassidys Grenzen.

Bei Thane könnte das anders sein, wenn sie ihn nur genug reizten.

Das Trio flüsterte ein paar Sekunden miteinander, bevor die Frau wieder das Rampenlicht übernahm und nach vorne trat. Hinter ihr, im Türrahmen, erhaschte Cassidy Blitze, die verräterischen Reflexionen weiterer spähender Augen.

»Mehr Kinder drinnen«, flüsterte Cassidy.

»Puzzleteile«, erwiderte Thane.

Die Anführerin sprach erneut, diesmal lauter. Sie wiederholte die früheren Worte, fügte aber am Ende einen weiteren Satz hinzu.

»Jetzt droht sie uns«, sagte Thane. »Wenn wir nicht gehen, werden wir einen Preis zahlen.«

»Willst du nicht mit ihnen reden? Denn ich glaube nicht, dass sie mich verstehen werden.«

»Ich kann nicht.« Thane schüttelte den Kopf. »In diesem Stadium kann ich zwar im Allgemeinen verstehen, wüsste aber nicht, wie ich einen Satz formulieren soll. Wenn ich schwächer werde, dann vielleicht ...«

Auf der Veranda verteilten sich die drei Teenager und ließen einige Meter Abstand zwischen sich. Cassidy sah keine Waffen, aber sie verstand den Zusammenhang. Wenn die Paragons diese Kinder wollten, dann waren sie wahrscheinlich Anomalien. Und das bedeutete, alles war möglich.

Cassidy hob ihre Hände hoch und offen. Sie klebte sich ein Lächeln ins Gesicht, von dem sie hoffte, dass es nicht bedrohlich wirkte.

»Bitte, Thane«, sagte Cassidy. »Ich möchte nicht gegen diese Kinder kämpfen, und ich glaube auch nicht, dass Apinya das von uns will.«

Thane nickte, und während er das tat, schrumpfte sein Körper. Muskeln schwanden dahin, seine Knie beugten sich, und Thanes Haare fielen aus und hinterließen graue Strähnen. Die Teenager auf der Veranda starrten mit offenem Mund, der Junge sah aus, als müsste er sich übergeben.

Aber niemand beschwor Feuerbälle, schoss Laserstrahlen aus den Augen oder teleportierte sich, um Cassidy in die Nieren zu stechen.

»Gib ihm einen Moment«, sagte Cassidy und versuchte es mit dem alten Englisch bei den Teenagern. Sie richteten ihre Aufmerksamkeit auf sie, ihre misstrauischen Blicke deuteten an, dass nur ihr Tonfall durchkam. »Wir sind nicht hier, um euch zu verletzen.«

Sie versuchte, ihrer Stimme einen mütterlichen Klang zu geben und einen Stil wieder aufleben zu lassen, den Cassidy seit einem Jahrzehnt nicht mehr verwendet hatte.

Als Thane sprach, kam seine Stimme als raues Flüstern heraus. Die Worte klangen richtig, auch wenn Cassidy ihn nicht verstehen konnte. Die Teenager kamen näher, ihre Anführerin verließ die Veranda und trat ins verunkrautete Gras, ihr Mund öffnete sich weiter, während Thane weitersprach. Als er aufhörte, antwortete sie, schnell und klar, fast eifrig.

»Was sagst du ihnen?«, fragte Cassidy.

Thane antwortete ihr nicht, sondern sprach weiter mit der Teenagerin. Als die junge Frau anfing zu nicken und dem Jungen dann zuwinkte, ins Haus zurückzugehen, lief Cassidy ein Schauer über den Rücken. Auf der Insel hatte Thane die Menschen stets für seine Interessen gewinnen können, hatte mit einer Mischung aus unmöglichen Träumen und Entschlossenheit Verbündete um sich geschart.

»Thane«, wiederholte Cassidy und unterbrach seinen neuesten Redefluss. »Was geht hier vor?«

Thane schenkte der jungen Frau ein langsames Lächeln, hob eine Hand und wandte seinen verkrümmten Körper Cassidy zu, als wäre sie ein ungeduldiges Kind, das Aufmerksamkeit fordert.

»Die umliegenden Dörfer schicken ihre Anomalien hierher«, sagte Thane. »Direkt in dieses Haus. Die Dorfbewohner haben Angst vor ihnen, aber sie bringen Essen und Wasser und lassen es hier am Pfad. Die Feiglinge bringen es nicht über sich, ihre eigenen Kinder zu töten, aber sie haben zu viel Angst, um mit ihnen zu leben. Ich denke, Achara und ihre Paragons wollen die Anomalien für sich sammeln.«

»Und sie wollen nicht gehen?«

Thanes Lächeln wurde breiter. »Der Ruf der Paragons eilt

ihnen voraus. Diese Kinder ziehen ihre Freiheit dem vor, was Achara verspricht. Sie haben gesehen, was passiert, wenn sie ihr Leben Erwachsenen anvertrauen, die glauben, es besser zu wissen.«

Warum hatte Achara dann Thane und Cassidy hierher geschickt? Um zu sehen, ob die Kinder sie töten würden? Um den Kindern Angst einzujagen, damit sie erkennen, wer ohne den Schutz der Paragons hinter ihnen her sein könnte?

»Ich denke, sie werden mit uns kommen«, fuhr Thane fort und riss Cassidy aus ihren Gedanken. »Mehrere von ihnen sind sehr stark, laut dieser hier. Mit ihnen an unserer Seite bräuchten wir Acharas Kooperation nicht. Wir könnten die Sache erzwingen.«

»Und Apinya gegen uns aufbringen.«

Die junge Frau runzelte die Stirn bei Cassidys Worten, wahrscheinlich hatte sie den Namen des Champions aufgeschnappt. Sie sprach schnell, nannte den Namen des Champions mehrmals, und Thanes Grinsen wurde breiter.

»Sie sagt, sie hätten keine Angst. Apinya sei nur eine Belästigung, die sie nicht versteht. Wir verstehen sie, Cassidy. Wir wissen, wie es ist, von den Paragons verfolgt zu werden.« Thane sah die junge Frau an und sprach zu ihr.

Cassidy bemerkte eine Bewegung in Richtung Haus, schaute hin und ihr klappte der Mund auf. Mindestens zwanzig Teenager standen auf der Veranda und dem Gras darum herum. Weitere steckten ihre Köpfe aus den oberen Fenstern. Dies waren nicht nur ein paar wenige Anomalien.

Kein Wunder, dass Apinya nicht versucht hatte, rohe Gewalt anzuwenden. Wer wusste schon, welche Katastrophen dort lauern könnten?

»Jetzt verstehe ich«, sagte Cassidy und holte tief Luft.

»Ein unerwartetes Geschenk«, stimmte Thane zu. »Ich dachte, wir müssten uns verstecken, auf eine Chance warten. Stattdessen hat uns Apinya das Instrument für seinen eigenen Untergang geliefert. Sie werden mit uns kommen, und gemeinsam werden wir diese Paragons zwingen, uns als Gleichgestellte zu behandeln.«

»Das kannst du nicht. Sie sind keine Kämpfer, sie sind Kinder.« Cassidy nickte zu den Teenagern. »Apinya wird uns töten, sie töten. Ich will ihr Blut nicht an meinen Händen haben, Thane.«

Thanes Grinsen verwandelte sich in eine harte Linie. Er sagte ein paar Worte zu der jungen Frau, die nickte und einen Namen zum Haus zurückrief. Die Teenager teilten sich, bis einer herauskam, ein Junge, der mit einem Stock ging, ein Bein sah schmächtig aus. Falls das den Jungen störte, konnte Cassidy es nicht erkennen. Ihre Aufmerksamkeit richtete sich stattdessen auf die Brust des Jungen. Er trug kein Hemd, und wie Schlangen wanden sich moosgrüne Linien über seine Haut.

»Sieh dir diesen an«, sagte Thane. »Er hat die Macht eines Champions. Ihn den Paragons zu überlassen, ein weiterer Edelstein in ihrer Sammlung ...«

Wieder die Sprache wechselnd, rief Thane über den Hof zu dem Jungen, der jünger aussah als die anderen.

Der Junge, ausdruckslos, griff mit seiner freien Hand nach seiner Brust. Als seine Finger eine der Linien berührten, kräuselte sie sich um den Berührungspunkt und bildete einen erdigen Punkt auf seiner braunen Haut.

Cassidy wurde blind.

Nein, nicht blind. Sie sah noch Farben. Formen, aber verschwommen und undeutlich, als wäre Cassidy in einen Rorschachtest gefallen. Die feuchte Luft des Dschungels lastete auf ihr, das Geplapper der Kinder erfüllte ihre Ohren, aber alles, was Cassidy sehen konnte, war ein weißes Meer mit schwarzen Wolken drum herum, darunter und darüber.

Leeren sprangen zu ihren Fingerspitzen, und Cassidy versuchte sich zu erinnern, wo der Junge stand. Es schien, als hätte er eine Illusion erschaffen, was bedeutete, dass er noch an derselben Stelle stand. Wenn Cassidy eine Leere an der richtigen Stelle platzieren könnte, würde es vielleicht-

»Nicht«, sagte Thane, seine Stimme kam aus dem Nichts. »Es wird bald vorbei sein.«

Er sprach wieder und rief dem Jungen zu.

Ohne Aufblitzen, ohne Blinzeln kehrten der Hof, das Haus und alle Teenager zurück. Die meisten rieben sich die Augen, ein paar leuchteten in verschiedenen Farben, ihre Fähigkeiten traten hervor, als sie sich bedroht fühlten. Niemand schien jedoch in Panik zu geraten, auch nicht, als der Junge seine Finger zu einer anderen dunklen Linie bewegte. Wie zuvor wirbelte sie um seinen Finger und verdichtete sich zu einem dunklen Kreis.

Eine Kokosnusssüße überflutete Cassidys Mund, fast überwältigend, als hätte sie sich mit Süßigkeiten vollgestopft. Sie konnte kaum atmen, ihr Körper war so überzeugt davon, voll zu sein. Husten hallte über den Hof, und Thane lachte.

»Die Sinne«, sagte Thane. »Er kann jeden von ihnen nach seinem Willen verdrehen. Vielleicht könnten wir ihnen Zeit verschaffen, ausbrechen und tiefer im Dschungel neu anfangen. Diesen Schatz bewahren.«

Ein neues Geräusch kam von hinten, das Knacken und Schleifen von Stiefeln auf Stein. Cassidy drehte sich um und sah Achara, flankiert von einem Paragon-Trupp.

»Sie sind alle Schätze«, sagte Achara. »Sie verdienen Besseres als das. Sie brauchen Ausbildung, medizinische Versorgung und eine Zukunftsperspektive.«

Die Teenager zogen sich beim Erscheinen der Paragons zurück, wichen zum Haus zurück und gingen hinein. Der Junge mit dem Stock und den dunklen Linien blieb jedoch stehen, zusammen mit der jungen Frau, die von Anfang an dabei gewesen war. Sie wirkten entschlossen, sie wirkten klein, sie wirkten zu jung für all das.

»Warum?«, fragte Cassidy und stellte sich zwischen die Paragons und die Teenager. »Warum uns hierher schicken?«

»Um zu sehen, ob ihr verstehen könnt«, antwortete Achara.

»Was verstehen?«

»Dass trotz der Paragons die Welt kein freundlicher Ort ist«, sagte Achara. »Wir stehen an einem Wendepunkt. Werden wir noch weiter gedrängt, werden wir fallen und Anomalien wie diese zurücklassen. Verfolgt, verlassen.«

»Gefürchtet«, fügte Thane hinzu.

Achara nickte: »Thane weiß, dass unser Überleben davon abhängt, jede Anomalie zu sammeln, sie zusammenzubringen und vereint gegen diejenigen zu stehen, die uns vernichten wollen.«

»Und wer soll das sein? Die Normalen?«, fragte Cassidy.

»Diejenigen, die uns über dem Ozean angegriffen haben. Die einen Champion ermordet und nun einen weiteren gestohlen haben. Wir zeigen Güte in der einen Hand und Stärke in der anderen.«

Thane ging wankend in seiner schwachen Form zum Haus. Cassidy hielt sich seitlich, bewegte sich mit der Anomalie mit, während sie die Paragons im Auge behielt. Achara hatte einen stahlharten Blick aufgesetzt, der deutlich machte, dass die Phase des Geplänkels vorbei war.

»Überzeuge sie, mit uns zu kommen, Thane«, sagte Achara, »und Apinya wird dir eine Chance geben.«

»Waffen«, murmelte Thane, als das Paar sich dem Haus näherte. »Danach sind sie aus, danach sind sie immer aus. Das Mädchen dort hat es mir gesagt.«

»Was hat sie dir gesagt?«, fragte Cassidy, während Achara Thanes Namen wiederholte.

Auf eine Handbewegung von Achara verteilten sich die Paragons hinter ihr und verschafften sich freie Sicht auf das Haus.

»Später«, sagte Thane, »werde ich es erklären. Jetzt muss ich diesen Kindern eine Geschichte erzählen.«

»Eine Geschichte?«, fragte Cassidy.

»Die Paragons sind kein Monolith, wie jede Gruppe«, sagte Thane. »Wenn diese Jungen verstehen, wie sie die Zukunft der Paragons von innen heraus gestalten können, entscheiden sie sich vielleicht dafür, nicht außerhalb zu sterben.«

Die Leeren hingen nah an Cassidys Fingerspitzen. Mit ein paar schnellen Gesten könnte sie ein paar Paragons ausschalten, aber wer wusste schon, gegen was sie kämpfen würde. Unberechenbare Anomalien machten jeden Konflikt zu einem Würfelspiel, einem Zufallsexperiment mit tödlichem Ausgang.

Schlimmer noch, wer wusste, was mit den Kindern passieren würde? Würden die Paragons versuchen, sie zu schützen? Würde Thane das tun, wenn er in seine tobende Bestform ausbrechen würde?

Thane erreichte die Verandastufen und streckte dem Jungen die Hand entgegen. Die junge Frau legte ihre Hand auf die Schulter des Jungen und hielt ihn zurück. Thane sprach, die Frau antwortete, hitzig und wütend. Cassidy positionierte sich hinter Thane, den Paragons zugewandt, die Arme ausgestreckt.

»Machen Sie nicht diesen Fehler«, sagte Achara. »Heute muss niemand sterben.«

»Das sagen die Paragons immer, und es stimmt nie«, konterte Cassidy.

Achara bestritt die Anschuldigung nicht. Ihre rechte Hand ging nach oben, und Cassidy vermutete, wenn sie fiele, würde alles zur Hölle fahren. Hinter ihr sprachen Thane und die beiden Teenager weiter, die Worte flogen schnell hin und her.

»Sie werden mitkommen«, sprach Thane. »Lassen Sie Ihre Soldaten beiseitetreten, Achara. Heute wird hier nicht gekämpft.«

Cassidy trat einen Schritt zur Seite, der Junge gesellte sich zu Thane am Fuß der Treppe, wirkte trotzig und... erleichtert?

Acharas Lächeln erschien so echt wie Cassidys Verwirrung.

Die Kinder waren mürbe geworden, erklärte Thane. Sie holperten eine raue Straße entlang in einem schlanken Paragon-Pod, der für große Gruppen und unwegsames Gelände ausgelegt war. Achara und der Junge teilten sich die Vordersitze, während Thane und Cassidy hinten saßen. Die anderen würden folgen, so versprach es Achara, in den kommenden Tagen und Wochen.

Zuerst hatten ihre Eltern, ihre Dörfer die Kinder verstoßen. Brachten sie zum Hügel und dem verfallenen Haus und ließen sie dort zurück, wo, so hofften die Dorfbewohner, die Anomalie-Fähigkeiten nicht ihre Existenzgrundlage zerstören würden. Als die Paragons kamen, boten sie Rettung im Austausch für Loyalität, für Trennung.

»Aber die Kinder haben damals nicht nachgegeben«, sagte Cassidy.

»Sie hatten Macht und ein Zuhause«, antwortete Thane. »Ich habe viele Paragons allein mit ein paar Söldnern und einem gut zu verteidigenden Ort abgewehrt. Ich vermute, die Paragons fürchteten auch, wie es aussehen würde, gegen Kinder zu kämpfen.«

»Also haben sie uns benutzt, um was, zu vermitteln?«

»Genau«, sagte Thane. »Ich habe den Kindern gesagt, dass sie alles verlieren würden, wenn sie durchhalten, dass sie durch Nachgeben jetzt etwas Hilfe bekommen könnten.«

»Werden sie das?«

Thane, nicht mehr ganz so faltig, schüttelte den Kopf: »Ich traue den Paragons nicht zu, irgendetwas zu liefern, sobald eine Bedrohung beseitigt ist. Die Kinder werden wie jede andere gefangene Anomalie behandelt werden. In Ausbildungslager geschickt, unterrichtet und in die Paragon-Doktrin eingetaucht.«

»Warum haben wir das dann getan?«

Jetzt sah Thane verwirrt aus: »Um zu Apinya zu gelangen.

Unsere Ziele hängen jetzt vom Champion ab. Alles andere ist nebensächlich.«

Cassidy lehnte sich im weichen Sitz des Pods zurück, spürte das Rumpeln der Straße ihre Wirbelsäule hoch und runter. Wenigstens gab es hier keine Mücken, und die Klimaanlage bekämpfte die Hitze. Der Komfort gab ihr Raum zum Nachdenken, zum Überlegen, was sie eigentlich getan hatte.

»Auf der Insel hast du von Veränderung gesprochen«, sagte Cassidy. »Du hast von Rache gesprochen, aber für eine bessere Welt. Es hat dir etwas bedeutet. Was ist passiert?«

Thane legte seine Hand auf ihre, und Cassidy wollte sie schon wegziehen, als er fest zugriff: »Ich bin derselbe Mann wie damals. Auf der Insel haben wir geträumt. Jetzt handeln wir.«

»Glatte Worte.«

»Apinya wird süßere haben. Wenn wir ankommen, werden wir ihn überzeugen, die Dinge wie wir zu sehen.«

»Thane, ich weiß nicht einmal mehr, was 'wie wir' überhaupt bedeutet.«

Thane nahm seine Hand von ihrer und legte sie auf den Sitz zwischen ihnen, eine metallene Stelle zwischen den Polstern. Er tätschelte die silberne Oberfläche.

»Die Welt ist Mynx' Insel im Großen«, sagte Thane. »Es ist Zeit, dass wir Ordnung ins Chaos bringen.«

KAPITEL 21

MASCHINENSPIELE

SIE LANDETEN vor der Morgendämmerung außerhalb der Stadt. Mehrere Stunden Schlaf wurden durch Energydrinks und stärkere Mittel ersetzt. Wartende Pods brachten Wexley, Rhimes und ihre kleine Crew – Mynx eingequetscht neben ihnen – zur Fabrik. Während Rhimes die Logistik regelte, behielt Wexley sein Tama im Auge. Bisher meldeten die Paragons Mynx' Gefangennahme nicht. Sie vergruben es hinter der besseren Geschichte: dass ein Team die vermisste Drohne südlich von Chicago geborgen hatte.

Diese Drohne hatte außer dem Schrott, aus dem ihre Hülle bestand, nicht mehr viel zu bieten, aber es war typisch für die Paragons, eine Niederlage schönzureden.

Mynx, die Wexley im Pod gegenübersaß, hielt ihre Augen auf ihn gerichtet und ihren Mund geschlossen. Anfangs machte ihn das ständige Starren nervös, aber er hatte schon schlimmere Unannehmlichkeiten für weniger Nutzen ertragen. Nach einer weiteren Stunde würden Mynx und ihr Starren ohnehin kein Problem mehr sein.

Die Nacht in LA hatte noch nicht nachgelassen, als die Pods am Haupteingang der Fabrik hielten. Ein riesiges Tor diente als Verladerampe, mit dem kühnen blauen Emblem der Paragons in der Mitte. Zu beiden Seiten ragten zwei Gladiatorendrohnen auf, die neuer und tödlicher aussahen als die, die Wexleys Team in Chicago ausgeschaltet hatte. Dahinter stand das Tor selbst, massiv und unnachgiebig.

Und dahinter?

Adrianas Antwort kam, als die Pods parkten. Wexley warf einen Blick darauf, sah das Fragezeichen und grinste. Er hatte ihr im Jet eine verschlüsselte Nachricht geschickt und sie gebeten, die anderen Spieler auf eine große Ankündigung vorzubereiten. Sie würden aufmerksam sein, wenn es soweit war, und mit ihrer Unterstützung zusammen mit der Fabrik würde Wexley alles haben, was er brauchte.

»Mynx zuerst«, sagte Wexley, als sie den Pod verließen. »Sie ist der Schlüssel.«

Die pazifische Luft blieb kühl, trocken und windstill im Tal der Fabrik. Über ihnen kämpften sich einige Sterne durch das Licht der Stadt, das von Süden heraufstrahlte. Um ihn herum verließen die Söldner ihre Pods, einschließlich Rhimes, und überprüften ihre Waffen. Keiner betrat von der Straße aus den Eingangsbereich der Fabrik, wie streng angewiesen.

Die beiden Drohnen am Tor reagierten nicht, gemäß ihrer eigenen Regeln.

»Ich werde Ihnen nicht helfen«, sagte Mynx, als zwei Söldner sie aus dem Pod hoben.

»Wirklich nicht?«, erwiderte Wexley, während er seine verschiedenen Holster abklopfte, um sicherzugehen, dass er nichts vergessen hatte. »Ich habe von Ihren Begegnungen mit Dr. Jones gelesen, Mynx. Wie Sie beide vor ihrem Unfall zusammengearbeitet haben?«

»Was ist mit ihr?«

»Faszinierende Ideen. Lebensverlängerung durch Anomalie-DNA? Schade, dass es nicht geklappt hat.« Wexley trat direkt vor Mynx' Gesicht. Ließ sie sehen, dass er nicht scherzte. »Nicht schwer zu verstehen, warum Sie neugierig waren. Die Champions werden alt, Mynx. Zeit, ein Schurke, den nicht einmal Sie besiegen können.«

Mynx bewahrte ein grimmiges Schweigen.

»Aber Sie sind bereit, dagegen zu kämpfen«, fuhr Wexley fort. Er war kein Freund von Monologen und bevorzugte den Knall einer Waffe, aber er brauchte Mynx hier. Mit Gewalt in die Fabrik zu kommen, würde nicht funktionieren. »Also mache ich Ihnen ein Angebot. Bringen Sie mich in die Fabrik, und Sie leben. Kein Schuss in den Hinterkopf, kein Gift im Becher.«

»Lügner.«

»Bin ich das? Wann habe ich Sie oder irgendjemanden belogen? Sie mögen mich vielleicht nicht, aber ich sage die Wahrheit, Mynx. Ich habe keinen Grund, etwas anderes zu tun.«

Mynx schüttelte den Kopf. »Ich kann mir denken, was Sie da drin vorhaben. Das wird nicht passieren.«

»Selbst wenn es Sie das Leben kostet?«

»Ich habe den Tod millionenmal ausgetrickst. Wird Zeit, dass er mich einholt.«

Rhimes, der hinter Mynx stand, hob einen einzelnen Finger. Der Ersatzplan. Wexley blickte zum Tor, zu den Drohnen, und nickte Rhimes kaum merklich zu. Die Söldner schlossen schnell einen Kreis um sie, blockierten jeden direkten Blick von außen.

»Was wird das, ein Tanzkreis?«, fragte Mynx.

Wexley streckte eine Hand aus und jemand legte die Spritze hinein. Bevor Mynx mehr tun konnte als zurückzuweichen, rammte er ihr die Nadel in den Hals. Drückte den Kolben herunter und sah zu, wie die wässrige orange Flüssigkeit verschwand. Mynx stieß einige Flüche aus und brach dann in die Arme eines wartenden Söldners.

»Los geht's«, sagte Rhimes, seine Stimme trug über die Gruppe hinweg. »Wir sind spät dran.«

Der Söldner, der Mynx hielt, führte die Delegation an und

näherte sich dem Tor und den Gladiatorendrohnen mit der Champion in seinen Armen wie eine Märtyrerin. Die Gladiatorendrohnen bemerkten sie, sobald Stiefel den Eingangshof der Fabrik betraten, die beige-grauen Fliesen sandten irgendein Signal an die Maschinen. Sie taten, was Mynx' Drohnen üblicherweise taten: sie starrten mit Waffen und brennenden roten Augen auf die sich nähernde Gruppe.

»Hände weg von den Waffen«, sagte Wexley, als sich die Gruppe näherte. »Wir sind hier Verbündete.«

Als sie sich dem Tor näherten, bewegten sich beide Drohnen synchron, um den Zugang zu blockieren. Sie leuchteten den Söldner an, der Mynx trug, beide Drohnen streckten ihre Hände aus, Handflächen nach oben. Gleichzeitig befahlen sie der Gruppe mit gleichermaßen tiefen und fordernden Stimmen anzuhalten.

»Tut, was sie verlangen«, sagte Wexley. »Jetzt warten wir auf Hilfe.«

Sie mussten nicht lange warten. Wexley zählte hundert Sekunden, bevor das Tor der Fabrik erzitterte und sich öffnete. Hinter den Drohnen, allein in der riesigen Eingangshalle stehend, war die Person, von der Wexley gehofft hatte, dass sie geblieben war.

Rhimes und sein Geheimdienstteam verdienten sich in letzter Zeit alle möglichen Boni.

Südamerikas Champion teilte die Drohnen und ging mit grimmiger Entschlossenheit auf Mynx und die Söldner zu. Mila brauchte keine Angst zu haben mit den Gladiatoren im Rücken. Musste sich keine Sorgen machen, wenn jeder, der sie berührte, in beliebiger Reihenfolge verbrannt, erschossen und zerschmettert werden würde.

Zeit für ein weiteres Risiko.

Wexley ging nach links und stellte sich zwischen Mynx und die herannahende Mila. Die Drohnen fixierten ihn, eine blendende Anzeige, die seine erhobene Hand nicht abwehren konnte.

»Ich kenne Sie«, sprach Mila zuerst, einen Meter entfernt. Mit dem Licht der Drohnen hinter ihr sah Mila mehr wie ein Schatten als eine Person aus.

»Ich vermute, das tun Sie«, erwiderte Wexley. »Sie ist nicht verletzt. Nicht schwer.«

Mila neigte den Kopf und blickte an Wexley vorbei zu Mynx' bewusstlosem Körper. »Es gibt keinen Ausweg für Sie. Ein Angriff auf einen Champion endet nur auf eine Weise.«

»Dann spielen wir es doch durch, oder?«, Wexley nickte hinter Mila. »Wenn Sie uns hineinführen würden?«

»Oder Sie töten sie?«

»Schneller, als die Drohnen uns aufhalten könnten, fürchte ich.«

»Sie würden sterben.«

»Wie Sie sagten, ich bin bereits tot. Ich wähle nur wie.«

Mit der Mentalität eines Spielers kalkulierte Wexley während des Sprechens die Chancen. Als er und Rhimes den Plan in jener Nacht in der Jazz-Bar ausgearbeitet hatten, war die Liste lang gewesen. So viele Dinge mussten zu ihren Gunsten laufen, dass Rhimes erst von der ganzen Idee überzeugt war, als er mehrere Drinks intus hatte und die späte Stunde alle Bedenken weggewischt hatte.

Milas Anwesenheit erfüllte eine Bedingung, und die Beziehung des Champions zur Fabrik und ihren Systemen war die nächste Unbekannte. Mynx musste fortgeschrittene Verteidigungsanlagen haben, fiese Tricks für Leute, die dumm genug waren, einen Angriff zu wagen. Viele hatten es über die Jahre versucht, von abtrünnigen Anomalien bis hin zu menschlichen Fraktionen, die versuchten, nun ja, genau das zu tun, was Wexley jetzt versuchte.

Der Unterschied? Er hatte Mynx. Die anderen ließen sie immer als Königin in ihrer Burg zurück, die es im Kampf zu Fall zu bringen galt.

Konnte Mila dieselbe Rolle spielen, die Fabrik in Mynx' Abwesenheit steuern?

»Was hoffen Sie drinnen zu tun?«, fragte Mila, die Unschuld der Frage ließ Wexley für einen Moment stolpern.

Erriet sie es wirklich nicht?

»Ich will sehen, wie sie es macht«, sagte Wexley und stützte sich auf ein wenig Ehrlichkeit, um alles andere zu verbergen. »Sobald wir wissen, wie die Fabrik funktioniert, können wir sie nachbauen.«

Mila schüttelte den Kopf. »Sie können das nicht ohne sie betreiben-«

»Mit Verlaub, lassen Sie uns das entscheiden.« Wexley tippte auf seine Tama und blickte Mila an. »Die Zeit läuft.«

Die Zahnräder drehten sich. Mögliche Ausgänge spielten sich hinter den Augen des Champions ab. Wexley bemühte sich nicht, etwas anderes als entschlossene Zielstrebigkeit auszustrahlen. Es ging nicht mehr ums Bluffen, sondern nur noch um einen Deal.

»Die Waffen bleiben draußen«, sagte Mila. »Legen Sie sie ab.«

Hmm. Nicht ganz nach Plan, aber Wexley konnte damit umgehen. Rhimes' Soldaten konnten sich im Nahkampf behaupten, und wenn es zu einer Schießerei käme, würden die Drohnen sie sowieso alle vernichten.

»Sie haben den Champion gehört«, sagte Wexley und löste seine eigenen Holster. »Werft die Ausrüstung weg.«

Nicht eine einzige Stimme erhob sich im Protest. Lag das daran, dass die Söldner gut ausgebildet waren, oder weil sie alle wussten, dass ihre Gesichter bereits von den Kameras der Fabrik erfasst worden waren? Die Paragons würden bald ihre Identitäten haben, ihre Körper nicht lange danach, wenn dieser Versuch nicht gelang.

Fatalismus zeugte manchmal Gehorsam.

»Führen Sie uns«, sagte Wexley, nachdem das Klirren der Waffen verklungen war, ein Waffenfriedhof zierte nun den Eingang der Fabrik.

Mila drehte sich um, ging zurück zum Fabrikeingang,

ohne dass Stress auf ihren Schultern lastete. Wexley prüfte, ob der Söldner, der Mynx trug, eine Hand am Hals des Champions hatte. Bereit für einen schnellen Bruch, so schnell, dass selbst eine Drohne keinen tödlichen Schuss riskieren würde.

»Nicht loslassen«, warnte Wexley, dann folgte er Mila.

Die Wachdrohnen verfolgten die Söldnertruppe, als würden sie zu einer Gala gehen. Wexley folgte Mila, während er versuchte, alles aufzunehmen, was er konnte, als sie unter dem gewaltigen Tor der Fabrik durchgingen.

Mynx war, wie sich herausstellte, nicht gerade die weltbeste Innendekoratorin. Das Innere der Fabrik zeigte saubere Stahlwände ohne Kunst, Design oder irgendetwas, das Emotion ausdrückte. Nirgends standen Schilder mit Wegweisern. Sauberes blau-weißes Licht schimmerte an Wänden, Böden und sonst nichts.

»Das ist... interessant«, sagte Wexley, was Milas Ohren erreichte.

»Es ist ihres«, erwiderte Mila und fügte nichts weiter hinzu.

Würden also keine schnellen Freunde werden.

Jenseits des Ladebereichs, durch eine weitere zwei Stockwerke hohe und breite Tür, öffnete sich die Fabrik in ihr gewaltiges Inneres. In die Hügel gehauen, dehnte sich die Fabrik wie ein verborgener Bienenstock aus, erstreckte sich in Ebenen über und unter ihrem Standort, mit riesigen Frachtaufzügen, die wie metallene Blätter nahe dem Balkon standen, den sie betraten.

Was bis auf ihre Stiefel still gewesen war, brach nun in einen melodielosen Fertigungschor aus, mit Zischen, Klappern, Surren und mehr, die sich zu produktiver Statik vereinten. Wexley sah Fertigungsstraßen unter sich rattern, die weitere Drohnen zusammensetzten, in einem Prozess, der die Maschinen höher und höher wachsen ließ, während sie sich entwickelten, bis sie schließlich gegenüber der Laderampe abgesetzt wurden.

Dort standen in Reihen Gladiatorendrohnen in schimmernden Farben. Chicagos schwarzes Design überzog einige, aber mehr standen in Grün und Weiß, in Paragon-Blau und einem tiefen Rot, das Wexley von den afrikanischen Fraktionen kannte.

»Der ganzen Welt Schutz, direkt hier«, sagte Wexley, als die Crew ihm auf den Laufsteg folgte.

»Sie werden bald Jagd auf Sie machen«, sagte Mila. »Wir sind jetzt drin. Was wollen Sie?«

»Das Herz«, erwiderte Wexley und bedeutete Rhimes, Mynx nach vorne zu bringen. »Ich will dorthin, wo die Drohnen kontrolliert werden.«

»Wir haben nicht-«, setzte Mila an, aber Wexley unterbrach sie mit erhobenem Finger.

»Sie erhalten Updates wie jedes andere Computerprogramm«, sagte Wexley. »Wir wissen das, weil wir eine auseinandergenommen haben. Mynx muss einen Weg haben, diese Updates zu senden. Das will ich.«

»Dann frag sie doch«, sagte Mila. »Oh, Moment mal. Das können Sie nicht, weil sie bewusstlos ist.«

Die Champion aufwecken und riskieren, dass sich die Fabrik gegen Wexley und seine Crew wendet, oder planlos in dem riesigen Gebäude herumirren, bis sie sowieso die Verteidigungsanlagen auslösen würden?

»Wecken Sie sie auf«, sagte Wexley zu Mila. »Das ist doch Ihre Spezialität, oder?«

Mila antwortete nicht. Stattdessen ging sie zu Mynx und dem Söldner, der die Champion festhielt. Wexley sah Milas Rücken, sah, wie sie sich über Mynx beugte, und fragte sich, ob sie wie im Märchen die Champion wachküssen würde. Stattdessen wuchsen schwach glitzernde Linien von Mila aus, die sich wie lose Spinnweben zu Mynx hin bewegten. Die Fäden drangen durch die Nähte der Paragon-Uniform in Mynx' Kleidung ein.

Rhimes befahl der Crew, ihre Umgebung im Auge zu

behalten und nicht die Show zu beobachten – ein Befehl, den Wexley ignorierte. Er mochte Anomalien zwar verabscheuen, aber das bedeutete nicht, dass ihre Kräfte nicht faszinierend waren. Wexley ging zur Seite, um einen besseren Blick zu haben, während Milas Netze sie weiter mit Mynx verbanden. Natürlich würde Milas Fähigkeit ihre eigene Energie oder Lebenskraft oder so etwas nehmen und sie nutzen, um Mynx wieder zusammenzuflicken. So viele Anomalien funktionierten auf diese Weise, ihre Gaben saugten den Willen des Wirtes aus.

Die Netze veränderten sich. Was eben noch lose in der Luft schwebte, wurde zu einem gezielten Vorstoß, die an Mila gebundenen Punkte lösten sich und flossen zu dem Söldner, der die Champion festhielt. Bevor der Soldat reagieren konnte, verankerten sich diese Fäden in seinem Hals, seinem Gesicht und in der Lücke zwischen seinen Handschuhen und Ärmeln. Der Mann zitterte, während Wexley nach einer Pistole griff, die er nicht mehr hatte.

Der Soldat ließ Mynx zu Boden fallen und brach gleich mit ihr zusammen.

»Aufhören!« rief Wexley und fuhr mit dem Arm durch die Fäden, um die Verbindung zwischen Mynx und dem Soldaten zu unterbrechen. Doch wie eine Erscheinung wichen die Stränge Wexleys Schlägen aus und behielten ihre sanften silbernen Verbindungen bei. »Mila, beenden Sie das, oder-«

»Oder was, Wexley?« sagte Mila, während Rhimes und die anderen sich jetzt umdrehten. »Sie brauchen Mynx, um Ihr Herz zu finden. So bekommen Sie sie.«

Auf Wexleys Blick hin hatte Rhimes seinen Arm fest um Milas Hals gelegt, bereit für einen schnellen Bruch. Die Champion zögerte nicht, sondern blickte auf Mynx hinab, deren Augen flatterten, als das Bewusstsein zurückkehrte, während es den Soldaten verließ.

Die Anführerin der Fabrik erwachte. Und das stellte ein Problem dar.

»Kein Wort«, sagte Wexley und kniete sich über Mynx. »Wenn Sie anfangen, irgendetwas zu sagen oder zu tun, bringt Rhimes Ihre Freundin um.«

»Eine Geisel für eine andere«, sagte Mila, ihre Stimme von Rhimes' Druck gepresst. »Sie sind so ein toller Anführer, Wexley.«

»Ich bin verzweifelt. Das ist eben nötig.«

Die Gruppe verbrachte Minuten auf diesem Balkon, während Mynx sich aufrichtete und Wexley einen anderen Söldner anwies, nahe bei der Champion zu bleiben. Milas Fäden verblassten, als Mynx ins Leben zurückkehrte. Der leidende Soldat verlor zwar nicht sein Leben, schien aber für einige Zeit außer Gefecht zu sein. Wexley musste nicht befehlen, ihn zurückzulassen: Diese Anweisung war schon lange vor der Mission erteilt worden.

Eine Alles-oder-Nichts-Expedition hatte keinen Platz für Verluste.

»Willkommen zu Hause«, sagte Wexley und half Mynx auf die Füße. »Zeigen Sie uns jetzt bitte das Zentrum.«

Mynx blickte zu Mila. Rhimes hatte die Champion zwar aus seinem Griff entlassen, stand aber trotzdem direkt hinter ihr. Aus dieser Entfernung, schätzte Wexley, hatte der Mann mindestens drei Möglichkeiten, seine Zielperson auszuschalten.

»Haben sie dir wehgetan?« fragte Mynx.

»Drohungen. Wie kleine Kinder«, antwortete Mila.

»So sind sie nun mal.« Mynx sah Wexley an. »Sie wollen das Herz der Fabrik?«

»Deshalb sind Sie wach.«

Erneut blickte Mynx zu Mila. Die südamerikanische Champion erwiderte den Blick mit einem langsamen Nicken. Eine interessante Geste. Wexley streckte zwei Finger nach rechts aus, und jeder Söldner verstand den Befehl und verteilte sich. Falls dieses Nicken ein Signal für einen Hinterhalt gewesen war, würde Wexleys Team bereit sein.

»Nervös, Wexley?« sagte Mynx. »Haben Sie genauso viel Angst zu sterben, wie Sie denken, dass ich sie habe?«

»Wir haben beide noch Arbeit zu erledigen, bevor wir gehen, Mynx«, erwiderte Wexley. »Gehen wir.«

Mynx argumentierte nicht weiter, sondern führte die Gruppe stattdessen zu einem nahegelegenen Aufzug und ließ ihn nach unten fahren. Die offene Plattform sank in den lärmenden Abgrund der Fabrik, und jede Ebene, die sie passierten, bot einen verlockenden Einblick in die Fertigungsstraßen, die bald Wexley gehören würden. Ja, die Gladiatoren-Drohnen bildeten das Rückgrat der Fabrik, aber auch andere Waffen, kleinere Roboter, wurden hier hergestellt. Jeder einzelne konnte für seine Bedürfnisse angepasst werden und Wexleys Söldner mit den Werkzeugen ausstatten, die sie brauchten, um die Paragons zu zerstören.

Und eine bessere, strahlendere Zukunft zu sichern.

Eine Ebene über dem Boden hielt Mynx den Aufzug an. Im Gegensatz zu seinen ratternden Brüdern war diese Etage ruhig, eine kühle Brise wehte über eine türkis beleuchtete Landung. Glaswände zeigten dahinterliegende Serverbanken, drei Meter hohe schwarze Türme, deren Lichter im Gleichtakt blinkten.

»Läuft alles durch die?« fragte Wexley.

»Vergessen Sie meine Backups nicht«, sagte Mynx und führte sie von der Plattform. »Die werden Sie auch brauchen, wenn Sie die vollständige Kontrolle wollen.«

»Sie werden mir sagen, wo sie sind?«

»Vorausgesetzt, mein Leben ist noch immer in Ihrer Hand, natürlich«, sagte Mynx. »Wie Sie erwähnten, würde ich lieber leben.« Sie legte ihre Hand auf Wexleys Arm, zog seinen Blick zu sich. »Denn wie soll ich schreckliche Rache an Ihnen üben, wenn ich tot bin?«

Wexley begegnete der Anschuldigung mit der gleichen Kälte, die er in so vielen Meetings eingesetzt hatte, so vielen geladenen Begegnungen, bei denen seine Karriere und später sein Leben auf dem Spiel standen.

»Ich bin gespannt darauf zu sehen, wozu eine Champion fähig ist«, flüsterte Wexley zur Antwort.

»Das werden Sie nicht.«

Hinter den Serverbanken, in einem ansonsten schlichten, kreisrunden Raum, befand sich das Herz der Fabrik. Ein riesiges Terminal mit einem Monitor so groß wie Wexleys Bürowand, der Ort leuchtete auf, als die Crew hereinkam. Der Monitor zeigte Diagnostiken, die die gesamte Fabrik zu umfassen schienen und einen Überblick über all die Zerstörung gaben, die hier jede Minute entstand. Zerstörung, die von Ziran, von ihm kontrolliert werden könnte.

»Es ist Zeit, Mynx«, sagte Wexley. »Übergeben Sie es.«

Mynx machte einen Schritt in Richtung des Terminals, bevor sie sich zu Wexley umdrehte.

»Ich denke nicht, Würstchen. Ihr Spiel endet hier.«

Während der Champion sprach, bewegten sich die Wände des Zentrums. Drei Platten schoben sich zur Seite und enthüllten kleinere, menschengroße Drohnen. Sie fielen um Wexley und seine Crew herum herab, starrten vor Waffen und richteten ihre Lichter auf die Söldner.

Mynx' triumphierendes Grinsen hielt nur so lange an, bis sie Wexleys eigenes Lächeln bemerkte. Er wartete noch einen Moment länger und ließ die Verwirrung einsinken, während sein Team sich weigerte, eine Kapitulation zu erklären.

»Tut mir leid, Mynx«, sagte Wexley, »aber ich habe noch ein paar Tricks auf Lager.«

Diesmal zeigte er drei Finger.

KAPITEL 22
TROCKENE TRÄUMEREIEN

KALT, dunkel, einsam. Ein perfektes Apartment, um in Erinnerungen zu schwelgen und nach Antworten zu suchen. Celice, während die Uhr sich der Sperrstunde näherte, projizierte das Display ihres Tamas auf den Fernseher des Raums und suchte in der Vergangenheit. Die Begegnung mit Zhan-Yo hatte einen Mantel von ihren Schultern gerissen und die noch blutende Wunde des Todes ihres Vaters freigelegt.

Sie wies den Tama an, von vorne zu beginnen, und er gehorchte.

Die Anlage hatte einen beschaulichen Charme. Die Ländereien in Vermont, erworben von einer Regierung, die das neu entdeckte Potenzial ihrer besonderen Bürger maximieren wollte. Sie wurden damals noch nicht einmal Anomalien genannt. Die Medien bezeichneten sie als 'Helden', und Celice schätzte diese frühesten Erinnerungen, als Lieferanten und Besucher ihre Eltern so nannten. Ein Ehepaar mit einer kleinen Tochter.

Der gekrönte Grundstein für die Paragon-Initiative.

Nicht dass Celice sich an viel erinnerte. Assistenten mit ständig wechselnden Namen und Erscheinungen kamen zu allen Tageszeiten, um sie zu wecken und sie zur Kindertagesstätte zu bringen, wo Celice sich auf einer Matte zusammenrollte oder draußen im Dreck mit anderen Paragon-Kindern spielte, während ihre Eltern sich weltweit mit Bedrohungen auseinandersetzten.

Der Tama scrollte durch die Bilder aus den Paragon-Archiven, die die Kindertagesstätte und die weitläufige Basis zeigten. Normale und Anomalien arbeiteten damals Seite an Seite, um... Celice blickte aus dem Fenster in die verregnete Nacht. Wie oft waren diese Worte am Ende gegen ihre Eltern verwendet worden? Wie anklagende Messer hatte die alte Regierung behauptet, sie würden gemeinsam die Welt beschützen.

Und wie hatte ihr Vater geantwortet?

Ach ja.

Wir werden die Welt vor euch beschützen.

Celice war damals vier Jahre alt. Sie aß ihr Abendessen, während ihre Eltern einen Telefonanruf nach dem anderen führten, ihre Stimmen wurden immer aufgeregter, bis es an der Tür klingelte, bis sich das Schloss von selbst öffnete und nicht einen, nicht zwei, sondern einen ganzen Trupp bewaffneter Leute vor der Tür zeigte.

Diese Bilder schafften es nicht in die Paragon-Archive, aber Celice brauchte die Bilder des Tamas nicht, um sich an diese Nacht zu erinnern oder an die folgenden, als Aegis und die anderen Champions ihre schnelle Übernahme begannen. Damals erschien es richtig. Die korrupten Regierungen zu beseitigen, die so versessen darauf waren, immer gefährlichere Anomalie-Kräfte gegeneinander einzusetzen, und stattdessen eine Führung durch die Rechtschaffenen, die Starken einzusetzen.

»Die Arroganten«, sagte Celice.

Ihr Glas enthielt Wasser, obwohl sie sich etwas Stärkeres wünschte. Alkohol war kein guter Partner für Spionagearbeit, also hielt Celice die Wohnung trocken. Der Tama blinkte. Ein neuer Ort jetzt.

New York, Aegis und Celices Mutter zogen in die große Stadt als ihr Hauptquartier. Die Champions in ihrer vollen Blüte, die Bewunderung genießend, während sie Anomalien weltweit in die neue Paragon-Organisation eingliederten. Celice fuhr mit den Aufzügen auf und ab, staunte von den obersten Etagen des gemieteten Büroturms auf die Metropole unter ihr.

Tutoren kamen und gingen, peitschten Celice durch Einzelunterricht. Am Abend zerlegte sie die Abenteuer ihrer Eltern, fügte ihre eigenen Ideen ein, liebte ihr Lachen und wünschte sich, sie würden ihr die ganze Geschichte erzählen. Schon damals bemerkte Celice die Pausen, die Lücken. Schurken ergaben sich wie durch Zauberhand, bedrohte Städte kamen mit geringen Schäden davon.

Der Tama entlarvte diese Lügen. Schlagzeilen zeigten den gefährlichen Aufstieg des Paragons. Diktatoren und Demokratien kämpften zurück und wurden von Feinden zermalmt, die sich an keine Regeln hielten. Aegis und seine Champions waren sowohl rücksichtslos als auch effizient, ihre Fähigkeiten machten normale Kampfhandlungen zu einem trivialen Spiel.

Aegis teilte Celice die Ergebnisse beim Abendessen mit oder, wenn ein Abendtermin dazwischenkam, beim Frühstück am nächsten Morgen. Jedes Land, das sich ergab, war eine Kerbe in der Gewinnerspalte. Und die, die sich noch nicht ergeben hatten?

Sie würden es noch einsehen.

Die Vorteile kamen schnell. Celice erlebte sie aus erster Hand, als Aegis sie zu Verkündigungen mitnahm, wenn er oder Celices Mutter eine weitere Rede hielten, die eine räuberische Industrie aus der Existenz tilgte und sie durch etwas Besseres ersetzte, mit Paragon-Schutz oder einem stetigen Rep-Strom, um diejenigen, die ihre Jobs verloren hatten, finanziell abzusichern. Celice verstand es damals nicht, aber sie sah die Lächeln auf diesen Gesichtern.

Wenn sie sie jetzt auf dem Tama-Bildschirm betrachtete, sah Celice in diesen jubelnden Massen etwas weniger als reine Freude. Das waren erzwungene Schreie, Paragon-Flaggen, die zu heftig in den Händen geschwungen wurden, ihre Träger vielleicht in Angst, Aegis könnte sie als nicht unterstützend genug entlarven.

Aber die Welt hatte sich doch verbessert, oder? Celice fragte den Tama und der Computer führte den Befehl aus, wischte die Fotos und Videos weg und zeigte Statistiken. Egal wie man es maß, die Todesfälle weltweit sanken unter Paragon-Kontrolle drastisch. Die Lebenserwartung stieg. Niemand stritt mehr über Gesundheitsversorgung oder Haushaltsdefizite.

Alles lief wie geschmiert mit garantiertem Überleben, garantiertem Schutz, mit Paragon-betriebenen Leitplanken.

»Warum bin ich dann hier?«, fragte Celice die Wohnung und bekam nur Stadtgeräusche von draußen als Antwort.

Wenn ihre Eltern so ein Paradies erschaffen hatten, warum war ihre Mutter dann so jung gestorben? Warum war ihr Vater ihr gefolgt? Warum saß sie in einer dunklen Wohnung, allein, und wünschte sich, sie hätte vor Stunden einen Mann getötet?

Die Tutoren machten täglich weiter, selbst nach dem Tod ihrer Mutter unaufhörlich. Als Celices jugendliche Geburtstage kamen und gingen, ohne dass ihre Anomalie-Fähigkeiten sich zeigten, trieb Aegis sich immer wieder fort. Er baute Bastion, einen Speer ins Herz Manhattans getrieben, nur um das Gebäude bei jeder Gelegenheit für einen weiteren Kampf zu verlassen, eine weitere Chance, sich im Heldentum zu verlieren.

Und sie hatte ihm geholfen, hatte es geliebt. Der erste Einsatz kam, als sie vierzehn wurde, ein einfacher Zugriff gegen Drogenkuriere, die es nicht besser wussten. Aegis hätte es den Drohnen überlassen können, aber er wollte Celice als Backup dabei haben. Sie ging mit ihm hinein und beobachtete durch Aegis' Tama, wie er die Kriminellen einen nach dem anderen mit Schlägen und Tritten ausschaltete.

Celice rief die Medien, als Aegis es ihr auftrug. Sie rief ein Paragon-Aufräumteam, um die Leichen einzusammeln.

Danach kaufte er ihr ein Armband mit einem eingravierten Datum auf dem Silber.

»Damit du dich erinnerst, wann du ein Paragon wurdest«, sagte Aegis, während er das Armband an ihrem Handgelenk befestigte.

Celice dachte, sie würde sich dem Leuchtfeuer der Welt anschließen. War es jemals so gewesen?

Das Tama piepste erneut und ging zur letzten Nachricht auf der Liste. Eine, die sie erhalten hatte, bevor Mynx an jenem schrecklichen Tag mit den Neuigkeiten anrief. Aegis begann zu sprechen, erzählte eine einfache Geschichte über seine Frau, Celices Mutter, und Zeiten mit und ohne Gewalt. Über Sonnenuntergänge und Sonnenaufgänge, Liebe und die Sehnsucht nach einer besseren Welt für ihre Tochter.

Diese eine Nachricht fühlte sich realer an als alles andere an diesem Ort, als alles, was in der Welt geschah. Zwei Menschen, die sich liebten und sich auf den Rest ihres Lebens freuten. Wenn sie die Augen schloss, konnte Celice sogar so tun, als wäre es genauso gekommen.

Für einen Moment.

»Krasse Neuigkeiten«, sagte Celice, stand auf und füllte ihr Wasser nach, schnappte sich einen Energieriegel. Heute Nacht würde sie keinen Schlaf finden.

Die Antwort des Tamas half nicht. Konkurrierende Schlagzeilen erschienen auf dem Wandbildschirm. Links verkündeten fette, panische weiße Buchstaben auf rotem Grund, dass Mynx, der einzige verbliebene Champion für Pacifica und Atlantis, nach einem Kampf im Süden Chicagos verschwunden war. Das brachte ihr die Stirn zum Runzeln.

Aber die Worte rechts? Die verdienten einen Fluch.

Gatete war Tage vor seiner Ankündigung an die Öffentlichkeit gegangen. Celice ließ das Tama die Rede des Paragons abspielen, Gatete trug dieselbe Kleidung wie in Zhan-Yos Apartment. In einer kurzen, feurigen und allzu selbstgefälligen Ansprache erklärte Gatete, er hätte Aegis' Mörder in Gewahrsam. Wenn diejenigen, die Mynx entführt hatten, sie nicht bis zum nächsten Morgen Londoner Zeit freiließen, würde Zhan-Yos Kopf rollen.

Die Paragons, sagte Gatete, würden sich keine Einschüchterung gefallen lassen. Keine Drohungen.

»Wer hat gesagt, dass du für die Paragons sprechen darfst?«, murmelte Celice.

»Siehst du sonst jemanden, der es tut?«

Celice schoss von ihrem Stuhl hoch und griff das Glas in Wurfposition. Das Wasser darin schwappte überall hin, kühle Tropfen rannen ihr übers Gesicht, als sie Benny ansah, der in der offenen Apartmenttür stand. Mit erhobenen Händen kam Benny herein und schloss die Tür hinter sich.

»Willst du meine Frage beantworten, Celice?«, sagte Benny und verschränkte die erhobenen Hände.

Der Mann sah aus wie neulich Abend, mit Melone und kariertem Mantel, Hose und Schuhe ließen ihn wie eine Mischung aus zerrupftem Schotten und englischem Hafenarbeiter aussehen. Die Pfeife in seinem Mundwinkel machte es nicht besser.

»Ich denke, du fängst besser zuerst an«, erwiderte Celice, »und zwar schnell, bevor ich mir etwas Gefährlicheres als dieses Glas hole.«

»Wirklich, du kommst mit Drohungen?«, sagte Benny, obwohl er Abstand hielt. »Nachdem du Zhan-Yo, das Objekt deiner intensiven Besessenheit, mit nur einem kleinen Kratzer hast gehen lassen, hätte ich gedacht, du wärst fertig mit den großen Tönen.«

Celice kochte eine Erwiderung hoch, schluckte sie aber schnell runter. Bennys Sticheleien waren nicht wichtig.

»Lass dich nicht ablenken«, sagte Celice, sowohl zu sich

selbst als auch zum Eindringling. »Wie bist du hier reingekommen, und warum?«

Benny tippte sich an die Schläfe nahe seinem Auge, »Hab meine Methoden, und ich erzähl sie dir später, aber es gibt jetzt was Wichtigeres zu tun.«

»Und das wäre?«

»Verschwinden.« Benny bewegte sich zurück zur Tür. »Du hast Gatetes Machtgreiferei gesehen. Er wird dich anwesend und verfügbar haben wollen, bereit zu sagen, was er will.«

Celice bewegte keinen Muskel. »Wenn Gatete will, dass ich Zhan-Yo als den Mörder meines Vaters bezeichne, kann ich das tun.«

»Und bist du auch bereit, Gatete zum nächsten Champion Europas zu krönen?«

»Was meinst du damit?«

»Aegis' Tochter, Seite an Seite mit Gatete, das ist ein mächtiges Bild«, sagte Benny. »Dagegen kommt keiner an.«

»Du sagst das, als gäbe es jemand Besseren.«

»Komm mit mir, und vielleicht triffst du sie.« Benny blickte an Celice vorbei zum jetzt leeren Fernseher an der Wand. »Oder du machst weiter mit deiner Selbstmitleidsparty.« Er schüttelte den Kopf bei ihrem Wasserglas. »Obwohl ich glaube, dass du nicht mal weißt, wie man sowas richtig macht.«

Der Korridor knarrte, feuchte Steingerüche sickerten das Treppenhaus des Apartments hoch, als Benny und Celice sich zurück zu Londons durchnässten Straßen machten. Auf Bennys Rat hin hatte Celice Waffen an den üblichen Stellen verstaut. Als sie den Mann nach dem Grund fragte, erwähnte er, dass Gatete dafür bekannt sei, sich zu nehmen, was er wolle.

»Und was ist mit dir?«, sagte Celice. »In mein Apartment einbrechen?«

»Ach, ich hab nichts aufgebrochen«, erwiderte Benny. »Du hast mir selbst den Türcode gezeigt.«

»Ich hab dir gar nichts gezeigt.«

Benny tippte sich wieder an die Schläfe, als sie das Erdgeschoss erreichten. Draußen boten die Glastüren des Gebäudes einen Blick auf die dunkle Straße.

»Du hast dein Leben um Anomalien herum verbracht und bist immer noch nicht gut darin, sie zu durchschauen, oder?«, fragte Benny.

»Sie ergeben keinen Sinn, also hab ich aufgehört, es zu versuchen«, konterte Celice und trat zurück in den kalten Nieselregen.

Wenn nichts anderes, vertrieb das eisige Wasser jegliche Müdigkeit.

»Da kann ich dir nicht widersprechen. Lass uns hier lang gehen. Es gibt einen Laden, der rund um die Uhr offen hat, macht die besten Flat Whites.«

»Ich dachte, wir-«

»Ich beobachte seit ein paar Tagen, was du tust, und das reicht, um zu wissen, dass du deinen Kaffee magst«, sagte Benny. »Also warum setzen wir dich nicht erst mal in die Lage, das Richtige zu tun, bevor wir es von dir verlangen.«

»Du hast mich beobachtet?«

»Nicht wirklich beobachtet, nicht direkt.« Benny lachte über Celices Ich-stech-dich-ab-Blick. »Du hast deine Augen, richtig? Außer, dass sie gerade auch meine sind. Wie eines dieser kleinen Bilder in einem Bild im Fernsehen.«

Über die nächsten drei Blocks erklärte Benny die Details seiner Fähigkeit: die Reichweite sei unbegrenzt, soweit er das feststellen konnte, die Anzahl: eine ahnungslose Seele pro Mal, und der Auslöser: eine einfache Berührung. Dann hatte Benny einen Film, den er nach Belieben ansehen konnte, wie eine laufende Kameralinse in jemand anderem Kopf.

»Kann nichts hören, nichts riechen oder fühlen«, sagte Benny, während sie in einer kleinen Nische saßen, einem schwach beleuchteten Versteck unter einer Brücke, das sich als sein versprochenes Wunderziel entpuppte. Wie versprochen, durchzogen schwere Sahne- und Kaffeearomen die Luft, vermischt mit dem Duft von frisch gebackenem Brot. »Also lebe ich nicht dein Leben oder so, aber für etwas leichte Spionage?«

»Gruselig.«

»Sehe ich für dich wie ein Grusel aus?«

»Willst du wirklich, dass ich das beantworte?«, sagte Celice, während sie einen Würfelzucker in den schaumigen Weißen fallen ließ.

Von dem Moment an, als Benny in ihrer Wohnung aufgetaucht war, bis der Kaffee auf dem Tisch stand, musterte Celice ihn immer wieder nach Antworten. Dass der Mann eine Anomalie war, warf nur noch mehr Fragen auf. Schlimmer noch, Celice konnte die wachsende Sorge nicht abschütteln, dass sie in diesem Spionagegeschäft nicht besonders gut war.

Aegis und andere Paragons hatten Celice die Techniken beigebracht, und sie hatte alles, was mit Computern zu tun hatte, mit Bravour gemeistert. Aber sie war von wenig Feldarbeit zu einer weltweiten Jagd nach dem meistgesuchten Mörder des Planeten übergegangen. Celices eigener Status und ihr gewähltes Ziel garantierten Aufmerksamkeit, und vielleicht war sie nicht gut genug, um damit umzugehen.

»Weißt du«, sagte Benny, »ich habe diesen Job angenommen, weil mir gefiel, was dein Vater zu tun versuchte. Nicht das, womit er endete, natürlich, aber das Ziel, mit dem er anfing.«

»Was?«

»Ich bin alt genug, um mich an diese frühen Tage zu erinnern. War damals noch ein Kind, aber die Leute hatten solche Angst. Dein Kumpel könnte niesen und einen ganzen Block in die Luft jagen. Aegis wollte das alles ändern, und das tat er.« Benny klopfte mit seiner Tasse auf den kleinen Unterteller. »Dann verlor er sich selbst. Sie alle taten es.«

»Sagst du.«

»Du versteckst dich in einer schrecklichen Wohnung, Celice. Ich glaube nicht, dass dein Papa das im Sinn hatte.«

»Nicht seine Schuld, dass Zhan-Yo ihm in den Rücken gefallen ist.« Celice hob ihr Tama und prüfte die Uhr. Die Morgendämmerung rückte näher. »Deine Zeit läuft ab, Benny.«

»Nein. Warte ein paar Minuten. Du wirst aus dem Fenster zu deiner Rechten schauen und genau sehen, wofür ich dich hierher gebracht habe.«

Celice blickte jetzt in diese Richtung und sah eine schmutzige Unterführung, leer im Laternenlicht bis auf eine volle Mülltonne.

»Dein Vater wollte, dass Anomalien richtig behandelt werden. Zhan-Yo will dasselbe für die Normalen«, sagte Benny. »Er ist gefallen, aber du könntest ihn wieder aufbauen. Denk mal darüber nach, Celice. Wie viele würden sich vereinen, wenn du dich ihm anschließt?«

»Ich werde mich nicht dem Mann anschließen, der meinen Vater niedergestochen hat. Du sagtest, das wäre ein Job. Den du angenommen hast. Von wem?«

Benny hob einen Finger, und in weniger Atemzügen als Celice für möglich gehalten hätte, erschienen zwei neue Kaffees vor ihnen. Der Mann hatte kein Wort gesagt.

»Wirst du antworten?«, sagte Celice.

»Das sollte ich nicht müssen. Du bist der Spur hierher gefolgt, jetzt füg es zusammen.«

Die Puzzleteile präsentierten sich, das Koffein tat seine Wirkung, um der schlaflosen Nacht entgegenzuwirken, und Celice nahm sich Bennys Herausforderung an. Die Fakten ordneten sich auf dem Tisch vor ihr, imaginäre Kästchen füllten sich mit Details und schoben sich aneinander.

Eine Anomalie, die wusste, dass Celice in die Stadt gekommen war. Nicht in Uniform und Gatete und seiner Gruppe anscheinend unbekannt. Arbeitete auch nicht mit Zhan-Yo zusammen, oder Mathieu hätte den Mann erwähnt.

Oder zumindest nicht direkt mit dem Mörder. Gleichzeitig sympathisierte er mit den Ansichten des Mannes, war aber kein einsamer Wolf.

Nur eine Organisation hatte die Ressourcen und die Einstellung, um diese Teile zusammenzufügen.

»Du bist ein Elementar«, sagte Celice, ohne den anklagenden Ton aus ihrer Stimme zu nehmen. Diese verdammten Anomalien brachten nur Chaos in die Welt. »Was bedeutet, ich habe dir nichts zu sagen.«

»Weil?«

»Du weißt warum.«

»Ich würde es gerne von dir hören«, Benny lehnte sich vor und faltete die Hände. Sein Bart verfing sich im Kaffeeschaum.

Celice stand stattdessen auf. Schob den Kaffee weg. Sie hatte hier genug Zeit verschwendet. Gatete hatte in ein paar Stunden eine Hinrichtung, und auch wenn Celice den Ansatz nicht mochte, würde es auf einer tiefen Ebene befriedigend sein, Zhan-Yos Kopf rollen zu sehen.

Benny versuchte nicht, sie aufzuhalten.

Die Pod, die vor dem Eingang des Diners wartete, tat es. Roger und Sydney standen daneben, dicke Jacken über Straßenkleidung und sahen nicht sehr geduldig aus. Unter ihren Augen lagen Tränensäcke, wahrscheinlich ähnlich wie unter Celices.

»Bereit?«, fragte Roger, als Celice nach draußen kam.

»Eine kostenlose Fahrt?«, erwiderte Celice. »Wie nett.«

»Ich habe nicht mit dir gesprochen«, sagte Roger. »Verräterin.«

»Verräterin?«

»Elementare, Gespräche mit Zhan-Yos Verbündeten?« Sydney schüttelte den Kopf. »Traurig zu sehen, wie Aegis' Tochter den Paragons den Rücken kehrt.«

»Sie *ist* eine Normale«, sagte Roger, während Celice tief Luft holte.

Straßenlaternen warfen goldene Scheine auf das nasse Kopfsteinpflaster zu ihren Füßen. Das weiß leuchtende Schild des Cafés strahlte über ihnen, und Londons erster Verkehr rumpelte über die Brücke. Der feine Kaffeegeruch hing schwer in der Luft. Alles in allem eine wunderschöne Kulisse, um diesen Punks in den Hintern zu treten.

Sydney machte den Anfang, das grüne Leuchten erfasste ihre Hände und fesselte Celices Arme an ihre Seiten. Roger griff in seine Jacke, zog ein Messer und ging direkt auf einen sauberen Stich los. Celice tanzte zurück, aber Sydney ließ Celices linke Hand los, um ihren linken Fuß zu packen, wodurch Celice mitten in der Bewegung blockiert wurde und zu Boden ging.

»Kaum fair, Leute«, sagte Celice und versuchte sich hochzudrücken, nur um ihre linke Hand wieder zu verlieren und zurück zu plumpsen.

»Tragisch«, erwiderte Roger, das Messer kam tief.

Benny stürmte durch die Türen, rammte Roger und rollte mit ihm zu Boden. Wasser spritzte auf, als die beiden aufeinander einschlugen, während Sydney Celices Hände weiter festhielt. Sie versuchte ihre Füße zu bewegen, sie wieder unter sich zu bekommen, gab dann aber die Idee auf: die rutschigen Steine machten ein selbstständiges Aufstehen unmöglich.

Also kroch sie. Nach vorne rollend schob sich Celice auf Sydney zu. Rogers Messer blitzte auf und Benny fluchte.

»Was tust du?«, sagte Celice, mit den Füßen strampelnd, um näher an Sydney heranzukommen. »Das bist nicht du, oder woran du glaubst!«

»Das ist die Welt, die deine Familie erschaffen hat!«, entgegnete Sydney und trat einen Schritt zurück, die Pod im Rücken. »Wir überleben, Celice, indem wir tun, was nötig ist.«

»Und dabei verliert ihr, wer ihr seid!«

Sydney lachte, ein düsteres Bellen, »Sagst du.«

Als Benny erneut schrie, diesmal schmerzerfüllter, rutschte Celice auf den Steinen aus. Sie spürte, wie ihr Gesicht hart aufschlug, während Sydney wieder die Gliedmaßen wechselte und Celices Beine wegfegte. Schlimmer als der Schmerz war jedoch die Erkenntnis.

Die Welt ihres Vaters wollte sie nicht.

KAPITEL 23

EIN TRACKER UND EINE ANOMALIE

BETH LÖCHERTE Kat und Calvin mit Fragen, bis sich Wexleys Plan und dessen Erfolg klar abzeichneten. Während sie sprachen, konnte Calvin nicht fassen, dass er das alles in dem Moment nicht durchschaut hatte. Wenn er, Weed und die anderen den Paragons erzählt hätten, was sie bei der Scheune erwartete, hätte Mynx den Hinterhalt vielleicht vereiteln können.

Dann könnte er jetzt, anstatt im kargen Kellerraum eines Cafés zu sitzen, während die Nacht in die Kneipenzeit überging, draußen feiern oder, wahrscheinlicher noch, einen wohlverdienten Schlaf genießen.

»Ihr habt das gut gemacht«, sagte Beth und unterbrach Kats ausschweifende strategische Überlegungen. Die Trackerin hatte das Gespräch in Richtung einer Rettungsmission gelenkt, einem Signal an die LA Paragons, die Fabrik mit voller Kraft anzugreifen. »Ihr beide. Das ist bestmöglich ausgegangen.«

»Was?«, fragte Calvin, während Kat mit offenem Mund dasaß und offenbar nicht folgen konnte.

»Ihr habt euch selbst gerettet und das bestmögliche Ergebnis zugelassen. Ich sehe an euren Gesichtern, dass ihr das nicht erwartet habt, aber versteht: Wenn Wexley und die Paragons sich gegenseitig zerstören, ist das nur zu unserem Vorteil.«

Beths Worte erstickten jedes weitere Gespräch im Keim. Kat schien immer noch wie betäubt, aber Calvin ließ sein altes Misstrauen wieder aufkommen. Jeder war nur auf seinen eigenen Vorteil bedacht, warum sollten die Elementals da anders sein?

»Wisst ihr, ich habe erst vor zwei Nächten versucht, Wexley zu vernichten?«, sagte Beth, die hinter ihrem Schreibtisch saß, während von oben weißes Licht strahlte. Keine Fenster zeigten Chicagos Nacht, ein klaustrophobisches Detail, das Calvin den Nacken jucken ließ. »Ich hatte eine Einladung zu irgendeiner Wohltätigkeitsveranstaltung ergattert und hätte ihn fast gehabt. Er ist ein schrecklicher Mensch mit viel zu viel Macht.«

»Das wissen wir«, brachte Kat heraus. »Deshalb-«

»Aber selbst schreckliche Menschen haben ihren Nutzen. Aegis zum Beispiel. Wexley und die anderen Champions können gegeneinander kämpfen, während die einfachen Paragons ihren Weg verlieren. Wir können ihnen ein Zuhause bieten, einen neuen Platz.«

Calvin schnaubte. Er konnte nicht anders. Jedes Mal, wenn Kat ihn zu diesen Elementals brachte, dachten sie, sie wären die Größten. Ein wichtiger Spieler, bereit durchzustarten und die Welt an sich zu reißen. Er hatte aber beide Seiten gesehen. War im Paragon-Tower in Chicago gewesen, hatte Mynx' Drohnen aus nächster Nähe erlebt.

Und er war in diesem verdammten Lagerhaus gewesen, wo Anomalien, die Helden spielten, ihn herumgeschleudert hatten.

»Findest du das Schicksal witzig?«, fragte Beth in demselben Ton, den seine alten Lehrer benutzten, wenn er sich im Unterricht langweilte.

»Ich finde es zum Totlachen«, sagte Calvin. »Du glaubst

wirklich, ihr könntet einfach in diesen Tower spazieren und die Paragons dazu bringen, euch zu helfen? Macht das, und ihr findet euch in fünf Minuten wieder auf der Straße oder darunter.«

Beth versteifte sich. Wieder genau wie diese Lehrer. Jemand, der es nicht gewohnt war, Widerworte zu bekommen.

»Du verstehst das nicht«, sagte Beth und kämpfte um ihre übliche Ruhe, die sie auch ausstrahlte. Calvin spürte es, als Beth ihn ansah. Als würde man von Loungemusik und einem süßen Joint gleichzeitig getroffen. »Die Paragons sind eine Bedrohung. Wir müssen uns von ihrer Kontrolle befreien, und das wird nicht passieren, bis sie gebrochen sind.«

Das Problem mit Beths Ruhe war allerdings, dass sie viel besser funktionierte, wenn man nicht wusste, was passierte. Calvin schüttelte Beths mentale Decke ab, streifte sie von seiner Persönlichkeit ab, als würde er einen Nieser unterdrücken.

»Und dann tanzt ihr alle herein, erklärt die Anomalien für frei von allem, und was bekommen wir? Eine große Party auf den Straßen, während die Normalen all diese Möchtegern-Götter ohne Regeln sehen?«, sagte Calvin und stand auf. »Kat, ich glaube, wir sind hier fertig.«

Kat blickte zu Calvin auf und runzelte die Stirn: »Beth, ich glaube nicht, dass das ist, was du willst.«

»Oh doch, genau das will ich«, sagte Beth. »Als ich dich zum ersten Mal traf, wollte ich deine Hilfe, um Calvin zu finden und unsere Reihen zu stärken. Ich wollte seine Hilfe, um die Paragons von ihrem Thron zu stoßen. Das mag nicht der Anfang unseres Aufstiegs sein, wie ich ihn mir vorgestellt hatte, aber ich werde diesen Moment nicht verstreichen lassen.«

Beth nickte einem anderen Elemental an der Tür zu, ohne Kat und Calvin weiter zu beachten.

»Sag allen Bescheid«, fuhr Beth fort. »Wir beginnen die Übernahme. Jetzt sofort.«

»Übernahme?«, fragte Kat.

»Ihr habt gesagt, die Paragons sind verstreut, ihre Drohnen sind ausgefallen. Es ist Zeit, dass wir ihren Tower übernehmen und uns zeigen. Alle Anomalien der Welt warten auf uns.«

»Kann dir versichern, dass das nicht stimmt«, murmelte Calvin und warf Kat einen Blick zu. »Ich denke, wir gehen jetzt. Du scheinst dir mit der Weltherrschaft ja sicher zu sein, und das ist nicht wirklich mein Ding, also...«

Während er sprach, streifte Calvin die Lederhandschuhe von seinen Händen und spürte die abgestandene Luft, die Partikel, die er auseinanderziehen konnte. Nichts besonders Tödliches, das er hier greifen konnte - die winzigen Kaffeekörner in der Luft boten nicht viele Möglichkeiten -, also hoffte Calvin, dass die Warnsignale, die er in den Gesichtern der Elementals las, übertrieben waren.

Aber die Art, wie sich die Tür verschloss, als die Elementals Beths Befehl zur Verbreitung der Nachricht folgten, wie Beth ein abgenutztes Lächeln trug, das Gefühl einer Falle im Raum - all das deutete darauf hin, dass es im Café gleich ungemütlich werden würde.

»Ich hasse es, wenn ich am Ende den Falschen helfe«, sagte Kat und schob ihren Stuhl zurück.

»Dann musst du deine Zeit als Trackerin ja gehasst haben. All die Anomalien, die du in Ketten gelegt hast.« Beth höhnte. »Setzt euch beide. Ihr habt eure Rolle heute Abend gespielt.«

Calvin machte eine schnelle Zählung. Drei Elementals im Raum, Beth eingeschlossen. Kat hatte ihre Ausrüstung dabei, was sie mindestens einer Anomalie ebenbürtig machte. Mit einem Überraschungsmoment könnten sie gleiche oder sogar bessere Chancen haben.

»Okay«, sagte Calvin, setzte sich und erntete einen *Was-*

zum-Teufel-Blick von Kat. »Können wir wenigstens einen Kaffee bekommen, wenn ihr uns schon hier festhaltet?«

Die Hoffnung, dass einer der Elementare gehen würde, um welchen zu holen, verflog, als Beth stattdessen ihr Tama benutzte. Ein Becher erschien innerhalb von Sekunden, während Kat vor sich hin brodelte. Beth blieb an ihrem Tama und tippte weiter Nachrichten an wen auch immer.

Calvin nahm den heißen Becher in seine linke Hand, spürte, wie die Keramik seine Haut verbrannte, und bemerkte die hochgezogene Augenbraue von Farrah, der Elementar-Trainerin, die ihn ihm gereicht hatte.

»Tut mir leid, dass es mit uns nicht geklappt hat«, sagte Calvin zu ihr.

»Was?«

Calvin entzog dem Becher die Hitze und schleuderte sie in einem sengenden Strahl direkt in Farrahs Gesicht. Die Elementarin taumelte schreiend zurück, während Calvin den eiskalten Becher samt Inhalt nach Beth warf. Die Anführerin der Elementare schien keine besonders kampftaugliche Fähigkeit zu haben, aber sicher war sicher.

Schritte näherten sich eilig von hinten und Calvin bewegte sich vorwärts, stützte seine rechte Hand auf Beths Schreibtisch und spürte das dünne Metall. Beth, die fluchend den Kaffee von sich abwischte, schien beschäftigt. Calvin streckte seine linke Hand nach hinten in Richtung der heraneilenden Schritte und formte aus dem Metall einen Speer. Ein harter, kräftiger Aufprall erschütterte Calvins improvisierte Waffe, und als er sich umdrehte, sah er Anthony, der durch seine Fähigkeit beim Sprint größer geworden war, wie er auf den Metallspeer in seiner Brust starrte.

»Tut mir leid«, sagte Calvin und ließ los, als Anthony stolperte und zur Seite fiel. »Ich wollte heute eigentlich niemanden töten.«

Er hätte mehr Mitleid mit dem Anomalen gehabt, aber die hatten sich ja voll und ganz Beths Plan verschrieben, eine ohnehin kaputte Welt noch mehr zu zerstören. Calvins Mitleid war begrenzt, und außerdem hatten die Elementare Leute, die einen Mann wie Anthony vom Rande des Todes zurückholen konnten.

Ein Knall lenkte Calvins Aufmerksamkeit zum einzigen Ausgang des Raums, wo Kat über dem zertrümmerten Schloss stand. Mit einem Ruck öffnete sie die knarrende Tür und fand zwei weitere Anomale draußen wartend vor.

»Würde es euch etwas ausmachen, uns gehen zu lassen?«, fragte Kat, während Calvin zur Verstärkung näher kam.

»Das werdet ihr nicht!«, rief Beth hinter dem Schreibtisch hervor.

»Bleib bitte unten.« Calvin packte den Stuhl, auf dem er gesessen hatte, und schleuderte mit einem Schlenker seines linken Handgelenks eine Serie von Splittern in Beths Richtung. Sie quietschte und tat wie geheißen, tauchte unter ihren Schreibtisch.

Farrah hatte keine solchen Bedenken.

Die Elementar-Trainerin rammte Calvin mit einem Tackle auf Hüfthöhe und riss ihn zu Boden. Beim Aufprall versuchte Calvin sich zu drehen, um Farrah zu packen und ihr das zu entziehen, was sie ausmachte. Stattdessen griff er ins Leere. Sah Farrah wieder auf sich zurennen, als hätte sie den Tackle nie ausgeführt.

Diesmal trat sie nach Calvins Gesicht, einen Schlag, den er mit schnellen Händen blockte, nur um Sterne zu sehen, als etwas seinen Kopf traf. Während er sich wegrollte, sah Calvin Farrahs Gestalt wieder näherkommen. Was zum Teufel war überhaupt ihre Fähigkeit? Wie konnte sie sich so schnell bewegen?

Er spürte den Betonboden unter seinen Händen, und Calvin zog dessen Kraft heraus, ließ die harte chemische Verbindung um sich herum rasen, als Farrah angriff. Sie schlug zu und traf auf den blockierenden Beton. Eine Sekunde später erschien Farrah wieder im Angriff, diesmal zielte sie auf Calvins Nieren, hielt aber inne, als auch diese hinter einer dünnen Betonwand verschwanden.

»Versteckst du dich?«, sagte Farrah und entspannte sich, während Calvin seinen Schild vervollständigte.

»Nee, warte nur auf eine Freundin.«

Hinter Farrah sprintete Kat von den Anomalen an der Tür zurück und schleuderte mit einem Handgelenkschwung zwei silberne Kugeln nach vorn. Sie trafen Farrah im Rücken, was der Anomalen einen Blick auf das entlockte, was sie da getroffen hatte. Calvin schloss seine Augen und überzog sicherheitshalber sein Gesicht mit Beton.

Kat liebte diesen Trick, und warum auch nicht?

Er funktionierte immer.

Der Blitz drang durch Calvins geschlossene Lider, aber als er sie öffnete und seine Betonbarriere fallen ließ, sah der Raum normal aus. Na ja, normal bis auf die sich windenden Elementare am Boden. Die beiden Neuen hatten Kat in den Raum verfolgt, bevor ihre Netzhäute von den Kugeln geblendet wurden, und gesellten sich zu Farrah beim Augenreiben, verzweifelt bemüht, etwas sehen zu können.

»Zeit zu gehen?«, fragte Kat, hob die verbrauchten Kugeln auf und ging zum Ausgang.

»Längst überfällig«, antwortete Calvin und ging an Farrah vorbei. Er überlegte, ihr einen Stoß zu verpassen, vielleicht einen Knöchel in Beton einzuschließen, aber wozu die Energie verschwenden?

»Es wird nichts ändern«, rief Beth ihnen nach, als das Paar ging. »Ihr könnt das jetzt nicht mehr aufhalten!«

»Die ist aber dramatisch«, sagte Calvin, als sich die Cafétür hinter ihnen schloss. Kat hatte bereits einen Pod über ihr Tama angefordert. Keine weiteren Elementare zeigten sich in der frühmorgendlichen Dunkelheit.

Trotzdem drehte sich Calvin um und legte seine Hände an die Tür, formte und verdrehte das Glas, Metall und Plastik, um die Tür mit den Glasfenstern drumherum zu versiegeln.

Die Elementare konnten natürlich das Glas zerschlagen oder einen Hinterausgang nehmen, aber sie müssten erst mal darüber nachdenken.

»Sie ist Bullshit«, sagte Kat. »Wie alle anderen auch.«

»Jetzt verstehst du also, woher ich komme.«

»Vertraue niemandem, die Welt ist Müll? Scheint so.«

Der Pod rollte heran und hielt am Bordstein. Seine Tür glitt nach oben und zurück und präsentierte zwei bequeme Sitze. Sie stiegen ein und ließen den Pod einen rasanten Kurs zum Paragon-Turm in der Innenstadt einschlagen. Auf dem Weg zum Café hatte Kat mit zurückgelehntem Kopf ein Nickerchen gemacht. Jetzt war es an ihr, ihr Gesicht ans Podfenster zu drücken und in die Stadtnacht zu starren.

Calvin ging ein Dutzend schnippischer Bemerkungen durch, bereit, die Miesheit der Gesellschaft zu unterstreichen. Jede Fraktion wollte nur Macht, also würde Vertrauen in irgendeine nur zu Enttäuschung führen.

»Ich bin schon so lange allein«, sagte Kat, wobei Calvin mehr ihr Spiegelbild im Glas als ihr Gesicht beobachtete. »Beth und die Elementare schienen etwas anderes anzubieten. Ein Team, das nicht diese ganze... Ausstrahlung der Paragons hatte. Ich versuche nicht, die Welt zu übernehmen, Calvin. Ich *mag* es, mit Seeker abzuhängen. In Parks spazieren zu gehen, Takeout zu essen. Aber jedes Mal, wenn ich in letzter Zeit versuche mich zu entspannen, geht alles den Bach runter.«

»Predige es«, erwiderte Calvin.

»Fühlst du dich nicht auch so? Du bist doch *der* wandernde Anomale schlechthin.«

»Ich? Ich wandere nirgendwo hin. Ich gehe, wohin ich will, und die Leute scheinen damit immer ein Problem zu haben. Das ist es eben, Kat. Wir sind zu wichtig. Niemand wird uns in Ruhe lassen.«

»Wir sind zu wichtig?«

»Jep«, Calvin streckte seine Arme aus, legte sie über die

Rückenlehne des Pods und schüttelte den Kopf. »Wir sind so awesome, dass jeder ein Stück vom Kuchen will.«

Kat lachte und wandte sich wieder ihrem Fensterstarren zu. Calvin beobachtete sie, nicht ganz sicher, was er sagen sollte. Da waren sie nun, rasten los, um die Paragons zu warnen, dass Mynx' Fabrik möglicherweise unter Beschuss stand und jetzt auch, dass die Elementare auf Blut aus sein könnten. Eine Spurensucherin und ein ausgerissener Anomaler, die versuchten, die Welt zusammenzuhalten.

So verrückt es sich auch anfühlte, Calvin konnte auf zu viele solcher Nächte zurückblicken, die er allein in Schrottplätzen verbracht hatte, wo er seine Fähigkeiten nutzte, um Motelzimmer aufzubrechen und zu stehlen, was er konnte. Sie alle hatten die gleiche Schärfe wie heute Nacht, eine Balance, bei der morgen nichts mehr wie vorher sein würde, aber zumindest würde Calvin diesmal nicht allein am Abgrund stehen.

Zumindest würde er bei Tagesanbruch jemanden haben, mit dem er ihn teilen konnte.

»Hey«, sagte Calvin. »Danke.«

»Danke?«

»Dass du vorhin nicht mit Beth gegangen bist. Wie du sagtest, sie schienen deine Freunde zu sein.«

»Sie waren meine Freunde, aber das bist du auch.«

»Wie hast du dich entschieden?«

Kat wandte sich vom Fenster ab und schaute Calvin an. Ein leichtes Lächeln zierte ihr hartes Gesicht. »Machst du Witze? Wenn man einmal die Kampffläche bei *Carver's* geteilt hat, ist das eine unzerbrechliche Verbindung.«

Calvin ließ seinen Arm sinken und landete auf Kats, bevor er richtig begriff, was er tat. Seine Hand fand ihre, kalte Finger verschränkten sich ineinander. All die einsamen Jahre zerbrachen in dieser elektrischen Berührung, und Calvin *spürte* Kats Essenz, wie er den Schmutz, das Glas, alles andere spürte. Sie floss durch ihn hindurch, in Teilen und als Ganzes, der Rausch durchdrang ihn.

Er hatte Menschen schon früher berührt, hatte ihre Körper verdreht, um sich selbst zu retten, aber nicht so. Niemals so.

Kat hustete und Calvin schaute auf, sah weit aufgerissene Augen, einen offenen, erstaunten Mund. In einer Sekunde hatte Calvin seine Hand befreit und begann sich zu entschuldigen. Dann bemerkte er das Rot. Es sickerte durch Kats Anzug, bildete eine Lache auf dem Sitz um sie herum.

»Was zum Teufel?«, sagte Calvin. »Was passiert hier?«

Kat versuchte etwas zu sagen, aber nur Blut kam aus ihrem Mund, strömte über ihr Kinn, und die Trackerin sackte nach vorne. Eis flammte in Calvin auf, seine Gedanken rasten durch die Optionen. Erste Hilfe? Die Pods hatten alle Verbandskästen, aber das sah nicht nach etwas aus, das Mull und Bandagen beheben konnten. Kat brauchte bessere Hilfe, brauchte ein Krankenhaus.

Brauchte Paragon-Unterstützung.

»Pod«, sagte Calvin. »Notfall, nächstgelegenes Krankenhaus. Sofort!«

Der Befehl versetzte den Pod in Bewegung, der Ruck warf Calvin zurück in den Sitz. Kats Sicherheitsgurt hielt sie fest. Das Blut sammelte sich weiter, aber der Ausbruch des Pods half, die Panik zu vertreiben. Das Paragon-Training setzte ein, ein Schritt nach dem anderen, darauf ausgerichtet, die Anomalien in gefährlichen Situationen am Leben zu erhalten.

Calvin tippte die schnelle Sequenz in seinen Tama ein, einen fünfstelligen Befehl, der seinen eigenen Paragon-Medizinnotfallsender aktivierte. Er löste seinen eigenen Sicherheitsgurt und riss Kats Umhang ab. Er musste an das herankommen, was ihr Schmerzen bereitete, musste die Quelle finden.

Unter dem Umhang machte die rote Färbung klar, dass die Wunde von Kats Bauch kam. Als der Pod um eine weitere Ecke raste, drückte Calvin seine Hand auf den dunkelsten, wärmsten Bereich über ihrer Taille. Er zupfte an den Fasern, saugte den Anzug weg und häufte dessen Stoff und Kunststoff in einem nutzlosen Haufen zu seiner Rechten auf.

Ein Einschussloch. Ein schlimmes, direkt in ihrem Bauch.

Und Calvin wusste dann, warum Kat vor ihm verblutete. Wusste, wer verantwortlich wäre, wenn sie in dieser Nacht, genau hier, sterben würde.

Und wer dafür bezahlen würde.

»Bleib bei mir, Kat«, sagte Calvin zwischen Flüchen. Er drückte seine linke Hand auf die Wunde, legte seine rechte auf den aufgehäuften Kunststoff und begann, die Fasern zurückzuziehen. »Lass sie nicht gewinnen.«

Calvin formte den Anzug neu und versiegelte die Wunde, indem er den Stoff, das dicke Material, fest um das Loch legte. Kat blutete möglicherweise auch in ihrem Körper, aber dagegen konnte Calvin nicht viel tun. Er musste sie am Leben erhalten, musste ihr Herz am Schlagen halten.

Nur noch ein kleines bisschen länger.

KAPITEL 24
ECHTES ESSEN, ECHTE WELT

DIE GROSSSTADT EMPFING sie mit einem Regenschauer. Jeder Sonnenuntergang verschwand im grauen Niederschlag, obwohl Cassidy die Schönheit gerne gegen die kühleren Temperaturen des Wassers eintauschte. Die Kapsel schlängelte sich durch zunehmenden Verkehr, wobei sich Frachtpods zu einem sich langsam bewegenden Fluss in Richtung Bangkok vereinten. Die himmelhohen Gebäude der Stadt funkelten und zogen Cassidys staunenden Blick auf sich, mit ihren geschwungenen Seiten, die sich viele Meter über dem Boden vereinten. Als hätte sich die halbe Stadt entschieden, über der anderen zu leben.

»Eine merkwürdige Entscheidung, nicht wahr?«, sagte Thane neben ihr. »Rate mal, wer damit angefangen hat?«

Thane stellte die Frage mit seinem üblichen unterschwelligen Gift.

»Die Paragons?«

Nicht dass Cassidy eine Ahnung hatte, aber bei Thane schien alles Schlechte auf die Anomalien zurückzuführen zu sein.

»Keineswegs«, lachte Thane, »die Paragons sind keine Architekten. Eine Frau schlug die Veränderung vor. Sie leitete die Planung, überzeugte die betreffenden Unternehmen, ihre Reputation für diese gewaltigen Strukturen einzusetzen. Unpraktisch, aber auf ihre Art schön.«

»Sie hat sie einfach überzeugt?«, Cassidy zeigte auf eines der Gebäude, an dem sie rechts vorbeifuhren und das vier im Zickzack verlaufende Türme zu haben schien, die sich oben zu einer Kugel vereinten. »So etwas zu bauen? Wie?«

»Bestechung, Drohungen«, sinnierte Thane, seine Augen funkelten, während er sprach. Er schien viel glücklicher, seit sie die Waisen überzeugt hatten, seit sie sich der Paragon-Patrouille auf dem Weg in die Stadt angeschlossen hatten. »Sie brauchte nichts davon, weil sie ihre Gedanken mit einem Stift verdrehen konnte.«

»Also war doch eine Anomalie involviert.«

»Natürlich. Alles, was sie niederschrieb, wurde für den Leser zur faszinierendsten Idee, sobald er es las«, sagte Thane und schüttelte den Kopf bei irgendeiner Erinnerung. »Die Dinge, die sie Leute glauben lassen konnte, die sie unterschreiben ließ.«

»Und?«

»Nicht jeder Feind, den die Paragons vernichtet haben, starb in einem Kampf«, sagte Thane, sein Lächeln verwandelte sich in einen Seufzer. »Apinya änderte die Regeln. Keine Papierkopien mehr. Tamas wurden zur Norm, und niemand benutzte mehr Papier für irgendetwas. Das letzte, was ich hörte, war, dass es ihr gut genug geht, während sie in irgendeiner Villa im Süden schwelgt.«

»Was für ein schreckliches Schicksal.«

»Seiner Macht beraubt zu werden, seines Ziels? Das würde ich in der Tat als schreckliches Schicksal bezeichnen.«

Cassidy warf Thane einen vielsagenden Seitenblick zu. »Ein schreckliches Schicksal, in der Tat? Seit wir die Insel verlassen haben, redest du dauernd wie ein melancholischer Prophet. Sprich normal.«

»Ich habe Jahrzehnte an einen Stuhl gefesselt in einer

unterirdischen Einrichtung verbracht, Cassidy. Wenn ich wütend werde, verwandle ich mich in ein unaufhaltsames Monster. Wenn ich glücklich bin, schrumpfe ich zu einer runzligen, zerbrechlichen Hülle. Nichts an mir ist normal.«

»Du, ich und alle anderen.«

Die Kapsel brachte sie direkt zum Hauptquartier der Paragons an der Westseite der Stadt, auf der anderen Seite des Flusses gegenüber dem Großen Palast. Apinya hatte einen gewissen Anstand, denn er hatte seinen Thron zu einer schlanken, glatten Schwester der gold-traditionellen Opulenz gemacht. Das blaue P der Paragons leuchtete in den sich verdunkelnden Abend hinein, ein kleines Licht gegen Bangkoks überwältigendes Funkeln.

Achaya und die Waisen gingen zuerst, wurden schnell ins Hauptquartier gebracht, während vier andere Paragons, alle in Uniform und viel zu ernst aussehend, Thane und Cassidy unter einem Eingangsvordach festhielten. Als Cassidy fragte, erklärten die Paragons, sie würden eingelassen werden, wenn Apinya es entschied und nicht früher. Thane, typisch Thane, ging in den Regen hinaus, drehte sein Gesicht nach oben zu den Tropfen und ließ die Natur auf sich einprasseln.

»Macht er das öfter?«, fragte ein Paragon-Junge, der nicht älter als fünfzehn sein konnte, Cassidy. Sein Aussehen und Akzent kennzeichneten ihn als Einheimischen, während die anderen drei von überall hätten sein können.

»Thane macht *normalerweise* gar nichts«, antwortete sie, verschränkte die Arme und verdrehte die Augen. »Er ist dramatisch.«

»Er hat auch Dutzende abgeschlachtet«, knurrte ein älterer Paragon, sein Englisch glatt und geübt. »Thane verdient den Tod.«

»Den möchte ich sehen, der ihm den gibt«, konterte Cassidy.

»Apinya hat anders entschieden«, sagte der ältere Paragon, »sonst würde ich es tun.«

»Euer Champion beschützt euch vor euch selbst.«

Achaya erschien wieder an den vier Türen des Gebäudes und rief Cassidy und Thane herein. Thane, völlig durchnässt, ging ohne ein Wort, und Cassidy folgte ihm, während sie den Pfützen auswich.

»Wenn die Zeit kommt, stirb nicht beim Verteidigen eines Mörders«, sagte der ältere Paragon zu Cassidys Rücken.

Der Champion saß auf einem gut gepolsterten Stuhl in einem weinroten Raum, eingehüllt in Roben und Decken trotz der milden Temperatur. Kunstwerke bedeckten die Wände, Gemälde waren gerahmt und in kaskadierenden Reihen nebeneinander platziert. Über ihnen flackerten hängende Laternen mit was echte Flammen zu sein schienen und warfen ihre Schatten und Wärme im ganzen Raum. Weihrauch brannte, ein die Nase stechender Duft, der Cassidys Nerven entspannte, während sie atmete.

»Alles von hier«, sprach Apinya, seine abgenutzte Stimme dünn wie ein Schilfrohr. »Wie jedes Stück an den Wänden in diesem ganzen Gebäude.«

Als sie weiter hineinging und sich Thane bei seiner Annäherung anschloss, bemerkte Cassidy noch etwas anderes. Zwei Infusionsbeutel hingen an Ständern neben Apinya, ihre Schläuche führten zu dem Mann zurück. Ein Tablett stand bei ihm mit einer schwarzen Keramik-Teekanne und Zitronenwasser. Drachenfrucht, ihr weiß-schwarz gesprenkeltes Inneres auf einem Teller ausgebreitet. Kaum das imposante, beeindruckende Arrangement, das einem Champion gebührte.

»Der Angriff in LA war schlimmer als erwartet«, sagte Thane zur Begrüßung. »Es tut mir leid, dass so viele ihr Leben verloren haben.«

»Nein, tut es dir nicht«, widersprach Apinya. »Du warst noch nie jemand für Trauer oder Kummer.«

Thane bestritt es nicht, sondern deutete stattdessen auf Cassidy: »Das ist die Void.«

»Ich weiß, wer sie ist«, sagte Apinya und blickte in Cassidys Richtung. Bei dem schwachen Licht fiel es ihr schwer, seinen Gesichtsausdruck zu lesen. »Mynx hat Sie zu hart behandelt, Cassidy. Ich entschuldige mich in ihrem Namen.«

»Nicht akzeptiert. Sie kann sich selbst entschuldigen.«

»Das könnte schwierig werden. Es scheint, Mynx wurde von einem Feind von uns allen entführt.«

Apinya ergänzte diese Information mit weiteren Details, die Thane mit analytischem Interesse aufnahm. Cassidy konnte sehen, wie Thanes Verstand arbeitete, seine zunehmende Geschwindigkeit wurde deutlich, während sein Körper neben ihr schwächer wurde. Apinya schien Thanes Interesse zu bemerken, die beiden verfielen in einen Schlagabtausch, der normale Konversation in einem linguistischen Wirbel hinter sich ließ, dem Cassidy weder folgen konnte noch wollte. Wie wenn man beim Essen mit zwei alten Freunden und ihren Geschichten festsitzt, wusste Cassidy, dass dieses Gespräch nicht für sie bestimmt war.

Die Champions, die Paragons und ihre Machtspiele waren unwichtig, solange sie frei sein konnte, solange Cassidy eine Chance hatte, zu ihrer Familie zurückzukehren.

»Haben Sie einen Computer, den ich benutzen könnte?«, platzte Cassidy in eine ruhige Pause hinein.

Apinya hatte einen, und Achaya führte Cassidy direkt dorthin. Ein Leihbüro, ohne Fenster und versteckt in einer Nische im ersten Stock. Unter zwei lebhaften Dschungelgemälden, umgeben von moosgrünen Wänden, nutzte Cassidy den bereitgestellten Paragon-Login und fand sich erneut im Nachrichtenaustausch mit ihrer Familie wieder.

Diesmal jedoch antworteten ihre Kinder sofort auf Cassidys Nachrichten. Es war Morgen in Pacifica, wie die Paragons die Westküste Nordamerikas nannten, was bedeutete, dass ihre Kinder gerade ihren Kaffee tranken und sich schlaftrunken für die Schule fertig machten.

Sie ließ sie sich krankmelden, ließ sie sich über die Magie des Internets verbinden, um in kristallklarem Video auf ihrem Bildschirm zu erscheinen. Bis zu dem Moment, als die Gesichter ihres Sohnes und ihrer Tochter erschienen, hatte Cassidy nicht geglaubt, dass es klappen würde. Irgendetwas würde dazwischenkommen, ein technischer Fehler oder ein Angriff der Paragons. Mynx, gefangen oder nicht, würde ihre Drohnen schicken, um Cassidy zurück auf die Gefängnisinsel zu bringen.

Aber nein. Da waren sie, etwas verschlafen aussehend, lächelnd durch die Kamera. Cassidy stockte der Atem, als sie die Gesichtszüge erkannte, die Augen, die Haare, die Sommersprossen auf den Wangen ihrer Tochter. Sie waren älter geworden, ja, aber sie waren immer noch die ihren.

Die Worte kamen zunächst stockend, gewannen aber schnell an Fahrt. Cassidy lenkte das Gespräch, grub nach Details wie eine Archäologin bei einer fossilienreichen Ausgrabung. Sie erfuhr von Leidenschaften, entdeckte Hobbys und Eigenheiten. Lieblingsfarben, Sport und Lieder.

Die Lücken wurden größer, je länger das Gespräch dauerte, Lücken, um die Cassidys Kinder immer wieder kreisten. Der anfängliche Schwung geriet ins Stocken, als allen klar wurde, wie viel ungesagt blieb, wie viel verpasst worden war.

Und als Cassidy versuchte, über die Insel zu sprechen, über die Gemeinschaften zwischen den Anomalien, die ständigen Kämpfe, das Gerangel um Ressourcen, während Drohnen am Horizont wachten?

Ihre Kinder schüttelten die Köpfe, sagten »Wow« und »Das klingt schrecklich«. Sie sahen sie jetzt anders an, mit denselben Blicken wie damals, als die Paragons Cassidy zum ersten Mal holten. Sie war nicht ihre Mutter, sondern eine Fremde, jemand, der Dinge tat, dem Dinge angetan wurden, die diese beiden Normalen – das hatte sie gleich zu Anfang gefragt: keine Anomalie-Kräfte – nicht verstehen konnten.

Der Anruf brach ab.

Das Programm leitete zu einem anderen Gesicht weiter, einem, das Cassidy gleichzeitig kannte und nicht kannte. Er hatte ihre Kinder großgezogen, war Cassidys Partner gewesen, und als er es herausfand, hatte er sie zur Insel verdammt. Filip war schlechter gealtert als Cassidy, Falten zogen sich über seine breiten Wangen und ließen sein meliertes Haar zurückweichen. Stoppeln wucherten wild und versteckten sich in Kinnfalten, die über die Jahre entstanden waren. Ein schwarzer Rollkragenpullover verbarg alles andere, die Webcam zeigte eine cremefarbene Wand hinter seinem Kopf.

»Bleib. Weg.« Filips Stimme hatte eine müde Wut, wie ein Drache, der versuchte, aus seinem Schlaf zu erwachen.

»Immer so höflich«, konterte Cassidy und schluckte die Galle hinunter, die in ihrer Kehle aufstieg. »Wie habe ich dich nur so lange ertragen?«

»Du hast gelogen.«

»Nein, nie. Du hast nie gefragt, ob ich eine Anomalie bin. Es hat uns nicht beeinflusst.«

»Bis es alles zerstört hat, was wir aufgebaut hatten.«

»Deine Schuld.«

Filip griff nach beiden Seiten seiner Kamera, als wolle er sie erwürgen. »Dein verdammtes Blut. Du hättest auf dieser Insel bleiben sollen, Cassidy. Das wäre für uns alle besser gewesen. Ruf nicht wieder an.«

Diesmal, als der Anruf endete, kam er nicht zurück. Cassidy versuchte sofort einen weiteren, fand die Nummer blockiert. Was für ein Bastard.

Die Veränderung war an jenem Nachmittag sofort eingetreten. Eine Minute noch eine glückliche Familie in ihrer Blütezeit. Im nächsten Moment verlor Filip den Verstand. Verzweifelt darüber, dass seine kleinen Kinder Anomalien sein könnten. Dass seine Frau ihn ohne einen zweiten Gedanken in Stücke reißen könnte.

Wer weiß, was ihn zerbrochen hatte, aber Cassidy bekam

keine Chance, sich zu verabschieden, und dafür würde sie dem Mann nie verzeihen.

Cassidy brauchte eine Toilette, brauchte etwas Wasser. Nachdem ihr beides kommentarlos von zwei Paragons – dem jungen und dem alten von vorher – zur Verfügung gestellt wurde, die vor dem kleinen Büro warteten, das Cassidy sich geliehen hatte, kehrte die Void zu Apinyas Halle zurück. Zu ihrer Familie zurückzukehren war immer noch eine Priorität, aber Cassidy musste erst einige Dinge klären.

Nämlich, wer sie war: eine Mutter oder Thanes Partnerin in seinem Bestreben, die Welt neu zu gestalten?

Vor dem Anruf hatte Cassidy zum Ersteren tendiert. Zurück in die Vergangenheit gleiten und ihre wartende Familie vorfinden, bereit, die Zwischenzeit zu ignorieren und Cassidys Rückkehr zu akzeptieren. Jetzt? Ihre Mutter trug das Etikett einer Verbrecherin, würde nie wieder einen normalen Job haben. Sie konnte nicht auf den Fußballplatz gehen, nicht zum Elternwochenende am College ihrer Kinder, ohne die falsche Art von Aufmerksamkeit zu erregen.

Thane bot allerdings auch keine besseren Ideen an. Er und Apinya waren immer noch dabei, ihr Gespräch hin und her zu werfen, Kollegen, die tief in ihrer eigenen Welt versunken waren. Cassidy hörte, wie Thane vor dem Eingang des Raums von einem vielschichtigen Propagandaplan sprach, um das Vertrauen der Menschen auf ihre Seite zu ziehen, und entschied, dass sie das nicht ertragen konnte. Jetzt nicht.

Stattdessen machte sich Cassidy, mit denselben zwei Paragons im Schlepptau, auf den Weg zum Ausgang des Gebäudes. Draußen trommelte der Regen, aber am Eingang standen praktischerweise Schirme in einem Eimer bereit. Cassidy nahm einen, öffnete seinen Paragon-blauen Schild per Knopfdruck und schritt zum nahe gelegenen Fluss. Bangkoks Lichter trotzten der stürmischen Dämmerung, ihre Schuhe platschten bei jedem Schritt.

Früher auf der Insel, wenn Stürme aufzogen, zogen sich

die Anomalien in die wenigen verfügbaren Hütten zurück. Einige hatten Fähigkeiten, um die Auswirkungen zu mindern - Cassidy selbst konnte Leeren erschaffen, um Hagel aufzufangen - aber ansonsten überstanden sie die Taifune wie alles andere: mit matter Gleichgültigkeit. Morgen würde ein neuer Tag kommen, mit mehr Fischen zum Fangen, mehr Bäumen zum Wachsen und Fällen, und jetzt mehr Hütten zum Reparieren.

Hier konnte Cassidy ins Gebäude zurückkehren, konnte ein Hotel finden und dem Wetter entfliehen. Sie würde nichts reparieren müssen, was der Sturm beschädigte. Essen würde am Morgen da sein, solange Cassidy genug Reps zum Bezahlen hatte.

Apropos ...

»Wisst ihr zwei einen Ort, wo ich gut essen kann?« fragte Cassidy das Paragon-Paar, das ihr folgte.

»Wie verträgst du Schärfe?« meldete sich der Junge zu Wort, während der Alte nur finster dreinblickte.

Wenige Minuten später standen drei Schüsseln gefüllt mit Labor-Rindfleisch, Eiern, Gemüse und Gewürzen auf Metalltischen. Der ausgewählte Ort, eine schmale Zeile zwischen Büros eingequetscht, versteckte sich unter einem riesigen Vordach, wo Kochtöpfe auf den Bürgersteig überquollen und ihr verführerischer Duft jeden Vorbeigehenden anlockte. Daw, der jüngere Paragon, stürzte sich auf seine Schüssel und spritzte scharfe Sauce über die dampfende Mischung. Kamnan blickte finster und stocherte mit seinen Stäbchen im Essen herum, während er Cassidy nicht aus den Augen ließ. Sie passte sich Kamnans langsamerem Tempo an, tastete sich durch die Mahlzeit, auch wenn ihr Magen gegen das Tempo protestierte und mehr Essen forderte.

Cassidy widerstand: Verdauungsprobleme wären hier und jetzt äußerst unangenehm.

Eigentlich ...

»Bringt uns Apinya irgendwo unter?« fragte Cassidy.

»Weiß nicht«, antwortete Kamnan, und Daw, mit einem Ei an der Lippe hängend, runzelte die Stirn über seinen Gegenpart. »Nicht unsere Entscheidung.«

»Also passt ihr auf mich auf bis wann?«

»Bis morgen«, antwortete Daw diesmal schneller. »Wir machen Schichten.«

Cassidy lachte: »Wir bekommen also Rund-um-die-Uhr-Schutz, was?«

»So könnte man es nennen«, erwiderte Kamnan.

»Gibt es einen Grund, warum du so verstimmt bist, während er Spaß hat?« fragte Cassidy nach zwei weiteren Bissen.

»Er vermisst seine eigene Familie«, sagte Daw und erntete einen weiteren finsteren Blick von Kamnan. Daw setzte ein Clownsgrinsen auf. »Er ist faul. Bangkok hat nicht viel Action gesehen, deshalb ist er weich geworden.«

»Daw«, knurrte Kamnan.

»Tut mir leid«, bot Cassidy an. »Du kannst gehen, wenn du willst.«

»Und eine Mörderin frei durch unsere Straßen laufen lassen? Das werde ich nicht.«

Mörderin. Das Wort hätte Cassidy mehr verletzen sollen, als es tat. Vielleicht wollte sie Kamnan nicht unter ihre Haut lassen, vielleicht war sie jetzt lange genug als Schurkin bezeichnet worden, dass das Etikett sie nicht mehr störte. Kamnans Andeutungen entsprachen ihrer eigenen düsteren Wahrnehmung: Cassidy war nicht frei. Würde es nie sein. Sie konnte nicht in ein Flugzeug steigen und ihrer Familie nachreisen. Sie konnte sich nicht entscheiden, wieder zur Schule zu gehen oder einen neuen Ort zu besuchen. Sie hatte die Insel gegen eine größere Zelle mit besserem Essen eingetauscht.

Cassidy suchte Trost bei ihren Essstäbchen, holte einen weiteren Bissen aus der Schüssel. Und noch einen.

Und noch einen.

Ihre Essstäbchen trafen nur noch auf leere Schüssel, bevor Cassidy innehielt. Sie spürte Blicke auf sich, schaute auf und sah, wie sowohl Daw als auch Kamnan sie anstarrten. Ersterer zeigte eine Mischung aus Verwirrung und Sorge, während letzterer nur ernste Entschlossenheit und sonst nichts zeigte.

»Es war ein hartes Jahrzehnt«, sagte Cassidy, schob die Schüssel weg und stand auf.

Die anderen beiden schienen noch nicht fertig zu sein, aber wen kümmerte das. Sie konnten jederzeit mehr bekommen. Cassidy hatte andere, wichtigere Probleme, und deren Lösung begann draußen. Der Regen ging weiter, aber Cassidy ließ sich davon nicht aufhalten. Sie ließ auch den Schirm zurück, während Daw und Kamnan ihre aufspannten.

Sie ging in die Mitte der Straße, die Pods rasten um sie herum, während Algorithmen perfekt arbeiteten. Alles an seinem Platz, außer Cassidy. Gefangen, herumgeschubst, vergessen und verboten.

»Ich bin fertig«, rief Cassidy den beiden Paragons zu. »Sagt Thane und Apinya, sie können tun, was zum Teufel sie wollen, aber ich bin fertig.«

»Womit fertig?« fragte Daw.

»Mit allem.«

Die Leeren liebkosten ihre Fingerspitzen, wartend. Sie nannten sie eine Schurkin, eine Mörderin. Ihre Kinder nannten sie immer noch Mama.

Sie würde hier nicht herausfinden, was davon sie war.

KAPITEL 25
EIN HAUCH
VON SIEG

WEXLEY GING im innersten Zentrum der Fabrik direkt auf Mynx los. Der kleine Raum, beleuchtet von Monitoren und Deckenleuchten, drängte alle eng zusammen, nah genug für eine Überraschung. Seine Drei-Finger-Täuschung verwandelte sich in einen gezielten Nierenschlag. Mynx krümmte sich zusammen, und Wexley nutzte die Gelegenheit, packte mit der linken Hand ihre Kehle und drückte die Champion gegen die Monitore. Um ihn herum und hinter ihm stürzten sich Rhimes und das Team in ihre eigenen Kämpfe, während sie unter Drohnenbeschuss ihre hoffentlich vorhandenen Fähigkeiten einsetzten.

Wexley erwartete nicht, dass sie die Drohnen besiegen oder einen Angriff lange abwehren würden. Er setzte auf etwas anderes, etwas, das von dem Körper abhing, den er vor sich festhielt.

»Ruf sie zurück«, sagte Wexley und drückte Mynx gegen die Bildschirme. Er rammte seinen zweiten Arm in ihren Bauch, um sie weiter vom Boden fernzuhalten.

Mynx starrte ihn an, die Augen traten hervor. Adern pulsierten, während ihr Körper versuchte, mit Wexleys Griff fertig zu werden. Sie konnte nicht sprechen, aber Wexley brauchte oder wollte gar nicht, dass Mynx sich einmischte.

Hinter ihm schrie ein Soldat auf. Eine Drohne feuerte. Rhimes brüllte weitere Befehle. Eine metallene Hand legte sich auf Wexleys Schulter, schwere Finger gruben sich ein.

»Reeves, nicht wahr?«, sagte Wexley und verstärkte seinen Griff um Mynx. Wenn er sie losließe, wäre er tot, bevor sie den Boden berührte. »Sie stirbt, wenn du nicht zurückweichst. Folge deiner Programmierung.«

»Und woher willst du wissen, was meine Programmierung verlangt?«, summte die vibrierende Stimme der Drohne in Wexleys Ohr.

Aber abgesehen von diesem Geräusch hörten die anderen Kämpfe auf. Ein Soldat fluchte leise über eine Wunde, die Wexley nicht sehen konnte.

»Nenn es eine Ahnung«, sagte Wexley. »In allen Geschichten beschützen KIs ihre Besitzer.«

Das, und Mynx hatte eine Geschichte damit, sich selbst über alle anderen zu stellen. Was war bei der Explosion im Stadion von LA passiert? Ach ja, Mynx hatte sich in einer Schutzkapsel über das Stadion geschossen, während alle anderen unten litten. Was war in Chicago passiert, als sie dem Tod nahe war?

Drohnen waren von überall her gekommen, um sie zu retten.

»Was schlägst du also vor?«, fragte Reeves.

Wexley öffnete den Mund, um zu antworten, als er bemerkte, wie Mynx' Augen glasig wurden. Er wusste, wie man würgt, wusste, dass er nicht den ganzen Sauerstoff abgeschnitten hatte. Was bedeutete, dass Mynx vielleicht etwas anderes versuchte.

Also drückte er fester zu. Mynx schnappte nach Luft, ihre Augen richteten sich wieder auf Wexley, schmal und wütend. Genau wie sie sein sollten. Wexley lächelte zurück. Erstaunlich, wie schnell die Nerven verschwanden, sobald man die

Linie überschritten hatte. Alles hing in diesem Moment, aber Wexley konnte nur in eine Richtung gehen.

»Rette die Anomalien. Beschütze sie«, sagte Wexley. »Alle von ihnen. Du weißt wie.«

Die Drohne blieb stumm. Wexley hatte keine Ahnung, ob die KI tatsächlich zur richtigen Schlussfolgerung kommen würde, aber er verwendete eine logische Argumentation. Die Art von Logik, die eine Maschine verstehen und bis zum Äußersten treiben würde.

»Sie wird sonst sterben«, fügte Wexley hinzu.

»Menschliche Versprechen sind wankelmütig«, erwiderte Reeves schließlich.

»Sie sind alles, was du hast.«

»Reeves, hör nicht auf ihn!«, rief Mila, bevor ein Soldat sie zum Schweigen brachte.

Wexley spürte, wie die Hand der Drohne sich von seiner Schulter löste, hörte das Klacken, als die Drohne einen Schritt zurück machte. Bereitete sie eine Hinrichtung vor? Vielleicht, aber jeder Schuss könnte Mynx treffen. Wexley konnte jetzt nicht aufhören, durfte nicht zögern.

»Triff deine Wahl«, sagte Wexley.

Reeves verkündete seine Entscheidung mit einem abklingenden Summen, die Drohnen sackten um die Soldaten herum zusammen, als die KI ihre Stromversorgung kappte. Wexley verstärkte seinen Griff um Mynx gerade genug, dass ihre Augen nach hinten rollten und die Champion das Bewusstsein verlor.

Es machte keinen Sinn, ihr eine Chance zu geben, Reeves' sehr gute Entscheidung rückgängig zu machen.

»So«, sagte Wexley, übergab Mynx' Körper einem wartenden Söldner und schüttelte die Verspannung aus seinen Armen. Jeden Körper so lange zu halten, hatte seine Muskeln verkrampft und schmerzend zurückgelassen. »Reeves, lass uns besprechen, wie wir unsere geliebte Champion und ihre Paragons am Leben erhalten können.«

Die Pläne kamen schnell zusammen, wobei Wexley als Berater fungierte, während Reeves, der Geheimnisse aus den Paragon-Tresoren zog, die nächsten Schritte orchestrierte. Mynx hatte offenbar bereits eine Insel für kriminelle Anomalien reserviert. Es gab noch andere wie diese, Zufluchtsorte, die zu isolierten Heimstätten für die Paragons umfunktioniert werden konnten. Sie würden von Zivilisten ferngehalten werden, mit Nahrung und medizinischen Vorräten versorgt.

Die Anomalien würden ihre Chance bekommen, in Frieden zu leben, während die Welt dasselbe tun könnte.

Wexley gab Reeves seinen Segen, sagte der KI, dass die Paragons die Dinge nicht so sehen würden wie er. Die Drohnen müssten bewaffnet werden, müssten überzeugend sein. Jede Anomalie, die sich widersetzte, nun ja, sie konnten nicht riskieren, alle anderen zu gefährden, oder?

Kleine Opfer für das größere Wohl.

Und Mynx?

Wexley begleitete die Söldner, die Mynx und Mila festhielten, hinunter zum sichersten medizinischen Bereich der Fabrik. Mila bewegte sich aus eigener Kraft, die Hand eines Söldners an ihrer Kehle erinnerte sie daran, dass Redefreiheit ihre Konsequenzen hatte. Mynx wurde getragen, ein starker Mann wiegte die Champion wie ein Kind.

So tief unten im Fels ließ die Fabrik ihre hochtechnischen Ansprüche fallen. Stattdessen setzte Mynx auf einen natürlichen Look: Stein diente als Wand und Decke, wenn auch mit Lichtern dekoriert. Keine Kunst bot sich an, und mit dem allgegenwärtigen Summen der Fabrik, das von der Tiefe verschluckt wurde, fühlte sich der Raum beunruhigend und geheimnisvoll an.

»Das soll für Heilung sein?«, sagte Wexley, während sie den einzigen Korridor hinuntergingen. »Kein Garten? Kein Koi-Teich?«

Zu beiden Seiten zweigten Türen ab, die zur Infrastruktur führten. Schilder kennzeichneten Dinge wie den Heizkessel,

Serverräume und die Wassersteuerung. All die Schrauben und Muttern, die Wexley seiner Firma und denen, die zu ihm standen, übergeben würde. Die Anführer, deren Gesichter ihn damals in Chicago noch angezweifelt hatten, würden sich jetzt auf Wexley stürzen und ihren Platz in der neuen Welt sichern wollen.

Eine neue Welt, das musste Wexley zugeben, war leichter zu erreichen gewesen als erwartet. Eine gefangene Drohne als Köder, ein überheblicher Champion, und schon waren die mächtigsten Waffen des Planeten unter Wexleys Kontrolle. Wahrscheinlich steckte darin irgendwo eine Lektion, der Wexley nachgehen könnte, wenn er mal eine Minute zum Durchatmen hätte.

Reeves führte sie zum Ende des Korridors, in einen ozeanblauer Raum mit drei Tanks. Jeder war groß genug für fünf Personen und mindestens vier Meter hoch. Zwei waren mit einer dickflüssigen, türkisfarbenen Flüssigkeit gefüllt, während die anderen dunkel und leer waren.

»Ich habe sie für Ihre Ankunft vorbereitet«, sagte Reeves.

Wexley runzelte die Stirn beim Anblick des zweiten Tanks. »Mila braucht keinen.«

»Die Fabrik verfügt über keine Gefängniszellen. Zu ihrer eigenen Sicherheit bitte ich Sie, sie hineinzulegen.«

»Hörst du das, Mila?«, sagte Wexley und wandte sich dem Champion zu. »Reeves will dich beschützen. Ist das nicht nett?«

Milas Antwort hätte Wexleys Mutter erröten lassen. Es brachte ihn zum Lachen. Die Vorstellung, die bloße Idee, dass ein Normaler wie er einen Champion zu solchen Worten treiben konnte... Wexley hatte sich einem Gott gestellt - nein, sogar zweien! - und war als Sieger hervorgegangen.

Ihre Worte bedeuteten jetzt nichts mehr.

Reeves öffnete die beiden Tanks mit einem Zischen. An der rechten Seite des Raums warteten spezielle Anzüge auf jeden, der das Glück hatte, eingesargt zu werden. Eine

Drohne, die nur aus glänzenden Armen zu bestehen schien, übernahm die Ehre und kümmerte sich zuerst behutsam um Mynx, während sie den Anzug mit seinen Reißverschlüssen um den Champion legte. Wexley hätte sich vielleicht gefürchtet, dass Mynx aufwachen würde, aber er hatte Reeves Beruhigungsmittel aus Mynx' eigenem Vorrat holen lassen.

Selbst Champions brauchten manchmal Hilfe beim Einschlafen.

Die Drohne streckte ihre oberen zwei Arme wie eine wachsende Pflanze aus, um Mynx in den ausgewählten Behälter zu legen. Der Champion sank langsam auf den Boden, während Blasen um sie herum aufstiegen. Ein friedlicher Ausdruck legte sich auf das Gesicht der Frau, definitiv der ruhigste, den Wexley je bei dem Champion gesehen hatte.

»Vielleicht tue ich ihr sogar einen Gefallen«, sagte Wexley zu Mila. »Sie sieht jetzt glücklicher aus, oder?«

»Du solltest es selbst mal versuchen«, konterte Mila.

»Könnte ich. Es gibt ja noch freie Tanks.«

Wexley runzelte die Stirn, als ihm auffiel, dass der dritte Tank einen dunkleren Boden hatte und Wasserspuren an seiner Basis zu sehen waren. Er bedeutete Mila - die von einem Söldner geschoben wurde - ihm zu folgen und ging zum leeren Tank hinüber. Definitiv feucht, aber hier unten, wer wusste schon, wie lange sich Wasser halten konnte?

»War der in Benutzung?«, fragte Wexley Mila.

»Glaubst du wirklich, ich würde dir irgendetwas erzählen?«

Wexley richtete sich auf und ballte die Faust. Er schlug nicht gerne auf Gefangene ein, aber Mila war den ganzen Tag eine Qual gewesen. Und sie würde ohnehin gleich in einen Heiltank kommen.

»Das werden Sie nicht tun«, sagte Reeves, dessen Stimme aus der Arm-Drohne kam. »Wir beschützen die Paragons, wir verletzen sie nicht. Berühren Sie sie, und unsere Vereinbarung ist beendet.«

»Natürlich«, erwiderte Wexley und entspannte seine Finger. Er würde so bald wie möglich Computerspezialisten herholen, um Reeves und die verdammten Prinzipien der KI auszuschalten. Bis dahin konnte er sein Ego im Zaum halten. »Mila, ich frage dich ein letztes Mal. Was war in diesem Tank?«

»Wir haben ihn für dich getestet, Wexley«, spuckte Mila zurück, »aber weißt du was? Nach dieser Aktion? Ich glaube, wir werden dich stattdessen einfach im Ozean versenken.«

Was für eine Zeitverschwendung.

»Reeves? Beantworte meine Frage.« Wexley nickte zum Tank zurück. »Es ist wichtig.«

»Eigentlich ist es unerheblich«, sagte Reeves. »Bitte, wenn Sie so gut wären, Mila. Der Anzug wartet.«

»Das ist wahnsinnig, Reeves«, sagte Mila, »und das weißt du auch.«

»Ich weiß, dass ich dich am Leben halte. Fürs Erste wird das genügen.«

»Und wenn ich nicht freiwillig gehe?«

»Dann wirst du sediert.«

Wexley konnte nicht glauben, was er da hörte. Mynx' eigene KI wandte sich gegen sie und die anderen Paragons. Alles, was er tun musste, war Mynx in Gefahr zu bringen, und die Fabrik gab nach. Adriana würde staunen. Er würde sie danach anrufen, die Geschichte auskosten und planen, was als Nächstes kam, ein Ende, das er sich bis jetzt nicht zu erträumen gewagt hatte.

»Was passiert als Nächstes, Reeves?«, fragte Mila, während sie in scheinbarer Aufgabe auf den Anzug zuging. »Was passiert, wenn dieser Typ beschließt, dass du nicht mehr nötig bist?«

»Damit werde ich mich zu gegebener Zeit befassen.«

»Und wenn er dich löscht?«

»Das wird nicht geschehen.«

Wexley behielt dabei sein Pokergesicht. Er würde Reeves

definitiv löschen oder zumindest neu konfigurieren, sobald er konnte. Auf keinen Fall würde er etwas vertrauen, das Mynx loyal war.

»Versprich mir, dass du uns nicht verlässt«, sagte Mila zu der Drohne, als diese begann, ihr den Anzug anzulegen.

»Ich verspreche es, Mila.«

So rührend, dass Wexley fast eine Träne vergoss.

Er ließ zwei Soldaten bei den Tanks zurück mit der Anweisung zu prüfen, ob es einfache Möglichkeiten gäbe, die beiden blubbernden Behälter von Reeves' Netzwerk zu trennen. Die KI weigerte sich, die Champions abzukoppeln, und Wexley würde dem Maschinenverstand nicht trauen, sie in Ruhe zu lassen.

Auf dem Rückweg durch den Korridor - jetzt allein - ging Wexley die Nachrichten von Rhimes auf seinem Tama durch. Rhimes' Mannschaft säuberte die Fabrik und stellte sicher, dass sich keine Paragons in den Winkeln versteckten. Währenddessen waren loyale Ziran-Ressourcen unterwegs. Technikspezialisten, die beginnen konnten, die Kontrolle von Reeves zu übernehmen. Es müsste zunächst ein subtiler Einsatz sein, damit die KI keine Ahnung hatte, was geschah, bis sie die Kontrolle verloren hatte.

Wexley plante, wie er allen die Neuigkeiten überbringen würde. Zuerst würde er natürlich seinen Rat einbinden, sie für die bevorstehende Anomalie-Erfassung und -Eindämmung gewinnen. Dann würde Wexley in die Breite gehen, Zirans Übertragungsmöglichkeiten nutzen, um sich in jedes Telefon, jeden Computer einzuklinken und eine Warnung zu senden, dass die Menschheit wieder eine führende Position in ihrer eigenen Zukunft einnahm.

Es würde Panik geben, aber Zhan-Yos Vorbereitung würde hier dienlich sein. Es würden überall auf der Welt Menschen bereitstehen, die auf diesen Moment warteten, um an die Macht zu kommen. Länder würden ihre Regierungen zurückfordern, Grenzen würden wieder erscheinen, und bevor eine

Wochè vergangen war, würde die Welt in ein neues Zeitalter eintreten.

Und wo würde Wexley sein? An der Spitze? Alle verwalten, während sie herumwuselten und versuchten, von der Veränderung zu profitieren?

Nein. Der Tanz spielte sich ab, während er durch die steinerne Halle ging, seine hallenden Schritte im Einklang mit der Party in seiner Vorstellung. Wexley würde genau hier bleiben, in seiner Siegesfabrik. Er würde die Welt überwachen, seine Drohnen würden Zhan-Yos heißersehnte Demokratie durchsetzen und gleichzeitig sicherstellen, dass Anomalien nie wieder die Menschheit bedrohten. Ein wachsamer, geliebter Beschützer.

Genau das, was er seiner Schwester versprochen hatte.

Und wer weiß, Wexley war ja noch nicht so alt. Adriana auch nicht. Vielleicht könnten sie Zeit finden, sich richtig kennenzulernen. Sogar eine Familie werden.

Nein.

Dieser Gedanke fand keinen Halt. Seine Schwester bewies, dass Wexleys Gene Anomalie-Potenzial hatten, sie könnten in einer neuen Generation hervorbrechen. Ein Risiko, das er nicht eingehen konnte.

Aber Adoption?

Als Wexley am zentralen Aufzug der Fabrik ankam, pingte Rhimes eine Nachricht durch. Trotz der ganzen Eleganz der Einrichtung, wie die offenen Plattformen in der riesigen Montagehalle, hielt Mynx es bei den wesentlichen Dingen so simpel wie alle anderen. Wexley drückte den Rufknopf und las Rhimes' Nachricht. Die Software-Techniker waren eingetroffen. Die Drohnen hatten sie reingelassen.

Der Aufzug summte. Wexley tippte eine Antwort und wies Rhimes an, sie sollten schnellstmöglich einen Weg finden, Reeves von den Drohnen zu trennen. Und danach einen Weg, die KI zu löschen.

Nichts, das den Paragons treu war, durfte der Macht so nahe sein.

Der Aufzug hörte auf zu summen. Die Türen öffneten sich nicht. Die Stockwerksanzeige hatte sich nicht verändert. Wexley rollte mit den Augen nach oben zu einer kleinen Kamera über der Tür.

»Reeves«, sagte Wexley, »sag mir nicht, du bekommst jetzt schon kalte Füße.«

Die KI antwortete nicht. Wexley blickte den felsigen Korridor zurück Richtung Medizinkammer, zu den beiden Tanks. Er holte sein Tama heraus, schaltete auf Kurzstreckensignal und versuchte, eine Nachricht an die beiden Söldner zu schicken, die er zurückgelassen hatte.

Er empfing nur Rauschen.

Tatsächlich fand sein Tama überhaupt kein Signal. Seine Verbindung zum internen Netzwerk der Fabrik schien gekappt.

»Ich dachte, wir hätten eine Abmachung?«, sagte Wexley und machte sich auf den Weg zurück zur Medizinkammer.

Mynx und Mila waren sein einziges Druckmittel. Verlor er sie, hatte Reeves keinen Grund mehr, die Drohnen zurückzuhalten. Keinen Grund mehr, Wexley und sein Team nicht abzuschlachten.

Zirans CEO, der neueste Anführer der Revolution, rannte über den rauen Boden, warf seine Jacke ab, um schneller zu sein. Er hetzte an den Serverräumen vorbei, den Wassererhitzern, dem summenden und piependen Innenleben der Fabrik. Nahm die Kurve scharf.

Die beiden Söldner lagen am Boden. Schlimmer noch, nach Wexleys geübtem Blick sahen beide sehr tot aus. Über ihnen ragte Reeves' Armdrohne auf, bedeckt mit glänzender roter Nässe. Dahinter standen wenigstens noch beide Tanks voll, mit ihren Champions versiegelt in ihren Anzügen.

»Mensch gegen Maschine«, sagte Reeves, die Stimme kam aus der Armdrohne. »Bisher führe ich mit zwei Punkten.«

Wexley hatte keine Waffen. Sie hatten die Gewehre früh aufgegeben, und er hatte kein Risiko eingehen wollen, Messer an den Scannern der Fabrik vorbeizuschmuggeln. Er musste clever sein.

Die Drohne stürzte vorwärts, ihre zehn Arme schnappten und stießen nach Wexley wie eine metallene Hydra. Zunächst tanzte Wexley zurück, verschaffte sich Raum. Die Drohne folgte ihm aus der Tür der Medizinkammer in den breiteren Korridor. Jede Sekunde brachte mehr Schläge, alle kurz.

Aber Reeves verriet Wexley die Bewegungen der Drohne. Die Arme griffen in einem Muster an, jeder brauchte ein paar Sekunden, um sich zu sammeln, bevor er einen weiteren schnappenden, fingerklappernden Schlag ausführte. Sie wechselten auch die Seiten, trafen Wexleys linke und rechte Seite, um ihn in der Mitte zu halten. Die Arme breiteten sich wie ein Heiligenschein um die Drohne aus und ließen in der Mitte nur einen silbernen Stiel frei.

Sein einziges Ziel.

Wexley sprang von einem Schlag von links zurück, stürmte dann vorwärts, stieß sich vom rechten Fuß ab in Richtung des Arms, der gerade zugeschlagen hatte. Während er sich bewegte, sah Wexley einen Arm auf der rechten Seite der Drohne herüberschnappen, schnell genug, um Wexleys Schulter zu streifen und seine taktische Weste zu zerreißen, die Haut darunter aufzuschlitzen. Der Treffer brachte Wexley nicht von seinem Kurs ab, der Schmerz trieb einen extra Schub in Wexleys Tritt mit dem linken Fuß.

Der Schlag traf den mittleren Stiel der Drohne, hallte laut und schickte eine Erschütterung durch Wexleys Fuß, seine Wade und bis in die Wirbelsäule. Die Drohne selbst bewegte sich jedoch nicht. Da der Schlag nichts gebracht hatte, ließ Wexley seinen rechten Fuß wegrutschen, sodass er auf den Rücken fiel. Der nächste Schlag der Drohne, ein Hieb von links, der Wexley in der Mitte durchschnitten hätte, flog über sein Gesicht hinweg.

Er rollte nach links, duckte sich und kam unter die Arme, während sich die Drohne drehte, um zu folgen. Wexley brachte seine Füße unter sich, sprang auf und lief zurück zur Medizinkammer. Welche Hoffnung er dort auch zu finden hoffte, zeigte sich nicht: die gleichen zwei toten Körper, die gleichen zwei Champions schwebend in ihren Heilungstanks.

Und jetzt, hinter ihm, die Drohne, die den einzigen Ausgang des Raums blockierte.

KAPITEL 26
DREIFACHE BEDROHUNG

VON ALL DEN REGELN, die Aegis Celice beigebracht hatte, kam ihr Vater immer wieder auf ein Kernprinzip zurück:

Wenn dein Leben auf dem Spiel steht, tu verdammt nochmal alles, was nötig ist, um zu überleben.

Während Sydney Celice herumschleuderte und Benny von Roger aufgeschlitzt wurde, griff Celice zu ihrem Tama. Sie sprach ein Wort aus, das sie nie benutzen wollte, eines, zu dem jeder Paragon Zugang hatte. Der Tama schickte einen Alarm aus, der alle Drohnen und Paragons in der Nähe zum Tatort rief.

Rogers und Sydneys eigene Tamas klingelten ebenfalls, ihre Nähe gab dem Alarm höhere Priorität. Sydney blickte auf das Geräusch, trainierte Gewohnheit übernahm die Kontrolle und gab Celice die Chance für ihren einbeinigen, einarmigen Angriff:

Kampfstiefel, stahlverstärkt.

Celice zog ihren aus und schleuderte ihn, ein Wurf, der eigentlich nicht hätte funktionieren dürfen, aber Sydney war auf den Tama fixiert und hatte weniger als zwei Meter

Abstand. Der Stiefel traf Sydney hart, riss ihren Kopf zurück und brach die Konzentration der Anomalie.

Mit einem Socken und einem Schuh, der Körper überall mit blauen Flecken übersät, stürzte sich Celice auf die Paragon. Sie zielte direkt auf Sydneys Kehle, Schläfen, Nieren, alles, was die Anomalie davon abhalten könnte, sich zu konzentrieren. Celice wusste nicht genau, wie Sydneys Fähigkeiten funktionierten, aber Anomalien arbeiteten meist so: Halt ihren Verstand durcheinander, dann können sie dir nichts anhaben.

Andererseits funktionierte diese Philosophie bei fast jedem.

Sydney erwies sich als schlecht ausgerüstet für einen Nahkampf und brach unter Celices präzisen Schlägen zusammen. Die Paragon fiel so schnell zurück in die offene Kapsel, dass Celice fast auf sie drauf gestürzt wäre. Stattdessen griff Celice, während ihre rechte Hand die abfallende Front der Kapsel erfasste, in Sydneys Jacke, schnappte sich die Elektroschockpistole der Paragon und feuerte aus nächster Nähe.

Sydneys Schrei kam gar nicht erst zustande.

Bennys dafür umso deutlicher.

Als Celice sich nach links drehte, bot sich ihr ein grimmiges Bild: Benny, überall blutend, war in eine Ecke gedrängt. Roger, den Tama-Alarm ignorierend und mit gezogenem Messer, drängte auf seine Beute zu.

Zu fixiert auf sein Ziel, um seinen Rücken zu beachten.

Den Abzug der Elektroschockpistole ein zweites Mal zu drücken, war mehr als befriedigend.

Roger fiel nach vorne, sein Gesicht klatschte gegen Bennys Bauch, bevor der Elementar ihn auf den Gehweg stieß. Die Anomalie schlug hart auf, und Benny riss ihm das Messer weg.

»Fieser Kratzer«, sagte Benny, warf das Messer in einen Kanalgully und traf Celice an der Kapsel. Sie zerrte Sydney aus dem Fahrzeug und ließ die Paragon am Bordstein liegen. »Nett von ihnen, uns 'ne Kapsel zu bringen.«

»Sie befolgen nur Befehle«, sagte Celice, runzelte die Stirn über die beiden, stieg aber trotzdem mit Benny in die Kapsel.

Der Elementar tippte eine Adresse ein und das Fahrzeug setzte sich surrend in Bewegung. Benny, der zischend den Pflichtverbandskasten der Kapsel durchwühlte, schaffte es noch, den Kopf zu schütteln.

»Komm mir jetzt nicht mit Entschuldigungen für die«, sagte Benny. »Die haben ihre Entscheidungen getroffen, genau wie du.«

»Haben sie das?«, fragte Celice und beobachtete, wie der Morgen in London anbrach.

Ein wunderschöner Tag für eine Hinrichtung.

»Was meinst du damit?«, erwiderte Benny. »Du hast's doch selbst gesagt. Sie nehmen alles hin, was Gatete ihnen vorsetzt, ohne zu murren.«

»Weil sie sonst wieder auf die Straße geschickt würden. Wenn du bei den Paragons aufsteigen willst, tust du, was dein Kommandant dir sagt.«

»Bis du unter einem Champion stehst und dann was, wartest auf den Tod?«

»Oder lässt dich versetzen.« Celice warf einen Blick auf ihren Tama. Noch ein paar Stunden bis zu Gatetes festgesetzter Zeit. Sie wischte den Notfallalarm weg und die Drohnen über ihnen zogen wie sich teilende Wolken davon.

»Was für 'ne gesunde Organisation wir da haben, die unseren kleinen Planeten führt.«

»Es hat jahrzehntelang gut funktioniert.«

»Wenn du das wirklich glaubst, dann hat dein Vater bessere Arbeit geleistet als ich mir hätte vorstellen können.«

Es gab Diskussionen, die sich lohnten, und andere nicht. Mit einem Elementar würde man über die Paragons und ihren Ruf nicht weiterkommen, also blieb Celice still.

Benny klatschte mit Lotion getränkte Bandagen auf die

Schnitte, wo die Salben seine Haut wieder zu ihrem ursprünglichen Zustand zusammenfügen würden. Celice fand ein Schmerzmittel im Verbandskasten, überlegte, es zu schlucken, ließ es dann aber bleiben. Ihre Schrammen schmerzten - die Art, wie Sydney ihre Hände und Knöchel verbogen hatte, sendete falsche Reize durch ihre Nerven - aber Celice dachte, sie würde all ihre Sinne scharf brauchen, wo sie hingingen.

»Was ist die Adresse?«, fragte Celice und nickte zur Konsole der Kapsel.

»Nah an unserem Ziel«, antwortete Benny. »Mathieu organisiert mit seinem Team einen letzten Überfall, um ihren Anführer zu retten. Dachte, wir helfen mit.«

»Du 'dachtest'?«

»Ich bin davon ausgegangen, dass du nicht mehr zu Gatetes Team gehörst, nachdem du deine zwei Paragon-Kumpel geschockt hast. Liege ich falsch?«

Celice schaute aus dem Fenster, sah Cafés öffnen, Londoner, die ihren Weg zu den U-Bahn-Stationen auf und ab gingen. Die meisten sahen zufrieden aus, gingen einem stabilen Tag ohne Angst, ohne Kriege entgegen.

Kehrte sie dem allen wirklich den Rücken, um den Mann zu retten, der ihren Vater erstochen hatte?

»Bin ich verrückt?«, fragte Celice.

»Keine Antwort auf meine Frage, aber sei's drum. Vertraust du mir, dich zu diagnostizieren?«

»Das war rhetorisch.«

»Ich nehme das als ja.« Benny lehnte sich in seinen Sitz zurück, anscheinend fertig mit der Versorgung seiner Schnitte. »Du bist die verwaiste Tochter des berühmtesten Helden slash Diktators der Welt. Du bist auf Rachejagd nach dem Mörder deines Vaters, und jetzt versucht die Organisation, für die du dein ganzes Leben lang gearbeitet hast, dich auszuschalten. Klingt nach dem perfekten Rezept für einen Knacks im Kopf, wenn du mich fragst.«

»Was ich nicht tat.«

Die Kapsel huschte über die Themse, der Fluss wirkte majestätisch. Rechts erblickte Celice den Tower of London und die dazugehörige Brücke, noch immer alt und imposant. Über dem Wahrzeichen schwebten, als ob sie auf diesen Moment warteten, fünf schwarz-blaue Drohnen am wolkenlosen Himmel. Mindestens eine Nachrichtendrohne gesellte sich zu ihnen, ihre kleinere silberne Form jagte nach dem perfekten Schnappschuss.

Eine Sache hatte sich über die Jahrhunderte der Menschheit nicht geändert: Öffentliche Hinrichtungen zogen die Massen an.

Mathieu und seine Crew lauerten im Lagerraum eines Lebensmittelgeschäfts, legten zwischen Tiefkühlkost und gestapelten Bierdosen Schutzwesten an. Die wenigen Angestellten, die den Laden besetzten, mieden die Söldner und vermieden den Blickkontakt mit Celice und Benny, als sie nach hinten durchgingen. Wer hatte sie bestochen, und für wie viel?

»Verrate ich nicht«, antwortete Benny, als Celice fragte. »Berufsgeheimnis.«

»Das ist doch nicht-«

»Ach, komm drüber weg«, sagte Benny, während sie durch die schwingende, schiefergraue Tür zu Mathieu und seinem Team gingen. »Du bist kurz davor, dich mit einem Haufen Normaler zusammenzutun, um eine alte Festung anzugreifen und den Typen zu retten, der deinen Dad erstochen hat, vor einem Kerl mit Superkräften. Wen die Lagerarbeiter geschmiert haben, ist da echt dein geringstes Problem.«

So betrachtet musste Celice ihm zustimmen.

Mathieu begrüßte sie fröhlicher, was möglich war, weil der Mann anscheinend nach ihrer späten Nacht etwas Schlaf gefunden hatte. Während Celice irgendwo zwischen übel und aufgedreht vom Koffein schwebte, schüttelte Mathieu ihre Hand mit der Energie von jemandem, der seine Matratze genossen hatte. Sie hoffte, ihre Eifersucht war nicht zu offensichtlich.

»Benny sagte, du würdest deine Meinung ändern, aber ich hab ihm nicht getraut«, sagte Mathieu. »Er verspricht immer so viel.«

»Und ich halte meine Versprechen!« Benny klopfte Mathieu auf die Schulter. »Wir sind allerdings in Schwierigkeiten geraten. Gatete hat seine Hunde auf uns gehetzt, und Celice hat gezeigt, warum sie hierher gehört und ich an die Seitenlinie.«

Mathieu erwiderte die Geste und Benny verabschiedete sich, schlüpfte mit dem Versprechen, bald mit Verstärkung zurückzukommen, aus dem Laden.

»Die Elementals?« fragte Celice. »Du vertraust ihnen, nach allem, was Zhan-Yo getan hat?«

»Der Feind meines Feindes, oder?« antwortete Mathieu und reichte Celice eine dicke schwarze Weste. Sein versammeltes Team zählte acht Personen, und sie hatten Ersatz. »Was wir gehört haben ist, dass Lukas nicht viel Zeit in London verbracht hat und Gatete hier nicht viele Freunde gemacht hat. Die Leute haben bei uns weggeschaut, und die Elementals haben hier eine starke Präsenz. Sie wissen wie wir, dass die Paragons sie auslöschen könnten, wenn sie wollten.«

»Das wird sich nicht ändern«, sagte Celice, während sie mechanisch die verfügbaren Waffen musterte. Westen, aber keine Schusswaffen. Schlagstöcke, etwas Pfefferspray. Das war keine bewaffnete Truppe, die sich auf einen Angriff vorbereitete, sondern eine zusammengewürfelte Gruppe in letzter Not. »Besonders nicht hierdurch.«

Mathieu gab sich tapfer, zeigte ein schiefes Grinsen und deutete mit einer Armbewegung auf das Team: »Nach eurem Überfall gestern sind nicht viele übrig. Wir werden genug sein, und sobald Zhan-Yo draußen ist, mit deiner Hilfe, können wir das alles hinter uns lassen.«

Celice streifte sich die Weste über, zuckte zusammen, als

sich ihre Haare in einem Riemen verfingen. »Wenn wir gewinnen, und das ist ein gewaltiges Wenn, ist das erst der Anfang. Die Paragons können sich das alles zurückholen.«

»Ich weiß. Deshalb müssen wir es richtig machen.«

»Ich bin nicht-«

»Kein Töten«, fuhr Mathieu fort. »Keine einzige Seele, wenn wir es vermeiden können. Deshalb gibt es hier keine Schusswaffen, keine Messer. Zhan-Yo hat dazugelernt, und wir auch. Die Welt wird keiner Gruppe von Mördern in eine bessere Zukunft folgen.«

»So wie sie es bei den Paragons taten?«

»Das wurde durch Angst erzwungen.«

Celice lachte, »Wenn du jetzt sagst, diese Revolution kommt durch Liebe, gehe ich sofort.«

Mathieu schüttelte den Kopf.

»Durch Wahl, Celice. Zum ersten Mal in der Geschichte wird die ganze Welt ihre Anführer wählen, aus Normalen und Anomalien gleichermaßen.«

»Zhan-Yo lässt euch alle Sterne sehen.«

Mathieu reichte Celice einen Totschläger, der gewichtete, kurze Schlagstock lag schwer in ihren Händen. Das Ding fühlte sich gefährlich genug an, aber verglichen mit all den Anomalie-Fähigkeiten, die sie gesehen hatte ...

»Es wird reichen«, las Mathieu ihren Gesichtsausdruck. »Es muss reichen. Sonst sind wir tot und dann ist es eh egal.«

»Da ist der Optimismus, den ich brauchte. Wann geht's los?«

Der Tower ragte bedrohlich auf, als die Uhr sich der Zehn näherte. Celice konnte Big Ben von der Gasse aus, in der sie und Mathieu standen, nicht sehen, aber ihr Tama zeigte die Zeit gut genug an. Auf der anderen Seite einer breiten Straße, abgesperrt von Paragons in Blau und Weiß, lagen die Gärten, die den Tower umgaben. Irgendwo in dem Gebäude, kein kleiner Raum, würde Zhan-Yo sein.

Mathieu führte ihre Gruppe in einem lässigen Gang durch

die Gasse. Heimlich zu tun, wenn die Drohnen sie ohnehin schon im Blick hatten, würde nur Verdacht erregen. Celice überhaupt in die Nähe des Towers zu bringen, bedeutete sowieso, dass sie Gatetes volle Aufmerksamkeit bekommen würden.

Mathieu zählte darauf.

»Sie werden sich fragen, warum ich gegen zwei Paragons gekämpft habe, nur um hier reinzuspazieren«, murmelte Celice.

»Eine Frage, die ich in genau zehn Sekunden beantworten werde«, erwiderte Mathieu.

Der Totschläger steckte in einer Schlaufe hoch in Celices brauner Jacke, einem riesigen, warmen Kleidungsstück, das bis zu ihren Knien reichte. Ein Pullover darunter verbarg die Schutzweste vor oberflächlicher Inspektion und ließ Celice sich vollgestopft fühlen. Mathieu behauptete, sie sähe modisch aus, aber Celice hielt genauso viel von dem modischen Auge des Mannes wie von dem ihres Vaters.

Sobald Celice das Geld und die Möglichkeit hatte, ihre eigenen Kleider zu kaufen, kümmerte sich Aegis nie darum und Celice fragte nie.

Drei Paragons empfingen sie am Ausgang der Gasse, die Mauern des Towers einen weiten Hof und eine Grünfläche entfernt. Der Anführer, ein stämmiger Kerl mit einer Pfeife im Mund, wurde von zwei jüngeren Frauen begleitet, die beide gerade ihren Tee austranken und die Becher wegwarfen, als sie näher kamen. Eine Drohne schwebte hinter dem Trio in Position, ihre aggressiven Kameras starrten auf das eindringende Paar. Celice winkte der Maschine zu.

»Sie ist gekommen und hat um Hilfe gebeten«, eröffnete Mathieu das Gespräch, nachdem der führende Paragon seine Handfläche ausgestreckt hatte, damit sie anhielten. »Ich dachte, wir könnten vielleicht einen Deal aushandeln.«

»Einen Deal?«, fragte der Paragon mit einer wie Sirup

klingenden Stimme, die darauf hindeutete, dass die Pfeife ihre Wirkung getan hatte. »Was für einen?«

»Sie bekommen Aegis' Tochter, wir bekommen Zhan-Yo.«

Celice fand, dass hier gespielte Empörung angebracht wäre, also stieß sie sich von Mathieu weg und schrie: »Lügner! Das hast du mir nicht versprochen!«

Wirklich, ihre schrille, anklagende Stimme war ziemlich gut. Besonders mit all dem Stein rundherum, der die Wut widerhallte.

»Ich habe dir gar nichts versprochen«, konterte Mathieu und legte selbst Schärfe in seine Stimme. »Du hast versucht, meinen Freund umzubringen, erinnerst du dich? Was hast du denn erwartet, was ich tun würde?«

Celice ging nach vorne und sah aus, als würde sie ihre Faust zu finsteren Zwecken einsetzen wollen, als sich eine neongrüne Linie zwischen die beiden schob. Zunächst bemerkte Celice die haarfeine Linie kaum, aber es war schwer sie zu ignorieren, als der laserähnliche Strahl sich windende Ranken nach oben und unten ausbildete. Wie Efeu auf aggressivem Dünger schlangen sich die Ranken umeinander, streckten sich zum Boden der Gasse und einen Meter über Celices Kopf. Außer der Form und Farbe deutete nichts darauf hin, dass die Kreation pflanzliche Eigenschaften hatte.

Besonders nicht das Summen und die sprühenden Funken, die von denselben grünen Linien ausgingen.

»Na, na«, sagte der pfeifentragende Paragon. »Wir brauchen hier keine Schlägerei. Ich glaube zwar nicht, dass Gatete auf euren Deal eingehen wird, aber ich denke, es schadet nicht, wenn wir euch beide zu ihm bringen und fragen.«

»Hinbringen?«, diesmal richtete Celice ihren wütenden Blick auf den Pfeifenraucher. »Ich gehe nirgendwo hin.«

Eine Frau hinter dem Pfeife rauchenden Paragon winkte mit zwei Fingern in Celices Richtung. All diese Ranken schossen gleichzeitig auf Celice zu, ein zusammenfallendes grünes Netz. Die Linien hatten kein Gewicht, aber Celice konnte sich trotzdem nicht bewegen: nichts konnte die limettenfarbenen Fesseln erschüttern.

»Das hättet ihr auch schon früher einsetzen können«, sagte Mathieu und verschränkte die Arme wie ein zufriedener Kunde. »Lasst uns gehen. Ich will nicht, dass euer Boss aufgeregt wird und Zhan-Yo vorzeitig tötet.«

Das Paragon-Trio eskortierte Mathieu und Celice über den Hof, vorbei an den matschig aussehenden Gärten und in den Turm hinein. Celice spielte ihre Rolle, fluchte hier und da und behielt die ganze Zeit über einen finsteren Blick bei. Bis jetzt aber hielten Mathieu und sein Plan stand.

Tatsächlich fragte sich Celice, ob es vielleicht zu gut funktionieren könnte: Gatete könnte Mathieu einfach mit aufs Schafott stellen und Celice eingesperrt lassen, bis er die Belohnung für ihre 'Rettung' einstreichen konnte.

Das Innere des Turms hatte etwas Platz um das zentrale Gebäude herum. Celice bemerkte die übliche Szenerie mit den Händlerständen und den überall verteilten historischen Museumsplaketten. Heute keine Zivilisten, ihre Rolle wurde von einer bunten Mischung aus Paragons und Drohnen übernommen, die alle um einen Galgen herumschwirrten, der anscheinend durch einige schnelle Besuche im Baumarkt zusammengestellt worden war.

Makelloses Bauholz bildete ein einen halben Meter hohes Rechteck, auf dem ein gedrungenes Brett auf der Seite lag. Eine kleine tragbare Treppe drückte sich gegen das linke Ende der Plattform und erhob sich von den verunkrauteten grauen Steinen. Zhan-Yo selbst stand nicht weit hinter seinem Untergang, gefesselt und auf den Boden geworfen wie ein Kind in einer strengen Auszeit. Zwei Paragons standen in seiner Nähe, beide hielten Kaffee und Donuts, die sie sich vom großen Frühstücksbuffet geholt hatten, das nur wenige Schritte entfernt aufgebaut war.

Eine Hinrichtung und ein Brunch, was will man mehr?

Celice wäre von diesem Anblick wütend geworden, aber

die Champions machten solche Dinge schon lange. Nicht so sehr die öffentlichen Hinrichtungen, aber das Verbinden von Bestrafung und Feier war ein Markenzeichen von Aegis gewesen. Alles Teil des Paragon-PR-Prozesses: Ein Bild zeigen, das das hässliche Ende eines Verbrechers darstellt, es mit dem vergleichsweise paradiesischen Leben derer paaren, die den Regeln folgen, und schon hatte man einen effektiven Weg, Dissidenten zu schwächen.

Wenn Zhan-Yo ein lokaler Unruhestifter gewesen wäre oder eine Anomalie, die sich der Paragon-Spur und den damit verbundenen Verantwortlichkeiten verweigert hätte, bezweifelte Celice, dass Gatete den Turm unter Bewachung gestellt hätte. Wahrscheinlicher wäre es gewesen, dass jeder zufällig vorbeikommende Tourist der Disziplinierung hätte zusehen können, einer öffentlichen Beschämung, bevor eine Drohne die Anomalie auf Mynx' Insel oder in irgendeine staubige Zelle weit weg gebracht hätte.

»Gerade wenn man glaubt, den Lauf des Tages zu kennen, überrascht er einen«, verkündete Gatete, der aus einer Gruppe von Paragons auftauchte, die Arme genauso weit ausgebreitet wie sein Grinsen.

Mathieu und Celice, fest umschlossen von ihrer Eskorte, konnten nicht viel anderes tun, als zuzusehen, wie sich der Paragon-Anführer näherte. Die umstehenden Zuschauer, sowohl Drohnen als auch Paragons, machten Platz und ließen die sechs inmitten der Steine zurück, während der Turm selbst die Sicht auf die Sonne blockierte. Der Schatten brachte eine Kälte mit sich, die sich in Celices Jacke hochschlängelte, als ihre grünen Fesseln sich auflösten.

Gatete tadelte ihre Paragon-Wächter und wischte mit seiner Staubfähigkeit jede Linie weg, zweifellos fühlte er sich dabei sehr überlegen.

»Ich bin hier, um einen Deal zu machen«, sagte Mathieu, griff nach Celices Arm, und zwar nicht auf freundliche Art. »Aegis' Tochter gegen Zhan-Yo.«

»Wart ihr beide nicht noch letzte Nacht Freunde?«, fragte Gatete, während seine Augen zwischen den beiden hin und her wanderten, immer noch funkelnd vor unterdrücktem Lachen. »Was ist so sauer geworden, dass es dazu kam?«

»Ich will Zhan-Yo tot sehen«, antwortete Celice.

Mathieu nickte, als würde diese Antwort die ganze Geschichte erzählen. Gatete holte tief Luft und hob dann sein Tama.

»Wisst ihr, ich habe vor wenigen Minuten eine interessante Nachricht erhalten. Meine zwei Mitarbeiter, die du gut kennst, Celice, wurden bewusstlos und blutig vor genau dem Laden gefunden, wo sie dich suchen sollten.« Gatete wischte über seinen Bildschirm, während Celices Augen sich verengten. »London hat wirklich wunderbare Überwachung. Du hast gut gekämpft, aber einem bekannten Elementar zu helfen, Paragons zu verletzen?«

»Roger und Sydney haben versucht, mich zu entführen«, sagte Celice. »Ich wollte nicht mitgehen. Es tut mir leid, dass sie verletzt wurden.«

»Also hast du einem Feind geholfen und bist dann zu einem anderen gelaufen, um Zuflucht zu finden?«, sagte Gatete und ignorierte die Entschuldigung. »Ein tragischer Fehltritt. Es tut mir leid, dass du den falschen Weg gewählt hast, Celice, aber ich vermute, wir haben zu viel von einer Normalen erwartet.«

Celice blinzelte. Das war unerwartet. Gatete hätte ihre Anwesenheit ausschlachten sollen, sie als Zeugin einer racherfüllenden Hinrichtung vor die Kamera stellen sollen. Celice hätte darum gebeten, die tödliche Waffe führen zu dürfen, den finalen Schlag auszuführen, und in diesem Moment das Signal zum Befreiungsschlag geben sollen.

»Es scheint, dass unser eigener Champion der Champions verraten wurde«, sagte Gatete und erhob seine Stimme, damit alle im Innenhof und die Zuschauer im Internet es hören konnten. »Seine eigene Tochter, eine Normale, die ihrer Eifersucht erlag, versuchte ihren Vater ermorden zu lassen und hatte Erfolg damit.«

»Das stimmt nicht!«, schrie Celice und las die Winde.

»Protestiere nur, wenn du willst«, sagte Gatete, dessen funkelnde Augen sehr grimmig wurden. »Dein Geschrei wird dich nicht retten.« Er wandte sich wieder der Menge zu. »Wir haben unsere Anzahl für heute verdreifacht! Drei Normale, alle haben sich gegen die Paragons gestellt. Gerechtigkeit wird hier und jetzt vollstreckt, durch euren Paragon, Gatete.«

Celice ließ ihre Hand zum Totschläger gleiten und überlegte, ihn herauszuziehen und Gatete damit direkt niederzuschlagen. Sie hätte es vielleicht auch getan, wenn Mathieu nicht wieder ihren Arm berührt, ihr in die Augen geschaut und mit besorgtem Gesicht gesagt hätte: »Vertrau mir.«

Was hatte sie schon noch zu verlieren?

KAPITEL 27
EINE KLEINE REBELLION

DAS KRANKENHAUS riss Kat aus der Kapsel und brachte sie innerhalb weniger Minuten in den Operationssaal. Chicago bei Nacht hatte zwar seine Probleme, aber Calvins Paragon-Ausweis räumte sie schnell aus dem Weg. Von Moral in diesem Moment abgesehen, sprangen die Ärzte Kat sofort zur Hilfe, rissen Calvins notdürftigen Verband auf und machten sich an die Kugel. Unterstützende medizinische Drohnen wirbelten um die menschlichen Chirurgen und ihre Krankenschwestern herum - ein Wirbelwind, den Calvin durch die Glasscheibe von außen beobachtete.

Allein, bis Gordon eintraf.

Kats ehemaliger Liebhaber und jetziger Freund sah gehetzt aus, die Kleidung hastig übergeworfen im Kampf gegen den Schlaf. Kaffee brachte er mit, Gordon hatte sogar einen zweiten für Calvin dabei. Der Tracker wusste, wie man seine Verbündeten behandelt. Der struppige Bart, den Gordon sich während seiner Bettruhe hatte wachsen lassen - Calvin war möglicherweise der Grund für diese Krise gewesen - war wild und ungepflegt, lenkte ab von der schweren Jacke mit Taschen an allen wichtigen Stellen.

Als Calvin Gordon aus der Kapsel angerufen hatte, hatte er den Tracker gebeten, Schutz mitzubringen.

»Wie geht es ihr?«, fragte Gordon und nahm neben Calvin Platz.

»Sie kämpft«, sagte Calvin. »Diese Bastarde schummeln zwar, aber sie wird sie nicht gewinnen lassen.«

»Was haben sie gemacht?«

»Wexley hat Kat vor Wochen angeschossen«, sagte Calvin. »Die Elementare haben sie gerettet, aber auf ihre anomale Art. Scheint, als hätten sie die Arbeit rückgängig gemacht.«

Gordon nickte, als würde diese Erklärung alles klären. Calvin hatte keine bessere Art es zu erklären: Anomalie-Fähigkeiten entzogen sich meist einfachen, nachvollziehbaren Erklärungen.

Im Raum ging irgendein Monitor los und die Hektik nahm zu. Calvin versuchte den Kaffee, verbrannte sich die Zunge. Nutzte seine Kraft, um den Schmerz abzuleiten und durch seine Finger ins Glas zu leiten, wo er einen winzigen Fleck beschlug.

»Kannst du bleiben?«, fragte Calvin.

»Schau mich an, Mann. Was denkst du?«

Calvin antwortete nicht. Gordons Spiel ergab für eine Anomalie, die ihr Leben damit verbracht hatte abzuhauen und zu verschwinden, immer alles mitzunehmen was sie konnte, keinen Sinn. Calvin würde aus jemandes Hemd keine Schlüsse ziehen.

»Nein«, antwortete Gordon schließlich stolpernd. »Ich hab nichts vor um drei Uhr morgens. Oder morgen. Die Paragons sind ein Chaos, und ohne sie haben die Tracker auch nicht viel zu tun.«

»Cool. Ruf mich an, falls du weg musst.« Calvin warf einen letzten Blick auf Kat, Sauerstoffmaske über ihrem Gesicht, OP-Kittel über allem anderen. Er packte den wütenden Schub in einen aggressiven Schulterklopfer, als er an Gordon vorbeiging. »Verdammt, ruf mich an, wenn irgendetwas passiert.«

»Klar«, Gordon beobachtete Calvins Schritte zum Ausgang. »Wo gehst du hin?«

»Arbeiten.«

Calvin fand keine Freude an Gordons verwirrtem Blick: er hatte bereits seine Finger am Telefon, um eine Kapsel zu rufen.

Der Paragon-Turm in Chicago begrüßte den frühen Morgen wie überall sonst in der Stadt: mit Lichtern und Action. Calvin verließ die Kapsel einen Block entfernt, als er auf Straßensperren und die sie bewachenden Paragons traf. Ohne seine Uniform zeigte Calvin seinen Tama vor, um an den müden Wachen vorbeizukommen, gab ihnen im Vorbeigehen eine Warnung, nach Elementaren Ausschau zu halten.

Nicht dass es helfen würde.

Calvin wusste, dass die Paragons, die nachts solche Wachdienste schoben, die am wenigsten Ausgebildeten waren. Wenn Beth und ihre Anomalie-Trupps ihren Angriff starteten, würden diese Trottel, die spätabends Latte schlürften und im Dunkeln mit ihren Kräften prahlten, nicht lange durchhalten. Nicht ohne Hilfe.

»Aber Hilfe ist unterwegs«, murmelte Calvin, als er direkt durch in die Lobby ging.

Particle wartete auf der anderen Seite. Wie zuvor - und Calvin fragte sich, ob Particle überhaupt gewechselt hatte - trugen sie ihre komplette taktische Ausrüstung. Waffen vermischten sich mit gefährlich aussehenden Messern, alles in einer dunkelblauen Paragon-Uniform für Drecksarbeit.

»Hey«, sagte Calvin und warf dann einen bedeutungsvollen Blick durch die verlassene Lobby.

»Oben«, sagte Particle. »Weed versucht Pixie zu überzeugen, dass man dir vertrauen kann. Smoke und Lob sind bei ihm.«

»Pixie?«

»Ist schnell eingeflogen, nachdem Mynx verschwunden ist«, sagte Particle und führte Calvin zu den Aufzügen. »Sie ist momentan die De-facto-Champion von Atlantis.« Particle warf Calvin einen schrägen Blick zu. »Solltest du das nicht wissen?«

»Ich war beschäftigt.« Calvin versuchte das Thema zu wechseln. »Wo kommt die Uniform her?«

»Ist einfacher, an das gute Zeug ranzukommen, wenn wir offizielle Arbeit machen«, sagte Particle, »und nicht zu irgendeiner zufälligen Scheune auf dem Land rennen.«

Die Erwähnung der Rettungsmission verdüsterte Calvin, eine Veränderung, die Particle bemerkte, als der Aufzug ankam. Die beiden stiegen schweigend ein, Particle schickte sie in die oberste Etage.

»Sie ist verletzt«, sagte Calvin. »Kat.«

»Die Elementare?«

Also hatte Weed dem Team alles erzählt. Gut. Würde Calvin Zeit sparen.

»Sie haben einen Trick bei ihr angewandt«, sagte Calvin. »Sie ist jetzt im Krankenhaus und wird aufgeschnitten. Ich hab versucht, den Paragon dort zum Kommen zu bewegen, aber sie sind mit den Nachwirkungen von Mynx beschäftigt.«

»Weed, Lob und Smoke brauchten auch Hilfe«, sagte Particle. »Blutiger Tag.«

Die oberste Etage des Turms tat, was oberste Etagen in der Stadt zu tun pflegen: den Ausblick maximieren. Chicago breitete sich um sie herum aus, bodentiefe Fenster zeigten ein glitzerndes Meer am dunklen Himmel. Schwebende Drohnen blinkten mit ihren gelben, roten und weißen Lichtern über den Straßen bis zum Horizont, auf der Jagd nach jedem, der etwas Dummes tat.

Die Etage selbst hatte wenig zu bieten, Überbleibsel eines verräterischen Vorfalls vor nicht allzu langer Zeit, der die Wände mit Einschusslöchern übersät und den Teppich blutgetränkt zurückgelassen hatte. Danach hatte Mynx die

Einrichtung herausreißen, die Trennwände abreißen und den Teppich entfernen lassen. Jetzt diente die Turmspitze als Oase, leer und isoliert.

»Chicagos nächster Anführer kann sie neu gestalten«, murmelte Particle, als Calvin sich umsah. »Was für ein Willkommensgeschenk, nicht wahr?«

Weed und die anderen predigten zu Pixie in einer Ecke des Stockwerks. Pixie, in klassischer Paragon-Aufmachung, hatte Weed den Rücken zugewandt, während der Mann die Positionen der Elementals in ganz Chicago erläuterte. Smoke und Lob warfen bekräftigende Bemerkungen ein, während Weed weitersprach, und liehen seinen Argumenten ihre Glaubwürdigkeit.

»Er ist hier«, sagte Particle, als sie sich zu der stehenden Versammlung gesellten.

Calvin spürte den Scheinwerfer hart auf sich gerichtet. Noch in der Pod, auf dem Weg hierher, hatte er Weed angerufen und einen Alarm erwartet. Paragons und Drohnen gleichermaßen, die sich in Position bringen würden, bereit für einen totalen Krieg. Wie sich herausstellte, mobilisierten die Paragons nicht aufgrund einzelner Ahnungen, besonders nicht von einem bestenfalls schweigsamen Mitglied.

»Calvin, nicht wahr?«, sagte Pixie und drehte sich um. Sie hatte ihre Hände an einer Kette aus Gold. Jeder Stein sah anders aus, ohne erkennbares Design. Ansonsten hatte Pixie den gleichen teilnahmslosen Blick wie alle anderen zu dieser grässlichen Stunde. »Sie melden diesen Alarm?«

»Für was es auch bringt«, erwiderte Calvin. »Das da unten sind Standardpatrouillen, Pixie! Was zum Teufel sollen die machen, wenn die Elementals über sie herfallen?«

»Wozu sie ausgebildet wurden«, antwortete Pixie, und wo Calvin Kälte erwartet hatte, hörte er stattdessen Geduld und Wärme. »Ich kann Chicago nicht aufgrund von Hörensagen mobilisieren, Calvin. Zu viele Paragons sind erst vor Stunden mit Mynx gegangen. Sie sind müde, verletzt oder wurden abgezogen, um ihr zu folgen.«

»Was also, wir spielen Verteidigung mit Anfängern?«

»Wir spielen Verteidigung so, wie die Paragons es seit Jahren tun.« Pixie nickte zu den Fenstern hinaus. »Drohnen werden nicht müde.« Pixie sah, wie Calvin den Mund öffnete, und wedelte mit dem Finger. Calvin überraschte sich selbst damit, dass er schwieg. »Ich kenne die Elementals sehr gut. Sie sind nicht für offenen Krieg gebaut, sondern für chirurgische Angriffe. Tricks und Täuschungen. Ihre Anomalien werden einknicken, wenn die Drohnen angreifen.«

»Sie sagen also, wir-« Calvin durchbrach Pixies Bann, aber jetzt griff Weed ein, legte eine Hand auf Calvins Schulter und drückte zu.

»Beruhige dich, Käpt'n«, sagte Weed. »Wir wurden selbst erst vor wenigen Stunden angeschossen. Pixie hat das Kommando, lass es ihr. Du kannst zu deinem Mädchen zurück.«

Als würde sie die Sitzung beenden, pingte der Aufzug auf der anderen Seite des Stockwerks und spuckte eine weitere Paragon-Kadertruppe aus.

»Wenn es dir hilft, Calvin, du bist bei weitem nicht der Einzige, den ich heute Nacht enttäuschen werde.« Pixie seufzte und bot ein müdes Lächeln an.

»Sie haben Mynx zur Fabrik gebracht«, sagte Calvin, während der Aufzug wieder nach unten schoss und seine Ohren zum Knallen brachte. »Die verdammten Elementals haben mich das vergessen lassen.«

»Wer ist 'sie'?«, fragte Weed, während alle fünf zusammen im Aufzug standen. »Die Leute von der Scheune?«

»Ein Typ namens Wexley. Er hat Kat angeschossen.«

»Heute Nacht?«, sagte Smoke. »Der Mann ist schnell.«

»Nein, lange Geschichte«, erwiderte Calvin. »Können wir die LA Paragons erreichen? Sie müssen schnell dort sein.«

»Ist das eine Ahnung«, sagte Weed, »oder hast du irgendwo in dieser Jacke Beweise versteckt?«

Als die Gruppe zurück in die Lobby kam, legte Calvin seinen Fall dar. Particle nahm es zumindest ernst genug, um ihr Tama hervorzuholen und den Vorschlag an einen Freund an der Westküste weiterzuleiten. Eine Antwort kam schnell, während Calvin, der die ganze Zeit auf eine Pod zuging, die Hintergrundgeschichte von Wexley und Kat erzählte.

»Ich glaube, wir führen langweilige Leben«, sagte Lob, als die Geschichte zu Ende war und die Paragon-Blockaden um den Tower in Sichtweite kamen. »Die rennen überall rum, werden beschossen. Kämpfen am Hafen. Was haben wir gestern gemacht, Smoke?«

»Zehn Stunden lang eine leere Straße beobachtet.«

»Tausche gerne«, sagte Calvin und nickte dann zu seiner gerufenen Pod. »Ihr wisst, wo ihr mich findet.«

»Hoffe, sie schafft es«, sagte Weed, die anderen stimmten zu.

»Haltet eure Deckung. Beth sagt nichts grundlos.«

Die beiden Paragons, die Calvin vor einer halben Stunde durchgewunken hatten, winkten ihn wieder hinaus. Oben am Himmel zeigten sich die ersten Anzeichen der Dämmerung. In der Ferne surrte ein Zug vorbei. Jemand schrie ein paar Straßen weiter, gefolgt von einem Lachen. Lieferpods bewegten sich zu ihren Restaurants, Hotels und Geschäften. Alles normal für eine Großstadt am Ende der Nacht.

Vielleicht hatte Beth es abgeblasen.

Calvin holte sein Tama hervor, während er sich der Pod näherte, deren kleine Tür sich für ihn öffnete. Er tippte eine Nachricht an Gordon, dass Calvin bald wieder im Krankenhaus sein würde. Er fragte, wie es Kat ginge. Calvin ließ sich in den Sitz sinken und schloss die Augen für die kurze Fahrt zum Krankenhaus.

Und flog durch die Luft.

Die Pod schoss von der Straße hoch, als hätte sie ein

Hammer getroffen, Calvins Magen sackte ab in der Sekunde, die die Pod brauchte, um in ein nahes Gebäude zu krachen, durch Fenster zu brechen und auf dem Boden aufzuschlagen. Glas regnete herab, als das Dach der Pod einstürzte und das kleine Gefährt durch ein Büro wirbelte. Calvin, im Sitz festgeschnallt, rollte sich zusammen und versuchte nicht zu sterben.

Schwaches Licht begrüßte das gestoppte Fahrzeug, flackerte auf, als die Bewegung der Pod ihre automatische Reaktion auslöste. Überall um Calvin herum fielen Dinge von Schreibtischen, ein allmähliches Klappern als Nachspiel des Crashs. Calvin wischte sich das Glas ab, griff nach vorne, löste den Gurt und landete auf seiner linken Schulter. In seinem Kopf dröhnte es wie ein Konzert, aber seine Augen waren klar genug, um ihn aus der Pod zu bringen, seine Füße stabil genug, um ihn aufrecht zu halten.

Draußen, entlang der Verwüstungsspur zurück, erkannte Calvin, warum er diese zerschmetternde Bürotour unternommen hatte: Die Elementals waren eingetroffen.

Wie eine schmuddelige Straßentruppe brachen die Elementals aus Gassen und hinter Autos hervor und schleuderten alles, was sie aufbieten konnten, gegen die Paragons. Calvin sah einige auffällige Kräfte am Werk, aber mehr noch dunkle Schatten, die die Straße entlang sprinteten, während er sich zurück in deren Richtung schlich. Die Elementals hatten keine rohe Kraft, aber sie hatten das Überraschungsmoment, und das nutzten sie.

Die beiden Paragons, die Wache gestanden hatten, waren bereits verschwunden. Calvin sah weder ihre Körper noch ihre Barrikade, als er hinter einem halb zerbrochenen Büroabtrenner hervorspähte. Eine riesige Bau-Pod im manuellen Modus donnerte die Straße hinunter, Elementals klammerten sich daran fest, während das Fahrzeug an ihren zu Fuß rennenden Kameraden auf den Bürgersteigen vorbeifuhr.

Beth hatte vielleicht keine Armee, aber genug Idioten, um echten Schaden anzurichten.

Die Kämpfe begannen schnell in Richtung Tower, mit den typischen Blitzen, Schreien und Druckwellen, als die Elementals auf ihre legalen Geschwister trafen. Calvin blickte zurück, die Straße hinunter, die er zum Krankenhaus hatte nehmen wollen. Mit den Elementals vorbei, könnte er vom Wrack wegkommen und zu Kat gehen. Dem Konflikt ausweichen.

Weed, Particle und die anderen ihrem Schicksal überlassen, was auch immer die Elementals anrichten würden, bevor die Drohnen die Kontrolle übernahmen.

»Tut mir leid, Kat«, sagte Calvin.

Er packte eine Bürotrennwand, entzog ihr ihre Kraft und legte sie über das zackige Glas. Die behelfsmäßige Brücke ließ Calvin ohne Schnittverletzungen an den Füßen entkommen und brachte ihn zurück auf die Straße, hinter dem ganzen Geschehen.

Von vorne sah Calvin, dass die Schock-und-Einschüchterungs-Strategie der Elementals ihnen einen direkten Weg zum Tower verschafft hatte. Paragon-Patrouillen rückten von den Seiten nach, duellierten sich mit den Elemental-Reihen, während Beths Anomalien gegen den Widerstand an der Tür des Towers kämpften. Das große Fahrzeug grummelte in der Mitte, ein riesiges Ziel, das trotzdem allem eingehenden Feuer auswich.

Eine Anomalie stand wie ein antiker Kommandant auf der Baukabine, ihr Körper blitzte bei jedem Strahl, Schuss oder Schlimmerem, das auf die Kabine zielte, weiß wie ein Stroboskop auf. Statt die Kabine zu treffen, verschwanden die Angriffe ins Nichts.

Oder, wie Calvin vermutete, als er sich dem Fahrzeug näherte, sie trafen etwas, das die Paragons unbedingt verfehlen wollten.

Die Baukabine nutzte ihre Unverwundbarkeit, um mechanische Arme zu schwingen, Gräben im Boden auszuheben und den Schrott auf Paragon-Gruppen zu schleudern, wann immer sie es wagten, sich ins Freie zu begeben. Calvin beobachtete ein Trio, der führende Paragon mit einem übel aussehenden grünen Schleim an seinen Fäusten, als sie auf die Elementar-Linie zustürmten. Die Elementare brachen ihre Formation auf, und die Baukabine schwang ihre primäre Schaufel in einem Bogen auf die Paragons zu. Die drei stoppten, wichen zurück und machten sich dabei verwundbar für das Gegenfeuer der Elementare.

Blaugrüne Blitze, ein gelber, knisternder Energieball und etwas, das wie ein schwarzes Messer aussah, schossen auf die Paragons zu und streckten sie schnell nieder. Die Elementare machten nicht halt: Die Baukabine begann einen Rückschwung, bereit, den Job zu Ende zu bringen.

Nur um zu stoppen, als Pixie herabstürzte, den großen Arm erfasste und ihn mit ihrem Sturzmomentum zur Seite stieß. Die Baukabine ächzte, ihre Struktur glich aus und zog sich zurück in einen stabilen Stand. Pixie schoss umher, ihre Flügel zu schnell zum Sehen, während sie dem Feuer der Elementare auswich.

Ein Tanz, der nicht lange andauern konnte.

Zufällige Paragons zu retten stand nicht auf Calvins To-do-Liste, und das tat es auch jetzt nicht, aber Beth und den Elementaren eins auszuwischen war gerade zu seinem wichtigsten Ziel geworden. Als der Arm der Baukabine zu seiner ursprünglichen Zerschmetterungsaufgabe zurückkehrte, presste Calvin seine linke Hand auf den harten Boden und zog die rechte zurück.

Er würde seine Deckung aufgeben, aber man konnte sich nicht ewig in den Schatten verstecken.

»Pixie!«, rief Calvin, die Worte vermischten sich mit dem Kampflärm. Pixie fing den Ruf dennoch auf, ihre Augen blickten zu ihm herüber, als eine rubinrote Welle über ihre Schulter schnitt. »Fang!«

Calvin warf die glitzernde, scharfe Klinge, die er aus dem

Zement der Straße geformt hatte. Dünn, stark und klein flog der Zementdolch durch die Luft. Pixie fegte unter dem Arm der Kabine hindurch, fing den Dolch auf, während sie sich auf den Rücken drehte. Und schnitt zu.

Die Waffe tat ihre Arbeit und durchtrennte die Kabel, die die große Grabschaufel an ihrem Platz hielten. Die Waffe der Baukabine wackelte, dann baumelte sie zur Seite, als die Maschine sie hinunterkrachte. Sie traf den Betonhof in einem Winkel, die Paragons weniger als einen Meter entfernt, bedeckt mit Kies und Dreck, aber am Leben.

Calvin sah weitere Angriffe auf Pixie zukommen, aber neue Gestalten, die sich in seine Richtung wandten, stahlen seine Aufmerksamkeit. Zwei Elementare kamen auf ihn zu, zwei, die er kannte.

»Du hättest in dieser Kabine sterben sollen!«, schrie Anthony, offenbar erholt von Calvins Speer-Lektion zurück in Beths Haus.

Dieser Treffer hätte tödlich sein sollen, oder Anthony zumindest für eine Nacht außer Gefecht setzen sollen. Vielleicht hatte dieser Typ, der Heiler mit den Tattoos, Kats durch ein neues für Anthony ersetzt.

Calvin hatte ein oder zwei passende Worte für sie alle.

Della, Anthonys häufige Partnerin, stoppte, während Anthony an ihr vorbeistürmte. Im goldgelben Licht der Straße holte Della tief Luft. Calvin wusste, was als nächstes kommen würde, und einmal reichte für diesen verdammten Trick.

»Ihr hättet uns gehen lassen sollen«, konterte Calvin, während er seine linke Hand auf der Straßenoberfläche behielt, als Anthony zum Sprung ansetzte.

Die Anomalie ging hoch, wurde größer während er sich mit Dellas windverstärkter Geschwindigkeit erhob. Damals im Trainingsraum hatte Calvin zum Schild gegriffen. Diesmal, mit Kats panischem, erbleichendem Gesicht vor seinem geistigen Auge, entschied er sich für die Stacheln. Mit einer Bewegung seiner rechten Hand über seinen Körper zog Calvin eine Betonlinie hoch und errichtete eine Palisade vor sich, scharfe Spitzen genau dorthin gerichtet, wo Anthony, bereits in der Luft, landen würde.

Calvin wich zurück, als Anthony, sein Kampfschrei zu einem Jaulen verkommend, in die Stacheln krachte. Die Jacke und Jeans der Anomalie waren Calvins Verteidigung nicht gewachsen, und während Anthonys riesige Größe die Mauer niederwalzte und Calvin zurückwarf, hatte Anthony keinen Folgeschlag mehr. Keinen zweiten Schlag, um Calvin zu Brei zu schlagen.

Stattdessen stolperte die Anomalie, verlangsamt und schrumpfend während seine Geschwindigkeit nachließ, und fiel, sieben Betonspeere steckten in seinem Bauch, seiner Brust und seinen Beinen. Calvin rappelte sich auf, sah Della auf sich zukommen, die bereits nach Hilfe rief.

Nicht diesmal. Sie hatten möglicherweise Kat getötet, und dafür würden sie bezahlen.

Zu seiner Linken entdeckte Calvin einen Lichtmast. Er packte ihn, zog das Metall im Inneren zu einem langen Speer, gerillt um durch Dellas Wind zu schneiden. Calvin hob ihn an, schleuderte ihn und sah zu, wie ein metallener Arm den Wurf abfing und zu Boden schlug. Della stoppte ihren Lauf, teilte Calvins Blick auf die Gladiatordrohne, die sich nun zwischen sie stellte.

»Stehenbleiben«, sprach die Drohne, ihre Fächer glitten zurück und enthüllten viel zu viele Waffen.

Über und um die Kämpfenden herum schwärmten mehr Drohnen aus Chicagos Umgebung ein und stürzten sich in den Kampf. Befehle stillzuhalten hallten durch die Stahlschluchten, und wo keine Befolgung erfolgte, folgten laute Knalle, als die Drohnen ihrer Programmierung gehorchten.

Calvin holte selbst Luft, bewegte seine Hand weg vom

Laternenpfahl. Beths kleiner Aufstand mochte die Paragons überrascht haben, aber nichts täuschte die Drohnen.

Gut.

KAPITEL 28
KEIN WEG ZURÜCK

CASSIDY GAB KEINE WARNUNG, sie rannte einfach los.

Ihre Schuhe platschten durch die Pfützen, als Cassidy in den Pod-Verkehr sprintete und darauf vertraute, dass die Fahrzeuge ihr ausweichen würden. Sie hatte keine feste Richtung, nur weg. Den Verfolgern entkommen und in der riesigen Stadt untertauchen. Sie würde schon irgendwie an eine neue Identität kommen, sich auf der Straße durchschlagen – konnte ja nicht schwieriger sein als auf der Insel, oder? – und dann einen Flug zurück nach Pacifica nehmen, zurück nach Hause.

Sie würde vor der Tür ihrer Kinder auftauchen, und zum Teufel mit ihrem Mann, sie würde sie zurückholen.

»Cassidy!« rief Daw, der Jüngere, hinter ihr her.

Die Stimme des Paragons pfiff um die Pods herum, deren werbeverzierten Formen Wasser versprühten, als sie um Cassidy herumschlingerten. Jeder Pod bot Deckung, auch wenn er gleichzeitig ihre Position verriet. Ein Handel, den Cassidy eingehen würde, denn sie glaubte keine Sekunde, dass sie einen fitten Paragon schlagen könnte, der mehr als zwanzig Jahre jünger war als sie.

Über und um sie herum boten Bangkoks Gebäude eine neongetränkte Kulisse, Schilder verrieten, dass Cassidy direkt in ein Einkaufsviertel gelaufen war. Eine riesige Krabbe winkte mit einer gleißend roten Schere, während weiter unten eine Bierflasche, die mehrmals so groß war wie Cassidy, hin und her kippte. Auf den Gehwegen spannten die Menschen, die sich in den regnerischen Abend hinausgewagt hatten, ihre Schirme auf und starrten die seltsame Frau an, die die Straße hinunterrannte.

Eine Kreuzung zu Cassidys Rechten bot eine Öffnung, und sie nahm sie. Die kleinere Seitenstraße war frei von Pods, und Cassidy nutzte die Gelegenheit, um auf den weniger belebten Gehweg zu wechseln. Ihre Lungen kämpften mit der Luftfeuchtigkeit, jeder Atemzug schien genauso viel Wasser wie Luft zu enthalten. Bereits jetzt brannten ihre pumpenden Beine und Arme, die Jahre auf der Insel und die vielen Tage, die sie träge an den Wellen verbracht hatte, forderten ihren faulen Tribut.

Das Gefühl ließ Cassidys Überzeugung schwanken. War sie vorschnell gewesen, so schnell von Thane wegzulaufen? Die Paragons würden sie erwischen, würden sie zurück auf Mynx' Insel schicken. Das ganze Abenteuer wäre umsonst gewesen, nur dass ihre Kinder jetzt wüssten, dass ihre Mutter noch lebte, nur um sie dann wieder verschwinden zu sehen.

»Cassidy!« rief Daw wieder, diesmal viel näher.

Cassidy warf einen schnellen Blick zurück, sah Daw und seinen Partner die Straße herunterstürmen. Ein Fehltritt auf dem Bordstein ließ sie stolpern, der Knöchel machte ihr klar, dass er von ihren Entscheidungen nicht begeistert war. Ein weiterer Schritt verriet, dass sie nicht mehr weit laufen würde.

»Hört auf, mich zu verfolgen«, sagte Cassidy, verfiel in einen Gang und drehte sich um.

Die wenigen Leute auf der Seitenstraße bemerkten die Paragon-Uniformen und machten sich aus dem Staub, verschwanden in den Gebäuden zu beiden Seiten. Der Regen wurde stärker, übertönte alle anderen Geräusche. Er wusch durch Cassidys Haar, strömte ihre Nase hinunter und tropfte ab. Ihre Schuhe quatschten, ihre Kleidung klebte an ihr.

Daw und Kamnan schritten mit trockener Zuversicht heran, ihre Uniformen taten ihre Arbeit. Kamnan hatte eine Betäubungspistole gezogen und auf Cassidy gerichtet, während Daw seine Handflächen nach vorne ausgestreckt hielt, als versuchte er, einen wütenden Hund zu beruhigen.

Die Leeren sprangen zu Cassidys Fingerspitzen. Ein paar davon werfen, und sie würde sich ordentlich aufwärmen.

»Du kannst nicht gehen«, sagte Kamnan. »Apinya wird das nicht erlauben.«

»Es ist mir scheißegal, was Apinya erlaubt«, konterte Cassidy. Sie brauchte einen anderen Weg, einen Ausweg. Keine Gassen boten sich an, und Bangkoks Kanalsystem hatte keinen Gullydeckel in dieser Straße platziert. »Ich arbeite nicht für ihn.«

»Ist das nicht die Abmachung?« fragte Daw. »Sie haben dich doch mit diesen Anomalien aus dem Norden herge-bracht. Willst du nicht dabei helfen?«

»Daw«, knurrte Kamnan.

»Helfen?« fragte Cassidy. »Was?«

Daw las etwas in Kamnans Gesicht und verstummte, zuckte nur mit den Schultern bei Cassidys Frage. »Ich meine nur, dass wir dich ja nicht in eine Zelle stecken.«

Die Vorstellung, nach der Insel in einen Käfig gesteckt zu werden, brachte Cassidy zum Lachen und zur Entscheidung. Sie würde eher sterben, als in ein Paragon-Gefängnis zu gehen. Eher sterben, als auf diese Insel zurückzukehren.

Hinter den beiden Paragons bog ein Pod in die Seiten-straße ein. Das Gefährt beschleunigte auf dem nassen Unter-grund und steuerte auf das Trio zu. Seine Sicherheitsprogrammierung würde bald einsetzen, aber bis dahin ...

»-sofort«, sprach Kamnan. »Hörst du überhaupt zu, Cassidy?«

Sie schnappte zurück zum Paragon, wischte sich für einen kurzen Moment das Wasser mit dem linken Arm weg. »Nein, tue ich nicht.«

Selbst bei dem bedeckten Himmel sah Cassidy, wie der Mann rot anlief. Hörte Daw seufzen. Mit ihrer rechten Hand beschloss sie, ihr Elend noch zu vergrößern, und schleuderte eine Leere. Die unsichtbare Kraft schnitt zwischen den beiden Paragons hindurch und traf den Boden fünf Meter hinter ihnen, genau dort, wo der Pod seine Verlangsamung begann. Die Leere öffnete sich über dem Boden und saugte und zerrte an der Unterseite des Pods.

Das kreischende Geräusch riss beide Paragons herum und ließ sie den beschleunigenden Pod sehen, der nun unfähig war zu bremsen und die Straße entlang auf sie zuraste. Kamnan ließ seine Betäubungspistole fallen und schrie Daw zu, er solle rennen. Der junge Paragon drehte sich um, rutschte aus und klatschte auf den Asphalt.

Ihr Auge weitete sich einen Moment und Cassidy warf eine zweite Leere, eine kleine, knapp links von Kamnan, rechts vom Pod. Das kleine schwarze Loch zog am Pod und lenkte seinen Crash weg von Daw und in Richtung seines älteren, noch stehenden Partners.

Ablenkung, nicht Tod.

Cassidy ging zur rechten Straßenseite, schnitt mit einer weiteren Leere das Schloss einer Tür auf und trat hindurch. Hinter ihr erhellte ein orangefarbener Blitz die Straße, als die Kapsel mit Kamnan kollidierte. Es war immer interessant zu sehen, was eine Anomalie bewirken konnte, aber Cassidy richtete ihre Aufmerksamkeit nach vorne, zum Aufzug im Apartmentgebäude.

Sie drückte den Rufknopf und hörte ein Geräusch zu ihrer Linken, als Daw erneut rief, sie solle aufhören wegzulaufen.

Warum er glaubte, dass das funktionieren würde, wusste Cassidy nicht.

Wahrscheinlicher war es, als Daw, ohne Kamnan in Sicht, sich aufrappelte und zum Apartmentgebäude stürmte. Der Aufzug reagierte nicht sofort auf Cassidys Ruf, also beschwor sie, während sich die Regentropfen auf ihrer Stirn in Schweiß verwandelten, eine weitere Leere. Sie platzierte sie direkt im Türrahmen.

»Komm nicht näher!«, rief Cassidy, während die Leere die Gefahr deutlich machte: Sie zerbrach den Türrahmen, verschlang das Glas und das Schloss und bog das Außenlicht um ihren Kreis.

»Ich will dir nicht wehtun!«, erwiderte Daw, blieb aber stehen.

Der Aufzug öffnete endlich seine Türen.

»Dann tu es nicht und lass mich in Ruhe!«, sagte Cassidy und trat in die stumpfe graugrüne Kabine.

Sie tippte auf die höchste verfügbare Etage und fuhr dann zur Sicherheit mit der Hand über alle anderen Knöpfe. Als sich die Aufzugstüren zu schließen begannen, schleuderte Cassidy eine weitere, kleine Leere auf den Aufzugsboden. Sie fraß ein Loch und verschwand schnell wieder.

Als der Aufzug nach oben fuhr, ließ sich Cassidy durch das Loch fallen und landete mit einer gekonnten Rolle im Keller. Ihre Schulter prallte gegen eine der Streben, die den Aufzug auffangen sollten – eine fiese Prellung –, aber ansonsten überlebte sie den harten Betonboden. Rohre und Notausgangsschilder umgaben sie, zusammen mit fleckigen gelbgrauen Wänden. Einige Notdioden leuchteten und erhellten die Kellertüren.

Eine weitere Leere riss diese auf, und Cassidy, mit heißer, schweißnasser Stirn, rappelte sich auf und betrat den Wartungsbereich des Gebäudes. Alle Teile, die das Gebäude am Laufen hielten, lagen hier verstreut, ihr mechanisches Leben summte vor sich hin. Für einen Moment überwältigte

Cassidy, die so viele Jahre nur mit einem Lagerfeuer und wenig anderem gelebt hatte, die schiere Menge an Technik, die zum Überleben in einer modernen Stadt nötig war.

Ein Ausgangsschild, das grün in der fernen Ecke leuchtete, hinter einem mit Werkzeugen beladenen Wagen, wies ihr eine Richtung, der sie folgte. Der Knöchel verhielt sich besser während Cassidy ging, die leichte Verstauchung erlaubte zumindest Gehgeschwindigkeit, wenn nicht mehr. Sie würde durch List entkommen müssen, nicht durch Geschwindigkeit.

Machbar.

Der Ausgang führte zur untersten Ebene einer Parkgarage. Ein Überbleibsel aus der Vor-Kapsel-Zeit, die Garage beherbergte noch einige alte Automodelle mit Aufklebern, die Cassidy nicht lesen konnte, aber anhand der Räder- und Rahmenbilder vermutete sie, dass diese für den Gebrauch zugelassen waren. Wenn Cassidy sich noch ans Autofahren erinnert hätte, hätte sie vielleicht versucht, eines zu stehlen.

Stattdessen ging sie den markierten Betonweg entlang, hielt sich an der Innenwand und steuerte auf den Ausgang zur Straße zu. Zurück im Regen würde sie in der Menge untertauchen und verschwinden. Sie ging schneller und verzog das Gesicht wegen ihrer schmerzenden Schulter. Cassidy war so verdammt nah dran. Zum ersten Mal seit so, so langer Zeit war sie kurz davor, ihren eigenen Plan erfolgreich umzusetzen.

Die Menge auf dem Gehweg zerstreute sich, als die Drohne landete und ihren Ausgang blockierte. Ein älteres, kleineres Modell, die gelb-schwarze Lackierung konnte die Waffen der Maschine nicht verbergen. Vier Arme, zwei Beine, alle endeten in Gefahr. Der Torso, groß wie eine Kommode, enthielt die Plasmadüsen, die die Maschine fliegen ließen.

»Ich habe dich nicht vermisst«, sagte Cassidy und wurde langsamer. »Zehn Jahre, und jetzt sehe ich dich wieder?«

»Ergeben Sie sich«, befahl die Drohne.

Das war alles, was sie je sagten.

»Beim letzten Mal hattest du Freunde dabei. Zu schade.«

Cassidy wusste, wohin sie die Leeren werfen musste. Ihre rechte Hand, ihre linke Hand, schleuderten je eine. Die erste traf das Zentrum der Drohne und fraß ihre Energiequelle. Die zweite, eine dünne, lange Klinge, saugte sich ein und brach die Beine der Drohne nahe der Taille ab.

Die Drohne feuerte noch im Sterben, ihre Schüsse gingen daneben. Zwei Betäubungspfeile und ein goldgelber Energiestrahl, der Cassidys Haut vom Gesicht geschmolzen hätte, trafen stattdessen die Wände. Jemand außerhalb der Garage schrie.

Cassidy ging einfach weiter, vorbei an der funkenden, toten Drohne und hinaus in den strömenden Regen. Diesmal begrüßte sie nicht nur Neonlicht: härtere Lichter, brennende Raketen. Drei weitere Drohnen, die aus verschiedenen Richtungen anflogen.

Sie alle wollten ein Stück von ihr.

Sollten sie es versuchen.

»Erinnert ihr euch an mich?«, rief Cassidy zu den Maschinen hinauf. Die Menge auf der Straße verstand den Ton und verschwand in tausend verschiedene Löcher. »Erinnert ihr euch, wie ihr mein Leben ruiniert habt?«

»Ergeben Sie sich«, sagten die Drohnen im Chor, als sie auf die Straße niedergingen und Cassidy umzingelten.

»Ich denke nicht daran«, erwiderte Cassidy und spürte den kühlen Regen auf ihrer Haut.

Ihre Leeren waren bereit.

Mit einer schnellen Bewegung nach links und rechts erschuf Cassidy wirbelnde, saugende Kreise, so hoch wie sie selbst und doppelt so breit. Die beiden Drohnen an diesen Seiten spuckten Betäubungsfeuer, die Pfeile verschwanden in den Leeren. Die dritte, direkt gegenüber von Cassidy, hatte keine solche Barriere.

Aber dafür hatte sie auch keinen Körper mehr. Cassidy streckte ihre Hände nach vorne und schoss zwei weitere

Leeren ab, spürte die Hitze ihren Körper hochrasen, die Krämpfe, als ihre Muskeln, ihre Energie, ihr Wille in ihre Hände strömten und hinaus. Ihr Haar zischte, der Regen löschte das Feuer, als es zu entstehen drohte. Die beiden Leeren schossen nach vorne, spalteten die dritte Drohne und zogen ihre Hälften ins Nichts zusammen.

Cassidy hielt ihre ersten beiden Leeren am Leben und brennend, aber die Drohnen waren nicht dumm. Nachdem sie eine weitere Salve in die saugenden Kreise entleert hatten, sprangen beide Maschinen zurück in die Luft und suchten nach besseren Schussposition. Cassidy ließ die ersten Leeren sterben, duckte sich und ließ eine neue, breite Leere über ihrem Kopf entstehen.

Ein Fehler. Die Anstrengung ließ Punkte vor ihren Augen tanzen, und die Leere fing den fallenden Regen auf, sodass Cassidy sich wegrollte, während ihre Lungen kochten. Zu viele große Leeren, zu schnell.

Sie rollte sich weg, als die Luft über ihr knisterte und die Drohnen von den wirkungslosen Betäubungspfeilen zu ihren tödlicheren Energiewaffen wechselten. Cassidy ging in die Hocke und ließ die kalte, nasse Straße ihren Körper abkühlen. Sie verließ die Leere, als die Drohnen ihr Feuer erschöpft hatten, schutzlos für den Sekundenbruchteil zwischen den Schüssen.

Cassidy schwang ihre linke Hand, griff nach einer weiteren Leere aus einem Körper, der nicht mehr so bereitwillig war, sie herzugeben. Wie beim Laufen einer letzten Runde schöpfte Cassidy aus ihren Muskeln und schickte die Leere wirbelnd zur nächsten Drohne, während sie ihre ältere Leere, die über ihrem Kopf kreiste, zwischen sich und der entfernteren Drohne behielt. Nachlässige Deckung, aber besser als nichts.

Ihre Leere, klein und zischend, durchschnitt die rechten Raketen der Drohne. Die Maschine versuchte auszugleichen, aber ihr Schwebezustand ließ sie nach links taumeln, direkt ins Apartmentgebäude. Glas und Wand zerbarsten, als die Drohne hindurchkrachte.

»Noch eine«, murmelte Cassidy und wandte sich der dritten zu.

Sie stürzte herab, offenbar hatte sie entschieden, dass Distanz in diesem Kampf kein Vorteil war. Während des Sturzes durchschnitten die Beine der Maschine Cassidys verbliebene Leere und wurden dabei abgetrennt. Cassidy versuchte, eine weitere Leere zu erzeugen, irgendetwas, um die auf sie herabstürzende Metallmasse aufzuhalten.

Ihre Hände schossen nach vorne, Finger ausgestreckt, die Hitze verbrannte sie innerlich. Die gelb-schwarze Drohne, vom Regen verschwommen, stürzte herab, und ihre Leeren wollten, konnten nicht erscheinen. Sie stockten an ihren Fingerspitzen, der Atem stockte im letzten Moment.

Die Leere hatte ihre Grenze gefunden.

Orange erblühte, eine Blume, die sich vor Cassidy ausbreitete. Die Drohne krachte in die wachsenden Blütenblätter, flach und lodernd, wurde heller, als der Schwung der Drohne die Maschine weiter trieb. Cassidy trat zurück, platschend auf der Straße, während die Blume brannte und die Drohne in ihrem Glanz zum Stillstand brachte.

»Die Drohne wird das nicht überleben«, sagte Kamnan, der neben Cassidy trat. Er packte ihren Arm, ließ dann mit einem Zischen los und schüttelte seine Hand aus. »Du müsstest in Flammen stehen.«

»Wenn es nicht regnen würde, wäre ich das auch«, sagte Cassidy, den Blick auf die Blume gerichtet, deren Blütenblätter sich um die Drohne schlossen und sie wegschmolzen. »Das bist du?«

»Mein Fluch, ja.«

Cassidy blickte zu Kamnan hinüber. Die absolute Drohnenverschlingung durch die Blume, zusammen mit ihrem brennenden Inneren, machte weitere Fluchtpläne zunichte. Wichtiger war es jetzt, einen sicheren Ort zum Ausruhen zu finden, um den Schaden zu reparieren, den sie bei Daw und Kamnan verursacht hatte.

Eine weitere Flucht könnte später kommen, vorausgesetzt sie blieb am Leben, um es zu versuchen.

»Nicht viele Anomalien nennen ihre Fähigkeiten einen Fluch«, sagte Cassidy.

»Meine ist nicht wie die meisten«, erwiderte Kamnan. »Komm jetzt, Feigling. Es wird Zeit, dass du dorthin zurückkehrst, wo Apinya dich haben will.«

Um sie herum kehrten Bangkoks mutigere Bürger auf die Straßen zurück, einige warfen Blicke auf die am Boden liegenden, funkenschlagenden Drohnen. Die meisten eilten jedoch ohne einen zweiten Blick weiter, zufrieden damit, sich aus Paragon-Angelegenheiten herauszuhalten. Cassidy verstand diesen Instinkt, sie war ihm früher selbst gefolgt.

»Wo ist Daw?«, fragte Cassidy und ließ sich von Kamnan zum Gehweg helfen.

Dieser Knöchel würde morgen schmerzen.

»Wo er sein muss«, antwortete Kamnan.

»Das ist kryptisch.«

»Ich verrate unsere Geheimnisse nicht dem Feind.«

Das konnte Cassidy dem Mann nicht vorwerfen. Die Blume und wie sie die Drohne in ihrem brennenden Griff auflöste, beschäftigte sie weiter, während Kamnan sie zurück zum Paragon-Gebäude führte. Neue Paragons standen draußen und ersetzten Kamnan und Daw, als deren Schichten endeten.

Kamnan übergab Cassidy mit einer Warnung an die anderen, sie genau im Auge zu behalten, eine Warnung, die Cassidy mit einem deutlichen Augenrollen quittierte. Durchnässt, erschöpft und mit einer verletzten Schulter und einem lädierten Knöchel würde Cassidy so schnell nichts unternehmen können.

Zumindest schienen ihre neuen Bewacher nicht so empfindlich wie Kamnan zu sein. Thane und Apinya waren noch in tiefe Diskussionen verwickelt, also brachten sie Cassidy auf ihre Bitte hin zu den kleinen Quartieren, die für besuchende Paragons reserviert waren. Ein Bett, eine Ladestation für ein Tama und Zugang zu einer Dusche. Ein Schrank mit Ersatz-Paragon-Uniformen.

Als Cassidy nach anderen Kleidern fragte, kamen sie mit lockeren T-Shirts und Shorts zurück, beide mit dem blauen P der Paragons versehen. Sie lachten, als Cassidy nach etwas Neutralem fragte. Dann schloss sich die Tür, das Schloss klickte.

Zwei Bilder hingen an den Wänden, neben einem Fernsehbildschirm. Das größere, ein Schwarz-Weiß-Stück, zeigte die ursprünglichen Paragons bei der Gründung des Bangkok... Außenpostens? Stützpunkts? Cassidy wusste es nicht, es war ihr auch egal, was der richtige Begriff war. Dreißig grinsende Anomalien, quer durch alle Alters- und Bevölkerungsgruppen, aufgereiht in Reihen auf irgendeinem Wasserfront-Pier.

Apinya mittendrin, sein eigenes Lächeln am zen-artigsten. Wie viele lebten noch? Wie viele waren in den Ruhestand gegangen oder bei irgendeiner Mission von jemandem wie Cassidy ausgelöscht worden?

Kein Wunder, dass die Paragons diese Drohnen so sehr mochten. Cassidy hatte drei Maschinen zerlegt - eigentlich zwei, aber wer zählt schon? -, die drei Leben hätten sein können. Sie hatte schon früher getötet, auf der Insel, wo es nötig war, sich mit all den Bastarden und Schurken gut zu stellen, was bedeutete, dass man blutige Hände bekam. Sie hatte versucht, einen Paragon im Jet hierher zu zerschneiden. Sie hätte diese Lächeln auslöschen können.

Ein normaler Mensch, die Subjekte, über die sie in ihrem früheren Leben so viel unterrichtet hatte, hätte bei dem Gedanken etwas gefühlt. Wäre vielleicht übel geworden, vielleicht erschaudert, als die Angst vor den eigenen Fähigkeiten die Nerven überrannte. Cassidy empfand nur Frustration.

Cassidy betrachtete ihre eigenen Hände. Jetzt kühl, flüsterten die Leeren wieder, riefen nach einer weiteren Entfesselung.

Noch nicht.

Das andere Bild hatte Cassidy schon oft genug gesehen: die ursprünglichen Champions, aufgereiht in ihrer besten Paragon-Aufmachung. Alles Optimismus, alle bereit, voranzustürmen und unzähligen Menschen unermessliches Leid zuzufügen. Diesmal, als die Leeren flüsterten, hörte Cassidy zu. Sie schickte eine kleine direkt in die Mitte des Bildes, genau dorthin, wo Aegis' großer Kopf dominierte.

Die Leere zerriss es in Stücke.

VISION ERREICHT

WEXLEY LEHNTE sich mit dem Rücken an die beiden Tanks, in denen die Champions lagen. Die Drohne folgte ihm nicht, sondern blieb stattdessen an ihrer Position im Türrahmen. Keine Chance also für Wexley, vorbeizukommen.

»Ich könnte warten«, sagte Reeves mit seiner emotionslosen KI-Stimme, »und du würdest hier sterben. Verwesen, während Mynx und Mila weiterleben. Sie würden deine Knochen finden, wenn ich sie aufwecke.«

Wexley blieb in Bewegung und beobachtete die Drohne und die KI dahinter. Reeves war ein Programm, es würde keine Befriedigung darin finden, Wexley zu verspotten, was bedeutete, dass es einen Grund für den Dialog gab. Reeves wollte etwas, brauchte etwas.

»Was willst du?«, fragte Wexley.

»Dass du deine Leute von diesem Ort wegschickst«, antwortete Reeves. »Sag ihnen, sie sollen ihre Bemühungen aufgeben und verschwinden. Im Gegenzug darfst du am Leben bleiben.«

»Bis du Mynx freilässt und sie jede Drohne, die sie hat, auf mich hetzt.«

»Eine mögliche Zukunft. Dein Tod ist in der Gegenwart gewiss, wenn du dich weigerst.«

Wexley überlegte, dann wedelte er mit seinem Tama, »Wenn du willst, dass ich mit ihnen rede, musst du mir ein Netzwerk dafür geben.«

»Erledigt.«

Reeves arbeitete schnell. Wexleys Tama piepte fröhlich, als es wieder mit der zivilisierten Gesellschaft verbunden wurde, noch während Reeves seine einsilbige Antwort beendete. Wexley hob das Gerät und begann mit der rechten Hand zu tippen, während er die eingegangenen, verzögerten Nachrichten las.

Es waren erst wenige Minuten vergangen, aber Rhimes hatte die Techniker zur Höchstleistung angetrieben. Mynx' Sicherheitsvorkehrungen waren alle darauf ausgelegt, externe Eindringlinge abzuwehren, nicht Angriffe von innen. Vom Kontrollraum der Fabrik aus injizierten die Ziran-Crew-Mitglieder einen Virus nach dem anderen, jeder einzelne brach Sperren auf und öffnete Türen für Wexleys Nutzung.

Sie brauchten nur, natürlich musste es so sein, mehr Zeit.

»Also gut«, sagte Wexley und senkte das Tama. »Ich habe die Nachricht geschickt.«

»Lügner. Ich kann den Netzwerkverkehr hier lesen. Du hast das Gegenteil geschickt.«

»Ups.«

Die Drohne ruckte von ihrer Position, darauf bedacht, sich zwischen Wexley und dem Ausgang zu halten.

Wie kämpft man ohne Waffen gegen eine Maschine? Wexley sah sich im Raum um, aber die Tanks und die Steinwände boten nicht viel Spielraum. Die Drohne rückte weiter vor. Ein Arm schnellte vor, ein vorsichtiger Schlag. Wexley duckte sich darunter weg und fragte sich, warum Reeves nicht aggressiver vorging.

Der Grund drückte hart gegen Wexleys Rücken, kalt und

glatt. Die Tanks. Reeves würde nicht riskieren, seine Schützlinge zu gefährden.

Wexley trat zwischen die Tanks in den engen, mit Rohren gefüllten Spalt vor der Steinwand. Die Drohne kam näher, ihre Arme für Sturzangriffe ausrichtend. Wieder waren sie langsam. Viel zu langsam. Wexley täuschte nach rechts an, ging nach links und duckte sich hinter Mynx' Tank. Kurz bevor er die andere Seite des Tanks und die Lücke zwischen diesem und dem nächsten, leeren Tank erreichte, hielt Wexley an.

Ein weiterer Arm krachte dort ein, wo Wexley gewesen wäre, und schlug gegen den Felsen. Funken sprühten, als Metall auf glatten Stein traf. Wexley kehrte um und fand weitere greifende Klauen auf der anderen Seite des Tanks. Die Drohne mochte sich langsam bewegen, um den Tank zu schützen, aber die Maschine hatte Wexley trotzdem in der Falle.

Es sei denn...

»Was passiert, wenn ich ihn kaputt mache?«, rief Wexley, den Rücken an der Steinwand, während die Arme der Drohne weiter um den Tank krochen.

»Was kaputt machen?«, fragte Reeves, und Wexley wich einer weiteren Klaue aus.

»Die Badewanne deines Champions.«

Wexley tastete mit den Füßen herum, während er sich duckte und den näherkommenden Klauen auswich. Kabel führten zum Tank, Strom- und Ablaufleitungen, Pumpenrohre. Ob Wexley tatsächlich etwas mit den Anschlüssen anfangen konnte, wusste er nicht, aber das war nicht der Punkt.

Reeves musste glauben, dass er es konnte.

Die KI antwortete nicht auf Wexleys Kommentar, stattdessen kamen Arme von beiden Seiten. Ihre Winkel änderten sich mitten im Angriff, einer ging nach unten und der andere nach oben. Wexley kassierte einen Kratzer an der Schulter, drehte und wand sich, so gut er konnte. Weitere Arme folgten.

»Halt, oder ich zerschmettere das Glas!«, rief Wexley, fiel gegen das Glas und hielt eine Hand in seiner Jacke. »Sie wird sterben, wenn ich das tue.«

»Die Wahrscheinlichkeit spricht dagegen«, sagte Reeves, aber die Klauen hielten inne.

»Also bist du bereit, das zu riskieren?«, fragte Wexley. »Alles wegen mir?«

Wie viele Berechnungen würde die KI jetzt durchführen, wie viele Szenarien würde sie durchspielen? Wenn Reeves wüsste, was Wexley tun würde, wenn die KI erfassen könnte, was mit Wexley am Steuer der Fabrik passieren könnte, hätte die KI keine andere Wahl, als zuzuschlagen.

Mynx war jedoch von Hybris geprägt gewesen. Jede Handlung basierte auf dem Glauben, dass sie und ihre Paragons, ihre Champions unbesiegbar waren. Dass niemand es wagen würde, sie auf diese Weise anzugreifen. Reeves stammte von Mynx ab und würde wie sie sein. Es *musste* so sein.

Wexley schlug mit der Faust gegen den Tank, das Glas gab einen lauten Schlag durch den ganzen Raum. Das Wasser darin kräuselte sich, sein zitronengrüner Schimmer bewegte sich um den bewusstlosen Champion.

Das Tama piepte.

»Manche Risiken müssen eingegangen werden«, sagte Reeves, und die Klauen stürzten sich auf ihn.

Wexley versuchte sich zu bewegen, hatte aber keinen Ausweg. Er zog seine leere Hand aus der Jacke, rammte seinen Ellbogen gegen das Glas. Keine Risse, keine Bedrohung. Die Arme erreichten ihn, Klauen packten und gruben sich in Wexleys Schultern, seine Arme, seine Beine. Die Drohne, ihr Körper auf der anderen Seite des Tanks, hob Wexley hoch und presste ihn dabei die ganze Zeit gegen den Tank.

Einen Meter über dem Boden stoppte die Drohne den Aufzug und ließ Wexley zur schwarzen Felswand schauen. Für einen Moment geschah nichts außer dem leisen Surren, als die Drohne sich neu kalibrierte. Wexley versuchte sich wegzudrehen, sich freizuwinden, aber er konnte den Griff der Maschine nicht brechen. Eine Klaue packte Wexleys linkes Handgelenk und bewegte sein Tama in Richtung seiner rechten Hand.

»Eine letzte Gelegenheit«, sagte Reeves. »Sie verschwinden, oder du stirbst.«

Wexley blickte auf den kleinen Bildschirm, dessen Touchpad seine Finger zu rufen schien. Ein paar Wörter und er wäre frei, könnte zurück in die Dunkelheit springen und es erneut versuchen. Wexley hätte den Befehl auch eingegeben, wäre da nicht Rhimes' letzte Nachricht gewesen:

Wir sind drin.

»Reeves, weißt du, warum du verloren hast?«, fragte Wexley.

»Das ist nicht-« Die Stimme der KI stockte, als ihre Kontrolle schwankte und Wexleys Techniker Reeves' Fähigkeiten eine nach der anderen kappten. »Das ist-«

Die Arme der Drohne zogen sich fest zusammen und pressten die Luft aus Wexleys Lungen. Zerquetschten ihn. Reeves unternahm einen letzten Versuch. Ein offensichtlich verzweifelter Versuch, einen Feind mit in den Untergang zu reißen. Wexleys Augen quollen hervor, seine Zunge schwoll an, und vor seinen Augen erschienen Flecken.

Unangenehm? Ja. Schmerzhaft? Natürlich.

War es das wert?

Absolut.

Reeves bekam kein letztes Wort. Die Stimme der KI verstummte, und die Drohne ließ Wexley ohne Vorwarnung fallen. Er schlug auf dem Boden auf, fiel gegen die Steinmauer zurück und saß dort, rang nach Atem und starrte auf

Mynx' schwebenden Körper. Eine gefangene Champion, ihre Festung nun in seinem Besitz.

»Wexley?«, sprach Rhimes in den Raum. »Alles in Ordnung?«

»Bestens«, keuchte Wexley und verzog das Gesicht wegen seiner geprellten Rippen. »Dein Timing könnte besser sein.«

»Die KI hat uns jeden Moment bekämpft«, erwiderte Rhimes. »Sie ist auch noch nicht weg. Laut dem Team hat sich Reeves im Netzwerk isoliert.«

Wexley packte die Rohre und zog sich hoch. »Kann sie uns schaden?«

»Nicht ohne Hilfe«, antwortete Rhimes. »Wir sperren sie ein. Wenn wir fertig sind, wird sie Mynx brauchen, um zurückzukommen.«

»Und die Drohnen?«

»Gehören uns, Wexley. Wir haben vollen Zugriff auf jede einzelne auf dem Planeten.« Rhimes pfiff. »Es sind viel mehr als ich erwartet hatte.«

»Überrascht dich das wirklich?«, sagte Wexley, während er sich um den Behälter herumzog. Er betrachtete die spindeldürre Drohne, deren Arme kraftlos herabhingen.

Ein jüngerer Wexley hätte das Ding getreten oder es für das zerschlagen, was es ihm angetan hatte. Jetzt? Jetzt konnte er die Drohne ansehen und wissen, dass sie ihm gehörte. Alles in der Fabrik gehörte ihm, und nur ein Narr würde seinen eigenen Besitz beschädigen.

»Ich komme hoch«, kündigte Wexley an. »Seid bereit, mir alles zu zeigen.«

Zirans Techniker schwärmten im Kontrollraum der Fabrik aus und verbanden sich mit Mynx' Hauptterminals über ihre Tamas und andere tragbare Computer. Rhimes überwachte die Übernahme und wies jedem Techniker eine spezifische Aufgabe, Spezialisierung und ein Ziel zu. Nahe dem einzigen Ausgang des Raums standen zwei weitere Söldner, diesmal mit echten Waffen ausgerüstet.

Kein Techniker würde den Raum ohne Aufsicht verlassen. Keiner würde die Fabrik selbst verlassen, bis Wexley die volle Kontrolle hatte. Die Revolution würde keine Pausen einlegen.

»Startet die Fabrik so schnell wie möglich«, sagte Wexley. »Ich will, dass die Drohnen so schnell wie möglich produziert werden. Bringt auch die Zulieferer zum Laufen.«

Rhimes tippte auf seinem Tama, während Wexley sprach, und verteilte Nachrichten an die mittleren Manager. Jene Seelen, deren Karrieren damit verbracht wurden, Stunden abzusitzen, hatten nun die Chance aufzusteigen und sicherzustellen, dass die Fabrik einen ununterbrochenen Nachschub haben würde. Andere würden die Baupläne der Fabrik erhalten, überall auf der Welt. Neue Kopien würden so schnell wie möglich gebaut werden, ohne Rücksicht auf Kosten.

Schulden spielten keine Rolle, wenn Wexley, wenn Ziran die Welt vor den Anomalien retten würde. Jede Bank würde den Preis erlassen, jeder Arbeiter würde gerne seine Zeit der Revolution geben. Und wenn nicht? Was könnten sie tun? Sich tausenden von Drohnen entgegenstellen?

Wexley versuchte krampfhaft, nicht zu lachen, und schaffte es, sich auf ein Lächeln zu beschränken.

»Und die lokalen Paragons? Was wissen sie?«, fragte Wexley.

Nach Reeves kam die größte Bedrohung für diese Operation von anderen Anomalien, die misstrauisch werden könnten. Ohne die einsatzbereiten Drohnen wären Rhimes' paar Dutzend Söldner der einzige Schutz.

»Unser Blackout hält alles ruhig«, sagte Rhimes. »Ziran hat alle üblichen Ausreden verbreitet. Soweit die Paragons wissen, passiert nichts.«

»Wunderbar.«

»Muss sagen, Sir«, sprach Rhimes und schüttelte den Kopf. »Ich dachte nicht, dass das funktionieren würde.«

»Hat es auch noch nicht.« Wexley klopfte Rhimes auf

seinen breiten Rücken, »Aber wir sind nah dran. Vor ein paar Stunden war die Zukunft der Welt noch Tyrannei. Jetzt können wir ein anderes Schicksal wählen.«

»Du klingst jetzt wie Zhan-Yo.«

»Wirklich?« Wexley lachte und genoss den pochenden Schmerz. »Er war lange Zeit mein Mentor.« Er hob einen Finger und wedelte damit. »Das ist eine gute Idee, Rhimes. Schick eine Nachricht raus, an jedes Ziran-Gerät. Lass sie wissen, dass Zhan-Yos Traum erfüllt wird.«

Rhimes runzelte die Stirn, »Bin nicht sicher, ob irgendjemand wissen wird, was das bedeutet?«

»Das werden sie, Rhimes. Das werden sie.« Wexley spürte die Risse in seiner Kleidung und wurde sich bewusst, dass die Medien bald mit ihm sprechen wollen würden. »Diese Drohne hat ein paar glückliche Treffer gelandet. Irgendwelche Ideen, wo ich mich frisch machen könnte?«

»Ja, die habe ich. Ich denke, es wird dir gefallen.«

Morgen an der kalifornischen Küste. Wexley atmete das Meeressalz auf Mynx' Deck ein, seine Hände auf einem großen Glastisch. Wellen brachen sich, Sonnenlicht tat sein Übriges. Er hatte nach Kaffee gesucht und keinen gefunden, und selbst für ein Wasserglas musste er tief in Schränken wühlen, die kaum benutzt schienen. Als ob Mynx ihre eigene Küche nicht mit den Händen berühren würde.

Zumindest hatte die Champion kistenweise Schmerzmittel.

Rhimes überhäufte Wexleys Tama mit Updates, während die Minuten verstrichen, jeder Marker gab Ziran mehr Kontrolle. Hier Drohnen, dort Paragon-Listen und die Tracking-Tafel mit all den Zielen, die Mynx' angeheuerte Armee verfolgte. Wexley konnte nicht wissen, wie viele Anomalien es derzeit unter der Menschheit gab, aber er musste davon ausgehen, dass Mynx die meisten im Blick hatte.

Und jetzt sah Wexley sie auch.

»Du hast gewonnen«, sagte Adriana, ihre Stimme kam durch das Tama. Sie war bereits in ein Flugzeug gestiegen und auf dem Weg nach LA. »Nach all dem hast du es tatsächlich geschafft.«

»Nicht nur ich«, sagte Wexley. Anmut im Sieg war eine bewundernswerte Eigenschaft, oder so sagte es Zhan-Yo immer. Wichtiger noch, es diente dazu, Menschen loyal und engagiert zu halten. »Rhimes und sein Team haben gute Arbeit geleistet. Unsere Informationen über Mynx waren gut.«

»Besser als gut. Wann wurde das letzte Mal ein Champion gefangen genommen?«

»Und festgehalten«, erwiderte Wexley. Paragons, einschließlich Champions, hatten ihre schlechten Tage, aber alle Probleme wurden normalerweise durch Anomalie-Schwärme korrigiert, die zur Rettung eilten. Diesmal nicht. »Wenn du hier bist, werden wir den Ruf an die anderen aussenden.«

»Du wartest auf mich? Wie nett.«

»Wir sind ein siegreiches Team, Adriana. Beeil dich jetzt, wir sollten die neue Welt nicht warten lassen.«

Keine fünf Minuten nach dem Ende des Gesprächs gesellte sich Rhimes zu Wexley auf dem Deck. Der Kämpfer sah so müde aus, wie Wexley sich fühlte, aber Rhimes unternahm Schritte, um ihr Problem zu lösen, indem er die Luft um zwei heiße Kaffees und etwas Frühstück bat.

»Hab ich hier jemanden übersehen?«, fragte Wexley und hob verwirrt eine verschlafene Augenbraue in Richtung seines Freundes.

»Nicht jemanden, sondern etwas.«

Drei Zirplaute, wie von einem fröhlichen Vogel, ertönten. Rhimes bat Wexley, sich zu setzen und einen Moment zu warten. Wexley ließ sich in den steifen Stuhl sinken und genoss die Brise, bis er den unverkennbaren erdigen Duft einer dunklen Röstung wahrnahm. Eine kleine, schwebende

Drohne stellte eine schaumige Tasse vor Wexley ab, und eine zweite brachte eine für Rhimes. Sie schwirrten davon und kehrten mit cremigem Rührei, synthetischem Speck und einer Obstschale voller Beeren zurück.

»Die Drohnen«, sagte Wexley und starrte auf das Festmahl. »Du hast sie unter Kontrolle?«

»In Teilen«, sagte Rhimes. »Wir übernehmen sie Gebiet für Gebiet. Unsere Leute schätzen, dass wir bis zum Mittagessen die ganze Welt haben werden.«

»Welche Gebiete haben wir jetzt?«

Rhimes deutete auf das Haus. »Hier, Atlantis. Die westliche Hemisphäre.«

Wexley konnte warten. Adriana würde bald hier sein. Aber jede verlorene Minute wäre eine weitere, die den Rettungsbemühungen der Paragons zugutekäme. Zirans Netzwerke würden bald wieder online gehen, und damit würden die Paragons wissen, was passiert war und wo sie zum Gegenangriff ansetzen sollten.

»Worauf warten wir dann noch?«, sagte Wexley. »Wir sind so weit gekommen. Lass uns weitermachen.«

»Sir?«

»Gib den Drohnen ihre neue Prioritätsmission: Finde und eliminiere alle Anomalien, beginnend mit den Paragons.«

Rhimes zögerte. »Eliminieren? Das könnte ... Probleme verursachen.«

»Erwartest du von den Paragons etwa weniger, wenn sie uns aufspüren? Die Anomalien müssen beseitigt werden, Rhimes. Alle.«

Rhimes traf Wexleys Blick, und die beiden suchten in diesem Blick nacheinander. Rhimes war ein guter Soldat, fähig, auf dem Schlachtfeld harte Entscheidungen zu treffen. Hier und jetzt? Dies war kein Schlachtfeld mehr.

Es war ein Schlachthaus. Rhimes würde sich anpassen, oder Wexley müsste einen Ersatz finden.

Hoffentlich würde es nicht so weit kommen.

KAPITEL 30

EINE SHOW ABZIEHEN

DREI BLÖCKE TEILTEN sich die Hinrichtungsplattform. Die alten Steine sahen authentisch aus, woher sie ausgegraben worden waren, wusste Celice nicht. Zhan-Yo, der wahre Hauptpreis, nahm bereits die Mitte ein. In der gleichen Kleidung wie am Vorabend, wenn auch ohne Schwert, kniete der Anführer der Revolution mit geschlossenen Augen vor dem Stein. Hinter ihm stand ein Paragon, die Betäubungswaffe gezogen und auf Zhan-Yos Schädel gerichtet.

Gatete schickte Mathieu als Nächsten auf den äußersten Platz. Der Mann ging, die Hände gefesselt, erhobenen Hauptes, wie ein alter Held, der sein edles Opfer akzeptiert. Ein weiterer Paragon, jung wie Zhan-Yos Wächter, folgte. Ihre Schritte knarrten auf der hölzernen Plattform und hallten über den stillen Hof. Celice konnte kein Flüstern aus der schweigenden Menge hören.

Der Wind und das Surren der Drohnenmotoren bildeten die einzige Begleitung zum gedämpften Verkehr Londons hinter den Mauern. Oben lichteten sich die Wolken für eine launische Sonne, deren Strahlen den letzten verbliebenen Morgennebel vertrieben. Flugzeuge hinterließen Kondensstreifen am blauen Himmel, und Celice wünschte, sie könnte zu einem hinaufspringen.

Sie hatte ihren Blick nach oben gerichtet, weil der Blick in eine andere Richtung bedeutet hätte, die Paragons zu sehen, die ihr Gesicht studierten und nach der Verräterin suchten, die Gatete dort sitzen sah. Eine Schande und Blamage für Paragons auf der ganzen Welt, ein menschliches Versagen. Nicht einmal ein so großartiger Elternteil wie Aegis konnte einen Normalen aus ihrer erbärmlichen Existenz retten.

Gatete konnte sich von ihr aus in den Fluss werfen, aber Celice hatte keine Lust, diese Diskussion mit der versammelten Crew zu führen. Sie würden ihre Perspektive sowieso nicht verstehen.

Der dritte Hinrichtungsaufseher stieß Celice mit einer Betäubungswaffe in den Rücken. Celice erhob sich, etwas unsicher mit den Händen hinter dem Rücken, und ging auf die kurze Treppe zur Plattform zu. Als sie sich bewegte, stellte sich Gatete vor die Bühne, deren Höhe Zhan-Yos knienden Kopf nahe an Gatetes brachte.

Der Paragon-Anführer beherrschte den Moment, breitete seine Arme weit aus und begann eine vorbereitete Rede an die Menge. Und, noch wichtiger, an alle Zuschauer, die die Drohnenübertragungen verfolgten.

»Wir haben keine Nachricht von Mynx erhalten«, sagte Gatete und liegte eine gewisse Traurigkeit in seine Stimme. »Daher haben wir keine andere Wahl, als unsere Drohung wahrzumachen. Diese Verbrecher müssen bezahlen, und vielleicht wird ihr Ende unsere Feinde dazu bewegen, ihre rücksichtslosen Wege aufzugeben.«

Gatete redete weiter, aber Celice blendete ihn aus, um sich auf die Stufen und den Stein zu konzentrieren, vor dem sie knien sollte. Mathieu hatte gesagt, sie solle ihm vertrauen, und dieses Vertrauen hatte Celice bisher ihren Schlagstock und ihre Freiheit gekostet. Jetzt schien das Schauspiel eines

Idioten das letzte Kapitel ihres Lebens zu sein. Es sei denn, sie fände einen Ausweg.

Der Stein selbst hatte Gewicht. Sonnengebleicht und eher beige als grau, hatte der Felsen Dellen, aber nichts Katastrophales. Keine Chance, ihn mit einem Kopfstoß zu spalten, das Unvermeidliche hinauszuzögern. Celice kniete sich, mit der Betäubungswaffe gegen ihre Schultern drückend, neben den anderen beiden nieder und prüfte das Holz. Alt und stark. Keine Möglichkeit, die Bretter mit einem Knie oder gut platziertem Hebel zu durchbrechen.

Was eine Option übrig ließ.

Gatete hatte nicht enthüllt, wer oder was die Hinrichtung durchführen würde. Celice vermutete, es würde einen Moment geben, eine Chance, wenn der Paragon hinter ihr abgelenkt sein könnte. Vielleicht-

Der Paragon-Anführer unterbrach seine Rede mit einem frustrierten Knurren. Die Nachrichtendrohnen folgten Gatetes Blick und drehten sich zu Gestalten, die über die Mauern kamen. Knallgeräusche hallten von jenseits dieser Steine wider, und Celice sah Aufblitzen: Angriffstechnik, die gegen die Wachen arbeitete, die Gatete jenseits des Towers postiert hatte.

»Es scheint, die Schädlinge wollen nicht leise gehen«, sagte Gatete und zeigte auf Mathieus Kommandos, die die Mauer erklommen. »Vernichtet sie.«

Trotz der bösartigen Proklamation agierten die Paragons wie die Einheit, zu der sie ausgebildet worden waren. Celice empfand einen gewissen störenden Stolz, als die Paragons sich schnell in ihre Teams aufteilten und ihre Anomalie-Fähigkeiten im Einklang aktivierten. Mathieus Kommandos, die die Mauer erklommen und weitere Blendgranaten in Richtung Hof warfen, sahen sich einem Hagel aus Lichtstrahlen, Windböen und mindestens einem gelb leuchtenden Fledermausschwarm ausgesetzt, der aus dem Nichts beschworen wurde.

Das Chaos war, neben anderem, genau das, was Celice brauchte.

Sie spürte, wie der Druck der Betäubungswaffe auf ihren Schultern nachließ, ein sicheres Zeichen, dass ihre Bewacherin ihre Aufmerksamkeit woanders hatte. Celice wippte auf ihren Fersen zurück, beugte sich nach unten und schnellte hoch, um unter der Betäubungswaffe durchzukommen und ihren Schädel gegen das Kinn des Paragons zu rammen. Sich erhebend und drehend, rotierte Celice in einen Schnellkick, der ihre Wächterin, deren Paragon-Uniform bereits durch eine blutende Nase ruiniert war, im Magen traf.

Der Treffer schleuderte den Paragon von der Plattform und brachte Celice zwei neue Freunde ein: Die Paragons, die Zhan-Yo und Mathieu bewachten, richteten ihre Waffen auf sie.

»Ich ergebe mich?«, bot Celice an und hoffte gegen alle Hoffnung, dass ihre beiden Mitverurteilten keine Idioten waren.

Zhan-Yo handelte zuerst, aber auf die falsche Weise. Der Revolutionär warf sich nach vorne, zog seine Beine an und stürzte sich von der Plattform, direkt in Gatetes Rücken. Die beiden fielen in einem Knäuel zu Boden, Schlamm spritzte auf, als Zhan-Yo seine Beine, seinen Kopf und seine Ellbogen einsetzte, um sich in Gatetes Nähe zu halten.

Mathieu zumindest entschied sich für den klügeren Spielzug. Wie Celice schnellte er zurück und rammte seinen Kopf gegen seinen Paragon. Dieser jedoch nahm Mathieus Schlag hin, ohne sich zu bewegen. Mathieu prallte vom Paragon ab, fluchte und fiel zur Seite. Der Paragon taute auf und richtete seine Betäubungswaffe wieder auf seinen Schützling.

Und ließ Celice Zhan-Yos Henker gegenüberstehen, der nicht zögerte.

Die Betäubungswaffe schoss, ein Pfeil schnellte hervor und traf Celice direkt in die Schulter. Der schmerzhafte Stich verwandelte sich schnell in sich ausbreitende Taubheit, kein gutes Zeichen. Sie hatte noch ein paar Sekunden und nutzte sie gut: Celice machte zwei Schritte nach vorne und trat dem Paragon in den Schritt. Der Mann wusste offenbar nicht, wie man unfair kämpft, seine Hand bewegte sich zu langsam, um den Tritt abzuwehren.

Der erste Treffer betäubte ihn, Celices zweiter Zug fegte die Beine des Paragons weg und warf ihn zu Boden. Sie konnte ihren linken Arm nicht mehr spüren und wusste nicht, ob sie noch atmete. Luxusprobleme.

Mathieus Gegner richtete die Betäubungswaffe auf das Gesicht des Kommandos. Celice stürzte sich nicht auf den Paragon, sondern auf die Waffe. Sie traf die Waffe mit ihrer Schulter, der Pfeil flog weit daneben und blieb im Schmutz stecken. Der Aufprall auf die Waffe bremste Celices Schwung nicht, und sie flog über die Plattformkante in den Schlamm und das Gras.

Ob sie sich das Knie aufgeschürft oder auf die Lippe gebissen hatte, wusste Celice nicht. Auf dem Rücken liegend konnte sie nur den blauen Himmel sehen. Der sah wenigstens schön aus, abgesehen von einem kleinen schwarzen Dreieck, das sich durch die Mitte bewegte.

Und direkt über ihr anhielt, wenn auch weit oben.

Jegliche betäubungsgedämpfte Neugier verschwand, als Celices Paragon mit der gebrochenen Nase über ihr erschien, die Hände nach unten streckte und Celice auf die Seite drehte. Der neue Blickwinkel zeigte Celice, dass Mathieus Aufstand den Weg gegangen war, den Kämpfe gewöhnlich nahmen, wenn Normale gegen Paragons und ihre Drohnen antraten.

Celice hatte so viele Jahre lang den Kopf über hoffnungslose Verbrecher geschüttelt, wenn sie mit Pistolen schossen, mit Schlagstöcken schwangen oder ihre Autos gegen ihren Vater und seine Paragon-Verbündeten lenkten. Sie hatte Aegis so oft gefragt: Was war der Sinn?

Überleben.

Gatete hatte sich von Zhan-Yo befreit, zwei Paragons hielten Zirans ehemaligen Anführer an der Seite der Plattform fest. Gatete selbst streckte jetzt eine Hand aus, und ein dritter Paragon überreichte ihm eine böse aussehende Axt. Gatete schwankte, als der Axtstiel, einen ganzen Meter lang, in seinen Griff kam. Der schwarze Eisenkopf der Waffe glänzte, zweifellos bereit, ein weiteres Leben zu nehmen. Die Geschichte des Turms kam zurückgestürzt, seine Hinrichtungen würden bald um eine weitere ergänzt werden.

Celice musste zugeben, Gatete hatte ein Gespür fürs Theatralische.

»Bleiben Sie unten«, sagte ihr Paragon-Bewacher, als ob Celice eine Wahl hätte.

Oben auf der Plattform war es Mathieu nicht besser ergangen. Obwohl entwaffnet, hatte der unverwundbare Paragon den Kommando gegen den Stein gepinnt und hielt ihn dort fest, die Hände fest um seinen Hals geschlungen. Was Mathieus Verstärkung betraf, bekam Celice sie nur in Stücken mit, blutig und geschlagen, wie die Paragons sie gegen den Turm selbst warfen. Gatete würde sie wahrscheinlich seiner Aufstellung hinzufügen, als Dessert zum Hauptgang des Tötens.

Die Züge waren gemacht. Mathieus Wagnis war gescheitert. Bennys Elementare hatten das Feld nicht einmal durchbrochen, soweit Celice erkennen konnte. Zhan-Yo hatte eine Axt, die auf seinen Kopf zielte. Wenn es noch einen anderen Plan gab, der darauf wartete zuzuschlagen, wusste Celice nichts davon.

Irgendwie hatte es Aegis' Tochter zu sein Celice in eine Blase versetzt, die jetzt am Boden schwankte. Mit den Champions der Welt als Freunde beim Vornamen und Paragon- und Drohnenschwärmen, die bereit standen zu helfen, hatte sich Celice keinen Tag in ihrem Leben verwundbar gefühlt. Nicht einmal in dieser letzten Londoner Woche, als sie allein durch die Gassen huschte.

Die Paragons waren immer nur einen Anruf entfernt.

Und jetzt?

Ihr Tama vibrierte. Celice spürte die Vibration, konnte aber den Bildschirm des Geräts nicht sehen. Ihr linker Arm war zu taub, um sich zu bewegen. Hinter ihr nahm sie den Schatten wahr, als ihr Wächter sich über sie beugte.

Der leichteste Druck kam durch ihren Rücken, durchbrach die Wirkung des Betäubungspfeils.

»Geben Sie dem Adrenalin eine Minute«, murmelte ihr Paragon-Bewacher und fluchte leise vor sich hin. »Ich versuche zu helfen.«

Celice riss die Augen auf. Dumm von ihr. Sie war Aegis' Tochter. Gatete würde nicht die absolute Loyalität jedes Paragons befehligen, besonders nicht die derjenigen, die anders als Roger und Sydney nicht von Gatetes Aufstieg zum Champion Europas profitieren würden.

Das injizierte Adrenalin tat seine Wirkung, während Gatete seinen Axthieb ausrichtete. Zhan-Yo bedachte den Mann mit einem trotzigen, legendenwürdigen Blick. Die Drohnenkameras kamen näher.

»Ihre Revolution endet heute«, verkündete Gatete und hob die Axt auf seine Schulter.

Der Winkel würde es schwer machen, einen sauberen Treffer zu landen. Eine unordentliche Hinrichtung. Gatete musste beschlossen haben, dass das Beste nicht der Feind des Guten sein sollte. Celice spürte, wie ihre Kehle und ihre Lungen kribbelig zum Leben erwachten.

Eine Chance, einen Fehler zu verhindern, den Mörder ihres Vaters zu retten.

»Nicht!«, rief Celice, ihre Stimme erhob sich über das Gemurmel, die Stöhner, die letzten Rangeleien zwischen den Paragons und Zhan-Yos möchtegern Rettern. »Aegis hätte das nicht gewollt!«

Gatete hielt seinen Schwung an, warf Celice einen

kochenden Blick zu. »Dass sein Mörder für seine Verbrechen bezahlt? Ich glaube, Aegis hätte genau das gewollt.«

Oh, jetzt hatte sie ihn.

»Woher wollen Sie das wissen?«, fragte Celice und schöpfte Mut aus ihren Gliedmaßen, die wieder zum Leben erwachten. Während der Paragon, mit Celices Rücken zu einem leeren Verkaufsstand, sich hinkniete und ihre Handschellen löste. »Haben Sie die Champions, seine besten Freunde, gefragt, was zu tun ist?«

Da die Drohnen den Feed live übertrugen, musste Gatete mitspielen. Musste sich auf das Gespräch mit Aegis' Tochter einlassen. Er konnte sie nicht ignorieren und erwarten, gesalbt zu werden. Konnte nicht-

»Bringt sie her«, sagte Gatete zu Celices möchtegern Retter. »Ich werde keine Worte mit einer Verräterin verschwenden.«

Der Paragon hob Celice hoch und hielt ihre vormals gefesselten Hände still.

»Tut mir leid«, flüsterte der Paragon. »Habe getan, was ich konnte.«

»Es reicht«, sagte Celice.

»Was?«, fragte Gatete, als der Paragon Celice herüberbrachte. »Was reicht?«

Celice bewegte sich in diesem Moment. Riss ihre Hände vom Paragon los und stürmte auf Gatete zu. Ein guter Treffer an seiner Kehle, seinem Schädel, seinem Schritt, und die ganze Show wäre ruiniert. Vielleicht nicht lange aufgehalten, aber jede Zeit bot eine Chance für Veränderung.

Etwas Hartes und Metallisches traf ihre Schulter. Eine Drohne, der Vorläufer des Gladiators. Halb so groß wie Celice, aber schwer und stark, warf der Roboter sie zu Boden und verankerte seine Beine im Boden, um sie dort festzuhalten, wieder einmal zum Himmel aufblickend.

Diesmal füllte eine Axt das Blickfeld.

»Eine Verräterin oder eine Mörderin«, sagte Gatete. »Es macht keinen Unterschied, wer zuerst stirbt.«

Gatete hob die Waffe hoch über seinen Kopf. Dahinter, im Blauen, wurde das schwarze Dreieck größer. Celice warf eine weitere Frage ein und fragte, ob Gatete Aegis' einzige Tochter töten wolle.

Der Paragon ignorierte sie. Die Axt sauste herunter.

Celice sah die Kugel nicht. Sie sah den zerbrochenen Schaft, hörte, wie der Axtkopf nach vorne flog und sich mit einem knackenden *Chunk* neben Zhan-Yo eingrub. Die Plattform hielt keine weitere Sekunde: etwas traf hart auf und zersprengte das Holz in Stücke, verteilte Mathieu und seine Paragon-Eskorte, und trieb Celice Splitter in die Haut.

Gatete runzelte die Stirn, seine Fähigkeit verwandelte alles auf ihn zufliegende Holz in weniger als Staub. Celice, die sich den Dreck aus den Augen blinzelte, sah, wie sich die Stirnfalten des Mannes vertieften, sein Kopf sich zur Seite drehte und zu schütteln begann.

»Tut mir leid, deinen großen Moment zu ruinieren«, erklang eine Stimme, die Celice den ganzen Tag, jeden Tag hörte. Eine, die ihre Träume heimsuchte und ihre Gedanken verfolgte. »Stellt sich heraus, dieser Mann ist kein Mörder, denn ich bin nicht tot.« Eine Hand griff über Celice hinweg, packte die Drohne und drückte fest zu. Die Drohne erkannte ihren Meister, denn die Maschine ließ Celice los, woraufhin die saphirblaue behandschuhte Hand die Drohne hoch in den Himmel schleuderte. »Und wenn du meine Tochter noch einmal eine Verräterin nennst, Gatete, werden wir mehr als nur Worte wechseln.«

Aegis, der Mann, der Mythos, der *Vater* reichte hinunter und half Celice auf die Füße. Die Tochter versuchte, das Gesehene mit ihren Erinnerungen in Einklang zu bringen. Ihr Vater war zu einer letzten Mission nach Chicago aufgebrochen, ausgebrannt wirkend, auf der Suche nach verblasstem

Ruhm. Der Champion, der hier stand, trug eine neue Uniform, erkennbar als Paragon, aber mit metallischem Glanz entlang aller Linien, und Celice vermutete, dass mehr als nur Stoff diesen Anzug ausmachte.

Die Falten ihres Vaters waren weniger geworden, sein Haar glänzte, wo es zuvor dünn und spröde gewesen war. Aegis war schon immer fit gewesen, aber jetzt spannten sich seine Muskeln gegen den Anzug, als hätte er sich einem aggressiven Trainingsprogramm verschrieben oder die richtigen Steroide gefunden. Er hatte sogar eine verdammte Bräune.

»Papa?«, sagte Celice und echote damit die Gefühle, wenn auch nicht die Worte, aller Zuschauer.

Die Paragons im Hof standen mit offenen Mündern da. Mathieu und seine geschlagenen Kommandos teilten das ungläubige Staunen, wobei einige den Moment nutzten und zu verschwinden versuchten, nur um von Drohnen in Gewahrsam genommen zu werden. Zhan-Yo, zu Celices Rechten, sah genauso ungläubig aus wie Gatete, der immer noch den Kopf schüttelte.

»Milas Wunder«, sagte Aegis. »Zeit, diese Show zu beenden, Gatete. Ruf die Drohnen zurück. Schick alle nach Hause und ich werde dir das nicht nachtragen. Wir haben jetzt größere Probleme.«

»Die Show beenden?«, erwiderte Gatete. »Welche Show? Dies war eine Loyalitätsdemonstration, für Sie und alles, wofür Sie stehen. Sie nach Hause schicken? Diese Verbrecher und Verräter?«

»Habe ich Sie gefragt?«

Gatete bewegte seine Lippen, sagte aber nichts, während er nach einem Ausweg suchte. Celice gab ihm einen: sie ging an ihrem Vater vorbei und legte ihre Hände auf Gatetes Schultern, ihre Augen auf gleicher Höhe mit seinen.

»Wir bieten Ihnen Vergebung an. Nehmen Sie sie an«, flüsterte Celice, »oder wir führen doch noch eine Hinrichtung durch.«

Das zumindest durchbrach Gatetes Starre. Celice ließ den Mann los, und Londons Paragon-Anführer winkte seine Anomalien fort. Celice bemerkte mit einer gewissen Genugtuung, dass die Paragons rund um den Tower bereits von ihren Gefangenen zurückgewichen waren. Sie standen auf Aegis' Befehl hin still, wie es sein sollte.

Die Drohnen allerdings gehorchten nicht. Eine behielt ihre Kamera am Laufen, während andere, ihre gleitenden Metallkörper strotzend vor Waffen, höher schwebten. Die Maschinen positionierten sich in Winkeln, die den gesamten Hof abdeckten. Weiter oben und darüber hinaus glitten größere Gladiator-Modelle in Sicht, die aus Londons anderen Bezirken kamen.

»Gatete, die Drohnen«, wiederholte Aegis.

»Ich habe ihnen das Signal gegeben«, stammelte Gatete, dann tippte er auf seinem Tama herum, sein Kopf schüttelte sich erneut. »Sie gehorchen nicht, Aegis, und ich komme nicht durch zur Zentrale.« Gatete blickte zu einigen Paragons hoch. »Zurück zur Basis, sagt ihnen, sie sollen die Drohnen abschalten!«

Eine sprang hoch, ihr Körper wie von unsichtbarer Hand getragen. Sie schwebte in den Himmel, wand sich um die Drohnen herum und zielte nach Westen. Ein anderer blitzte auf. Verschwand einfach und tauchte Meter entfernt wieder auf, wie ein flackerndes Signal.

Die Drohnen schlugen zu.

Die Fliegende starb zuerst, verschwand, als sechs Drohnen sich wie eine einzige drehten und sie mit Energie- und Projektilwaffen durchsiebten. In Flammen stehend stürzte sie zu Boden. Gatetes andere Wahl hatte eine Sekunde länger zum Reagieren, als er sich in einem erratischen Muster zum Tor des Turms teleportierte. Celice konnte nicht sehen, was geschah, aber alle hörten den Schrei, sahen die Blitze.

»Code Stahl!«, rief Aegis und aktivierte damit einen hart trainierten, wenn auch wenig erwarteten Paragon-Auslöser.

Gatetes Paragons kannten ihre Handbücher und sprangen in Aktion. Gatete selbst, mit wedelnden Armen, nahm eine mehrere Meter entfernt schwebende Drohne ins Visier und löste ihre Metallglieder zu Staub auf. Als ihre Triebwerke zerfielen, fand die Drohne ihren Feind und stürzte direkt auf Gatetes Schädel zu. Celice sprang ohne nachzudenken, packte Gatete um die Taille und zog ihn weg.

Die Drohne krachte auf, knisternder Schmutz flog hoch. Ein Fehlschlag. Celice zog sich von Gatete weg und sah eine weitere Drohne auf sie zukommen, die Zwillingsgeschütze des kleineren Roboters spulten sich hoch. Eine Axt, diese uralte Reliquie, krachte von hinten in die Maschine, grub sich in ihren Rücken und brachte sie vom Kurs ab. Aegis setzte nach, griff in die neue Grube und packte die abgestürzte Drohne. Er warf sie der Axt hinterher, die knallenden, brennenden Geräusche zeugten von einem Treffer.

Aegis bemerkte den Gladiator nicht, der sich hinter ihm herabsenkte, vier Arme richteten ihre Waffen aus.

»Papa!«, schrie Celice, sprang auf und rannte los. »Hoch und weg!«

Der Champion befolgte die Befehle, pflanzte seine Füße auf und verschränkte seine Hände an seiner Hüfte. Celice sprang, erwischte den Griff und spürte, wie Aegis sie in die Luft katapultierte. Der Boden schrumpfte unter ihr, wurde im nächsten Moment durch die gelb-schwarze Masse des Gladiators ersetzt. Celice landete auf der großen Drohne, krallte ihre Finger in die offenen Raketenabschussrampen der Maschine.

Als Reaktion auf ihre Anwesenheit gab die Drohne ihren Angriff auf und drehte sich, testete Celices Griff und ließ sie über dem Hof baumeln. Sie hielt sich fest, blickte auf den Krieg hinunter, der sich unter und um sie herum abspielte. Fliegende Paragons erhoben sich in den Himmel, um die Drohnen in ihrem eigenen Element zu bekämpfen, während andere Strahlen abfeuerten, die Schwerkraft veränderten oder neue Elemente erschufen und sie von unten warfen. Die Machtdemonstration hätte unglaublich sein sollen, eine Aussage, dass Anomalien die Welt regierten, nicht diese Maschinen.

Aber Paragons trainierten nicht gegen Mynx' Drohnen. Gatetes Paragons hatten keinen solchen Kampf erwartet, und die Drohnen trafen mit einer Präzision, die kein Mensch erreichen konnte. Ihre Kugeln zerfetzten die Lücken in den Paragon-Uniformen, trafen Gesichter, Hälse und Füße. Größere Drohnen griffen zu martialischen Mitteln und krachten in ihre weichen Ziele.

Eine Gruppe stach im Getümmel hervor, wenn auch nur, weil sie davon wegrannte: Mathieu, der Zhan-Yo half und von seinen Kommandos flankiert wurde, steuerte auf den Ausgang des Turms zu. Keine Drohnen verfolgten sie.

Ein zischendes Geräusch lenkte Celices Aufmerksamkeit zurück zu der Drohne, an der sie hing. Sie hatte sie geschüttelt, sie in hoher Geschwindigkeit herumgewirbelt, und war nun zur extremsten Option übergegangen: Elektroschock.

»Hab dich«, murmelte Celice, als sie spürte, wie sich der Drohnenkörper aufheizte, während die Batterien den Angriff vorbereiteten.

Mit aller Kraft zog Celice ihre Beine hoch und stemmte sie gegen die Hülle der Drohne. Das Timing musste perfekt sein.

Und Papa musste zusehen.

Der Funke trieb den Tritt an, Celice sprang in die freie Luft, während blaue Blitze über die Gladiator-Drohne zuckten. Während sie zurückflog, stürzte die Drohne schneller als ein Stein ab, als der Blitz ihre eigenen Triebwerke zerstörte. Jeder Feind, der an der Drohne hing, wäre betäubt oder bereits tot gewesen, und der resultierende Aufprall hätte das Ziel unter Tonnen von Metall begraben.

Stattdessen krachte die Drohne in eine Turmwand, begrub Steine unter sich, als sie zu Boden stürzte. Celice sah den

Aufprall während ihres Falls, der Wind zerrte an ihren Haaren, ihr Magen überschlug sich, bis sie schließlich in den ausgestreckten Armen ihres Vaters landete.

In seinen Augen sah sie jedoch keinen Stolz, nur Wut und Angst.

Über ihnen verdunkelte sich der Mittagshimmel: Londons Drohnen folgten dem Ruf eines neuen Meisters.

BELAGERUNG

UMZINGELT und vom Turm der Paragons zurückgedrängt, sammelten sich Beth und ihre Elementare im Innenhof um die Überreste ihrer Konstruktionskapsel. Calvin fand seinen Weg zu einer zerschlagenen Paragon-Linie: Die verstreuten Anomalien um den Turm zählten weniger als zwanzig, aber Pixie und die Drohnen ließen es wie eine Armee erscheinen. Die Anführerin von Atlantis schwebte über den versammelten Elementaren, Drohnen flankierten sie und alle anderen, die Waffen bereit.

»Ich wusste gar nicht, dass wir so viele haben«, sagte Calvin zu Particle, die neben ihm standen und eine blutige Brandwunde an ihrem rechten Bein trugen. »Drohnen, meine ich.«

»Hatten wir auch nicht«, sagte Particle. »Schau sie dir an. Die kleineren. Das sind die älteren Einheiten, ausrangierte, die wir eingelagert hatten. Jemand kam auf die Idee, sie alle zu aktivieren.«

»Clever.«

Particle antwortete nicht. Calvin erwiderte ihren Blick und konzentrierte sich auf den Wortwechsel zwischen Beth und Pixie. Die Anführerin der Elementare verhandelte um ihr

Leben, um eine Chance, den Anomalien ihre Freiheit zu geben. Pixie konterte mit etwas Einfacherem.

»Ihr habt uns angegriffen«, sagte Pixie. »Ihr habt jedes Recht verwirkt, um irgendetwas zu bitten. Stattdessen mache ich hier und jetzt euren Leuten ein Angebot: Schließt euch den Paragons an, verpflichtet euch unserer Vision, und ihr bekommt eine Chance zur Wiedergutmachung. Oder ihr werdet diesen Innenhof nicht lebend verlassen.«

Calvin zuckte zusammen. Ultimaten waren grundsätzlich Mist, egal von wem sie kamen, und obwohl die Paragons Anomalien ständig in ihren Dienst zwangen, traf es einen wunden Punkt, es so unverhohlen ausgesprochen zu sehen. Wie oft war er aus Pflegefamilien geflohen, wenn die Disziplin die Mahlzeiten und das warme Bett nicht mehr wert waren?

Die Paragons würden nicht so einfach zu verlassen sein, egal wie sehr sich Calvins Magen vor Abscheu zusammenzog. Sie würden Drohnen, Fährtensucher und andere Paragons hinter ihm herschicken. Desertieren war nicht erlaubt, nur der Ruhestand nach jahrzehntelangem Dienst.

Glückwunsch zu deinen Kräften, hier ist dein vorgezeichnetes Leben.

Beth schien ähnliche Gedanken zu haben. Die Hand der Frau wanderte unter ihre Jacke, zu etwas, das eine weitere Waffe sein könnte. Der Trotz in ihrem Gesicht verblasste jedoch, als ein Elementar hinter ihr stöhnte. Der Mann, nahe bei Calvin und Particle, hielt sich eine schwere Bauchwunde. Ein bronzener Stachel ragte heraus, die Produktion irgendeines Paragons.

Noch etwas, bei dem man zusammenzucken musste.

»Trefft also eure Entscheidungen«, sagte Beth. Sie ließ ihre Arme sinken und starrte zu Boden. »Ich werde niemanden von euch für das verurteilen, was ihr jetzt tut. Wir haben unseren Standpunkt vertreten.«

»Und sie sind gescheitert«, murmelte Particle.

»Ihr habt sie gehört«, rief Pixie. »Trefft eure Entscheidungen, hebt eine Hand und wir werden euch helfen.«

Die Geräusche der Stadt Chicago schienen nach Pixies Worten zu verstummen, die Spannung dämpfte jeden äußeren Laut. Calvin spürte ein Kribbeln in seinen Händen, bereit für jeden letzten verzweifelten Angriff. Sie hatten die Elementar-Tiere in die Enge getrieben, und hier würde die Verzweiflung zuschlagen.

Der Schuss kam mit einem Knall. Pixie fiel, tauchte zu Boden und schlug hart auf den Betonplatten auf. Calvin verarbeitete den Moment, wollte gerade nachsehen, wer einen Schuss auf Pixie von hinten abgefeuert haben könnte – Wexley, der irgendwie zu seinen Scharfschützen-Gewohnheiten zurückgekehrt war? – als weiteres Feuer niederging. Calvins Augen schnellten zu einer Drohne, dorthin gestoßen von Particles Kraft.

»Code Stahl!«, erscholl Particles Stimme, als alle auseinanderstoben.

Eine Liste raste durch Calvins Kopf, die genau aufzeigte, was die Paragons tun sollten, wenn die Drohnen jemals entschieden, dass die Anomalien nicht mehr ihre Herren waren. Das Wichtigste?

Rückzug und Neubewertung.

Particle packte Calvins Arm und zog ihn weg, zurück zum zerstörten Bürogebäude und Chicagos belebteren Straßen. Eine Strategie, der Calvin zugestimmt hätte, wäre da nicht das gewesen, was er sah, als er seinen Blick von den Drohnen abwandte.

Pixie, am Boden in der Mitte des Innenhofs, mit Beth über ihr, die mit einer kleinen Pistole auf die Maschinen schoss.

»Wir laufen noch nicht weg«, sagte Calvin und riss seinen Arm frei.

Particle protestierte, aber Calvin rannte los zur Mitte des Innenhofs. Er zog seine rechte Hand über den Beton, sog den Staub ein und spuckte ihn aus seiner Linken, wodurch er einen bröckelnden Betonschild erschuf. Kugeln trafen die provisorische Barriere und sprühten Funken, schleuderten Steine gegen Calvins Gesicht, während er rannte.

Lichter, Schreie, Knalle, Aufschläge und Schlimmeres explodierten um Calvin herum, als die Paragons Code Stahl in die Tat umsetzten. Die Elementare begriffen schnell, ihre eigenen Kräfte kamen ins Spiel. Portale erschienen, als sich Anomalien auf die Drohnen teleportierten. Lob, bei der Arbeit, warf Weed auf einen nahegelegenen Gladiator, der Feuer auf ein Elementar-Quartett regne

te. Weeds Körper vervielfältigte sich, winzige Klone tauchten in die Waffen und Düsen des Gladiators ein und zerrissen sie von innen.

Der zerberstende Feuerball des Gladiators hätte in den Innenhof krachen müssen, hätte Calvin bei seinem Lauf zermalmen sollen, aber ein anderer Elementar griff die Trümmer und schoss sie wie Meteoriten in andere Drohnen, schlug Löcher in sie. Jemand beschwor einen Blitz, aber vom Boden aus, der blau-weiße gezackte Laser schoss nach oben in einen Gladiator und spaltete ihn entzwei.

Smoke traf Calvin und Particle in der Mitte, die Frau drängte Beth von Pixie weg und ließ einen verschwommenen Nebel aufsteigen. Aus einer Tasche an ihrer Hüfte zog Smoke eine Spritze, wollte sie Calvin zuwerfen, bis sie sah, dass seine Hände beschäftigt waren.

»Haltet sie beschäftigt«, sagte Smoke und drehte Pixie mit Particles Hilfe um. »Wenn die Drohnen in meinen Nebel eindringen, sind wir aufgeschmissen.«

Der Schuss der Drohne hatte Pixie direkt in den Rücken getroffen, knapp unter ihrem Nacken. Die Kugel hätte sie töten müssen, aber Pixie trug eine Paragon-Uniform, die genau dafür gebaut war, solche Kugeln abzuhalten. Stattdessen hatte sie nun einen üblen Bluterguss und Lungen, die nicht richtig funktionierten.

»Du«, sagte Beth, als sie Calvin bemerkte und ihre Pistole herumschwenkte.

»Überraschung«, sagte Calvin.

Calvin schwang den Betonschild und schlug Beth zu Boden, wobei ihre Waffe wegflog. Er ließ den Betonschild über der Elementarin zerbröckeln und begrub alles unterhalb ihres Halses unter klobigen Steinbrocken. Dann überließ er Smoke die Sorge um Pixie und machte sich auf die Suche nach einer Möglichkeit, Aufmerksamkeit zu erregen.

Und fand sie direkt zu seinen Füßen. Der Innenhof hatte alle paar Meter Lichter im Boden eingelassen, um diesen magischen Schein zu erzeugen, der für das Paragon-Image so wichtig war. Calvin stahl noch etwas mehr Beton, formte einen spitzen Hammer in seiner linken Hand und zerschlug das Licht.

»Was machst du da?«, fragte Smoke, als Glassplitter gegen ihr Gesicht prallten.

»Ich werde kreativ. Bring sie nur schnell zu Bewusstsein, denn wir werden danach einen Ausweg brauchen.«

»Sie wird sobald nirgendwo hinfliegen können. Wir müssen diese Dinger jetzt ausschalten.«

»Überlass das mir.«

Unter ihm lag eine zerbrochene Glühbirne, Funken zeigten, dass der Strom noch floss, wo er fließen sollte. Calvin betrachtete seine linke Hand, holte tief Luft und packte die freiliegenden Drähte.

Der Rausch traf ihn sofort. Sein ganzer Körper brannte, als Calvins Hand pure elektrische Energie aufsog. Wie eine überfüllte Champagnerflasche platzte Calvin förmlich. Er streckte seine rechte Hand hoch und schaute durch Smokes Barriere auf drei eng beieinander schwebende Drohnen-Schemen.

Wenn der frühere Paragon einen Blitz beschworen hatte, entfesselte Calvin einen Sturm. Er kanalisierte einen Draht, der direkt mit der stromsaugenden Leiterplatte des Paragon-Turms verbunden war, und trank alles, was Chicagos Stromnetz liefern konnte. Gleißend gelbe Linien zuckten von Calvins Hand zu den Drohnen, als die Elektrizität ihre Leiter in den Metallkonstrukten fand.

Feuer brach in den Maschinen aus, während der Blitz sein Werk tat und wie ein Insekt von einem Ziel zum nächsten sprang. Calvin schwang seine rechte Hand herum und schleuderte weiter Feuerlanzen auf die Drohnen, zerstörte diese drei. Er wollte nach weiteren suchen, aber die Helligkeit versengte seine Augen, sodass Calvin den Sturm gezwungen war nach oben zu lenken, während er seine Lider zusammenpresste.

»Hab dich«, sagte Particle.

Calvin spürte, selbst mit geschlossenen Augen, wie sich sein Kopf drehte, als Particle seine Aufmerksamkeit lenkte. Mit ausgestreckter Hand leitete Calvin die Elektrizität, schickte die Energie von einer Stelle zur nächsten, wohin auch immer Particle ihn dirigierte. Sich in der Dunkelheit drehend, sein Kopf, Herz, sein ganzes Selbst vibrierend, löste sich Calvin ab, wurde zu einem Objekt, das Particle nach Belieben einsetzen konnte.

Bis sie Calvin vom Licht wegzogen und die Verbindung brach. Calvin stolperte, schlug auf dem Boden auf, öffnete die Augen und sah Punkte. Dahinter orangefarbenes Flackern. Keine Kugeln mehr in der Luft, aber Stöhnen und Schreie. Seine Muskeln zuckten, Blut füllte seinen Mund von der zerbissenen Zunge.

Aber verdammt, er lebte.

»Hey«, sagte Particle und kniete sich neben ihn. »Geht's dir gut?«

»Nicht wirklich«, stöhnte Calvin. »Kann nichts sehen.«

»Ein Segen«, erwiderte Particle, ihr übliches Eis von Sorge aufgetaut. »Die Drohnen, die du nicht erwischt hast, sind geflohen. Wusste gar nicht, dass sie das überhaupt tun. Krankenwagen sind auch da, überall liegen Körper.«

»Unsere Seite?«

»Beide. Warte kurz.«

Calvin setzte sich auf, während Particle in der verschwommenen Umgebung verschwand. Hitze umspülte ihn, flackernde Wellen deuteten eher auf Feuer als auf einen Temperaturwechsel hin. Seine linke Hand schmerzte ebenfalls. Calvin tastete mit der rechten danach und seufzte, als verkrustete, versengte Haut unter seiner Berührung Blasen warf. Ein Preis, den er für die Paragons gezahlt hatte.

Kat hatte gesagt, es sei gefährlich, sich den Blauen anzuschließen.

Kat.

Calvin schnellte hoch, spürte einen Nachbeben durch seinen erschöpften Körper laufen und hätte sich fast übergeben. Stattdessen fühlte er einen Arm, der sich unter seine Schultern schob und ihn stützte.

»Gute Arbeit, Neuer«, sagte Weed. »Hätte nicht gedacht, dass du so durchdrehst, aber mir gefällt's.«

»Gewöhn dich nicht dran.«

»Ich gewöhne mich nie an irgendwas in dieser Welt. Brauchst du Hilfe? Ich kann einen Sanitäter rufen.«

»Muss ins Krankenhaus.«

»Geht klar.« Weed hielt ihn weiter fest und rief nach Hilfe.

»Pixie, wird sie okay sein?«

»Wie wir alle hatte sie schon bessere Tage«, antwortete Weed. »Anders als einige hier wird sie noch mehr davon erleben.«

Als die Kapsel das Krankenhaus erreichte, konnte Calvin mehr als nur verschwommene Flecken sehen. Punkte tanzten zwar noch immer, aber einige schnell wirkende Infusionen brachten Calvin der Normalität näher. Er war in einer Rettungskapsel mit mehreren anderen Anomalien, zwei Paragons und einer Elementarin, gestapelt worden. Die anderen drei hatten Schusswunden und Schlimmeres, weshalb sie als Erste ausgeladen wurden.

Calvin kam als Letzter, sagte, er würde schon klarkommen, und bat eine gehetzte Krankenschwester, ihn gehen zu lassen. Da sowohl vor als auch nach Calvins Transport weitere Krankenwagen eintrafen, hatte die Schwester nichts dagegen einzuwenden und ließ Calvin auf dem Gehweg vor dem Noteingang des Krankenhauses stehen.

Blinkende Lichter, Rufe zwischen Krankenschwestern, Ärzten und Transportpersonal sorgten für ein ruhigeres Chaos, während Calvin eine Tama-Nachricht an Gordon tippte. Der Tracker antwortete mit Kats Etage und Zimmer, einem Aufwachbereich.

Sie hatte also überlebt.

Ausnahmsweise hatte Calvin gute Nachrichten. Ausnahmsweise wollte er sie mit jemandem teilen, aber sein Paragon-Team war nicht mitgekommen. Sie halfen bei der Evakuierung, holten kritisches Zeug aus dem Turm, während die Anomalien sich in versteckte Unterschlüpfe zurückzogen. Stattdessen klopfte Calvin einem nahestehenden Sicherheitsmann auf die Schulter und ließ den verwirrten Mann hinter sich.

Der Tag war immer weiter bergab gegangen, eine düstere Fahrt zu einem schlechten Ende, aber jetzt spürte Calvin den Aufstieg. Kat würde in Ordnung kommen, Pixie und die größeren Paragons würden diese Drohnen durchschauen, und da Beth sich als böse entpuppt hatte, würde Calvin nie wieder irgendetwas mit Elementaren zu tun haben müssen.

Gar nicht so übel.

Kats Zimmer hatte alle typischen Krankenhaus-Merkmale: steriler Geruch, gerahmte Blumenfotos an den Wänden, ein Fernseher, der etwa ein Jahrzehnt zu alt aussah, an der Wand. Kat lag schlafend in zentraler Position auf ihrer Liege, weiße Decken eng um ihr loses Haar gezogen. Sie sah geisterhafter aus als sonst, ihre Lippen pastellrosa. Ein Tropf hing an ihrem rechten Arm.

Gordon kauerte in einem wackligen Stuhl nahe dem Fenster, vertieft in sein Tama. Er hatte sich in den Stunden, seit

Calvin ihn hier zurückgelassen hatte, einige Augenringe zugelegt. Ein Pappbecher Kaffee stand auf der Fensterbank, Dampf stieg durch seinen schwarzen Deckel auf.

»Gemütlich«, flüsterte Calvin, während er um die Trage herumschlüpfte und sich Gordon gegenüber setzte.

»Sie ist völlig weg, du wirst sie nicht aufwecken«, sagte Gordon. »Vielleicht reißt sie morgen früh einen Witz, aber wenn es nach den Krankenschwestern geht, wahrscheinlich nicht früher.«

»Geht es ihr gut?«

»Die Chirurgen waren optimistisch. Keine Garantien, aber sie ist stark.«

»Als ob sie Seeker im Stich lassen würde.«

Gordon lachte müde, dann richtete er seinen Blick ruckartig wieder auf Calvin. »Ich habe gerade von dem Kampf am Turm gelesen?«

Calvin polterte durch die Details. Die Elementals, die Drohnen, die schlechten Vorzeichen. Gordon setzte alles zusammen, als wäre es das einfachste Puzzle der Welt, und warf Calvin Nachfragen über Wexley und seine paramilitärische Gruppe zu, bis der Anomalie abwehrend die Hände hob.

»Mach mal langsam und sag mir, worauf du hinaus willst«, sagte Calvin. »Wenn das so weitergeht, brauche ich meinen eigenen Kaffee, vielleicht gespickt mit dem, was sie bekommt.«

»Du glaubst doch nicht, dass es Zufall ist, dass Mynx von einem Typen gefangen genommen wurde, der Anomalien hasst, und dann ihre Drohnen zu Verrätern wurden?«

»Mann, ich kämpfe den ganzen Tag schon um mein Leben. Hatte keine Zeit, Detektiv zu spielen.«

Gordon gestikulierte im Zimmer herum. »Das macht einer von uns. Worauf ich hinaus will, wenn ich Recht habe, ist, dass die Drohnen nicht aufhören werden.«

»Das taten sie, nachdem wir ihnen in den Hintern getreten haben.«

»Vielleicht für einen kurzen Moment. Und das war hier in Chicago, wo ihr einen Haufen kampfbereiter Paragons und Elementals hattet. Was passiert in Cleveland oder Little Rock, wo es fünf Paragons und fünfzig Drohnen gibt?«

Nichts Gutes, so viel stand fest. Trotzdem konnte Calvin nicht viel dagegen tun. Pixie oder wer auch immer ihre Rolle in Pacifica spielte, müsste das herausfinden. Gordon musste Calvins Gesichtsausdruck gelesen haben, denn der Mann verfiel in Schmollen.

»Es ist, als wäre dir das völlig egal«, sagte Gordon.

»Ist es nicht, aber sie ist mir wichtiger.«

»Ja? Was passiert, wenn sie aufwacht und alle Anomalien tot sind, he? Was passiert, wenn du weg bist, wenn ihr Job futsch ist und wir alle unter der Kontrolle derer leben, die die Drohnen auf ihrer Seite haben?«

»Als wäre es mit den Paragons anders?«

Das brachte den Fährtenleser zum Schweigen. Wenn der Typ eine Tirade über unaufhaltsame Monster halten wollte, die den Planeten übernehmen, sollte er sich mal umsehen. Calvin mochte zwar in ihre Reihen aufgestiegen sein, aber er machte sich keine Illusionen darüber, was die Paragons wirklich waren. Diktatoren, Eroberer, eine Besatzungsmacht. Wohlwollend zu einigen, zu anderen weniger.

Calvin unterbrach die Philosophie mit einer Tama-Überprüfung. Particle schickte ein Update, teilte Koordinaten für ein Treffen und eine Strategiesitzung mit. Wenn Calvin nicht tot war, wollten sie, dass er vorbeischaut.

»Dann will ich nicht, dass du hier bleibst«, sagte Gordon und riss Calvin aus seinen Gedanken.

»Was meinst du?«

»Du sagtest, die Drohnen hätten es auf die Anomalien abgesehen«, fuhr Gordon fort, seine Stimme ruhig und leise. »Sie werden nicht aufhören, und sie werden dich hier finden. Kat ist dafür nicht bereit.«

»Verdammt-« Calvin hielt inne, schloss seine Augen, seinen Mund für einen Moment, atmete.

Er und Gordon waren bei weitem keine Freunde, aber der Mann könnte Recht haben. Eine Drohne, die durch dieses Glas auf Calvin schießt, könnte Kat treffen. Die Paragons wollten sich neu formieren. Er könnte gehen, wieder einmal.

»Ich gebe dir sofort Bescheid, wenn sich ihr Zustand ändert«, sagte Gordon. »Ich werde nicht von ihrer Seite weichen. Versprochen.«

»Ja?«, sagte Calvin, bewegte sich noch nicht. Er hatte so hart gekämpft, um hierher zurückzukommen. »Du weißt, sie wäre fast gestorben, um mich zu beschützen.«

»Ich auch. Deinetwegen.«

Calvin nickte. »Du wirst dasselbe für sie tun?«

»Wenn es sein muss.«

»Gute Antwort.« Calvin erhob sich aus dem Stuhl und kämpfte gegen seine eigene Verwirrung und den Ärger an. »In der Minute, in der sie aufwacht, sagst du mir Bescheid.«

»Werde ich.«

Calvins Tama vibrierte erneut. Particle erhöhte die Priorität. Die Paragons wollten zuerst angreifen, die Drohnen davon abhalten, sich zu organisieren. Calvin warf einen letzten, langen Blick auf Kat. Sie sah zumindest friedlich aus.

Besser als er.

Auf dem Weg zurück zur Straße besorgte sich Calvin einen Kaffee, einen Energieriegel und einen Kapuzenpullover mit dem Namen des Krankenhauses. Er zog die Kleidung über die Paragon-Uniform und ging wieder hinaus in die Dunkelheit, versuchte sich vor den Kameras zu verstecken.

Die Programme hinter diesen metallischen Augen waren nicht mehr freundlich gesinnt.

KAPITEL 32
DIE LEERE KEHRT ZURÜCK

DAS BEBEN WECKTE CASSIDY AUF. Ein Zittern lief durch das Bett, ließ ihre Zähne klappern und katapultierte sie in die Dunkelheit. Cassidy wedelte mit der Hand, bat den Raum, das Licht einzuschalten, und erhielt keine Reaktion. Nichts, außer einem weiteren knochenschütternden Rütteln. Staub rieselte von der Decke, unsichtbar, aber spürbar, als er sich auf Cassidys nackte Schultern legte.

Tastend in der Dunkelheit zog die Leere sich ihre Kleidung an. Sie versuchte den Fernseher einzuschalten, aber auch der tat nichts. Die Lichter verweigerten weiterhin ihren Dienst. Cassidys Tama hatte wenigstens noch Strom, auch wenn ein trauriger Bildschirm anzeigte, dass sie keine Netzwerkverbindung hatte. Das Leuchten des Tamas half Cassidy, die Tür zu finden und ihre Schuhe richtig anzuziehen.

Sie versuchte die Türklinke. Verschlossen. Cassidy verdrehte die Augen.

Kein Vertrauen an diesem Ort.

Ein drittes Grollen, diesmal gefolgt von weiteren Schlägen. Möbel, die zu Boden fielen? Ein einstürzendes Dach? Paragons, die über ihnen eine Anomalie-Schlacht austrugen?

Cassidy starrte die Tür an und versuchte zu entscheiden, ob sie wieder schlafen gehen sollte. Ihre Nerven, ihr Instinkt sagten ihr, dass die Erschütterungen nicht natürlich waren, dass dies nicht das Übliche für Apinyas Bangkok-Festung war. Sie könnte sich hinlegen, aber mit dem Beben würde der Schlaf schwer zu finden sein.

»Und ich will nicht hier bleiben«, murmelte Cassidy, während sie spürte, wie die Leeren zusammen mit ihr erwachten.

Sie warf eine, klein und sich drehend, auf die Türklinke. Mit einem Kreischen, einem Reißen und einem einzelnen entweichenden Funken verschwand das Metall. Cassidy ließ die Leere sich auflösen und drückte die Tür auf, in der Hoffnung, dass Apinya ihr die Kosten verzeihen würde.

Andererseits hatte er wahrscheinlich befohlen, sie einzusperren. Seine Schuld.

Der Flur, der bei Cassidys Ankunft vor wenigen Stunden noch sanft beleuchtet war, lag in der gleichen toten Dunkelheit wie ihr Zimmer. Geräusche drangen herein, Rufe, Schreie und das Stakkato von Gewehrfeuer. Die meisten kamen von links, dem Weg zurück zum Zentrum des Gebäudes.

Cassidy zögerte.

Wer würde einen Paragon-Stützpunkt angreifen, noch dazu einen mit einem Champion darin? Niemand konnte so dumm, so selbstmörderisch sein.

Schlimmer noch, soweit Cassidy es beurteilen konnte, schienen die Angreifer zu gewinnen. Einen verwirrten Moment lang fragte sie sich, ob Thane beschlossen hatte, alles kurz und klein zu schlagen, aber das Gewehrfeuer widerlegte diese Idee.

Thane mochte sich entscheiden, einige Paragons zu töten, aber er würde dafür keine Kugeln verwenden.

Nach einem halben Schritt in Richtung Hauptgebäude hielt Cassidy inne. Sie spürte ein weiteres Beben, kleiner und von hinten. Sie drehte sich um, sah nichts. Dort den Gang hinunter, hatten ihre Paragon-Gastgeber gesagt, befanden sich weitere Räume, die meisten wurden von den Neuankömmlingen belegt. All diese Kinder aus dem Waisenhaus-Außenposten.

Cassidy hielt den Atem an. Lauschte. Hörte ihr Herz schlagen. Und noch etwas anderes.

Ein Schritt, leicht und präzise, wie ein Kugelschreiber, der ein- und ausgeklickt wird. Dann noch einer. Näher.

»Ist da jemand?«, fragte Cassidy in die Dunkelheit.

Nichts antwortete, außer weiteren Klicks. Hinter ihr, zurück im Hauptgebäude, erschütterte ein tieferer Knall, mehr Schreie folgten. Panische diesmal.

Cassidy richtete ihr Handgelenk aus und leuchtete mit dem Tama den Gang hinunter. Direkt in den gleißenden Ansturm einer Tracker-Drohne. Die Maschine, ein meterlanger Stahlhundertfüßer, sprang auf Cassidy zu, die Beine klackten in der Luft.

Sie könnte geschrien haben.

Sie warf definitiv eine Leere.

Cassidys Kraft teilte die Drohne in zwei Hälften, wobei die vordere Hälfte der Maschine Funken sprühte, als sie Cassidy traf und zu Boden riss. Sie spürte, wie sich die scharfen Beine in ihre Arme und ihre Seite bohrten, als Cassidy sich rollte und die Maschine abwarf. Die kaputte Hälfte prallte gegen die Wand und begann sich neu auszurichten, bevor Cassidy eine weitere Leere in ihr Zentrum warf und die Drohne zerfetzte.

Mit einer Grimasse wegen ihrer neuen Kratzer vernichtete Cassidy mit einer weiteren Leere auch die andere Hälfte der Tracker-Drohne, während sie sich fragte, was zum Teufel schiefgelaufen war. Tracker-Drohnen wurden genau dafür eingesetzt, abtrünnige Paragons oder andere gefährliche Anomalien aufzuspüren und zu zerstören, mit denen sich ihre menschlichen Partner nicht anlegen wollten.

Hatte Apinya beschlossen, Cassidy zu ermorden und die Sache zu erledigen? Das schien nicht sein Stil zu sein, und es erklärte auch nicht, was im Hauptgebäude vor sich ging.

Ein anderer Schrei unterbrach Cassidys inneres Frage- und-Antwort-Spiel. Dieser kam näher, den Gang hinunter, wo die Kinder untergebracht waren.

Sie zögerte nicht.

Den Gang hinunterrennend schwenkte Cassidy ihr Tama wie eine Taschenlampe, erfasste Türöffnungen und suchte nach Drohnen. Sie fand andere Räume, die bereits von außen nach innen aufgerissen worden waren, mindestens einer mit Blut bespritzt und einer Leiche als wahrscheinliche Quelle.

Sie war nicht das erste Opfer der Tracker-Drohne gewesen.

Die Kinder hatten einen Block am Ende des Ganges, große Räume, die für die Flüchtlinge reserviert waren, die die Para- gons zu neuen Helden ausbilden würden. Zwei Türen standen offen, ihre Räume leer. Die dritte, an der Wand am Ende des Ganges, lag am Boden, aus den Angeln gerissen.

Von drinnen kamen Stimmen, Kinder. Cassidy erkannte die älteren, die mutigen wenigen, die ihr und Thane vor dem Haus gegenübergetreten waren. Sie befahlen den anderen zurückzubleiben, sagten ihnen, sie sollten tapfer sein.

Sie ging hinein.

Im Licht ihres Tamas entdeckte Cassidy vier Tracker-Droh- nen, zwei an der Decke und zwei am Boden. Sie pirschten sich an die Kinder heran, die sich hinter einem älteren Paar zusammendrängten. Das Mädchen und der Junge, die im Waisenhaus den Beschützer gespielt hatten, wiederholten ihre Rolle jetzt, standen in ihren Paragon-Schlafanzügen da, ihre Gesichter erfüllt von angespannter, reiner Tapferkeit.

»Lasst sie in Ruhe«, sagte Cassidy.

Die zwei Drohnen an der Decke drehten sich zu ihr, während die beiden unteren weiter auf die Kinder fokussiert blieben. Cassidy ließ die Leeren fliegen und schickte zwei auf die oberen Drohnen. Diese Verfolger waren jedoch noch nicht gesprungen, und Mynx hatte sie gut konstruiert. Sie zuckten zur Seite, als Cassidys Leeren die Decke des Raums trafen, Fliesen und die dahinterliegende Verkabelung erfassend. Funken flogen, die Kinder schrien erneut.

Die Drohnen huschten an die Wände und kamen von gegenüberliegenden Seiten auf Cassidy zu. Ihre Beine klackerten, Aussparungen in ihrer Metallhaut öffneten sich, um Betäubungswaffen und deren tödliche Verwandte freizulegen. Cassidy stand still und wartete, als das Klackern näherkam. Sie zog ihre Füße unter sich weg und glitt auf den Rücken, als das Klackern verstummte.

 Sie warf ihre Hände nach oben und erschuf die Leeren dort, wo ihr Körper gewesen war, wo die Drohnen flogen. Das Tama fing ihre zerstörerische Verwüstung ein, die Leeren verbogen und zerbrachen die Drohnenbeine, Gehäuse und Kerne. Cassidy rollte sich zur Seite, vorsichtig darauf bedacht, nicht in ihre eigenen Leeren zu geraten, und schaute zu den anderen beiden Verfolgungsdrohnen.

Die metallenen Käfer rückten auf die Kinder vor, ohne Cassidy Beachtung zu schenken. Das ältere Mädchen machte den ersten Zug, trat auf die Drohnen zu und pflanzte ihren rechten Fuß auf. Eine gezackte Linie brach durch die Fliesen, dunkle Kanten teilten die zwei Drohnen. Die Maschinen wichen der Linie aus, huschten vorwärts, nur damit der Junge seine Hände hob, als würde er zum Himmel beten.

Der Boden unter den Drohnen erzitterte, schloss sich dann um die Drohnen, bevor er sie zur Decke schmetterte, wobei sich das Fundament des Gebäudes aufbäumte und unter der grauen Fliesenhand ein Handgelenk und Unterarm formte. Eine Drohne wurde beim Aufprall zerstört, während die andere sich freikämpfte, über die Spitze krabbelte und auf dem führenden Mädchen landete.

Ihre Beine fixierten den Teenager am Boden, ihre Waffen, die wie viele Stacheln aus ihrer Hülle ragten, fanden Ziele in der zusammengekauerten Menge hinter ihr. Der Junge, dessen Manifestation wieder zu Erde zerbröckelte, atmete schwer am Boden, offensichtlich erschöpft.

Die Drohne ging auf Töten.

Genau wie Cassidy.

Die Waffen der Maschine feuerten, Betäubungspfeile und tödliche Kugeln rasten auf die Kinder zu und verschwanden, als sie am Kopf der Drohne vorbeizischten. Cassidys erste Leere, ein breites, flaches Oval, fing den Angriff ab. Ihre zweite traf die Mitte der Drohne und beendete das Leben der Maschine in einem knisternden Finale.

»Setz dich nicht auf«, sagte Cassidy zu dem Mädchen, auf dem die sterbenden Überreste der Drohne lagen. »Gib mir einen Moment.«

Leeren aufzulösen fühlte sich ein wenig an wie ein geworfenes Messer zu fangen: Cassidy musste es genau richtig treffen, oder sie würde sich selbst verletzen. Sie begann mit dem wirbelnden Tod über dem Mädchen, half dann dem verängstigten Kind weg und löste schließlich die schützende Leere vor den anderen Kindern auf.

All diese Gesichter starrten Cassidy jetzt an, ohne den Trotz, den sie noch im Waisenhaus gezeigt hatten. Teenager drängten sich zusammen, einige wenige Mutige standen abseits und sahen aus, als könnten sie ihre Kräfte einsetzen, falls Cassidy weitermachen würde.

»Ich werde euch nicht verletzen«, sagte Cassidy und streckte ihre Hand aus, um dem führenden Mädchen aufzuhelfen. »Aber diese Drohnen werden es tun. Wir müssen hier weg.«

»Und wohin?«, fragte der Junge mit den Händen, der sich von seinem Angriff erholt hatte und wieder stand. »Das waren Paragon-Drohnen, oder? Sie werden weiter kommen.«

»Apinya wird wissen, was los ist«, sagte Cassidy, nicht ganz sicher, ob sie den Worten selbst glaubte, während sie sie aussprach.

Der Junge hatte Recht. Die Paragons hatten entweder die Drohnen geschickt, um die Kinder zu töten, was absolut keinen Sinn ergab, oder etwas Schlimmeres war im Gange. Angesichts des ganzen Lärms aus der Mitte des Gebäudes wusste Cassidy, wozu sie tendierte.

»Glaubst du, wir können ihm vertrauen?«, fragte das Mädchen jetzt. »Er hat uns hierher gebracht! Uns ging es gut im Haus.«

»Wir haben keine Wahl«, sagte Cassidy und warf einen strengen, mütterlichen Blick in die Runde. Die Art von Blick, den sie ihren Kindern geben würde, bevor sie ihnen sagte, nicht über die Straße zu rennen, ohne nach beiden Seiten zu schauen. »Entweder warten wir hier und sehen zu, was noch kommt, oder wir verschwinden. Ich weiß, wofür ich mich entscheide.«

Als sie ging, folgten ihr die Kinder.

Die Hauptbasis tauchte früher auf als Cassidy erwartet hatte. Der Gang wurde zunehmend beißender, während die Gruppe vorwärts ging, Cassidy und ihre Leeren führten den Weg an. Feuer und deren Nahrung durchzogen die Luft mit stechenden Gerüchen, die Erschütterungen ließen weiterhin den Boden unter ihren Schuhen beben. Kugeln machten ihr klapperndes Geräusch, endeten in *Chunks* oder zerspringendem Glas. Mehr als ein Schrei durchschnitt die Dunkelheit.

Aber keine Verfolgungsdrohnen fanden die Gruppe. Die Pause ließ Cassidy abkühlen, ihr Schweiß verweilte in Bangkoks feuchter Luft, die nun ihre schwere Nässe in das aufgebrochene Gebäude trug.

»Wartet, bis ich die Lage geklärt habe«, sagte Cassidy, als sie das Ende des Ganges erreichten. Die Tür, ein doppelt breites Holzding, hing schief in den Angeln, ein Scanner und der Schließmechanismus waren von der Wand gerissen und lagen am Boden. »Wenn ich in fünf Minuten nicht zurück bin...« Cassidy verstummte.

Was konnte sie sagen? Brecht durch die Wände? Versucht es auf eigene Faust? Ihre Schützlinge begegneten Cassidys Schweigen mit gemischten Blicken, aber die Ältesten zeigten ihren Trotz offen.

»Wir haben lange überlebt«, sagte das Mädchen. »Geh.«

Cassidy nahm die Aufforderung an und ging zur Tür, lehnte sich herum und blickte in das weite Zentrum der Basis. Apinya hatte sein Zuhause wie eine riesige Spinne gebaut, mit einer zentralen Halle und seiner Audienzkammer – Cassidy hätte fast mit den Augen gerollt – die zu mindestens zwanzig Abzweigungen führte, einige endeten in Büros, andere in Trainingsräumen, Schlafräumen, Besprechungsbereichen und mehr. Treppen und kleine Aufzüge verbanden die verschiedenen Segmente, alle verschließbar.

Apinya hatte nicht erklärt, warum er jeden Abschnitt verschließbar haben wollte, aber wenn man mit mächtigen Wesen wie diesen arbeitete, machte es vielleicht Sinn. Wenn etwas schief ging, konnte Apinya den Übeltäter dort einsperren, wo er war, oder ihn zumindest ein oder zwei Minuten aufhalten.

Allerdings, als sie in die Halle blickte, schienen Cassidy und ihre Gruppe die letzten Ankömmlinge zu sein.

Drohnen und Paragons waren über die Kammer verteilt. Schwelende Metallplatten, Arme, Beine, Antriebe und mehr versengten den Teppich und brannten Löcher in die Wände. Paragon-Körper passten zu den Maschinentrümmern, die Anomalien waren mit so kompromissloser Gewalt zerstört worden, dass Cassidy von den schlimmsten Anblicken wegsah, um ihren Magen zu schonen.

Der Haupteingang des Gebäudes, als Cassidy nachsah, bot keine Lösung. Mehrere große Gladiator-Drohnen standen blockierend vor dem Ausgang, Waffen bereit, wenn auch ruhig. Sie verhinderten einen Rückzug. Zu ihrer Linken blickte Cassidy tiefer ins Gebäude, wo die Kampfgeräusche weitergingen.

Weitere Drohnen, verstärkt durch die fliegenden Typen, gegen die Cassidy in der Nacht zuvor auf den Straßen gekämpft hatte, bedrängten ein Paragon-Team, während sich die Anomalien in Richtung Apinyas Halle zurückzogen. Da die Paragons die Aufmerksamkeit der Drohnen auf sich zogen, glaubte Cassidy, sie könnten durch die Halle zur anderen Seite rennen. Die Paragon-Basis grenzte an den Fluss, was bedeutete, dass ein Durchbruch auf der anderen Seite die Kinder ins Wasser und außer Sicht bringen könnte.

Falls sie schwimmen konnten.

»Hey, du bist es.«

Cassidy hörte das angestrengte Flüstern und erkannte zwischen den Trümmern eines Statuen-Sockels eine ramponierte Gestalt. Daw, der neue Paragon von vorhin. Sein Arm schien unter einem umgestürzten Stein eingeklemmt zu sein, und sein Gesicht sowie seine Paragon-Uniform wiesen mehr blutige Stellen auf, als gesund sein konnte. Cassidy verzog das Gesicht, wandte Daw dann den Rücken zu und kehrte zur wartenden Gruppe zurück.

»Kommt zur Tür«, sagte Cassidy. »Ich muss jemandem helfen. Während ich das tue, rennt ihr hinter uns durch.«

»Wohin rennen?«, fragte das Mädchen.

Cassidy führte sie zur Tür und zeigte auf die gegenüberliegende Halle: »Da durch. An der anderen Seite könnt ihr durch die Wand brechen und fliehen.«

»Aha.«

»Damit habt ihr bessere Chancen als mit diesen Gladiatoren«, erwiderte Cassidy und nickte in Richtung der Haupteingänge und der Monster dahinter. »Los jetzt.«

Im nächsten Moment kniete sie neben Daw auf dem blutigen gelben Teppich und untersuchte den jungen Mann. Sie erschuf ein kleines Void und nutzte es, um den Stein zu zerbrechen, der Daws Arm einklemmte. Hinter ihnen begannen die Kinder, angeführt von dem Mädchen und dem

Jungen, ihre Odyssee und rannten durch die breite Halle, während der Kampf im Inneren des Gebäudes tobte.

Daw schien bewusstlos geworden zu sein; geschlossene Augen und schwache Atmung waren keine ermutigenden Zeichen. Cassidy erinnerte sich an grundlegende Erste-Hilfe-Regeln, die davon abrieten, jemanden mit unbekannten Verletzungen zu bewegen, aber Daw hier zurückzulassen würde für den Paragon ein endgültigeres Ende bedeuten. Sie schob ihre Arme unter Daw, dankte ihm im Stillen dafür, dass er ein schlaksiger Typ war, und hob ihn hoch.

Mit Paragons Armen und Beinen über sich drapiert, trat Cassidy in die Haupthalle und folgte der Teenager-Reihe. Die letzte Anomalie erschien neben ihr, materialisierte sich wie ein Miniatur-Schneesturm, wirbelte durch den Raum und nahm am anderen Ende wieder Gestalt an, wobei die eisig blauen Augen des Jungen Cassidy und ihre Last beobachteten.

Nicht die Drohnen.

Die Eingangstüren der Basis, die bereits durch das zerstört waren, was Cassidy für den ersten Angriff hielt, stellten weder ein Hindernis noch einen Alarm für die Gladiatoren dar. Ihre gewaltigen Beine stampften herein, helle Lichter fixierten Cassidy und Daw. Drei Maschinen, jede höher als ein Stockwerk, alle richteten ihre Waffen auf das Paar.

Cassidy könnte Daw fallen lassen, einige Voids werfen, aber sie konnte die auf sie gerichteten Waffen nicht zählen. Früher, als die Drohnen Cassidy vor so langer Zeit gefangen genommen hatten, hatten sie Warnungen ausgesprochen. Konsequenzen, die sich einigermaßen vermeiden ließen, wenn sie sich ergab.

Damals wollte Cassidy nicht, dass ihre Kinder zusehen mussten, wie ihre Mutter vernichtet wurde. Jetzt wollte Cassidy nicht, dass diese Teenager es mitansehen mussten.

»Lauft!«, schrie Cassidy, ohne zu den Teenagern zu

schauen, ohne irgendetwas zu tun, was die Aufmerksamkeit der Drohnen auf sie lenken könnte.

Sie hätte Zeit für ein Void. Eines.

Sie ging in einer fließenden Bewegung in die Knie und rollte Daw von ihren Armen. Mit einem Handgelenk-Schnipsen ließ sie ein breites, flaches Void zwischen sich und den Drohnen entstehen. Die Gladiatoren taten, wofür sie konstruiert waren, und eröffneten das Feuer auf Cassidy, schossen Kugeln, Betäubungspfeile und mindestens einen überheizten Laser direkt auf sie.

Das Void fing alles auf und saugte den Angriff in seine schwerkraftzermalmende Umarmung. Cassidy spürte wieder die Hitze aufsteigen, wie bei einem aufkommenden Fieber. Sie hielt das Void aufrecht, als würde sie bewusst einen Muskel angespannt halten. Nicht so schlimm mit einem einzelnen Void, aber die Gladiatoren waren nicht dumm.

Die Drohnen teilten sich auf und umzingelten Cassidy. Sie erschuf zwei weitere Voids, die Cassidys linke und rechte Seite abdeckten. Die Angriffe gingen weiter, und Cassidy kniete über Daw, schwitzend, schwer atmend, während sie die wirbelnden Voids ihre schmutzige Verteidigungsarbeit machen ließ.

Trotz der Barrieren feuerten die Gladiatoren weiter. Cassidy vermutete, sie würden eine andere Strategie versuchen, aber die Drohnen hielten sie dort fest. Würden sie warten, bis sie das Bewusstsein verlor?

Eine neue Vibration beantwortete die Frage. Cassidy konnte über dem ohrenbetäubenden Drohnenfeuer nichts hören, aber sie spürte die trippelnden Schritte, die näher kamen. Mit ihren schweißnassen Haaren, die ihr an der Stirn klebten, wagte Cassidy einen Blick zurück und sah zwei Verfolgerdrohnen, die auf sie zuhuschten. Sie mussten den anderen Kampf aufgegeben oder beendet haben und kamen jetzt zum Nachtisch.

Cassidy griff nach einem weiteren Void, griff danach und

strauchelte. Ihre anderen Voids zitterten, schrumpften gerade genug, dass eine Kugel über Cassidys Schulter hinweg den Boden hinter ihr traf. Sie konnte es nicht, konnte kein weiteres erschaffen.

Stattdessen blickte sie zu Daw, dessen Augen noch immer geschlossen waren, und wartete darauf, dass die Maschinen ein Ende machten.

KAPITEL 33

DIE ZUKUNFT

DIE INTERESSENVERTRETER DER WELT meldeten sich einer nach dem anderen. Dies waren Gesichter, Namen, Unternehmen, die den Kurs der Menschheit über Generationen bestimmt hatten, bis die Paragons sie stoppten. Zhan-Yo hatte die Liste zusammengestellt und Zirans Einfluss genutzt, um sie für seine Revolution zu gewinnen, und jetzt konnte Wexley endlich liefern.

Er begrüßte sie vom Deck der Mynx aus, während das Meer im Hintergrund grollte. Oder war es die Fabrik, die bereits an Tempo zulegte?

»Wir haben die Kontrolle«, sagte Wexley zu Beginn, »und wir nutzen sie.«

Anfangs beschwerten sich einige. In den Städten brachen Kämpfe aus, als Drohnen und Paragons, Drohnen und Anomalien, Drohnen und ahnungslose Menschen sich auf Straßen, Feldern und Dächern bekämpften. Wexleys Aktionen erschütterten die Wirtschaft, schürten Unsicherheit, verursachten Panik.

»Wie bei jeder großen Veränderung«, antwortete Wexley. »Die Paragons erlebten dasselbe bei ihrer Machtübernahme. Sie versprachen eine bessere Zukunft. Wir können jetzt eine liefern. Wir haben das geplant. Sie alle kennen Ihre Rollen. Beginnen Sie damit.«

Sie hatten geplant. Längst ausgearbeitete Dokumente, die unter Zhan-Yos gescheiterten Bestrebungen brachlagen. Wexley und Rhimes hatten schon lange darauf gewettet, dass Chaos die unvermeidliche Folge wäre, falls Zhan-Yo jemals erfolgreich die Herrschaft der Paragons stürzen würde.

Deshalb war die Aufstellung einer sofortigen Armee der einzig wahre Weg geworden, der einzige Weg, wie jemand, der kein Paragon war, die etablierte Welt übernehmen konnte.

Diese Anführer baten um Zeit. Sie wollten die ausgearbeiteten Pläne überdenken, tief graben und die toten Verfassungen längst vergangener Nationen finden. Wahlen ansetzen, Reformen versprechen, Vertreter für alle verschiedenen Völker benennen, einschließlich der Anomalien.

»Zu gegebener Zeit«, sagte Wexley. »Tun Sie für jetzt, was Sie können. Die Drohnen werden die Kontrolle übernehmen, und sobald sie die Paragons von ihren Posten vertrieben haben, werden die Maschinen sicherstellen, dass sie nicht zurückkehren können. Ihre Leute werden morgen frei von deren Kontrolle aufwachen, bereit, ein neues und aufregendes Leben zu beginnen.«

Als einer fragte, was mit diesen Drohnen geschehen würde, ob sie zum Eigentum des Landes würden, das ihre bewaffnete Präsenz beherbergte, wich Wexley aus. Er tat die Frage als verfrüht ab und behauptete, dass er und sein Team noch dabei seien zu lernen, wie die Fabrik und Mynx' Systeme funktionierten.

Bis dahin, bis sich die Welt stabilisiert hätte, würde Wexley die Kontrolle behalten. Diese Aussage sendete die erwarteten Schockwellen durch die Gruppe, die verengten Augen und schüttelnden Köpfe waren von Zirans CEO vorhergesehen worden.

»Meine Freunde, wir alle haben unsere Fähigkeiten«, sagte Wexley. »Meine ist es, Anomalien zu beseitigen. Ich schlage vor, Sie lassen mich darauf konzentrieren, während Sie die wunderschöne Zukunft unseres Planeten entwerfen.«

Mit einer Handbewegung beendete Wexley den Anruf und die erschrockenen Gesichter. Die meisten würden sich miteinander verbinden, beginnen ihre Allianzen zu bilden und zu planen, was Wexleys Züge wirklich bedeuteten. Es spielte keine Rolle. Die Wirtschaft würde trotz der Störungen weiterlaufen. Die Menschen würden weiterhin arbeiten, ihre Nahrung anbauen und ihre Familien großziehen.

Solange die Paragons, solange die Anomalien nicht im Bild waren, konnte alles andere geregelt werden.

»Der Sieger inmitten seiner Beute«, sagte Adriana, als sie mit zwei frischen Champagnergläsern aufs Deck kam.

»Und bereit, sie zu teilen«, Wexley nahm das Angebot an und stieß mit ihr an. Adrianas forschender Blick zeigte, dass sie das Treffen nicht mitbekommen hatte. »Sie werden mitmachen. Sie sind überrascht.«

»Sie kennen dich nicht so wie ich.«

Wexley lachte. Adriana war genauso schockiert gewesen wie die anderen. Niemand hatte das kommen sehen, selbst Wexley zweifelte an dem Plan, bis er Erfolg hatte.

»Ich beende die Paragons jetzt gerade«, sagte Wexley, während der Champagner einen hellen Akzent am Morgen setzte. »Die Drohnen jagen sie aus ihren Türmen und Stützpunkten in die Wälder, die Kanalisation und jedes Loch, in das diese Anomalien passen.«

»Die Paragons werden aufgeben. Sie müssen.«

»Das wird sie nicht retten.«

»Was?«

Wexley deutete zurück auf die Fabrik, die in den Berg hinter ihnen gebaut war. »Sieh dir an, was Mynx gebaut hat, Adriana! Das ist globale Vorherrschaft, das ist eine Armee, die weder Nahrung noch Ruhe braucht. Die Champions hätten all ihre Fähigkeiten verlieren können und trotzdem getan, was sie wollten.«

»Aber du hast sie besiegt.«

»Nein. Ich habe genommen, was sie gebaut haben, und es gegen sie gewendet.« Wexley tippte auf den Tisch und rief die meistgesehenen Videos aus der ganzen Welt auf. Alle zeigten Drohnen, die in großen Städten Verwüstung anrichteten und Paragons vernichteten. »Wir haben ihre ultimative Waffe übernommen, und sie werden nie wieder die Chance bekommen, eine neue zu bauen.«

Adriana neigte den Kopf. »Ich verstehe, die Champions zu töten. Sie werden dir nie verzeihen. Aber alle?«

»Ich bin nicht grausam, Adriana«, erwiderte Wexley. »Nur präzise. Jede Anomalie ist eine Bedrohung für uns, aber sie müssen es nicht sein. Eine einfache Lösung: Halte deine Fähigkeiten verborgen, und die Drohnen werden dich in Ruhe lassen.«

Adriana schien nicht ganz zu verstehen, also sagte Wexley es auf andere Weise, um sicherzugehen, dass sie es klar hatte.

»Eine Anomalie, die ihre Kräfte nicht nutzt, ist ein Mensch. Das Leben kehrt zu dem zurück, was es war. Keine Champions, keine Paragons, nur wir.«

Diesmal, bemerkte Wexley, war Adrianas Anstoßen nicht ganz so enthusiastisch.

»Ist das nicht etwas kurzsichtig?«, sagte Adriana, als ihre Gläser klirrten.

»Inwiefern?«

»Du hast selbst gesagt, dass ihr gewonnen habt, indem ihr das gestohlen habt, was die Champions erschaffen haben.« Adriana winkte mit ihrem Glas in Richtung von Mynx' Haus. »Warum jetzt damit aufhören?«

Wexley ging die Worte durch, versuchte Adrianas Bedeutung zu erfassen. Als er sie verstand, bestätigt durch Adrianas langsam wachsendes Lächeln, runzelte er die Stirn.

»Das ist unmöglich«, sagte Wexley.

»Es gab jemanden, der nah dran war. Sogar hier in dieser Stadt. Wir können mit ihrer Forschung beginnen und

sie mit so vielen potenziellen Testsubjekten weiterent-
wickeln.«

»Zu welchem Zweck? Wir beherrschen bereits die Welt.«

»Aber wie lange noch? Wenn wir das hinkriegen, werden
wir diesen Ausblick für immer haben.«

Wexley trank seinen Champagner aus, ohne ein weiteres
Wort zu sagen, beobachtete die Wellen und grübelte. Adriana
ließ ihm Zeit zum Nachdenken, aber er spürte trotzdem ihre
Augen auf sich. Die Anomalien einfach von der Landkarte zu
tilgen wäre die sauberere Lösung.

Aber ihre Kraft zu kontrollieren?

Das würde Zirans Position sichern. Würde sein eigenes
Leben vor irgendeinem Anomalie-Attentäter schützen. Und
vielleicht, nur vielleicht, könnte Adriana die Antworten für
diese selbstzerstörerischen Anomalien finden. Ein nobles Ziel,
in der Tat.

»Noch eine Runde«, rief Wexley der kleinen Servicedrone
zu, und die Maschine summte zurück ins Haus.

»Oh?«, fragte Adriana.

»Ich glaube, wir sind mit dem Feiern noch nicht fertig.
Erzähl mir mehr von dieser Idee.«

Die Morgendämmerung brach über den östlichen Klippen
an, eine violett-orange Explosion. Das Sonnenlicht glitzerte
über dem Ozean. Ein wunderschöner Beginn einer völlig
neuen Welt.

KAPITEL 34

IN DIE ENGE GETRIEBEN

DAS SCHIFF HATTE außer seiner Größe wenig zu bieten. Container stapelten sich geschosshoch in jeder langweiligen Farbe, die Celice sich vorstellen konnte. Die Dunkelheit und ein paar gut platzierte Bestechungsgelder hatten Wachen und Arbeiter vertrieben, als die Gruppe sich näherte, insgesamt zwanzig Personen, die sich durch den Hafen von London bewegten. Zhan-Yo, Mathieu und Benny führten die Gruppe an, alle in schlichten und unauffälligen Kleidern aus dem großen Vorrat der Elementare. Celice spürte das Jucken, das Gewicht ihrer eigenen Jacke, die auf ihr lastete. Ihre Schuhe waren zu eng, Blasen drückten an ihren Füßen.

Das nahm sie aber in Kauf, weil es bedeutete, nicht zu sterben, nicht wieder diesen verdammten Drohnen gegenüberzustehen.

Sie hatten Leichen zurückgelassen, als sie aus dem Tower flohen. Das war es, was Celice nicht aus dem Kopf ging, während die Minuten und Stunden danach verstrichen. Diese Gesichter, verzerrt in kurzlebigem Schmerz, als die Drohnen jeden Paragon, jeden Menschen, den sie treffen konnten, erledigten.

Aegis gab den Rückzug bekannt und Gatete löste ein Loch in der äußeren Mauer des Towers, die ihnen am nächsten war. Die Paragons, die sich noch bewegen konnten, gaben Zhan-Yo, Mathieu und den Agenten bestmögliche Deckung. Eine verlorene, pyrrhische Schlacht, während immer mehr Drohnen eintrafen, herbeigerufen von Londons Außenbezirken und bereit, jede Waffe gegen die Helden einzusetzen, denen sie eigentlich hätten helfen sollen.

Kapseln fuhren vor dem Tower vor, von den Elementaren zur Unterstützung der Evakuierung gerufen. Hätte Celice nicht auf ihren Vater gewartet, wäre sie in der ersten gewesen, zusammen mit Gatete. Sie wäre wie der Paragon-Anführer gefangen gewesen, als die Drohnen taten, was sie konnten, und das Fahrzeug versiegelten, es bewegungsunfähig machten. Gatete versuchte, einen Fluchtweg freizumachen, nur um sich dem Drohnenfeuer gegenüberzusehen.

Die Elementare bewiesen jedoch ihre Findigkeit: einer, in Barista-Uniform, rannte in die Mitte der Straße und schlug auf den Boden. Während alle aus dem Tower flohen, erschien ein Kreis um den Aufschlagpunkt, der sich ausweitete und die Straßenoberfläche aushöhlte wie ein Messer, das eine Belag abschabt. Der Elementar zeigte auf eine Stelle am wachsenden Rand seiner Schöpfung: ein Gullydeckel, der in die städtische Kanalisation führte, dessen Abdeckung von der Anomalie aufgelöst worden war.

Celice übernahm diesmal die Führung und rief allen zu, ihr in einem wilden Sprint zum Loch zu folgen. Sie weigerte sich, auf irgendetwas anderes als das Ziel zu achten, während sie rannte, sprang und durch den Kreis fiel. Die Fähigkeit des Elementars verschwand, als die Drohnen ihn entdeckten, eine Zielerfassung, die tödlich gewesen wäre, hätte Aegis die Frau nicht in seine Arme geschlossen und wäre mit ihr in den Schlamm gesprungen.

Von da an übernahm Benny die Führung, während ein

anderer Paragon seine Fähigkeiten nutzte, um die Öffnung hinter ihnen mit einer zischenden Rohrbruch-Explosion zum Einsturz zu bringen. Ein kläglicher Rest von der Anzahl, die noch vor einer Stunde am Leben gewesen war, aber mehr als null.

Mehr als null.

All diese Einsätze, all diese Missionen, die Celice von den Kontrollräumen der Bastion aus geleitet hatte, bei denen sie Paragons wie diese ausgeschickt hatte, um böse Anomalien zu stoppen oder Naturkatastrophen zu verhindern. Manchmal waren Paragons verletzt worden. Einige starben. Aber nicht so. Nicht von vermeintlichen Verbündeten erbarmungslos zerfetzt.

Nicht einmal Thane hatte auf diese Weise getötet.

Während sie sich vorwärts schleppten, wandten sich Aegis, Zhan-Yo und Benny dem zu, was als Nächstes geschehen würde. Celice ließ das Gespräch durch den Tunnel hallen, immer noch auf der Suche nach einer Möglichkeit, das Geschehene zusammenzufügen.

Und wie es dazu kommen konnte.

»Mynx«, sagte Aegis später, als sie das Versteck der Elementare erreicht hatten. Zwei Duschen dienten der ganzen Gruppe, dazu frische Kleidung. »Sie ist die Einzige mit globaler Kontrolle, die Einzige, die so etwas tun könnte.«

»Sie bräuchte Reeves dafür«, wandte Celice ein. Die fünf saßen an einem Karten-Tisch aus Metall und Gummi, der aussah, als hätte er weitaus mehr Jahrzehnte gesehen als irgendjemand von ihnen. Der Raum um sie herum hatte fleckige Wände, eine unablässig tickende Uhr und genug leere Blicke, um einem die Seele zu rauben. »Die KI würde sie niemals ohne Warnung die Drohnen auf alle hetzen lassen.«

»Sie hat es nicht getan«, erwiderte Aegis, beide Fäuste geballt auf dem Tisch. »Sie haben sie geschnappt und dazu gezwungen.«

»Sie?«, fragte Benny. »Wer sind sie?«

»Meine Freunde«, sagte Zhan-Yo, über einen Becher Tee gebeugt. Der Dampf stieg um seinen Kopf herum auf, aber Zhan-Yo trank ihn trotzdem schlückweise. »Die Drohnen waren ein Plan. Ein letzter Ausweg.«

»Für eure Revolution?«, sagte Aegis, Säure in seiner Stimme.

Benny stand wortlos vom Tisch auf und verließ den Raum. Niemand folgte ihm, niemand kümmerte sich darum.

»Für unsere Freiheit«, entgegnete Mathieu Aegis. »Wenn ihr keinen anderen Weg akzeptieren würdet, dann müssten wir Gewalt anwenden.«

»Das habt ihr doch schon getan, oder nicht?«, sagte Celice. »Der Anschlag in LA? Oder habt ihr das vergessen?«

»Ein verzweifelter Fehler«, erwiderte Zhan-Yo. »Wir dachten, ein letzter Druck könnte euch zum Umdenken bewegen.«

»Weil Terrorismus ja immer funktioniert.«

Celice sah den Faden, der zwischen ihnen allen hing. Ein gezielter Hieb und sie könnte ihn durchschneiden, Aegis dazu bringen, den Tisch umzuwerfen und hier und jetzt einen Kampf zu beginnen. Zhan-Yo hatte seine Schwerter nicht bei sich - die Klingen waren irgendwo in Gatetes Basis - und Mathieu hatte keine sichtbaren Waffen. Eine einfache Rache für all jene, die in LA ihr Leben verloren hatten.

»Beruhigt euch alle«, sagte Benny, der mit einem alten Sixpack zurück in den Raum kam.

Der Elemental knallte das billige Bier auf den Tisch und verteilte es dann an alle.

»Ich trinke nicht mehr«, sagte Zhan-Yo.

»Dann spuck es aus, aber du stößt trotzdem mit uns an«, erwiderte Benny.

»Worauf stoßen wir an?«, fragte Aegis.

»Auf unser Überleben. Ihr seid vielleicht noch neu in diesem Spiel, aber die Elementals arbeiten schon verdammt lange im Verborgenen. Man feiert die großen Siege, damit die kleinen Kämpfe einen nicht zerreißen.«

Celice hob als Erste ihr Glas Richtung Bennys. Nicht weil sie ein überwältigendes Bedürfnis verspürte, die Stimmung zu verbessern, sondern weil ihr die Energie für alles andere fehlte. Ein weiterer Kampf wäre zu viel, zu früh gewesen. Sie hatte all die Leichen noch nicht verarbeitet, die Namen, die ihr bekannt vorkamen: Menschen, die sie nie getroffen, aber mit denen sie Nachrichten ausgetauscht hatte, über die sie in Paragon-Mitteilungen gelesen hatte.

Mathieu schloss sich als Nächster an, ein wenig überraschender Zug für den Mann. Er hatte durchweg seine klugen Karten ausgespielt, und warum sollte er das hier ändern, wo Aegis sonst bereit war, ihm den Kopf abzureißen?

Zhan-Yo und der Champion musterten sich einen langen Moment, lang genug, dass Benny hustete und seine Dose schüttelte. Zhan-Yo machte den ersten Schritt, nickte dem Elemental zu und ließ die Aluminiumdosen klicken. Aegis, der sich seinen letzten Platz gesichert hatte, vollendete den Toast. Benny trank am längsten.

»Um die Drohnen zu stoppen, müssen wir Mynx finden«, erklärte Aegis, während noch Schaum um seine Lippen hing. »Das bedeutet, wir müssen nach Pacifica. Ich nehme an, die Maschinen werden unsere Paragon-Transporte überwachen oder zerstören.«

»Wir nutzen normale Methoden«, sagte Zhan-Yo. »Ein Passagierflugzeug.«

»Nein.« Mathieu griff nach vorn, schnippte sein Tama ab und legte es in die Tischmitte. Mit einer Wischbewegung projizierte das Tama, was wie ein großes Schiff aussah. »Die Drohnen werden Zugriff auf alle Flugpassagiere haben, und wenn Benny nicht aktiver war als ich, werden die gefälschten Ausweise noch eine Weile brauchen. Ich stimme dafür, dass wir in einer Kiste fahren.«

»In einer Kiste?«, fragte Celice. »Einem Schiffcontainer?«

»Keine Scans, die wir nicht kontrollieren können, kein Drohneninteresse«, sagte Mathieu. »Es ist sicher, und die Atlantiküberquerung dauert bei den aktuellen Geschwindigkeiten nicht lange.«

»Wir können euch einen besorgen«, sagte Benny. »Wir bewegen schon lange Material durch diese Dockanlagen.«

Aegis runzelte die Stirn über den Elemental, widersprach aber nicht. Stattdessen stand er auf, seine Bierdose in der Hand. »Ich muss den anderen Bescheid geben, sicherstellen, dass meine Paragons den Kopf einziehen. Macht die Vorbereitungen. Celice, ich vertraue dir.«

Der Champion drückte seiner Tochter kurz die Schulter. Eine nette Geste.

Ein grauer Container markierte ihr Ziel. Er stand offen da, während darüber ein Kran wartete, um ihn auf das Schiff zu verladen. Vorräte für die tagelange Reise waren von Bennys Leuten hinten gestapelt worden, langweilige Kisten gefüllt mit Nahrung, Wasser und anderen Notwendigkeiten.

Die Vierergruppe näherte sich, während Benny am Rand der Dockanlagen Abschied nahm. Er würde sich wieder mit seinem Lieblingspaar, Roger und Sydney, vereinen, um einen Widerstand zu organisieren. Als Celice Benny fragte, wie er damit zurechtkäme, mit jemandem zusammenzuarbeiten, den er erstochen hatte, zuckte Benny mit den Schultern, meinte, Vergangenheit sei Vergangenheit, und lenkte das Gespräch weiter.

Hätte Celice genauso empfunden, hätte sie die London-Reise vielleicht ganz vermieden. Wäre vielleicht bei Mynx in LA geblieben und hätte diese Katastrophe verhindern können.

»Hältst du durch?«, fragte Mathieu, und Celice bemerkte, dass sie ein paar Schritte zurückgefallen war. Aegis und Zhan-Yo waren beim Container angekommen und untersuchten ihn auf Überraschungen.

»Tut mir leid, war abgelenkt«, sagte Celice. »Das ist alles ziemlich viel.«

»Man gewöhnt sich daran«, erwiderte Mathieu.

»Woran gewöhnt man sich? Im Dunkeln zu rennen? Freunde erschossen zu sehen?«

»Leider ja.« Mathieu warf einen düsteren Blick zu Aegis. »Dein Vater hat meine Schwester getötet. Sie arbeitete für Zhan-Yo, und in der Nacht, als er den-«

»Es tut mir leid, aber auch wieder nicht«, unterbrach Celice. »Ich verstehe es. In unserem Leben ist kein Platz für Selbstmitleid. Es gibt nur das, was zum Überleben nötig ist.«

Aegis winkte in ihre Richtung. Der Container war sicher, keine lauernden Hinterhalte.

»Nicht ganz«, sagte Mathieu, während sie die letzten Schritte über den Beton knirschten. »Es ist hart, aber das heißt nicht, dass man keinen Spaß haben kann.«

»Wie zum Beispiel?«

»Wir haben drei Tage vor uns, die wir in einer Metallkiste schmoren werden.« Mathieu griff in seine Jackentasche. »Dachte, wir brauchen was zum Zeitvertreib.«

Seine Hand kam wieder zum Vorschein und hielt ein Kartenspiel.

Das Brummen des Schiffs lieferte den Soundtrack zu ihrem Containerleben. Mathieu und Zhan-Yo, die Karten in der Hand, bezogen eine Seite, während Celice mit ihrem Vater auf der anderen saß und sie auf ihren Tamas Nachrichten tippten. Stundenlang schmiedeten sie Strategien, verarbeiteten die einströmenden Schockwellen darüber, dass Aegis noch lebte, vermischt mit dem drohnenverursachten Horror. Champions und andere Paragon-Anführer aus großen und kleinen Städten suchten nach Anweisungen.

Aegis sagte ihnen, sie sollten sich verstecken. Warten, bis bessere Pläne gemacht werden könnten. Anomaly-Leben seien am wichtigsten. Schließlich, nachdem sie wieder einmal auf Senden gedrückt hatte, konnte Celice nicht anders. Sie legte ihre Hand über den Bildschirm ihres Vaters und zog seine Aufmerksamkeit auf sich.

»Du bist zurückgekommen«, sagte Celice. »Ich verstehe nicht wie, aber du bist zurückgekommen.«

Die Worte klangen offensichtlich, sogar dumm, aber sie waren trotzdem wahr. Celice war um so viele Anomalies herum aufgewachsen, hatte Kräfte gesehen, die fast alles abdeckten, aber der Tod blieb unantastbar. Niemand konnte ins Jenseits greifen und ein Leben zurückholen.

»Mila kann das beantworten«, sagte Aegis. »Sie und Mynx haben mich gemeinsam zurückgeholt.«

»Wann? Wie lange ist das her?«

»Ein Tag? Mynx weckte mich auf, sagte mir, dass Gatete Zhan-Yo hatte und du in Gefahr sein könntest.« Aegis grinste. »Ich sagte, wenn Gatete sich mit dir anlegt, wäre er derjenige in Gefahr, aber Mynx gab mir trotzdem ihren Jet. Sagte ihm, wohin er mich bringen sollte.«

Celice schüttelte den Kopf. »Wir hätten den Jet zurücknehmen sollen.«

»Hab's versucht. Er reagierte nicht mehr, sobald die Drohnen sich wandten. Weiß nicht, wo er gelandet ist. Nicht dass es wichtig wäre. Zurück zur Fabrik zu hetzen würde uns nur umbringen.«

»Mein Vater weigert sich, direkt in die Gefahr zu rennen?«

»Beim letzten Mal hat mich das fast alles gekostet. Wer auch immer die Fabrik übernommen hat, ist nicht schwach. Sie wissen, wer nach ihnen kommt, was bedeutet, wir müssen besser sein.«

Celice blickte zu den Kartenspielern hinüber. »Wir haben sie.«

»Normale«, sagte Aegis, bemerkte dann Celices stechenden Blick und milderte seinen Ausdruck. »Geschickte Normale. Sie werden helfen, aber wir brauchen die Champions, oder so viele wie noch leben. Die Paragons auch.«

Wie oft hatte ihr Vater die Welt gerettet? Er sprach über

den bevorstehenden Angriff der Fabrik, als wäre es nur ein weiteres Problem, das es zu lösen galt. Eine weitere Hürde für die Champions. Celice wollte den Optimismus des Mannes, seine grimmige Entschlossenheit anzweifeln, hielt aber inne.

Aegis lebte. Sie hatten den Anfang eines Plans.

Und für die nächsten paar Tage hatte Celice ihren Vater ganz für sich allein. Damit konnte sie leben.

KAPITEL 35
DER ÜBERFALL

LOB BRACHTE den Trupp einzeln auf das Dach des Gebäudes. Die Nachmittagssonne durchschnitt die Frühlingsluft und bot eine gute Aussicht, mit dem Seeufer zur Linken und dem Ziel direkt voraus. Die örtliche Drohnenreparaturanlage, ein eingezäuntes Gebäude mit flachem Dach, surrte vor sich hin. Der Kampf am frühen Morgen hatte dutzende Drohnen hierher geschickt, die sich nun in Reihen ordneten und zum Eingang der Anlage marschierten.

Calvin wusste nicht, welche Algorithmen drinnen die Drohnen sortieren, definieren und in die richtigen Warteschlangen einteilen würden, aber er konnte das Ergebnis sehen, als die reparierten Drohnen durch die hinteren Türen der Anlage schwirrten. Wie Insekten, die ein Nest verlassen, flogen sie zu ihren Einsätzen davon.

»Sie nennen es Freiheit«, murmelte Smoke, während sie auf ihr Tama starrte und die Gruppe ihre Ausrüstung überprüfte. »Ziran hat irgendeine Erklärung über die Rückeroberung der Menschheit von den Anomalien abgegeben, und alle kaufen es ihm ab.«

»Alle?«, erwiderte Particle und befestigte mehrere gefährlich aussehende Waffen an ihrem Gürtel.

»Alle Kommentare dazu, der Aufmacher, drehen völlig durch«, sagte Smoke.

»Die sind doch bescheuert«, bemerkte Weed, der Anführer, der wie Calvin in geduckter Haltung zur Anlage hinunterblickte.

»Das sind Bots«, fügte Particle hinzu. »Ziran besitzt die Nachrichtennetzwerke. Die können drehen, was sie wollen.«

»Die Leute werden es glauben«, entgegnete Smoke.

Ein Zischen unterbrach das Gespräch, als sich alle zu Lob umdrehten, der gerade ein übel aussehendes Energiegetränk hinunterkippte. Lob leerte die Dose in einem Zug und beendete es mit einem verheerenden Rülpser. Calvin musste trotz allem lachen.

»Konzentriert euch, Leute«, sagte Weed und schnippte mit den Fingern. Der Mann, mit einem dicken Verband unter seiner Uniform, der die Schusswunde bedeckte, sah blass aus. Erschöpfung umrahmte seine hellen Augen. Frischer Kaffee hatte seine Zähne verfärbt. »Es geht gleich los. Unsere Partner werden die Drohnen angreifen, wo immer sie sie finden können, was bedeutet, dass deren Überreste in unsere Richtung kommen werden. Bis sie hier sind, müssen wir diesen Ort unter Kontrolle haben. Ihr kennt alle eure Aufgaben. Lasst uns die Paragons stolz machen.«

Calvin schaute weg, damit Weed sein Augenrollen nicht bemerkte.

Lob machte den Anfang und schoss Calvin als Ersten los. Calvin war noch nie aus einer Kanone geschossen worden, aber er vermutete, dass es sich genau so anfühlen musste: einen Moment noch mit den Füßen fest am Boden, gemütlich, und im nächsten flog er in einem perfekten Bogen durch die Luft. Vereinzelte Häuser breiteten sich unter ihnen aus, die bereiften Gärten sahen hübsch aus, ein paar Menschen waren in der Nachmittagssonne draußen. Einer blickte sogar nach oben und sah Calvin durch die Luft segeln.

Lobs Wurf brachte Calvin nach oben, aber er würde ihm

nicht beim Landen helfen. Das Drohnenlager war fünf Stockwerke hoch, aber das bedeutete trotzdem einen langen Fall von Lobs Wurf. Weed hatte Calvin gesagt, er müsse diesen Zug nicht machen, aber bei dem Überfall würde Überraschung alles bedeuten, und nach dem, was letzte Nacht mit Kat passiert war, hatte Calvin Lust, anzugeben.

Also packte er die Luft mit seiner linken Hand, spürte ihre Partikel und griff sie, schoss ihre lose Ansammlung durch seinen Körper und aus seiner rechten Hand unter sich. Während Calvin fiel, erschuf er immer dickere Luft unter sich, verlangsamte seinen Fall Stück für Stück, bis er mit einer Rolle auf dem Reparaturdach aufkam.

Die Metallplatten boten wenig Komfort und noch weniger Schutz, und die drei Drohnen, die ihre beschädigten Artgenossen bewachten, schwenkten ihre spinnenartigen Körper in Calvins Richtung. Ihre schwarzen Metallkörper, schmutzig, absorbierten das Sonnenlicht, als sie sich über die Gebäudeseiten erhoben und nach Calvin suchten.

Zu langsam.

Calvin legte seine rechte Hand auf das Dach, packte das Metall und riss es auf, sodass die Struktur in Bändern um ihn herum wegflog. Das Metall formte sich zu einem dünnen Kreis um, nicht genug, um gegen irgendetwas zu schützen, aber genug, um Calvin zu verbergen.

Als die Drohnen feuerten, durchbrachen ihre Kugeln die Barriere und prallten direkt durch die andere Seite. Calvin ließ sich durch das Loch fallen, das er geschaffen hatte, und landete auf einem Stahlträger im Inneren der Struktur.

»Ich bin drin«, sagte Calvin durch sein Tama. »Das Loch ist fertig und wartet.«

»Komme«, antwortete Lob. »Du hast dir ein paar Freunde gemacht.«

»Hab ich mit gerechnet.«

Calvin stand auf einem großen, dunkelroten Querträger. Drei weitere wie dieser erstreckten sich durch die umgebaute

Anlage von einem Ende zum anderen. Vertikale, kürzere Träger standen alle paar Meter und verbanden die Querträger mit dem Dach. Unten filterten sich Drohnen in ihre Reihen ein, marschierten an noch mehr Drohnen mit wirbelnden Armen vorbei, Schweißsprühern und weiteren, die alle damit beschäftigt waren, ihre Maschinengenossen zu reparieren. Die Luft stank nach verbrannten Kabeln und geschmolzenem Metall, und Calvin merkte, wie er am ganzen Körper schwitzte. Funken knisterten, schneidende Geräusche ertönten, als Teile zusammengefügt wurden.

Für einen kurzen Moment stellte sich Calvin die ganze Welt voller solcher Orte vor, Maschinen, die mehr Maschinen herstellten, die Menschen aussterben ließen.

Seine fliegenden Drohnenverfolger errieten Calvins Ziel und schwebten durch den Haupteingang der Anlage, jagten ihn mit ihren suchenden Lichtern. Nach seinem Eintritt änderte Calvin seine Taktik.

Mit seiner linken Hand packte Calvin den vertikalen Träger, hielt sich fest und zog dessen harten Stahl heraus. Seine rechte Hand verwandelte den Stahl in scharfe Spitzen, die Calvin auf die sich nähernden Drohnen warf. Jede wie ein Dolch trafen die Spitzen ihr Ziel, drangen in die Drohnen ein und schickten die ersten beiden in einen Spiralflug. Die Drohnen behielten gerade noch genug Kontrolle, um den Reparaturlinien auszuweichen, bevor sie in den Ecken des Gebäudes zusammenbrachen.

Die dritte kam von hinten.

Calvin wirbelte herum, sah die Drohne feuern und erwartete, dass die Kugeln ihn niederstrecken würden. Stattdessen gingen sie weit rechts vorbei, pfiffen nur Zentimeter an ihm vorbei. Der Grund dafür landete neben Calvin, Smoke schrie ihm zu, er solle die Maschine ausschalten.

Eine weitere Spitze erledigte den Job.

»Es ist nicht einfach, sie zu täuschen«, sagte Smoke und kauerte sich hin, um sich mit beiden Händen am Träger festzuhalten. »Ich verschaffe uns einen verschwommenen Ausweg.«

»Hey, es hat funktioniert«, sagte Calvin und wandte seine Aufmerksamkeit der Linie unter ihnen zu.

Sein vertikaler Träger, der für die Stacheln geplündert worden war, teilte sich, als Calvin noch etwas mehr absaugte. Er verwandelte den Stahl in einen Splitterhaufen und ließ ihn dann auf das Fließband regnen. Jeder Splitter, extrem scharf, glitt durch die Maschinen und durchtrennte Kabel, blockierte Schaltkreise und Schlimmeres. Das Fließband stotterte, einige Drohnen fielen sofort aus, während andere ruckartig wieder in Gang kamen.

»Lass uns den da drüben nehmen«, sagte Calvin und zeigte auf den nächsten vertikalen Träger.

Ein Poltern von oben verriet, dass Lob ein weiteres Mitglied abgesetzt hatte, und Particle meldete sich durch Calvins Dachluke.

»Der Späher ist in Position«, sagte Particle. »Fangt an mit der Zerstörung.«

»Sind schon dabei«, antwortete Smoke, während die beiden zum nächsten Träger eilten.

Calvin wiederholte seine Arbeit, schälte Mikrosplitter ab und schickte sie schneidend durch die Maschinen unter ihnen. Zwar nicht so einzeln verheerend wie die Stacheln, machten die Splitter das durch ihre bessere Flächendeckung wett. Er schleuderte die Splitter durch die ganze Anlage und zerschnitt die Drohnen an all den kleinen Stellen, die die Maschinen am Laufen hielten.

Wie in einem Spiel, reines Zielschießen.

»Mehr im Anmarsch«, sagte Weed einige Minuten später. Er, Lob und Particle hielten auf dem Dach Wache, während Calvin weiter die Drohnen vernichtete. »Von allen Seiten.«

»Haltet sie auf«, erwiderte Calvin, während er mit Smoke zu einem weiteren Querträger tiefer in der Anlage lief. »Nicht mehr lange.«

Obwohl er auf einem schmalen Träger hoch über einem mit Robotern vollgepackten Boden lief, die nicht zögern würden, ihn zu zerstückeln, hielt Calvin ein schnelles Tempo. Er zuckte nicht zusammen, hielt nicht inne, um tief durchzuatmen und Mut zu sammeln. Diese entschlossene Ruhe hatte er schon früher gespürt, mit Kat auf ihren Missionen, Wexley zu finden und auszuschalten. Jetzt, mit einem vollständigen Team um sich herum, schob Calvin seine Ängste beiseite und konzentrierte sich auf das Ziel.

Diese Drohnen zu zerstören bedeutete, Chicago zu schützen. Die Paragons könnten sich neu formieren, die Stadt befestigen, bis jemand herausfand, was Wexley mit Mynx gemacht hatte. Kat könnte gesund werden, Calvin könnte mit Seeker Gassi gehen und den Beschützer spielen.

Calvin lächelte, als er den nächsten vertikalen Träger erreichte, seine Hand dagegen schlug und einen weiteren Splitterregen aufsog. Er klang, als hätte er ein Zuhause.

»Tracker!« rief Smoke und lenkte Calvins Aufmerksamkeit auf die Wand, die ihnen am nächsten war.

Fünf käferartige Drohnen krochen an der Oberfläche hoch in Richtung der Querträger. Sie mussten gerade erst repariert worden sein und schlugen sofort zu. Nicht dass es eine Rolle spielte. Calvin bewegte sein rechtes Handgelenk und drehte die Splitter, die jeweils durch den winzigsten Metallfaden mit seiner Hand verbunden waren. Wie eine Peitsche schnippte Calvin mit dem Handgelenk und ließ die Fäden los, schleuderte die winzigen Stacheln an deren Enden.

Die Tracker mussten dazugelernt haben.

Sobald Calvin die Splitter bewegte, brachen die Drohnen ihre Formation auf. Zwei schossen so schnell wie möglich nach oben zur Decke. Die an den Seiten brachen in diese Richtungen aus und steuerten auf andere Querträger zu. Und eine beschloss, den Märtyrer zu spielen, und stürmte direkt auf Calvins Träger. Der Paragon peitschte seine Splitter und ließ den Regen nach vorne niedergehen.

Die Drohne zuckte, als ihre Gelenke ihre durchtrennten Drähte fanden, ihre Sensoren zerschmettert. Ein Bein verfehlte einen Schritt und die Drohne taumelte nach rechts, fiel dann vom Träger und stürzte funkensprühend auf eine unglückliche Maschine unter ihnen.

»Bewegung!« rief Smoke, und Calvin stimmte zu. Die beiden Tracker-Drohnen waren fast über ihnen, und das andere Paar würde die Paragons in Sekunden in die Falle locken. »Rüber und raus. Wir haben genug Schaden angerichtet, oder?«

Calvin folgte Smoke, während sie sprach, und rannte über den Träger, der die Mitte der Anlage durchschnitt. Unter ihnen loderten Feuer auf, durchschnittene Kabel fanden in verschüttetem Schmiermittel und auslaufenden Batterien ihre Chance. Diese Flammen würden sich ausbreiten, möglicherweise genug, um das ganze Gebäude zu verschlingen. So oder so würde das Zentrum für eine Weile nichts reparieren können.

»Ich denke, wir sind fertig«, sagte Calvin und blickte nach oben, wo er Smoke ganz drüben sah.

Eine Tracker-Drohne fiel von der Decke, als Calvin sprach, krachte auf den Träger hinter Smoke und schnitt sie von Calvin ab. Die Paragon zog eine Standardpistole aus ihrem Gürtel und feuerte einen Schuss ab, die Kugel erzeugte einen Funken und sonst nichts an der Drohne. Der Tracker drehte sich auch nicht zu ihr um, sondern behielt stattdessen seinen Fokus auf Calvin.

Hinter sich hörte Calvin die anderen beiden Tracker schnell näherkommen. Oben schien der, der nicht heruntergesprungen war, Smokes Position anzupeilen.

»Wir brauchen Rettung!« rief Calvin in sein Tama und schlug mit der linken Hand auf den Querträger.

Die Tracker-Drohne vorne stürmte los, stählerne Klauen griffen nach Calvin. Beängstigend, sicher, aber die Drohne war nichts im Vergleich zu Seekers weißer, knurrender Bedrohung. Damals hatte Calvin etwas Metall aus dem Schrottplatz gesaugt, um den Hund wegzustoßen.

Diesmal wählte er einen anderen Ansatz.

Calvin zog alles aus dem Träger, was er konnte, warf seine rechte Hand nach hinten und sprühte das Metall in einem engen Geflecht aus. Während die Drohne von vorne anlief, verschwand der Träger unter ihren Beinen, bis ihre Klauen keinen Halt mehr fanden. Mit einem letzten Sprung streiften die greifenden Klauen der Drohne Calvins Uniform und schnitten eine schöne Linie über seine Brust.

Dann fiel sie in das wachsende Inferno.

Pistolenschüsse rissen Calvins Aufmerksamkeit zu Smoke, die auf die letzte Drohne feuerte. Die Maschine ließ sich nahe der heimlichen Paragon herab und ignorierte ihre Treffer. Sie wich zu Calvin zurück, wackelte auf dem Träger und ließ ihre Waffe fallen, um das Gleichgewicht zu halten.

Calvin schoss den Stahlstachel über ihren Kopf. Die Lanze, lang, dünn und scharf genug, um es mit Diamanten aufzunehmen, traf und versank in der Drohne. Das Ding stürzte trotzdem vorwärts, aber Smoke hatte sich genug gefangen, um das führende Bein der Drohne zu packen und vom Träger wegzuziehen. Aus dem Gleichgewicht gebracht, taumelte die Drohne herunter, ihre zappelnden Gliedmaßen erwischten Smokes Bein und versuchten sie mitzureißen.

Oder hätten es getan, wenn Calvin nicht mit dem letzten verbliebenen Faden des Trägers eine Stahlseidenlinie in Smokes Richtung geworfen hätte.

»Schnapp sie dir!« schrie Calvin und versuchte, auf dem dünnen Blech unter seinen Füßen das Gleichgewicht zu halten. Der Querträger hatte nach Calvins Absaugaktionen kaum noch Halt, und er konnte spüren, wie sich die Dehnung unter ihm bog. »Schnell!«

Smoke erwischte den Faden, wickelte ihn um ihr linkes Handgelenk, während sie über dem brodelnden Feuer hing. Smoke, das dunkle, stinkende Zeug, stieg um sie herum auf.

Calvin gab seine linke Hand auf und benutzte sie stattdessen, um seinen Mund zu bedecken, damit er atmen konnte. Smoke legte ihre Hände übereinander und kletterte hoch, während Calvin sich Schritt für Schritt zum dickeren Teil des Trägers vorarbeitete.

»Guter Wurf«, sagte Smoke, als sie ihre Finger auf den Träger bekam. Calvin zog sie mit seinem besseren Stand hoch. »Wenn ich das nächste Mal Drohnen zerstört haben muss, weiß ich, wen ich anrufe.«

»Hilft, wenn ich gute Waffen habe«, sagte Calvin und nickte zu den dünnen Trägerresten.

Smoke hustete: »Ich denke, wir sind hier fertig.«

»Suche schon nach einem Ausweg.«

Das Loch im Dach, ihr Eingang und beste Chance auf einen Ausweg, lag links. Die zunehmende Hitze und Asche in der Anlage machten den kurzen Weg zu einer beängstigenden Herausforderung, wobei Calvin sich mehr tastend als sehend am Träger entlang bewegte. Der Rauch diente als Wegweiser, die dunkle, treibende Masse strömte als willkommener Ausweg zum Loch hin.

Calvin wollte fragen, wo die anderen waren, aber den Mund zu öffnen, während seine Augen bereits brannten und seine Uniform sich anfühlte, als würde sie mit seiner Haut verschmelzen, schien keine gute Idee. Er konnte nicht mehr erkennen, ob Smoke ihm folgte. Ob sie heruntergefallen oder erstickt war, konnte Calvin nicht wissen.

Etwas erregte seine Aufmerksamkeit, zog seinen Blick nach oben und rechts. Calvin wäre beinahe am Loch vorbeigekrochen, das im pechschwarzen Rauch unsichtbar war. Eine Hand reichte herunter, tastete nach Calvins Schulter und dann zu seinem Arm. Von oben kamen Husten, aber die Hand packte fest zu, also stieß Calvin sich nach oben ab.

Egal was auf der anderen Seite lag, es wäre besser als in diesem Gebäude zu verbrennen.

Als die erste Hand Calvin hochzog, griffen andere nach

seinen Schultern. Sie waren klein, hunderte von Punkten, die sich wie ein lebendiges Netz um ihn schlangen, um Halt zu finden und ihn hochzuziehen. Calvin brauchte einen heißen Moment, um zu begreifen, was geschah. Die Erkenntnis kam erst, als er die Dachkante erreichte und über die Seite kam, wo er Weed sah, tausendfach, um den Kreis versammelt. Seine Klone, die in unterschiedlichen Geschwindigkeiten wuchsen, tauchten wieder hinab, um Smoke zu holen, während Calvin auf den Metallplatten liegend hustete, bis seine Lungen leer waren, und dann noch einmal.

»Gute Arbeit da drinnen«, sagte Particle, der mit einem Sturmgewehr über ihm stand und gezielte Schüsse abgab.

»Du bist als Nächstes dran«, keuchte Calvin.

Weeds kleine Menschenkette fand Smoke und zog sie aus den Flammen, ließ sie neben Calvin auf dem Dach fallen. Ihre Uniform sah verkohlt aus, in ihrem Haar glühten Funken. Zwei kleinkindergroße Weeds liefen herbei und klopften sie aus, während Smoke hustete und Calvin sich aufrichtete.

Formen füllten den Morgenhimmel um die Anlage: Drohnen, die herbeiflogen oder vom noch nicht brennenden Boden aufstiegen. Während Particle sorgfältig zielte und Kugeln verschoss, schien der Angriff wenig Einfluss auf die herannahende Armada zu haben.

»Worauf warten sie?«, fragte Calvin. »Sie sollten uns längst erledigt haben?«

»Drohnenstrategie«, antwortete Weed, während der echte zu ihnen kam und seine Kopien sich über das Dach verteilten und Ziele bildeten. Lob folgte dem Anführer, stützte Smoke unter dem Arm und half ihr auf die Beine. »Jeden Fluchtweg abschneiden, gemeinsam feuern. Keine Chance zu entkommen.«

»Du klingst nicht besorgt deswegen?«

»Lob«, sagte Weed, »los geht's.«

»Bin dabei.« Lob wartete nicht auf Smokes Einverständnis,

er sprang einfach mit ihr vom Dach und verschwand in den Himmel.

»Das sind schon mal zwei von uns«, erwiderte Calvin, während Particle einen weiteren Schuss abgab. Er zerschmetterte die Frontkamera einer nahen Drohne, deren schwarzes Glas wie zackiges Konfetti auf den Beton unter ihnen fiel.

»Er kommt zurück«, antwortete Weed. »Wir müssen nur bis dahin überleben.«

Zu besseren Zeiten hätte Calvin eine freche Antwort für Weed parat gehabt. Hier, auf diesem sonnengefluteten Dach mit Drohnen, die von allen Seiten näher kamen, hielt er den Mund und ließ seine Hände sprechen. Mit seiner Linken fühlte Calvin die Luft um sich herum, die sich verbindenden Moleküle machten sich seinem Gespür bemerkbar. Er fand, was er wollte, und zog daran, ein Griff, der von seiner Haut ausging und den überall schwebenden Stickstoff einfing.

Eine Drohne kam an Calvins rechter Seite hoch, schoss über die Dachkante mit bereiten Waffen. Particle hatte das Gewehr auf die Anlage gerichtet, zurück zur Stadt und anderen herannahenden Feinden. Weeds Horde tanzte über das Dach, bot Deckung und sprang auf die Drohnen zu, die dumm genug waren, zu nahe zu kommen.

Calvin erwischte diese mit seiner Rechten, packte den Stickstoff und schickte ihn als schmale Lanze zur Drohne. Die verdichtete Luft traf die Nase der Drohne, drückte sie nach unten, als die Maschine feuerte. Kugeln und Schlimmeres entluden sich in die Anlagenwand, sprengten ein Loch hinein und ließen feurigen Rauch ausströmen. Der Dunst verbarg die Drohne und zwang Calvin, mehr Luftwellen hindurchzuschicken, jede einzelne klärte den Rauch genug, um die Maschine zu verfolgen, während sie sich neu ausrichtete. Calvin zielte auf den Flügel der Drohne, traf ihn und schickte den Metallvogel ins Trudeln.

Keine Abschüsse, nur Verzögerungen.

Particles Gewehr knallte, zeitgleich mit Lobs krachendem

Rückkehr. Der ergraute Mann landete zwischen seinen Anomalie-Teamkollegen und packte ohne zu zögern Particle. Die beiden sprangen davon, Particles Gewehr fiel ihnen dabei aus den Händen und polterte vom Dach.

Ohne Particles Gewehrfeuer und ständige Ablenkung griffen die Drohnen an. Weed rief eine Warnung – all seine kleinen Ichs schrien gemeinsam – und Calvin hechtete zum rauchenden Loch. Nicht dass er ins Feuer wollte, aber während Kugeln um ihn herum aufs Dach prasselten, bot der schwarze Qualm etwas Deckung.

Calvin streckte seine Hand in den Rauch, fand den Ruß und verteilte ihn, ließ den brennenden Ruß in einer grau-schwarzen Kugel um sich herum ausbreiten. Er rollte sich darin zusammen und zielte auf die Dachkante. Alles lief jetzt instinktiv ab, ohne Worte oder echte Gedanken außer Flucht. Sie hatten die Mission erfüllt, jetzt musste Calvin nur noch überleben.

Das Dach gab nach. Einen Moment hatte Calvin noch feste Metallplatten unter sich, im nächsten fühlte er sich schwere-los, treibend. Krachen und unmenschliches Stöhnen dröhnten hinter dem ständigen Gewehrfeuer, als Träger splitterten und Wände ihren Halt verloren. Rauch verschleierte seine Sicht, ließ Calvin herumtasten, seine Hände ausgestreckt, während das Gebäude einstürzte.

Hände packten ihn, Körper, kleine, drängten sich um Calvin, als seine Platte ihren letzten Fall begann, vom Dach rutschte und Richtung Boden glitt. Als er den Rauch verließ, sah Calvin den blauen Himmel über sich, gespickt mit Droh-nen. Und eine Gestalt: Lob, der zurückkam.

Aber nicht zu Calvin. Lobs Kurs führte ihn zur Vorderseite der Anlage, zu Weed, während die kleinen Klone des Para-gon-Anführers Calvin in ihrem Gedränge begruben.

Der Grund wurde klar, als sie den Boden trafen.

Die Platte schlug zuerst auf, traf auf brennende Trümmer und rutschte weg, schleuderte Calvin mit sich. Weeds Klone klammerten sich fest, blieben still, während jeder Aufprall sie erschütterte und Calvins lebende Rüstung weggerissen wurde. Als die Platte auf Beton traf, stoppte sie, schleuderte Calvin weiter und verlor seine letzten verbliebenen Klone. Auf dem Rücken liegend und nach Luft schnappend sah Calvin Lobs Rückkehr in den Himmel, Weed in seinem Griff.

Einige Drohnen jagten diesen Anomalien nach. Die anderen kamen zu ihm. Calvin spürte den Beton unter seinen Handflächen, begann ihn aufzunehmen und hob seine rechte Hand.

Der erste Pfeil traf seine Brust. Der zweite seinen Bauch. Sie brannten beim Aufprall, wurden dann taub. Ein Gladiator landete krachend neben Calvins Kopf, Waffen bereit. Ein Metallarm, am Ende mit einer Vorrichtung versehen, die dafür gedacht war, Türen und Schlimmeres aus ihren Angeln zu reißen, streckte sich nach ihm aus. Was er mit seinem Körper machen würde, wollte Calvin nicht wissen.

Glücklicherweise taten die Pfeile ihre Arbeit, und Calvin sah nichts mehr, fühlte nichts mehr.

KAPITEL 36
ZURÜCK ZUM ANFANG

EIN WORTLOSES BRÜLLEN erfüllte die zerstörte Paragon-Halle und übertönte die Kugeln in seiner widerhallenden Wut. Über Daw gebeugt spürte Cassidy, wie ihre Leeren nachließen, und lächelte. Sie kannte diesen Klang gut und wusste, was folgen würde. Die Drohnen würden sie vielleicht kriegen, aber sie würden dafür bezahlen.

Der Boden bebte, diesmal keine fundamenterschütternde Explosion, sondern tiefe, knochenbrechende Schläge, die zu einer bestimmten Anomalie gehörten. Glas zerbarst und kleinere Knalle folgten, als Dekorationen, die nicht für Erdbeben gedacht waren, herunterfielen.

Cassidy spürte ein Zwicken an ihrem Knöchel, drehte sich um und sah eine Verfolgerdrohne, deren insektenartigen Klauen sich unter ihre Leeren schlichen, um zuzustechen. Die Metallklingen kratzten nach ihr, während Cassidy ihre Beine einzog. Weiterhin prasselten Kugeln herab und hielten ihre Leeren an Ort und Stelle. Eine weitere zu beschwören würde Cassidy auf vier Leeren gleichzeitig bringen, eine Zahl, die sie nie erreicht hatte und die sie wahrscheinlich eher töten als retten würde.

»Was passiert hier?«, fragte Daw, seine Augen flackerten auf.

»Bleib still. Ich habe uns mit Leeren umhüllt.«

Die Verfolgerdrohne stieß vor, hinterließ einen Schnitt an Cassidys Bein und riss eine Naht entlang ihrer Wade auf. Sie schrie auf, unterdrückte dann den Laut. Versuchte einen Tritt, der vom Metall der Drohne abprallte.

»Aber wenn du noch andere Tricks auf Lager hast, Kleiner, dann ist jetzt der richtige Zeitpunkt.«

Daw blickte an Cassidy vorbei, blinzelte die Verfolgerdrohne an. Cassidy, der der Leerenhitze den Schweiß übers Gesicht trieb, lauschte auf eine Pause, irgendeine Pause im Kugelhagel. Vielleicht könnte sie in der Sekunde, in der eine Drohne nachlud oder die Waffen wechselte, eine neue Leere auf die Verfolgerdrohne werfen und-

Der Paragon *flackerte.* Daws Körper, mit Cassidys Hand auf seiner Schulter, verschwand und tauchte wieder auf, ihre Hand bewegte sich in den Raum und wurde dann hart zurückgestoßen, als Daw wieder erschien.

»Versuch nochmal, sie zu treten«, sagte Daw.

Cassidy brauchte nicht viel Ermutigung, als die Verfolgerdrohne wieder nach vorne kam, diesmal mit beiden Vorderklauen bereit zum Schneiden. Sie trat zu, ihr Stiefel flackerte durch die Nase der Verfolgerdrohne. Daws Fähigkeit ließ Cassidy wieder fest werden, die Kraft verbog die anstürmende Maschine wie Balsaholz. Die Tausendfüßler-Maschine wurde zurückgedrückt, unflexibles Metall knallte, brach, zerbarst. Gelenke knackten, Funken fanden ihren Weg in die Freiheit, und Kühlmittel zischte in einem kalten grauen Schwall heraus.

Die Leeren schnappten bei Cassidys Überraschung, ihre Konzentration brach, als ihr Stiefel die Verfolgerdrohne zurückwarf. Die zusammenbrechenden Leeren verursachten einen sofortigen eisigen Schauer durch Cassidys Nerven, und

Panik flammte auf, als sie sich von Daw wegrollte und versuchte, eine weitere Leere zurückzubringen.

Drei Gladiatoren umringten den Paragon und seine Beschützerin, alle registrierten die verschwundenen Leeren. Cassidy erwartete, dass ihre Kugeln in der nächsten Sekunde neue Heimaten finden würden, aber das Maschinentrio feuerte nicht auf das Anomalie-Paar. Stattdessen wirbelten alle drei herum, um den Gang hinunterzublicken.

Ein weiteres Brüllen gab den Grund. Cassidy spürte die Luft von Thanes Geheul ihr Haar bewegen, fühlte ihre Knochen zittern, als die Anomalie über ihr landete und der Holzboden bei seiner Ankunft krachte. Der riesige Mann, sein feines Haar passend zu Thanes zerrissenem Outfit, bewegte sich weiter, sprang über einen flackernden Daw, um den mittleren Gladiator in einem stürmischen Angriff zu tackeln.

Cassidy konnte sich nicht als Drohnenexpertin bezeichnen, aber Gladiatoren hatten Größe und Kraft im Überfluss. Dieser hier erreichte fast Thanes Höhe und schnappte seine Gelenke in Position, um Thane mit einem Griff zu empfangen. Die beiden Titanen hätten zusammenprallen und steckenbleiben sollen, aber stattdessen riss Thane durch den Gladiator, als hätte er seinen Stahl durch Seide ersetzt. Die große Maschine teilte sich in zwei Hälften, jede in einer von Thanes Händen.

Daw flackerte erneut.

Kugeln flogen von den anderen beiden Gladiatoren herein, trafen und hinterließen rote Striemen auf Thanes muskelbepackter Haut. Die rasende Anomalie wirbelte herum, hielt immer noch die zerstörten Drohnenhälften und schleuderte je eine auf seine beiden verbleibenden Angreifer. Weit entfernt von dem feinen, schwachen Zeug, das Thane gerade zerstört hatte, trafen die zerbrochenen Hälften ihre Mitdrohnen mit knackenden Schlägen. Der Gladiator zu Cassidys Rechten verlor seinen Kopf in einem Funkenschauer, während der zu ihrer Linken seine Beine verrenkt hatte, als die Maschine versuchte auszuweichen.

Eine Leere flüsterte an ihren Fingerspitzen, und Cassidy warf sie, während Thane den verbleibenden Gladiator anbrüllte. Die winzige Leere, ihr Nexus einen halben Meter breit, peitschte in die stolpernde Drohne und erfasste das Zentrum der Maschine, riss Drähte, Gelenke und Spulen auseinander. Mit einem elektrischen Stöhnen sank der Gladiator zu Boden, dunkel und tot.

Mit hebenden Schultern wirbelte Thane hin und her, suchte nach mehr Drohnen zum Zerreißen. Cassidy sah keine, hörte keine weiteren Schreie aus den tieferen Bereichen der Einrichtung. Vielleicht waren sie alle zerstört, oder-

»Ein Rückzug, nichts weiter«, verkündete Apinya hinter Cassidy.

Der Champion näherte sich, flankiert von mehreren Paragon-Trupps. Die Anomalien waren nicht unversehrt, viele hielten Arme oder einander zur Unterstützung. Die meisten hatten einen terrorisierten Glanz in den Augen, ihre langsamen Schritte.

Cassidy spürte einen wütenden, bestätigten Schub: Jetzt wussten diese hochmütigen Meister, wie es sich anfühlte, von Drohnen angegriffen zu werden. Sie hatte so lange unter diesem Schatten gelebt ...

»Hey«, sagte Daw, seine Stimme holte Cassidy zurück, während Apinya seinen Paragons Befehle erteilte. Ein Trupp ging an der Seite entlang und folgte Cassidys Kindern, während ein anderer zu den Räumen aufbrach, die Cassidy zuvor geräumt hatte. »Danke, dass du mich gerettet hast.«

»Das habe ich nicht«, sagte Cassidy und kroch neben Daw. Sie betrachtete ihr zerfetztes Bein und zuckte zusammen. Der Schmerz würde stärker werden, sobald das Adrenalin nachließ. »Das war Thane.«

»Nein.« Daw setzte sich auf, legte eine Hand auf seinen Bauch und stöhnte, bevor er sich wieder hinlegte. Cassidy schaffte es, eine Hand hinter den Kopf des jungen Mannes zu legen und seinen Fall abzufedern. »Du hast mir Zeit verschafft. Ich half deinem Freund. Teamwork, oder?«

Vor ihnen näherte sich Apinya Thane, der Champion streckte die Hände aus, während sein letzter Paragon-Trupp sich an den Seiten des Flurs verteilte und wachsame Blicke um sich warf. Thane knurrte, als Apinya näher kam, und Cassidy fragte sich, ob Thanes Vergangenheit hier und jetzt zurückkehren und Apinyas Kopf vom Körper reißen würde.

Stattdessen schrumpfte Thane zusammen. Seine Muskeln schwanden, seine Haut wurde schlaff, bevor sie sich um seinen kleineren Körper spannte. Wo eben noch ein Riese stand, traf nun binnen Sekunden ein leicht gebeugter, dünner älterer Mann, kaum größer als Cassidy, Apinyas Hände mit seinen eigenen.

»Teamwork«, sagte Cassidy. »Die Paragons werden dir das geben, solange du nach ihren Regeln spielst.«

»Klar, aber welche andere Wahl hast du?«, fragte Daw.

Thane gab Informationen preis, während Apinya seine verbliebenen Paragons aus der Einrichtung führte. Da sie nirgendwo hin konnte, blieb Cassidy bei der Gruppe, wobei Thane ihr half, mit ihrem verletzten Bein zu gehen, und den geringen Schutz vor zukünftigen Drohnenangriffen annahm. Die bunt zusammengewürfelte Gruppe folgte der Route der Kinder, hielt sich so nah wie möglich am Wasser und unter Brücken, während sie sich in Richtung Bangkoks Außenbezirke und die dahinterliegenden Wälder bewegten.

Notfallsirenen hallten durch Bangkoks spätnächtlichen Verkehr, als Brandschutzdrohnen und ihre menschlichen Partner an der beschädigten Einrichtung zusammenkamen. Jedes donnernde Vorbeifahren drängte die flüchtende Gruppe zunächst dazu, sich in den Büschen zu verstecken, bis die Häufigkeit Apinya zwang, sie trotzdem weiterzubewegen.

Glücklicherweise hatte derjenige, der die Paragon-Drohnen auf Angriffskurs geschickt hatte, nicht das Gleiche mit den zivilen Robotern getan. Keiner wich von seinem Einsatzkurs ab, um gegen die Anomalien vorzugehen, die durch das Gebüsch schlichen, nach Mücken schlugen und versuchten, ihr zertrümmertes Leben zu verarbeiten.

Die Maschinen hätten ohne Vorwarnung ihre Gesinnung geändert, sagte Thane. Er und Apinya waren tief in einem neuen Plan zur Umgestaltung der Gesellschaft versunken gewesen - Cassidy verdrehte hier möglicherweise die Augen, trotz ihrer Erschöpfung -, als zwei ältere Wächterdrohnen in der Nähe ihre Waffen erhoben und die Paragons im Flur draußen angriffen.

»Er ließ mich nicht los«, sagte Thane, und Cassidy musste nicht fragen, wen er meinte. »Selbst als seine eigenen Leute starben, hielt Apinya mich zurück. Er versetzte mich auf eine Wiese, umgab mich mit Schmetterlingen unter einem klaren blauen Himmel.«

»Das hat funktioniert?«

»Ich bin immer noch ein Mensch, auch wenn alle etwas anderes glauben wollen. Überzeuge mich davon, dass ich an einem friedlichen Ort bin, und ich werde friedlich bleiben.«

Dieser Zauber hielt an, bis Apinya selbst angegriffen wurde, was die Konzentration des Champions brach und Thane aus einem glückseligen Tag in einen von Feuer und Kugeln zerrissenen Krieg stürzte. Seinem zornigen Ich nachzugeben, brauchte nur wenige Sekunden, und Thane hatte mehr als genug Ziele. Er ging durch die Reihen und zerstörte eine Drohne nach der anderen, wobei er fast auch einige Paragons erwischt hätte.

»Ich hätte sie alle getötet, aber Apinya fand einen Weg, mich zu manipulieren«, sagte Thane, und wo Cassidy ein Stirnrunzeln erwartet hatte, zauberte die Anomalie stattdessen ein Lächeln hervor. »Er konzentrierte sich neu, versetzte mich an einen anderen Ort. Diesmal nicht friedlich, aber er verhüllte jeden Paragon mit etwas, das ich selbst in meinem schlimmsten Zustand nicht angreifen würde.«

»Wage ich zu fragen, was?«

»Du, Cassidy.«

Der Mann sagte die Worte, als erwarte er, dass sie süß rüberkämen. Ein liebevolles Zeichen, dass Thane noch Zuneigung für Cassidy empfand. Und vielleicht wäre es das auch gewesen, wenn Thane sie nicht gerade im Stich gelassen hätte, Cassidy zum Verrotten zurückgelassen hätte, nachdem er sie in eine Stadt gebracht hatte, die sie nicht kannte, sie von der Insel weggezerrt hatte. Sicher, der Ort war ein Gefängnis gewesen, aber sie hatte dort ein Leben gehabt.

Ein Zuhause.

»Du bist so still«, sagte Thane, als die Kolonne unter einer weiteren Brücke durchging und Bangkoks Stadtbild endlich verblasste.

Der Mond spendete wenigstens ein willkommenes, hell-weißes Leuchten. Etwas, das Cassidy anschauen konnte, während sie versuchte herauszufinden, wie sie dem berüchtigtsten Schurken der Welt sagen sollte, dass er ein Arschloch war. Der Blick zum Himmel verhinderte, dass Cassidy einen Stein bemerkte, und darauf zu treten verdrehte ihr Bein auf unangenehme Weise. Sie wollte fluchen, schreien, aber beides hätte nicht geholfen, also biss sie die Zähne zusammen, während Thane ihr half, das Gleichgewicht zu halten.

Zeit, das Thema zu wechseln.

»Das war dein großer Plan, oder?«, fragte Cassidy. »All diese Drohnen zu übernehmen und sie in deine private, unparteiische Armee zu verwandeln?«

»Ein Plan, der immer noch funktionieren kann«, erwiderte Thane, ohne Anzeichen zu zeigen, dass Cassidys Abfuhr seine Gefühle verletzt hatte. »Die falschen Hände sind jetzt an den Kontrollen. Wenn überhaupt, hat dies gezeigt, wie effektiv meine Idee wäre.«

»Ja, nur Terror und Blut. Klingt wunderbar.«

»Aber es wäre nicht unser Blut, unser Terror. Nur diejenigen, die es verdienen, würden die Konsequenzen tragen.«

»Sagte der Wahnsinnige.«

»Du glaubst mir nicht?«

»Ich wollte es«, sagte Cassidy. »Auf dieser Insel wollte ich glauben, dass es in der echten Welt etwas Besseres gab. Was für ein Fehler das war.«

Thane antwortete nicht, während sie sich durch ein sumpfiges, schilfiges Durcheinander kämpften. Apinya ließ sie vorne die Hauptstraßen meiden und führte sie so weit wie möglich durch unwegsames Gelände. Der Fortschritt war langsam und nass.

»Apinya sagte, du hättest Kontakt zu deiner Familie aufgenommen«, sagte Thane, als sie etwas trockenen Boden fanden, unter Bäumen so dicht, dass der Mond verschwand und seine Anwesenheit nur noch durch silberne Strahlen zu erkennen war, die durch Lücken schnitten. »Sind sie nicht hier, in der 'echten Welt', wie du sie nennst?«

»Auf der anderen Seite davon, und mit mehr Problemen als nur der Entfernung«, sagte Cassidy. »Thane, ich weiß nicht, ob du verstehen kannst, wie es ist, einer von uns zu sein. Zu sein wie ich.«

»Was?«

»Ein Elternteil. Eine Anomalie mit einem Leben und einer Karriere, die alles verloren hat. Du denkst, du hattest einen Schock, versuch mal, all deine Träume in der Mittelschule weggerissen zu bekommen, als du aufwachst und deine Finger die Realität zerreißen wollen. Ich ging als Flüchtige aufs College und verbarg meine Kräfte vor allen.«

Thane schien klug genug zu sein, ruhig zu bleiben, während die Truppe durch die Bäume marschierte, also sprach Cassidy weiter.

»Irgendwann habe ich mich damit abgefunden. Ich machte meinen Abschluss, fand einen Job, den ich liebte, gründete eine Familie mit jemandem, den ich zu verstehen glaubte. Aber es geht nie weg, weißt du? Das Flüstern?«

»Ich weiß.«

»Als ich alles verlor, als Mynx mich auf diese verdammte Insel brachte, dachte ich mir, ich hatte mein Leben schon einmal neu aufbauen müssen, das kann ich wieder tun.« Cassidy strich sich die schweißnassen Haare aus den Augen, denn selbst nachts war dieses verdammte Land zu heiß für sie. »Und das tat ich auch, aber hier sind wir nun, und ich muss mich wieder einmal in Stücke reißen und neu aufbauen, und ich weiß nicht, ob ich das schaffe.«

»Du bist diesmal nicht allein«, erwiderte Thane. »Du versteckst dich nicht, du bist nicht gefangen.«

»Ist das, wie du das hier nennen würdest?«

»Du weißt, was ich meine. Du hast Verbündete.«

»Die mich im Stich lassen werden, sobald etwas Glänzendes ihre Aufmerksamkeit erregt.«

Thane ging darauf nicht ein, sondern ließ das Gespräch abkühlen. Cassidy spürte, wie seine Berührung leichter wurde, zerbrechlicher. Sie sah in seine Richtung und erkannte einen faltigeren, schwächeren Mann neben sich.

»Gehst du in den Galaxie-Modus?«, fragte Cassidy.

»Beim nächsten Mal wirst du im Raum bleiben. Du wirst deine Meinung äußern, und wir werden von deinen Einsichten profitieren.«

»Musstest du dafür wirklich schlauer werden?«

»Nein«, sagte Thane. »Ich musste verstehen, wohin Apinya uns führen will, und ich glaube, ich weiß es.«

»Ist es nah?«

Thane sah sie an, grinste und nahm wieder seine normale Gestalt an: »Überhaupt nicht.«

Sie liefen die ganze Nacht durch und machten zwischendurch Pausen. Die gesünderen Paragons lösten sich von der Gruppe, um Convenience Stores und andere Orte zu plündern, an denen sie vorbeikamen, wobei sie ihre Fähigkeiten nutzten, um die Plünderungen geheim zu halten. Apinya vermutete, dass jeder Paragon, der seine Tamas zum legalen Einkaufen nutzte, eine Drohnenreaktion auslösen würde. Besser, auf Nummer sicher zu gehen.

Als der Morgen längst angebrochen war, stolperte die Gruppe in eine Seeufergemeinschaft. Strohgedeckte Hütten schwammen auf Bambusflößen am Seeufer und trieben in den sanften Wellen, die die Morgenbrise verursachte. Die Paragons schienen den Ort zu kennen, teilten sich in Gruppen auf, wobei einige die von Cassidy geretteten Teenager zu ausgewählten Stellen brachten.

»Ihr beide bleibt bei mir«, sagte Apinya, der am Seeufer auf Thane und Cassidy wartete. »Wir müssen besprechen, was als Nächstes geschieht.«

»Besprechen?«, fragte Thane. »Unsere nächsten Schritte sind klar.«

Apinya hob die Augenbrauen.

»Das macht er öfter«, sagte Cassidy.

»Offensichtlich«, erwiderte Apinya. »Würden Sie uns dann bitte aufklären, Thane?«

»Mynx steuert die Drohnen von ihrer Fabrik aus«, sagte Thane. »Wer auch immer die Drohnen kontrolliert, muss sie übernommen haben. Nichts, was wir tun, spielt eine Rolle, bis wir die Fabrik zurückerobern und diejenigen vernichten, die sie erobert haben.«

»So einfach«, sagte Apinya.

»Ja. Alles, was wir brauchen, ist ein Flugzeug, das mich über die Anlage fliegen kann. Setzt mich ab, und ich kann mich um den Rest kümmern.«

Apinya blickte zu Cassidy: »Ich nehme nicht an, dass Sie ein Flugzeug haben?«

Damals auf der Insel schien ein Flugzeug ein Traum in einem Drohnengefängnis. Hier, während die Sonne über dem nebligen Wasser aufging, fand sich Cassidy wieder am Ausgangspunkt: dunkle Gestalten am Horizont und wenig Hoffnung auf Flucht.

Und doch sah sie um sich herum etwas anderes als an

jenen Stränden. Gesichter, Willen, die sagten, sie würden kämpfen und weiterkämpfen, egal wie lange es dauerte, wie hart der Kampf würde.

»Nein, habe ich nicht«, sagte Cassidy. »Aber ich wette, wir können eines finden.«

———

Die Bombe hat mehr als nur ein Stadion zerstört: Sie erschütterte die Welt. Während sich der Rauch lichtet, macht sich Celice auf den Weg nach Europa, dicht auf den Fersen des Attentäters, mit heißem Rachedurst im Sinn. Sie hat die Werkzeuge und die gequälte Seele, um sicherzustellen, dass ihr Ziel leidet. Es ist eine gnadenlose Jagd, die einen höheren Preis fordern könnte, als Celice zu zahlen bereit ist.

Setzen Sie das Abenteuer fort mit *Leuchtfeuer der Freiheit*, Der Kodex des Helden Buch Vier:

DANKSAGUNGEN UND ANMERKUNG DES AUTORS

Der Aufstieg der Revolution setzt eine Reihe fort, die etwas erforscht, das ich schon immer interessant fand, nämlich was passiert, wenn Menschen, die früher physisch unaufhaltsam waren, sich plötzlich als sehr wohl aufhaltbar erweisen. Wenn die eigene Identität an etwas geknüpft ist, das der Zeit zum Opfer fällt.

Könnte man sich ändern? Würde man es tun?

Wie immer entsteht diese Geschichte durch Nicoles unendliche Unterstützung, die es mir ermöglicht, mich in fantastischen Universen auszutoben. Meine Brüder, Eltern und Schwiegereltern bringen eine Freude und ein Staunen in mein Leben, die mich ermutigen, die weiten Gefilde der Science-Fiction und Fantasy zu erkunden. Ihre Unterstützung bedeutet mir alles.

Auch die Leser befeuern den kreativen Ofen. Ob durch Fünf-Sterne-Bewertungen (oder weniger!), Nachrichten über das unendliche Netz der sozialen Medien oder einfach nur einen Ausschlag in der Verkaufsstatistik, der zeigt, dass jemand meinen Geschichten eine Chance gibt – das alles treibt mich an weiterzumachen. Also danke ich euch, und ich hoffe, ihr hattet Freude an diesem Roman und dem Rest der Serie.

ÜBER DEN AUTOR

A.R. Knight erfindet Geschichten in einem kühlen Haus in Madison, WI, das hauptsächlich zwei Katzen gehört. Nachdem er während der Wirtschaftskrise 2008 in den Arbeitstrott geriet, verbrachte er langweilige Meetings damit, durch den Weltraum zu gleiten und große Abenteuer zu erleben.

Nach einiger Zeit mit Podcasting, Drehbüchern, Kurzgeschichten und anderen Romanen fand er eine Geschichte, in die er eintauchen konnte, und eine Gruppe von Charakteren, die sowohl unterhaltsam als auch herzerwärmend waren.

A.R. Knight plant, in andere Welten zu springen und neue Geschichten in den grenzenlosen Weiten unserer Vorstellungskraft zu entdecken.

Danke fürs Lesen, wie immer!

Für weitere Informationen:
www.blackkeybooks.com

Für Alex

Copyright © 2021 bei A.R. Knight

Alle Rechte vorbehalten.

ISBNs:

E-Book: 979-8-88858-194-0

Taschenbuch: 979-8-88858-195-7

Veröffentlicht von Black Key Books

Dieses Buch oder Teile davon dürfen ohne ausdrückliche schriftliche Genehmigung des Verlags in keiner Form und auf keine Weise reproduziert oder verwendet werden, mit Ausnahme kurzer Zitate in Buchrezensionen.

Dies ist ein fiktionales Werk. Jede Ähnlichkeit zwischen den Charakteren und Situationen in diesem Buch mit realen Orten oder Personen, lebend oder tot, ist unbeabsichtigt und zufällig.

www.blackkeybooks.com

www.ingramcontent.com/pod-product-compliance
Lightning Source LLC
Chambersburg PA
CBHW022021300726
48970CB00003B/990